Scandale à Sherdana

Une attirance inexplicable

Cinq ans à t'attendre

CAT SCHIELD

Scandale à Sherdana

Traduction française de
TATIANA ANDONOVSKI

PASSIONS

HARLEQUIN

Collection : PASSIONS

Titre original :
ROYAL HEIRS REQUIRED

Ce roman a déjà été publié en 2016

HARPERCOLLINS FRANCE
83-85, boulevard Vincent-Auriol, 75646 PARIS CEDEX 13
Service Lectrices — Tél. : 01 45 82 47 47 - www.harlequin.fr
ISBN 978-2-2804-5272-4 — ISSN 1950-2761

Composé et édité par HarperCollins France. Achevé d'imprimer en février 2021.
par CPI Black Print - Barcelone - Espagne
Dépôt légal : mars 2021.

FSC
www.fsc.org
MIXTE
Papier issu de sources responsables
FSC® C159065

Pour limiter l'empreinte environnementale de ses livres, HarperCollins France s'engage à n'utiliser que du papier fabriqué à partir de bois provenant de forêts gérées durablement et de manière responsable.

- 1 -

— Elle est parfaite pour toi, plaisanta le frère de Gabriel en lui donnant un petit coup d'épaule.

Les deux princes, debout près de la piste de danse, regardaient leur père, le roi, faire tournoyer la future épouse de Gabriel, tandis que leur mère faisait son possible pour éviter de se faire écraser les pieds par le Premier ministre et son style de danse un peu maladroit.

Gabriel poussa un profond soupir.

Son futur beau-père allait investir dans une usine de haute technologie aux abords de la capitale. Ce projet permettrait de stimuler l'économie du royaume de Sherdana qui en avait grand besoin.

— Oui, elle est parfaite.

Lady Olivia Darcy, fille d'un comte britannique fortuné, était justement un peu trop parfaite. En public, elle se montrait posée et chaleureuse mais en privé, elle ne laissait jamais rien paraître de ses émotions et ne baissait jamais sa garde, comme si elle ne se pardonnerait pas d'être prise au dépourvu.

Avant leurs fiançailles, cet aspect ne l'avait pas dérangé. Dès lors qu'il lui avait été recommandé de trouver une épouse adaptée aux circonstances, il avait décidé de n'écouter que sa raison et de faire taire son cœur. Ou du moins d'essayer de le faire taire. Son expérience passée lui avait prouvé que la passion menait immanquablement au chagrin et à la déception.

— Alors pourquoi es-tu aussi maussade ? enchaîna Christian.

Gabriel n'était pas obligé de faire croire à son frère qu'il était amoureux fou de sa future épouse mais il n'avait pas non plus l'intention de lui avouer qu'il regrettait d'être destiné à une vie dénuée de passion.

Jusqu'à ce que les préparatifs du mariage soient lancés, il s'estimait heureux d'avoir trouvé une femme qui ne lui ferait pas perdre la tête avec ses caprices, ses lubies et ses sautes d'humeur. En effet, son tempérament était aux antipodes de celui de Marissa, la femme avec qui il avait eu une relation qui avait duré quatre ans et qui dès le départ était vouée à l'échec.

Il n'était pas une rock star, un acteur d'Hollywood ou un play-boy fortuné. Il était l'héritier présomptif d'un petit Etat européen avec des lois strictes lui imposant d'épouser une aristocrate ou une descendante du royaume de Sherdana. Marissa ne répondait à aucun de ces critères.

— Tu serais content d'épouser une inconnue ? s'enquit-il sur un ton calme mais néanmoins amer.

Le sourire qu'arborait son frère frôlait l'indécence.

— L'un des avantages d'être le plus jeune, c'est que je ne suis pas obligé de me marier.

Gabriel savait que ses frères n'enviaient pas sa position d'aîné et qu'ils n'avaient aucunement l'intention de se battre pour accéder au trône ou de tenter de le renverser. Ce qui était dans l'ensemble plutôt rassurant, pour la paix dans le pays et les relations familiales. Nic vivait aux Etats-Unis où il construisait des fusées qui un jour transporteraient peut-être des citoyens pour des voyages dans l'espace. Quant à Christian, il s'amusait comme un fou à acheter et à vendre des entreprises.

— … bombe.

— Une bombe ? Mais de quoi tu parles ?

Absorbé dans ses pensées, il avait perdu le fil de la conversation.

— Je parle d'Olivia. Je disais que tu devrais passer un peu plus de temps avec ta future épouse car je trouve qu'elle a le potentiel d'une bombe. Je la trouve très sexy.

Il leva les yeux au ciel.

Lady Olivia Darcy était une jolie jeune femme, certes, mais « sexy » ne lui semblait pas le terme approprié.

Elle était sophistiquée, stylée et toujours habillée avec goût par les plus grands couturiers. Des traits fins, des formes féminines exquises, une silhouette impeccable, le teint pâle, la peau soyeuse, de longues jambes bien galbées, des bras gracieux et un cou élégant… Il la trouvait très belle. De plus, de ses yeux bleus émanait une expression sereine et attentive qui renforçait son charme anglais.

Elle ne passait pas son temps à faire du shopping ou à courir les bars ou les boîtes de nuit. Non. Elle consacrait tout son temps libre à travailler bénévolement pour une dizaine d'organisations caritatives dont les causes étaient liées aux enfants.

Une femme idéale pour le rôle de future reine de Sherdana.

Il se retourna vers son frère, comprenant qu'il avait tardé à réagir.

Christian ayant un sourire jusqu'aux oreilles, il feignit de le réprimander.

— Je te rappelle que lady Oliva sera bientôt ta belle-sœur et que tu viens de me dire que tu la trouvais sexy. Tu penses que maman serait d'accord si elle t'entendait ?

— Maman ne me dirait rien. Je suis son chouchou, tu le sais bien, plaisanta-t-il.

Etant né le troisième des triplés, Christian avait toujours joué la carte du petit dernier.

— Elle ferme les yeux sur tes agissements de play-boy parce qu'elle culpabilise de ne pas t'avoir porté autant que Nic et moi.

— D'ailleurs, je trouve que maman aussi est sexy. Elle a dû user de tous ses charmes pour retenir l'attention de papa pendant toutes ces années, ajouta Christian, sans relever sa pique.

Ne sachant pas où sa vie amoureuse le mènerait, il n'avait aucune envie de discuter de celle de ses parents.

— Je peux savoir ce qui te prend, ce soir ?

Christian prit soudain un air sérieux.

— Maintenant que tu es casé, j'ai peur que maman ne cherche à nous caser, Nic et moi.

— Nic est plus intéressé par les fusées que par les femmes et tu nous as toi-même fait comprendre, il y a longtemps, que tu n'avais aucune intention de te marier. Nos parents ne s'attendent pas à ce que vous vous casiez avant pas mal de temps.

— Peut-être, mais je crains le pire. Maman a trop d'idées romantiques en tête.

— Elle a aussi une approche très pragmatique de la vie.

Christian n'eut pas l'air convaincu.

— Si c'était le cas, elle se contenterait de toi comme héritier et géniteur de la future génération d'héritiers et elle nous laisserait tranquilles. Mais ce soir, ce n'est pas l'impression qu'elle m'a donnée.

Gabriel eut soudain un nœud à l'estomac en pensant à sa future épouse.

Une fois de plus, il porta son regard vers Olivia qui dansait à présent avec le Premier ministre. Son sourire était radieux, mais la réserve émanant de ses yeux bleus était comme un rempart qui la rendait intouchable.

Avec Marissa, il avait passé des moments intenses, torrides et passionnés. Dans le petit appartement qu'elle possédait à Paris, ils se réveillaient à l'aube et faisaient l'amour dans le silence du petit matin. Une fois repus, ils s'installaient sur le balcon où ils dévoraient de succulentes viennoiseries, sirotaient du café fort et regardaient les rayons du soleil venir colorer les toits et animer la ville.

— Votre Majesté.

Il se tourna vers son secrétaire personnel qui semblait être arrivé de nulle part.

Stewart Barnes, d'ordinaire le calme incarné, semblait agité au point que des gouttes de sueur perlaient sur son front.

Il se tramait quelque chose.

— Un problème ?

L'arrivée de Stewart avait aussi attiré l'attention de Christian.

— Je vais m'en occuper, dit son frère.

— Non, répliqua le secrétaire, coupant Christian dans son élan.

Il secoua la tête, cherchant à croiser le regard de Gabriel, la mine grave.

— Je sais que le moment est mal venu, mais un avocat vient d'arriver et il souhaite s'entretenir avec vous. Il aurait un message urgent pour vous.

— Un avocat ?! s'exclama Gabriel.

— Comment est-il entré ? renchérit Christian sèchement.

— Que pourrait-il y avoir de si important et de si urgent ?

Christian s'immisça de nouveau dans la conversation.

— Le capitaine Poulin vous a-t-il donné une bonne raison pour avoir laissé cet homme entrer en pareille occasion ?

— Cela ne peut-il vraiment pas attendre demain matin ?

On aurait dit que Stewart regardait attentivement un match de tennis, son regard allant de droite à gauche entre Christian et Gabriel alors que les questions fusaient.

— L'avocat n'a rien voulu me dire, hormis le nom de la personne qu'il représente.

— Et alors ? s'enquit Gabriel, anxieux.

— Et alors je crois que vous feriez mieux de venir vous entretenir avec lui.

— Mais qui représente-t-il ? demanda Gabriel, impatient.

— Marissa Somme.

En entendant le nom de son ancienne maîtresse, il éprouva une multitude d'émotions qu'il tenta d'étouffer.

Pourquoi Marissa avait-elle attendu aussi longtemps pour se manifester ?

En lui annonçant ses fiançailles avec Olivia, il y avait cinq mois, il s'était attendu à ce que Marissa réagisse. Elle avait toujours eu le don pour transformer le moindre petit événement en drame digne d'une tragédie grecque.

— Qu'a-t-elle encore fait ? s'enquit-il, exaspéré.

— Elle a dû faire des siennes, renchérit Christian.

— J'espère que je vais pouvoir contenir tout scandale, car je ne veux pas faire de vagues avant le mariage.

L'avenir du royaume de Sherdana dépendait du marché qu'il avait conclu avec lord Darcy. Un marché qui ne prendrait effet qu'après son mariage avec Olivia Darcy.

Il balaya la salle des yeux pour voir si quelqu'un avait été témoin de leur échange. Il tomba sur Olivia qui le regardait, droit dans les yeux.

Sa future épouse était resplendissante. Et pourtant, ce n'était pas uniquement pour sa beauté qu'il l'avait choisie. Olivia possédait une pureté d'esprit qui ne manquerait pas de charmer les habitants de Sherdana. Son approche calme et efficace serait une qualité pour gérer les éventuels obstacles qui se présenteraient à elle.

A côté d'elle, le roi riait de bon cœur, visiblement amusé par ce qu'elle lui racontait, et paraissant plus jeune que son âge. Les difficultés économiques du pays lui avaient causé beaucoup de soucis. Fatigué, il avait demandé à Gabriel de commencer à prendre la relève, le poussant à participer à davantage de cérémonies officielles et de visites à l'étranger.

Après leur échange visuel, elle reporta son attention sur le roi mais, dans sa façon de le regarder, il avait senti que la conversation qui venait d'avoir lieu entre Stewart, Christian et lui ne lui avait pas échappé et avait peut-être même éveillé sa curiosité.

Il fut soudain animé de sensations aussi étranges que vives. Comme si un lien invisible s'était créé entre Olivia et lui. Comme si pour la première fois ils avaient réussi à dépasser la barrière de politesse pour aller plus loin. Il eut une envie irrésistible de se rapprocher d'elle, de la prendre dans ses bras, de lui parler, de la regarder dans les yeux, de savoir ce qu'ils seraient capables de réussir à deux.

Après tout, peut-être que partager un lit avec Olivia ne serait pas si dénué de passion qu'il le pensait.

— Votre Majesté, dit Stewart sur un ton pressant.

Gabriel se tourna vers Christian.

— Occupe-toi de ma fiancée pendant que je vais voir de quoi il retourne.

— Tu veux que je fasse diversion ?

— Fais ce que tu veux mais débrouille-toi pour qu'elle ne se doute de rien.

Puis il se fondit dans la foule d'invités venus fêter l'indépendance de Sherdana en 1664. Au passage, il salua les personnes qui lui disaient bonjour ou lui adressaient quelques mots de félicitations. Pour sauver les apparences, il ne montrait rien et faisait comme si tout allait pour le mieux dans le meilleur des mondes. Mais deux mots revenaient en boucle dans son esprit. Marissa Somme.

De quoi pouvait-il s'agir ?

Depuis son indépendance, Sherdana dépendait de l'agriculture pour sa survie. Mais il ne voulait plus que son pays se contente de survivre. Il voulait le faire avancer et prospérer.

Niché entre la France et l'Italie sur des plaines verdoyantes, couvertes de vignes et de champs fertiles, le royaume de Sherdana avait besoin d'un projet technologique qui l'aiderait à entrer dans le XXIe siècle. Lord Darcy, le père d'Olivia, détenait la clé qui ouvrirait la porte de la modernité. Rien ne devait se mettre en travers de ce projet.

Après être entré dans le salon vert, il salua l'homme qui venait perturber la soirée du palais royal. L'avocat aux cheveux gris portait un costume bleu marine et un manteau noir. La seule touche de couleur provenait des lignes jaunes de sa cravate. Ses yeux gris clair étaient cernés de rides. Il n'avait pas l'air de s'amuser dans la vie.

L'homme s'inclina.

— Bonsoir, Votre Majesté, désolé d'arriver à l'improviste, mais l'affaire qui m'amène ici est urgente.

— Je peux savoir ce que Marissa est en train de tramer ?

L'avocat eut un mouvement de recul, visiblement interloqué par la sécheresse de ses paroles.

— Ma cliente ne trame rien du tout, vous avez mal compris la raison de ma présence ici ce soir.

— Alors venez-en droit au fait. J'ai de nombreux invités et je me dois de retourner assister aux célébrations. Si vous avez un message de la part de Marissa, transmettez-le-moi.

L'homme se raidit légèrement.

— C'est un peu plus compliqué qu'un message.

— Ma patience a des limites. Veuillez m'expliquer la raison de votre présence ici.

— Marissa Somme est morte.

Morte ? Il eut l'impression d'avoir reçu un coup de massue sur la tête.

Marissa Somme, cette femme merveilleuse, plantureuse et intelligente ? Morte ?

— Morte de quoi ?

— Elle avait un cancer.

Même s'il n'avait pas eu de ses nouvelles depuis longtemps, la nouvelle le secoua profondément.

Marissa avait été son premier amour. Et jusqu'à ce jour, son unique amour.

Leur séparation, depuis deux ans environ, avait été l'une des expériences les plus douloureuses de sa vie. Mais apprendre sa mort était un véritable choc. Les blessures qu'il pensait avoir pansées se rouvraient, la douleur ravivée par les circonstances tragiques. Jamais plus il ne reverrait Marissa. C'était un sentiment étrange.

— Vous êtes venu en personne dans l'unique but de m'annoncer sa mort ?

Avait-elle encore de l'affection pour lui, avant de mourir ? Etant donné la teneur virulente de leurs derniers échanges, c'était peu probable. Pas une seule fois elle n'avait essayé de rentrer en contact avec lui.

— Non, je ne suis pas venu uniquement pour vous faire part de la mort de Marissa Somme. Je suis aussi venu vous apporter quelque chose. C'était ce qu'il y avait de plus cher à ses yeux et elle tenait à ce que vous en héritiez.

— Comment ça ?

Lui avait-elle rendu le diamant en forme de cœur qu'il lui avait offert pour le premier anniversaire de leur liaison ? A l'époque, il était encore jeune, romantique, rebelle. Et idiot dans la mesure où il s'était lancé corps et âme dans cette relation sans lendemain.

— Que m'avez-vous apporté ?

— Vos filles.

— Mes filles ? répéta-t-il, incrédule.

— Oui, des jumelles.

— Marissa et moi n'avons jamais eu d'enfants.

— Ses jumelles prouvent le contraire.

L'homme sortit deux certificats de naissance d'une pochette plastifiée. Il les tendit à Stewart qui les examina attentivement. Puis il leva ses yeux bleus perçants vers Gabriel.

— Leur nom de famille est celui de Marissa mais elle vous a déclaré comme père.

— Ce n'est pas possible ! Nous avons toujours pris nos précautions. Quel âge ont-elles ?

— Elles auront deux ans le mois prochain.

Gabriel fit un calcul rapide. Les jumelles, si elles étaient de lui, avaient été conçues à Venise, peu après leur rupture. Marissa était revenue vers lui, se jetant dans ses bras en le suppliant une dernière fois de renoncer à ses fonctions royales.

Ils avaient fait l'amour toute la nuit, s'embrassant fougueusement, s'enlaçant passionnément. Quand elle s'était réveillée au moment où il quittait la chambre, peu avant l'aube, elle avait perdu son sang-froid, l'accusant de l'avoir menée en bateau et de se montrer indifférent. Malgré la virulence de ses propos, il avait éprouvé d'énormes regrets pendant de nombreux mois après leurs fausses retrouvailles.

Dès le départ, leur relation était vouée à l'échec.

Il devait se plier aux exigences de son statut. Elle n'avait jamais voulu le comprendre. Et leur relation avait trop duré. Marissa avait fini par espérer qu'il abandonnerait ses fonctions pour elle. Mais jamais il n'avait pu s'y résoudre. Sherdana venait en premier.

Comment aurait-il réagi s'il avait appris qu'elle était enceinte ? L'aurait-il installée dans une villa non loin du palais pour pouvoir lui rendre visite régulièrement ? Elle n'aurait jamais accepté un tel compromis. Elle aurait exigé sa présence permanente et totale.

Or il appartenait au peuple de Sherdana et cet élément inéluctable avait été à la base de leur déchirure.

— Ce n’est peut-être pas vous le père, dit Stewart.

— Marissa avait le sens de la tragédie, mais je ne crois pas qu’elle serait allée jusque-là.

— Nous en aurons le cœur net après un test de paternité.

— Et en attendant ? Je fais quoi avec les filles ? s’enquit l’avocat, alarmé.

— Où sont-elles ? demanda Gabriel.

Il mourait d’impatience de les voir.

— A mon hôtel.

— Allez les chercher.

— Pensez à votre mariage. Vous ne pouvez pas les faire venir ici. Les médias s’empareront aussitôt du scoop.

Gabriel lança un regard furieux vers Stewart.

— Vous voulez dire que vous êtes incapable de faire entrer incognito deux petites filles dans le palais ?

Stewart se raidit, visiblement mouché.

— Je vais tout faire pour que les petites soient amenées au palais dans les plus brefs délais.

— Bien.

— En attendant, je vous conseille de retourner au bal avant que votre absence soit remarquée. Il faudrait aussi vous entretenir avec le roi et la reine afin de savoir quelle est la meilleure façon de procéder, ajouta Stewart d’un air grave.

Gabriel n’aimait pas le ton révérencieux et les conseils avisés de son secrétaire personnel. Comment retourner au bal et faire mine que tout allait bien alors qu’il avait à présent l’esprit préoccupé par l’arrivée de jumelles dans sa vie ?

S’il s’était écouté, il serait même allé directement à l’hôtel où logeait l’avocat pour les ramener lui-même au palais. Il lui suffirait sans doute de les voir pour savoir si elles étaient ses filles.

Intérieurement, il n’en doutait pas.

— Venez me prévenir dès qu’elles seront installées, ordonna-t-il à Stewart avant de quitter la salle.

Le devoir l’appelait dans la salle de bal mais, trop chamboulé par la nouvelle qu’il venait d’apprendre, il décida de s’arrêter quelques instants dans la bibliothèque, au calme, pour reprendre ses esprits.

Des jumelles !

De nouveau, l'idée lui donna un coup au cœur.

Avaient-elles les yeux verts de leur mère, et sa chevelure brune luxuriante ? Leur avait-elle parlé de lui ? Etait-ce une mauvaise idée de les faire venir au palais ?

Un scandale pourrait mettre en péril ses projets d'expansion économique. Lord Darcy autoriserait-il sa fille à épouser un homme qui avait déjà des jumelles d'une liaison précédente ? Et si Olivia refusait de l'épouser sous prétexte qu'il avait déjà eu des enfants d'une autre femme ?

Il quitta la bibliothèque l'esprit préoccupé par une multitude de questions sans réponses mais bien décidé à courtiser sa fiancée afin qu'elle le trouve irrésistible.

De la place d'honneur qu'elle occupait, à côté du roi de Sherdana, Olivia regarda son futur époux disparaître dans la foule d'invités, se demandant ce qui avait bien pu le faire quitter le gala de la fête d'Indépendance après une discussion rapide avec son secrétaire personnel. L'urgence devait être de taille pour que son attention et sa présence soient requises hors de la salle dorée. Mais de quel genre d'urgence s'agissait-il ?

Cet épisode ne fit que renforcer le malaise qu'elle éprouvait à l'idée d'épouser un homme qu'elle connaissait à peine. En effet, le mariage aurait lieu dans moins de quatre semaines et ils n'avaient jamais eu l'occasion de s'entretenir sur leurs visions respectives de la vie. Leurs seuls échanges avaient été essentiellement centrés sur la logistique de leur vie en commun.

Elle serait bientôt princesse Olivia. La femme du prince Gabriel. Mais leur union n'avait rien de romantique, et il n'était pas question d'un mariage d'amour. Loin de là. Leur mariage avait pour but de faire monter son père dans l'échelle sociale et de stimuler l'économie de Sherdana.

Ses amies à Londres l'avaient mise en garde, lui demandant

si elle était sûre de vouloir s'engager dans une vie où ses besoins et ses envies n'étaient pas pris en compte. Elle n'avait jamais osé avouer que, étant petite fille, elle avait rêvé de devenir un jour une princesse et que son rêve s'était réalisé. Mais la réalité avait toujours le don de distordre les rêves.

Il était temps d'agir. Elle se leva.

— Excusez-moi, dit-elle au roi.

— Je vous en prie.

Sans réfléchir, elle avança dans la direction où Gabriel avait disparu quelques instants auparavant.

Peut-être qu'elle réussirait à attirer l'attention du prince et qu'ils trouveraient un moment pour discuter en tête à tête.

Elle n'avait pas fait dix pas que Christian, le frère de Gabriel, l'arrêta dans sa lancée.

— Vous passez un bon moment ? s'enquit-il, lui offrant un sourire chaleureux.

— Oui, merci, répondit-elle cordialement.

En son for intérieur, pourtant, elle était frustrée que le frère du prince vienne contrecarrer ses plans.

Elle avait rencontré Christian plusieurs fois à Londres lorsqu'il faisait ses études à Oxford. Il avait obtenu son diplôme de justesse dans la mesure où il passait le plus clair de son temps à faire la fête. Il avait la réputation d'un play-boy redoutable mais il s'était toujours montré respectueux avec elle.

— J'ai remarqué que Gabriel venait de quitter précipitamment le bal. Rien de grave ? s'enquit-elle, incapable de résister à la curiosité qui l'animait.

Christian lui offrit un visage indéchiffrable.

Décidément, il devait être un excellent joueur de poker.

— Non, rien de grave. Une affaire sans importance.

— Si c'était sans importance, il ne se serait pas senti obligé de partir et il n'aurait pas eu l'air inquiet, remarqua-t-elle pour montrer qu'elle n'était pas dupe.

Christian lui cachait quelque chose, elle le sentait. Son estomac se noua. Elle n'était pas la seule à avoir des secrets.

Depuis que son père avait entamé les négociations, un an

plus tôt, elle n'avait pas eu l'occasion d'apprendre à connaître l'homme qu'elle allait épouser. Depuis son arrivée à Sherdana une semaine auparavant, la situation ne s'était guère améliorée, même s'ils vivaient pour la première fois sous le même toit.

Non seulement le Parlement était en session mais il fallait finir de préparer le mariage qui aurait lieu dans moins de quatre semaines. Si bien que leurs entrevues s'étaient limitées à des créneaux de quelques minutes seulement.

Une balade dans les jardins du palais le lendemain de son arrivée, interrompue par la chienne de la reine, couverte de boue, qui s'était ruée sur Gabriel. Ce dernier avait dû aussitôt rentrer pour aller se changer, après avoir félicité Olivia pour avoir réussi à éviter le chien.

Un instant dans le carrosse, hier avant la parade, où il lui avait fait des compliments sur son chapeau.

Une valse ce soir, au cours de laquelle il lui avait dit qu'elle était resplendissante.

Leurs échanges étaient toujours polis et cordiaux.

Il se comportait en parfait gentleman et en prince irréprochable. Courtois, galant, cultivé. A plusieurs reprises, mue par un désir absurde, elle avait été tentée de passer la main dans sa chevelure pour le décoiffer ou encore de lui faire des remarques plus intimes. Mais elle s'en était abstenue. En tant qu'aristocrate dotée d'une éducation hors pair, elle ne pouvait pas se laisser aller à un tel comportement.

Christian balaya la salle du regard et se mit à lui raconter les commérages sur la noblesse présente. En temps normal, elle aurait été amusée par ce récit haut en couleur, mais à présent, elle étouffait. De plus, l'idée d'apprendre à mieux connaître son fiancé était devenue comme une urgence, un projet qu'elle voulait concrétiser au plus vite.

Elle avait besoin de réponses à certaines questions qui l'obnubilaient. Qu'attendait Gabriel de sa future épouse ? Cherchait-il une alliée de tous les instants ? Une partenaire politique ? Ou bien se contenterait-il d'une potiche qu'il sortirait lors des grandes occasions ?

Premier né des triplés, avec quarante minutes d'avance sur les autres, il avait été de fait destiné dès sa naissance à prendre les rênes du pouvoir. Mais de toute façon, on s'accordait à dire qu'il était de loin celui qui avait les meilleures aptitudes pour régner sur Sherdana.

Son engagement était sans bornes. Il avait rarement quitté le pays, hormis pour des visites officielles, tandis que ses frères avaient organisé leurs vies pour passer le moins de temps possible à Sherdana.

Attirée par une force magnétique irrésistible, elle se tourna de nouveau vers les portes que Gabriel avait passées après l'intervention de son secrétaire personnel.

Pourquoi avait-il dû s'absenter aussi subitement ?

Soudain, elle vit le prince avancer vers elle, comme si ses pensées l'avaient matérialisé dans la salle.

Elle détailla sa large carrure mise en valeur par la veste blanche de son habit de cérémonie. La puissance de son torse lui permettait d'avoir assez de place pour ses décorations et médailles d'honneur. Une écharpe bleue portée en diagonale venait compléter son costume d'apparat.

Il vint se poster devant elle.

— Excuse-moi de t'avoir abandonnée. Comme mon frère a de la conversation, j'ose espérer que tu ne t'es pas ennuyée.

— En effet, je ne me suis pas ennuyée. Christian m'a fait part de détails croustillants sur vos invités.

Pour la première fois en sa présence, son expression courtoise disparut pour laisser place à la gravité.

— Que lui as-tu raconté ? s'enquit-il sèchement en regardant son frère droit dans les yeux.

— Des choses que personne d'autre n'oserait lui raconter, mais qui seront utiles à la future reine de Sherdana. Olivia doit savoir où elle met les pieds et à qui elle a affaire.

Gabriel secoua la tête.

— Elle n'a pas besoin de connaître tout le paysage politique pour aider notre pays ou m'assister dans ma tâche.

Le cœur d'Olivia sombra. A présent, elle savait ce qu'il

attendait d'elle. Il n'y aurait pas d'échange d'égal à égal, pas de partenariat. Son rôle serait de participer aux grandes cérémonies, de représenter des organisations caritatives, pendant qu'il gérerait le pays, seul.

— Olivia est une femme très intelligente. Tu devrais recourir à ses aptitudes politiques.

— Merci, j'y penserai, rétorqua Gabriel, mettant ainsi un terme à la conversation.

— Je t'en prie, répondit effrontément son frère.

— Je sais que tu n'as pas encore eu l'occasion de visiter Sherdana, mais j'espère remédier à ce problème dans les jours qui arrivent, ajouta Gabriel en se tournant vers elle.

— Ce serait avec plaisir.

Pourtant, avec les préparatifs du mariage et leurs emplois du temps respectifs très chargés, il y avait peu de chances pour qu'ils arrivent à échapper à leur devoir.

— Qu'est-ce que tu aimerais voir, avant tout ?

— Tout m'intéresse, mais j'aimerais surtout visiter la région des vins.

— Les habitants de Sherdana en sont fiers.

— Naturellement, ajouta-t-elle sur un ton neutre.

— Autre chose ?

— Pour la visite de Sherdana, ça peut attendre, mais j'ai une question.

— J'écoute.

— As-tu réussi à régler le problème de tout à l'heure ? s'enquit-elle de but en blanc.

— De quoi parles-tu ? bafouilla Gabriel, interloqué, visiblement pris à contre-pied.

— Tout à l'heure, j'ai vu Stewart venir s'entretenir avec toi, et tu as aussitôt disparu. J'étais inquiète mais Christian m'a dit qu'il s'agissait d'une affaire sans importance.

— Ah, oui, en effet. C'était sans importance. Un simple malentendu. Stewart s'est emmêlé les pinceaux, c'est réglé.

— Je vois, murmura-t-elle, consciente que Gabriel ne lui disait pas la vérité.

— Tu m'accordes cette danse ?

Elle n'avait pas envie de danser. Elle était fatiguée et elle avait mal aux pieds. Mais elle sourit.

— Avec plaisir.

Il l'entraîna sur la piste de danse, la faisant virevolter au son d'une valse.

C'était difficile de garder une expression neutre alors qu'elle sentait sa main glisser le long de son dos.

La robe de soirée qu'elle portait était modeste, sans décolleté ni même des épaules dénudées, mais à travers la soie, la chaleur des mains de Gabriel l'embrasa.

— Te sens-tu obligée de m'épouser pour respecter le souhait de ton père ?

Surprise par cette question inattendue, elle eut presque envie de rire.

— Le souhait de mon père n'a rien à voir là-dedans. Tu es beau, riche, et un jour, tu seras roi. Quelle fille pourrait résister à ce scénario rêvé ?

— Tu ne réponds pas à ma question.

— Personne ne me force à t'épouser. C'est une occasion en or et je serais idiote de la refuser.

Elle le dévisagea pour mieux étudier son expression, curieuse de savoir d'où venait ce questionnement subit.

— Tu as peur que je regrette mon choix ou tu cherches une excuse pour rompre nos fiançailles ? s'enquit-elle en le scrutant avec intérêt.

— Aucun des deux. Je me demandais juste si tu rêvais d'un autre style de vie.

— Chaque jour des gens regrettent certaines de leurs actions ou certains de leurs choix. Donc l'essentiel, c'est d'assumer ses choix et de faire avec ce que la vie nous donne. Des gens doivent lutter contre la pauvreté, d'autres élèvent un enfant seul, d'autres encore se dévouent entièrement à leur carrière, renonçant à fonder une famille. Toi, ta mission est de diriger Sherdana. Moi, ma mission sera de t'assister dans cette tâche, comme tu l'as dit.

— Moi, je veux savoir si c'est ce que tu veux, répliqua-t-il sèchement.

— Tu veux savoir si je veux vraiment t'épouser et devenir reine ?

— Oui.

— Bien sûr ! s'exclama-t-elle sans masquer sa surprise.

Gabriel ne parut pas convaincu.

— Nous n'avons pas eu le temps d'apprendre à nous connaître. J'espère que durant le mois à venir, nous arriverons à inverser la tendance.

— On pourrait commencer maintenant. Qu'aimerais-tu savoir sur moi ?

— Une première question très simple. Pourquoi parles-tu couramment le français et l'italien ?

— J'ai toujours eu une kyrielle de précepteurs.

— Tu as un bon accent.

— On m'a dit que j'étais douée pour les langues. J'en parle plusieurs.

— Combien ?

— Six, mais j'en comprends trois autres.

— Ce sera très utile pendant les visites officielles.

Cette remarque anodine lui rappela qu'elle n'aurait plus l'occasion de retourner aussi souvent qu'elle le souhaitait dans son pays natal, hormis pour des visites officielles.

— Tu ne souris pas beaucoup.

C'était davantage une réflexion personnelle faite à voix haute qu'une question.

Néanmoins, elle fut prise au dépourvu.

— Je souris tout le temps ! s'exclama-t-elle.

La façon dont il la détailla la fit frissonner des pieds à la tête.

— Tu souris par politesse, parce que le protocole l'impose, mais je ne pense pas t'avoir vue sourire de bonheur, parce que tu étais heureuse.

— Je t'assure que je suis très heureuse.

— Arrête de me faire des réponses polies. Ce n'est pas ce

que Sherdana attend de sa future reine et encore moins ce que j'attends de ma future épouse.

Elle n'était pas habituée à l'intensité de ce ton ni à la finesse de son observation. C'était comme si elle était face à un nouvel homme. Sa franchise lui délia la langue.

— Tu veux dire que j'ai le droit de ne pas être d'accord avec le prince Gabriel ?

— Olivia, je souhaiterais que tu me voies avant tout comme un homme et non comme un prince.

Malgré son caractère impérieux, la façon dont il avait prononcé son prénom, telle une caresse, accéléra les battements de son cœur. Elle fut animée d'un désir intense qui se répandit dans tout son corps.

A son tour d'user de franchise.

— Alors je te propose un marché. Je veux bien te voir avant tout comme un homme, si tu acceptes de me voir avant tout comme une femme sachant ce qu'elle veut et non comme un pion utile pour stimuler l'économie de ton pays et renforcer son prestige au niveau mondial.

Gabriel parut abasourdi. Puis la surprise laissa visiblement place à la curiosité, alors qu'il continuait à la dévisager. C'était comme si, pour la première fois, il la voyait comme une femme à part entière et non comme la clause d'un contrat qu'il devait remplir pour que son père procède à un investissement économique de taille qui profiterait au pays sur le long terme.

— En effet, je commence à me dire que je ne te connais vraiment pas et que tu as un sacré potentiel, admit-il avant de la faire tournoyer sur la piste au point de lui en faire perdre haleine.

— Il était temps, lança-t-elle en un souffle.

Pour la première fois, elle sentit que leur mariage serait peut-être une aventure plus croustillante que prévu. L'une des raisons de ce revirement était qu'elle ne s'attendait pas à ce que son futur époux l'excite de la sorte.

Gabriel était bel homme, c'était indéniable, mais dans la mesure où il semblait contrôler ses émotions en permanence, elle n'avait jamais décelé une once de passion chez lui.

Jusqu'à cet instant.

Ayant elle-même été élevée dans un univers clos, son adolescence avait été dénuée des flirts habituels et elle ignorait que son corps pouvait s'embraser de désir en présence d'un homme.

Jusqu'à cet instant.

Le soulagement qu'elle éprouva la fit vaciller.

Pour la première fois depuis des mois, elle envisageait son avenir le cœur léger, avec un enthousiasme renouvelé.

- 2 -

Olivia était allongée sur une méridienne en velours bleu, dans la suite qui lui avait été attribuée lors de son arrivée au palais, une bouillotte chaude reposant sur son ventre pour alléger les crampes. Elle étudiait les détails des décorations à la feuille d'or qui ornaient le plafond situé à environ six mètres de hauteur. Des hauts miroirs accrochés entre les portes-fenêtres couleur crème tendues de soie aux lustres élégants, le décor était tout à la fois grandiose et étonnamment chaleureux.

Il était un peu plus de 2 heures du matin.

Les premiers symptômes étaient arrivés juste après le départ du roi et de la reine. Elle en avait donc profité pour s'éclipser à son tour. Heureusement, l'attaque avait été plutôt modérée. Il y a un an, elle aurait dû prendre des antidouleur et se coucher directement. Une princesse n'avait pas le droit d'être indisposée. Elle devait se montrer forte et résistante à toute épreuve afin de prouver qu'elle n'était pas uniquement une potiche.

Comme pour se jouer de son optimisme, une nouvelle vague de crampes déferla sur elle.

Depuis ses quinze ans, elle souffrait de règles très douloureuses. Effrayée par le volume de sang qu'elle perdait chaque mois, elle était allée consulter un spécialiste : elle souffrait d'endométriose. On lui avait prescrit la pilule pour réduire son cycle et diminuer la douleur.

Le yoga, le massage et l'acupuncture lui avaient permis d'apprendre à mieux gérer la souffrance mais ces méthodes ne pouvaient remédier au problème.

Elle devait subir une opération.

Malgré la douleur, elle y avait toujours été réticente. N'ayant jamais pu parler de la situation à sa mère, décédée à sa naissance, elle avait caché la gravité du problème à tout le monde, y compris à son père.

Seule Libby, son assistante personnelle, connaissait l'ampleur de ses souffrances. C'était elle qui lui avait permis de cacher la situation, qui la couvrait lorsqu'elle devait aller chez le médecin et lui trouvait des excuses pour s'absenter les jours où elle souffrait trop pour se lever.

Cependant, un an auparavant, elle avait dû se pencher sur la question. L'élément déclencheur avait été l'annonce de ses fiançailles avec le prince de Sherdana. On attendrait de la future reine qu'elle donne naissance à un héritier pour succéder à Gabriel. Or les femmes souffrant d'endométriose se retrouvaient bien souvent dans l'impossibilité de procréer.

Elle avait donc franchi le pas et accepté de se faire opérer.

C'était il y a un an et depuis elle avait vécu sans douleur et avec l'espoir de pouvoir procréer un héritier au trône de Sherdana.

Frustrée et peu désireuse de continuer à broyer du noir en pensant à ses problèmes gynécologiques, elle posa la bouillotte et se leva de la méridienne. Il était tard mais elle n'avait aucune envie de se coucher. Elle avait besoin de se changer les idées et de bouger un peu. Sur la terrasse, elle pourrait se rafraîchir, soit, mais un tour dans le jardin lui ferait le plus grand bien.

En remontant du bal, elle avait ôté sa robe de soirée mais elle ne s'était pas encore préparée pour aller au lit.

Se débarrassant de sa robe de chambre, elle enfila une robe en jersey sans manches et des ballerines afin de passer inaperçue dans les couloirs du palais.

La suite qui lui avait été allouée se trouvait dans l'aile réservée aux dignitaires et visiteurs, à l'opposé de celle qui abritait la famille royale.

Son père logeait dans la suite adjacente à la sienne.

Elle passa devant sur la pointe des pieds pour rejoindre l'escalier qui se trouvait au bout du couloir, et descendre dans le boudoir rose qui menait aux jardins latéraux.

Elle n'avait pas encore eu le temps de se familiariser avec le palais mais elle se souvenait d'avoir pris ce chemin pour une audience avec la reine, deux jours après son arrivée.

Au bout du couloir, les cris perçants d'un enfant attirèrent son attention. Le bruit lui parvenait étouffé mais elle décela qu'il venait de l'étage supérieur. Au niveau de l'escalier, elle marqua une pause. Cette fois, les cris redoublèrent. Littéralement. Elle était sûre d'entendre deux enfants pleurer.

Sans réfléchir, elle modifia sa trajectoire. Au lieu de descendre au rez-de-chaussée pour faire un tour dans le jardin, elle monta au troisième étage, guidée par la voix aiguë des enfants et celle tonitruante de la personne qui était avec eux.

Une fois en haut de l'escalier, elle vit deux ombres se diriger vers elle dans le couloir sombre.

Curieuse de savoir de quoi il retournait, elle s'apprêtait à s'avancer quand une voix cinglante les interpella.

— Karina ! Bethany ! Revenez ici tout de suite !

La violence de l'interjection poussa les petites filles à fuir encore plus vite.

A l'allure où elles allaient, elles risquaient de dévaler l'escalier. Instinctivement, Olivia s'agenouilla et ouvrit les bras pour leur en bloquer l'accès. Surprises, les deux petites filles s'arrêtèrent, ouvrant de grands yeux.

Olivia leur offrit son sourire le plus rassurant.

— Bonjour. Où allez-vous comme ça ?

— Vous êtes vraiment infernales !

Si la mégère avait aperçu Olivia dans la pénombre, elle n'aurait pas osé leur crier dessus de la sorte.

Les petites filles se rapprochèrent d'Olivia, visiblement terrifiées par leur nourrice. Dès qu'elle put mieux les discerner, elle reçut un choc : elle voyait double.

Les petites filles étaient des copies conformes. Une chevelure brune abondante, des yeux marron et un visage pâle. Elles portaient la même robe et des larmes coulaient le long de leurs joues identiques.

Olivia eut envie de les serrer très fort dans ses bras mais se ravisa pour ne pas leur faire peur.

Ayant été privée de la présence d'une mère aimante, elle avait développé un instinct maternel très fort. Ayant toujours rêvé de fonder une famille nombreuse, elle avait très mal vécu l'annonce de son endométriose et de son éventuelle stérilité.

— Vous avez intérêt à bien vous tenir, sinon les gens du château vous mettront dehors et vous vous retrouverez à la rue.

A bout de patience, Olivia se leva pour faire face à la femme. Instinctivement, les petites se serrèrent contre elle. En les sentant s'agripper à sa robe, elle eut encore plus envie de les protéger.

— Taisez-vous ! Comment peut-on traiter ainsi des petites filles apeurées ? lança-t-elle à la nourrice.

La femme la toisa du regard.

— Vous ne savez pas de quoi vous parlez.

— Vous travaillez pour qui ?

— Je m'occupe de ces deux-là.

— J'ai compris. Qui sont leurs parents ?

— Leur mère est morte.

Un tel manque de tact était proprement choquant.

— C'est horrible !

La femme ne répondit pas.

— Au ciel, murmura la petite fille à sa gauche.

Cette nourrice était vraiment un être abominable. N'avait-elle donc pas une once de compassion pour ces jumelles ? Et leur père dans tout cela ? Savait-il à quel point ses filles étaient maltraitées par cette sorcière abjecte ?

— J'aimerais parler à leur père. Qui est-ce ?

La nourrice haussa les épaules.

— Un avocat m'a embauchée il y a une semaine pour que je m'occupe d'elles.

— Je peux vous dire que vous vous y prenez très mal.

— Elles sont pourries-gâtées et n'écoutent rien. A cette heure-ci, elles devraient être au lit, répliqua la femme en tendant les bras vers les fillettes.

Celles-ci se cachèrent derrière Olivia.

— Je t'aime pas ! Je veux rentrer à la maison, dit l'une d'elles.

Olivia n'avait pas eu à subir le choc de perdre sa mère, mais elle anticipait la solitude que pouvaient ressentir ces petites. Elle aurait eu envie de les prendre dans ses bras, de leur murmurer des paroles rassurantes, de leur dire que tout irait bien, qu'elle serait toujours là pour elles. Mais elles n'étaient pas ses filles et elle ne devait pas s'attacher à elles.

Il était grand temps d'agir.

Pour l'heure, l'essentiel était de les mettre au lit. Demain matin, elle mènerait son enquête et tenterait de parler à leur père ou à l'avocat qui avait embauché cette nourrice.

— Si je fais partir cette méchante dame, vous irez vous coucher dans votre chambre ?

— Non, avec toi.

Une seule des jumelles semblait réagir aux échanges verbaux. Visiblement, elle les avait bien défendues… Un peu trop même ! Cependant, passer une nuit à leur côté pourrait contribuer à les rassurer si elles avaient été chamboulées depuis la mort de leur mère. Son lit était assez grand pour toutes les trois et elle aurait tout le loisir de trouver une solution demain matin.

— Vous voulez venir dormir avec moi cette nuit ?

Elles acquiescèrent en silence.

— Vous n'avez pas le droit de faire ça !

— Vous vous trompez. J'en ai le droit et je vais le prendre. Je vous suggère de retourner dans votre chambre, de préparer vos affaires et d'attendre qu'un garde vienne vous chercher pour vous escorter hors du palais.

Olivia prit les fillettes par la main et descendit l'escalier. Après les avoir conduites dans sa chambre, elle enverrait une servante chercher leurs affaires.

Il leur fallut du temps pour descendre les deux étages. Avec leurs petites jambes, les jumelles n'allaient pas vite. Pendant la descente, elle se demanda si quelqu'un s'apercevrait de leur disparition. Que dirait-elle à leur père au sujet de la personne qu'il avait employée pour s'occuper de ses filles ?

Quand elle entra dans sa suite, elle y trouva une femme de chambre qui s'affairait autour de son bureau. La domestique leva un regard étonné vers elles. Que faisait cette personne dans sa chambre à cette heure-ci ?

Ne voulant pas faire d'esclandre devant les fillettes, elle choisit de bien étudier le visage de la femme de chambre afin de pouvoir la reconnaître parmi les employées du palais.

— Je mettais un peu d'ordre dans vos affaires, lady Darcy, expliqua la femme sur un ton gêné.

— Ce n'est pas la peine, vous pouvez disposer. En revanche, apportez-nous deux grands verres de lait de la cuisine, s'il vous plaît.

— J'aime pas le lait. Je veux de la glace, protesta Bethany, tout en dormant debout.

Olivia se souvint que la nourrice avait traité les petites de « pourries-gâtées », mais elle se souvint aussi qu'elles venaient de perdre leur maman et que tout réconfort serait le bienvenu.

— Avec de la sauce au chocolat ?

— Oui !

Olivia se tourna vers la domestique.

— Veuillez nous rapporter deux bols de glace avec de la sauce au chocolat, s'il vous plaît.

— Bien, lady Darcy, obtempéra la femme de chambre.

Olivia prit place sur le canapé près de la cheminée et les petites filles suivirent son exemple.

— Moi, je m'appelle Olivia. Et vous ?

A présent que l'éclairage était meilleur, Olivia leur trouva une ressemblance avec la famille Alessandro. Les petites lui firent penser au portrait de la sœur de Gabriel, Ariana, au même âge. Etaient-ce des cousines de la famille royale ?

Etrange. Elle avait potassé l'arbre généalogique de la famille de Gabriel et ne se souvenait pas d'avoir vu de jeunes cousins.

— Je ne connais pas très bien le palais car je viens à peine d'arriver mais j'ai découvert une très belle bibliothèque. Vous aimez les livres ?

Les fillettes acquiescèrent en silence.

— Moi aussi. Quand j'étais petite, j'adorais les histoires de princesses. Vous voulez que je vous en raconte une ?

Elle prit leur sourire en miroir comme un assentiment.

— Il était une fois deux princesses qui s'appelaient Karina et Bethany.

— C'est nous.

Gabriel faisait les cent pas dans son bureau en attendant de savoir si les filles étaient à présent installées au palais. Il tenait la seule photo qui lui restait de Marissa. Il l'avait glissée dans une enveloppe qu'il avait enfouie au fond d'un tiroir. Pourquoi l'avait-il gardée ?

Après une longue session infructueuse avec Christian au sujet des jumelles, son frère était reparti chez lui. Même s'il pouvait résider au palais, Christian préférait préserver son intimité et loger hors du palais.

En grandissant, les triplés avaient été assez proches. Mais au fil des ans, et surtout après le départ de Nic pour les Etats-Unis, ils s'étaient éloignés et la distance, tant géographique qu'émotionnelle, dérangeait Gabriel. Sans avoir de grandes attentes, il s'était toujours imaginé que ses frères seraient là pour l'épauler dans son rôle de souverain.

Alors qu'il remettait la photo de Marissa dans son enveloppe, Stewart fit son apparition. Il était plus de 3 heures du matin, or il avait envoyé son secrétaire personnel aux nouvelles il y avait plus de trente minutes.

— Alors ?

— Elles sont arrivées au palais il y a environ deux heures et j'ai fait le nécessaire pour qu'elles soient installées dans l'aile nord du palais.

Il avait été convenu que les jumelles seraient amenées au palais par l'aile la moins utilisée afin de ne pas éveiller les soupçons et de retarder le scandale au maximum.

— Vous les avez vues ?

Il avait surtout envie de savoir si elles lui ressemblaient mais il n'osa pas poser la question en ces termes.

— Pas encore.

— Comment ça ?

— Je me suis rendu à la nurserie mais elles ont disparu.

— Comment est-ce possible ? L'avocat a dit qu'elles étaient gardées par une nourrice. Vous ne pouviez pas l'interroger ?

— Elle a également disparu.

— C'est une plaisanterie ?

— Non. On m'a dit qu'elle avait été escortée hors du palais il y a environ une heure.

— Sur les ordres de qui ?

— L'assistante personnelle de lady Darcy.

C'était la meilleure ! Olivia était maintenant impliquée dans cette affaire ? Malgré toutes ses précautions, cette histoire de jumelles était en train d'échapper à son contrôle.

— Vous avez parlé à Libby ?

— Il est 3 heures du matin, Votre Majesté.

— Prévenez-la que je veux la voir.

— Bien, monsieur.

Cinq minutes plus tard, Stewart revint.

— Elle est dans la suite de lady Darcy. Avec les jumelles, annonça-t-il.

Gabriel était à la fois consterné et inquiet. A ce stade, une rencontre entre les filles de Marissa et Olivia était vraiment des plus malvenues. Elle ne manquerait pas de le questionner à ce sujet et il n'avait pas du tout anticipé le problème.

Il s'empressa d'aller frapper à la porte d'Olivia, l'esprit agité, le cœur battant anormalement vite.

L'assistante personnelle d'Olivia vint lui ouvrir.

— Je suis à la recherche de deux petites filles qui ont disparu de la nurserie, m'a-t-on dit.

— Je vous en prie, entrez, Votre Majesté. Lady Darcy, le prince Gabriel vient d'arriver.

— Si vous le permettez, lui dit-il, indiquant d'un geste de la main qu'il s'attendait à la voir quitter les lieux.

Il referma la porte derrière elle.

Dans la pénombre, il vit Olivia près de la cheminée, vêtue

d'une robe de coton mais avec sa coiffure de bal. Elle ne s'était pas encore couchée, malgré l'heure avancée de la nuit.

Dans son lit, on pouvait entrevoir une forme sous la couette.

— Désolé de cette visite tardive mais deux petites filles ont disparu.

— Bethany et Karina.

Elle connaissait leur prénom ? Que savait-elle d'autre ?

— Pourquoi sont-elles là ? s'enquit-il, plus fermement que prévu.

— Elles ont mangé un bol de glace et se sont endormies. Elles étaient terrifiées par la sorcière qui avait été engagée pour s'occuper d'elles et elles refusaient de se coucher dans les lits préparés pour elles. Alors je les ai descendues avec moi.

— Tu leur as donné de la glace avant de dormir ?

— Leur mère est décédée il y a quelques jours. Un étranger les a arrachées à l'environnement où elles ont grandi et les a amenées dans ce lieu énorme et inconnu. Tu imagines leur traumatisme ?

— Je ne vois pas ce qu'il y a d'effrayant dans la nurserie.

— La nurserie en elle-même n'est pas effrayante mais elles se sont senties perdues, surtout avec cette horrible nourrice qui leur hurlait dessus. D'ailleurs, comme on a dû te le dire, j'ai fait renvoyer la nourrice sur-le-champ. Ce n'était sûrement pas à moi de le faire, mais je ne supportais pas la façon dont elle terrorisait ces jumelles.

Visiblement outrée, les joues rougies par l'indignation, Olivia était absolument exquise. A la voir ainsi, prenant les devants, il sentit son irritation diminuer.

— Je suis curieux de savoir comment tu les as rencontrées.

— Comme je n'arrivais pas à dormir, j'ai décidé d'aller faire un tour au jardin. Dans l'escalier, j'ai entendu des hurlements en provenance du troisième étage. Je suis montée et elles me sont quasiment tombées dans les bras alors qu'elles fuyaient cette sorcière qui leur criait dessus.

— Je vois.

— J'aimerais parler à leur père au sujet de cette nourrice. Dès demain matin, si possible.

— Leur situation est un peu compliquée.

— Je ne suis pas bête. Si tu m'expliques, je comprendrai.

Voilà ce à quoi Gabriel avait pensé toute la soirée. Non seulement il devrait annoncer au monde entier l'existence de ses jumelles, mais il devait commencer par l'annoncer à ses parents et à la femme qu'il allait épouser.

— Il y a d'abord des choses à régler.

Olivia le fixa pendant de longues secondes, fouillant son expression dans les moindres détails.

— Quel genre de choses ?

Il ne pouvait pas lui rétorquer que les jumelles n'étaient pas ses affaires. Elle allait être sa femme et c'était elle qui venait de les secourir. Mais il ne voulait pas s'avancer tant qu'il n'était pas sûr d'être le père.

— Tu veux parler d'un test de paternité ?

Il la regarda abasourdi, les yeux écarquillés.

— Elles ressemblent à ta sœur quand elle avait leur âge.

— Ah bon ?

— Tu n'as pas remarqué ?

— Je ne les ai pas encore vues. Elles viennent juste d'arriver.

Le cœur battant à tout rompre, il s'approcha du lit.

Depuis que l'avocat lui avait appris la nouvelle, il était impatient de voir les jumelles. Mais à présent, c'était comme si ses pieds étaient coulés dans du béton.

Pris entre l'envie et la peur qu'elles soient ses filles, il regarda les deux visages endormis dans le lit.

Le choc de l'émotion l'emporta tel un raz-de-marée.

Marissa n'avait pas menti. Il s'agissait bien de ses filles. Il leur caressa les joues à tour de rôle, délicatement, du bout du doigt, de peur de les réveiller. Quelle sensation étrange !

— Ce sont tes filles, n'est-ce pas ? s'enquit Olivia, la voix emplie d'émotion.

Quand il se tourna pour lui faire face, son visage respirait la sérénité, comme s'ils étaient en train d'avoir une discussion anodine.

— J'espérais qu'elles soient les filles de Christian.

— J'ai appris leur existence ce soir, pendant le bal.

— Leur mère ne t'en a jamais parlé ?

— Non.

— Et maintenant elle est morte, dit Olivia en soupirant.

— Les choses se sont mal terminées entre nous.

C'était trop d'émotions à gérer à la fois, il n'arrivait pas à faire face à Olivia.

— Je ne savais pas qu'elle était malade…

Sentant qu'elle le regardait avec intensité, il arbora un visage impassible.

— Tu l'aimais ?

Entre Olivia et lui, il n'avait jamais été question d'amour.

Leur union était un mariage de convenance et non une alliance romantique. Mais si elle venait à soupçonner qu'il avait failli donner son cœur à une autre femme, elle aurait peut-être du mal à s'engager envers lui.

— Notre relation remonte à longtemps.

— Bethany et Karina ont à peine deux ans donc ça ne fait pas si longtemps que ça.

Malgré son ton neutre et composé, il sentait dans le choix de ses mots qu'elle n'appréciait pas forcément de voir resurgir aussi soudainement son passé avec une autre femme. Si la presse s'emparait de l'affaire, il s'ensuivrait un tas de spéculations et de rumeurs et potentiellement un scandale qui n'aurait pas lieu d'être. Olivia aurait le rôle de la victime innocente qui se retrouve dans l'œil du cyclone et pâtit pour les autres.

— Personne ne doit être au courant.

— Impossible. Dès l'instant où tu les as ramenées au palais, tu as ouvert la brèche.

— Je sais mais j'aimerais retarder au maximum le moment où la presse s'emparera de l'affaire afin d'avoir le temps de prévoir un plan pour gérer la crise.

— En tout cas, ne sois pas inquiet au sujet de mon père. Il s'est engagé et il tiendra sa promesse.

— Et toi ?

— Je la tiendrai aussi. Ce sont deux petites filles merveilleuses. Je te soutiendrai dans ta décision mais je pense que tu devrais annoncer fièrement que ce sont tes filles avant que cela se retourne contre toi.

Ses yeux indiquaient qu'elle n'avait aucun doute, aucune hésitation.

Se rendait-elle compte qu'elle deviendrait ainsi la belle-mère des filles de son ex-maîtresse ? Peu de femmes auraient été prêtes à accepter une telle situation.

— Je crois qu'on ne se connaît pas assez.

— En effet, prince Gabriel.

— Gabriel, s'il te plaît. Hors de question que tu m'appelles prince Gabriel quand nous serons au lit.

L'allusion fit rougir Olivia.

— Gabriel, répéta-t-elle d'une voix douce et intime qui lui enflamma les sens. Je te promets de ne jamais t'appeler prince Gabriel quand nous ferons l'amour.

Pour la première fois, il décela une partie de la vraie Olivia qui se cachait sous l'Olivia énigmatique et cultivée qu'il avait décidé d'épouser. Ses yeux brillaient d'une lueur malicieuse. Pourquoi lui avait-elle caché la vivacité de son esprit ?

Il repensa au fait qu'ils avaient passé très peu de temps ensemble, trop peu, et que c'était entièrement de sa faute. S'il avait pris le temps de mieux la connaître, il aurait découvert la vérité plus tôt.

— Tout à coup, je m'aperçois que je ne t'ai pas embrassée depuis longtemps, murmura-t-il en lui prenant la main et en y déposant un léger baiser.

— Depuis le soir où tu m'as demandée en mariage.

— Devant une dizaine de témoins.

— C'est le protocole qui imposait cette procédure.

— Et surtout, pas comme je l'aurais souhaité.

— Tu aurais souhaité que ce soit comment ?

- 3 -

Olivia passa une mauvaise nuit sur le canapé. Elle aurait sûrement dormi tout aussi mal seule dans son grand lit. La soirée avait défilé en boucle dans son esprit. Le bal, la découverte des jumelles, l'histoire de Gabriel et de Marissa, le baiser qui avait failli avoir lieu entre Gabriel et elle.

Pourquoi avait-il hésité ? Avait-elle inventé le désir qu'elle avait lu dans les yeux de Gabriel sur la piste de danse ?

Le doute l'avait taraudée dès le départ de Gabriel. Elle avait une expérience très limitée des hommes. Jamais elle ne s'était laissée aller à vivre des aventures sans lendemain. Ses amies lui avaient toujours dit qu'elle était trop consciente de sa position dans la société mais, à la vérité, elle n'avait jamais éprouvé d'attirance pour les hommes de son cercle social. Elle aurait pu se poser des questions sur son manque de désir pour les hommes mais, grâce à un moment magique lors de sa première année à l'université, elle savait pouvoir ressentir une attirance physique pour un homme.

En effet, un soir, elle s'était rendue à un bal masqué avec l'une de ses amies. La liste des invités comptait les plus célèbres célibataires de Londres et c'était vraiment le dernier endroit où elle aurait dû se rendre, étant donné ses principes. Heureusement, son masque et son déguisement garantissaient en partie son anonymat.

Les invités étaient assez dévergondés, l'usage de drogues avait mené à des excès et elle avait commis l'erreur de se retrouver en mauvaise posture face à un homme. Celui-ci avait utilisé sa force et sa taille imposante pour la coller contre un mur et passer la main sous sa jupe. Elle avait lutté pour échapper à l'horrible sensation de ses lèvres moites sur sa gorge mais n'avait pas réussi à se libérer. Puis comme par enchantement, un bel inconnu était intervenu, projetant son assaillant à terre au point de le mettre KO.

Le couloir était trop sombre pour qu'elle puisse discerner son sauveur et elle était trop bouleversée pour se lancer dans une tirade digne du geste qu'il venait d'accomplir. Elle avait néanmoins réussi à lui sourire et à le remercier.

L'inconnu lui avait répondu avec un léger accent.

— Vous n'auriez pas dû venir ici. Cet endroit n'est pas fait pour une jeune fille comme vous.

Il avait entièrement raison et elle avait rougi sur-le-champ, gênée d'avoir été aussi naïve.

— La prochaine fois, je prendrai un pistolet dans mon sac au lieu d'un tube de rouge à lèvres, avait-elle répliqué sur un ton léger, apercevant son amie dans la foule.

— Pourvu qu'il n'y ait pas de prochaine fois, c'est trop dangereux.

— C'est vrai, cet endroit n'est pas fait pour moi. Je ne sais pas ce qui m'a poussée à suivre mon amie ici.

— Prenez soin de vous.

Dans un élan instinctif, elle s'était mise sur la pointe des pieds pour lui déposer un baiser sur la joue.

— Merci. Vous êtes mon héros.

Avant qu'elle ait eu le temps de tourner les talons, il lui avait pris le visage dans ses mains, collant ses lèvres aux siennes pour lui offrir un baiser comme jamais elle n'en avait reçu dans sa vie. A la fois possessif, excitant, impérieux et doux comme le miel.

Un moment magique, rapide comme l'éclair.

L'instant d'après, l'inconnu avait disparu comme il était apparu, mystérieusement.

Elle laissa échapper une longue inspiration mélancolique en repensant à ce souvenir.

Sept ans plus tard, c'était toujours le plus beau baiser de sa vie. Jamais elle n'avait revu cet inconnu ni su son nom.

Allongée sur le canapé, le bras sur les yeux pour cacher la lumière, Olivia tenta de faire taire les émotions qui l'assaillaient chaque fois qu'elle repensait à son chevalier sauveur. Inutile de se tourmenter et de rêver au prince charmant. Cet inconnu ne valait sûrement pas mieux que les autres mais elle l'avait idéalisé après ce baiser magique.

A présent, elle allait épouser un vrai prince et elle devait se concentrer sur son avenir.

Alors que les premiers rayons du soleil pénétraient dans la chambre, elle décida d'abandonner l'idée de dormir et prit son ordinateur portable.

Lors de ses recherches sur Sherdana, elle s'était concentrée sur la famille proche, la politique, l'économie, la géographie et l'histoire. Elle n'avait pas inclus la presse à scandale.

En creusant un peu la vie amoureuse de Gabriel, elle trouva des articles sur sa relation de plusieurs années avec Marissa Somme, une Franco-Américaine top model. Un article faisait allusion au fait qu'il avait été sur le point d'abdiquer pour poursuivre son idylle avec Marissa, mais ils avaient visiblement fini par rompre.

D'après les photos et les articles, Gabriel et Marissa avaient l'air très amoureux. Ce constat l'inquiéta. Si Marissa n'avait pas été une roturière, étrangère de surcroît, Gabriel l'aurait épousée. Ils auraient vécu heureux et auraient eu beaucoup d'enfants, y compris un héritier.

Visiblement, Gabriel avait choisi de faire passer son devoir avant tout et Marissa s'était volatilisée.

Des murmures provenant du lit la tirèrent de ses recherches. Les jumelles étaient réveillées.

L'espace d'un instant, elle les envia. En tant que fille unique, elle avait toujours rêvé d'avoir un frère ou une sœur à qui raconter des secrets. Mais elle avait passé son enfance dans la plus grande des solitudes, entourée essentiellement de nourrices et de précepteurs. Elle n'avait jamais eu d'amis de son âge et n'avait pas eu beaucoup de temps pour jouer.

Elle se dirigea vers le lit et souleva délicatement l'édredon sous lequel les jumelles s'étaient cachées. Les fillettes étaient en grande conversation, leurs visages quasiment collés. Leur première réaction fut d'avoir peur. Puis elles reconnurent Olivia et lui sourirent.

— Je vois que des petites filles se sont endormies dans mon lit et qu'elles y ont passé toute la nuit.

Puis elle grommela à la manière d'un ours et se pencha pour les chatouiller. Les petites filles rirent de bon cœur, comme si le traumatisme de la nuit dernière était effacé.

Olivia s'assit sur le lit. Gabriel n'allait pas tarder à venir les voir. Il en aurait sûrement parlé au roi et à la reine qui à leur tour voudraient sans aucun doute les rencontrer. Donc elle voulait les préparer.

— Vous savez, vous allez rencontrer un tas de nouvelles personnes aujourd'hui. Il ne faut pas avoir peur. Tout le monde est gentil.

— Comme une fête ?

— Oui, c'est ça.

— Un anniversaire ?

— Non.

— Maman avait dit…

Sentant que Karina était au bord des larmes en entendant parler de sa mère, elle tenta de faire diversion.

— Vous avez quel âge ?

Elle leur montra trois doigts.

Elles secouèrent la tête de concert.

Elle leur montra deux doigts.

Elles sourirent et secouèrent de nouveau la tête.

— On a ça, dit Bethany en montrant un doigt.

— Un an ? Mais ce n'est pas possible, vous êtes trop grandes. Je suis sûre que c'est bientôt votre anniversaire.

Elles acquiescèrent.

— On aura un poney, dit Bethany.

— Un poney ? Vous n'êtes pas assez grandes !

— Un petit chien, ajouta Karina, ouvrant la bouche pour la première fois.

— Non, poney. Maman a dit.

— On pourra aller voir des poneys tout à l'heure.

— Maintenant.

— Non, maintenant, il faut prendre le petit déjeuner, s'habiller et se préparer. Ensuite on retournera voir votre chambre.

— Non.

— La nourrice d'hier n'est plus là. Tout ira bien. Il y aura des gens gentils pour s'occuper de vous.

— Non, on veut rester ici.

— Ce n'est pas possible.

— Pourquoi ?

— Vous prenez trop de place, à trois, on n'arriverait pas à dormir.

— On dormait avec maman.

— On verra comment on peut s'arranger, concéda-t-elle, pour ne pas les contrarier.

Soudain, leur échange bascula quand les petites découvrirent que le matelas était à ressorts et qu'elles pouvaient s'en servir de trampoline.

Elle les regarda s'amuser tout en pensant aux défis qu'elle allait devoir relever. En plus de devenir la femme de Gabriel et la princesse de Sherdana, elle allait devoir jouer à la maman avec des jumelles qui n'étaient pas ses filles. Elle se sentait à la hauteur, mais elle n'avait pas assez dormi et elle sentait que Gabriel était encore amoureux de Marissa.

Tandis que les filles continuaient à s'en donner à cœur joie en sautant sur le lit, elle entendit frapper à la porte. Ce devait être Libby.

A sa grande surprise, elle se retrouva face à Gabriel, souriant, charmant et élégamment vêtu d'un costume gris, d'une chemise blanche et d'une cravate bordeaux.

— J'espère que ce n'est pas trop tôt, mais j'étais impatient, dit-il en caressant du regard sa chevelure et son peignoir de soie.

Plusieurs domestiques le suivirent dans la suite ; l'une d'elles poussait un chariot de restauration dont émanaient de délicieuses odeurs.

Elle passa rapidement la main dans ses cheveux, consciente qu'elle n'était pas maquillée et que, après une nuit passée à somnoler sur le canapé, elle n'offrait pas son meilleur visage.

— Je comprends que tu sois impatient de voir les filles.

— Merci de m'accueillir chez toi d'aussi bonne heure, murmura-t-il, son regard doré empli d'une lueur indéchiffrable.

Pensait-il à la mère des fillettes ?

Son cœur se serra.

Ce n'était pas le moment de tout remettre en cause.

— Bethany, Karina, voici votre…

Comment présenter Gabriel ?

Il se chargea lui-même de finir sa phrase.

— Père.

Gabriel sentit que son annonce avait pris Olivia de court. Pendant ces quelques heures de séparation, il avait envisagé les différentes solutions qui s'offraient à lui. Finalement, il avait décidé qu'il se fichait des retombées éventuelles. Il voulait annoncer haut et fort que Bethany et Karina étaient ses filles.

Olivia leur tendit les bras et elles vinrent aussitôt vers elle.

— Voici Bethany, annonça-t-elle, en commençant par la petite fille à sa droite.

Il n'arrivait pas à voir la différence.

— Comment les reconnais-tu ?

— Bethany est la plus bavarde des deux.

Pour le moment, elles étaient muettes comme des carpes, portant la même chemise de nuit et arborant le même regard déconcerté.

Décidant qu'il serait moins intimidant s'il était à leur hauteur, il s'agenouilla.

— Je suis enchanté, dit-il, leur offrant son plus beau sourire.

Il aurait voulu les serrer contre lui et leur dire qu'il les aimait déjà sans les connaître, mais il ne voulait pas les effrayer.

— On a faim, marmonna Bethany.

— C'est parfait car j'ai justement fait venir un chariot avec un vrai festin. Des toasts, des céréales, des œufs…

— De la glace.

— Pas pour le petit déjeuner.

Olivia ne chercha pas à cacher son amusement. Son sourire et la lueur rieuse qui illuminait ses yeux bleus faisaient d'elle une femme non seulement ravissante mais également pleine de vivacité.

— Avec chocolat.

L'intervention de Bethany le força à se concentrer sur la situation présente.

— Peut-être après le déjeuner, si vous avez bien mangé.

Il avait déjà eu affaire à des négociateurs coriaces mais il sentait que ses filles faisaient partie d'une catégorie hors norme et qu'elles allaient lui donner du fil à retordre.

— De la glace !

— Je vous propose des gaufres avec du sirop d'érable.

— De la glace ! Olivia…

— Vous devez écouter votre père. Il sait ce qu'il y a de mieux pour vous. Allez, venez vous asseoir à table. Il n'y a pas de rehausseurs ni de sièges pour enfants dans ma chambre mais on peut vous installer des coussins.

Les petites le suivirent puis il invita Olivia à se joindre à eux.

— Non, je vais te laisser passer du temps avec elles. Je vais me doucher.

Après un dernier sourire à l'intention des filles, elle disparut dans la salle de bains.

— Alors, vous savez ce que vous voulez manger ?

Leurs grands yeux innocents fixés sur lui, elles l'observèrent quelques instants pour voir s'il montrait des signes de faiblesse.

— Pancakes, déclara enfin Bethany voyant que son père n'était pas près de céder.

Ce fut le mot d'ordre qui enclencha la procédure du petit déjeuner.

N'ayant pas très faim, il se contenta de siroter un café et de les regarder manger. Tout dans leurs attitudes et leurs gestes lui rappelait Marissa. Quel sentiment étrange.

Le temps que les petites aient avalé goulûment deux pancakes chacune, Olivia ressortit de la salle de bains.

Sa longue chevelure blonde et soyeuse entourait à merveille son doux visage légèrement maquillé. Elle portait une robe portefeuille légère qui accentuait sa taille fine et mettait en valeur ses formes féminines sculptées à la perfection. Des sandales à talons allongeaient sa silhouette et mettaient en valeur ses mollets fins et musclés.

Heureusement qu'il était assis, sans quoi il serait tombé à la renverse. Elle était belle à couper le souffle, tout simplement.

Un désir fulgurant s'empara de lui, embrasant tout son corps. Jamais il ne s'était attendu à éprouver de telles émotions le jour où il l'avait formellement demandée en mariage. Dans un mois, ils seraient mari et femme mais il n'avait plus envie d'attendre leur nuit de noces pour la faire sienne.

Lorsqu'il lui avait rendu visite pendant la nuit, si les jumelles n'avaient pas occupé son lit, il lui aurait fait l'amour jusqu'au petit jour.

La puissance de son excitation l'inquiéta. N'était-ce pas ce qu'il pensait éviter en choisissant Olivia ? Il ne voulait plus retomber dans les affres de la passion et se retrouver dépendant de sensations destructrices. Mais le désir n'était pas forcément lié à l'amour et ne menait pas obligatoirement à une obsession dévorante.

Certes, il pouvait s'autoriser à ressentir de l'attirance pour sa future épouse, mais il ne devait pas reproduire les erreurs du passé.

— Tu veux du café ? s'enquit-il, tentant de revenir dans la partie et de chasser ses pensées moroses.

— Oui, avec plaisir. Je crois que je n'ai jamais eu autant besoin d'un café le matin.

— La nuit a été rude ?

— Le canapé est très beau, mais ce n'est pas un lit.

— Tu n'as pas fermé l'œil de la nuit ?

— Oh si, environ une heure, plaisanta-t-elle.

Elle prit une assiette sur laquelle elle posa un croissant, des fruits et des œufs brouillés.

— Tu dois prendre des forces.

— Je crois surtout que je vais devoir faire attention à ce que je mange si je ne veux pas grossir. Tout ce qu'on me sert est tellement délicieux.

— Après avoir vu mes parents au sujet des filles, nous pourrions aller faire un tour dans le jardin ?

— Ce serait avec plaisir mais je crains que les préparatifs pour le mariage ne m'empêchent de me libérer.

— J'imagine que si je peux abandonner mes fonctions officielles pendant trente minutes, tu peux déléguer des tâches à ton assistante et passer un peu de temps avec moi ?

— Si c'est un ordre du prince…

— Dois-je vraiment user de mes fonctions de prince pour te voir ?

— C'est la reine qui a décidé de mon emploi du temps, répondit-elle, taquine.

Elle lui faisait savoir gentiment, mais néanmoins fermement, qu'elle n'avait pas apprécié de se voir négligée pendant sa première semaine à Sherdana.

— Je parlerai à ma mère, dans ce cas.

— Je serai ravie de me promener avec toi dans les jardins.

— Les poneys ! s'exclama Bethany, interrompant leur échange.

— Apparemment, Bethany veut un poney pour son anniversaire. Je lui ai répondu qu'elle était un peu jeune mais peut-être y en a-t-il dans les écuries royales ?

— Non, malheureusement.

Devant la mine défaite des jumelles, il chercha aussitôt comment leur redonner le sourire, ne supportant pas l'idée de les faire souffrir.

— Mais je peux me tromper.

Il demanderait à Stewart de faire venir des poneys dans les écuries. Ses frères, sa sœur et lui étaient montés à cheval dès qu'ils avaient été en âge de s'asseoir. Ariana était la seule qui continuait à monter régulièrement mais lui-même ne ratait jamais une occasion de faire un tour à cheval pour se détendre, surtout après une épuisante séance au Parlement, par exemple.

— Tu montes à cheval, Olivia ?

— Oui, chaque fois que nous allions dans notre maison de campagne.

On frappa à la porte. L'assistante personnelle d'Olivia fit son entrée, suivie de Stewart.

La tranquillité du matin venait de prendre fin.

— Votre Majesté, je dois vous parler, annonça Stewart d'un air solennel.

Gabriel le suivit dans le couloir.

— La reine et le roi vont venir vous voir.

Il avait espéré être le premier à leur annoncer la nouvelle mais celle-ci avait visiblement voyagé plus vite que l'éclair.

— Comment ont-ils su ce qui se passait ?

— La reine et le roi m'ont convoqué pour me demander ce que vous faisiez.

— Et vous vous êtes senti obligé de tout leur raconter ?

— Je n'ai pas eu le choix.

— Gabriel ! Nous sommes venus voir nos petites-filles ! lança la reine qui arrivait dans le couloir.

Sa mère souriait, mais son père semblait tendu. Malgré leurs quarante années d'exercice à la tête de Sherdana et les problèmes qu'ils avaient dû surmonter, il sentit que la nouvelle avait eu l'effet d'un tsunami sur eux.

— Il ne faut pas les brusquer, elles ont vécu des moments traumatisants.

— Et Olivia ?

— Nous en avons parlé pendant la nuit.

— Et comment a-t-elle pris la nouvelle ?

— Vous voulez surtout savoir si elle a encore l'intention de m'épouser maintenant que je suis le père de jumelles dont je ne savais rien jusqu'à hier soir.

— Et alors ?

— Jusqu'à présent, elle est d'accord pour me soutenir.

— Et son père ? intervint le roi.

— Il n'est pas encore au courant. Mais cela ne saurait tarder.

— Lord Darcy serait-il capable de revenir sur sa décision ? s'enquit la reine avec gravité.

— Olivia est persuadée qu'il ne rompra pas le contrat.

— Et as-tu pensé à ce que tu allais dire à la presse ?

— Je vais publier un communiqué pour annoncer que ce sont mes filles. Olivia a tout de suite vu la ressemblance, ce serait une erreur que d'essayer de masquer la vérité. J'espère limiter ainsi les risques de scandale.

— Et si le scandale éclate malgré tout ?

— Je serai assez fort pour le surmonter.

— Nous serons à tes côtés, déclara son père.

— Tu penses vraiment qu'Olivia sera d'accord pour élever les filles de Marissa ?

— J'apprends à connaître Olivia et je crois que ce ne sera pas un problème. Elle est déjà très proche des filles, s'occupe d'elles à merveille et elles lui font confiance.

La reine poussa un soupir de résignation.

— Espérons que tu aies raison. Ce sera formidable d'avoir des enfants dans le palais. Allons donc voir ces fameuses jumelles.

- 4 -

Prévenue par son assistante personnelle, Olivia savait que ses futurs beaux-parents allaient arriver d'une minute à l'autre. Elle avait rapidement débarbouillé les jumelles pour qu'elles soient présentables. Cependant, l'irruption de nouveaux inconnus effraya les filles qui se cachèrent derrière elle.

— Dites bonjour à la maman de votre papa. Elle est venue pour faire connaissance avec vous.

Karina refusa de se montrer mais Bethany finit par pointer le bout de son nez.

En voyant son visage, la reine prit le bras de son mari.

— Gabriel, tu avais raison, c'est ton portrait craché.

La reine tendit la main vers Bethany qui, pour le plus grand plaisir d'Olivia, se dirigea vers sa grand-mère.

— Comment t'appelles-tu ?

— Bethany.

Sentant que Karina n'était pas loin de se montrer, la reine se tourna dans sa direction.

— Et toi, comment t'appelles-tu ?

— Karina, répondit Bethany.

— Quel âge ont-elles ? s'enquit le roi.

— Elles auront deux ans d'ici quelques semaines.

— Petit chien, dit Karina, sortant de son silence.

— Tiens, justement, j'ai un petit chien, tu voudrais le voir ?

Karina acquiesça.

La reine semblait aux anges d'avoir réussi à établir le contact.

— Mary, pourriez-vous aller chercher Rosie, s'il vous plaît ?

Cinq minutes plus tard, la femme de chambre était de retour

avec le chiot. Les jumelles s'amusèrent comme des folles à se faire lécher les joues et à caresser l'épagneul.

— Gabriel, tu devrais aller faire un tour avec Olivia. Je vais m'occuper des filles.

Sans se faire prier, il la prit par le bras et la guida hors de la chambre.

— Partons tant que nous en avons la permission, murmura-t-il sur le ton de la plaisanterie.

L'air matinal du mois de mai était encore assez frais.

— Veux-tu que j'envoie quelqu'un chercher un pull pour toi ?

— Non, ça ira, marchons au soleil.

Il la prit par la main.

— Merci pour tout ce que tu as fait pour les filles.

— Je suis désolée qu'elles aient perdu leur maman mais elles ont la chance de t'avoir.

— Toi non plus, tu n'as pas connu ta mère. Elle est morte en te donnant naissance, c'est ça ?

Elle ne lui avait rien dit à ce sujet.

— Je vois que nous avons chacun enquêté l'un sur l'autre, répondit-elle sur un ton léger.

— Je voulais aussi m'excuser d'avoir traité nos fiançailles comme un contrat d'affaires. Je suis vraiment désolé.

— Tu n'as pas à être désolé. Je savais à quoi m'attendre.

Il la regarda d'un air sérieux.

— Je ne crois pas que tu saches à quoi t'attendre. Comme tu as pu le voir dès hier soir, la vie nous réserve parfois de sacrées surprises.

— J'aime ta vision des choses, c'est plutôt mystérieux, rétorqua-t-elle, décidée à garder un ton léger.

— Dorénavant, je veux tout savoir sur toi. Je veux apprendre à te découvrir.

D'un côté, c'était une bonne nouvelle, elle était ravie qu'il s'intéresse enfin à elle. De l'autre, elle paniqua. Que dirait-il quand il apprendrait qu'elle lui avait caché ses problèmes gynécologiques ? La situation semblait être réglée, mais si des complications survenaient et qu'elle ne pouvait réellement pas tomber enceinte et offrir un héritier au trône de Sherdana ?

— Je trouve qu'on a aussi le droit à son jardin secret. J'aurais trop peur que tu te lasses de moi après avoir découvert tous mes secrets.

— Je n'ai jamais envisagé que tu puisses avoir des secrets, murmura-t-il.

— Toutes les femmes ont des secrets !

— J'aimerais autant qu'il n'y ait pas de cachotteries entre nous.

— Après l'arrivée de tes filles hier soir, ce serait plutôt à moi de dire ça. Alors qu'as-tu d'autre à m'apprendre ?

— Moi ?

Elle se félicita d'avoir réussi à faire dévier la conversation vers Gabriel.

— C'est toi qui as dit qu'on devait apprendre à se connaître. Alors vas-y, montre l'exemple.

Dérouté, Gabriel retrouva vite son équilibre.

— Tu as entièrement raison. Alors, que veux-tu savoir ?

— Pourquoi tu m'as choisie ?

— Ta passion pour les causes liées aux enfants et tes efforts incessants pour leur offrir une vie meilleure. Je savais que tu plairais aux habitants de mon pays.

— Ton pays, répéta-t-elle en écho, le regard perdu dans le vide.

Beaucoup de jeunes femmes devaient envier sa place mais savaient-elles les sacrifices et les responsabilités auxquels cela vous obligeait ?

Pour sa part, elle était ravie car elle savait que son rôle d'ambassadrice de la cause des enfants serait renforcé par son titre de princesse.

Dès son arrivée, elle s'était rendue dans un hôpital pour discuter de la façon d'améliorer l'aile réservée aux soins pédiatriques.

Elle se réjouissait à l'idée d'être le porte-parole des enfants en détresse, dans le besoin ou gravement malade.

A Londres, elle avait passé des heures à récolter des fonds et à rendre visite à des enfants dans les hôpitaux. Chaque fois, elle était impressionnée par leur capacité à se battre et leur volonté de vivre. C'était pour elle une grande source d'inspiration et elle espérait pousser d'autres gens à suivre son exemple.

— Je ferai toujours de mon mieux pour être à la hauteur des habitants de ton pays.

— J'espérais que tu dises ça.

Ses jambes vacillèrent quand il glissa une main sous sa chevelure pour la prendre par la nuque. Puis il lui posa son autre main sur la joue, pour l'obliger à le regarder dans les yeux.

Son cœur fit un bond dans sa poitrine. Il la désirait.

Etant donné les papillons dans son bas-ventre, elle sut qu'elle avait également très envie de lui.

Ensorcelée par son regard, elle resta immobile jusqu'à ce que ses lèvres viennent recouvrir les siennes. La libération inouïe qu'elle éprouva en cet instant se propagea à la vitesse d'un feu d'été, accompagnée d'un profond sentiment de soulagement. Elle gémit en sentant la langue de Gabriel suivre le contour de ses lèvres. Puis elle ouvrit la bouche pour l'accueillir en elle, avant de presser sa poitrine contre son torse ferme et musclé, désireuse de sentir ses mains partout sur son corps.

Une toux se fit entendre dans leur dos.

— Excusez-moi de vous déranger, Votre Majesté.

Gabriel se raidit, s'arrachant à leur étreinte après lui avoir passé le pouce sur la lèvre inférieure.

— Nous reprendrons plus tard, murmura-t-il d'une voix rauque et impérieuse.

— Avec plaisir, Votre Majesté.

Il lui offrit un bref sourire amusé avant de reprendre son air sérieux pour faire face à son secrétaire.

Orpheline de son parfum, de son étreinte et de sa bouche avide, elle dut se faire violence pour revenir sur terre.

Le baiser qu'ils venaient d'échanger, même interrompu, était tout simplement paradisiaque. Passionné, exécuté avec art, tentateur et on ne peut plus excitant.

Elle tenta de mettre de l'ordre dans ses pensées tout en écoutant la conversation de Gabriel avec son secrétaire.

— Je suis vraiment désolé de vous interrompre mais la presse s'est emparée de l'affaire, lord Darcy a appris la nouvelle et il est en ce moment en réunion avec le roi et la reine.

— Comment les médias sont-ils déjà au courant ?

— Les soupçons se portent vers l'avocat.

— C'est peu probable. Il n'a rien à y gagner.

— Alors quelqu'un qui travaille au palais.

— Quels employés ont été mis au courant hier soir ?

— Les deux femmes de chambre en charge de préparer la nurserie, mais elles sont avec nous depuis dix ans et ont notre entière confiance.

Olivia pensa aussitôt à la femme qu'elle avait trouvée à 2 heures du matin dans sa suite. Pourtant, le personnel du palais étant minutieusement trié sur le volet, cette femme n'avait sûrement fait qu'obéir aux ordres.

— La nourrice. Elle a dû vouloir se venger du traitement que je lui ai infligé.

— L'avocat m'a assuré qu'il ne lui avait rien dit.

— Peut-être, mais une fois au palais, elle a pu se douter de quelque chose.

— Je suis désolée, c'est ma faute, je n'aurais pas dû intervenir.

— Ne dis pas ça. Tu as agi selon tes convictions et cette nourrice était visiblement inapte à s'occuper d'enfants. De plus, c'était naïf de ma part de penser que je pourrais cacher l'existence des jumelles à la presse.

Pour la première fois, elle se sentit proche de Gabriel, formant un couple uni avec lui.

— Je suis sûre que si nous montrons que nous sommes soudés et décidés à faire face à notre devoir, nous réussirons à mettre fin au scandale médiatique.

Gabriel lui prit la main et y déposa un baiser d'une légèreté inouïe.

— Alors c'est exactement ce que nous allons faire.

Ce fut main dans la main que Gabriel et Olivia pénétrèrent dans le grand salon du rez-de-chaussée où la famille se réunissait souvent. Il offrait une vue superbe sur le parc.

Ils y trouvèrent Christian et Ariana.

Gabriel se joignit à eux pour regarder le reportage diffusé à la télévision. Etant donné les informations contenues dedans, il était certain que quelqu'un à l'intérieur du château avait fourni un dossier complet à la presse.

Le sang de Gabriel se glaça lorsque le journaliste spécula sur le destin de Marissa : avait-elle reçu une somme d'argent conséquente pour disparaître de la vie de Gabriel avec ses jumelles ? Ou Marissa avait-elle fui de peur qu'on ne lui enlève ses filles ?

Il se raidit davantage lorsqu'il vit Olivia se rapprocher de l'écran et écouter attentivement les détails de la carrière de Marissa tandis que des photos de ses couvertures pour *Vogue*, *Elle* ou encore *Harper's* défilaient à l'écran.

Marissa était une très belle femme et ses filles promettaient de lui ressembler. Auraient-elles également envie de faire carrière dans le mannequinat ? Serait-ce acceptable pour des descendantes de la famille royale ?

Ces questions l'amenèrent à penser au statut qu'il devrait donner à ses filles qui, pour l'instant, étaient encore illégitimes aux yeux de la loi du pays.

Son attention se reporta sur l'écran et son anxiété augmenta d'un cran. A présent, les photos qui défilaient les montraient, Marissa et lui. Olivia se tenait le dos raide, le regard fixe, les lèvres serrées.

Le plus alarmant, c'était que ces photos ne provenaient pas de paparazzi. Elles avaient été prises par des amis ou de la famille. Son inquiétude ne cessa de croître à mesure qu'il voyait le visage d'Olivia se fermer face à l'histoire de sa relation avec Marissa, romancée à l'extrême.

Son assistante personnelle s'approcha d'elle et lui parla à l'oreille.

Elle vint aussitôt se poster près de lui.

— Mon père souhaite s'entretenir avec moi.

— Je vais t'accompagner.

— C'est inutile. Tu dois rester auprès des tiens et trouver la meilleure solution pour gérer la crise.

Elle avait raison mais ce reportage l'avait mis mal à l'aise, il sentait une gêne palpable entre eux et il n'avait pas envie d'attendre pour clarifier la situation.

— J'aimerais te retrouver pour parler après ton entrevue avec ton père.

— J'ai un essayage pour ma robe de mariage à 10 heures mais je devrais être de retour peu avant midi.

— J'ai un déjeuner avec le conseiller en éducation.

Une fois de plus, leurs emplois du temps les empêchaient de communiquer, de se retrouver.

— Peut-être que Libby et Stewart peuvent nous trouver un créneau dans l'après-midi ?

— Non, je n'ai pas envie d'attendre la fin d'après-midi. Allons discuter en privé dans mon bureau.

— Comme tu voudras.

Bizarrement, il n'aimait pas le ton calme et détaché d'Olivia, comme si elle lui échappait ou se repliait sur elle-même. Quand il posa la main dans le creux de son dos pour la guider hors du salon, il sentit à quel point elle était tendue. Tout à l'heure, dans le jardin, sa main avait pu épouser la forme de son corps. A présent, la tension dans sa colonne reflétait le changement d'humeur entre eux.

Il regretta de ne pas avoir eu un peu plus de temps pour apprendre à connaître Olivia avant de devoir faire face à de tels événements. Mais la vie en avait décidé autrement.

Ils marchèrent en silence jusqu'à son bureau qu'il considérait comme un havre de paix et où il espérait pouvoir éclaircir la situation avec Olivia.

Son bureau était au premier étage, non loin de la salle de réception où le bal avait eu lieu. Les murs lambrissés étaient couverts de livres du sol au plafond. Une fois la porte fermée, il s'y sentait comme dans un cocon.

— Tu es contrariée.

— Je m'inquiète pour les jumelles.

Sa voix calme et son expression en apparence posée contrastaient avec la femme passionnée qui avait fondu dans ses bras lors de leur étreinte fougueuse au jardin.

Il avait une boule à l'estomac.

— Je me suis dit que ce serait une bonne idée de penser à inclure les jumelles au mariage. Je vais parler à ma couturière pour voir si elle peut leur confectionner des robes de demoiselles d'honneur assorties à ma robe de mariée.

— Tu es sûre ? s'enquit-il, fouillant son regard.

— Bien entendu. Le monde entier connaît leur existence, ce serait une erreur de les cacher.

— Tu as raison. J'en parlerai à mes parents.

Même s'il appréciait qu'Olivia se soucie du bien-être de ses filles, il sentait que le nœud du problème n'était pas là. L'atmosphère entre eux avait perdu de sa légèreté.

— Au sujet de ma relation avec Marissa…

— Vous aviez l'air de former un couple heureux.

Elle sembla sur le point de continuer mais se ravisa.

— Nous avons partagé de bons moments, mais la plupart du temps, nous étions comme chien et chat.

— Les photos ne reflètent pas du tout ça.

Même si elle avait parlé calmement, le contenu de ses paroles reflétait l'émoi qui l'agitait.

— Nous nous disputions en privé.

Puis ils faisaient la paix au lit, par le biais d'ébats passionnés.

Il avait gardé ce commentaire pour lui, mais Olivia eut une réaction étrange. Elle chercha à mettre davantage de distance entre eux en allant vers les portes-fenêtres donnant sur la terrasse, comme si elle avait lu dans ses pensées.

Il vint la rejoindre avec l'envie irrésistible de la prendre dans ses bras.

Elle leva les yeux vers lui, le regard perdu.

— La passion peut être dangereuse, lâcha-t-elle.

Qu'en savait-elle ?

Elle avait vécu une vie irréprochable, sans vague ni scandale.

Soudain, un énorme doute s'empara de lui.

— Comment le sais-tu ? As-tu…

— Un amant ?

En cet instant, elle était de loin la plus forte. Elle arrivait à lui faire comprendre que sa jalousie était mal placée et qu'il ne savait vraiment pas grand-chose à son sujet.

Il la prit par les épaules pour l'obliger à se retourner. Elle ne leva pas les yeux.

— Alors ?

— Non. Tu seras mon premier homme.

Le désir explosa entre eux quand elle leva enfin les yeux vers lui.

Trop heureux de savoir qu'elle serait entièrement à lui et qu'aucun autre homme ne l'avait jamais possédée, il perdit pied. Cédant au besoin de l'embrasser à lui en faire perdre haleine, et désireux de lui donner un avant-goût de passion, il enveloppa son visage d'une main et l'étreignit de l'autre avant de poser ses lèvres sur les siennes.

Ce n'était qu'un avant-goût mais cela suffit à le déstabiliser. S'arrachant à ses lèvres, il posa son front contre le sien.

— Le seul ? s'enquit-il en un grognement possessif.

— Bien sûr.

Sa réponse terre à terre lui prouva qu'il avait perdu pied avec la réalité et qu'Olivia lui faisait tourner la tête. Ses mains ne la touchaient plus mais brûlaient encore du contact avec sa peau.

Il avait besoin de passer du temps avec elle de toute urgence.

L'annonce de l'arrivée de ses filles au palais et le scandale qui était en train d'éclater pourraient pousser lord Darcy à revoir ses projets d'investissements, voire à les annuler.

Tant qu'Olivia était encore désireuse de l'épouser, tout était possible. Et il pensait savoir comment la convaincre que l'épouser était ce qu'il y avait de mieux pour elle.

Il devrait créer une occasion pour se retrouver en tête à tête avec elle et lui offrir un gage de son affection. Jusqu'à présent, il ne lui avait donné qu'une bague de fiançailles. Il aurait dû lui offrir un cadeau lors de son arrivée à Sherdana mais il n'avait pas eu le temps de s'en occuper.

— Je t'invite à dîner dans ma suite ce soir.

— Ce sera avec plaisir, répondit-elle, le visage impassible.

Il l'avait en partie choisie pour cette capacité à garder un visage impassible en toute circonstance. Mais en cet instant, il aurait donné n'importe quoi pour la déchiffrer ou lire dans ses pensées.

Peu après le départ d'Olivia, il fit venir Stewart pour lui demander de réorganiser son emploi du temps afin qu'il puisse s'entretenir avec le joaillier royal.

Trente minutes plus tard, il retrouva M. Sordi qui l'attendait dans un petit salon avec deux valises de bijoux ouvertes sur la table basse.

Malgré le large choix, il n'eut aucun mal à sélectionner le joyau qu'il voulait offrir à sa future épouse.

Une fois l'affaire conclue, il repartit dans son bureau où il écrivit un petit mot à Olivia pour l'inviter officiellement à dîner avec lui le soir même. Il envoya une femme de chambre livrer le message et le cadeau, puis il se rendit à son déjeuner officiel en ne pensant qu'à la soirée qu'il passerait avec Olivia. Leur première vraie soirée en tête à tête.

Olivia sortie de l'entrevue avec son père le cœur léger. Elle l'avait rassuré, lui disant que c'était elle qui avait découvert les jumelles dans le palais et qu'elle ne voyait aucun inconvénient à ce qu'elles viennent habiter avec eux.

Après cette réunion fructueuse, elle se rendit dans sa suite pour se changer, mais finit par passer un temps fou sur la terrasse, le regard perdu en direction du jardin où Gabriel l'avait embrassée.

Soudain, en repensant au reportage sur Marissa et lui, elle sombra dans un profond désarroi. Emportée par l'excitation qu'avait fait naître en elle le baiser de Gabriel, elle avait presque réussi à se bercer d'illusions et à croire qu'il pourrait s'agir d'un mariage d'amour.

Mais elle se fourvoyait. Ce mariage n'était rien d'autre qu'un mariage de convenance et elle ferait mieux de ne pas l'oublier.

Elle n'avait jamais connu le grand amour, mais les photos de Marissa et Gabriel montraient que la jeune femme avait été le grand amour de Gabriel.

Quand il l'avait embrassée dans le jardin, pensait-il à Marissa ? Regrettait-il la mort de Marissa ? Aurait-il souhaité être en mesure de l'épouser ?

Elle ne pouvait pas rivaliser avec cette femme…

Mais au fond, elle n'en avait pas besoin, elle ne jouait pas sur le même terrain.

On attendait d'elle-même qu'elle soit une princesse prête à soutenir son mari, à défendre la cause des enfants et à assurer la descendance de la famille Alessandro.

Voir Gabriel, les yeux rivés sur les photos de Marissa, l'avait peinée.

Soudain, elle n'était plus sûre de vouloir se lancer dans cette aventure dangereuse.

Désemparée, elle regarda la bague de fiançailles scintillant sous le soleil. Elle était venue à Sherdana pour épouser un prince et non un homme. Mais après avoir eu un avant-goût de passion, elle se rendait compte qu'elle ne pourrait pas épouser un homme hanté par son passé.

Un homme encore amoureux de la mère de ses filles.

Peut-être que ce mariage n'était pas écrit dans les cartes. Pourtant, tant de choses et tant de gens en dépendaient.

Elle regarda l'heure à la fine montre en or qui avait appartenu à sa mère. Puis, mettant ses doutes de côté, elle trouva le courage de réagir et de se préparer pour se rendre à son essayage.

Dans la voiture qui la conduisait chez la créatrice qui confectionnait sa robe de mariée, Noelle Dubone, elle se fit la réflexion que le pragmatisme enseigné par son père était son seul secours, l'unique branche à laquelle se raccrocher. En effet, il lui avait toujours appris qu'il était inutile de se battre contre des choses qu'on ne pouvait pas contrôler. Le destin faisait *de facto* partie de ces choses. Il lui avait aussi appris que c'était inutile de se bercer d'illusions et que son mariage avec Gabriel était bel et bien un mariage de convenance. Il l'avait mise en garde contre les rêves des petites filles qui s'imaginaient qu'il était possible d'épouser un prince charmant et de vivre heureux en élevant une ribambelle d'enfants.

Les cloches du magasin sonnèrent lorsqu'elle pénétra avec Libby dans le salon de réception éclairé par de grandes baies vitrées lumineuses. Les murs beiges se fondaient à merveille avec le sol en marbre. Le salon était meublé d'un canapé de soie damassée dorée et de deux fauteuils assortis.

La porte s'était à peine refermée que Noelle Dubone venait déjà les accueillir. La créatrice offrit à Olivia un sourire chaleureux et une poignée de main ferme.

— Lady Darcy, ravie de vous revoir, lança-t-elle avec son accent italien chantant.

— Je suis ravie de vous revoir également.

Lorsque le moment était venu de choisir sa robe de mariée, ses amies londoniennes lui avaient recommandé de prendre l'un des grands couturiers de Londres, de Paris ou de New York, mais elle avait préféré opter pour quelqu'un d'ici, dont elle aimait le travail.

— Venez, votre robe vous attend.

Pour ses clients les plus sélects, Noelle réalisait les essayages à domicile mais Olivia aimait l'ambiance de la boutique et avait préféré venir à la rencontre de la couturière.

La robe qui l'attendait était aussi belle que ce que laissaient présager les croquis. Six mois auparavant, elle avait choisi ce modèle parmi de nombreux autres. Aujourd'hui, elle était subjuguée par la confection.

Avec l'aide des assistantes de Noelle, elle enfila la robe. Puis elle se tourna pour s'admirer dans un miroir triple. C'était parfait.

Du corset aux cuisses, la robe était près du corps et mettait en valeur sa taille fine et ses hanches sveltes. Au-dessus du genou, la jupe prenait de l'ampleur et se transformait en traîne à l'arrière. La soie d'organza, brodée de fines plumes blanches, ainsi que les lignes féminines et épurées conféraient à la robe un style à la fois riche et discret. Le modèle d'origine n'avait pas de bretelles mais Olivia avait demandé que Noelle en ajoute. Elle était très contente du résultat.

— Et pour le voile, vous avez réfléchi ?

— La reine va me prêter le diadème qu'elle portait pour son mariage, donc je ne vais pas porter de voile.

— C'est tout aussi bien car à l'origine, je n'avais pas prévu de voile dans la conception de ce modèle.

Durant l'heure qui suivit, les assistantes de Noelle firent les retouches nécessaires après l'essayage.

— J'ai un autre projet dont je veux vous parler, déclara Olivia quand sa robe fut prête.

— Suivez-moi dans mon bureau et dites-moi de quoi il s'agit.

Olivia emboîta le pas à la couturière tout en réfléchissant à la meilleure façon d'aborder le sujet. Ne trouvant pas de solution idéale, elle n'y alla pas par quatre chemins.

— Vous avez vu les nouvelles ce matin ?

— Au sujet des filles du prince Gabriel ? Etant donné la couverture médiatique, ce serait difficile de ne pas être au courant. En plus, la famille royale ayant toujours été très discrète et n'ayant jamais fait de vagues, ce scandale est une aubaine pour la presse, à l'approche de votre mariage.

— Oui, et l'une des missions de la famille royale, c'est précisément de savoir gérer ces crises médiatiques.

— C'est pour ça que j'ai toujours refusé la célébrité, ajouta Noelle en touchant un cadre argenté avec la photo d'un petit garçon brun.

— C'est votre fils ?

— Oui, Marc. Il avait deux ans sur la photo. Comme les jumelles du prince Gabriel.

Olivia sentit naître au plus profond d'elle-même une envie d'avoir un enfant.

— Quel âge a-t-il, maintenant ?

— Il va bientôt avoir quatre ans.

Elle ne posa pas de questions sur le père de l'enfant, sachant que Noelle n'était pas mariée. Elle ne voulait surtout pas la mettre dans une situation gênante ou lui rappeler des souvenirs douloureux.

— J'aimerais inclure les filles du prince dans notre mariage et je voulais vous demander de leur confectionner des robes de demoiselles d'honneur.

— Bien sûr. Je vais faire quelques croquis et je vous les ferai parvenir. Vous aviez des coloris en tête ?

— Je pensais à du blanc avec des touches de jaune pâle, pour s'accorder à la robe d'Ariana.

Les jumelles étaient brunes, comme Ariana, donc ces tons devraient leur aller.

— Parfait, je vais m'y mettre sur-le-champ.

On frappa soudain un petit coup à la porte du bureau de Noelle. C'était l'une de ses assistantes.

— Excusez-moi de vous déranger mais je voulais vous prévenir qu'il y avait un groupe de journalistes devant la boutique, leur annonça-t-elle, inquiète.

L'annonce de ses fiançailles en Grande-Bretagne n'avait pas attiré l'attention des médias. Mais à Sherdana, c'était une autre histoire. Lors de sa précédente visite, trois mois auparavant, elle avait remarqué que les gens étaient très curieux. Ils la suivaient partout et observaient le moindre de ses faits et gestes.

Mais lorsqu'elle pénétra dans la pièce de la boutique qui donnait sur la rue, elle comprit l'inquiétude de l'assistante. Il y avait environ une centaine de personnes massées dans la rue, pratiquement toutes munies d'un appareil-photo. Un mélange de journalistes et de badauds, fort probablement.

David, son chauffeur, et Antonio, le garde que Gabriel avait engagé pour veiller à sa sécurité lorsqu'elle sortait du palais, avaient fait appel à du renfort et réquisitionné cinq gardes supplémentaires du palais pour créer un couloir entre la porte de la boutique et la voiture officielle.

- 5 -

Lorsque Olivia rentra dans sa suite après sa séance d'essayage chez Noelle, elle trouva une invitation et un long étui fin entouré de rubans. Le cœur battant la chamade, elle ouvrit l'enveloppe et découvrit aussitôt l'écriture masculine de Gabriel.

Un dîner en tête à tête, dans sa suite. Elle pressa la lettre contre sa poitrine, puis ferma les yeux, prenant une grande inspiration en tentant de calmer l'émoi qui l'agitait. Hormis le moment où il était venu la retrouver dans la nuit pour prendre des nouvelles des jumelles, ils n'avaient pas passé de temps à deux.

Avait-il l'intention de la séduire ? Elle l'espérait de tout son cœur. Mais que devait-elle porter pour une occasion pareille ? Une tenue sobre pour refléter son niveau d'inexpérience en matière sexuelle ? Ou quelque chose d'osé pour l'attirer à elle et lui donner envie de la toucher ?

Ce matin, quand il l'avait attirée à lui pour l'embrasser, ses inquiétudes s'étaient envolées. Visiblement, il ne la trouvait pas repoussante. C'était plutôt rassurant. Toutefois, il avait sûrement l'habitude de femmes expérimentées et elle ne ferait pas le poids le moment venu.

Renonçant à se laisser perturber par ces pensées, elle tira sur l'un des rubans qui entouraient l'étui. Le morceau de soie bleu pâle tomba sur le sol en silence. Elle ouvrit délicatement le boîtier, le cœur battant à l'idée de découvrir le premier cadeau de Gabriel. La forme de l'étui lui suggérait un bracelet.

Elle prit une grande inspiration puis souleva le couvercle. Sur un lit de velours noir reposait une rivière de diamants entourant une émeraude brute magnifique. A la fois contemporain, original et un tantinet clinquant, ce n'était pas du tout le genre

de bijou qu'elle aurait choisi, mais c'était le choix de Gabriel et, désireuse de garder un esprit ouvert, elle prit le parti de s'en réjouir même si elle était déçue que Gabriel ait choisi un bijou aux antipodes de sa personnalité et de son style réservé.

Elle attacha le large bracelet à son poignet. Bien qu'éblouie par les pierres étincelantes, elle ne put chasser l'impression de l'avoir déjà vu quelque part. Mais où ? Non, c'était idiot. Elle se reconcentra sur le moment présent.

L'arrivée de Libby l'aida à replonger dans la réalité et son assistante accepta de choisir avec elle la tenue idéale pour son premier vrai dîner avec Gabriel.

En milieu d'après-midi, elle se rendit à la nurserie où les jumelles manifestèrent aussitôt leur envie d'aller voir les chevaux. En route vers les écuries, elle ne prêta qu'une oreille distraite aux babillages de Bethany. Son esprit était essentiellement occupé à penser à son dîner avec Gabriel. Arriverait-elle à oublier Marissa ? Pouvaient-ils se forger un avenir commun sans que le passé vienne constamment s'immiscer dans leur vie ?

Il était inutile de se comparer à l'ancienne maîtresse de Gabriel. Mieux valait se concentrer sur le présent et faire valoir ses atouts.

Tandis que les garçons d'écurie emmenaient Bethany et Karina faire connaissance avec les poneys livrés au palais sur les ordres de Gabriel, elle déambula dans les écuries, caressant ici et là les museaux qui sortaient des box, absorbée dans ses rêveries, se replongeant dans la douceur et la chaleur du moment où Gabriel et elle avaient échangé un baiser dans le jardin.

Son sang se mit à battre dans ses veines, éveillant des sensations jamais ressenties jusqu'à ce jour. Elle s'adossa à une barrière de bois puis ferma les yeux pour revivre mentalement les caresses de Gabriel dans son dos et sur ses hanches. Ce souvenir l'enflamma et lui donna envie de s'offrir sur-le-champ à Gabriel. Dans le jardin, elle aurait donné n'importe quoi pour qu'il s'empare de ses seins. Excitée par ses lèvres sur sa bouche, elle aurait été prête à le supplier de la prendre.

Le rythme de sa respiration s'accéléra. Comment de simples pensées pouvaient-elles l'exciter à ce point ?

— Tout va bien ?

Elle ouvrit les yeux d'un coup.

Un garçon d'écurie la scrutait, inquiet. S'était-elle réellement laissée aller à rêver de Gabriel en plein jour et dans les écuries ?

Elle sourit, gênée, sentant ses joues s'enflammer.

— Oui, tout va bien, merci, répondit-elle, alors qu'elle restait encore chamboulée à l'idée d'avoir pensé aux mains expertes et viriles de Gabriel sur son corps.

Entendant les rires des filles à l'extérieur, elle se décolla de la barrière où elle s'était adossée et alla les rejoindre dans la cour. Flanquées d'un garçon d'écurie, elles avaient grimpé sur un marchepied pour mieux faire connaissance avec leur poney.

Olivia eut un moment d'appréhension. Etait-il vraiment sage de laisser les petites s'approcher de ces animaux ? Oui, ils avaient dû être choisis en fonction de leur docilité, il n'y avait donc rien à craindre.

Bethany fut la première à la repérer.

— Regarde, elle s'appelle Grady, dit-elle en se jetant au cou du poney.

— Peanut, dit Karina.

— C'est merveilleux, mais je crois que ce sont tous les deux des garçons.

Les petites filles se remirent aussitôt à caresser les bêtes, sans se soucier de savoir si c'étaient des mâles ou des femelles.

Le chef d'écurie s'approcha.

— Elles sont bien parties pour devenir des cavalières hors pair.

— En effet, elles ont l'air d'être bien motivées, répliqua-t-elle sur un ton rieur.

— Souhaitez-vous faire connaissance avec la monture que le prince a fait venir pour vous ?

Quand Gabriel lui avait demandé si elle montait à cheval, elle avait répondu par l'affirmative, songeant à ses promenades dans la propriété campagnarde de ses parents. Mais de là à se douter qu'il ferait venir un cheval exprès pour elle…

— J'en serais ravie.

— Il s'appelle Arioso. Je crois qu'il vous plaira. C'est une bête athlétique qui saute à merveille. Venez.

Impatiente, elle suivit le chef d'écurie. A peine eut-elle le temps de faire connaissance avec son nouveau cheval que les jumelles vinrent la rejoindre, l'accaparant sans ménagement.

Sentant qu'elles en avaient assez pour l'après-midi, elle remercia le personnel des écuries et ramena Bethany et Karina à la nurserie. De retour dans sa chambre, elle se fit couler un bain et se plongea avec délectation dans l'eau chaude et moussante.

Elle passa un temps fou à se préparer. Le plus long fut de trouver la bonne coiffure. En définitive, elle opta pour un style flou, avec des mèches tombantes. Elle avait choisi une robe fourreau noire, bras nus, avec un décolleté à l'arrière mais sobre devant. Elle compléta sa tenue par des gouttes de diamants aux oreilles et des escarpins de soirée.

Cette tenue était censée inciter Gabriel à la toucher.

En inspectant son image dans la glace, elle fut satisfaite du résultat. Elle passa alors le bracelet que Gabriel lui avait offert.

A peine avait-elle fini de l'accrocher qu'un léger bruit se fit entendre à le porte. L'instant d'après, Ariana entrait.

— Oh oh. Est-ce pour mon frère que tu te fais belle comme ça ?

— Tu penses que cela lui plaira ? s'enquit-elle, sentant qu'elle s'empourprait.

Ariana lui offrit un large sourire.

— Je ne vois pas comment cela pourrait ne pas lui plaire.

Elle finit de détailler la tenue d'Olivia puis s'arrêta net en voyant le bracelet.

— Où l'as-tu trouvé ? demanda Ariana en lui prenant la main.

Olivia fut inquiétée par cette réaction.

Pourquoi Arian donnait-elle l'impression d'avoir vu un fantôme ?

— C'est ton frère qui me l'a offert. Pourquoi ? Tu le reconnais ?

— C'est mon frère qui te l'a envoyé ? Je ne comprends pas, ajouta-t-elle, incrédule.

— Tu le reconnais ? C'est un bijou maudit ?

— Si on veut.

— Dis-m'en plus, supplia Olivia, le cœur retourné.

— Non, ce ne sont pas mes affaires.

— Je dois savoir, c'est important.

— C'est bon, ne t'inquiète pas. Je n'aurais rien dû dire, c'est sûrement une erreur.

Vu sa réaction, ce bracelet était chargé d'histoire.

— Je t'en supplie, parle-moi. Quand tu as posé les yeux dessus, on aurait cru que tu avais vu un fantôme, insista-t-elle en cherchant à croiser le regard d'Ariana.

Celle-ci leva les yeux vers elle.

— Je ne veux pas te faire de mal.

— Le mal est fait. Ta réaction m'inquiète, je veux savoir la vérité.

Ariana poussa un profond soupir, visiblement vaincue.

— La dernière fois que j'ai vu ce bracelet, c'était au poignet de Marissa, la veille de sa rupture avec Gabriel.

La douleur qui s'empara d'Olivia fut plus vive que celle de ce matin, devant le reportage à la télé.

— Il l'a acheté pour elle…

— Oui. Pour leur second anniversaire.

Sans plus attendre, Olivia ôta rageusement le bracelet qui lui brûlait le poignet. Son envie de passer la soirée avec Gabriel s'était envolée. Un profond sentiment de désarroi s'empara d'elle. Le premier cadeau qu'il lui avait fait était un bijou qu'il avait déjà offert à Marissa.

Abasourdie, elle s'assit dans le fauteuil le plus proche.

— Je ne comprends pas comment il a pu être de nouveau en possession de ce bracelet, murmura-t-elle.

— Elle a dû le lui renvoyer après leur rupture officielle.

Olivia avait la nausée.

— C'est pour ça que je pensais l'avoir déjà vu quelque part.

Ariana s'approcha, lui prenant la main pour la rassurer.

— Je suis sûre que c'est un malentendu. Il doit s'agir d'un autre bracelet.

— Non, c'est moi qui me suis bercée d'illusions. Je pensais

que cette invitation à dîner en tête à tête marquait le début de notre histoire, mais dans les faits, il s'agit d'un mariage de convenance, ni plus ni moins, et ce dîner n'est sans doute qu'un exercice de routine.

— Là, je crois que tu te trompes. J'ai bien vu comment Gabriel te regardait ce matin. Il guettait anxieusement tes réactions.

— Il se souciait surtout de savoir si mon père accepterait de maintenir le contrat.

— On ne peut pas effacer le contrat, mais n'oublie pas le fait qu'un tas d'autres prétendantes se sont présentées à Gabriel et que c'est toi qu'il a choisie.

Le discours d'Ariana était sincère mais, en cet instant, Olivia aurait été capable de jeter ce bracelet au fond de l'océan pour qu'il ne refasse jamais surface. Elle se sentait trahie même si la situation ne se prêtait guère à ce genre de sentiments. Elle savait dès le départ dans quelle entreprise elle s'était embarquée et elle n'avait pas le droit de revenir sur les postulats de départ.

— Demande-lui de te raconter votre première rencontre.

Olivia réfléchit quelques instants.

— Au bal de l'ambassade française ?

Il s'était montré courtois mais froid et formel. Rien à voir avec le Gabriel de la matinée dans le jardin.

— Avant ça.

— C'était notre première rencontre.

— Non, il y a eu une autre rencontre, mais tu ne t'en souviens pas.

Comment était-ce possible ? Chaque fois qu'elle se trouvait en présence de Gabriel, il la mettait dans tous ses états.

— Ton frère laisse un souvenir indélébile, je suis sûre que tu te trompes.

— Demande-lui, tu verras, dit Ariana, les yeux pétillants de mystère.

Le plus irritant, c'était que malgré ses doutes et son désarroi, elle éprouvait encore un désir irrésistible de le voir.

— Quelle idiote ! laissa-t-elle échapper sans le vouloir.

Ariana sursauta.

— Olivia, calme-toi. Je suis sûre qu'il ne se souvient même plus de ce bracelet.

— Toi, tu t'en souviens.

— Je suis une femme, une artiste. J'aime la mode. Les hommes n'ont pas le même œil que nous pour ces choses-là. S'il t'avait offert un trophée de chasse, il s'en souviendrait.

Ariana faisait tout pour la rassurer et détendre l'atmosphère. Mais le mal était fait. D'ailleurs, à la réflexion, Olivia s'en voulait davantage qu'elle n'en voulait à Gabriel.

Comme ne s'était-elle pas aperçue qu'elle avait des sentiments profonds pour Gabriel ? A présent, il était trop tard. Elle ne pouvait plus faire machine arrière. Tout ce qu'elle pouvait faire pour limiter les dégâts et éviter une déception, c'était de ne plus commettre les mêmes erreurs et d'arrêter de se bercer d'illusions.

Contre toute attente, Gabriel n'était pas serein par rapport à son choix de la matinée. Il n'avait pas arrêté d'y penser. En travaillant, en se douchant, en s'habillant.

Il n'arrivait pas à s'ôter de l'idée qu'il avait commis une erreur dans le choix du bijou pour Olivia. Pour son premier cadeau, il avait frappé à côté. Même si c'était une pièce exquise, il était persuadé qu'Olivia aurait préféré un cadeau plus romantique, doté d'un peu d'histoire.

Plus romantique ? Décidément, il filait un mauvais coton. Depuis quand prenait-il autant de temps pour réfléchir au cadeau qu'il faisait à une femme ? Il ne se reconnaissait pas.

Avec Marissa, il avait toujours opté pour la chose la plus chère, la plus extravagante, et chaque fois il avait été récompensé à la hauteur du cadeau. Au lit.

Il vérifia l'heure après avoir remis sa montre.

Il avait trente minutes pour aller dans le coffre du palais avant l'arrivée d'Olivia.

— Stewart, si jamais lady Darcy arrive avant mon retour,

servez-lui une flûte de champagne et dites-lui que je ne serai pas long.

Dix minutes plus tard, il était de retour dans sa suite, ravi d'avoir mené rondement son affaire.

Stewart, qui était seul, l'informa que le dîner était prévu pour 20 heures.

— Parfait. Vous êtes sûr d'avoir commandé ses plats préférés ?

— Sûr et certain.

Quelqu'un frappa à la porte.

— J'imagine que c'est lady Darcy. Je vais lui ouvrir et disparaître, annonça Stewart.

Gabriel ne put retenir un sourire de plaisir.

En effet, qu'elle soit là en avance montrait qu'elle avait tout aussi hâte que lui d'avoir ce tête-à-tête. Cela faisait tellement longtemps qu'il n'avait pas éprouvé une telle impatience à l'idée de passer une soirée avec une femme. De toute façon, Olivia était une femme à part. Bientôt son épouse.

Penser à elle suffisait à l'exciter profondément. Quand il la voyait, elle enflammait ses sens. Il n'avait pas ressenti cela depuis Marissa.

Sous des apparences posées, calmes et distinguées, il avait découvert un puits de passion, une source de sensualité insoupçonnée, un cœur vibrant fougueusement dans un corps svelte et fragile.

L'avant-goût de la matinée dans le jardin lui avait ouvert l'appétit. Il voulait goûter Olivia, la faire sienne sans tarder.

Mais le temps s'écoulait lentement et Olivia n'avait toujours pas fait son apparition.

Pourtant, Stewart parlait avec une femme dans l'antichambre. En s'approchant, il vit qu'il s'agissait de Libby, l'assistante d'Olivia.

Une fois l'échange terminé, Stewart revint dans sa suite.

— Lady Darcy a décliné votre invitation.

C'était comme si la foudre s'était abattue sur lui.

— Comment ça ? A-t-elle été prise d'un malaise ?

— Ce n'est pas l'impression que j'ai eue.

— Et quelle impression avez-vous eue ? s'enquit-il.

— J'ai cru comprendre qu'elle était fâchée... contre vous.

Quand ils s'étaient quittés le matin, tout allait bien cependant. Qu'avait-il pu se produire de si terrible pour qu'elle en arrive à décliner son invitation ?

Sans même regarder son secrétaire ou lui adresser un mot, il partit à grandes enjambées vers les appartements d'Olivia.

En arrivant, il vit Ariana partir.

— Gabriel, que fais-tu là ? s'enquit-elle, visiblement stupéfaite de le voir.

— Je viens chercher Olivia pour le dîner.

— N'as-tu pas eu son message ? Elle n'a pas envie de dîner avec toi ce soir.

— Que se passe-t-il ? demanda-t-il sur un ton impérieux.

— Elle ne se sent pas bien.

— Raison de plus pour que je vienne prendre de ses nouvelles. Laisse-moi passer.

Ariana ne bougea pas.

— Si j'étais toi, je lui laisserais un peu de temps.

— Un peu de temps pour quoi faire ?

— Franchement, parfois tu manques de tact.

— Je ne vois pas où tu veux en venir. Peux-tu m'expliquer ?

— Toute la journée, elle a dû endurer les rappels de ta liaison avec Marissa.

Il avait bien senti pendant le reportage de la matinée qu'elle était tendue, mais il pensait que leur entrevue dans son bureau avait clarifié la situation. D'où pouvait venir ce malaise ?

Il poussa légèrement sa sœur et posa la main sur la poignée.

— Gabriel...

— C'est entre Olivia et moi.

— Tu ne pourras pas dire que je ne t'ai pas prévenu.

Ce fut avec les mots d'avertissement de sa sœur résonnant dans ses oreilles qu'il pénétra dans la suite d'Olivia.

Elle n'était pas dans la chambre.

Balayant l'espace des yeux, il vit le voile gonflé de vent de la porte-fenêtre et en déduisit qu'elle se trouvait sur la terrasse.

Elle était appuyée à la balustrade, le regard fixé sur la partie du jardin où ils s'étaient embrassés le matin même. Elle portait une robe fourreau noire, sans manches, avec un grand décolleté dans le dos. Elle avait légèrement relevé ses cheveux de telle sorte qu'on apercevait la peau de sa nuque.

Cette partie dénudée du corps d'Olivia eut un effet électrifiant sur lui. Ce décolleté dorsal était d'autant plus un supplice qu'il avait toujours eu un faible pour le dos des femmes.

Etouffant le désir intense qui montait en lui, il se concentra sur la mission du moment.

— Tu étais censée venir dîner dans ma suite.

— J'ai préféré annuler, répondit-elle sans même prendre la peine de se retourner.

— Tu es fâchée ?

— Non.

Il ne la croyait pas.

Mais il opta pour la franchise.

— Je pensais t'avoir fait comprendre ce matin que mon histoire avec Marissa relevait du passé.

Elle fit volte-face.

— Je me demande ce que tu avais en tête pour ce soir. Une soirée érotique ou un dîner d'affaires ?

Que lui arrivait-il ? Ce matin elle était douce comme le miel et à présent elle s'était transformée en une statue de glace.

— J'avais envie qu'on prenne le temps d'apprendre à se connaître. Je ne voulais rien brusquer entre nous. Je pensais que ce matin on avait franchi une étape importante.

— Moi aussi.

— Alors que se passe-t-il ? demanda-t-il en se rapprochant d'elle.

— Notre mariage est un arrangement.

— Oui, mais on n'est pas obligés de s'en tenir aux affaires.

A présent, il suivait la ligne de ses hanches du bout des doigts.

— Je sais, mais là j'ignore où j'en suis.

Il n'était donc pas le seul à se sentir perdu dans cette situation. Depuis hier soir, ils avaient découvert qu'ils étaient attirés l'un vers l'autre. Leur relation pouvait donc prendre une nouvelle tournure. Encore fallait-il qu'ils arrivent à se parler.

— Je sens qu'il y a une grande attirance physique entre nous. Je ne m'y attendais pas.

Son parfum l'enivrait, son aura féminine lui faisait perdre ses moyens. Hypnotisé, il se pencha vers elle pour déposer un baiser sous le lobe de son oreille.

Elle posa une main sur son torse, comme pour le repousser.

— Gabriel…

— Quoi ? Tu veux que j'arrête ?

Devinant qu'elle allait acquiescer, il défit la pince pour laisser retomber ses cheveux en cascade.

— Oui.

— C'est faux, je le sais. Tu ne pensais qu'à ça en t'habillant et en te coiffant. Avoue que tu voulais que je te touche, murmura-t-il avant de l'étreindre.

Quand il sentit qu'elle cédait sans résister, son excitation fut décuplée.

— Ma bouche sur ta peau, ma langue dans ta bouche, murmura-t-il avant de s'emparer avidement de ses lèvres.

Toute résistance avait disparu.

— Nous sommes faits l'un pour l'autre. Tu le sais aussi bien que moi.

— Oui, susurra-t-elle dans un souffle, les yeux clos.

- 6 -

Dès qu'Olivia eut fermé les yeux, tous ses sens se mirent en branle. Le souffle rauque de Gabriel lui fit savoir qu'il était tout aussi déstabilisé qu'elle par cette attirance entre eux.

Doucement, la main qui lui retenait la nuque descendit le long de son bras, l'incitant à bouger.

Elle ouvrit les yeux.

— Où allons-nous ? demanda-t-elle, rêveuse.

— Au lit, bien sûr, répondit-il, l'air mi-malicieux, mi-sérieux.

— Je croyais que tu m'avais invitée à dîner.

Il l'attira, la tenant serrée contre lui par la taille pour qu'elle sente son sexe en érection.

— Tu m'as donné faim de toi, murmura-t-il.

Ses lèvres s'approchèrent des siennes mais s'arrêtèrent au coin de sa bouche.

Cela ne lui suffisait pas. Frustrée, elle voulait un vrai baiser fort et profond. Un baiser qui ne s'arrête jamais. Impatiente, elle se souleva sur la pointe des pieds, lui prit le visage dans ses mains, et vint réclamer sa bouche.

Elle goûta le bord de ses lèvres alors qu'elle pressait sa poitrine contre son torse, désireuse de lui faire savoir à quel point elle avait envie de lui.

Gabriel s'empara de la robe et descendit le tissu vers l'avant, dénudant son corps jusqu'à la taille. Elle frissonna en sentant l'air frais sur ses seins.

Il glissa les mains le long de ses côtes pour arriver sous ses seins. Un sourire satisfait sur les lèvres, il les prit à pleines mains et se mit à les caresser.

Elle se cambra sous la pression de ses mains, s'offrant à lui.

Passant une main dans le dos, elle trouva la fermeture qu'elle ouvrit sans plus tarder. Après avoir glissé le long de ses hanches, la robe alla se poser au sol en une flaque soyeuse, la laissant nue hormis ses escarpins et son string en dentelle blanche.

Il avait suivi le mouvement de la robe qui était tombée à ses chevilles. Excitée par son regard, elle repoussa le tissu sur le côté puis entreprit d'enlever son string. Les mains de Gabriel l'arrêtèrent dans son élan.

— C'est ta première fois. Je veux y aller doucement.

— Pas moi.

Il lui offrit un sourire prédateur, lent et nonchalant.

— Crois-moi, tu me remercieras plus tard, répliqua-t-il avant de la soulever du sol.

Après l'avoir placée au milieu du lit, il se déshabilla. Elle se souleva sur les coudes pour admirer le dévoilement de cette magnifique peau de bronze.

Leurs brèves étreintes lui avaient permis de savoir qu'il avait un corps ferme et musclé, mais rien ne l'avait préparée à la perfection de son torse alors qu'un à un il défaisait les boutons de sa chemise. La vision de sa poitrine musclée et de ses épaules sculptées à la perfection la laissa pantoise.

Il défit la boucle de sa ceinture, ôta ses chaussures, son pantalon puis ses chaussettes. Il garda son caleçon mais elle fut ébahie de le voir aussi gonflé.

En revenant dans le lit, il aperçut un caractère chinois au-dessus de sa hanche.

— C'est quoi ?

— Un tatouage.

— Qu'est-ce que ça signifie ?

— Espoir. Ce fut mon unique acte de rébellion lors de ma première année de fac.

Il l'imagina dans un salon de tatouage, baissant son pantalon et son string, pour laisser place à l'aiguille du tatoueur… L'idée lui donna envie de hurler.

— Le tatouage a été fait par une femme.

Il se détendit. Elle lui appartenait ou, du moins, il la ferait bientôt sienne. Il n'était pas du genre à vouloir partager.

— C'est très sexy en tout cas.

Il était à la fois exaspéré et ravi de constater qu'elle n'était pas du tout la femme à laquelle il s'attendait. Quand il avait fait son choix, a priori, c'était sans surprise. Mais là, il découvrait qu'il allait épouser une femme étonnante. Au lieu de la femme posée, discrète et gracieuse, Olivia s'avérait une créature sauvage, les cheveux en bataille, le corps offert à lui, avec un caractère chinois signifiant « espoir » tatoué sur la hanche.

Et cette femme lui faisait perdre ses moyens, l'excitant au plus haut point. Elle enflammait son imagination.

Cela dit, c'était un problème. En effet, il avait déjà connu la passion dévorante, l'envie irrésistible de l'autre qui vous fait perdre la tête. Or en tant que futur roi de Sherdana, il se devait de garder la tête sur les épaules. Il attendait de sa femme qu'elle lui apporte soutien et stabilité, et non qu'elle le précipite dans les affres de la passion.

Pourtant, il était persuadé qu'Olivia était capable de lui offrir le meilleur des deux mondes. Une femme posée et équilibrée en public ; une épouse offerte et sensuelle en privé.

Il se mit à lui caresser les jambes, remontant jusqu'à son entrejambe.

— C'est…

Elle fut incapable de continuer quand il glissa un doigt sous la dentelle du string et se mit à la titiller.

— Tu es toute mouillée, dis donc.

— Arrête de parler et touche-moi.

— Comme ça ?

Il lui enleva son string puis la fouilla avec son doigt. Puis il décrivit des cercles, écoutant le rythme de son excitation, sentant son désir monter vers plus de plaisir. Ses hanches se levèrent du matelas à mesure qu'elle s'agrippait au drap, les poings serrés, les yeux fermés, comme s'il en allait de sa vie.

Elle oscillait sous son doigt, emportée dans un mouvement

de folie. Son visage passa par toutes les expressions à mesure qu'elle approchait de l'orgasme. Il accéléra le mouvement. Son dos se cambra davantage, sa bouche s'ouvrit, pantelante.

Il n'avait jamais rien vu d'aussi sexy.

Et son prénom qu'elle hurla quand elle jouit.

Haletante, elle ouvrit les yeux.

— C'était incroyable.

Il sourit.

— Ce n'est qu'un début. Après, il y a mieux.

— Mieux ? Je ne vois pas comment ça pourrait être mieux que ça.

— On en reparlera dans une heure.

— Une heure ? Je ne crois pas que je puisse attendre aussi longtemps.

Il ne pensait pas non plus pouvoir attendre mais il décida d'essayer.

Empoignant sa chevelure, il attira sa bouche contre la sienne. Le désir continuait de croître en lui et sentir qu'elle le désirait lui faisait perdre tous ses moyens. Il voulait la faire sienne.

Etre celui qui allait la déflorer le mettait dans tous ses états. Mais il ne voulait pas se laisser déborder par ses impulsions. Sa première fois serait parfaite et pour cela, il devait garder le contrôle de ses émotions.

Ses mains lâchèrent le drap pour venir se poser sur son corps. Des caresses brûlantes lui embrasèrent le dos et les épaules.

Il en profita pour glisser la langue entre ses lèvres ouvertes, goûtant sa passion, capturant les petits cris qu'elle laissait échapper alors qu'il lui caressait les seins et lui titillait les tétons. Elle enroula ses jambes autour des siennes. Ses poils pubiens trempés mouillèrent son caleçon, alors il se frotta contre sa chaleur puis s'arracha à ses lèvres pour s'emparer de ses seins à pleine bouche.

Elle rejeta la tête en arrière. Prenant ses fesses dans ses mains, il guida son rythme jusqu'à ce qu'elle ondule sur le même tempo que lui. Il laissa échapper un grognement quand elle passa la main sous le tissu de son caleçon pour s'emparer de son sexe.

Au contact de son érection, Olivia eut le souffle coupé. La peau soyeuse. La fermeté du muscle. La taille du sexe l'emplit d'un mélange de peur et d'excitation. Allait-elle vraiment pouvoir l'accueillir en elle ?

— Ne t'inquiète pas. Je vais y aller doucement. Petit à petit, murmura-t-il, répondant à sa supplique silencieuse.

— Même petit à petit, vu la taille, je ne vois pas comment tu vas faire, constata-t-elle empoignant de nouveau son membre turgescent.

Aussitôt, il lui immobilisa la main derrière l'oreille.

— De toute façon, si tu continues à me caresser comme ça, je ne tiendrai pas jusque là.

— Mais j'adore te toucher, protesta-t-elle avant de lui embrasser le menton.

— Ah bon ?

— Oui, et aussi t'embrasser ! J'attends ça depuis longtemps.

— Alors allons-y, dit-il avant d'ôter son caleçon et de venir se caler entre ses cuisses.

Elle sentit son érection contre sa peau et cambra les hanches pour l'attirer vers elle. Cet homme, son prince charmant avait éveillé un désir que lui seul pouvait assouvir. En dépit de son manque d'expérience, elle savait exactement ce qu'elle voulait.

Sentir Gabriel en elle.

Elle avait besoin de se sentir liée à lui d'un point de vue élémentaire et elle le voulait maintenant.

— Gabriel, murmura-t-elle, le corps frissonnant à mesure qu'il déposait des baisers sur sa peau, la léchait, la mordait.

Il semblait bien décidé à explorer la moindre parcelle de son corps alors qu'elle ne voulait qu'une seule chose de lui.

— Prends-moi, intima-t-elle.

Ces deux mots eurent un effet immédiat. Il se plaça à l'entrée de son sexe. C'était tellement merveilleux de le sentir. Elle souleva les hanches pour mieux le faire entrer.

— Ne t'inquiète pas, on va y arriver.

S'abandonner à la chevauchée faisait partie de l'excitation.

— Tu es un peu serrée. Détends-toi au maximum, ce sera plus facile.

Se détendre ? Comment pouvait-elle se détendre ? Son corps était aux abois, tendu de toute part, tiraillé par le désir, l'excitation, la peur… Elle le prit par les poignets et fixa son expression. La tension qu'elle lut dans les muscles de son visage lui indiqua qu'il avait peur d'accélérer le mouvement, de la brusquer.

— Je suis désolée, je ne sais vraiment pas comment m'y prendre, lâcha-t-elle enfin, alors qu'elle attendait avec impatience l'union de leurs corps.

Il laissa échapper un petit grognement amusé.

— Respire.

— Je n'y arrive pas !

Il lui mordit le cou. Elle haleta. Puis il suça la zone mordue.

Bouche grande ouverte, elle poussa un cri de libération lorsqu'un spasme d'une puissance inouïe se répandit en elle de l'endroit où il l'avait mordue à l'endroit où il voulait entrer pour la posséder de la manière la plus élémentaire. Sa chair s'écarta légèrement alors qu'il augmentait sa poussée.

La sensation était incroyable. Elle se concentra sur la joie d'être envahie par son sexe, et soudain elle réussit à se détendre. Le soulagement qui se répandit en elle lui permit de s'abandonner encore, de s'émerveiller de cet instant si important.

— En fait, j'y arrive…

— Tu vois, quand tu veux. C'est bien, l'encouragea-t-il, se soulevant légèrement pour la pénétrer de nouveau, plus profondément, cette fois.

C'était formidable. Elle adorait la façon dont il la possédait, la remplissait de son sexe raidi.

Enfin, elle réussit à osciller des hanches de façon à être synchronisée avec le rythme de son chevauchement. Mais il allait trop lentement. Gabriel était l'amant le plus patient du monde mais elle n'était pas dotée d'autant de patience. Sa douceur l'empêchait de les emmener là où elle voulait aller. Elle décida de prendre les devants.

Alors qu'il se soulevait pour prendre un peu d'élan, elle cambra le corps pour mieux courber ses hanches et lui présenter son sexe sous un meilleur angle, elle ancra ses ongles dans la chair de ses fesses musclées, et d'un coup, l'accueillit entièrement en elle.

Ils crièrent à l'unisson.

Quel moment incroyable ! C'était fou de le sentir ainsi ancré en elle. Elle en eut le souffle coupé.

Gabriel se lécha les lèvres, et l'expression de son regard changea. Les traits tendus avaient laissé place à un visage ébahi. La lueur lascive dans son regard ne fit qu'amplifier la cadence des spasmes qui déferlaient sur elle.

— C'était trop lent à ton goût ? murmura-t-il en lui caressant doucement la joue du bout des ongles.

Le corps d'Olivia s'était adapté au sien. Ils étaient à présent imbriqués l'un dans l'autre. Elle laissa échapper un grognement de satisfaction.

— Oui, c'était trop lent.

— C'est ta première fois. C'est normal d'aller doucement.

— Et maintenant ?

— Tu vas voir, grogna-t-il alors qu'il se remettait à aller et venir en elle.

Ces trois petits mots suffirent à l'hypnotiser et elle se soumit au feu d'artifice qui enflammait les yeux de Gabriel alors qu'il recommençait à la chevaucher en un va-et-vient sensuel, testant les limites de son corps, guettant la moindre de ses réactions.

Le plaisir ne tarda pas à refaire surface, stimulé par leur désir mutuel. Il lui empoigna les hanches afin de l'aider à s'adapter à son rythme. A sa grande surprise, son corps s'enflamma de plus belle. Le plaisir se répandit en elle, en une succession de vagues qui la poussaient toujours plus loin. L'intensité du moment et des sensations éveillées par la présence de Gabriel lui donna l'impression qu'elle pouvait à tout moment exploser en mille morceaux.

Quand leurs deux corps étaient unis à la perfection, rien ne pouvait plus les arrêter. Accrochée à lui, puisant dans sa force, elle savait qu'elle pouvait lui faire entièrement confiance, qu'il la mènerait là où elle voulait, qu'ils étaient invincibles et qu'il lui procurerait le plaisir qu'elle recherchait.

Soudain, le soleil jaillit sous ses paupières. L'extase explosa en elle, tel un volcan en éruption. Elle hurla, s'accrochant à lui comme s'il en allait de sa vie et alors qu'il accélérait le rythme de sa chevauchée.

Tout s'obscurcit l'espace d'un instant. Elle entendit Gabriel prononcer son prénom puis, après un dernier coup de reins, il fut secoué par les soubresauts d'un puissant orgasme, avant de s'écrouler sur elle.

Elle passa une main dans sa chevelure ébouriffée, trop heureuse de sentir leurs cœurs battre à l'unisson.

Malgré son envie de parler, rien de cohérent ne semblait se mettre en place dans son esprit. Aucun mot ne pouvait décrire ce qu'elle ressentait en cet instant ni les moments de pur bonheur qu'ils venaient de partager.

Elle choisit de garder le silence et ses doigts se chargèrent de manifester sa reconnaissance, caressant le corps de Gabriel.

— Olivia, ça va ? s'enquit-il après avoir roulé sur le côté.

Quand il abandonna son corps, elle se sentit orpheline, éprouvant un vide incommensurable. Le lien qui venait d'être coupé lui fit comprendre à quel point faire l'amour relevait de l'intimité et de la complicité entre les deux amants.

Elle s'apercevait que son niveau d'engagement avait changé. En effet, pendant leur échange charnel, il l'avait possédée, corps et âme, et à présent elle comprenait qu'il possédait aussi son cœur.

— Oui, je suis comblée.

Il l'attira à lui pour déposer un baiser chaste sur son front. La main posée à l'endroit de son cœur, elle constata que ses battements étaient revenus à la normale.

— Alors nous sommes deux.

De son pouce, il lui caressa l'épaule, l'air absent.

— Tu es sûre que ce n'était pas trop brusque ?

— Dans la mesure où c'était ma première fois, je ne peux pas répondre de manière objective, répondit-elle sur un ton taquin.

— Moi qui espérais procéder de manière civilisée.

— Parce qu'il y a une manière civilisée de déflorer les demoiselles ? s'enquit-elle, rieuse.

— Eh bien…

— Eh bien moi, j'ai une idée. Tu n'as qu'à me montrer, dit-elle en effleurant son torse d'un doigt, jusqu'à la naissance de ses poils pubiens.

Il l'arrêta net dans sa course, lui emprisonnant la main pour venir la coller contre la peau ferme de son torse.

— Attention à toi, Olivia.

— Sinon que va-t-il m'arriver ?

Elle ignorait quel démon la possédait, mais jamais elle ne s'était sentie aussi libre et affranchie. Comme si faire l'amour avec Gabriel lui avait redonné goût à la vie. Maintenant libérée, sa sexualité avait besoin de s'exprimer pleinement, de prendre son envol.

— Tu vas me donner la fessée ?

Gabriel écarquilla les yeux à l'écoute de cette suggestion grivoise, mais la tentation dansa dans ses yeux couleur bronze. Ses pupilles se dilatèrent, et son sexe se raidit de plus bel. Il était clairement excité par l'idée de la fesser.

Son excitation à elle répondit à la sienne.

Décidément, cet homme l'avait tout simplement ensorcelée, il n'y avait pas d'autre explication.

— Moi qui croyais que tu étais douce et timide, tu as bien caché ton jeu, grommela-t-il alors qu'elle le faisait rouler pour se mettre à califourchon sur lui.

— Comme quoi, les apparences sont trompeuses…

— Qu'est-ce qui t'a pris ?

— Toi, tu m'as prise, répondit-elle en lui offrant son plus beau sourire.

Ses mains viriles l'empoignèrent par les hanches pour l'aider à se positionner sur son sexe qu'elle avala en elle, ajustant la position pour obtenir le meilleur angle et optimiser le plaisir qu'elle pourrait en retirer. Elle vit son visage animé d'un plaisir intense et son regard se troubler.

Quand elle fut confortablement installée sur lui, savourant la sensation de son sexe qui l'emplissait, elle vit ses yeux retrouver leur mise au point.

Il s'empara de ses seins à pleines mains, titillant ses tétons, les tirant parfois pour l'entendre gémir, tout en la regardant le chevaucher comme il venait de le faire.

Au début, il la laissa aux commandes, lui permettant d'adopter la position qu'elle préférait. Elle aimait la sensation de l'accueillir au plus profond d'elle-même et de sentir son sexe toucher sa zone sensible.

Mais elle devait aussi écouter les besoins de Gabriel et se soumettre à son rythme. L'agrippant par les hanches, il changea la cadence, se mettant à pousser en elle plus férocement, plus rapidement.

Elle enfonça ses ongles dans ses épaules viriles alors qu'il glissait une main entre leurs deux corps à la recherche du point névralgique caché entre ses lèvres chaudes et mouillées. Des étincelles explosèrent dans ses yeux alors que son corps se mit à vibrer d'un plaisir sans cesse renouvelé.

Rejetant la tête en arrière, bouche ouverte, elle laissa échapper un cri de plaisir à l'image des sensations qui s'emparaient d'elle, tel un cyclone.

Gabriel continuait à s'enfoncer profondément en elle, prisonnier de l'orgasme qui montait en lui.

Elle le regarda jouir avec la sensation qu'il était vraiment à elle. Rien qu'à elle. Pantelante, encore tremblante du plaisir qui venait de la secouer, elle sentit Gabriel déverser sa sève au plus profond de ses entrailles, absolument comblée.

Depuis deux heures, Gabriel était allongé à côté d'Olivia, écoutant sa respiration calme, retraçant le déroulement de la soirée. Alors que les premières lueurs du jour perçaient par la fenêtre, il roula hors du lit le plus doucement possible pour ne pas réveiller Olivia. Tout en s'habillant, il s'empêcha de la regarder pour ne pas être tenté de retourner auprès d'elle. Et la réveiller pour lui faire l'amour.

Il sourit. C'était plus fort que lui. Il venait de découvrir que sa vie avec Olivia serait pimentée par des ébats hors du commun.

En quittant sa chambre, il se demanda si elle n'avait pas orchestré ce scénario. Elle avait provoqué une querelle entre eux qui avait donné lieu à un échange au lit des plus spectaculaires. Un schéma qui s'était souvent produit avec Marissa.

Ses ébats amoureux avec elle avaient été marqués par la passion, et il en avait toujours retiré un immense plaisir mais bizarrement, ils ne l'avaient jamais pleinement comblé. Il s'était avant tout concentré sur sa satisfaction de mâle sans trop se soucier de l'aspect émotionnel.

Ce matin, il se sentait comblé et il comprenait la différence entre faire l'amour avec Marissa et faire l'amour avec Olivia. Avec cette dernière, non seulement les ébats étaient phénoménaux mais ils avaient réussi à développer un lien émotionnel profond qui le bouleversait.

Avec son innocence étonnante et sa sensualité déstabilisante, Olivia s'était immiscée en lui comme si elle avait toujours été là. Comme si elle était la réponse à une prière qu'il n'avait pas formulée.

Il n'avait jamais aimé le pouvoir sexuel que Marissa exerçait sur lui. Mais l'emprise émotionnelle d'Olivia sur lui ne lui plaisait guère plus.

Aussi avait-il choisi de se replier dans ses appartements plutôt que de faire face à Olivia au réveil.

Une heure plus tard, il trouva Stewart déjà dans son bureau, une tasse de café pour toute compagnie. Son secrétaire avait l'air soucieux.

— Vous êtes tombé du lit ?

— Regardez, se contenta-t-il de dire en lui tendant un boîtier à bijoux.

— De quoi s'agit-il ?

— Quand l'assistante de lady Darcy est venue vous apporter le message, elle m'a aussi donné ce boîtier. Vous êtes parti avant que j'aie eu le temps de l'ouvrir.

Impatient, Gabriel souleva brusquement le couvercle. En voyant le bijou, il s'arrêta net, stupéfait.

— Comment ce bijou est-il arrivé jusqu'à Olivia ? lâcha-t-il, choqué de voir le bracelet qu'il avait offert à Marissa pour leur deuxième anniversaire.

— Apparemment, le cadeau était dans sa suite quand elle est rentrée de sa séance d'essayage.

Il referma le boîtier.

— Je comprends pourquoi Olivia était fâchée contre moi. Ariana a dû lui raconter l'origine du cadeau.

— Qui a pu faire une chose pareille ?

— Quelqu'un qui veut semer le trouble entre Olivia et moi.

— Cette personne s'est peut-être infiltrée parmi le personnel pour avoir accès à la suite d'Olivia.

— Dans ce cas, il est temps que j'appelle Christian pour lui demander son aide.

- 7 -

Olivia ne fut pas surprise de la disparition de Gabriel à son réveil. Il était plus de 8 heures et devait déjà être au travail. Elle s'assit dans le lit, doucement, prenant en compte les changements que la nuit avait opérés sur son corps. Une bonne douche bien chaude lui permettrait de remédier à la situation.

En sortant de la salle de bains, elle découvrit Gabriel installé dans son salon avec de quoi petit-déjeuner. Les jambes allongées devant lui, une tasse de café fumant entre les mains, il ne l'avait pas encore aperçue. Elle s'appuya quelques instants à la porte pour admirer sa carrure impressionnante, son corps musclé vêtu d'un costume gris impeccable, d'une chemise blanche et d'une cravate de soie bordeaux.

Un bruit, peut-être un soupir rêveur de sa part, le prévint de sa présence. Aussitôt, il se leva et l'étreignit avant de l'embrasser goulûment. Enfin, elle obtenait le baiser auquel elle s'était attendue à son réveil.

Un désir fulgurant s'empara d'elle. Il avait un goût de café et de framboise. Avide de lui, elle enfonça de nouveau sa langue, grognant son contentement.

Il s'arracha à leur baiser sans la relâcher pour autant.

— Bonjour, Olivia. Je suis désolé d'être parti sans t'avoir embrassée tout à l'heure.

La joue collée à son torse, elle écoutait les battements irréguliers de son cœur et le timbre rauque de sa voix.

— Pourquoi ne m'as-tu pas réveillée ?

— Parce que j'avais peur de ne pas pouvoir partir du lit et que tout le palais soit réveillé avant que je quitte ta chambre.

Elle éclata de rire.

— Tu penses que personne ne sait ce qui s'est passé entre nous cette nuit ?

— Non, j'imagine que tout le monde est au courant, mais j'aime autant entretenir une certaine discrétion jusqu'au mariage. Tu as faim ?

— Je suis affamée, répondit-elle en sortant sa chemise blanche de son pantalon à pinces.

Il l'arrêta net dans sa course, riant de bon cœur.

— Je parlais de nourriture terrestre. Nous n'avons pas dîné hier soir.

— Ah, c'est vrai, j'avais oublié.

— Comme je ne savais pas ce que tu aimais, j'ai pris un peu de tout.

— D'habitude je mange une omelette de blancs d'œufs avec des champignons et des épinards, mais aujourd'hui, j'ai envie de pancakes et de sirop d'érable.

A son grand étonnement, ce fut Gabriel qui la servit. Elle se mit à dévorer son assiette, gênée d'être la seule à manger.

— Tu as déjà pris ton petit déjeuner ?

— Oui, il y a une heure. Les filles vont faire leur premier tour à poney ce matin. J'ai pensé que nous pourrions aller les voir. J'ai demandé à ton assistante et elle a dit que tu étais libre jusqu'à 10 heures.

Elle fut ravie qu'il ait réussi à se libérer pour assister à cet événement, malgré son emploi du temps chargé.

— Elles vont adorer. Hier, elles étaient vraiment enthousiasmées par leur visite des écuries.

— J'ai quelque chose pour toi, répliqua-t-il en sortant une boîte de la poche intérieure de son blazer.

Elle secoua la tête.

— Je n'en veux pas, merci.

— Ouvre, tu ne sais pas ce qu'il y a dedans.

Si, au contraire. Encore un bijou de son ancienne maîtresse. Pas question.

— Je n'ai besoin de rien.

— Je dois te parler de ce bracelet.

— Non, c'est inutile. Le bracelet est très beau. C'était malvenu de ma part de rejeter un cadeau que tu as mis du temps à choisir.

Gabriel s'adossa à son siège, une expression indéchiffrable dans le regard.

— Je ne sais pas si je dois me réjouir de tes talents de diplomate.

— Tu m'épouses précisément pour mes talents de diplomate.

— En partie. Mais je t'épouse aussi parce que tu corresponds aux critères imposés par la Constitution monarchique et parce que depuis le jour où j'ai posé les yeux sur toi, je n'ai jamais cessé de penser à toi.

Stupéfaite de sa déclaration, elle se fit la réflexion que ses aveux valaient tous les bijoux du monde.

— C'est gentil de dire ça, merci.

— Revenons-en au bracelet. Sais-tu d'où il venait ?

— De toi.

— Non, moi, j'avais choisi ce bijou.

— Alors d'où venait l'autre ?

— C'est ce que j'aimerais savoir.

— Donc tu ne m'as pas offert le bracelet de Marissa ?

— Non. D'ailleurs cela m'inquiète que tu aies pu me croire cruel à ce point.

Elle ouvrit la bouche puis la referma. Elle n'avait pas de réponse. Depuis qu'ils avaient dansé à deux au gala de l'Indépendance, elle perdait tous ses moyens face à Gabriel.

— Quelqu'un m'a joué un mauvais tour.

— Qui que ce soit, ce n'est pas un jeu. Cette personne est entrée au château à notre insu et je vais veiller à ce qu'on la retrouve, déclara-t-il d'un ton décidé.

Puis ses traits se détendirent et il lui offrit un sourire encourageant.

— S'il te plaît, ouvre mon cadeau.

Elle obtempéra.

Contrairement au bracelet clinquant de la veille, ce collier était exactement dans son style et elle aurait très bien pu le choisir elle-même.

Elle caressa du doigt l'aigue-marine en forme de goutte entourée de diamants et suspendue à une chaîne d'aigues-marines et de diamants.

Gabriel avait choisi un cadeau unique.

— Ce collier appartenait à ma grand-tante. Son mari le lui avait offert comme cadeau de fiançailles. Je pense qu'il venait de sa mère à lui qui avait dû le recevoir en cadeau pour ses fiançailles.

— J'adore. Il est merveilleux.

C'était le plus beau cadeau de sa vie. Et il lui donnait un aperçu de la facette sentimentale insoupçonnée de Gabriel.

Enhardie, elle s'assit sur les genoux de son fiancé.

— Tu peux m'aider à le mettre ?

Elle baissa la tête et souleva les cheveux pour libérer sa nuque. Le simple effleurement des doigts de Gabriel sur sa peau provoqua un raz-de-marée de sensations. Quand la goutte fut calée sur sa peau, elle se retourna pour déposer un baiser sur sa joue.

— Merci.

— C'est tout ? s'enquit-il, rieur.

— Après, si je vais plus loin, je crains qu'on ne quitte pas la chambre à temps pour voir Karina et Bethany monter à cheval.

Pour toute réponse, il lui prit avidement les lèvres pour un baiser passionné. Amollie par cet assaut charnel, elle fondit contre lui, en proie au désir le plus vif, assoiffée de cet homme qui lui faisait tourner la tête. Elle gémit de plaisir tout en laissant sa langue impérieuse la fouiller, puis il passa la main sous son peignoir pour s'emparer de ses seins, et lui titiller les tétons jusqu'à la faire haleter d'excitation.

— Tu avais raison d'être prudente, murmura-t-il après s'être arraché à ses lèvres.

Alors, la tenant dans ses bras comme une princesse, il se leva et la déposa sur son lit.

Finalement, ils réussirent à arriver à temps pour voir les jumelles monter des poneys tenus et dirigés par des garçons d'écurie experts. Même si elles semblaient toutes deux ravies de cette découverte, leurs personnalités individuelles se manifestèrent néanmoins clairement. Bethany n'arrêta pas de babiller, commentant tout ce qu'elle faisait et voyait, tandis que Karine se contentait de vivre le moment en silence. Des deux, Gabriel trouva qu'elle avait a priori des meilleures compétences équestres.

La séance hippique terminée, il put de nouveau se concentrer sur sa future épouse et sur les événements des douze dernières heures.

Depuis qu'il avait découvert le désir qu'il inspirait à Olivia, il avait profité de cette alchimie pour lui faire l'amour passionnément. Le désir qu'il éprouvait pour elle était à peine contrôlable. L'effet de la nouveauté ne tarderait pas à passer, mais le savoir ne diminuait en rien son ardeur. Même en cet instant où il regardait Olivia parler aux jumelles, il avait irrésistiblement envie d'elle.

C'était choquant de s'avouer qu'il aurait volontiers annulé tous ses rendez-vous de la journée pour passer du temps au lit avec Olivia. Il s'était retrouvé dans le même état avec Marissa. Préoccupé, distrait, obsédé.

Surtout ne pas paniquer. Leur relation naissante n'en était qu'à ses débuts. Ils en étaient encore au stade de la découverte, de l'exploration. Leur désir mutuel finirait par s'estomper et ils pourraient envisager une union amicale placée sous le signe de la monotonie sexuelle.

Bizarrement, il n'arrivait pas à se convaincre de ce scénario. Dès qu'il pensait à Olivia, les battements de son cœur s'accéléraient. Jamais il n'avait ressenti cela avec une autre femme. De plus, non seulement Olivia était belle mais elle était aussi intelligente et attentionnée.

Il avait eu raison de dire à son frère qu'elle était parfaite. Mais il avait sous-estimé l'effet de sa perfection sur lui.

— Gabriel ?

Elle le ramena à l'instant présent.

— J'expliquais aux filles que nous ne pouvions pas dîner avec elles ce soir.

— Parce que nous…

Impossible de se souvenir de son emploi du temps de la soirée, lui qui connaissait habituellement son planning sur le bout des doigts.

— Parce que nous allons voir un ballet.

— Bien sûr ! s'exclama-t-il.

— Mais nous pourrions passer leur souhaiter bonne nuit et leur lire une histoire avant de partir ?

— Excellente idée.

Les petites crièrent de joie, effrayant même les oiseaux dans l'arbre tout proche.

— Il est temps de retourner au palais. Votre papa a du travail.

Gabriel était impressionné par la façon dont Olivia s'occupait des jumelles. Elles étaient adorables mais il fallait avoir une volonté de fer pour ne pas se laisser influencer par leurs minauderies. Malgré la mort récente de leur mère, elles semblaient bien s'adapter à la vie au palais. Etant sœurs, elles pouvaient s'entraider, comme lui l'avait fait avec ses frères.

Après avoir raccompagné les jumelles à la nurserie, il accompagna Olivia jusqu'à la pièce où elle avait rendez-vous avec l'organisatrice du mariage. Pour sa part, il lui restait quinze minutes avant sa prochaine réunion et il comptait utiliser ce créneau pour parler à Christian.

Olivia fut prise d'une nouvelle crise de bâillements. Noelle était venue lui montrer les dessins des robes pour Karina et Bethany après son retour d'un gala de charité en vue de collecter des fonds pour des enfants en difficulté. Il était plus de minuit et enfin elle était dans sa suite.

A peine eut-elle le temps de se mettre en tenue pour la nuit qu'un léger grattement à la porte se fit entendre. Puis elle huma le parfum de Gabriel et aussitôt, son cœur se mit à battre la chamade.

— Tu m'attendais ? demanda-t-il en l'enlaçant.

Il plaça un baiser dans sa nuque, ses lèvres glissant vers un point qui la faisait chaque fois frissonner.

Comment était-ce possible ? Il y avait encore une semaine, leurs entrevues avaient été placées sous le sceau de la distance et de la maladresse. Et voici que depuis huit jours, elle ne cessait d'attendre qu'il l'emmène au firmament.

— Bien sûr, beau prince, le taquina-t-elle.

Son pyjama de soie la couvrait entièrement mais cela n'avait pas l'air d'être un obstacle pour Gabriel.

— Je suis venu te dire que je pars demain matin en voyage d'affaires pour quatre jours. Je voulais passer un moment en privé avec toi, dit-il avant de prendre avidement ses lèvres.

Quatre longs jours et quatre longues nuits en perspective.

— Un moment seulement ? demanda-t-elle tout en lui caressant la nuque du bout des ongles.

— Disons que je pars très tôt demain matin, ajouta-t-il, se rapprochant pour lui faire sentir son érection.

— Je comprends mais je pensais que tu pourrais m'octroyer quelques minutes pour me dire au revoir correctement.

— Quelques minutes seulement, alors, plaisanta-t-il.

Elle se sentit fondre lorsqu'il goûta avidement sa lèvre inférieure, trop heureuse de se laisser aller à cette étreinte lascive entre les bras fermes et musclés de son fiancé.

Elle avait pris l'habitude de partager ses nuits avec lui et détestait l'idée de devoir dormir seule durant les nuits à venir. Chaque matin, à l'aube, il la réveillait en l'embrassant et en lui faisant l'amour. Puis elle restait un peu au lit après son départ, se demandant si une fois qu'ils seraient mariés et elle enceinte, il continuerait à partager son lit chaque soir.

Dans l'aile familiale du château, deux suites adjacentes étaient en train d'être préparées pour après leur mariage. Mais elle ne voulait pas envisager de vivre dans des appartements séparés et encore faire lits à part.

Elle ne fut pas surprise quand Gabriel la souleva du sol pour l'emporter. Leur complicité sexuelle n'avait fait que croître depuis la première fois où ils avaient fait l'amour. Leurs habits éparpillés sur le matelas, Gabriel la fit jouir deux fois avant de la pénétrer.

Sentir son sexe l'emplir lui procurait un plaisir indescriptible. Après lui avoir enroulé les jambes autour de la taille, elle se soumit à son va-et-vient pour que l'osmose soit totale.

Il resta plusieurs heures à la caresser et à lui faire l'amour puis elle s'endormit, la joue collée à son torse. Au petit matin, quand elle ouvrit les yeux, il avait disparu et lui manquait déjà.

Epuisée mais agitée, elle se leva, enfilant un peignoir avant d'aller sur la terrasse. A l'aube, le jardin était plongé dans une semi-obscurité. Le parfum des roses transporté par une brise légère parvenait jusqu'à elle.

Elle se rappela le soir où Gabriel était venu la rejoindre et où elle avait compris qu'il était inutile de lui résister. L'esprit assailli de questions, elle fut soudain confrontée à un dilemme. Si elle renonçait un jour à l'idée d'être reine, que voulait-elle le plus au monde ?

L'amour.

Cette pensée la fit défaillir.

Non, il n'était pas question de tomber amoureuse de Gabriel. Lui en était loin. Il s'agissait d'un mariage arrangé. D'une union commode pour tous les deux. Un marché raisonnable qui avait pour but de garantir la stabilité et un héritier pour Sherdana. Elle ne s'attendait pas à être folle amoureuse de son mari, simplement à fonder un foyer avec lui, se réjouir de son rôle de mère et plus tard de reine.

Au départ, la satisfaction sexuelle ne faisait même pas partie du contrat, du moins pas avant que Gabriel l'embrasse et lui fasse définitivement tourner la tête.

Frissonnante, elle quitta la terrasse. Une fois rentrée, elle ferma les portes-fenêtres. Son regard tomba par hasard sur le tiroir du secrétaire où elle avait rangé des papiers très importants. Bizarrement, il y avait deux rayures qu'elle n'avait pas repérées auparavant.

Quelqu'un aurait-il pu tenter de lui voler ses documents

personnels qui contenaient entre autres son dossier médical ? Non, impossible. Ces marques avaient-elles toujours été là ?

Soudain, elle repensa à la nuit de l'arrivée des jumelles. Elle avait trouvé une femme de chambre en train de mettre de l'ordre dans ses affaires à 2 heures du matin. Après vérification, comme il ne lui manquait rien, elle avait oublié cet épisode.

Quelques heures plus tard, quand Libby vint la rejoindre, elle était encore assise à son bureau.

— Vous avez l'air préoccupé. Un problème ?

— J'ai voulu vérifier le contenu de mon dossier médical car j'avais remarqué des traces sur l'un des tiroirs et j'ai l'impression qu'elles n'étaient pas là avant.

— Justement, je venais vous prévenir que le prince Christian interroge individuellement tout le personnel de l'hôtel.

— La famille royale pense que les fuites récentes pourraient venir de l'intérieur ?

Elle repensa au reportage sur Gabriel et Marissa. Son sang se glaça. Si quelqu'un avait accès à son dossier médical et en parlait à la presse, cela pourrait avoir des conséquences catastrophiques.

— Tenez-moi au courant de l'enquête et en attendant, trouvez un endroit plus sécurisé pour mes documents.

Gabriel avait du mal à se concentrer sur la visite de l'usine de biotechnologie. Il s'était rendu en Belgique et en Suisse pour visiter d'autres usines, à la recherche d'investisseurs potentiels. Dès le départ, il s'était aperçu que Christian aurait été bien plus à même de gérer les conversations d'affaires et que cela aurait été plus intéressant pour lui.

Néanmoins, ce voyage tombait à point nommé.

Les dernières nuits qu'il avait partagées avec Olivia avaient été les plus passionnées de sa vie. Elle lui avait fait baisser sa garde, avec sa sensualité hardie et sa nature curieuse. En quelques heures, il était devenu accro à ses lèvres douces et tentatrices sur sa peau, et aux mots qu'elle lui susurrait quand il la pénétrait.

Il perdait pied à force de vouloir passer chaque instant avec elle. Il avait choisi Olivia pour son élégance, sa sérénité et son grand cœur, pas pour ses baisers incandescents, sa hardiesse érotique et sa soif orgasmique apparemment impossible à assouvir.

Il avait besoin de mettre de la distance entre elle et lui. Malheureusement le processus de séparation n'avait pas l'effet escompté.

Il pensait à elle à chaque instant. Elle l'obnubilait. Et son tatouage. Son emplacement. Son message.

C'était comme une porte ouverte sur une infinité de possibilités. Il ne voulait plus écouter la raison. Il voulait suivre son cœur, prendre des risques. Olivia lui donnait envie de bousculer l'ordre des choses. Chaque jour, il découvrait de nouvelles facettes de sa future épouse.

Il ne devait surtout pas sous-estimer le pouvoir qu'elle exerçait sur lui. Mais il ne pouvait pas non plus empêcher ce qui était en train de se produire entre eux. Son seul espoir ? Que le désir se résorbe, que l'excitation passe et que leur couple arrive à trouver un équilibre.

Cet équilibre confortable le rendrait-il heureux ?

Rien n'était moins sûr mais il avait toujours su que le bien du pays passait avant le sien.

La veille du retour de Gabriel, la reine invita Olivia à déjeuner. Elle mit des perles à ses oreilles puis contempla sa tenue dans la glace. Une robe rose pâle sans manches avec un liseré blanc aux coutures et une fine ceinture blanche pour mettre en valeur sa taille fine, des escarpins fleuris, les cheveux détachés.

Ce matin, elle s'était réveillée avec des douleurs à l'abdomen mais pas question d'annuler son déjeuner avec la reine.

Prenant une grande inspiration, elle pénétra dans la salle à manger réservée à la famille royale. Les chaises bleu pâle étaient assorties aux rideaux qui ornaient des grandes portes-fenêtres donnant sur le jardin. Même si la pièce était plus intime que les autres salles, il était difficile d'oublier qu'on était dans un palais.

— Je vous trouve en beauté, constata la reine dès qu'elle fit son entrée.

Pour sa part, la reine portait un tailleur classique couleur lavande rehaussé d'un collier de perles de Tahiti.

Remarquant son intérêt, la reine toucha les perles.

— Un cadeau du roi.

— C'est magnifique.

— Matteo a très bon goût.

Elles prirent place à une table capable d'accueillir douze personnes mais où le couvert avait été dressé pour deux.

Dès qu'elles furent assises, une servante vint apporter un verre de soda qu'elle posa devant l'assiette de la reine.

— Un Coca-Cola Diet. J'ai découvert ça en allant aux Etats-Unis il y a vingt ans. Depuis, c'est mon péché mignon.

On leur servit une salade composée, puis la reine se lança dans un interrogatoire pour tenter de déterminer ce qu'elle savait sur le pays dont elle serait un jour la reine.

— Mon fils sait-il à quel point vous êtes brillante ? s'enquit la reine alors qu'on leur apportait le plat principal.

— Je préfère ne pas répondre à cette question, fit-elle, gênée.

Au moment du dessert, la reine la regarda attentivement pendant quelques instants.

— Vous êtes un peu pâle. Je pensais qu'en l'absence de Gabriel, vous en profiteriez pour vous reposer un peu.

Olivia rougit instantanément. La reine savait donc dans quel lit son fils avait dormi avant son départ.

— Je vous en prie, ne soyez pas gênée. Dans ce palais, tout se sait. Et puis, vous allez bientôt vous marier. A ce sujet, où en sont les robes des jumelles ?

Elle fut soulagée de changer de sujet.

— Normalement, elles seront prêtes en fin de semaine. Je pense qu'elles vous plairont.

— Noelle a beaucoup de talent, je n'en doute pas un instant.

— Oui, c'est vrai, elle a un talent fou.

— En parlant de talent, on m'a dit que vous vous occupiez très bien des jumelles et je voulais vous féliciter.

— Pourquoi ?

— Parce que peu de femmes auraient accepté cette situation avec autant de pragmatisme.

— Le pragmatisme vient du côté de mon père. De plus, j'adore les enfants. Et les jumelles sont adorables. Ce serait cruel de leur en vouloir à cause de leur mère.

— En tout cas, elles ont l'air de beaucoup vous aimer. Et vous semblez posséder un instinct maternel naturel.

— Merci.

Les compliments de la reine auraient dû la rassurer mais ils lui rappelèrent que son dossier médical constituait une ombre au tableau, surtout si quelqu'un avait mis la main sur les documents renfermés dans son secrétaire.

- 8 -

— Bon voyage ? s'enquit Christian alors que Gabriel et lui se dirigeaient vers la limousine qui les attendait.

— Très bon, merci.

— Tu m'as rapporté un cadeau ?

— Bien sûr, tiens, répondit-il en lui donnant une mallette de documents.

— C'était intéressant ?

— Très.

— Tu n'as pas l'air convaincu.

— Je suis sûr que toi, tu trouveras ça intéressant. Moi, la technologie, ce n'est vraiment pas ma tasse de thé.

Il n'osa pas avouer qu'en plus il avait été obsédé par Olivia et que son voyage avait de ce fait été beaucoup moins productif que prévu.

— Tu aurais dû me laisser y aller.

— Non, c'était bien que j'y aille. Et puis, ma position ne me permet pas de choisir ce que j'aime ou n'aime pas faire. Il y a certaines obligations auxquelles je dois me plier. Comme ce voyage.

— Et ta future femme fait partie de ces choses ?

Christian éclata de rire en voyant qu'il le fusillait du regard.

— Ne te mêle pas de ma vie privée.

— Au palais, tout se sait, vois-tu, et avant ton départ, vous étiez comme un couple de jeunes amoureux.

Pas question de lui révéler que les quatre dernières nuits, il avait dû avoir recours à des douches froides tellement il avait envie d'Olivia.

— N'importe quoi. Nous ne sommes pas amoureux. Mais

nous sommes compatibles au lit, c'est un fait, lâcha-t-il sèchement pour clore le sujet.

— Toi, tu n'es peut-être pas amoureux. Mais je ne suis pas certain que l'inverse soit faux.

— C'est ridicule. Nous n'avons pas passé assez de temps ensemble pour tomber amoureux.

— Tu ne crois pas au coup de foudre ?

— Et toi ?

— Oui, j'y crois.

— Eh bien, moi non, et je me marie uniquement parce que le devoir me l'impose.

— Et si tu n'étais pas obligé de te marier ?

— La question ne se pose pas.

Il n'avait pas envie de se pencher sur la question car cela ne ferait que rouvrir d'anciennes plaies. Serait-il resté avec Marissa si la Constitution de Sherdana l'y avait autorisé ou s'il avait décidé de renoncer au pouvoir ? Ses sentiments pour elle avaient-ils été biaisés par le fait que leur avenir à deux était impossible, leur relation sans lendemain ?

— Dis donc, tu as l'air à cran.

— Je suis préoccupé, c'est vrai.

A l'approche du parc du palais, la vision de ses filles à dos de poney le calma aussitôt.

— Je crois plutôt que tu es amoureux, ajouta son frère.

— Christian, arrête ou ça va mal se finir, le prévint-il.

— Je pensais même que tu rentrerais hier.

— Pourquoi ?

— Pour t'occuper d'Olivia.

Le silence se fit dans la voiture.

— Comment ça ? Olivia est malade ?

— Tu n'es pas au courant ?

— Non. J'ai parlé à Olivia hier soir et elle ne m'a rien dit non plus.

— Etrange.

— Quel est le problème ?

— Je ne sais pas. En tout cas, elle n'a pas quitté sa chambre depuis deux jours.

— Elle est restée alitée tout ce temps ?

— Je ne sais pas non plus. En tout cas, tu as l'air drôlement inquiet pour quelqu'un qui prétend ne pas être amoureux de sa future épouse.

Il ne répondit pas. En effet, il était inquiet. Et furieux qu'Olivia ne lui ait rien dit.

Dès que la limousine fut à l'arrêt, il se dirigea à grandes enjambées vers le palais puis monta les escaliers quatre à quatre. Il arriva dans la suite d'Olivia à bout de souffle.

Elle était installée dans un fauteuil, les jambes allongées sur un repose-pieds. Ariana lui faisait face, assise à côté de Libby, l'assistante d'Olivia.

— Bonjour, mesdames, lança-t-il.

— Gabriel, répondit Ariana, qui se leva pour lui donner l'accolade.

— Tu es en beauté.

— Merci, cher frère.

— Tu nous as manqué, intervint Olivia.

Dès qu'il vit son visage, il sut qu'elle n'était pas au mieux de sa forme. Son teint était très pâle et elle avait des traits violets sous les yeux.

Il s'agenouilla à côté d'elle, anxieux.

— Hier soir, pourquoi ne m'as-tu rien dit au téléphone ? Je serais rentré plus tôt.

— Ce n'est rien.

— Arrête, je ne t'ai jamais vue aussi pâle.

Ariana et Libby les laissèrent seuls.

— Réponds-moi, s'il te plaît.

Elle rougit.

— J'ai eu des règles très douloureuses, murmura-t-elle.

Un immense soulagement s'empara de lui. Elle était gênée de parler de ses menstruations avec lui. C'était pour cela qu'elle n'avait rien dit la veille au téléphone.

Amusé, il lui souleva le visage en posant un doigt sous son menton.

— Tu vas être ma femme, donc tu dois pouvoir te confier à moi, même pour me parler de tes règles.

— Je suis contente que tu sois rentré. C'est bon de te voir.

Il eut l'impression que ses phrases n'étaient pas achevées, qu'elle aurait eu envie d'ajouter un petit nom affectueux. Mon chéri ? Mon cœur ? Mon amour ?

— Tu es content de ton voyage ?

— C'était long, annonça-t-il avant de lui déposer une pluie de baisers dans le cou.

— Comment ça ?

— Tu m'as manqué, avoua-t-il.

Elle lui entoura le visage de ses mains.

— Si tu savais comme tu m'as manqué. D'ailleurs…

Quelqu'un frappa à la porte. Il poussa un soupir d'exaspération.

— Entrez ! lança-t-il après lui avoir fait un léger baiser sur le nez.

Stewart passa la tête dans l'embrasure de la porte.

— Votre Majesté, le roi se demandait si vous vous étiez perdu en route pour la réunion avec le Premier ministre.

Il se leva.

— Le devoir m'appelle.

— Bien sûr.

Le sourire d'Olivia se figea avant d'atteindre ses yeux.

— Tu es sûre que ça va aller ?

— Oui. Merci d'être passé.

— Je t'en prie, c'est normal.

— Nous pourrions dîner ensemble ce soir ?

— Je suis désolé mais ce soir je ne peux pas.

Il savait qu'elle était déçue même si elle n'osait pas l'avouer. Son visage s'était fermé, son regard s'était obscurci.

— Je passerai te voir plus tard.

Le lendemain du retour de Gabriel, Olivia alternait bâillements et sourires. Fidèle à sa parole, Gabriel était revenu la voir et ils s'étaient câlinés sur le canapé jusqu'à 3 heures du matin en se racontant par le menu ce qu'ils avaient fait pendant les quatre jours passés.

Ils s'étaient aussi beaucoup embrassés. Les baisers de Gabriel lui faisaient perdre la tête. Mais bizarrement, il n'avait pas cherché à la toucher, se contentant de lui offrir une présence tendre et rassurante. Son comportement était aux antipodes du désir qu'elle éprouvait pour lui. Cette absence de quatre jours l'avait frustrée au plus haut point, et à présent, même si elle était aux abois, son cycle venait ajouter un élément de frustration.

D'un autre côté, la bonne nouvelle était que pour leur nuit de noces rien ne les empêcherait d'en profiter jusqu'au petit matin. Si le mariage avait lieu.

En effet, elle avait un mauvais pressentiment. C'était la première fois qu'elle était réglée depuis l'arrêt de la pilule.

Sur le coup, elle avait été déçue car cela signifiait qu'elle n'était pas enceinte, malgré les nuits merveilleuses qu'elle avait passées avec Gabriel.

Puis elle avait paniqué quand d'anciens symptômes étaient réapparus. Si jamais il lui était difficile de procréer, elle serait dans une situation extrêmement délicate.

Dans tous les cas, elle avait enfin réussi à se convaincre de parler à Gabriel et de lui dire la vérité sur son dossier gynécologique. Pourtant, malgré leur complicité grandissante, elle n'arrivait pas à prévoir sa réaction. Pourvu qu'il se montre compréhensif afin qu'ils trouvent une solution ensemble.

— Olivia ?

Une voix douce la sortit de ses rêveries.

Avec les paparazzi qui cherchaient à tout prix à prendre les jumelles en photo, elle avait demandé à Noelle de venir au palais pour l'essayage des robes de demoiselles d'honneur.

Clignant des yeux, elle se reconcentra sur la jeune femme aux cheveux noirs.

— Désolée, Noelle. Avec le mariage qui approche, j'ai du mal à me concentrer sur tout ce que je dois faire. Vous disiez ?

— Je demandais si vous vouliez que j'apporte votre robe la semaine prochaine pour que vous n'ayez pas à venir à la boutique.

— Ce serait fantastique, ça me ferait gagner du temps.

— Pas de problème.

Les jumelles firent leur entrée à ce moment-là. On aurait dit deux anges vêtus de la même robe blanche sans manches, avec un grand nœud jaune pâle à la taille. L'assistante de Noelle avait relevé leurs cheveux avec un ruban assorti et des couronnes de fleurs factices.

— Si ça vous plaît, on pourrait demander au fleuriste de créer des couronnes de roses jaune pâle pour les filles.

— C'est une bonne idée. Les robes sont merveilleuses. Merci de les avoir confectionnées à la dernière minute.

— Je suis contente que ça vous plaise.

Pendant que Noelle et son assistante faisaient les retouches sur les robes des filles, Olivia prit en charge de les distraire en leur racontant quel serait leur rôle le jour du mariage. Elles semblaient comprendre l'ampleur de la tâche car elles la regardaient, les yeux écarquillés.

Une heure plus tard, Noelle était repartie et Olivia lisait une histoire aux jumelles sur le canapé.

Soudain, Gabriel fit son entrée, l'air de très mauvaise humeur.

— Karina, Bethany, il est l'heure d'aller au lit.

— Un problème ?

— S'il vous plaît, emmenez les jumelles à la nurserie, ordonna-t-il à la nourrice.

Une fois qu'ils furent seuls, l'atmosphère s'alourdit.

— C'est vrai ?

— Quoi donc ?

— Tu ne peux pas avoir d'enfants ?

De toutes les questions, elle était à mille lieues de s'attendre à celle-ci. Comment l'avait-il appris ? Libby était la seule à le savoir et jamais elle ne la trahirait.

— Qui te l'a dit ?

— La télévision. Un journaliste prétend savoir de source sûre que tu n'es pas en mesure d'avoir des enfants.

Les mots étaient accablants. Si Gabriel ne l'avait pas prise fermement par le bras, elle se serait tout simplement laissée choir sur le sol.

— Dis-moi la vérité.

— J'avais un problème gynécologique, mais j'ai été opérée et je devrais être en mesure d'avoir des enfants.

Même si depuis quelques jours elle avait des doutes.

— Peux-tu avoir des enfants oui ou non ?

— Il y a six mois, je pensais que c'était possible. Aujourd'hui, je ne sais pas.

— Tu aurais dû me le dire. Tu pensais pouvoir me cacher la vérité combien de temps ?

— Je ne pensais pas que ce serait un problème, répliqua-t-elle en croisant les mains pour les empêcher de trembler.

Gabriel s'était transformé en statue de pierre.

— Je ne me serais jamais engagée à t'épouser si j'avais su que je ne pouvais pas avoir d'enfants.

— Mais ton médecin t'a dit que ce serait risqué et peu probable.

Ce n'était pas une question.

Anéantie, elle ne lui demanda pas d'où venait l'information.

La télévision dévoilait son secret, quelqu'un avait divulgué des informations privées et pourtant c'était elle qui passait pour une criminelle.

— Mon médecin m'a juste dit qu'il ne savait pas comment mon corps réagirait quand j'arrêterais de prendre la pilule puisque je la prenais depuis dix ans.

— Tu étais vierge, je peux en attester. Alors pourquoi prenais-tu la pilule ?

— C'était pour contrôler les crampes et les saignements. J'ai arrêté la pilule avant de quitter Londres car je voulais tomber enceinte le plus rapidement possible. Je voulais te donner un héritier puisque c'était tout ce que tout le monde souhaitait.

Gabriel se raidit davantage, lèvres serrées.

— On souhaitait aussi que tu sois honnête.

Elle tressaillit en l'entendant prononcer ces paroles tranchantes.

— Quand allais-tu m'en parler ?

— Ce soir. Je ne me sens pas bien depuis deux jours et je voulais discuter de la situation avec toi.

— Il me faut un héritier, Olivia.

— Je sais. Je comprends ta situation.

Une nouvelle vague de crampes aiguës la cloua sur place, la faisant grimacer.

— Olivia, ça va ?

— Non, depuis ce matin, j'ai des crampes violentes. La matinée a été chargée et j'en ai trop fait. Je vais prendre un antidouleur et m'allonger. On peut reprendre cet après-midi ?

Sans attendre son assentiment, elle se dirigea vers la salle de bains où elle avait entreposé ses comprimés.

Elle ferma la porte, espérant que Gabriel ne la suivrait pas. La femme qui lui fit face dans le miroir avait les yeux cerclés de noir et les lèvres blanches.

Elle fut soudain prise d'une douleur intense et vive qui ne ressemblait pas à ses crampes habituelles. La différence l'effraya.

Luttant contre la nausée, elle se força à avaler des médicaments. Au bout de quelques minutes, elle se sentit capable de retourner dans la chambre. Elle y trouva Libby et la reine.

Les larmes lui montèrent aux yeux.

— Vous avez essayé le jus d'ananas ?

— Non, répondit-elle, surprise par la question.

— Vous devriez essayer, c'est bon contre les crampes.

Pourquoi la reine se montrait-elle gentille avec elle étant donné la nouvelle ?

— Merci, je vais essayer le jus d'ananas.

— Vous n'êtes pas la première jeune femme à avoir des problèmes gynécologiques dans ce palais. J'étais jeune quand j'ai épousé le roi, et désireuse de lui donner un héritier au plus vite. Contrairement à Gabriel, Matteo n'avait ni frère ni sœur ni descendant pour prendre sa relève.

— Vous avez eu du mal à avoir des enfants ?

— C'est rare d'avoir naturellement des triplés. J'ai eu recours à la médecine pour avoir mes trois garçons. A la fécondation in vitro.

— Et Ariana ?

La princesse avait six ans de moins que ses frères.

— Mon bébé miracle.

Le récit de la reine rassura légèrement Olivia. Peut-être que son bébé miracle était en route ?

En effet, étant donné la situation et ces fuites dans les médias, il ne lui restait plus qu'à espérer un miracle.

— Vous aimez mon fils ?

Encore une question surprenante et directe de la part de la reine.

— Oui.

— Alors je sais que vous ferez ce qu'il y a de mieux pour lui.

La laissant réfléchir à la signification de cette déclaration, la reine tourna les talons.

Quand la porte s'ouvrit de nouveau quelques instants plus tard, elle pensa voir Libby, ou mieux, Gabriel, mais elle se retrouva face à une femme de chambre.

— Je n'ai besoin de rien pour le moment. Revenez ce soir.

— Je suis venue vous aider à faire vos bagages. J'imagine que vous allez rentrer chez vous, maintenant que le prince est au courant de votre stérilité.

Etonnée, paniquée par le ton de la femme de chambre, elle s'assit dans son lit pour mieux l'observer. De taille moyenne, cheveux châtains, yeux noisette, elle ressemblait à des dizaines de domestiques du palais. Mais quelque chose dans ses mouvements mit Olivia mal à l'aise.

— Je ne vois pas de quoi vous voulez parler. Je ne vais nulle part, répliqua-t-elle, le cœur battant à toute allure alors que la femme s'avançait vers elle.

D'un bond, elle sauta hors du lit mais le mouvement provoqua une douleur aiguë dans son bas-ventre. Chancelante, elle se rattrapa au dossier d'une chaise.

Le souffle court, elle sentit qu'elle était sur le point de faire un malaise.

— Mais si, vous allez devoir partir. Maintenant que le prince sait, il ne voudra plus vous épouser, ricana la femme.

— Ce ne sont pas vos affaires et c'est à lui de décider. Maintenant, quittez cette chambre et laissez-moi tranquille.

Difficile de parler sur un ton impératif et de s'exprimer clairement alors qu'elle avait l'impression qu'on lui enfonçait des lances de l'entrejambe à l'abdomen.

— Pour qui vous prenez-vous ? Vous pensez pouvoir me parler sur ce ton parce que votre père a de l'argent ?

Pas à pas, malgré la douleur lancinante et la peur qui lui dévoraient les entrailles, elle tenta de reculer vers la salle de bains pour se soustraire au venin de cette fausse femme de chambre.

Soudain, elle reconnut son visage. C'était elle qu'elle avait vue dans sa chambre, le soir de l'arrivée des jumelles.

— Qui êtes-vous ?

— Peu importe qui je suis, vous n'arriverez jamais à la cheville de ma sœur.

Alors que la femme s'avançait vers elle d'une façon menaçante, Olivia trébucha, mais réussit à se rattraper.

— Votre sœur ?

— Marissa !

— Marissa était votre sœur ?

Cette femme méchante, hargneuse et insipide serait donc la sœur de la belle Marissa ?

— Ma petite sœur. Elle était magnifique et pleine de vie. Jusqu'à ce que le prince Gabriel l'anéantisse en la quittant.

— Comment ça ?

Le but d'Olivia était de faire parler la femme pour gagner du temps et réussir à s'enfermer dans la salle de bains.

— Dans les mois qui ont suivi son séjour à Venise, elle a sombré dans une terrible dépression. Elle ne supportait pas l'idée qu'il ne veuille plus d'elle dans sa vie.

La femme la dévisageait durement, la fusillant du regard comme si elle était responsable du chagrin de sa sœur.

— Je suis désolée que Marissa ait souffert.

— Souffert ? C'était un calvaire. Elle a voulu se suicider. Ils l'ont retrouvée dans un bain de sang. Elle s'était ouvert les veines. Ils l'ont sauvée de justesse. A l'hôpital, elle a découvert qu'elle était enceinte. C'est ça qui lui a redonné goût à la vie. Elle adorait ses filles qui étaient tout pour elle.

Olivia plaça la main derrière son dos et fut soulagée de toucher la porte de la salle de bains.

— Karine et Bethany sont des petites filles merveilleuses.

— Il ne les mérite pas. Il ne mérite pas d'être heureux. D'ailleurs, maintenant qu'il est au courant de votre stérilité, je lui souhaite tout le malheur du monde. Et surtout, je souhaite qu'il ne veuille plus de vous.

La sœur de Marissa hurlait à présent, crachant son venin, telle une sorcière hystérique.

Un nouvel assaut de douleur força Olivia à se plier en deux. Elle entra dans la salle de bains, s'agrippant à la porte comme s'il en allait de sa vie. Elle allait bientôt perdre connaissance et elle devait agir vite. A tâtons, elle réussit à refermer la porte et à la verrouiller. La sœur de Marissa secoua la poignée pour tenter d'ouvrir puis tambourina de toutes ses forces contre la porte.

Olivia glissa à terre, au bord de l'inconscience. Sombrant dans un état comateux, elle pria pour que la porte tienne, que quelqu'un vienne l'aider et que la sœur de Marissa ait tort au sujet de Gabriel.

Puis ce fut le noir complet.

- 9 -

Gabriel se pencha pour faire avancer son cheval encore plus vite. Le vent fouettait son visage alors que son esprit se concentrait uniquement sur le bruit des sabots qui heurtaient le sol à intervalles réguliers. Il devait évacuer la colère qui l'avait envahi depuis sa discussion avec Olivia.

L'étalon qu'il montait avait des ressources mais après un kilomètre de galop effréné, il passa au trot devant le lac où enfant, avec ses frères, il se baignait en été. Si seulement il pouvait remonter le temps et retrouver ces moments innocents.

Il regrettait d'avoir accusé Olivia de mensonge. C'était injuste.

Elle rêvait sûrement d'avoir des enfants. Si son médecin lui avait dit qu'elle avait toutes les chances de tomber enceinte, elle avait dû s'accrocher à cette idée comme à sa vie. A présent, si le sort lui jouait un mauvais tour et l'empêchait de procréer, c'était elle qui en souffrirait le plus. C'était elle la vraie victime. Il le comprenait.

De plus, il savait à quel point elle adorait les enfants. Il l'avait vue à l'œuvre avec les jumelles. Sa douceur, ses attentions, ses paroles rassurantes, le temps qu'elle prenait pour leur lire des histoires.

A présent, ses parents devaient sûrement être en train de trouver le meilleur moyen de gérer la crise. Le consensus serait sûrement de conseiller à Gabriel de ne pas épouser une femme qui ne pourrait peut-être pas lui donner d'héritier. Mais il ne prendrait aucune décision sans connaître l'ampleur du problème.

Et si Olivia ne pouvait vraiment pas avoir d'enfants ? Alors il devrait peser le pour et le contre, en prenant en compte le marché qu'il avait signé avec le père d'Olivia. Dans tous les cas, il se retrouverait face à un dilemme.

Deux heures plus tard, il entra dans le salon familial où tout le monde était assemblé.

— Tu as pris des nouvelles d'Olivia ?

— Non, j'ai fait une sortie à cheval.

Son père lui jeta un regard noir. Gabriel l'ignora et alla prendre place à côté de sa mère. Sur le chemin du retour, il avait pris une décision qui ne serait pas du goût de tout le monde.

— J'avais besoin de réfléchir.

Le roi fixa son fils du regard.

— Comment entends-tu gérer cette situation ?

— Je pensais publier un communiqué de presse pour dédramatiser la situation. Mais si les médias sont en possession du dossier médical d'Olivia, cette solution sera forcément bancale.

— Je parlais d'Olivia, pas de la presse.

Un silence se fit. Tout le monde le dévisageait, attendant sa réponse. On aurait dit que le temps s'était arrêté.

— Comment ça ? s'enquit Gabriel, feignant de ne pas comprendre alors qu'il savait très bien où son père voulait en venir.

— Tu dois épouser une femme fertile.

En d'autres termes, il devait rompre ses fiançailles avec Olivia et se pencher de nouveau sur les candidates potentielles.

— Et je dois annoncer à lord Darcy que sa fille ne m'intéresse plus car elle ne peut pas procréer ?

A en juger par l'expression qu'il lut sur le visage de son père, Gabriel sut qu'il s'était aventuré en territoire dangereux.

Pour le moment, il avait surtout envie de se rebeller.

Jeune, il avait été le plus calme des triplés, s'attirant très rarement des ennuis. A quinze ans, Nic faisait déjà des expériences dans sa chambre d'où il tirait des fusées. Tandis que Christian avait eu la bonne idée d'emprunter la Ferrari de leur oncle pour la mettre dans le fossé.

Gabriel avait toujours pris au sérieux ses futures responsabilités, accompagnant partout ses parents lors des visites officielles et autres galas de charité.

— Moi aussi j'ai eu du mal à concevoir, intervint la reine pour diminuer la tension entre le père et le fils.

— Mais nous n'en savions rien avant de nous marier, rétorqua son mari.

— Cependant, quand nous l'avons appris, tu ne m'as pas jetée à la rue comme une malpropre.

— Nous étions mariés depuis deux ans, comment aurais-je pu me séparer de toi ?

Gabriel vit le message silencieux qui passa entre son père et sa mère et ne put s'empêcher de les envier tout en les admirant. Ses parents étaient tellement synchronisés, faits l'un pour l'autre que c'en était incroyable. Les semaines passées, il avait commencé à espérer qu'il pourrait créer un tel climat de complicité entre Olivia et lui.

— Nous allons en discuter cet après-midi, avec Olivia.

— Tu comptes rompre vos fiançailles ?

— Non, dans un premier temps, je veux étudier son dossier médical et voir quelles sont ses chances de tomber enceinte.

La porte du salon s'ouvrit brusquement sans signal préalable. Stewart apparut dans l'embrasure, l'air inquiet.

— Il est arrivé quelque chose à lady Darcy.

Gabriel se leva d'un bond.

— Comment ça ?

— Je ne sais pas. Libby dit qu'elle est enfermée dans la salle de bains et qu'elle n'ouvre pas la porte.

— Pourquoi pensez-vous qu'il lui soit arrivé quelque chose ?

— Ses vêtements sont éparpillés sur le sol. Ils ont été mis en lambeaux.

Marmonnant un juron, Gabriel passa devant son secrétaire puis partit à grandes enjambées vers la suite d'Olivia. Stewart lui emboîta le pas.

Quand il pénétra dans la suite, Gabriel remarqua le désordre mais n'y prêta guère attention. Il alla directement à la porte de la salle de bains où l'assistante d'Olivia frappait et appelait sa patronne.

Il demanda à la jeune femme de se pousser et prit de l'élan pour enfoncer la porte.

Dès qu'il pénétra dans la salle de bains, il sentit l'odeur métallique du sang. Olivia était allongée sur les carreaux froids, inconsciente, la jupe couverte de sang.

Il fut pris de panique.

— Appelez une ambulance !

Il s'agenouilla, soulagé de constater qu'elle respirait.

— Quand êtes-vous entrée dans la suite ? demanda-t-il à Libby.

— Il y a environ dix minutes. Quand j'ai vu les affaires dans la chambre, j'ai paniqué, et quand j'ai essayé d'entrer dans la salle de bains et trouvé la porte verrouillée, j'ai su que quelque chose n'allait pas.

A quand remontait le début de l'hémorragie ?

L'angoisse s'empara de lui. Non, elle ne pouvait pas mourir. Elle n'en avait pas le droit. Il ne le permettrait pas.

— Donnez-moi une couverture, nous allons l'envelopper et l'emmener à l'hôpital.

— Je n'appelle pas l'ambulance ?

— Non, le temps presse, on ira plus vite.

Pas question d'attendre en regardant Olivia saigner à mort. Il deviendrait fou. Il préférait agir.

Et dire qu'il n'y avait pas trois heures il était venu la voir pour lui faire des reproches avant de partir se promener à cheval alors qu'elle était en danger de mort.

Il devait évacuer son sentiment de culpabilité et agir avec sang-froid. Le but était de sauver Olivia. Les récriminations viendraient plus tard.

Il l'enveloppa de la couverture et la prit dans ses bras. Sa famille était réunie dans le couloir. Il resta sourd aux messages de soutien et aux offres d'aide. Olivia était sa fiancée, sa responsabilité.

Si elle n'avait pas été mise sous autant de pression et s'il avait été plus à l'écoute, elle aurait trouvé le moyen de lui parler, de lui expliquer la situation, de lui faire part de ses craintes, de ses doutes. Ils auraient pu trouver une solution pour éviter la catastrophe et le scandale.

La limousine les attendait à l'entrée du palais. Gabriel installa Olivia le plus confortablement possible pour le trajet jusqu'à l'hôpital. Quand il vit son visage pâle et fébrile, il prit conscience de la gravité de la situation.

— Plus vite ! cria-t-il au chauffeur.

Les quinze minutes qui les séparaient de l'hôpital furent les plus longues de sa vie. Il déposait régulièrement des baisers sur son front pour lui dire qu'il était là, qu'il ne la quitterait pas, qu'elle devait se battre et revenir à lui.

A l'entrée des urgences, une équipe de cinq personnes les attendait. C'était sûrement l'œuvre de Stewart.

Ils placèrent Olivia sur un lit roulant, empruntèrent un couloir à la vitesse grand V puis disparurent derrière les portes vitrées. Gabriel pensait être autorisé à rester auprès d'Olivia, mais une infirmière lui barra la route.

— Il faut laisser les médecins faire leur travail, expliqua-t-elle d'un ton amical mais ferme.

— J'aurai des nouvelles dans combien de temps ?

— Nous vous tiendrons au courant au plus vite.

— Elle a perdu beaucoup de sang.

— Oui, on le sait.

Elle le guida vers une salle d'attente privée où elle lui offrit du café.

Comment cette femme pouvait-elle lui proposer du café alors qu'Olivia était entre la vie et la mort ?

— Tout ce que je veux, c'est savoir si elle va s'en sortir.

Elle acquiesça en silence, puis sortit de la pièce.

Une fois seul, il s'assit, la tête entre les mains. Puis il se laissa gagner par le désarroi. Elle n'avait pas le droit de mourir. Elle ne pouvait pas le quitter. Il n'était pas capable de faire face à l'avenir sans elle. Ils trouveraient une solution à son infertilité. Il se rappela les paroles rassurantes de sa mère. Elle aussi avait eu du mal à procréer et avait dû se faire aider par la médecine.

Ils consulteraient les plus grands spécialistes. Ils auraient des enfants ensemble.

Une main se posa sur son épaule.

— Gabriel ?

Il leva la tête pour découvrir sa sœur. Absorbé par son chagrin, il ne l'avait pas entendue arriver.

— Quelles sont les nouvelles ?

— Pour l'instant, rien.

Il regarda sa montre. Cela faisait trente minutes qu'il était dans la pièce et personne n'était venu le voir.

— Elle va s'en sortir, lui dit sa sœur d'une voix qui se voulait rassurante.

Il se leva et se blottit contre elle. Ariana le prit dans ses bras, lui offrant le réconfort dont il avait tant besoin, sans rien dire.

— Votre Majesté.

Un homme à l'air solennel les interrompit.

— Je suis le Dr Warner.

— Comment va Olivia ? lâcha aussitôt Gabriel.

— Je n'irai pas par quatre chemins. Son état est inquiétant. Elle a perdu beaucoup de sang et nous n'arrivons pas à arrêter l'hémorragie. Il va falloir procéder à une opération.

— Quelle opération ?

— Une hystérectomie. C'est la seule solution.

— Faites le nécessaire mais sauvez-la, docteur.

- 10 -

La première fois qu'Olivia ouvrit les yeux, elle sentit juste une douleur lancinante dans son corps. Comme si quelqu'un lui enfonçait des morceaux de verre dans le bas-ventre. Puis elle replongea dans l'obscurité.

La seconde fois, elle resta éveillée un peu plus longtemps, mais à peine. Elle entendit même des gens parler autour d'elle, c'était confus et lointain. Impossible de discerner le sens des paroles prononcées. La douleur était toujours aussi présente. Elle se laissa de nouveau glisser avec volupté dans l'inconscience.

La troisième fois fut la bonne. Cette fois, elle comprit qu'elle était dans une chambre d'hôpital et elle put même cibler d'où venait la douleur. De son abdomen.

Regardant alentour, elle ne vit personne à son chevet.

Elle se sentait à la fois vidée et gonflée.

Depuis quand était-elle ici ? Son dernier souvenir remontait à un échange houleux avec Gabriel. Savait-il qu'elle était là ?

— C'est bon de vous voir ouvrir les yeux, dit une infirmière en entrant.

— C'est bon de voir quelqu'un.

— Comment va la douleur ?

— Supportable. Pourrais-je avoir de l'eau, j'ai la bouche pâteuse.

L'infirmière lui tendit un gobelet avec une paille.

Après s'être désaltérée, elle se laissa retomber sur son oreiller, épuisée par cette simple action.

— Je me sens tellement faible.

— C'est normal, avec ce que vous avez vécu.

— Que m'est-il arrivé ?

— Le docteur va vous expliquer.

Trop fragile pour continuer la conversation, elle ferma les yeux, tentant de se remémorer ce qui lui était arrivé. Ses règles abondantes. Les crampes. Ses doutes. Ses angoisses. Cherchant à savoir d'où venait la douleur, elle toucha son bas-ventre. Une douleur vertigineuse se répandit dans son corps.

Au même moment, un homme aux cheveux gris et en tunique verte entra dans sa chambre.

— Bonjour, je suis le Dr Warner.

— Enchantée. Même si j'imagine que je ne serai pas enchantée de ce que vous allez m'annoncer.

— Comment va la douleur ? Sur une échelle de un à dix.

— Disons six. Que m'est-il arrivé ?

— Vous aviez une hémorragie que nous avons eu beaucoup de mal à stopper.

— Comment l'avez-vous arrêtée ?

— Nous avons dû procéder à une opération, répondit-il en la regardant dans les yeux.

Son regard lui donna une idée de l'importance de l'opération.

— Je ne pourrai jamais avoir d'enfants ?

— Pour vous sauver, nous avons dû enlever votre utérus.

Elle ferma les yeux afin d'échapper à la compassion du médecin. Le monde alentour sombrait, son esprit divaguait, perdu entre le déni et le chagrin, son cœur se déchirait, lentement mais sûrement. Cependant, habituée à cacher ses émotions en public, elle retint ses larmes. Plus tard, seule, elle pleurerait toutes les larmes de son corps meurtri.

— Je sais que c'est difficile et que vous allez avoir du mal à digérer la nouvelle.

— Qui est au courant ? murmura-t-elle.

— Votre père, la famille royale.

— La presse ?

— Bien sûr que non.

— Mon père est là ?

— Oui, dans la salle d'attente.

— J'aimerais le voir. Lui seul.

— Je vais envoyer une infirmière le chercher.

Quelques instants plus tard, l'homme qui apparut n'était pas l'aristocrate britannique d'une soixantaine d'années qu'elle attendait, mais un jeune homme à la carrure imposante, avec les yeux creusés et une barbe de trois jours.

Son cœur se mit à battre frénétiquement à mesure que Gabriel s'avançait, les habits chiffonnés, les traits tirés.

Il tendit la main pour recouvrir la sienne mais elle la retira à temps pour ne pas entrer en contact avec lui.

— Je suis désolée. J'aurais dû te prévenir de mon état médical. J'avais tellement envie que tout se passe bien.

— Tu nous as fait peur.

Il prit place sur une chaise à côté du lit, toujours en la regardant, si bien que ses yeux étaient à présent à sa hauteur et qu'elle ne pouvait plus éviter son regard perçant.

— Quand je t'ai trouvée inanimée sur le sol de la salle de bains, j'ai cru…

Il s'interrompit, secouant la tête.

— Je suis désolée. Je ne savais pas qu'en arrêtant la pilule, cela ferait autant de dégâts…

Elle ne put continuer, interrompue par un sanglot inattendu. L'instant d'après, elle pleurait à chaudes larmes, tandis que Gabriel lui caressait les cheveux.

Ses attentions ne firent que redoubler son chagrin.

— Olivia, pardon.

Il lui prit la main et la colla à sa joue.

La chaleur émanant de son beau visage se répandit en elle, provoquant une vague de douleur différente de celle qui pulsait dans son bas-ventre.

Elle aurait eu envie de se blottir contre lui, de se mentir en disant que tout irait bien, mais l'heure de la vérité avait sonné.

— Au moins, maintenant, la situation est claire. Je ne peux pas avoir d'enfants, donc tu ne pourras jamais regretter de m'avoir épousée.

— Que veux-tu dire ?

Autant être à l'origine de la rupture et en finir au plus vite.

— Nous ne pouvons plus nous marier.

— Je n'abandonnerai pas. Je suis prêt à me battre pour nous.

— Il n'y a pas de « nous ». Inutile de se battre contre des moulins. Tu dois penser à l'avenir de ton pays.

— J'ai deux frères…

— Gabriel, je suis fatiguée. J'aimerais voir mon père.

C'était trop affreux. Elle ne voulait pas qu'il se montre optimiste de peur de se bercer d'illusions. Le mieux était de couper court à la conversation et de mettre un terme à cet échange douloureux.

Il ouvrit la bouche, sur le point d'ajouter quelque chose, mais elle ferma les yeux pour lui faire savoir que leur entretien avait pris fin.

— Je crois… qu'il vaut mieux… que tu ne reviennes pas me voir, sanglota-t-elle.

— Pas question.

— S'il te plaît, Gabriel.

Il resta quelques instants à l'observer en silence, le regard perdu, puis il lui lâcha la main et se leva.

— Comme tu voudras. Je vais chercher ton père.

Elle attendit qu'il soit parti pour rouvrir les yeux. Entrer en contact avec Gabriel lui avait remémoré les doux moments passés au lit. Tout en pensant au corps de Gabriel, elle tendit le bras pour atteindre la boîte de mouchoirs. Ce simple geste lui donna envie de se tordre de douleur.

Son père la tira de sa solitude maussade.

Quand il la prit dans ses bras, de nouvelles larmes s'échappèrent de ses yeux. Cette fois, elle ne tenta pas de les retenir. Elle les laissa couler le long de ses joues et sur la chemise de son père.

— Rentrons à la maison.

— Les médecins veulent te garder en observation encore une semaine.

— Je ne peux pas être transférée dans un hôpital à Londres ?

— Ma chérie, tu n'es pas en état de voyager. Une semaine, ça va passer vite. Après, je te ramènerai à la maison.

Une semaine, c'était interminable. Elle voulait oublier

Sherdana et son prince. Or, tant qu'elle restait dans cet hôpital, elle ne pourrait entamer le processus de sevrage.

Après avoir parlé à Olivia, Gabriel rentra au palais, seul et désemparé. Le personnel s'effaçait à son approche, comme s'ils avaient vu le diable en personne.

Olivia avait voulu rompre avec lui dès qu'elle avait rouvert les yeux. Elle avait pris les devants, assumant la situation, le laissant libre d'agir à sa guise.

Comment avait-elle pu faire ça ?

Même s'il s'était fâché en apprenant qu'elle lui avait caché ses problèmes médicaux, jamais il n'avait envisagé de rompre leurs fiançailles. Jamais. Olivia était irremplaçable.

Il pensa à son tatouage et au mot « espoir ».

En cet instant, il lui en fallait une bonne dose.

Une fois dans son bureau, à bout de nerfs, il s'écroula dans un fauteuil près de la cheminée. Il avait froid, il n'avait pas dormi de la nuit et il avait la migraine.

En quittant l'hôpital, il avait pris conscience que sa relation avec Olivia était terminée. Qu'avant son départ pour la Grande-Bretagne il lui dirait à peine quelques mots.

Jamais il n'avait eu le cœur aussi lourd.

On frappa à la porte.

— Entrez !

— Votre Majesté ?

— Non, Stewart, pas maintenant.

Il avait besoin de temps pour réfléchir, pour s'habituer à cette nouvelle donne.

— Je suis désolé de vous déranger mais votre père veut vous parler.

Gabriel ne répondit pas. Il se leva sans regarder Stewart, ni même lui répondre et sortit de la pièce pour se rendre dans le bureau de son père.

Quand il entra, celui-ci était au téléphone avec lord Darcy. Le temps qu'il finisse sa conversation, il alla se servir un scotch.

— C'est un peu tôt, non ? s'enquit son père après avoir raccroché.

— Quand un homme apprend que sa fiancée veut rompre avec lui, je crois qu'il a besoin d'un remontant.

Son père vint le rejoindre. Il versa du café dans une tasse, la tendit à Gabriel et lui prit le verre en cristal qu'il avait à la main.

— Lord Darcy m'a appris qu'Olivia et toi aviez rompu.

— C'est Olivia qui a rompu. Mais peu importe, finalement. A moi de me ressaisir, de rouvrir les dossiers des autres candidates et de chercher de nouveaux investisseurs.

— Pour les investisseurs, ça peut attendre un peu puisque lord Darcy m'a confirmé qu'il maintenait son projet à Sherdana.

Gabriel, qui venait de prendre une gorgée de café, reposa bruyamment sa tasse.

Olivia.

C'était elle qui avait convaincu son père de ne pas revenir sur son engagement. Olivia était une femme d'honneur, qui tenait ses promesses.

Contrairement à lui.

Il eut soudain une révélation : il ne pouvait pas laisser Olivia faire une chose pareille. Il ne pouvait pas la laisser rompre leurs fiançailles et se sacrifier alors que c'était aux antipodes de ce qu'il voulait.

Au bout de six longs jours de souffrance dans son lit d'hôpital, Olivia se sentait vidée. Elle avait passé son temps à somnoler, oscillant entre la douleur et le chagrin.

Et toujours cet état de fait, irréversible. Elle ne pourrait jamais avoir d'enfants.

La veille, elle avait demandé à Libby de lui apporter ses papiers afin de régler certains détails avant son départ.

— Vous êtes sûre de vouloir faire ça maintenant ? Vous vous en sentez capable ?

— Je ne me sens capable de rien mais je veux m'occuper l'esprit pour ne pas devenir folle.

Libby installa les papiers sur la table roulante et prit place dans un fauteuil avec son ordinateur portable.

— Au fait, le prince Gabriel…

— Non, Libby, donnez-moi plutôt des nouvelles de Karina et Bethany.

— Elles ont dit que vous leur manquiez. D'ailleurs, ce ne sont pas les seules. Tout le palais aimerait vous voir.

Ne souhaitant pas continuer sur cette voie, elle changea de sujet.

— Ont-ils retrouvé la sœur de Marissa ?

— Pas encore, malheureusement. Ils surveillent son appartement à Milan. D'après les renseignements, elle n'a contacté personne de son entourage depuis six mois. Mais je peux vous assurer que le prince Gabriel met tous les moyens en œuvre pour la retrouver.

Le cœur serré, elle repensa à lui.

Cette semaine, Ariana et Christian étaient venus lui rendre visite, mais elle n'avait pas revu Gabriel. Il s'était tenu à l'écart, comme elle le lui avait demandé.

Elle ne se sentait toujours pas assez forte pour l'affronter. C'était trop douloureux, trop frais dans son esprit. Elle devait d'abord se faire à l'idée qu'elle ne l'épouserait jamais et qu'elle n'aurait jamais d'enfants.

— Le prince Gabriel s'inquiète beaucoup, vous savez. Il me demande sans cesse de vos nouvelles.

Libby n'en rajoutait-elle pas un peu, pour lui remonter le moral ?

— J'espère que vous lui avez dit que ma convalescence se déroulait au mieux.

— Oui, mais je crois qu'il aimerait en juger par lui-même.

Sa gorge se serra. Sa vision devint floue.

— Ce n'est pas une bonne idée, murmura-t-elle.

— Vous savez, il tient énormément à vous. Quand il vous a trouvée dans la salle de bains, il était dans un état de panique intense. Il a tout fait pour vous emmener au plus vite à l'hôpital.

Bizarrement, même si Libby exagérait peut-être la description des événements, ses paroles lui firent plaisir.

— Je sais qu'il tient à moi. Mais il a besoin d'un héritier et je ne peux pas avoir d'enfants.

— Mais vous l'aimez ! C'est plus important que tout, non ?

Libby la scrutait, comme si elle avait peur de sa réaction. La question plana dans la pièce.

Oui, elle aimait Gabriel, mais il ne devait jamais l'apprendre. Cela ne ferait que compliquer les choses et elle ne voulait pas lui ajouter ce fardeau. Il éprouvait déjà assez de culpabilité par rapport à Marissa.

— J'aime Gabriel mais ne le dites à personne. Le prince doit trouver une nouvelle princesse et je ne veux pas qu'il pense à moi.

Pourtant, l'idée d'imaginer Gabriel avec une autre femme lui alourdit davantage le cœur.

— Moi, je trouve que vous devriez le lui dire.

Elle adressa un sourire amical mais triste à Libby.

— Non. Sherdana mérite d'avoir une reine qui puisse avoir des enfants.

— Et vous, vous méritez d'être heureuse.

— Je le serai peut-être un jour, quand j'aurai pu mettre toute cette histoire derrière moi.

- 11 -

Gabriel contemplait le dossier des candidates potentielles sans grand entrain.

— Il faudra bien que tu te décides un jour, lâcha sa mère.

Comment faire son choix alors qu'il ne voulait qu'une seule femme dans sa vie ?

Mais la femme de son cœur avait décidé pour lui. Afin de lui laisser la voie libre pour se fiancer avec une autre, elle s'était sacrifiée. Olivia avait quitté l'hôpital depuis deux jours et logeait à l'hôtel Royal Caron en attendant que son médecin l'autorise à voyager.

Grâce à une énorme donation à l'hôpital, il avait réussi à convaincre le Dr Warner de trouver un moyen de garder Olivia quelques jours de plus à Sherdana.

Il s'était lancé dans cette entreprise afin d'avoir un peu plus de temps pour s'excuser auprès d'Olivia en personne. Malheureusement, celle-ci refusait de le voir.

Sa mère le rappela à l'ordre.

— Gabriel, tu m'écoutes ?

— Je n'épouserai aucune de ces femmes.

La reine le regarda, interloquée.

— Comment ça ? Qui comptes-tu épouser, alors ?

— La femme que j'ai toujours voulu épouser.

— Olivia.

— Cela n'a pas l'air de te surprendre.

— Tu es comme ton père. Un romantique au grand cœur.

— Tu dis ça pour plaisanter ?

— Non, je suis sérieuse. Mais ne le dis à personne. C'est un secret entre ton père et moi.

— Tu peux me donner un exemple ? J'avoue que j'ai vraiment du mal à te croire.

— Quand il a su que je ne pouvais pas avoir d'enfants, j'ai voulu divorcer, pour le laisser libre d'honorer son pays comme il le souhaitait. Mais il n'a rien voulu entendre. Je suis même allée jusqu'à le quitter et lui faire croire que j'étais tombée amoureuse d'un autre homme.

— Quoi ? Je ne connaissais pas cette histoire.

— Il a tout fait pour que je revienne vers lui. Et je peux te dire qu'il était soulagé d'apprendre qu'il n'y avait pas un autre homme dans ma vie.

— Et pour ton problème de stérilité, qu'avez-vous fait ?

— Les médecins m'avaient dit que je ne pouvais pas avoir d'enfants par la voie traditionnelle donc nous en avons parlé à des spécialistes et nous avons trouvé une solution.

— Je suis étonné.

— Pourquoi ? Parce que ton père t'a conseillé de rompre tes fiançailles avec Olivia ?

— Oui.

— Tu dois comprendre qu'il a fait ça avant tout pour vous protéger, tous les deux. C'était une période très difficile. L'inquiétude, la peur, le stress. C'était dur pour nous, pour notre entourage.

— Mais votre mariage a survécu.

— Oui, mais nous étions très amoureux l'un de l'autre.

— Tu insinues que si j'épousais Olivia notre mariage risquerait d'échouer à cause de ce problème et parce que nous ne sommes pas amoureux ?

— Je n'insinue rien. Nous essayons juste de vous éviter des moments de déchirement.

Cet échange avec sa mère déclencha une autre réflexion chez Gabriel. Après tout, il venait à peine de faire connaissance avec Olivia, c'était normal qu'il ne puisse pas se déclarer follement amoureux d'elle.

Et pourtant… Comment expliquer le sentiment de vide qu'il ressentait depuis qu'Olivia lui avait dit de la laisser tranquille ?

Il regarda sa mère droit dans les yeux.

— Si c'était à refaire, tu le ferais ? Malgré tous les moments difficiles, les doutes, les inquiétudes ?

— Oui, répondit-elle sans ciller.

— Merci.

Il se leva et vint déposer un baiser sur sa joue, s'attendant à ce qu'elle lui demande ce qu'il avait en tête. Mais elle n'en fit rien.

Quittant sa mère, il alla se préparer pour accueillir Olivia. Celle-ci s'était arrangée pour venir rendre visite aux jumelles et leur donner leur cadeau d'anniversaire.

C'était un peu lâche de se servir de ses filles pour trouver le moyen de parler à Olivia mais il était à court d'idées et le temps pressait. Il fallait agir, peu importait comment il arrivait à son but. Ou du moins, tentait d'y arriver.

Ses filles lui avaient appris à vivre dans le présent. Avec elles, il n'y avait ni passé ni avenir, juste le présent. Elles ne pensaient qu'à faire des câlins, des bêtises et des balades à dos de poney.

Les jumelles n'étaient pas à la nurserie. Il les avait envoyées faire un pique-nique dans le parc. Dans trente minutes, elles rentreraient pour leur sieste. Cela devrait lui donner assez de temps avec Olivia.

En attendant, il s'assit sur le lit de Bethany et prit la photo encadrée de Marissa qui reposait sur la table de chevet entre les deux lits.

Les filles étaient arrivées avec un petit album et c'était Olivia qui avait choisi cette photo pour leur rappeler leur mère.

Sur la photo, Marissa était enceinte. Elle devait en être à son septième mois mais elle était très grosse. Savait-elle qu'elle attendait des jumeaux ? Elle avait aussi l'air d'être plus mûre, plus épanouie.

Il l'observa, s'interrogeant sur cette femme qui avait beaucoup compté à une époque.

Pourquoi ne lui avait-elle pas dit qu'elle était enceinte de lui ? Avait-elle eu peur de le déranger ? Avait-elle eu peur qu'il ne la rejette, une fois de plus ?

Il ne l'aurait pas épousée.

Il ne voulait pas l'épouser.

Entre eux, ce n'était pas fait pour durer. Là où ils étaient entièrement compatibles, c'était au lit. Et ils y passaient la moitié de leur temps quand ils se voyaient.

En dehors du lit, leurs échanges étaient tumultueux. La nature passionnée de Marissa donnait souvent lieu à des réactions violentes ou trop émotionnelles, faisant ressortir son insécurité et son incapacité à tolérer les obligations de Gabriel.

Bien entendu, il était en partie responsable de la situation. Il n'avait pas pu lui offrir l'équilibre dont elle avait besoin et l'avenir dont elle rêvait avec lui. Elle aurait mérité de rencontrer un homme capable de s'occuper d'elle comme elle le souhaitait. Finalement, il avait dû rompre, c'était la seule solution.

Et bizarrement, une fois le plus dur passé, il s'était senti soulagé, ce qui l'avait conforté dans son choix. C'était la bonne chose à faire même s'il avait fait terriblement souffrir Marissa.

Mais au bout du compte, ce qui le choquait, c'était que par deux fois il avait mis son devoir et les besoins de Sherdana avant ceux de la femme qui était dans sa vie.

Or, avec Olivia, il savait que ce n'était pas la bonne chose à faire. Depuis leur rupture, il ne ressentait aucun soulagement, aucun poids ne s'était ôté de ses épaules. Au contraire, il se sentait paralysé, l'esprit préoccupé, le cœur lourd. La seule lueur d'espoir dans sa vie provenait de ses filles.

Sa mère le pressait de prendre une décision mais il ne pouvait pas se prononcer avant d'avoir parlé à Olivia. Il voulait voir ses yeux, sonder ses réactions, lire la vérité sur son visage pour connaître la nature de ses sentiments pour lui.

Olivia décida de relever le défi des escaliers du palais et d'y aller à un rythme tranquille. Mais arrivée au premier étage, elle était déjà à bout de souffle, éprouvant de plus un sentiment étrange.

Elle était officiellement invitée et pourtant c'était comme

si elle était entrée par effraction, comme si elle n'avait pas le droit d'être là alors qu'elle aurait dû y passer sa vie.

Tentant de se détendre en retrouvant son souffle, elle reprit son ascension. Pourvu que le cadeau qu'elle apportait aux jumelles soit à leur goût. Il s'agissait de poupées de porcelaine, de magnifiques objets qui n'étaient cependant pas un cadeau idéal pour des petites filles de deux ans en raison de leur fragilité.

Elle avait quand même opté pour cette idée car elle voulait partager un moment important avec les filles. Ces poupées ressemblaient à celle que sa mère avait achetée avant sa naissance mais qu'elle n'avait jamais pu lui offrir.

Au fond, elle se disait que c'était assez égoïste de sa part de vouloir que les jumelles se souviennent d'elle. Leur mère était morte et à présent elle allait elle aussi les abandonner. C'était beaucoup de changements et de ruptures pour des êtres encore si jeunes. Heureusement, elles avaient leur père, et Gabriel aimait ses filles de toute son âme.

Dans deux jours, elles auraient deux ans. Olivia avait passé un temps fou à organiser une grande fête pour l'occasion. Mais à présent, pas question d'y assister. Les jumelles seraient probablement déçues de son absence, mais elles seraient bien les seules dans cette assemblée. Le reste de la famille royale n'avait sûrement pas envie de la voir.

Depuis le scandale autour de son dossier médical et avec la pression mise sur Gabriel pour qu'il change de femme, le climat devait être tendu au palais. Et elle se sentait responsable de ce marasme même si elle souffrait plus que tous les membres de la famille royale.

A présent, la grande question dans les médias et sur les réseaux sociaux était de savoir qui Gabriel se choisirait comme future épouse.

Pour toutes ces raisons, mieux valait qu'elle s'éclipse et disparaisse de Sherdana. Mais elle ne pouvait pas partir avant d'avoir dit au revoir à Bethany et Karina.

Pendant sa lente montée vers le deuxième étage, elle repensa à la première fois où elle avait emprunté cet escalier. A l'époque, elle était promise à un avenir radieux. Aujourd'hui, son cœur se serrait en pensant au prince qui ne serait jamais sien.

Venir au palais était un risque qu'elle avait accepté de prendre pour les jumelles. Elle pouvait tomber sur Gabriel à tout moment et perdre le semblant d'équilibre qu'elle avait réussi à atteindre.

Pourtant, elle adorerait tomber nez à nez avec lui. Cela lui procurerait un plaisir inouï de le revoir ne serait-ce qu'une fois. Certes, ils ne pouvaient plus rêver d'un avenir commun, mais cela ne l'empêchait pas de nourrir des sentiments profonds à son égard.

C'était complètement irrationnel, mais elle était déçue qu'il ait cédé aussi facilement à sa demande de ne pas chercher à la revoir. Après son opération, c'était elle qui avait rompu, prenant les devants pour tenter de diminuer la douleur. D'un côté, elle était soulagée qu'il se soit plié à son souhait, mais de l'autre, elle en voulait à Gabriel d'avoir été aussi docile.

Ce qui la peinait le plus, c'était cette envie irrésistible d'être en sa compagnie. Chaque nuit, elle rêvait qu'elle était blottie contre lui, qu'il lui murmurait qu'elle était sa femme, son amour, et chaque fois, elle se réveillait seule.

Elle avait le cœur lourd en permanence. Et surtout, elle éprouvait un vide énorme quand elle pensait à son avenir sans Gabriel. Ses pensées étaient floues, son esprit confus et elle avait l'impression de vivre dans un brouillard sans fin.

Arrivée au second étage, elle prit sa respiration puis emprunta le couloir. Elle avait choisi de venir voir les jumelles entre leur déjeuner et leur sieste pour limiter la durée de sa visite.

Quand elle pénétra dans la nurserie, les filles n'étaient pas là, mais Gabriel si. Il était assis sur le lit de Bethany, la photo de Marissa dans les mains.

Il avait l'air triste et complètement absorbé par la photo.

Son cœur s'emplit de larmes. Mais ces larmes n'étaient pas pour Gabriel. C'étaient des larmes d'apitoiement sur elle.

Naïvement, elle l'avait cru quand il lui avait dit que son histoire avec Marissa faisait partie du passé, qu'il ne pensait plus à elle. Mais visiblement, à en juger ce qu'elle avait sous les yeux, il était encore plein de mélancolie quand il pensait à ce que sa vie aurait pu être avec cette femme.

Soudain, elle regretta d'être venue. C'était une mauvaise idée. Elle aurait dû demander à Libby de lui amener les jumelles à l'hôtel plutôt que de venir elle-même au palais. Mais l'hôtel était entouré de paparazzi qui attendaient qu'elle fasse une déclaration sur la rupture de ses fiançailles. Pour parcourir la courte distance entre le hall et la voiture, elle avait mis des lunettes noires et un chapeau à large bord qui empêchait les journalistes de la prendre en photo.

Ce n'aurait pas été juste d'imposer cela aux jumelles.

— Olivia !

En parlant du loup…

Les jumelles arrivaient dans le couloir et semblaient euphoriques de la voir.

Au même moment, Gabriel leva la tête, sortant de ses rêveries. Leurs regards se heurtèrent de plein fouet. En plus de cet impact, Olivia manqua de tomber à la renverse, assaillie par les jumelles qui voulaient l'accaparer et grimper dans ses bras.

L'arrivée des filles l'empêcha de réagir à la scène qu'elle venait de voir, et c'était tout aussi bien.

Gabriel les rejoignit.

— Les filles, faites attention. Vous savez qu'Olivia a été malade. Il faut y aller doucement et ne pas lui faire mal.

Son regard sur elle fut comme la caresse d'un rayon de soleil par un après-midi d'été.

— Malade ? dit Bethany.

— Plus mal ? ajouta Karina.

Elles étaient trop mignonnes.

— Non, c'est bon, ça va mieux. Je ne suis plus malade, mais je dois faire attention. C'est un peu comme quand on se fait mal au genou et qu'on met un pansement.

— Genou ? s'enquit Karina, cherchant à voir le genou d'Olivia.

— Non, je n'ai pas mal aux genoux. J'ai mal ici, dit-elle en indiquant son bas-ventre.

— Tu montres ?

— Non, ce n'est pas possible, mais ouvrez plutôt votre cadeau d'anniversaire.

Gabriel lui avait pris le sac des mains et l'avait posé sur l'un des lits.

— Anniversaire ! s'écria Bethany.

Le cœur d'Olivia se serra. Les filles allaient lui manquer quand elle serait de retour dans son pays.

— J'espère que ça va vous plaire.

Tout en regardant les filles ouvrir leur cadeau, elle fut consciente du beau prince qui se tenait debout non loin d'elle.

C'était une véritable torture de ne pas pouvoir se pencher sur lui, de profiter de sa douceur, de sa virilité, de se laisser bercer dans ses bras. D'oublier le passé.

Non, la douleur lancinante dans son abdomen la rappela à la réalité.

— C'est un très beau cadeau, Olivia, merci, dit Gabriel.

Après avoir méticuleusement déchiré tout le papier d'emballage, les filles s'extasièrent devant les habits et les coiffures des poupées.

— Je voulais leur donner un cadeau qui les ferait penser à moi.

— C'est gentil.

Elle resta pensive, au milieu des cris des petites.

— Je ne pensais pas que ce serait aussi dur de les quitter.

— Tu pourrais rester un peu plus longtemps.

Elle tressaillit.

— Je ne peux pas et ce n'est pas juste de me demander ça.

Pourquoi voulait-il qu'elle reste ?

Il savait aussi bien qu'elle que si elle restait, ce serait compliqué pour tous les deux, et surtout pour lui qui devait trouver une nouvelle femme à épouser.

— Ces derniers temps, il y a beaucoup de choses injustes qui se sont passées.

En parlant, il repoussa une mèche de cheveux derrière son épaule, touchant sa nuque au passage.

Un éclair de désir lui parcourut le corps de part en part.

Quel choc !

Comment était-ce même possible après tout ce qu'elle avait vécu ? Elle leva les yeux pour savoir si Gabriel avait remarqué sa réaction. A sa grande surprise, elle constata que c'était le cas.

— Olivia, nous devons parler.

Sa voix rauque et basse résonna en elle, déclenchant des vibrations de plaisir. Il lui prit la main et elle reçut une décharge électrique.

— Je crois que nous avons fait le tour de la question, répliqua-t-elle, la voix tremblante, le cœur battant la chamade.

— Peut-être que c'est ton impression, mais moi, j'ai des choses à te dire.

Olivia regarda en direction des jumelles. Occupées avec leurs poupées, elles n'avaient aucune idée de ce qui se passait entre leur père et elle. Elles avaient déjà assez souffert, inutile de leur infliger en plus une dispute entre adultes.

Se retournant vers Gabriel, elle fit en sorte que sa voix porte suffisamment pour qu'il l'entende, mais pas plus fort.

— S'il te plaît, ne fais pas ça. Je ne veux plus rien entendre. Tout ce que je sais, c'est que je dois quitter ce pays et t'oublier.

— Tu en seras capable ? s'enquit-il tristement.

De sa main libre, il lui caressa la joue, provoquant un afflux de larmes dans ses yeux.

— Tu peux vraiment m'oublier ? Oublier tout ce qui s'est passé entre nous ?

Des émotions conflictuelles se débattaient en elle.

— Que veux-tu que je fasse d'autre ?

— Reste et bats-toi.

— Me battre ? Avec quoi ? Je n'ai plus rien pour me battre. Et je suis à bout de forces. Je ne pourrai jamais avoir d'enfants, jamais être maman. Je me sens vidée. Je veux juste rentrer chez moi. Et oublier.

Oublier à quel point son sourire la transformait.

Oublier comme c'était bon de s'endormir à ses côtés.

Oublier combien elle l'aimait.

La main de Gabriel glissa vers sa nuque pour l'attirer à lui.

— Peux-tu oublier ?

Elle tenait à peine sur ses jambes. A chaque instant, elle se sentait fondre, en proie aux spasmes charnels les plus vifs.

Elle baissa les yeux, s'arrachant à ce regard qui l'hypnotisait et l'attirait comme une bougie dans la nuit. Comment pouvait-elle ressentir des émotions aussi fortes pour lui après son opération ?

— Moi, je ne pourrai jamais t'oublier, lui murmura-t-il à l'oreille en un souffle rauque.

Ses paroles provoquèrent un véritable brasier dans son bas-ventre, ravivant la douleur.

— Peut-être que tu ne m'oublieras pas, mais tu passeras à autre chose et tu trouveras ton bonheur.

Avant qu'il puisse répondre, ils furent assaillis de chaque côté par les jumelles. Prise en sandwich, elle ne pouvait pas échapper à Gabriel.

Amusé par la situation, il esquissa un sourire de prédateur, puis vint poser ses lèvres sur les siennes.

Emportée dans un tourbillon lumineux, elle se plia volontiers à cet assaut charnel et à la douceur de ce baiser inattendu.

Voilà tout ce qu'elle voulait dans la vie.

Etre avec cet homme.

A ses côtés.

Avec les jumelles.

Former la famille qu'elle avait toujours souhaitée.

En cet instant, perdue dans le flou de la situation, elle en vint même à se dire qu'en se berçant d'illusions cette vie était possible, après tout.

Elle aimait Gabriel et les jumelles, alors quoi de plus simple ? Dans cette bulle parallèle, elle pouvait tout envisager, tout vaincre, tout dire. Et surtout, avouer son amour à Gabriel.

Je t'aime.

Mais elle n'arriva pas à prononcer ces mots car les jumelles les accaparaient et réclamaient leur attention. A regret, elle sentit les lèvres de Gabriel la quitter.

— Fête ! Fête ! criaient les petites.

— Non, c'est l'heure de votre sieste, maintenant, répliqua-t-elle.

— Olivia a raison. Hattie va vous lire une histoire, ajouta Gabriel.

C'était horriblement douloureux de serrer les jumelles dans ses bras et de leur dire au revoir. En fait, il s'agissait d'adieux, mais elles l'ignoraient.

Une fois les jumelles au lit, elle quitta la pièce le cœur lourd, enfermée dans son silence. Gabriel comprit son désarroi et lui laissa quelques instants pour reprendre ses esprits tout en l'accompagnant dans les escaliers.

Une fois dans le grand hall, il reprit la parole :

— Quand pars-tu ?

— J'ai mon dernier rendez-vous à l'hôpital à la fin de la semaine. Après, je devrais être autorisée à voyager.

— Viens à la fête d'anniversaire des jumelles. C'est toi qui as tout organisé. Ce serait normal que tu y participes et que tu profites du résultat.

Il était tentant d'accepter, de prolonger les adieux dans l'illusion de ne pas y croire. Mais cela ne lui apporterait rien de bon et elle n'en avait pas la force.

— Je crois qu'il est préférable qu'on se dise adieu maintenant.

— Je ne suis pas d'accord.

Il la prit par la main, l'empêchant de bouger, de partir.

Quand leurs regards se croisèrent, elle vit à quel point les yeux de Gabriel étaient sombres. Sentir sa main dans la sienne lui donnait envie de remonter le temps.

Elle s'en voulait tellement. Si seulement elle n'avait pas arrêté la pilule. Si seulement elle avait parlé à Gabriel. Si elle avait fait des choix plus avisés, elle serait sur le point de l'épouser ou bien Gabriel ne l'aurait pas choisie, elle ne serait pas tombée amoureuse de lui et elle ne serait pas repartie à Londres, le cœur brisé.

— Les jumelles seront tristes que tu ne viennes pas. Et je ne suis pas prêt à te faire mes adieux, répéta-t-il, interrompant le fil de ses pensées.

Ses paroles lui réchauffèrent le cœur.

Puis l'instant d'après, elle se souvint de la façon dont il

regardait la photo de Marissa lorsqu'elle était entrée dans la chambre des jumelles.

Trois ans auparavant, il avait rompu avec cette femme au profit de son pays. Se sentait-il coupable de ce choix chaque fois qu'il voyait ses filles ?

Espérait-il se racheter de son erreur en faisant passer cette fois son pays au second plan ? S'en affranchirait-il ?

Elle échappa à son emprise.

— Tu sais très bien que dès l'instant où la presse s'est emparée de mon dossier médical, nous n'avions plus aucune chance d'envisager un avenir commun. Et tu sais comme moi que notre destin ne nous appartient pas.

— Tu as raison, murmura-t-il.

Puis il posa une main sous son menton pour la forcer à le regarder.

— Mais toi, tu m'appartiens.

Elle feignit d'être choquée et recula d'un pas.

— Non, je ne t'appartiens pas !

Pourtant intérieurement, tous les signes indiquaient le contraire. Elle lui appartenait, corps et âme. Et elle voulait lui appartenir, plus que tout. Jamais elle n'aimerait un homme comme elle aimait Gabriel.

— Tu peux choisir de le nier mais j'ai été le premier homme à te faire l'amour, le premier homme que tu as aimé. C'est un lien incassable. Un souvenir indélébile.

Son esprit vacilla.

Les battements de son cœur se firent plus rapides, plus forts.

Comment savait-il qu'elle l'aimait ? Connaissait-il la profondeur des sentiments qu'elle nourrissait pour lui ?

Son esprit se brouillait, elle devait s'extirper de cette situation.

— Pourquoi dis-tu ça ? Tu penses que c'est facile pour moi de partir ? Jusqu'à mon opération, je prévoyais de t'épouser et de faire ma vie avec toi, ici, dans ce palais. Tu ne peux pas imaginer à quel point c'est douloureux pour moi de voir mon projet de vie s'envoler en fumée. Et toi, tu me demandes de rester ? Tu sais à quel point c'est…

— Egoïste ?

— Oui !

— Tu as raison, je suis égoïste, admit-il en prenant sa main pour déposer un baiser au creux de sa paume.

Elle enleva sa main, serrant le poing pour emprisonner le baiser.

Son aveu ne fit que renforcer le sentiment de frustration qui montait en elle depuis son arrivée au palais. Mais elle se devait de sauver la face, d'avoir un comportement irréprochable, jusqu'au bout.

— On a chacun le droit à notre part d'égoïsme. Toi, plus que beaucoup d'autres, puisque tu es un prince.

— Pourtant, mon statut ne semble pas me donner l'avantage sur toi puisque tu refuses de m'écouter.

— Je viendrai à la fête des jumelles.

Ce n'était pas ce qu'elle avait prévu de répondre mais son cœur avait décidé de prendre les devants et son esprit était trop troublé pour intervenir.

Sachant qu'elle ne pouvait plus revenir sur sa promesse, elle se tut, laissant Gabriel l'accompagner en silence jusqu'à la voiture qui l'attendait pour la raccompagner à son hôtel.

Alors que le parc défilait de chaque côté de l'allée centrale, elle comprit qu'elle avait commis une erreur en venant ici aujourd'hui.

Gabriel avait un pouvoir surnaturel sur elle. Il l'hypnotisait, lui donnant aussitôt envie d'être sienne.

Elle ne devait jamais lui avouer à quel point elle serait malheureuse loin de lui, sans quoi il aurait le potentiel d'agir de manière totalement irrationnelle.

- 12 -

Pendant les deux jours qui précédèrent la fête d'anniversaire de ses filles, Gabriel passa son temps à mettre à jour Christian sur les affaires prévues pour les deux semaines à venir. Après sa dernière entrevue avec Olivia, il avait décidé de se retirer quelque temps. Le fait qu'elle refuse catégoriquement d'envisager un avenir avec lui l'avait mis dans une situation délicate. Sherdana avait besoin d'un héritier, il avait besoin d'Olivia. Ces deux forces opposées l'avaient plongé dans un dilemme.

Le matin de l'anniversaire de Karina et Bethany, il apposa sa signature au dernier dossier qui nécessitait son accord, puis alla petit-déjeuner avec ses filles. Comme toujours, elles étaient pleines d'entrain et la conversation fut animée.

C'était bon de voir que Karina s'ouvrait un peu plus chaque jour. Elle parlait davantage, affirmant sa personnalité. C'était grâce à Olivia si elle était sortie de son mutisme. A force d'encouragements, elle l'avait aidée à trouver de l'assurance.

Il craignait que les jumelles n'éprouvent un sentiment d'abandon le jour où elles comprendraient qu'Olivia était partie pour toujours. Arriverait-il à faire comprendre à Olivia qu'il ne s'agissait pas simplement de fournir un héritier à Sherdana ? Qu'en partant, elle quittait bien plus qu'un trône potentiel ? Peut-être que la fête d'aujourd'hui pourrait lui faire comprendre combien elle était aimée et combien les gens du palais avaient besoin d'elle.

La fête débuta à 15 heures. Une grande tente avait été érigée sur la pelouse qui s'étendait à l'est du palais. Un groupe jouait des chansons pour enfants et une douzaine de bambins sautaient et tournaient plus ou moins en rythme. Plus loin il y avait un château gonflable où d'autres petits s'amusaient comme des fous. De l'autre côté de la pelouse, leurs parents papotaient tout en profitant du magnifique buffet concocté par les cuisines du palais.

Il resta près de Karina et Bethany pendant qu'elles s'amusaient avec les autres enfants. Secrètement, il attendait l'arrivée d'Olivia.

Il était plus de 17 heures quand elle fit son apparition.

De loin, il vit qu'elle avait le teint pâle mais il la trouva encore plus jolie que d'habitude. Marcher à travers la foule semblait être un véritable calvaire, mais elle resta digne, souriant aux gens qu'elle connaissait et évitant de croiser le regard des invités qu'elle n'avait jamais vus.

Elle l'aperçut quand elle se retrouva à une dizaine de mètres de lui. En croisant son regard, il comprit qu'elle aurait préféré être à mille lieues du palais.

Se rappelant le baiser furtif échangé dans la nurserie, et l'envie qu'il avait goûtée sur ses lèvres, il savait qu'il ne contournerait l'obstination d'Olivia qu'en lui prouvant le pouvoir de leur passion mutuelle.

Dès qu'elle fut assez proche pour l'entendre, il entama la conversation, pour la rassurer et lui donner un sentiment de familiarité.

— Ça me fait plaisir de te voir. Je suis tellement content que tu sois venue. Je commençais à me demander si tu viendrais.

— J'avoue que j'ai failli me décommander, mais une promesse est une promesse, répondit-elle, le regard triste.

— Les filles seront ravies de te voir.

Elle se tourna pour voir Bethany et Karina courir avec d'autres enfants.

— Elles ont l'air de bien s'amuser.

— Oui, et c'est grâce à toi. La fête est très réussie, merci.

— C'est Libby qui a fait le gros du travail. C'est elle qu'il faut remercier.

— Mais c'est toi qui as eu l'idée du concept et qui as veillé à ce que tout soit prêt à temps et comme tu l'avais imaginé. Tu es une organisatrice hors pair.

— Je me suis fait la main en organisant des dizaines de galas de charité à Londres.

— Je sais…, ajouta-t-il, pensif.

— Je vais dire bonjour aux jumelles. Je ne resterai pas longtemps.

Il inspecta son visage. Les traits tirés, le regard éteint, elle semblait si fragile.

— Olivia, tu souffres encore beaucoup ?

— Non, je suis simplement très fatiguée. J'ai du mal à reprendre des forces. Mais je finirai par y arriver.

Il lui prit la main et la glissa sous son bras pour la guider vers les jumelles et passer un peu plus de temps en sa compagnie, proche d'elle.

Il sentit toute la tension émanant de son corps frêle. Comment redonner le sourire à cette femme qui était si pétillante, il y avait deux semaines de cela ?

Jamais il ne s'était senti aussi désemparé.

Finalement, les jumelles, ayant aperçu Olivia, coururent à leur rencontre.

Quand Bethany et Karina entourèrent Olivia de leurs petits bras, il vit son visage s'illuminer. Mais la lueur de tristesse était toujours là. Il savait qu'il pouvait effacer cette tristesse, à l'unique condition qu'elle accepte de se laisser guider vers un avenir commun.

Surexcitée par tout le sucre qu'elles avaient ingurgité, les jumelles ne tardèrent pas à rejoindre les enfants qui s'agitaient autour d'elles.

Une fois les filles parties, il sentit qu'Olivia était sur le départ.

— Merci pour ton accueil, je suis touchée. Mais tu dois aussi t'occuper de tes autres invités, alors je vais te laisser.

Il lui saisit le poignet.

— Reste. Tu es la seule personne dont j'ai envie de m'occuper.

— S'il te plaît, laisse-moi partir. C'est déjà assez difficile comme ça.

— Je sais et c'est ma faute.

— Je n'ai pas dit ça.

La fête d'anniversaire de ses filles n'était ni le lieu ni le moment pour se disputer avec Olivia, mais il devait tenter une dernière fois de la raisonner.

— Laisse-moi au moins te raccompagner.

Sentant visiblement sa détermination, elle ne chercha pas à objecter, se contentant d'acquiescer en silence.

Au lieu de la ramener vers l'entrée du palais, il la guida à l'intérieur, vers le salon vert pour tenter d'avoir un moment d'intimité.

— Je suis vraiment désolé d'avoir aussi mal géré la situation entre nous, reprit-il enfin, s'arrêtant au milieu de la pièce pour se tourner vers elle.

Elle poussa un profond soupir. Un soupir de résignation.

— Tu as géré la situation comme un futur roi l'aurait fait. C'est moi qui ai eu tort. J'aurais dû te parler de mes problèmes médicaux avant que tu me demandes en mariage.

— Et si je te disais que ça n'aurait eu aucune importance à mes yeux ? demanda-t-il, cherchant à croiser son regard.

Il lui prit la main et la porta à son cœur.

— Alors je me dirais que le futur roi de Sherdana n'est pas raisonnable.

Elle tenta de retirer sa main, mais il la retint prisonnière.

— Pourquoi ?

— Parce que tu as besoin d'un héritier. Et je ne peux pas t'en donner un.

— Je vois ça comme un obstacle à surmonter mais cela ne change rien au fait que je me suis engagé à construire un avenir avec toi. Je ne suis pas prêt à abandonner ce projet.

— C'est de la folie, tu le sais. Tu dois épouser une femme qui sera en mesure de procréer.

— Je ne suis pas d'accord. Je dois épouser la femme que j'ai choisie. C'est le pays qui a besoin d'un héritier. Je ne suis pas un pays. Je suis un homme. Un homme qui en a assez de se plier aux quatre volontés des autres sans jamais faire passer ses besoins en priorité.

Ses yeux cillèrent.

— Tu n'as pas le choix. Un jour, tu seras roi. Tu dois agir pour le mieux, et moi aussi.

Cette fois, usant de plus de force, elle se libéra de son emprise, prête à lui échapper.

— Olivia !

L'instant d'après elle avait disparu.

Il ne lui courut pas après, persuadé que rien de ce qu'il pourrait dire ou entreprendre en cet instant ne lui ferait changer d'avis.

D'un geste impatient, il sortit son téléphone portable de sa poche.

— Stewart, elle refuse de m'écouter.

— Je suis désolé, Votre Majesté.

— Tout est prêt ?

— Oui, vous êtes attendu. Comptez-vous toujours voyager après-demain ?

— Oui.

Olivia avait eu raison en disant qu'il n'avait pas le choix.

Sa vie l'avait mené sur un chemin et il devait à présent tout mettre en œuvre pour le suivre jusqu'au bout, coûte que coûte.

Il trouva ses parents dans le jardin, qui se promenaient, main dans la main, comme deux tourtereaux, s'arrêtant ici et là pour parler aux invités, profitant de la fin d'après-midi ensoleillée.

Il fut navré d'interrompre ce moment paisible.

— Papa, maman, je dois vous parler.

— C'était gentil de la part d'Olivia de passer dire bonjour, constata sa mère, sans relever son ton solennel.

— Elle est venue souhaiter un joyeux anniversaire aux filles.

— J'ai vu que vous vous étiez éclipsés un instant, avança-t-elle, sondant la situation.

Que savait-elle de ses sentiments ? Avait-elle deviné ses intentions ?

— En effet. Je voulais lui parler en privé. C'était sa première véritable apparition en public depuis son opération et elle ne voulait pas rester longtemps. Je tenais à lui témoigner mon soutien.

— Je comprends que tu te sentes responsable d'Olivia mais attention à ne pas lui donner de faux espoirs.

— Olivia sait très bien que le futur roi de Sherdana doit épouser une femme qui peut avoir des enfants. Si tu penses qu'elle se fait des illusions à ce sujet, tu te trompes.

— Ce n'est pas ce que je voulais insinuer, répliqua la reine.

Il marqua une pause avant de reprendre :

— Comme je vous l'ai dit, je vous cherchais car j'ai quelque chose à vous annoncer.

— De quoi s'agit-il ?

— Je vais m'absenter environ une semaine.

— Quand ça ? s'enquit sa mère.

— Dans deux jours.

— Est-ce bien raisonnable ? demanda son père.

— Non mais je dois penser à mon avenir et à celui de Sherdana.

— Et que fais-tu de tes fonctions ? Tu y as pensé ?

— Bien sûr. Je suis déraisonnable mais pas inconscient. Je me suis organisé avec Christian. C'est lui qui veillera au grain pour moi. Mes frères sont tout aussi aptes que moi à gouverner le pays, ajouta-t-il, laissant planer le doute.

Il espérait qu'en son absence, l'idée ferait son chemin.

— Je suis contente que tu aies décidé de prendre le taureau par les cornes, approuva sa mère.

— Merci, maman.

— Pouvons-nous savoir de quoi il retourne ?

— Non, tant que je n'ai pas finalisé mon projet, je préfère ne rien dire. C'est plus prudent.

— Tu as tout à fait raison, mon fils, approuva le roi.

Si son père savait ce que Gabriel était sur le point de faire, il ne lui aurait sûrement pas donné raison.

Le surlendemain de la fête d'anniversaire des jumelles, Olivia était assise dans une salle à l'hôpital, attendant que le médecin vienne l'ausculter et se battant contre les salves de tristesse et de mélancolie qui l'assaillaient.

Le lendemain, elle prendrait son avion pour Londres et retrouverait sa vie d'avant. Son retour serait loin d'être un triomphe. Elle ne pourrait jamais avoir d'enfants et avait perdu l'homme qu'elle aimait. Penser à l'avenir ne faisait qu'augmenter son chagrin, donc, en attendant de quitter Sherdana, elle passait son temps plongée dans les projets de charité qu'elle avait lancés et qu'elle voulait mener à bien avant de partir.

L'entrée du Dr Warner interrompit le fil de ses pensées.

— Tout va bien, dit-il, à la fin de l'auscultation.

— Je peux prendre mon avion pour Londres demain ?

— Vous pouvez voyager là où vous voulez. Je n'ai plus qu'un conseil à vous donner. Quand vous vous sentirez prête, consultez un spécialiste de la fertilité.

— Un spécialiste de la fertilité ? répéta-t-elle, ne voyant pas où le Dr Warner voulait en venir.

— Vous avez bien entendu.

— Je ne comprends pas. Je croyais que je ne pouvais pas avoir d'enfants.

— Vous ne pouvez pas porter d'enfants, mais vos ovaires sont intacts donc vous ovulez. Vos œufs pourraient être congelés et vous pourriez envisager un jour d'avoir des enfants.

— Vous me dites que je pourrais être mère si je le souhaitais ? s'enquit-elle, le cœur battant la chamade à l'idée de ce que cela représentait pour son avenir.

— Il faudrait trouver une mère porteuse, et un papa, bien sûr, mais en effet, si vous le souhaitez, c'est une possibilité envisageable.

— Je ne m'étais jamais dit que…

— La science fait des miracles de nos jours.

Le docteur la laissa se rhabiller.

Elle était perdue dans ses pensées, nourrissant les espoirs les plus fous.

Son premier réflexe fut d'appeler Gabriel pour lui annoncer la nouvelle. Puis elle se ravisa. Comment pouvait-elle présenter la chose ? Un pays aussi traditionnel que Sherdana accepterait-il d'avoir un héritier conçu in vitro, porté par une femme et élevé par une autre, qui ne l'aurait pas eu en son sein ?

Gabriel accepterait-il pareil compromis ?

De retour à son hôtel, elle ne put s'empêcher de faire les cent pas en pensant aux options qui se présentaient à elle. De multiples scénarios surgissaient dans son esprit.

Contemplant la rivière de sa fenêtre, son téléphone à proximité, elle cherchait le courage d'appeler Gabriel pour lui dire qu'elle l'aimait et pour lui demander s'il était prêt à prendre le risque avec elle.

Le temps qu'elle réussisse à appuyer sur le numéro de Gabriel, le soleil s'était couché. Et à mesure que les sonneries retentissaient, ses espoirs s'amenuisaient.

Quand la voix rauque et solennelle de Gabriel lui annonça qu'il n'était pas disponible pour prendre cet appel mais qu'elle devait laisser un message après le bip et qu'il la rappellerait, elle retint sa respiration pendant cinq secondes puis raccrocha.

Elle ne voulait pas lui annoncer la nouvelle dans un message, c'était trop important.

Elle appela donc Stewart.

— J'ai essayé de contacter Gabriel mais il ne répond pas.

— Sa Majesté a quitté le palais il y a deux heures, annonça le secrétaire sans donner plus de détails.

— Pouvez-vous me dire où il est ? Je dois absolument lui parler.

— Je suis désolé. Il n'est pas joignable. Il a quitté le pays, ajouta-t-il sur le même ton neutre.

— Est-il parti en Italie ?

— Lady Darcy, je suis vraiment désolé mais je ne peux pas vous dire où Sa Majesté est partie. Tout ce que je sais, c'est que son voyage aura un impact sur les générations futures de la famille Alessandro, ajouta-t-il sur un ton mystérieux.

— Savez-vous pour combien de temps il est parti ?

— Une dizaine de jours.

— Il n'a pas laissé de message pour moi ?

— Si. Il a dit que vous deviez prendre l'avion de la famille royale pour rentrer à Londres demain.

L'annonce eut l'effet d'un choc. Gabriel avait donc enfin accepté l'irrévocabilité de leur séparation. Elle était déçue, mais cela ne l'empêcherait pas de se battre.

— Si vous avez un moyen de le contacter, dites-lui que je ne quitterai pas Sherdana avant de lui avoir parlé face à face, déclara-t-elle, soupçonnant que Stewart lui taisait des informations.

Après avoir raccroché, elle appela son père pour le prévenir qu'elle avait décidé de rester un peu plus longtemps à Sherdana, sans lui en donner la raison. A son grand soulagement, il n'argumenta pas.

Elle dîna tôt puis alla se promener dans les jardins de l'hôtel. Au lieu de profiter des admirables plantations et des urnes débordantes de fleurs colorées, elle ne pensait qu'à une chose : et si Gabriel était parti pour demander une autre femme en mariage ?

Une tristesse immense l'envahit, doublée d'un profond sentiment de désespoir. L'attaque fut si subite qu'elle dut s'asseoir sur un banc de pierre pour reprendre son souffle et calmer les battements frénétiques de son cœur.

A cet instant, son téléphone vibra. Contente de pouvoir se changer les idées, elle tira l'appareil de sa poche.

C'était Stewart.

Son cœur fit un bond. Pouvait-elle se remettre à espérer ?

— J'ai transmis votre message au prince Gabriel. Il ne peut pas revenir à Sherdana pour le moment. Mais il a dit que si vous vouliez le voir, vous deviez prendre un avion demain pour aller le rejoindre.

C'était a priori le scénario rêvé. Sauf si Gabriel voulait lui annoncer en personne qu'il avait trouvé une autre femme à épouser.

— Vous acceptez ? relança Stewart trouvant visiblement qu'elle tardait à répondre.

— Oui, j'accepte.

— Bien. L'avion partira à 10 heures demain matin. J'enverrai une voiture vous chercher.

— Merci.

Elle raccrocha, l'esprit sens dessus dessous.

Et s'il lui annonçait qu'il avait choisi quelqu'un d'autre ? Ou qu'il n'était pas prêt à tenter l'aventure avec elle ?

Faisant abstraction de tous les éléments sur lesquels elle n'avait aucune influence, elle se concentra sur la façon dont elle présenterait la nouvelle situation à Gabriel.

Le temps qu'elle remonte dans sa chambre, elle avait déjà échafaudé mille et un scénarios. A bout de forces, elle décida que son meilleur atout était de lui avouer son amour. Le destin se chargerait du reste.

Le lendemain matin, à 10 heures pile, l'avion de la famille royale s'élançait sur la piste de décollage. Assaillie de doutes et de questions, elle n'avait pas fermé l'œil de la nuit.

Epuisée, elle s'endormit en écoutant le ronronnement des moteurs de l'avion.

Quand elle ouvrit les yeux, deux heures plus tard, elle découvrit une mer bleu azur. L'instant d'après, l'avion entamait sa descente. A l'atterrissage, elle posa la question qui lui brûlait les lèvres.

— Où sommes-nous ?

— Cephalonia, en Grèce, répondit le pilote qui passait le sac d'Olivia au chauffeur.

— Merci, lança-t-elle à l'intention des deux hommes.

Elle prit place à bord du taxi.

— Puis-je savoir où nous allons ? demanda-t-elle alors que le chauffeur empruntait une route montagneuse taillée dans les rochers d'où l'on avait une vue imprenable sur la mer.

— Fiskardo.

Ce qui ne l'avançait pas vraiment. Que faisait-elle ici ? Allait-elle vraiment à la rencontre de Gabriel ? Etait-elle le jouet d'un complot ?

Son esprit divaguait vers les scénarios les plus fous. Inquiète, elle tenta de joindre Stewart puis Gabriel, en vain.

Résignée, elle décida d'attendre d'être arrivée à destination pour savoir à quelle sauce elle serait mangée. En attendant, elle regarderait le paysage magnifique défiler par la vitre de la voiture. Elle n'était jamais venue dans les îles grecques. Le panorama était spectaculaire.

Ils arrivèrent enfin aux abords d'un village. Les jolies maisons blanches, les portes et les volets bleus, les balcons fleuris… C'était exquis. Elle se demanda si elle était attendue dans l'un des hôtels qui donnaient sur le port.

Non. La voiture s'immobilisa après la rangée d'hôtels, non loin de l'eau. Un bel homme d'une cinquantaine d'années vint à leur rencontre, avec un sourire aux dents impeccables.

Il lui communiqua son humeur joviale, lui redonnant du baume au cœur pour affronter la suite des événements. Elle lui emboîta le pas le long d'un quai en ciment où étaient accostés des bateaux à voiles.

Y aurait-il une fin heureuse à ses pérégrinations ?

— Je m'appelle Thasos, déclara-t-il alors qu'il la faisait monter sur un luxueux yacht de dix mètres.

— Où allons-nous, Thasos ?

— Kioni, répondit-il en lui indiquant un plateau où reposaient un verre de vin blanc et un mezze de nourriture grecque.

Décidément, le mystère restait entier.

Les destinations s'accumulaient, toutes inconnues.

Affamée, n'ayant rien d'autre à faire, elle profita du plateau-repas succulent qui avait été concocté en son honneur.

La mer lui avait paru très belle de l'avion puis sur le trajet jusqu'à Fiskardo. Mais là, l'eau qui l'entourait était d'un bleu éclatant.

Au loin, elle discerna une petite île. Ou disons un îlot de verdure avec quelques maisons disséminées çà et là, à flanc de colline.

En d'autres circonstances, elle se serait inquiétée d'être

emmenée seule, aussi loin, mais le village animé d'où le bateau était parti lui indiquait qu'elle n'était pas au bout du monde.

Après avoir fini de manger et bu deux verres de vin, elle contempla le paysage à mesure que la côte qu'ils avaient quittée disparaissait au loin. Quatre-vingt-dix minutes plus tard, ils arrivèrent dans un autre port, en forme de fer à cheval et orné de trois moulins.

— Voici Kioni, annonça fièrement Thasos avec un large sourire.

Elle s'impatienta en se demandant qui elle allait rencontrer sur cette île mystérieuse.

Allait-on lui demander de monter dans un autre taxi ? Voulait-on avoir raison d'elle à force de la faire voyager ?

Thasos manœuvra le bateau de telle sorte qu'il puisse l'amarrer au ponton en béton qui entourait le port. Kioni était un plus petit village que Fiskardo, mais il en était d'autant plus charmant. Il y avait quelques maisons autour du port mais la plupart se trouvaient sur la colline. De là-haut, il devait y avoir une vue imprenable sur le port.

Partout où elle regardait, des buissons de bougainvilliers violets et rouges donnaient aux maisons des touches de couleurs éclatantes.

Une fois le moteur du bateau coupé, le silence se fit. Une brise légère transportait des sons lointains.

Elle descendit du bateau, aidée de Thasos et d'un autre homme qui porta son sac. Au bout d'une trentaine de pas, elle sentit la présence d'un homme à la carrure imposante non loin d'elle.

Levant les yeux, elle crut vaciller.

Gabriel.

Son cœur fit un bond dans sa poitrine.

Vêtu d'un pantalon en lin blanc, d'une chemise bleu pâle en coton et d'un blazer bleu marine, c'était le plus bel homme qu'elle ait jamais vu. Son élégance raffinée, son style viril, son corps ferme, tout chez lui l'attirait tel un aimant. Sans compter sa présence qui lui faisait tourner la tête.

S'approchant d'elle, il releva ses lunettes de soleil et lui offrit le plus craquant des sourires.

Elle lui sourit aussi, soulagée. Il n'était pas en train de demander une autre femme en mariage. Il était là devant elle.

Et à en croire l'expression de son visage, il était heureux de la voir.

- 13 -

La réaction d'Olivia lorsqu'elle l'aperçut lui réchauffa le cœur.

Elle était là.

Il était l'homme le plus heureux au monde. Il était le chevalier venu secourir sa princesse des griffes du dragon.

Le fait qu'il soit venu la rejoindre avec un âne et non un bel étalon noir ne semblait pas la choquer.

— Que fais-tu là ? s'exclama-t-elle.

— Je t'attendais.

— Je m'étais imaginé que tu étais parti demander une autre femme en mariage.

— Non, je suis venu ici pour réfléchir, puis j'ai appris que tu avais accepté de venir me rejoindre.

— Je ne comprends pas pourquoi tu m'as fait voyager en avion, en voiture et en bateau pour venir jusqu'à toi. Cela n'aurait pas été plus simple de rester à Sherdana ?

— Non. Tu ne voulais pas me parler. Et je me suis dit que si tu étais fatiguée après un long voyage, tu aurais moins de forces pour résister à mes plans.

— Quels plans ? Et pourquoi es-tu venu avec un âne ?

Il caressa gentiment la bête.

— En Grèce, c'est la tradition. Les mariées doivent être transportées à dos d'âne.

— Les mariées ? Mais qu'est-ce que tu racontes ?

Elle s'arrêta net en voyant que l'âne était équipé d'une selle blanche décorée de fleurs.

— Monte et tu verras.

— Si c'est une plaisanterie, ce n'est pas drôle.

— Ce n'est pas une plaisanterie. Je suis tout ce qu'il y a de plus sérieux. L'église et le prêtre nous attendent. Tu n'as plus qu'à prendre place à bord de ta monture nuptiale, ajouta-t-il, tout sourire.

Voyant qu'elle n'arrivait pas à saisir l'ampleur de la situation et qu'elle ignorait si elle rêvait ou pas, il s'approcha d'elle et la prit par la taille pour la serrer contre lui.

Puis il lui caressa la joue.

— Epouse-moi, s'il te plaît. Je ne peux pas vivre sans toi.

Les yeux d'Olivia s'emplirent de larmes.

— Tu m'aimes ?

Il fut amusé de sa réaction de surprise.

— Je t'aime. Je t'adore. Tu es toute ma vie. Je ne veux que toi.

— Vraiment ?

— Cela a l'air de te surprendre. Tu ne l'avais pas deviné ?

Elle lui prit la main qui caressait son visage, le regard interrogateur.

— Et ta famille ? Et tes parents ? Tu as pensé à leur réaction ? Tu es conscient des obstacles que nous devrons surmonter de retour à Sherdana ?

— Tout cela m'importe peu. Ce qui compte, c'est nous deux. J'ai deux frères. Ils pourraient se marier et fonder un foyer s'ils le voulaient. Il n'y a aucune raison pour que je sois l'unique responsable de la descendance de la famille royale de Sherdana. Mes frères peuvent assurer la relève, s'il le faut.

Des badauds et des touristes s'étaient rassemblés dans la rue pour assister à ce spectacle inhabituel.

Le soleil de la fin d'après-midi baignait l'île d'une lueur dorée qui adoucissait le paysage. La brise venant du port caressait la peau d'Olivia.

— Tu sais que tes frères ne seront pas contents de cette décision.

— Ça m'est égal. J'ai décidé d'être un peu égoïste et de penser à moi, à mes envies, à mes besoins.

Le fait qu'il soit aussi désireux de l'épouser malgré sa stérilité la combla d'un bonheur immense.

A présent, il lui tardait de lui apprendre la grande nouvelle.

— J'ai quelque chose à te dire.

— Tu m'aimes ?

— Non.

— Tu ne m'aimes pas ?

— Si, bien sûr… Mais ce n'est pas ce que je voulais te dire.

— Tu ne trouves pas que c'est une bonne idée de dire à ton futur époux que tu l'aimes, le jour du mariage ?

— Tu as raison. Je t'aime.

— Si tu le dis comme ça, j'ai du mal à te croire.

Elle se pencha vers lui, enfouissant une main dans ses cheveux pour l'attirer à elle et lui donner un baiser profond et langoureux.

— Je t'aime, murmura-t-elle.

Il grogna de plaisir.

— D'accord. Là, je te crois.

— Bon, maintenant tu veux bien écouter ce que j'ai à te dire ?

— Oui.

Elle ne le reconnaissait pas. Il semblait tellement libre et insouciant. Il faudrait qu'elle le kidnappe chaque année sur une île déserte pendant quelques jours, pour qu'ils puissent se ressourcer à deux.

— Hier, quand je suis allée voir le Dr Warner pour ma dernière consultation, avant de quitter Sherdana, il m'a appris quelque chose d'étonnant.

— Quoi ?

— Eh bien, il m'a dit que je ne pouvais pas porter d'enfants mais que dans la mesure où mes ovaires étaient intacts, je pouvais ovuler, et donc concevoir des enfants.

Tout en parlant, elle observait les réactions de Gabriel, guettant le moindre signe d'assentiment ou de refus.

— Continue, j'écoute.

— Il faudrait avoir recours à une mère porteuse, mais potentiellement, toi et moi, nous pourrions concevoir des bébés.

Gabriel était pantois.

— Qu'en dis-tu ? s'enquit-elle au bout de quelques instants, légèrement inquiète qu'il ait trouvé la nouvelle choquante.

— J'en dis que c'est une nouvelle inattendue et d'autant plus merveilleuse.

Gabriel resserra son étreinte.

Puis, inclinant la tête, il captura avidement ses lèvres en un baiser long et savoureux.

Le temps qu'il s'arrache à sa bouche, ils étaient tous deux hors d'haleine.

Les yeux de Gabriel brillaient plus que les reflets du soleil sur la mer.

Une joie inouïe l'envahit quand elle comprit qu'elle était sur le point d'épouser l'homme de sa vie, l'homme qu'elle aimait.

— Allez, monte sur cet âne et allons à l'église sans plus tarder.

— Tu es sûr que c'est la tradition ? s'enquit-elle, regardant l'âne d'un œil peu rassuré.

— Absolument.

Leur cortège nuptial, du port à l'église, fut différent de celui qu'ils auraient eu à Sherdana. Pas de calèche dorée tirée par six chevaux impeccables. Pas de milliers de badauds venus acclamer le couple et lui jeter des pétales de roses.

Mais les villageois et les quelques touristes ne manquèrent pas de les acclamer joyeusement tout en les accompagnant jusqu'à l'église.

Là-bas, Gabriel lui présenta sa logeuse qui s'appelait Elena. Cette dernière emmena Olivia pour qu'elle puisse se changer et revêtir une robe de mariée toute simple mais du meilleur goût, qui descendait jusqu'aux genoux et se nouait à la taille avec un joli nœud dans le dos.

Une note de Noelle accompagnait la robe. Pendant qu'Olivia était à l'hôpital, Libby lui avait demandé de confectionner une robe très simple pour correspondre au style de mariage que Gabriel envisageait en Grèce.

Donc même s'il n'était pas venu la voir à l'hôpital, il n'avait pas abandonné l'idée de l'épouser, malgré les circonstances. Jamais il n'avait voulu rompre leurs fiançailles ou accepter que cela puisse être une option.

Il la voulait comme épouse même si sa famille et ses conseillers devaient le pousser à en choisir une autre. Emplie d'une joie sans bornes, elle serra la note contre sa poitrine, tout en contemplant son reflet dans le miroir.

La robe n'avait rien à voir avec celle qu'elle devait porter à l'origine, mais elle était taillée à la perfection. Tout comme le bel homme qui l'attendait devant l'autel de l'église.

Gabriel garda le regard fixé sur elle tandis qu'elle avançait vers lui au son d'un violon. Dans ses yeux, il n'y avait ni doute ni retenue. Il la voulait et il l'aimait. Il n'en fallait pas plus pour faire d'elle la femme la plus heureuse au monde. Quand elle se plaça à ses côtés, il lui prit la main, se réjouissant des sensations qui l'envahissaient.

Elena et son mari étaient les deux seuls témoins. L'intimité de l'église vide leur permit de se concentrer sur la présence de l'un et de l'autre ainsi que sur les vœux qu'ils échangèrent.

Quand ils rentreraient à Sherdana, ils célébreraient leur mariage en grandes pompes avec famille et amis, mais pour l'heure, tout ce qu'ils voulaient, c'était être à deux.

Après la cérémonie, ils sortirent de l'église et tombèrent sur un attroupement de villageois et de touristes. Ils restèrent quelques instants parmi cette foule improvisée, puis Gabriel décréta qu'il était temps de partir.

Il la prit par la taille et ils s'éclipsèrent comme deux jeunes tourtereaux.

— Ma voiture est par ici.

— Ah, j'ai cru que tu allais me faire rentrer à dos d'âne.

Gabriel rit de bon cœur.

— Cela prendrait trop longtemps, alors que je suis impatient de t'avoir rien qu'à moi.

Une fois qu'ils furent installés dans la voiture, il se pencha vers elle, le regard intense.

Au bout de plusieurs secondes de ce silence intensif, elle craqua.

— Que fais-tu ?

— Je déguste notre premier vrai moment en tant que mari et femme. A cause des événements des dernières semaines, nous n'avons pas eu l'occasion de nous voir ou de passer du temps ensemble. Et une fois que nous quitterons l'île, nous devrons faire face à de multiples engagements officiels. Donc avant que ce moment arrive, je compte profiter pleinement de ma merveilleuse femme et lui prouver à quel point je l'adore.

Sa femme… Le rêve était devenu réalité.

Elle sourit.

— C'est grâce à Noelle si je suis en beauté.

— Non, même sans la robe, tu es merveilleusement belle. D'ailleurs, j'ai hâte de te voir sans la robe.

Elle le regarda, les yeux débordants d'amour.

— Tu as vraiment commencé à planifier tout ça avant que je quitte l'hôpital ?

— C'est Libby qui a eu l'idée du scénario de kidnapping et du mariage à la sauvette.

— Libby ?

— C'est aussi elle qui m'a aidé à choisir l'église, qui s'est occupée de la robe et des fleurs.

— Comment comptais-tu me convaincre de filer à l'anglaise avec toi ?

— Ce n'était pas gagné, en effet, mais je voulais te convaincre d'emprunter l'avion familial et le vol aurait été détourné. En fait, tu m'as facilité la tâche en demandant à me voir, j'avoue. Avec l'aide de Libby et Stewart, j'ai pu mener mon projet à bien. Je leur en serai reconnaissant pour la vie de m'avoir permis de réaliser mon rêve.

Elle contempla son mari pendant le trajet jusqu'à sa villa. Plus jamais elle ne douterait de sa détermination ou de sa loyauté. Il était prêt à braver sa famille et son pays pour elle. Comment espérer meilleur partenaire pour la vie ?

Elena, qui était partie avant eux, avait déjà mis le couvert sur la terrasse surplombant le port. Une table romantique pour deux dans un décor idyllique !

Gabriel lui fit visiter la villa.

Dans la chambre spacieuse qu'ils occuperaient, Gabriel l'attira sur la terrasse d'où l'on pouvait voir tout Kioni et le port illuminé.

Les bras autour de sa taille, la serrant fort contre lui et le menton reposant sur sa chevelure, il poussa un profond soupir.

— Est-ce du contentement ou de l'ennui ?

— A ton avis ? Oui, c'est un soupir de contentement car je suis l'homme le plus comblé du monde. Et tant que je t'ai rien que pour moi sur cette île, tu vas souvent m'entendre soupirer de satisfaction et de bonheur.

— Sauf que nous devrons repartir un jour.

— Oui, mais pour l'instant, n'y pensons pas.

— Les médias ne vont pas venir fouiner jusqu'ici ?

— Les habitants ont toujours respecté notre intimité, murmura-t-il en lui déposant un baiser dans le cou.

— Hm. C'est bon, encore.

— Non, allons prendre d'abord notre premier dîner en tant que mari et femme, puis nous reviendrons dans la chambre pour en profiter pleinement.

Ils retournèrent au rez-de-chaussée, acceptant volontiers les deux flûtes de champagne servies par Elena.

Elle leur fit signe de passer à table.

— Quelle vue magnifique ! s'exclama Olivia.

Le soleil s'étant couché, le ciel était à présent couleur indigo. De petites bougies bordaient le mur qui faisait le tour de la terrasse, repoussant l'obscurité grâce à leurs flammes protégées par des bougeoirs de verre. D'autres bougies avaient été disposées au milieu de la table, leur lueur vacillante faisant danser les ombres sur la nappe de lin blanc où trônaient des assiettes en porcelaine de Chine, des couverts en argent, des verres en cristal et de jolies compositions florales.

Gabriel la conduisit vers la table et la fit s'asseoir sur une chaise couverte d'un coussin en lin assorti à la nappe. Puis il prit place à côté d'elle.

Il leva son verre en la regardant, attendant qu'elle l'imite.

— A nos amours !

— Qu'elles durent toujours ! s'exclama-t-elle en trinquant avec l'homme de sa vie.

Elle reposa son verre, puis lui prit la main.

— Il y a quelques semaines, ta sœur m'a suggéré de te demander quelque chose et je n'ai pas eu l'occasion de le faire jusqu'à aujourd'hui.

— Je t'écoute.

— Elle m'a dit que lorsque nous nous sommes vus, il y a six mois, ce n'était pas notre première rencontre. C'est vrai ?

— Oui.

— Mais je ne me souviens pas de t'avoir vu avant. Pourtant, je suis sûre que je ne t'aurais pas oublié. Etions-nous enfants ? Est-ce pour cela que je ne m'en souviens pas ?

— C'était il y a sept ans, à un bal masqué. Etant donné la réputation de la personne qui organisait la soirée, j'étais étonné de découvrir que la jeune femme que j'avais sauvée n'était autre que lady Darcy.

C'était Gabriel qui l'avait sauvée de cette brute !

C'était son baiser qui l'avait chamboulée à vie.

— Tu savais qui j'étais ?

— Sur le coup, non. Mais après, Christian m'a informé de ton identité.

Il lui caressa la joue.

— Quand je t'ai embrassée ce soir-là, ce baiser a scellé notre union, à notre insu. Tu étais trop jeune pour penser à te marier à l'époque, mais j'ai fait le vœu de me marier avec toi. Et puis le destin a suivi son cours.

— Mais c'était un seul baiser, et il y a sept ans !

Elle avait été frappée par la magie du moment, mais elle ne pensait pas qu'il en était allé de même pour son chevalier sauveur.

Curieuse, elle poursuivit :

— C'est mon père qui a proposé d'investir à Sherdana.

— Oui, mais c'est Christian qui m'a mis l'idée en tête.

— Et Marissa ? Tu l'aimais ? Tu l'aurais épousée si les lois de ton pays te l'avaient permis ?

— Marissa a été ma façon à moi de me rebeller. J'avais des sentiments pour elle. Mais jamais je ne l'ai aimée comme je t'aime.

Ses lèvres avides et possessives trouvèrent sa bouche. Ils échangèrent un baiser à la fois excitant et serein.

Elle fondit de plaisir sous cet assaut charnel.

— Quelle journée ! J'ai du mal à y croire ! Ce matin, j'essayais de retrouver un semblant d'espoir face à une situation qui semblait désespérée. Et maintenant, je suis heureuse à un point difficilement descriptible et imaginable.

Après avoir disparu pendant une semaine puis avoir réapparu avec une superbe épouse, Gabriel s'attendait à ce que les médias se déchaînent, mais il ne prévoyait pas que les rues soient bondées de gens venus les acclamer.

A l'arrière de la limousine, Olivia faisait signe à la foule, avec son allure de princesse.

Le temps qu'ils arrivent devant le palais, elle était à bout de nerfs.

— Nous allons être fusillés sur la place publique ? C'est pour ça que les gens sont là ? Ils sont venus voir le spectacle ?

Il éclata de rire tout en lui prenant la main.

— Ne t'inquiète pas. Tout va bien se passer.

— Depuis quand es-tu aussi optimiste ?

— Depuis que j'ai réussi à t'épouser.

Un valet s'avança pour leur ouvrir la porte. Christian vint à leur rencontre.

— Il n'a pas l'air très content, murmura Olivia.

— Il s'est rendu compte du piège que je lui ai tendu.

— Dis donc, tu as l'air drôlement fier de toi.

— Tu veux savoir combien de dossiers j'ai dû étudier sans

jamais pouvoir faire ce que je voulais, tandis que mes frères se baladaient ici et là ?

— Une centaine ?

— Plutôt un millier.

Il aida Olivia à sortir de voiture puis lui donna la main avant d'aller à la rencontre de Christian.

— Alors ? Quoi de neuf, frérot ? le taquina Gabriel.

— Sherdana se porte comme un charme, répondit-il, le ton empli de sarcasme.

— Maman t'a dressé une liste d'épouses potentielles ?

— Très drôle. Figure-toi qu'à cause de ton petit cinéma, maman veut que Nic et moi envisagions de nous marier.

— Je suis d'accord avec elle. Rien de tel que d'épouser la femme qu'on aime.

Il éclata de rire en voyant la mine dégoûtée de son frère.

Puis Olivia et lui s'éclipsèrent à l'étage.

— Pourquoi tu ne lui as pas dit que nous pourrions peut-être concevoir un enfant ?

Une fois dans leurs nouveaux appartements, il s'assura que personne n'était dans les parages, puis il la prit dans ses bras.

— Je pense qu'on ne devrait pas dévoiler ce secret maintenant.

— Ah bon ? Mais si ça marche, ton frère pourra respirer et se calmer.

— Je préfère qu'on se taise tant que nous n'avons rien de concret sous la main.

— Tu sais que le processus pourrait prendre des mois ? D'ici là, ils pourraient déjà être mariés.

— T'épouser est la meilleure chose qui me soit arrivée. Mes frères méritent de vivre la même expérience.

— Tu veux les forcer à trouver une femme pour qu'ils tombent amoureux ?

— Diabolique, n'est-ce pas ?

— Ils te tueront quand ils apprendront la vérité.

— Je ne crois pas, répliqua-t-il, se baissant pour lui imposer le silence d'un baiser. Je crois qu'ils finiront par me remercier de les avoir aidés à être dans le top trois des hommes les plus heureux de la terre.

— Et qui est sur la première marche du podium ?

— Moi, bien sûr.

ROBYN GRADY

Une attirance inexplicable

Traduction française de
DOMINIQUE DUBOUX

PASSIONS

HARLEQUIN

Titre original :
THE BILLIONAIRE'S BEDSIDE MANNER

Ce roman a déjà été publié en 2012

- 1 -

— Si je tombe mal, dites-le-moi.

Bailey Ross eut à peine le temps de finir sa phrase que l'homme à qui elle s'était adressée — celui qu'elle savait être le Dr Mateo Celeca — redressa ses larges épaules et pivota sur les talons. Les sourcils froncés, il pencha la tête sur le côté et plongea les yeux dans les siens. Sous son regard scrutateur, elle sentit ses joues devenir brûlantes et vacilla légèrement sur ses jambes. Mama Celeca lui avait dit que son petit-fils était bel homme, mais elle n'aurait pas pensé qu'elle voulait dire beau comme un dieu.

Elle était arrivée, sac à dos sur l'épaule, devant cette luxueuse résidence d'un quartier chic de Sydney quelques instants plus tôt et avait avisé la valise posée devant la porte, puis la silhouette masculine qui se tenait debout à côté. Occupé à régler son système de sécurité high-tech, Mateo Celeca ne l'avait pas entendue arriver. Si d'habitude elle n'aimait pas se présenter chez les gens à l'improviste, là elle n'avait pas eu d'autre solution.

Comme s'il se rappelait soudain les règles élémentaires de la politesse, elle vit l'expression perplexe de Mateo se transformer en un sourire, courtois mais toutefois circonspect.

— Pardonnez-moi, dit-il d'une voix profonde. Est-ce que nous nous connaissons ?

— Non, pas vraiment. Mais je croyais que votre grand-mère vous aurait appelé à mon sujet. Je suis Bailey Ross, enchantée.

Elle lui tendit la main, mais le Dr Celeca se contenta de la regarder d'un air suspicieux.

— Mama Celeca vous a bien téléphoné, n'est-ce pas ? insista-t-elle.

— Pas que je sache. Est-ce qu'elle va bien ? s'enquit-il en fronçant de nouveau les sourcils.

— Très bien.

— Toujours aussi mince ?

— Ce n'est pas exactement l'adjectif que j'emploierais pour la qualifier. Elle a même réussi à me faire grossir avec tous les gâteaux à la crème que j'ai mangés chez elle.

Il sourit, ce qui eut pour effet d'adoucir l'expression méfiante de son regard. Mais bon, elle s'était attendue à une telle réaction. Qui ne se montrerait pas méfiant en voyant une inconnue apparaître devant chez soi, à débiter une histoire sans queue ni tête et l'air hagard après un vol de quinze heures ?

Mateo Celeca prit une posture de sentinelle montant la garde devant le château de son maître, et croisa les bras sur la chemise blanche qui couvrait son torse puissant. Elle s'éclaircit la voix avant d'expliquer :

— J'ai passé un an à voyager en Europe et j'ai fini par m'installer quelques mois en Italie, dans la ville où habite votre grand-mère. Nous nous sommes rencontrées et sommes devenues amies.

— C'est une femme merveilleuse. Je l'adore.

— Oui, elle est très généreuse, murmura-t-elle en se souvenant du geste charitable de Mama.

La vieille dame lui avait sauvé la vie et elle lui en serait éternellement reconnaissante.

En voyant une ombre assombrir les yeux noirs et perspicaces du Dr Celeca, elle se dépêcha de préciser ses propos.

— Elle m'a fait promettre de venir vous saluer à mon arrivée en Australie. De toute évidence, je ne tombe pas au bon moment, ajouta-t-elle en jetant un coup d'œil à sa valise.

Elle songea qu'il valait mieux qu'elle s'en aille. Restait à savoir où aller. Une heure plus tôt, elle avait sonné à la porte de son amie Vicky Jackson, dans l'espoir qu'elle pourrait l'héberger quelques jours. Malheureusement, celle-ci s'était absentée de Sydney. La première étape était donc de trouver un endroit où dormir — ainsi qu'un moyen de le payer.

Mateo Celeca continuait à la scruter en silence. Un muscle de sa mâchoire se contracta, puis il regarda sa valise, comme s'il songeait à reprendre le cours de ses occupations là où il les avait laissées avant d'être interrompu.

Elle se raidit. Elle avait compris le message : il était temps de partir.

Mais, avant qu'elle ait eu le temps de mettre son projet à exécution, il déclara :

— Je pars à l'étranger, moi aussi.

— En Italie ?

— Entre autres.

— Mama ne m'a rien dit, s'étonna-t-elle.

— Il s'agit d'une visite surprise.

En homme pressé, il fit tourner sa montre en platine autour de son poignet.

— Eh bien, passez-lui le bonjour, conclut-elle. Je vous souhaite un très bon voyage.

Alors qu'elle se tournait pour partir, il lui saisit le bras. La pression était légère, mais elle put sentir la chaleur de sa main ainsi que sa force. Ce simple contact fut si intense qu'elle se demanda l'espace d'un instant comment elle réagirait s'il l'embrassait.

— Excusez ma grossièreté, dit-il en laissant retomber sa main. Entrez un instant, je vous en prie. Mon taxi n'arrivera pas avant quelques minutes.

— Non, je ne crois pas que ce soit une bonne idée.

— Mais si. Allons, entrez.

Quand il s'écarta pour la laisser passer, une bouffée de son parfum lui parvint aux narines. Subtile, boisée et terriblement masculine. Ses sens se mirent aussitôt en alerte. Raison de plus pour refuser. Après la période mouvementée qu'elle venait de traverser, elle s'était juré de se tenir à l'écart des hommes trop séduisants.

Elle secoua vigoureusement la tête.

— Je ne peux pas. Vraiment.

— Mama sera furieuse si elle apprend que je n'ai pas reçu

une amie à elle. Vous ne voudriez pas la contrarier, n'est-ce pas ? demanda-t-il d'un air faussement innocent.

Il avait choisi le bon argument pour la convaincre et elle résolut d'accepter.

— Euh, non.

Il marqua un temps d'hésitation, puis la scruta de nouveau.

— Vous venez d'arriver, n'est-ce pas ?

Elle hocha la tête.

— Et c'est tout ce que vous avez comme bagages ? demanda-t-il avec un coup d'œil à son sac à dos.

Elle eut un sourire gêné.

— J'aime voyager léger.

C'est le moins qu'on puisse dire, sembla signifier son regard teinté de scepticisme.

Mateo regarda son invitée inattendue pénétrer dans le hall d'entrée. Adorable, songea-t-il en admirant ses longs cheveux d'une blondeur naturelle et sa beauté toute simple.

Soulevant un sourcil, il referma la porte derrière elle.

Il n'était pas convaincu de sa bonne foi.

Un jean à taille basse, pas de maquillage, peu de possessions… Bailey Ross avait dit de Mama qu'elle était « très généreuse », ce qui était vrai. En vieillissant, le cœur de Mama était devenu plus sensible. Nul doute qu'elle s'était laissé attendrir par cette fille à l'air vulnérable. Et son instinct tout comme son expérience lui soufflaient que cette Mlle Ross en avait profité.

Il ne fallait pas oublier que Mama était une redoutable entremetteuse et qu'elle avait très bien pu provoquer cette rencontre parce qu'elle pensait que la jeune femme pourrait lui plaire. C'était tout à fait son style. Elle ne ratait pas une occasion de lui présenter de « jolies Italiennes » chaque fois qu'il lui rendait visite.

En la voyant devant chez lui, son premier réflexe avait été de la renvoyer sur-le-champ. Puis il avait changé d'avis. Il reconnaissait qu'elle l'intriguait et, puisqu'il disposait de dix minutes avant l'arrivée du taxi, pourquoi ne pas satisfaire sa curiosité ?

Debout sous l'authentique lustre français suspendu au plafond, sa visiteuse effectua lentement un tour complet sur elle-même. Le cristal projeta des prismes de lumière sur son visage tandis qu'elle parcourait d'un regard admiratif les antiquités et les meubles sur mesure qui l'entouraient.

— Docteur Celeca, vous avez une maison magnifique. Je vois très bien Cendrillon descendant ces marches en robe du soir et pantoufles de vair.

L'escalier était une réplique de celui de l'Opéra de Paris. Tout en marbre multicolore, il faisait une courbe qui à mi-course se séparait en deux parties, chacune menant à une partie de la maison.

— Il y a peu de chance que cela se produise. Je ne cache pas de jeune vierge dans mes appartements, plaisanta-t-il.

— Je m'en doute. Mama m'a dit que vous étiez célibataire.

— Vous l'a-t-elle seulement dit au passage ou bien a-t-elle insisté sur le fait ? demanda-t-il avec un petit sourire.

— Elle ne m'a jamais caché à quel point elle était fière de vous, répondit-elle. Ni d'ailleurs qu'elle rêverait d'avoir des arrière-petits-enfants.

Peut-être, mais il n'avait pas l'intention d'accéder à ses désirs, du moins pas avant longtemps, lui qui avait pourtant mis des centaines d'enfants au monde. Sa carrière professionnelle le comblait parfaitement.

Elle s'approcha de lui. Son sourire chaleureux aurait fait fondre un iceberg et ses yeux étaient d'un bleu incroyable. Ils descendirent la demi-douzaine de marches qui menaient vers le salon. Dans ce décor de château français, avec l'énorme cheminée derrière elle, Bailey Ross semblait totalement hors de son élément. Mais d'une façon plutôt agréable. Il émanait d'elle une sorte de fraîcheur, malgré les bâillements qu'elle s'efforçait d'étouffer.

Il se demanda s'il avait vu juste en la soupçonnant d'être une intrigante intéressée. Avait-elle profité de sa grand-mère ou bien était-elle aussi innocente qu'elle en avait l'air ? Après tout, Mama pouvait se montrer « très généreuse » de bien des manières.

— Où comptez-vous vous rendre en premier ? s'enquit-elle en s'installant dans le siège le plus proche.

— Sur la côte ouest du Canada, répondit-il s'asseyant en face d'elle. A l'occasion d'une rencontre annuelle avec des célibataires avec qui je skie depuis longtemps.

La perspective ne l'enchantait guère. Il s'était lassé de ces réunions dont le nombre de participants diminuait chaque année, certains s'étant mariés, d'autres étant occupés ailleurs.

— Après le Canada, je me rendrai à New York pour un colloque professionnel, puis je m'envolerai vers la France.

— Avez-vous des amis à Paris ? Mes parents y ont passé leur lune de miel. Il paraît que c'est une ville merveilleuse.

— J'aide une institution caritative dans le nord du pays.

Elle fronça les sourcils d'un air intéressé.

— Quel genre d'institution ?

— Un orphelinat. J'aime aider ceux qui sont dans le besoin, ajouta-t-il à dessein, pensant l'amener sur le terrain qui l'intéressait.

Il l'étudia pour voir sa réaction. Quand elle baissa la tête pour dissimuler un sourire, sa méfiance se réveilla.

— Qu'est-ce qu'il y a de drôle ? demanda-t-il, s'efforçant de ne pas révéler ses sentiments.

— Rien. Je pensais à Mama. Elle ne cesse de répéter que vous êtes un homme bien, répondit-elle en relevant les yeux pour les plonger dans les siens.

L'intensité de son regard limpide l'émut, le désarçonnant de nouveau. Soit cette femme était une experte dans l'art de la flatterie, soit elle méritait la confiance que Mama semblait lui avoir accordée. Il fallait qu'il en ait le cœur net.

— Mama me soutient toujours et c'est réciproque, remarqua-t-il d'un ton dégagé. Elle est comme moi, toujours prête à aider à ceux qui en ont besoin.

— Elle est pleine de compassion. Elle me laissait souvent gagner nos parties de cartes.

Il enregistra l'information.

— Avez-vous joué pour de l'argent ? demanda-t-il.

— Non, voyons, protesta-t-elle d'un air indigné en nouant les doigts sur ses genoux.

Bien que ses vêtements soient bon marché, elle portait un bracelet en or à breloques qui devait valoir une fortune. L'avait-elle acheté à la boutique du duty-free avec l'argent de Mama ? Il se demanda quelle serait sa réaction s'il lui posait la question.

Comme si elle avait lu dans ses pensées, elle se leva.

— Je vous ai retenu assez longtemps. Vous allez finir par rater votre avion.

Il se mit debout à son tour. Il était temps de mettre un terme à l'entretien. Ses tentatives pour lui tirer les vers du nez avaient échoué et le taxi serait là dans un instant. Visiblement, sa curiosité concernant la vraie nature de Mlle Ross ne serait pas satisfaite.

Elle étouffa un nouveau bâillement tout en le suivant dans le hall.

— Avez-vous de la famille à Sydney ? s'enquit-il.

— Je suis née ici.

— Alors, vous allez revoir vos parents.

— Ma mère est décédée il y a quelques années.

— Je suis désolé.

Il n'avait pas connu ses parents et l'homme qui l'avait adopté était mort récemment.

— Mais je suis sûr que votre père sera ravi de vous revoir, ajouta-t-il.

Elle détourna les yeux et il en déduisit que, pour une raison ou une autre, elle n'avait pas envie d'aborder ce sujet.

Orpheline de mère, brouillée avec son père, peu de possessions. Bon sang, voilà que c'était lui qui avait envie de lui signer un chèque.

— Qu'allez-vous faire maintenant, mademoiselle Ross ? demanda-t-il pour changer de sujet. Avez-vous un emploi qui vous attend à Sydney ?

— Je n'ai pas encore de projet précis.

— Alors peut-être un autre voyage ?

— Pas pour l'instant, même s'il y a encore beaucoup de pays sur cette terre que j'aimerais visiter.

Après lui avoir ouvert la porte d'entrée, il contempla une dernière fois son visage ravissant, puis lui sourit.

— Eh bien, bonne chance à vous.

— A vous de même. Bonjour à Paris de ma part.

Elle remonta son vieux sac à dos sur ses frêles épaules et fit demi-tour. Saisi d'une impulsion subite, il fit un pas dans sa direction. C'était totalement stupide et il aurait mieux fait de s'abstenir, il le savait, mais quelque chose le poussait à insister.

— Mademoiselle Ross, appela-t-il.

Elle se retourna et le regarda d'un air surpris. Il franchit l'espace qui les séparait.

— Est-ce que ma grand-mère vous a donné de l'argent ? demanda-t-il, lassé de tourner autour du pot.

Elle fronça les sourcils, pinçant le nez avec une expression contrariée.

— Non, Mama ne m'a pas donné d'argent.

Il en fut soulagé. Plus elle vieillissait, plus Mama se désintéressait des biens matériels. Elle affirmait avoir peu de besoins et adorait aider les autres. S'il n'y avait rien qu'il puisse faire pour refréner sa générosité — ou plutôt, sa crédulité, comme cela s'était généralement avéré —, au moins partirait-il en sachant que cette jeune personne en particulier n'avait pas contribué à vider les comptes bancaires de sa grand-mère.

— En fait, elle m'en a prêté, ajouta Bailey Ross avec un moment d'hésitation.

Il se figea, la fixant des yeux avec une stupeur mêlée d'angoisse. Son instinct ne l'avait pas trompé. Comme bien d'autres avant elle, elle avait profité de la bonté de Mama. Et, soudain, sa prétendue simplicité et ses faux airs innocents le mirent hors de lui.

— Un prêt ! ironisa-t-il sans chercher à cacher son irritation.

Elle sursauta, comme si elle était choquée par la virulence de sa réaction puis rougit.

— Ce n'est pas la peine de prendre ce ton outragé, protesta-t-elle.

— Il faut bien appeler les choses par leur nom, répliqua-t-il en haussant les épaules. Un prêt est un prêt, non ?

— Ne vous inquiétez pas, j'ai l'intention de lui rembourser cette somme jusqu'au dernier centime.

— Vraiment ? s'étonna-t-il en croisant les bras. Je me demande bien comment vous allez vous y prendre, si vous n'avez ni travail ni projets ?

Rien à espérer du côté de sa famille si sa mère était morte et si elle n'entretenait pas de bonnes relations avec son père, à en juger par sa réaction fuyante quand il avait évoqué son père.

Le visage de Bailey Ross se durcit.

— Tout le monde n'a pas eu la chance de naître avec une cuillère d'argent dans la bouche, docteur.

— Ne vous imaginez pas que vous savez quoi que ce soit sur ma vie, répondit-il sèchement.

— Ce que je sais, c'est que je n'avais pas le choix.

— On a toujours le choix.

Encore faudrait-il avoir la maturité suffisante, songea-t-il.

Elle rougit de nouveau.

— Alors, j'ai *choisi* de m'échapper.

De mieux en mieux. Il eut un petit rire qui ressemblait à une toux.

— Insinuez-vous que Mama vous retenait prisonnière ?

— Non, pas elle, répliqua-t-elle d'une voix légèrement tremblante.

Il la scruta. Elle semblait affectée, mais c'était son problème. Maintenant qu'il savait qu'elle avait profité de la générosité de Mama, il ne voulait plus l'entendre.

— Au revoir, mademoiselle Ross, conclut-il en rentrant dans la maison.

Sa voix dure l'arrêta net.

— Merci, docteur Celeca. Grâce à vous, j'ai perdu le peu d'illusions que je pouvais encore me faire sur les hommes.

Son sang ne fit qu'un tour et il se tourna vivement vers elle. Elle semblait à la fois déçue et furieuse.

— Quand je pense j'ai cru que vous étiez un homme bien, ajouta-t-elle amèrement.

— Parce que vous, vous êtes une fille bien, peut-être ? rétorqua-t-il, regrettant aussitôt ses paroles. Pardonnez-moi, murmura-t-il.

— Voulez-vous au moins savoir pourquoi je me suis enfuie ?

Il soupira bruyamment. Très bien. Il venait de l'insulter et lui devait bien ça.

— Allez-y.

— C'est à cause de l'homme qui voulait m'épouser, dit-elle, les yeux brillant de larmes. Il n'a pas voulu m'écouter, alors j'ai dû prendre la fuite. Je n'avais pas d'autre solution.

- 2 -

— Vous êtes actuellement fiancée ?

— Non, répondit-elle. Enfin, pas vraiment.

— Je suis peut-être un peu borné, mais une fiancée, c'est comme une femme enceinte : soit elle l'est, soit elle ne l'est pas.

— Disons que j'*étais* fiancée.

Penchant la tête sur le côté, il l'étudia. Elle avait un nez petit et parsemé de taches de rousseur, mais ses yeux d'un bleu cristallin étaient grands et affrontaient courageusement son regard. Il y lut du désarroi. Ou bien était-ce de la peur ?

« Je n'avais pas d'autre solution. »

Qu'avait-elle voulu dire par là ? C'était une phrase qu'il avait entendue dans d'autres contextes, et son professionnalisme reprit le dessus. Il était temps de sonder les intentions de cette femme sur un autre registre.

— Etes-vous enceinte, Bailey ? demanda-t-il sur le ton rassurant qu'il utilisait avec ses patients.

Une lueur indignée traversa ses yeux.

— Non !

— En êtes-vous sûre ? Nous pouvons effectuer des tests…

— Bien entendu que j'en suis sûre.

Il leva les mains en l'air.

— Très bien. Calmez-vous. Etant donné les circonstances, cela m'a semblé être une possibilité.

— C'est impossible. Nous n'avons jamais eu de rapports sexuels. Pas une seule fois, ajouta-t-elle en baissant la voix.

Elle lui tourna brusquement le dos et entreprit de descendre les marches. Mais elle trébucha sur le bout de sa sandale et bascula en avant. Heureusement, il parvint à saisir son bras au vol et à l'empêcher de dégringoler. Il sentit qu'elle tremblait. Avait-elle eu peur de se briser les os ou bien était-ce l'évocation de ses fiançailles italiennes qui la faisait trembler ?

Quoi qu'il en soit, elle ne protesta pas quand il l'aida à s'asseoir, puis lui souleva le menton pour s'assurer que la dilatation de ses pupilles était normale. Sa peau était si douce qu'il ne put s'empêcher de passer le pouce sur sa lèvre inférieure. Envahi par un désir fulgurant, il se pencha vers elle.

Elle cligna des yeux d'un air surpris, le ramenant à la réalité. Il toussota d'un air gêné et se leva.

Il ne savait peut-être pas ce qui se cachait derrière l'apparente simplicité de Bailey Ross, mais ce qui était sûr, c'était qu'elle était épuisée.

— Vous avez besoin de vous reposer, dit-il.

— Je survivrai.

— Je n'en doute pas.

S'il la laissait partir, il imaginait sans peine la réaction de Mama. Elle lui reprocherait de ne pas avoir offert l'hospitalité à sa petite protégée, au moins le temps de récupérer du voyage. Ce fut ce qui le poussa à insister :

— Alors, c'est qui ce fameux fiancé ?

Elle ferma les yeux et soupira, visiblement trop lasse pour se rebiffer.

— Quand je suis arrivée à Casa Buona après mon voyage en Europe, je n'avais plus un sou en poche. C'est là que j'ai rencontré Emilio. Je travaillais dans le restaurant de ses parents.

La mâchoire de Mateo se contracta.

— Emilio Conti ? Est-ce lui, votre fiancé ?

— Ex-fiancé. Vous le connaissez ?

Il acquiesça d'un hochement de tête.

— Casa Buona est une petite ville. Continuez.

Elle mit les coudes sur ses genoux et posa le menton dans ses mains.

— Au bout de quelques semaines, Emilio et moi avons commencé à nous fréquenter. Le jour où il m'a déclaré qu'il m'aimait, je ne m'y attendais pas. Je n'étais pas sûre d'être amoureuse de lui, mais j'étais très attachée à sa famille, qui me traitait avec beaucoup d'affection. Un samedi soir, il m'a demandé de l'épouser devant la salle bondée. Tout le monde attendait ma réponse en retenant son souffle. Je ne savais pas quoi dire, alors j'ai baissé la tête. Croyant que j'avais accepté, un des convives a commencé à applaudir, aussitôt suivi par les autres. Avant que j'aie eu le temps de protester, Emilio a sorti une bague de sa poche et me l'a mise au doigt. C'est comme ça que je me suis retrouvée fiancée.

Le récit avait dû l'épuiser car elle bâilla de nouveau à s'en décrocher la mâchoire. Au même moment, il avisa un taxi jaune qui s'arrêta devant la maison.

— Attendez-moi, je reviens, ordonna-t-il.

Il dit quelques mots au chauffeur, puis retourna s'asseoir à côté d'elle.

— Qu'allez-vous faire maintenant ? demanda-t-il. Avez-vous un endroit où aller ?

— J'avais l'intention de m'installer quelques jours chez une amie, mais la voisine m'a dit qu'elle s'était absentée. Je trouverai bien une solution.

— Les hôtels coûtent cher.

— C'est temporaire.

Il pensa à l'ennuyeuse réunion de célibataires qui l'attendait, puis il prit une décision.

— Entrez, ordonna-t-il en se levant.

Elle le regarda comme s'il avait perdu la tête.

— Vous avez un avion à prendre. Le compteur tourne.

Il échangea un regard avec le chauffeur, puis retourna lui parler.

L'homme sourit quand il lui régla sa course, assortie d'un généreux pourboire. Puis il revint vers elle.

Elle le fixait d'un air stupéfait.

— Quelle mouche vous a piqué ?

— Cette rencontre au Canada ne me disait rien. Maintenant, entrez.

— Merci de vous soucier de mon sort, dit-elle avec un sourire tendu. Mais je n'aime pas qu'on me donne des ordres.

Il en resta sans voix. S'était-il montré trop autoritaire ? Peut-être. Il avait l'habitude qu'on l'écoute et qu'on suive ses conseils. Ses méthodes pouvaient paraître étranges, mais elles donnaient toujours des résultats.

— Allons, vous n'avez pas d'argent ni de travail.

— Je me débrouillerai. Le travail ne me fait pas peur.

Elle eut un autre bâillement et ses yeux se remplirent de larmes.

— Vous devez vous reposer, insista-t-il. Installez-vous dans la chambre d'amis.

De nouveau, elle le regarda comme s'il avait perdu la tête.

— Pas question.

— Juste cette nuit, Bailey. Le temps de recharger vos batteries avant de repartir.

— Non.

Son ton était moins assuré.

— Mama voudrait que vous acceptiez, insista-t-il. Quelques heures de sommeil. Je ne viendrai pas frapper à votre porte pour vous tourmenter.

— Promis ?

— Sur ma vie.

Elle poussa un soupir et se voûta comme si elle se vidait de son énergie. Puis, au lieu de le gratifier d'un de ses sourires à faire fondre un iceberg, elle hocha lentement la tête avant de le suivre à l'intérieur. Comme à regret.

Mateo l'aida à monter l'escalier en marbre, avant de la conduire jusqu'à la chambre d'amis.

— Vous avez votre propre salle de bains, l'informa-t-il tandis qu'elle pénétrait dans la pièce et jetait un coup d'œil autour d'elle. Faites comme chez vous. Si vous avez besoin de quoi que ce soit, je serai en bas.

Elle le regarda s'éloigner puis referma la porte. Elle se sentait déplacée dans ce décor trop luxueux. Ses parents n'étaient pourtant pas pauvres. Son père était avocat et sa famille possédait à Newport une maison cossue. Ses parents conduisaient de belles voitures et l'emmenaient tous les ans en vacances dans des endroits idylliques.

Mais l'épaisse moquette crème et les superbes draperies blanches et dorées de la pièce étaient d'une opulence qu'elle trouvait exagérée. Qui avait besoin de tout cela ? Elle n'avait jamais convoité la richesse. Selon elle, la seule chose qui comptait dans la vie, c'était d'être entouré de gens qui vous aiment. Malgré son échec avec Emilio et ses conflits avec son père, elle espérait trouver un jour des gens avec qui elle s'entendrait.

Après avoir pris une longue douche chaude et relaxante, elle s'allongea sur le lit et sombra dans un profond sommeil.

Lorsqu'elle se réveilla, quelques heures plus tard, la chambre était plongée dans l'obscurité et un sentiment de catastrophe imminente lui serrait le cœur. Elle venait de rêver qu'elle était de retour à Casa Buona. Vêtue d'une robe de mariée, elle se tenait à l'entrée d'un long couloir sombre. A l'autre bout, Emilio tendait la main vers elle, l'invitant à le rejoindre. Au fur et à mesure que ses yeux s'habituaient à la pénombre, elle reconnut la pièce dans laquelle elle se trouvait et poussa un soupir de soulagement. Elle était à Sydney, sans un sou, dans la maison d'un individu qu'elle connaissait à peine.

Elle se tapa sur le front et gémit.

Mateo Celeca.

Cet homme la plongeait dans la plus grande perplexité. Par moments, il avait tout du prince que lui avait décrit Mama. L'instant d'après, il se comportait comme un goujat et la traitait de voleuse. Puis, histoire de la perturber un peu plus, il lui offrait l'hospitalité. Si elle avait su où aller — et n'avait pas été aussi épuisée —, elle aurait refusé tout net. Il l'avait offensée et elle n'était pas près de le lui pardonner.

Son estomac gargouilla quand elle posa les pieds sur la descente de lit. Chassant de ses pensées les critiques désagréables de ce cher médecin, elle se concentra sur sa priorité immédiate : s'alimenter.

Après avoir passé un jean, elle descendit au rez-de-chaussée sur la pointe des pieds. Elle était gênée d'avoir à inspecter au milieu de la nuit la maison d'un inconnu, mais elle devait absolument manger quelque chose. Mateo l'avait invitée à faire comme chez elle et son offre devait bien inclure une petite collation.

Elle localisa rapidement la cuisine, une pièce spacieuse tout en granit noir et acier inoxydable. Le réfrigérateur était presque vide. Normal. L'occupant des lieux était censé être en vacances. Elle dénicha cependant un morceau de rôti de bœuf, probablement le reste de son dîner du soir. Après avoir glissé la viande entre deux tranches de pain, elle mordit dans son sandwich, puis se dirigea vers la grande baie vitrée qui bordait un des côtés de la pièce.

Des lanternes à bas voltage éclairaient une scène presque irréelle. Dans un jardin entouré de murs étaient disposées des statues classiques séparées par des haies et des arbustes taillés au millimètre près. Elle eut l'impression de se retrouver deux mille ans en arrière, à l'époque où Rome et ses empereurs dominaient le monde. Décidant qu'un peu d'air frais lui ferait du bien, elle ouvrit la porte et se glissa dehors.

Pieds nus sur les dalles fraîches, elle suivit une allée étroite qui serpentait entre la végétation et les statues. Elle dégustait la troisième bouchée de son sandwich quand un bruit retentit derrière elle, un claquement sec qui résonna dans l'air nocturne et lui donna la chair de poule. Le cœur battant, elle tourna prudemment la tête. Une statue grecque se dirigeait droit vers elle. Masculine. Grande. Torse nu.

La pleine lune apparut derrière un nuage, soulignant les volumes de la silhouette : abdominaux d'acier, pectoraux musclés, épaules larges… Au-dessus, deux yeux noirs et interrogateurs la scrutaient.

— Vous êtes réveillée, dit une voix profonde et familière.

Ce n'était pas un dieu revenu à la vie, mais Mateo, avec pour tout vêtement un pantalon en coton blanc serré à la taille par un cordon. Elle avait été tellement absorbée à contempler le jardin qu'elle avait oublié l'endroit où elle se trouvait et les circonstances qui l'avaient amenée ici. Maintenant, tout lui revenait en bloc. En particulier à quel point son hôte possédait un charme agaçant, particulièrement ce soir, avec les rayons de la lune qui caressaient son corps superbe.

Elle frémit longuement et leva son sandwich devant elle comme s'il se fût agi d'une armure.

Mateo était peut-être extrêmement attirant, mais le moment était mal venu pour s'intéresser à un homme, surtout aussi dangereux que lui. Pour l'instant, contrairement à ce qu'il pouvait croire, la seule chose qui comptait était se remettre à flot afin de rembourser Mama le plus tôt possible.

— Je suis désolée de vous avoir réveillé, dit-elle d'une voix étonnamment calme, compte tenu de son état.

— Vous avez fait sonner une alarme silencieuse en ouvrant la porte. La compagnie de gardiennage m'a appelé pour me prévenir. Je me doutais que c'était vous, mais j'ai préféré m'en assurer.

Elle se serait giflée. Elle l'avait pourtant vu pianoter le matin même sur le clavier de son système de sécurité. Cette maison, et son contenu, devait être assurée et elle aurait dû se douter que l'alarme serait branchée la nuit.

— J'avais faim. Je suis descendue me faire un sandwich.

Il lui sembla voir une ombre de sourire étirer ses lèvres, ce qui était encourageant. De toute façon, elle était bien décidée à partir en pleine nuit s'il recommençait à lui faire des reproches. Mais son humeur semblait s'être améliorée depuis ce matin.

— Vous auriez dû me dire que vous aimiez prendre vos repas sous les étoiles, répondit-il en s'approchant.

— J'ai été attirée par votre jardin. Il est tellement beau.

— Oui, il est très agréable.

Son sourire s'élargit, puis il leva les bras en l'air et s'étira. Ce geste la remua au plus profond d'elle-même. Comparées à cette splendide plastique, les statues n'étaient que de pâles imitations.

— Est-ce que vous jardinez ? demanda-t-elle, les yeux fixés malgré elle sur son torse musclé.

— Non, mais je paye quelqu'un pour entretenir mon jardin.

— Cela doit demander beaucoup d'attention.

— Pas mal. Et vous, avez-vous la main verte ? demanda-t-il en se dirigeant vers la statue d'un dieu tenant un éclair dans la main, dressé au centre d'une fontaine.

— Moi ? Pas vraiment. C'est le dieu de la Guerre, n'est-ce pas ? hasarda-t-elle en se souvenant d'un film qui venait de sortir sur les Titans.

— Zeus est le dieu de la Justice. Le protecteur suprême. Sans doute parce qu'il aurait pu perdre la vie à l'instant même où il est né.

— Vraiment, pourquoi ?

Elle s'assit sur le bord du bassin, mordit dans son sandwich et attendit la suite. Elle adorait les légendes.

— On avait prédit au Titan Cronos, le père de Zeus, qu'un de ses fils lui volerait le pouvoir, comme celui-ci l'avait fait à son propre père. De peur que cette prédiction se réalise, il éliminait ses enfants dès leur naissance. Afin de sauver son enfant, Rhéa, sa mère, le fit disparaître, puis montra à Cronos une pierre enveloppée dans des langes en lui faisant croire que c'était son bébé. Cronos s'en débarrassa aussitôt, ignorant que le nouveau-né était en Crète, aux bons soins d'une nymphe. Dès qu'il eut atteint l'âge adulte, Zeus s'allia à ses autres frères et écrasa les Titans, y compris son père.

Son récit l'avait captivée, tout comme l'émotion qui perçait derrière les mots. Se faisait-elle des idées ou bien son regard s'était-il assombri au moment où il évoquait cette mère obligée d'abandonner son enfant ?

— Qu'est-il arrivé à Zeus ensuite ?

— Il a régné longtemps sur le monde des dieux et celui des mortels et a eu de nombreux enfants.

— Quelle histoire !

— Sauf que presque tous sont nés hors mariage.

— Hum, ce n'est pas recommandable pour des fils de Zeus.

— Ni pour aucun enfant.

Elle étudia son profil de médaille tandis qu'il scrutait la nuit. Front haut, nez aquilin. Elle aurait voulu l'interroger, en savoir davantage non seulement sur ce dieu adultère mais protecteur, mais aussi sur celui qui venait de raconter cette histoire. Même si la vie de Mateo Celeca ne la regardait pas. Quoique…

Il ne manifestait plus aucune hostilité à son égard et la conversation était devenue informelle, presque anodine. Demain, elle serait reposée et reprendrait sa route. Alors quel mal y avait-il à lui poser une ou deux questions ?

Plongée dans la contemplation du jardin, elle croisa les chevilles et balança les pieds d'avant en arrière.

— Mama m'a dit que vous aviez quitté Casa Buona à l'âge de douze ans.

Il eut une infime hésitation avant de répondre :

— Mon père était comptable et il a décidé de s'installer en Australie car les salaires y sont plus élevés et les opportunités d'affaires plus nombreuses. Il voulait aussi que je puisse faire de bonnes études.

— Avez-vous toujours vécu à Sydney ?

— Oui, mais je voyage dès que je peux.

— Depuis tout ce temps, vous devez avoir des amis et de nombreux souvenirs dans ce pays.

Elle était curieuse de savoir quel style de gens il fréquentait et s'il avait de la famille dans cette partie du monde.

Il fixa les jardins d'un air sombre. De toute évidence, il n'était pas disposé à en dévoiler davantage. Après tout, ils étaient des étrangers et le resteraient toujours, malgré ces brefs moments d'intimité.

Comme une statue attira son attention, elle sauta à terre et s'en approcha, caressant la pierre fraîche de la main.

— Celle-ci est très belle.

Il s'agissait d'une femme qui regardait tendrement le bébé qu'elle tenait dans ses bras. Elle lui fit penser à sa mère, si tendre et si aimante. Sa mort avait laissé en elle un vide qui ne se comblerait jamais. Elle se fit la réflexion que, tout comme

Rhéa, chacune à sa manière, elle avait été forcée d'abandonner son enfant.

— Est-ce censé représenter Zeus ? demanda-t-elle en regardant le bébé.

— Non, c'est un hommage à ma profession, je suppose, répondit la voix profonde de Mateo dans son dos.

Mama lui avait répété maintes fois que son petit-fils était considéré comme un des meilleurs obstétriciens d'Australie.

— Combien de bébés avez-vous mis au monde ? demanda-t-elle, reportant les yeux sur le doux sourire qui flottait sur les lèvres de la statue.

Comme il gardait le silence, elle se retourna. Il était juste derrière elle, si près que son odeur lui fit tourner la tête. Alors que ses yeux noirs fouillaient les siens, la brise nocturne décoiffa ses cheveux, faisant tomber une mèche sombre sur son front.

— ... pour les compter, disait Mateo.

Revenant à elle, Bailey se rendit compte qu'elle n'avait entendu que la fin de sa phrase.

— Excusez-moi, pour compter quoi ?

Il fronça les sourcils.

— Les bébés que j'ai mis au monde. Ils sont trop nombreux pour les compter.

Se sentant rougir, elle baissa la tête. Comment avait-elle pu perdre ainsi le fil de la conversation ?

La réponse était évidente. Qu'il se montre poli, irascible ou passionné, cet homme avait quelque chose qui la fascinait.

Ce qui était aussi irréfutable que malvenu.

Le cœur battant la chamade, elle baissa les yeux pour dissimuler son trouble.

— J'imagine que tous les nouveau-nés se confondent, avec le temps.

— Pas du tout. Une naissance réussie ne va pas forcément de soi et je suis toujours reconnaissant quand tout se passe bien pour la mère et l'enfant.

Elle comprit ce qu'il voulait dire. Il arrivait encore que certains accouchements se déroulent mal, et même un bon médecin pouvait faire une erreur. Tout comme un avocat d'assises.

Elle se rappela une discussion entre ses parents au sujet d'un client que son père n'était pas parvenu à faire acquitter. Après le procès, un incendie avait ravagé la maison où vivait sa famille et son père leur avait donné une importante somme d'argent pour les aider à remonter la pente, un geste généreux qu'elle avait beaucoup admiré. Hélas, la mort de sa mère l'avait aigri, et il sembla avoir perdu toute disposition à la compassion par la suite.

Tandis que Mateo contemplait la statue d'un air pensif, elle s'interrogea de nouveau sur ses origines. Il avait vécu chez sa grand-mère en Italie avant de venir s'installer en Australie avec son père. Qu'était donc devenue sa mère ?

— Je vais me coucher, dit-il. Si vous n'arrivez pas à dormir, il y a un téléviseur et une bibliothèque dans la chambre.

Quand il la parcourut une dernière fois des yeux, son regard lui fit l'effet d'une caresse.

— *Sogni d'oro*, Bailey, dit-il en tournant les talons.

Faites de beaux rêves…

— Merci, murmura-t-elle.

Elle le regarda s'éloigner, puis disparaître dans la maison.

Cet homme la déroutait. En apparence calme et maître de lui-même, il semblait cacher quelque chose. Etait-elle la seule à avoir cette impression ? Il y avait davantage derrière la façade policée qu'il offrait au monde, des émotions intimes et secrètes qu'il ne souhaitait pas dévoiler, surtout pas à elle. En dépit de ce rapide rapprochement, il avait été clair. Elle n'était pas le genre de femme qui l'attirait.

Elle se remémora ces yeux sombres et ce corps de rêve et, maîtrisant son émoi, ne put qu'abonder dans son sens.

Mieux valait pour, l'un comme pour l'autre, garder ses distances.

- 3 -

Tôt le lendemain matin, Mateo chercha en vain Bailey dans la maison. Contrarié, il sortit dans le jardin par la porte de la cuisine et inspecta les allées. Vides. Comme si Bailey Ross s'était volatilisée.

Il avait frappé à sa porte pour l'inviter à prendre le petit déjeuner en sa compagnie, mais ses affaires avaient disparu de la chambre. Charmant. Non seulement elle avait profité de la bonté de sa grand-mère, mais en plus elle était partie sans le remercier ni lui dire au revoir.

Il avait raison de ne pas la croire quand elle affirmait être déterminée à rembourser son « emprunt. » Maintenant, il aurait parié qu'il n'entendrait plus parler d'elle. Bailey Ross était une femme sans scrupule, impossible de le nier. Pourtant, elle l'attirait étrangement.

La veille, lorsqu'elle avait failli tomber dans l'escalier, il avait eu envie de l'embrasser. Le même désir l'avait envahi lorsqu'ils avaient discuté dans la pénombre du jardin, à la nuit tombée. Dès qu'il était en sa présence, son corps avait des réactions primaires et potentiellement dangereuses.

Ce n'était pas la première fois qu'une femme exerçait sur lui une telle attraction, se souvint-il en regardant la statue de la mère et de l'enfant que Bailey avait tant aimée. Il avait vingt-trois ans quand il était tombé follement amoureux d'une femme. A l'époque, il était trop jeune pour réaliser que l'objet de ses désirs n'était en fait qu'une belle et séduisante sangsue. Il lui avait offert tout ce qu'elle voulait : des parfums, des bijoux et même une voiture de luxe. Mais elle était insatiable. Il lui avait fallu une année et un énorme trou dans son compte en banque pour comprendre que ce n'était pas un fiancé que Linda désirait, mais un banquier.

Contrairement à sa grand-mère, Mateo n'avait pas honte d'avoir de l'argent. Il travaillait dur pour le gagner et n'éprouvait pas le besoin de s'excuser d'être riche. Et, s'il aimait en faire profiter les autres, il exigeait que ses dons soient à la fois appréciés et bien utilisés. Ce qui éliminait d'office des femmes telles que Linda Webb ou Bailey Ross.

Au moment où il allait faire demi-tour, il l'aperçut par les panneaux de verre qui séparaient la piscine du jardin.

Vêtue d'un minuscule Bikini, elle était allongée à plat ventre sur une chaise longue dans le solarium, un chapeau à larges bords sur l'arrière de la tête. La gorge sèche, il déglutit péniblement. Si la nuit dernière au clair de lune, il l'avait trouvée tentante, ce matin elle lui mettait carrément l'eau à la bouche.

Le bas de son maillot de bain n'était pas exactement un string, mais le minuscule triangle rose vif en révélait davantage qu'il n'en cachait. Ses jambes étaient fines et semblaient plus longues qu'il ne l'aurait cru en la voyant en pantalon. Sa vue l'excitait et les mains lui démangèrent de caresser sa peau bronzée.

Elle replia ses bras minces devant elle, faisant tomber le chapeau posé en équilibre sur sa tête. Elle le chercha en tâtonnant un instant sur le sol, puis prit appui sur ses mains pour se redresser. Les sourcils froncés, elle regarda autour d'elle, comme si elle avait senti sa présence.

En le voyant, elle se releva d'un bond et s'assit sur la chaise. Il dut faire un effort désespéré pour prendre un air indifférent et détourner les yeux des petits triangles roses qui lui couvraient à peine les seins.

Il s'enjoignit de se maîtriser avec la plus grande fermeté. Après tout, il était gynécologue et avait déjà ausculté des centaines de patientes.

Mais il y avait une différence entre le travail et le monde réel. En dépit de sa profession, il était un homme, avec ses désirs et ses besoins. En d'autres circonstances, il aurait pu laisser libre cours à ce qui n'était rien d'autre qu'une banale attirance physique. Mais pas avec Bailey Ross. Qu'elle soit victime ou intrigante, cette femme était une aventurière qui avait une fâcheuse propension à s'attirer des ennuis.

Enfonçant les mains dans ses poches, il regarda ailleurs pendant qu'elle enfilait son T-shirt. Dès que sa poitrine fut dissimulée, il traversa la pelouse et la rejoignit.

— J'ai pris un petit bain matinal, expliqua-t-elle.

— J'ai cru que vous étiez partie.

Elle fronça les sourcils.

— Je ne vous aurais pas quitté sans vous dire au revoir.

— Sauf si j'étais votre fiancé.

— Faites-moi grâce de vos remarques désobligeantes. Merci pour l'hospitalité, je m'en vais, dit-elle en se levant.

Il s'approcha d'une composition de pierres d'où jaillissait une cascade, débattit quelques instants avec lui-même, puis lui demanda d'une voix calme de lui en dire un peu plus sur ses récents déboires.

— Pour que vous puissiez me critiquer ? s'enquit-elle.

— Non, pour que je puisse vous comprendre.

Bon sang, il ne savait plus où il en était ! Par moments, il avait envie de l'aider, l'instant d'après il la classait dans la même catégorie que Linda. Etait-il réellement préoccupé par l'argent qu'elle devait à Mama ou bien s'agissait-il d'un simple prétexte pour l'empêcher de partir ?

En tout cas, sa dernière phrase avait fait son effet, car Bailey se rassit et posa son chapeau sur ses genoux.

— Suite à sa demande en mariage, Emilio a fixé la date du mariage deux mois plus tard et ses sœurs se sont aussitôt mises à organiser les festivités. Je lui ai reproché de se précipiter, mais il n'a pas voulu m'écouter. Il se contentait de sourire et d'essayer de me prendre dans ses bras. Toutes mes amies me répétaient que j'avais de la chance d'épouser un homme aussi charmant.

— Mais ce n'était pas votre avis.

— On s'entendait bien, au début, reconnut-elle. Mais nos relations se sont dégradées très vite après cette soirée. Lorsque j'ai protesté et voulu lui rendre sa bague, il s'est mis en colère.

J'avais profité de l'aide de sa famille, disait-il. On m'avait hébergée et donné du travail. J'avais accepté de l'épouser devant une foule de témoins. Une fois mariés, je me calmerais et tout irait bien. Comme je n'avais pas les moyens de me payer un billet d'avion, j'étais prise au piège.

Elle regarda ses pieds et soupira avant de reprendre :

— Un jour, lors d'une visite à Mama, j'ai fondu en larmes. Elle m'a demandé ce que j'avais et je lui ai dit que je ne voulais pas me marier. Tout le monde appréciait peut-être Emilio, mais, moi, je ne l'aimais pas.

— Pourquoi n'avoir pas demandé de l'aide à votre père ?

Selon lui, la famille devait apporter son soutien à ses proches en cas de problème, quels que soient leurs différends. L'homme qui l'avait adopté avait été là pour lui pendant toutes les épreuves qu'il avait traversées.

— Si vous le connaissiez, dit-elle en enfonçant son chapeau sur sa tête, vous ne poseriez pas cette question. Il n'était pas d'accord pour que j'entreprenne ce voyage. La dernière fois qu'on s'est vus, il m'a dit que, puisque je n'en faisais qu'à ma tête, je n'avais qu'à me débrouiller sans lui. Je suis sûre qu'il aurait refusé de m'aider.

— Aviez-vous déjà eu des ennuis avant ?

La question était un peu abrupte, mais il était déterminé à connaître le fin mot de l'histoire.

— Rien d'important.

— Sauf cette fois.

Elle secoua la tête d'un air honteux.

— J'aurais pu attendre et lui dire non le jour du mariage, au risque de faire encore plus de mal à Emilio et sa famille. Ou bien j'aurais pu me cacher dans une autre ville, mais Emilio avait déjà prouvé qu'il n'était pas homme à renoncer à ce qu'il considérait comme sa propriété. Il m'aurait retrouvée et obligée à rentrer avec lui.

Il n'en doutait pas un instant. Derrière le charme policé d'Emilio se cachait un véritable homme des bois.

Se dirigeant vers un parterre de pandanus, il balaya du pied les graviers blancs échappés de la plate-bande.

— Etes-vous sûre qu'il ne vous poursuivra pas jusqu'ici ?

— Non. Je lui ai renvoyé sa bague depuis l'aéroport, accompagnée d'une lettre où je lui disais que je ne reviendrai jamais. J'espère que ce sera suffisant.

— Il est borné, mais pas totalement stupide. L'été qui a précédé mon départ en Australie, Emilio, qui avait douze ans à l'époque, a voulu me provoquer. Je ne me souviens plus pour quelle raison, mais certainement rien qui vaille la peine de se battre. Avec deux de ses amis, il m'a coincé dans un coin sombre pour me casser la figure. Je me suis défendu et j'ai été le plus fort. Depuis, il ne m'a plus jamais adressé la parole.

Plongé dans ses pensées, il fit glisser le reste des gravillons dans la plate-bande. Le destin était parfois étrange. Que serait-il devenu s'il était resté à Casa Buona ou si personne n'était venu le chercher autrefois en France ? Et, si Mama ne lui avait pas offert son aide — si tel était le cas —, que serait-il advenu de Bailey ?

— Je rembourserai Mama jusqu'au dernier centime, assura-t-elle. Même si je devais y consacrer le reste de ma vie.

— Mama nous aura peut-être quittés d'ici là.

Elle sembla décontenancée, comme si elle n'avait pas songé à ce détail, puis haussa les épaules.

— Alors, je ferai un emprunt.

— Personne ne vous prêtera de l'argent si vous n'avez pas d'emploi.

Elle avança le menton et croisa ses longues jambes.

— J'en trouverai un.

— Je vois, grommela-t-il. En bronzant au bord de la piscine.

Linda aussi tenait le même discours et se disait toujours sur le point de trouver du travail.

Il vit à sa mâchoire qui se contractait qu'il l'avait vexée une nouvelle fois.

— Je ne suis pas spécialement fière d'avoir accepté l'argent de Mama, dit-elle.

— Pourtant, vous l'avez pris.

Elle sembla sur le point de riposter puis se ravisa, adoptant une attitude résignée.

— Quelqu'un comme vous ne peut pas comprendre. Vous ne vous êtes jamais retrouvé dans la détresse.

Elle se trompait. Et il avait passé sa vie à s'assurer de ne jamais se retrouver dans une telle situation. Pour y parvenir, il avait travaillé dur, contrairement à elle, qui se prélassait sur une chaise longue.

Il y avait cependant un point sur lequel elle avait raison.

— Emprunter est une bonne idée, admit-il. Mais pas à un organisme de crédit. Les taux d'intérêt sont élevés et vous payerez des pénalités en cas de retard de paiement des mensualités

— Peut-être devrais-je tenter ma chance au poker, répliqua-t-elle avec un sourire ironique.

— J'ai une meilleure idée. Je pourrais donner cet argent à Mama et…

— C'est impossible, protesta-t-elle.

— Et ensuite vous me rembourserez peu à peu.

— Pas question que je vous doive quoi que ce soit.

— Je croyais que vous vouliez payer vos dettes le plus vite possible.

Elle resta quelques instants à le fixer avec stupéfaction, puis finit par demander :

— Quelles seraient vos conditions ?

— Un contrat en bonne et due forme. Des versements réguliers.

— Pourquoi avez-vous décidé de m'aider ?

— Ce n'est pas pour vous que je le fais, mais pour ma grand-mère.

De plus, il avait de l'argent sur son compte et cette somme ne lui ferait pas défaut.

Elle se leva, arpenta le sol dallé, puis s'immobilisa et le défia du regard. Au bout de quelques instants, elle annonça :

— J'accepte votre proposition. Maintenant, il faut que je me bouge.

Elle sortit son jean de son sac et l'enfila en tortillant les fesses.

Quand il s'aperçut qu'il la fixait, il détourna les yeux. Bailey Ross n'était pas une femme avec qui il désirait s'impliquer davantage qu'il ne l'était déjà.

Sans un mot de plus, elle se dirigea vers la porte du solarium, son sac à dos sur son épaule.

— Où allez-vous ? demanda-t-il.

— Trouver du travail. Je serai de retour vers 17 heures pour signer le contrat. Oh ! A propos des versements, ajouta-t-elle en jetant un coup d'œil derrière elle, arrangez-vous pour que leur montant soit le plus élevé possible.

— Afin de payer votre dette en un temps record ?

— Et surtout de me débarrasser de vous au plus vite.

Il la regarda s'éloigner, ses longs cheveux se balançant au même rythme que ses hanches. Envahi par une vague de désir, il s'imagina caressant sa chevelure soyeuse et sa peau douce, puis embrassant sa bouche adorable.

Qu'elle ait ou non profité de Mama, Bailey Ross n'était pas seulement belle, elle avait aussi un sacré caractère.

Il y avait chez elle quelque chose de mystérieux qui l'attirait. Quelque chose qu'il aimerait goûter.

Même si ce n'était pas bon pour lui.

- 4 -

Bailey s'était présentée dans toutes les agences d'intérim de la ville, mais ses visites avaient été infructueuses. Les seuls emplois qu'on lui avait proposés étaient du travail bénévole ou de la vente à domicile payée à la commission.

Son absence de diplômes et son manque d'expérience professionnelle l'avaient pénalisée. Elle avait arrêté ses études avant d'avoir son bac et son CV se résumait à un apprentissage d'un an dans un salon de coiffure, quelques mois passés à aider les enfants à traverser la rue à la sortie de l'école et différents jobs de serveuse.

Elle avait été redirigée vers une agence spécialisée dans l'hôtellerie. S'il y avait plusieurs offres d'emploi dans des établissements de luxe, elle était trop inexpérimentée pour pouvoir postuler. Il existait aussi de nombreuses formations disponibles, mais toutes étaient payantes et elle n'avait pas d'argent et encore moins de temps à perdre. Il fallait qu'elle gagne sa vie afin de pouvoir rembourser Mateo. Elle voulait lui prouver qu'il l'avait mal jugée et qu'elle était seulement une fille honnête qui traversait des difficultés passagères.

Aussi épuisée qu'elle soit après sa journée à parcourir les rues, elle s'efforçait de garder le moral. Sa mère disait toujours que toutes les situations, même les pires, avaient un côté positif. Si elle n'était pas vraiment de cet avis — qu'y avait-il de positif à voir sa mère emportée par une attaque à l'âge de trente-cinq ans ? —, elle n'était pas du genre à baisser les bras. Sa mère aurait voulu qu'elle soit forte, même si elle se sentait plus seule et désespérée que jamais.

Elle s'était arrêtée au milieu de la foule pour consulter son

horaire de bus quand une voix masculine attira son attention. Elle n'eut pas besoin de se retourner pour le reconnaître. La dernière fois qu'elle l'avait vu, un an auparavant, il lui avait conseillé de ne pas revenir en demandant l'aumône.

Le cœur battant à tout rompre, elle jeta un petit coup d'œil par-dessus son épaule. Son père se tenait au bord du trottoir, son téléphone portable collé à l'oreille, vitupérant contre un jury qui ne lui avait pas été favorable.

Elle hésitait entre se précipiter vers lui et s'enfuir à toutes jambes. Il ne lui serait pas venu à l'idée de sonner chez lui pour se jeter dans ses bras, mais le choc de la surprise fit remonter les souvenirs à la surface. L'époque heureuse de son enfance, quand il l'emmenait à l'équitation et supportait ses questions idiotes tout en travaillant sur ses dépositions. Le jour où elle était rentrée à la maison avec une amygdalite et qu'il l'avait emmenée d'urgence chez le médecin, prenant des congés pour s'occuper d'elle jusqu'à sa guérison.

Elle avait neuf ans et c'était bien avant la mort de sa mère. Un sanglot lui noua la gorge et les larmes lui montèrent aux yeux. Il était juste à côté d'elle, si près qu'elle aurait pu le toucher.

Poussée par une force invisible, elle fit un pas vers lui, puis un autre. Peut-être regrettait-il d'avoir été si dur ? Peut-être ne la repousserait-il pas ? Elle était sa fille unique, après tout. Il pouvait très bien lui ouvrir les bras et la ramener à la maison avec lui.

Un sourire hésitant sur les lèvres, elle franchit la moitié de la distance qui les séparait. Soudain, Damon Ross leva le bras et un taxi s'arrêta au bord du trottoir. Stupéfaite, elle le vit s'engouffrer à l'intérieur, son téléphone toujours collé à l'oreille, puis la voiture disparut au milieu de la circulation.

Clignant des yeux, elle s'efforça de ravaler ses larmes et sa déception. Après tout, c'était mieux ainsi. Ils n'avaient plus rien à se dire et l'arrivée inopinée du taxi l'avait sans doute empêchée de se faire du mal pour rien.

Elle se dirigea vers l'arrêt de bus.

Maintenant, seul l'avenir avait de l'importance.

Elle avait dit à Mateo qu'elle serait de retour à 17 heures, mais il était plus de 18 heures quand elle sonna chez lui. Il vint lui ouvrir rapidement et l'étudia en fronçant les sourcils, avant de l'inviter à entrer. Elle aurait bien aimé enlever ses sandales, mais ses pieds étaient noirs de la poussière des rues. Elle devait ressembler à une pauvre fille en quête d'un repas chaud et d'un bon bain.

— Alors, et cette recherche de travail ? demanda Mateo.

— J'ai des pistes, répondit-elle en redressant les épaules. J'y retourne demain. Ne vous inquiétez pas, j'honorerai mes engagements.

C'est-à-dire rembourser ce qu'elle lui devait jusqu'au dernier centime. Et le plus tôt serait le mieux, pour leur bien à tous les deux.

Elle s'aperçut soudain à quel point il était élégant. Il portait un pantalon bien coupé et une chemise en jersey noir qui moulait son torse comme une seconde peau. Le cuir de ses chaussures reluisait et l'odeur enivrante de son after-shave embaumait l'air.

— Etiez-vous sur le point de sortir ?

Apparemment, elle arrivait toujours au mauvais moment.

— J'ai parlé avec un de mes amis aujourd'hui. Nous avons fait nos études ensemble et j'ai mis son fils au monde.

— C'est utile d'avoir un gynécologue dans ses relations.

Il lui concéda un sourire.

— Il s'appelle Alex et sa femme Natalie, poursuivit-il de sa voix profonde. Natalie a repris le poste qu'elle occupait dans une agence immobilière avant sa grossesse, mais seulement quelques jours par semaine, ce qui lui permet de mieux s'occuper de son fils.

— C'est une femme intelligente, commenta-t-elle en se demandant pourquoi il lui racontait cette histoire.

Comme s'il lisait dans ses pensées, il précisa :

— Mon voyage ayant été repoussé, nous avons décidé de dîner ensemble. Alex vous a invitée aussi.

La chaleur qui émanait de son corps se transmit au sien, comme si un mystérieux courant les reliait.

— Votre ami ne me connaît pas, pas plus que vous. Et j'ai l'impression que vous ne m'aimez pas beaucoup.

— Il faut bien manger, non ? dit-il en haussant les épaules.

Elle l'étudia d'un air suspicieux. Depuis quand était-il prévu qu'ils dînent ensemble ?

— A moins que vous ayez d'autres projets, acheva-t-il.

Le seul qu'elle avait en tête pour l'instant était de trouver un hôtel à un prix abordable.

— Comment avez-vous expliqué ma présence chez vous à votre ami ? demanda-t-elle, intriguée.

— Je lui ai dit la vérité.

— Que j'avais soutiré de l'argent à votre grand-mère et que vous me teniez à l'œil jusqu'à ce que je l'aie remboursé ?

— Je lui ai dit que vous étiez une amie de Mama qui venait de rentrer de voyage.

Elle retint son souffle. Son expression était aimable. Ses soupçons quant à son honnêteté s'étaient-ils apaisés parce qu'elle était revenue au lieu de s'enfuir ? Sans vouloir se préoccuper de ce qu'il pensait d'elle, elle était contente qu'il la voie d'un autre œil.

Il fourra les mains dans les poches de son pantalon.

— Bien entendu, si vous n'avez pas faim…

— Non ! Je veux dire, si, je meurs de faim.

Elle n'avait avalé qu'un muffin depuis ce matin.

— Mais j'ai aussi besoin de prendre une douche dit-elle en baissant les yeux sur sa tenue.

— On a le temps. La table est réservée pour 19 h 30.

Mal à l'aise, elle se mordilla la lèvre.

— Je… je n'ai rien à me mettre, reconnut-elle à contrecœur.

Il était beaucoup trop élégant pour se promener en compagnie d'une femme habillée en jean.

Il la parcourut des yeux, et elle frissonna sous la caresse de son regard.

— Ce que vous portez vous va très bien, conclut-il avec un sourire charmeur.

Vingt minutes plus tard, propre et délassée, Bailey suivait Mateo jusqu'au garage. Elle s'efforça de ne pas prêter plus d'attention que nécessaire sur la façon dont ses épaules roulaient sous sa chemise noire, ni sur le souvenir de ce même dos, la nuit dernière au clair de lune.

Malgré tous ses efforts pour prétendre le contraire, elle ne pouvait nier qu'il l'attirait physiquement. Plus tôt, en prenant sa douche, elle avait repassé dans sa tête le souvenir de lui se promenant à demi nu parmi des statues de son jardin, puis elle s'était imaginé ce qu'elle éprouverait s'il la prenait dans ses bras et l'embrassait.

Maintenant, une autre image venait de lui traverser l'esprit. Mateo complètement nu, penché au-dessus d'elle dans le grand lit de sa chambre. Ce qui eut pour résultat de faire se durcir les pointes de ses seins sous son soutien-gorge. Ralentissant le pas, elle poussa un soupir. Emilio ne lui avait jamais fait un tel effet, ni les autres hommes qu'elle avait connus avant. Ce n'était pas normal, alors que non seulement ils ne s'entendaient pas, mais encore elle le connaissait à peine.

Un seul véhicule, un bolide racé qui ressemblait à une Maserati, était garé dans le spacieux garage. Elle se serait attendue à y trouver plusieurs voitures de sport, ou au moins soit une Bentley soit une Rolls, plus appropriées à son standing.

La porte coulissante du garage s'ouvrit silencieusement et la voiture s'engagea dans une rue bordée d'arbres, avant de suivre une avenue large et bien paysagée, où des femmes en jogging de marque promenaient des caniches aux colliers en strass sur des trottoirs immaculés. Les gens qui habitaient ce quartier ne devaient pas avoir la moindre idée de la façon dont vivait l'autre partie de la population.

— J'ai aussi téléphoné à Mama, annonça Mateo en roulant.

— J'attendais d'en savoir un peu plus avant de lui donner de mes nouvelles.

— Elle s'en était doutée.

— Lui avez-vous dit que j'avais dormi chez vous ?

Même si elle était sûre que son amie n'y verrait aucun

inconvénient, elle se sentait un peu gênée d'avoir accepté son hospitalité.

— Oui, et que vous étiez partie chercher du travail. Elle pense que je devrais vous héberger le temps pour vous de trouver un emploi et un logement.

Le rouge lui monta aux joues. Mama était une femme de cœur et son attitude révélait l'affection qu'elle avait pour elle. Mais elle ne pouvait accepter.

— Je suis sûre que vous lui avez répondu que je m'en sortirai très bien toute seule.

— Je lui ai promis de vous faire la proposition.

— Pardon ?

— Vous pouvez rester encore un peu, jusqu'à ce que les choses soient réglées.

— De quelles choses parlez-vous ? De l'argent que je dois ?

— Entre autres. La maison est largement assez grande pour deux. Juste pour quelques jours.

Il mit fin à la discussion et lui parla de Natalie et Alex Ramirez, le couple qu'ils devaient retrouver. Elle l'écoutait distraitement, préoccupée par la proposition qu'il venait de lui faire. Elle ne voulait surtout pas donner l'impression de profiter de Mateo, mais un petit de répit serait merveilleux. Et puis, ce n'était que temporaire. Bientôt, elle aurait un emploi rémunéré, d'autant plus qu'elle était prête à faire n'importe quoi pour se renflouer.

Alors qu'il se garait devant une luxueuse résidence, elle sentit la nervosité la gagner. Elle aurait dû s'attendre à ce qu'il fréquente des gens aussi riches que lui. Pourtant, malgré son appréhension, elle était curieuse de rencontrer ses amis. La façon dont il se comportait avec eux lui permettrait peut-être de le comprendre un peu mieux. Elle regrettait juste d'être aussi mal habillée. Il était peu probable que le Dr Celeca et ses amis aient réservé une table dans une simple pizzeria.

Quand il lui prit la main pour l'aider à descendre, une onde de chaleur la parcourut. Le cœur battant, elle le suivit jusqu'à la maison, s'efforçant de contrôler son trouble. Elle avait eu la même réaction la veille, lorsqu'il lui avait pris le menton sur les marches, quoique moins intense. Si un simple contact de la main l'affectait autant, qu'en serait-il d'un baiser passionné ? Elle se demanda si lui aussi avait senti le courant passer.

Ils furent accueillis par une ravissante femme brune qui portait dans les bras un bébé en grenouillère bleue. L'homme qui se tenait à côté d'elle était grand et il avait les cheveux noirs et les yeux noirs comme Mateo. Tandis qu'Alex Ramirez s'écartait pour les laisser entrer, son épouse tendit à Bailey une main aux ongles parfaitement manucurés, ornée d'un gros diamant.

— Vous êtes Bailey, je suppose, dit-elle. Enchantée, je m'appelle Natalie et voici mon fils Reece. Entrez, je vous en prie.

Mateo posa un rapide baiser sur la joue de son amie, serra la main d'Alex, puis revint à côté d'elle, comme s'il sentait qu'elle avait besoin de son soutien. Comme s'ils formaient un vrai couple.

Ils pénétrèrent dans un vaste salon aux meubles design en teck et cuir. Bailey remarqua à quel point Natalie était élégante, avec sa robe lilas qui mettait en valeur ses jambes minces et faisait ressortir sa peau mate. Les sandales à talons de la même couleur qu'elle portait laissaient apparaître ses ongles peints en rouge. Elle avait sans doute passé quelques heures dans un salon de beauté.

Mal à l'aise, elle baissa les yeux sur ses pieds. Ses propres orteils n'avaient pas vu la couleur du vernis depuis bien longtemps.

A Casa Buona, l'ambiance était décontractée et le naturel de rigueur. Elle possédait bien quelques jupes et hauts colorés pour travailler au restaurant, mais n'avait presque rien emporté dans son départ précipité. Elle gardait pourtant un excellent souvenir de son séjour là-bas. Son travail lui plaisait, tout comme les fins de soirée passées à chanter et à discuter après la fermeture des cuisines.

Elle aurait bien aimé savoir comment cette soirée-là se terminerait. Les hommes boiraient un digestif accompagné d'un cigare tandis qu'elles siroteraient du champagne dans une flûte en cristal. Puis quand Mateo et elle se retrouveraient seuls dans la maison…

— Désirez-vous boire quelque chose ? demanda Alex, l'arrachant à ses pensées.

— Non, rien pour moi. Merci.

Dans son état, mieux valait éviter l'alcool. Boire ne ferait que balayer ses inhibitions et ses défenses.

Mateo s'approcha, si près qu'elle put sentir sa chaleur.

— Un verre d'eau avec des glaçons pour moi, Alex. Natalie et toi pourrez vous laisser un peu aller ce soir.

— Merci, dit Natalie en frottant son nez sur celui de son fils. On n'en a pas souvent l'occasion ces derniers temps.

Le petit garçon gloussa et mit les mains sur les joues de sa mère. Quand ses doigts se prirent dans ses cheveux bien coiffés, elle ne sembla pas préoccupée par son Brushing qu'il décoiffait, mais de son petit index qui s'était coincé dans une mèche. Alex s'approcha pour libérer son fils, avant de lui prendre la main et de l'embrasser bruyamment, ce qui fit rire le bébé aux éclats.

L'exemple parfait d'une famille unie, songea Bailey en contemplant leurs visages rayonnants. Le bonheur qu'ils partageaient n'avait pas de prix.

C'était dont elle avait toujours rêvé. Un mariage parfait, à l'image de celui qui avait réuni ses parents autrefois. Leur amour était si fort qu'elle avait cru que rien ne pourrait les séparer.

Elle revint au moment présent en sentant le regard de Mateo posé sur elle. Il l'étudiait, un éclat étrange dans les yeux, un coin de sa bouche relevé. Elle sentit son cœur battre plus vite et elle cligna des yeux. Ne sachant plus où se mettre, elle regarda Alex qui lui adressa un clin d'œil, avant de retourner vers le bar.

Natalie le héla.

— Chéri, Tammy est occupée à repasser et je vais changer Reece pour l'aider un peu. Tammy est la merveilleuse femme qui s'occupe de notre fils pendant que je travaille, précisa-t-elle à l'intention de Bailey.

— Mateo m'a dit que vous aviez conservé votre emploi.

— Quatre heures par jour. C'est parfait, dit-elle en frottant de nouveau son nez sur celui du bébé. Ensuite, il me manque trop et je meurs d'envie de le retrouver. Venez avec moi. Vous m'aiderez à le changer.

— Je crains de ne pas être d'une grande utilité.

Elle avait déjà gardé des enfants, mais jamais aussi jeunes.

— Ce n'est pas compliqué, vous verrez. Je suis sûre que vous apprendrez vite, assura Natalie en souriant.

Elles laissèrent les hommes parler de football et se rendirent dans une pièce du rez-de-chaussée aménagée en nursery. Après avoir déposé Reece sur une table à langer de bois blanc, Natalie déboutonna la grenouillère.

— Mateo m'a dit que vous connaissiez sa grand-mère.

— J'ai séjourné dans sa ville pendant quelques mois.

— Mateo parle souvent d'elle. Alex aussi la connaît. Il a passé des vacances d'été chez elle avec Mateo, quand ils étaient jeunes. Selon lui, elle a le cœur sur la main, mais c'est une redoutable entremetteuse. Elle a passé son temps à essayer de leur trouver une fiancée.

Natalie était si franche et spontanée qu'on ne pouvait que l'aimer. Malgré ses vêtements qui ressemblaient à des haillons comparés à ceux de son hôtesse, Bailey commençait à se sentir à l'aise.

Elle caressa les cheveux soyeux du bébé.

— Une chance qu'elle n'y soit pas arrivée.

— Comme vous dites, dit Natalie en ouvrant la couche et en poussant un soupir ravi. Ouf ! Il n'est pas trop sale. Soyez gentille de me prendre un change propre dans le tiroir du bas.

Après avoir enfilé un pyjama à Reece, Natalie reprit la conversation.

— Mateo m'a dit que vous cherchiez du travail.

— J'ai passé la journée dans les agences d'intérim.

— Avez-vous trouvé quelque chose ?

— Non, pas encore.

Natalie prit les pieds du bébé et les fit claquer l'un contre l'autre. Mais, au lieu d'avoir l'air content, Reece ne réagit pas. Il devait avoir sommeil.

— Quel genre d'emploi cherchez-vous ? demanda Natalie

en soulevant le bébé dans ses bras. Avez-vous déjà travaillé dans un bureau ?

— Non. J'ai été serveuse et agent d'entretien.

— En Italie ? Quelle aventure ! s'exclama Natalie.

— Oui, c'en était une.

— Malheureusement, je ne connais personne qui travaille dans l'hôtellerie, mais mon agence a toujours besoin de personnel pour nettoyer les appartements que nous louons.

— Vraiment ?

La joue du bébé reposant sur son épaule, Natalie se dirigea vers la porte.

— Mais ce n'est probablement pas ce que vous recherchez.

— Non. Si, au contraire, se hâta de rectifier Bailey. Quand pourrais-je commencer ?

— Je vous donnerai l'adresse de l'agence. Passez me voir lundi matin.

— Entendu. Merci beaucoup.

Natalie avait ralenti le pas. Les paupières de Reece étaient lourdes et il semblait sur le point de s'endormir.

— Si vous voulez lui faire un petit câlin avant de partir, ne vous gênez pas, proposa Natalie en revenant vers elle.

Elle hésita. Reece était si mignon qu'elle adorerait le prendre. Mais qu'arriverait-il s'il se mettait à pleurer ? Comme pour la convaincre, Reece lui tendit les bras d'un air ensommeillé.

— Ne craignez rien, il est tranquille, insista Natalie avec un sourire. Le pire qu'il puisse vous faire, c'est de vous pincer le nez.

— Alors ce n'est pas grave, fit-elle en prenant l'enfant.

Il était plus lourd qu'elle l'aurait cru. Malgré ses paupières tombantes, elle voyait ses yeux d'un bleu transparent. Il sentait bon. Une odeur de bébé, fraîche et délicieuse. Un amour. Rien d'étonnant à ce que ses parents en soient fous.

Il repéra son bracelet et se mit à jouer avec les breloques.

— C'est un très beau bijou, remarqua Natalie. L'avez-vous acheté en Europe ?

— Non, c'est un cadeau de ma mère.

— Alors il est doublement précieux. Vos parents vivent-ils à Sydney ?

— Mon père. Ma mère est décédée.

Le beau visage de Natalie s'empreint de tristesse.

— Oh ! Je suis désolée, Bailey.

— C'était il y a longtemps, bafouilla-t-elle.

La boule qui s'était formée dans sa gorge l'empêchait de parler. Plus de dix ans s'étaient écoulés depuis la mort de sa mère, mais son chagrin était toujours aussi intense, ce que peu de gens comprenaient. Elle avait l'impression que Natalie était de ceux-là. Quelque chose lui disait qu'elles pourraient devenir amies.

Mais le moment était mal choisi pour parler de choses sinistres, alors que Reece gazouillait dans ses bras, émettant des petits sons adorables entrecoupés de hoquets.

Soudain, Natalie se figea.

— Vous feriez mieux de me le donner, fit-elle en fronçant les sourcils.

— Est-ce que j'ai fait quelque chose de travers ? demanda Bailey aussitôt inquiète.

— Non, mais je crois qu'il va…

Mais Natalie ne fut pas assez rapide. Reece hoqueta de nouveau, régurgita un liquide blanc, puis vomit tout son repas sur la poitrine de Bailey.

- 5 -

Mateo parlait avec Alex de la situation préoccupante des hôpitaux publics quand Natalie fit irruption dans la pièce. Il s'interrompit aussitôt pour regarder derrière elle. Elle était seule et ses mains étaient serrées devant elle. Bailey et elle avaient-elles eu un désaccord ? Connaissant Natalie, c'était peu probable. Il ne savait en revanche pas grand-chose de Bailey.

— Alex, s'il te plaît, téléphone au restaurant et préviens que nous serons en retard.

Alex se leva et lui prit le bras d'un air inquiet.

— Que se passe-t-il ? Reece n'est pas malade, au moins ?

— Il a bu trop de lait après son dîner, j'en ai peur.

— Rien de grave, fit-il, soulagé.

— Il a tout vomi sur la pauvre Bailey.

Mateo avait l'habitude des enfants et des surprises qu'ils réservaient. Il ne se contentait pas de suivre les femmes pendant leur grossesse. Il mettait leurs bébés au monde, puis continuait à les recevoir en consultation, s'intéressant alors à leurs inquiétudes postnatales. Dans son cabinet résonnaient souvent les cris et les pleurs d'enfants de tous âges, et nombreux étaient ceux qui avaient sali sa blouse. Pour lui, c'était normal, mais Bailey ne le prendrait peut-être pas aussi bien, surtout après la dure journée qu'elle avait eue.

Posant son verre, il se leva et proposa à Natalie de la ramener chez lui afin qu'elle se change.

— Inutile, répondit celle-ci. Bailey va bien. Elle a juste besoin d'une douche et de se changer. J'ai grossi depuis ma grossesse et j'ai plein de vêtements trop petits que je peux lui prêter. Tammy a pris Reece en charge, dit-elle ensuite à son mari en lui caressant le bras. Je vais m'occuper de Bailey.

Elle s'éloigna de sa démarche gracieuse tandis qu'Alex la suivait des yeux avec ravissement.

— C'est une femme merveilleuse, dit-il en se laissant tomber sur le canapé.

— Tu as de la chance, approuva Mateo en l'imitant.

Alex se pencha vers lui.

— Maintenant qu'on est seul, chuchota-t-il, raconte-moi.

— Que veux-tu que je te raconte ?

— C'est ta petite amie, n'est-ce pas ?

— Non.

— Une jolie femme t'accompagne et ce n'est pas ta petite amie ? Qu'est-ce qu'elle est pour toi, alors ?

— C'est compliqué. Je te l'ai dit au téléphone, elle s'est présentée chez moi à l'improviste.

Il lui raconta ce qu'il savait, c'est-à-dire l'histoire de ses fiançailles, son départ d'Italie en catastrophe, l'argent qu'elle avait emprunté et le fait qu'elle s'efforce de trouver du travail pour le rembourser.

— J'ai téléphoné à Mama et elle a confirmé lui avoir conseillé de sonner chez moi en cas de problème. Elle m'a aussi demandé de l'aider jusqu'à ce qu'elle se réconcilie avec son père.

— Des ennuis de ce côté-là aussi ?

— Je ne sais pas trop. Mais je suis sûr qu'il suffirait qu'ils discutent calmement pour que ça s'arrange.

— Les problèmes familiaux ne sont pas toujours aussi simples à résoudre, fit remarquer Alex.

— Quoi qu'il en soit, ce ne sont pas mes affaires.

— Où habite-t-elle ?

— Je lui ai proposé de l'héberger quelques jours. Le temps qu'elle se retourne.

Alex toussa comme s'il avait avalé de travers.

— Quoi ? fit Mateo en soulevant un sourcil.

— Oh rien, répondit Alex en dissimulant un sourire. Je veux dire, elle a l'air sympathique.

— Mais ?

— Je suis simplement surpris que tu l'aies accueillie chez toi. Il y a bien longtemps qu'une femme n'a pas mis les pieds dans ta maison.

— La dernière était Linda. Mais c'était différent.

Alex le scruta un instant, puis soupira et changea de sujet.

— Qu'as-tu décidé au sujet de tes vacances ?

— Rien pour l'instant.

— Tu n'as pas renoncé à te rendre en France ?

C'était une question à peine déguisée. Ses visites annuelles à La Chapelle-Ville-Laube étaient un devoir auquel il ne se dérobait jamais. Au contraire, il avait du plaisir à revoir les gens qui géraient l'orphelinat, mais ses rencontres avec les enfants éveillaient autant de mauvais souvenirs que de bons. Certains d'entre eux étaient là depuis des années, d'autres venaient d'arriver.

Il s'était entiché d'un petit garçon de sept ans, brun aux yeux noirs et qui s'appelait Rémy. Il avait été frappé par son air toujours grave et sérieux, sauf lorsqu'on lui lançait un ballon. Il lui faisait penser à lui au même âge. Lors de sa dernière visite, quitter Rémy avait failli lui briser le cœur.

Il était parti en priant pour que le petit garçon trouve la famille qu'il méritait. Que deviendrait Rémy en grandissant ? Echapperait-il aux mauvaises fréquentations ? Aurait-il toujours de quoi manger ?

Chassant le sujet de son esprit, il répondit à la question de son ami :

— Non, je dois y aller.

— Bailey pourrait peut-être t'accompagner.

Tout d'abord surpris, Mateo poussa un juron involontaire.

— Ne serais-tu pas par hasard en train d'essayer de me caser ? N'essaie pas d'imiter ma grand-mère, je t'en prie.

— Calme-toi. C'était juste une idée. J'ai eu l'impression qu'elle te plaisait.

— Tu ne nous as pas vus ensemble plus de deux minutes.

— C'était largement suffisant.

— Attends un peu, protesta Mateo en se mettant debout. Ce n'est pas parce que tu t'es marié que je dois faire pareil.

— Tu ferais mieux de cesser de résister.

— Résister à quoi ? dit une voix féminine.

Ils se tournèrent ensemble vers Natalie qui se tenait dans l'encadrement de la porte. Tandis que Mateo se demandait non sans appréhension si Bailey avait entendu, Alex se leva pour accueillir sa femme.

— Rien d'important, ma chérie, dit-il en posant un baiser sur sa bouche. Comment va Bailey ?

— Juge par toi-même.

Une femme élégante vêtue d'une superbe robe rose, des gouttes en diamant aux oreilles, fit une entrée remarquée dans la pièce.

Etait-ce vraiment Bailey ?

La fille au Bikini s'était transformée en reine de beauté, portant du Chanel comme si elle était née avec.

Natalie entoura son visage des mains et s'exclama :

— Elle est resplendissante, n'est-ce pas ?

Mateo se contenta d'afficher un sourire niais. Il aurait voulu répondre, mais la stupéfaction lui avait ôté la voix.

— La première fois que nous avons dîné ici, Mateo et moi avions vingt-deux ans, commenta Alex pendant que le maître d'hôtel en livrée de chez Maxim's les précédait jusqu'à une table placée près de la piste de danse.

— Vingt-trois, rectifia Mateo. Tu avais le bras dans le plâtre suite à une chute en skate-board.

La main de Mateo légèrement posée sur son épaule, Bailey se laissa conduire parmi les tables, tout en admirant la décoration raffinée de la salle et la qualité de la musique qui jouait en sourdine.

— Tu faisais encore du skate à vingt-trois ans ? dit Natalie en riant tandis que le maître d'hôtel lui présentait une chaise.

Alex secoua sa cravate entre le pouce et l'index.

— Eh oui. Et, en plus, j'étais bon.

Une fois tout le monde assis, l'homme déplia les serviettes en lin et les installa sur leurs genoux. Bailey avait du mal à contrôler son émotion. Et ce n'était pas parce qu'elle était impressionnée par le luxe de l'endroit. Quand sa mère était vivante, ses parents l'emmenaient dans des restaurants chics au moins une fois par semaine. Non, ce qui la frappait le plus, c'était la façon dont elle avait été soudain transformée comme Cendrillon en une princesse habillée en robe de soirée. Cette journée qui avait si mal commencé finissait en beauté. Elle se sentait en pleine forme, tout en s'attendant à subir le contrecoup du décalage horaire à tout moment.

Mais après une bonne nuit de sommeil dans son grand lit moelleux, elle aurait récupéré complètement.

Certaines personnes attiraient la sympathie, ce qui était le cas de Natalie et d'Alex. Quant à Mateo, il semblait beaucoup plus détendu que la veille. Son sourire était plus large et son rire plus joyeux. Quand son regard croisa le sien, elle y lut un intérêt nouveau, comme s'il la voyait pour la première fois.

— Il y a trop de plats différents. Je préfère qu'on choisisse à ma place, lâcha Natalie en refermant le menu.

— Je m'en charge, proposa gentiment Alex.

— C'est pour cela que je l'adore, dit Natalie en posant un baiser sur sa joue. Aimez-vous faire la cuisine, Bailey ?

— Je n'y connais pas grand-chose, mais j'adore la cuisine italienne.

— Saviez-vous que votre petit ami était un véritable chef ?

Petit ami ? songea Bailey, gêné de la méprise.

— Ah bon ? dit-elle en feignant l'indifférence.

— Il nous prépare des petits repas chez une fois par mois.

— Que des plats simples, précisa l'intéressé. Histoire de mettre de l'animation dans la maison.

— Ses crêpes sont délicieuses, confia Natalie.

— Les crêpes viennent de France, il me semble, dit Bailey.

— Mateo a passé les premières années de sa vie là-bas, dit Natalie en se reprenant aussitôt. Pardon, ce n'était pas à moi d'en parler, ajouta-t-elle d'un air contrit.

Mateo balaya ses excuses d'un geste, mais elle était piquée dans sa curiosité et voulait en savoir plus. Il devait avoir lu dans ses pensées, car il précisa :

— J'ai vécu dans un orphelinat jusqu'à l'âge de six ans.

Le souffle coupé, Bailey visualisa des couloirs sombres et humides et des dortoirs glacés peuplés d'enfants malheureux. Elle avait vraiment du mal à imaginer Mateo Celeca dans un tel endroit. Elle bougea les lèvres, mais aucun son n'en sortit.

— Ce n'était pas si terrible, dit-il en voyant sa réaction. On s'occupait bien de nous et nous ne manquions de rien.

— C'est Mateo qui finance en partie l'orphelinat, à présent, expliqua Alex tout en appelant un serveur.

Bailey s'adossa à sa chaise. Il lui avait dit qu'il aidait une association caritative et elle en avait déduit qu'il était généreux parce qu'il en avait les moyens. Elle n'aurait jamais imaginé que ce geste soit motivé par des motifs plus personnels, qu'il rende hommage à son passé douloureux en apportant son aide à ceux qui se retrouvaient dans une situation difficile, comme lui autrefois.

— L'argent est difficile à trouver, disait Mateo en versant de l'eau dans son verre. J'essaie d'apporter ma petite pierre à l'édifice.

— Tu es trop modeste, objecta Alex.

— Je ne serais pas surprise, ajouta Natalie, si tu nous ramenais un jour un de ces orphelins.

— Tu sais bien que ce n'est pas possible.

Il avait parlé d'un ton dénué de la moindre émotion, mais Bailey vit passer dans ses yeux une trace de regret. Adopterait-il un enfant si c'était *possible*, s'il était en couple, par exemple ?

Elle s'efforça de se concentrer sur ce que disait Natalie, — quelque chose concernant le dessert —, mais son esprit était occupé par une image de Mateo jouant avec son enfant sous le regard attendri d'une Mme Celeca sans visage. Pas elle, bien sûr. Après ses récentes mésaventures, il n'en était pas question pour l'instant. Un jour, peut-être, elle trouverait un homme avec qui elle aurait envie de vivre. En attendant, elle préférait être libre de ses mouvements.

Elle l'observa du coin de l'œil. Etait-il lui aussi satisfait de sa vie de célibataire ou était-il prêt à se marier afin de pouvoir adopter un enfant ?

En finissant son dessert — un délicieux gâteau au chocolat —, Bailey poussa un cri quand une goutte de sauce au cacao tomba de sa cuillère et coula sur la robe. Elle passa un doigt sur la tache, ce qui ne fit que l'étaler. Si elle n'avait pas l'habitude de porter ce genre de vêtements, elle en connaissait le prix. Certains coûtaient plus cher que son billet de retour.

Pleine d'appréhension, elle se tourna vers Natalie.

— Je la ferai nettoyer, promit-elle.

Natalie ne sembla aucunement contrariée.

— Gardez-la, dit-elle. Elle est devenue trop petite pour moi depuis ma grossesse. D'ailleurs, j'ai des piles de vêtements qui ne me vont plus que je pourrais vous donner.

Bailey tapota la tache avec sa serviette. La générosité de Natalie la gênait. Au cours du repas, ils avaient évoqué son voyage en Europe. Emilio avait été mentionné, tout comme la proposition de Mateo de rester quelques jours chez lui et l'offre d'emploi de Natalie. Et, maintenant, une garde-robe de luxe en cadeau…

Elle commençait à avoir l'impression de vivre de l'aumône des autres.

— C'est gentil, Natalie, mais je n'ai besoin de rien.

— De toute façon, je ne les porterai plus. Certaines femmes veulent absolument perdre du poids après leur grossesse, mais moi je m'aime un peu plus ronde.

— Moi aussi, approuva Alex en l'embrassant dans le cou. Maintenant que tu as fini ton dessert, que dirais-tu d'une petite danse, seuls tous les deux ?

Natalie éclata de rire.

— Allons, tu adores quand on danse avec Reece dans le salon.

— Bien sûr, dit-il en lui prenant la main. Mais, ce soir, je te veux seule dans mes bras.

Ils se dirigèrent vers la piste sous le regard attendri de Bailey.

— Quel beau couple ! Ils irradient l'amour. Sont-ils ensemble depuis longtemps ?

— Quelques années.

— Je pensais qu'ils s'étaient rencontrés à l'école, dit-elle pensivement en regardant le couple qui dansait au son d'une chanson d'amour, des rayons de lumière brumeuse tournant au-dessus d'eux.

— Natalie est issue d'un milieu modeste.

— Ah bon ? s'étonna-t-elle. Elle a une classe folle.

— Vous aussi, ce soir.

Se montrait-il simplement poli, ou bien avait-il conscience de l'effet que produiraient ses mots ? Troublée, elle détourna les yeux. Puis, se souvenant du conseil de sa mère sur l'art de recevoir un compliment, elle plongea son regard dans le sien et lui sourit.

— Merci, dit-elle en regardant de nouveau les danseurs, le cœur battant trop fort pour maintenir le contact visuel.

La tête penchée en arrière, Natalie riait pendant qu'Alex la regardait avec adoration.

— Ce fut un jour mémorable, commenta Mateo.

— Lequel ?

— Celui où j'ai mis leur fils au monde,

Bailey posa le menton dans ses mains.

— Je parie que vous aviez tout organisé.

— Pas du tout. Reece est arrivé avant l'heure. Nous étions en vacances dans leur maison au bord de la mer quand le travail a commencé. Natalie avait déjà fait une fausse couche auparavant et Alex a eu très peur pour elle et pour l'enfant.

— Mais tout s'est bien terminé, n'est-ce pas ?

— Vous avez vu Reece ce soir, répondit-il avec un grand sourire.

— Tant mieux.

— Alex rêvait depuis toujours d'avoir un fils.

— Comme tous les hommes, commenta-t-elle, espérant une quelconque réaction de sa part.

En pure perte.

— Je suppose, répliqua-t-il évasivement.

Puis, comme pour mettre un terme à la conversation, il se leva et lui tendit la main.

— M'accorderez-vous cette danse ?

Elle avait beau s'y attendre, il n'empêche qu'elle eut le souffle coupé en le voyant la dominer de toute sa taille, son regard sombre la scrutant intensément. Elle ne pouvait qu'accepter. C'était l'occasion ou jamais de satisfaire son envie d'être dans ses bras. Et puis, l'endroit était suffisamment peuplé pour qu'elle ne coure aucun risque.

Elle mit sa main dans la sienne. L'habituelle sensation de chaleur la fit frissonner et rougir en même temps. Une lueur d'amusement traversa ses yeux, puis il l'attira vers lui et l'entraîna sur la piste. Des couples se déhanchaient au son de la musique. Certains regardaient ailleurs d'un air distrait, d'autres dansaient les yeux dans les yeux, tendrement enlacés avec leur partenaire.

Il posa une main sur sa taille, puis plaça les siennes, serrées devant elle, sur les revers de sa veste. Le cœur battant, elle glissa la gauche vers le haut, sentant sous ses doigts les muscles durs de son épaule. Au même moment, la lumière baissa et un nouveau morceau débuta, encore plus lent et romantique que le précédent.

Dès qu'ils se mirent à bouger, elle s'abandonna dans la chaleur de ses bras. Elle savoura la pression de sa main dans le creux de son dos, se délecta de l'odeur de son corps. Elle avait l'impression d'être isolée du reste du monde, ne voyait, ne sentait, plus que lui. Il esquissa un sourire — du côté où se trouvait une petite cicatrice —, et elle frissonna. Elle se sentait à la fois électrisée et protégée, comme dans les bras d'un dieu.

Elle ne sortit de son état d'euphorie que lorsqu'il s'adressa à elle.

— Alors comme ça, vous allez faire des ménages pour l'agence de Natalie ?

— Il se trouve que trois de leurs employés ont démissionné ces derniers quinze jours. Elle m'a proposé la place pendant que je me changeais.

— Ce travail ne vous rebute pas ?

— Je lui suis reconnaissante de l'avoir trouvé. Et puis, ce n'est que temporaire.

— Vous faites déjà des projets, remarqua-t-il en souriant.

Elle le savait déjà, mais la rencontre inopinée avec son père le lui avait rappelé. Un bon diplôme était le secret de l'indépendance.

— Je vais m'inscrire à l'université.

— Que voulez-vous devenir ? Professeur ? Infirmière ?

— Pourquoi pas médecin spécialiste ? Dr Bailey Ross, neurochirurgienne. Pas mal, non ? fit-elle avec un rire auquel il répondit. Ce qui est sûr, c'est que je veux faire quelque chose pour aider les autres. Je veux contribuer à améliorer la vie des gens.

— Quoi que vous choisissiez, vous vous débrouillerez très bien, j'en suis certain.

— Comment le savez-vous ?

— Je pense que vous avez du cran. Avec du courage et de la ténacité, on arrive à tout.

Sauf avec son père. Plus elle s'était efforcée de se rapprocher de lui, plus il l'avait ignorée. Exclue de sa vie. Dommage, certaines personnes restaient bloquées sur le passé au lieu d'aller de l'avant.

Chassant ces pensées désagréables, elle revint au commentaire de Mateo. « Vous avez du cran. » Elle lui lança un regard dubitatif.

— Encore un autre compliment ?

Il fronça les sourcils.

— Vous savez quoi ? Faisons un deal. Je ne vous écraserai plus de mon mépris pour avoir accepté l'argent de ma grand-mère si vous faites quelque chose pour moi en échange. C'est en rapport à mes vacances.

— Si vous voulez que je garde la maison en votre absence, pas de problème.

— Non, j'aimerais que vous veniez en France avec moi.

Sous le choc, elle faillit s'évanouir. Elle tomba contre lui, aussitôt retenue par deux bras musclés. Mais son aide ne lui fut pas d'une grande utilité. Le contact rapproché avec son corps ne fit qu'aggraver son état.

Aspirant une bouffée d'air, elle écarta ses cheveux de son visage.

— Pardon, je n'ai pas bien compris. Vous me proposez un voyage en France, c'est ça ?

— Il m'a semblé comprendre que vous ne connaissiez pas Paris.

— Je gardais Paris pour la fin de mon voyage. Je n'y suis jamais arrivée.

Il l'observait en souriant. Ses dents semblaient encore plus blanches sous la lumière violette des spots.

— Alors, ne laissez pas passer votre chance.

Elle s'écarta d'un pas et inspira plusieurs fois à fond sans parvenir à se remettre.

— Mateo, je suis confuse, dit-elle en passant une main sur son front.

Il la ramena contre lui, indiquant de la tête le couple qui dansait à côté d'eux.

— C'est Alex qui m'a suggéré cette idée.

Elle s'efforça d'ignorer la délicieuse pression de son torse contre ses seins, l'odeur enivrante de sa peau et les frottements de sa cuisse entre ses jambes quand il dansait.

— Je n'ai pas d'argent pour me payer un voyage en Europe. Et je ne veux plus accepter d'aumône.

— Même si c'était pour me faire une faveur ? J'ai besoin de compagnie, insista-t-il. Un échange de bons procédés, en quelque sorte.

Ses yeux sombres, si proches, la scrutaient.

— Ce n'est pas possible.

— Sachez que je n'exigerai rien en contrepartie, précisa-t-il.

L'idée ne l'avait pas effleurée. Peut-être parce qu'il avait été élevé par Mama, elle n'avait pas envisagé un seul instant qu'il cherche à obtenir davantage que sa compagnie.

Etourdie par le tournoiement des spots en plus de celui des danseurs, elle chercha dans sa tête une réponse appropriée à sa stupéfiante proposition. Au bout d'un moment qui sembla durer une éternité, il relâcha son étreinte.

— Laissez tomber, dit-il.

— Ce n'est pas que je n'aimerais pas venir, se hâta-t-elle d'ajouter. Mais je viens de rentrer et je dois commencer à travailler lundi. Et puis, on ne se connaît même pas.

Il balaya ses excuses d'un geste désinvolte.

— Comme je viens de le dire, laissez tomber.

Malheureusement, et même si elle savait que c'était ce qu'elle avait de mieux à faire, elle doutait beaucoup d'y parvenir.

Ils raccompagnèrent Natalie et Alex jusque chez eux, avant de prendre le chemin du retour sans échanger un mot.

Bailey était dans tous ses états. Elle se demanda si le cœur de Mateo battait aussi fort que le sien et s'il avait encore à l'esprit la danse qu'ils avaient partagée et la proposition qu'il lui avait faite. A quoi pensait-il en lui demandant de se rendre en France avec lui ? Et pourquoi regrettait-elle de ne pas avoir accepté alors qu'elle avait déjà refusé ?

Certes, il l'attirait physiquement ; n'importe quelle femme normalement constituée serait sensible à un tel homme. Mais que lui inspirait-il de plus ? Elle l'avait trouvé snob et antipathique la veille, lorsqu'il lui avait fait comprendre sa façon de penser à propos de l'argent qu'elle avait emprunté à sa grand-mère. Mais, après avoir passé la soirée avec lui et rencontré ses amis, son opinion s'était légèrement modifiée.

Après l'épisode d'Emilio, elle n'avait aucune envie de tomber amoureuse. De qui que ce soit. Même si l'homme en question faisait des dons généreux à l'orphelinat dans lequel il avait passé les premières années de sa vie. Même si elle se sentait divinement bien quand elle était dans ses bras.

Depuis qu'ils avaient dansé ensemble, le courant étrange qui les reliait semblait s'être intensifié. De retour à la maison, s'il lui faisait la moindre avance, elle lui céderait à coup sûr.

Une fois dans le garage, il lui ouvrit sa portière et l'aida à descendre. Sa main s'attarda un instant dans la sienne, puis il alla ouvrir la porte de communication et allumer les lumières. Le visage en feu, elle se tapota les joues, lissa sa robe et le suivit dans la cuisine.

— Voulez-vous boire quelque chose avant de dormir ? demanda-t-il, la main sur la poignée du réfrigérateur.

Serrant contre elle le livre qu'elle avait emprunté à Natalie, elle prononça l'excuse la plus plausible.

— Je suis épuisée. Je vais me coucher.

Puis elle quitta la pièce sans attendre, en se moquant d'elle-même. Après tout, elle se faisait peut-être des idées. Ce fameux courant censé les relier était sans doute un pur produit de son imagination. Quoi qu'il en soit, la prudence était de mise. Elle allait passer quelques nuits sous son toit et ce serait stupide de tout gâcher. Ni l'un ni l'autre ne souhaitait s'engager et une relation sexuelle n'engendrerait que des regrets. De plus, que pouvait-elle attendre d'un homme qui, pas plus tard qu'hier, l'avait presque traitée de voleuse ? Non, Mateo avait beau lui donner l'eau à la bouche, il n'y avait rien à attendre de lui. L'idée qu'il s'intéresse à une femme comme elle était inconcevable.

Pourtant, il voulait qu'elle l'accompagne en France…

Il la rejoignit au pied de l'escalier et ils restèrent quelques instants à s'observer dans la semi-pénombre. Elle envisagea de lui donner une poignée de main afin de rompre le charme, mais renonça. L'expérience lui avait appris que le moindre contact avec sa peau pouvait lui être fatal.

— Merci pour cette merveilleuse soirée, dit-elle.

— Ce fut un plaisir, répondit-il sans bouger.

Le livre toujours serré contre elle, elle mit le pied sur la première marche.

— Eh bien, bonne nuit, Mateo.

— Bonne nuit, Bailey.

Il l'accompagna jusqu'au palier où l'escalier se divisait en deux et où leurs chemins se séparaient.

Le cœur battant, elle jeta un coup d'œil dans sa direction. Il la regardait, sa silhouette masculine se découpant dans l'obscurité, si près qu'elle aurait pu le toucher.

Une onde de désir la traversa et elle fronça les sourcils.

— Vous restez là ?

— Vous aussi.

Rassemblant ses dernières ressources de volonté, elle redressa les épaules, lui souhaita bonne nuit et monta résolument la seconde volée de marches. Mais, juste avant de s'engager dans le couloir qui menait à sa chambre, elle jeta un coup d'œil derrière elle. Ce qu'elle vit lui brisa le cœur.

Il était parti. N'était-ce pas ce qu'elle voulait ? Ce qui était préférable pour leur bien à tous les deux ?

Elle resta quelques instants à fixer le palier vide, se sentant seule et plus du tout aussi jolie dans sa belle robe rose. Puis elle pivota sur ses talons… et fonça droit sur le torse de Mateo.

Ses pieds oscillèrent sur le bord de la marche et elle perdit l'équilibre. Un bras puissant s'enroula aussitôt autour de sa taille, l'empêchant de basculer en arrière. Une impression de déjà-vu. Plaquée contre lui, elle reprit son souffle et parvint à articuler :

— Je croyais que vous étiez allé dormir.

— C'est vous qui étiez fatiguée. Moi, je suis en pleine forme.

Elle inspira une bouffée d'air en sentant son sexe dur contre son ventre. Ce qu'il lui restait de prudence et de raison vola en éclats. Elle était si excitée qu'il était désormais inévitable de mener cette histoire jusqu'au bout.

— Peut-être…, murmura-t-elle en passant la langue sur ses lèvres soudain desséchées, peut-être qu'un verre ne serait pas de trop.

— Quel genre de verre ?

— De quoi as-tu envie ?

Il se rapprocha, sa bouche effleurant la sienne.

— De toi.

- 6 -

Il ne perdit pas de temps en discussions. Elle supposa qu'il avait lu dans ses yeux tout ce qu'il avait besoin de savoir. En un clin d'œil, il l'avait soulevée dans ses bras et empruntait le couloir qui menait à sa chambre située dans l'aile opposée de la maison.

La double porte était ouverte. Il ne prit pas la peine de la refermer et n'alluma aucune lampe. Seules la lumière du couloir et celle de la lune, pénétrant par les fenêtres qui donnaient sur le jardin, éclairaient la pièce.

Il s'arrêta au pied du lit et murmura d'un ton rauque :

— C'est ça que tu veux ? Tu es sûre ?

Elle passa une main sur sa barbe naissante et s'imprégna de son odeur, avant de caresser du pouce la fossette de son menton.

— Certaine, fit-elle dans un souffle.

Il la souleva dans les airs et l'embrassa. Ce moment tant attendu lui arracha un gémissement de plaisir. C'était si bon qu'elle ne put résister à l'envie d'agripper ses cheveux et de se presser contre lui.

Il grogna de satisfaction et intensifia le baiser. Elle devait se rendre à l'évidence : l'attirance qu'elle avait sentie dès leur première rencontre s'était à présent transformée en un désir irrépressible, animal et primaire, qu'il leur fallait à tout prix assouvir. Elle voulait se donner à lui tout entière, sans retenue ni tabou, et n'avait qu'une idée en tête : alimenter ce feu qui couvait en elle, prêt à s'embraser.

Comme à regret, il écarta sa bouche de la sienne. Etourdie, elle garda les yeux fermés, sentant son souffle chaud sur sa peau. Une pensée s'insinua dans les brumes de son esprit. Pourquoi cette fameuse attirance se manifestait-elle d'une façon aussi intense et explosive ?

Il l'assit sur le bord du matelas et, baignée dans la lumière de la lune, elle fit glisser sa robe par-dessus sa tête, tout en le regardant déboutonner sa chemise et l'enlever. Une fois entièrement déshabillé, il la prit par la taille et la fit se lever, puis explora sa bouche de sa langue douce et humide pendant qu'il défaisait l'agrafe de son soutien-gorge d'un geste vif et précis. Sa main descendit ensuite le long de son dos, avant de se glisser sous l'élastique de sa culotte. Son ventre se contracta, palpitant, tel un prélude à l'apothéose qui viendrait bientôt.

Ses doigts explorant sa chair sensible, il s'empara de nouveau goulûment de sa bouche. Elle sentit son entrejambe pulser de plus en plus fort tandis qu'une faiblesse délicieuse envahissait son esprit et le reste de son corps. Elle aurait voulu que cette sensation s'éternise éternellement. Mais, plus encore, elle le voulait en elle, profondément. Elle voulait qu'il la comble dans tous les sens du terme.

Impatiente, elle s'empara de ses hanches et recula vers le lit sans décoller sa bouche. Elle perçut son sourire, puis il interrompit le baiser pour enlever le couvre-lit. Une lueur enflammée dans les yeux, il la souleva par la taille et l'allongea sur le matelas, se couchant aussitôt au-dessus d'elle.

Le temps sembla s'arrêter quand il fouilla son regard dans la pénombre.

Sa voix grave résonna dans le silence.

— Ce n'est pas ce que j'avais prévu quand je t'ai proposé de t'installer chez moi.

De l'index, elle traça une arabesque dans les poils doux de sa poitrine.

— Je sais.

— Mais je ne regrette pas que tu sois restée.

— Et, moi, je ne regrette pas que tu me l'aies proposé.

Il déposa un petit baiser au coin de sa bouche, un simple effleurement qui provoqua en elle un flot de sensations brûlantes.

— Accompagne-moi en France, murmura-t-il.

Elle grogna. Difficile de refuser une telle offre. Pourtant, elle avait de bonnes raisons de ne pas céder. Elle commençait un travail lundi et ne voulait plus accepter d'aumône. Mais ces considérations semblaient bien minces maintenant qu'il l'avait entraînée dans son lit.

Fermant les yeux, elle soupira tandis qu'il embrassait la zone sensible sous son oreille gauche.

— Et si je te suppliais ? insista-t-il.

Elle se mordit la lèvre.

— Ecoute, dit-elle en glissant les doigts dans ses cheveux. Je te promets de ne plus te dire non, si tu ne me demandes plus rien.

Il lui caressa le cou du bout du nez.

— Je n'aime pas quand tu me dis non.

Elle noua les jambes autour de lui et l'attira vers elle.

— A tout sauf ça, Mateo, lui susurra-t-elle à l'oreille, je dis oui !

Mateo était trop absorbé pour analyser la façon étrange dont sa rencontre inattendue avec Bailey avait évolué. Moins de deux jours plus tôt, ils étaient de parfaits inconnus. Puis, après s'être affrontés, ils étaient devenus amants. Il était pourtant encore assez lucide pour se rendre compte que ce qu'il éprouvait pour elle était à la fois intense et inédit.

Elle enfonça ses talons dans l'arrière de ses cuisses, lui laissant entendre ce qu'elle attendait. Sa première impulsion fut de la prendre sur-le-champ, mais il maîtrisa son élan. Il voulait faire durer le plaisir et lui infliger une délicieuse torture, même si pour cela il devait mobiliser tout ce qu'il possédait de self-control.

S'efforçant de maîtriser son souffle et de ralentir ses gestes, il posa la main sur son sein, puis prit la pointe dans sa bouche, remontant lentement en laissant ses dents caresser le bouton durci. Elle réagit aussitôt en nouant ses doigts dans ses cheveux et elle gémit, le corps agité de tremblements. Satisfait, il constata que son souffle s'était accéléré alors que le sien était presque normal. A son grand plaisir, sa poitrine se soulevait à chaque bouffée d'air, venant à la rencontre de sa bouche. Il se concentra sur le mouvement de sa langue sur le bout de son sein, s'efforçant d'ignorer qu'il était lui aussi sur le point d'exploser.

Elle noua les jambes autour des siennes et se mit à bouger le bassin au rythme des caresses de sa langue. Elle dit quelque chose qu'il ne comprit pas, mais il ne s'arrêta pas pour en savoir plus. Pas question d'interrompre la cadence parfaite qui s'était établie entre eux. Il aurait pu rester ainsi pour toujours, le corps de Bailey ondulant contre le sien.

Malheureusement, il était trop excité.

Il changea de position, remonta jusqu'à sa bouche pendant que sa main parcourait lentement ses formes douces. Il s'attardait à explorer son corps, jouissant par anticipation des trésors secrets qu'il n'avait pas encore atteints, quand elle plaqua les mains sur son torse et le repoussa.

Il se figea, puis ouvrit les yeux et se laissa tomber sur le dos, dégrisé. Lui avait-il fait mal ?

Sans lui laisser le temps de s'inquiéter davantage, elle roula sur elle-même et l'enfourcha.

— Qu'as-tu en tête ? demanda-t-il.

A califourchon sur lui, elle se laissa glisser d'un côté puis de l'autre.

— A ton avis ? demanda-t-elle en rejetant ses cheveux en arrière.

Cette fois, elle glissa vers le haut, puis redescendit et chevaucha son sexe palpitant, manquant de l'envoyer au septième ciel. Il était profondément satisfait qu'elle soit excitée au point de vouloir mener la danse, mais, s'il la laissait continuer ce petit jeu, il risquait d'exploser avant l'heure.

Il reprit sa position initiale et s'installa de nouveau au-dessus d'elle. Elle le regarda, les yeux brûlant de désir, pendant qu'il glissait sa main entre leurs ventres, puis dans sa culotte. La chaleur et l'humidité qu'il y trouva l'excitèrent un peu plus, intensifiant son érection. Après avoir ouvert les replis de son intimité, il pressa le bouton le plus sensible que les femmes possédaient, lui arrachant un long gémissement de plaisir. Elle était prête.

Il tendit le bras pour ouvrir le tiroir de la table de nuit, trouva à tâtons un préservatif dans la boîte, puis déchira l'emballage avec les dents. Elle l'aida à l'enfiler, ses doigts explorant frénétiquement sa longueur.

Cette femme le rendait fou. Incapable de se maîtriser davantage, il trouva l'entrée de la caverne tant désirée, embrassa longuement sa bouche offerte et s'enfonça très lentement en elle. Elle se referma autour de lui et souleva les hanches, sa bouche s'ouvrant en grand pour aspirer de l'air.

Lui soutenant la tête du bras, il pénétra dans sa moiteur, puis s'immobilisa, laissant son sexe enfler et pulser dans le sien. C'était comme s'il avait plongé dans un lac de lave. Les sens en feu, le corps et l'esprit uniquement occupés par les sensations dévastatrices qui avaient pris possession de lui.

Sa bouche dévorant la sienne, Bailey passa les doigts le long de son cou, s'abandonnant aux vagues de plaisir brûlant. A la délicieuse sensation de le sentir en elle. Elle aurait voulu qu'il reste ainsi pour toujours, son sexe immobile pulsant en cadence avec le sien comme s'ils ne formaient qu'un seul et même être. Mais le feu qui les dévorait ne pouvait être éteint. Ils devaient poursuivre leur chemin vers les étoiles et redescendre en explosant.

Il déposa une myriade de petits baisers sur son visage, glissa une main sous ses fesses et se mit à bouger, des mouvements lents et prolongés, puis de plus en plus rapides. La sensation était divine et le plaisir à la limite du soutenable.

Soudain, il s'immobilisa et son corps se tendit tout entier. Elle sentait ses muscles tendus sous ses doigts et son cœur cogner dans sa poitrine. Le feu qui faisait rage en elle s'intensifia, s'engloutissant totalement. Puis un éclair de lumière blanche lui traversa la tête et elle partit vers un monde de volupté où plus rien n'existait que leurs corps en fusion.

Quand il plongea de nouveau en elle, elle bascula la tête en arrière, étendit les ailes et s'envola vers un ailleurs éblouissant.

- 7 -

— Parle-moi de la France.

La voix de Bailey le tira de son sommeil. Le jour n'était pas encore levé, mais l'aube pointait déjà son nez. Il la regarda tendrement avant de poser un baiser sur le haut de sa tête.

Ils avaient fait l'amour des heures durant. La première fois avait été fantastique, quoique trop rapide à son goût. Lors du deuxième épisode, ils avaient pris le temps d'explorer mutuellement les endroits les plus intimes de leurs corps. La troisième fois qu'ils avaient joui dans les bras l'un de l'autre avait sans doute été la plus intense. C'est alors qu'il avait commencé à se rendre compte que cette nuit signifiait davantage qu'une simple partie de sexe. Ce qu'ils partageaient, la perfection de leur entente au lit, était rare.

Ce n'était pas une raison pour envisager d'entamer une relation sérieuse. Il n'avait aucune envie de se marier, et encore moins d'avoir des enfants. Il avait déjà tout ce dont il avait besoin : des amis, un métier passionnant et une maison confortable. Il se sentait entouré et en sécurité, ce qui pour lui était la plus belle des réussites.

La paternité le rendrait vulnérable. Trop d'inquiétudes en perspective. Les complications pendant la grossesse, les maladies infantiles, et le reste. Sans parler du fait que sa famille se réduisait à Mama. Qui s'occuperait de son enfant, si par malheur il venait à disparaître ?

La bouche sèche, il avala sa salive.

Voilà pourquoi il évitait d'analyser ses sentiments envers les femmes. L'histoire de Linda l'en avait dissuadé. Il avait le pouvoir et les moyens de s'offrir la liberté de choisir. En cet instant, son choix s'était porté sur Bailey. Il devait reconnaître que c'était plutôt agréable et qu'il espérait en profiter encore un peu. Le temps que cela durerait.

D'ailleurs, ne venait-elle pas de lui reparler de la France ?

Elle mit les mains à plat sur son torse et y posa le menton. Son visage était détendu et radieux, malgré la nuit agitée et le manque de sommeil.

— Alors, c'est comment, la France ? insista-t-elle face à son silence. Tout le monde semble aimer Paris. As-tu visité cette ville quand tu étais jeune ?

— Tu veux dire, quand j'étais enfant ?

Elle hocha la tête.

— A cette époque, je ne savais pas que Paris existait, dit-il.

Elle s'appuya sur un coude et le scruta. Dehors, le soleil se levait et la lumière pâle de ses rayons formait un halo autour de sa tête.

— As-tu souffert de solitude quand tu vivais à l'orphelinat ?

Il faillit couper court. Il ne parlait jamais de son enfance, pas même avec Natalie et Alex. Bien que gravé dans sa mémoire, le passé était révolu.

Mais en cet instant, après cette nuit magique, il se sentait plus proche de Bailey qu'il ne l'avait été de quiconque auparavant. Cela n'aurait pas dû arriver. Il avait aimé et respecté Ernesto, son père adoptif. Il adorait Mama et il aurait donné sa vie pour ses amis qui, il n'en doutait pas, en auraient fait de même pour lui.

Mais la force qui l'attirait vers Bailey était puissante. Au point qu'il avait envie de se confier, de partager avec elle un peu plus que son lit.

— Pas vraiment. J'avais des amis et les adultes qui s'occupaient de nous étaient gentils. Mais je me *sentais* seul, ce qui est différent. Et j'étais trop jeune pour analyser ce sentiment. Je n'avais pas de parents ni personne pour m'expliquer les choses. Alors je n'ai découvert qu'il existait un monde hors de l'orphelinat que le jour de mon cinquième anniversaire.

Elle s'assit sur le lit, enroulant le drap autour d'elle.

— Que s'est-il passé ? J'imagine que tu n'as pas eu droit à une fête.

— Si. Je garde un bon souvenir de cette journée. Tout le monde a chanté pour moi après le déjeuner. J'ai choisi deux amis et on nous a donné à chacun une belle part de gâteau. Et des gens du village m'ont offert un cadeau, ajouta-t-il en souriant. C'était un petit train de bois, avec des roues rouges et des cheminées vertes. J'étais aux anges.

Son sourire disparut et il ajouta :

— Et puis mon meilleur ami m'a annoncé qu'il partait, qu'il allait habiter chez ses nouveaux parents.

Elle releva les genoux et les serra dans ses bras.

— Tu n'as rien dû y comprendre.

Le souvenir provoqua en lui le serrement de cœur habituel. L'espace d'un instant, il eut envie de détourner la conversation, de lui parler de la France pour les touristes. Il savait que Paris la passionnait. Mais il sentait que son intérêt était sincère, qu'elle voulait juste en savoir plus sur l'homme avec qui elle avait dormi. Ce qu'il pouvait comprendre, car lui aussi avait envie de la connaître mieux. Il décida donc de poursuivre son récit :

— Je me rendais compte que certains enfants étaient là, et soudain un beau jour on ne les voyait plus. Personne n'abordait le sujet. Ou peut-être les adultes le faisaient-ils, mais j'étais trop jeune pour saisir le sens de leurs paroles. Après le départ d'Henri, j'ai commencé à entrevoir la vérité.

— Tu as compris qu'il manquait quelque chose dans ta vie.

Il resta quelques instants silencieux. Elle avait vu juste. C'était exactement ce qu'il avait ressenti.

— Quand Henri est parti, j'étais devant une fenêtre du dortoir des garçons, au deuxième étage, et je l'ai vu monter dans une grosse voiture blanche occupée par deux personnes, un homme et une femme. Je l'ai appelé en agitant les bras, mais il n'a pas regardé en l'air. Pas avant la dernière minute. Alors il a levé les yeux vers moi et ses lèvres ont articulé mon nom.

Ses yeux bleus scintillant dans la semi-pénombre, elle se rapprocha et lui prit le bras.

— Oh ! Mateo, comme tu as dû souffrir !

— Pas vraiment. Au début, j'étais surtout confus. Mais la situation m'a ouvert les yeux. J'ai pris conscience que si certains enfants partaient, moi j'étais toujours là. Henri a beaucoup compté pour moi. Il y a quelques années, j'ai fait des recherches pour le retrouver. Ce serait bien de le revoir et de pouvoir confronter nos souvenirs.

Il toucha la cicatrice sur sa bouche, se remémorant l'incident. Un ballon lancé trop fort par Henri qui lui avait éclaté la lèvre. Quand le serrement de cœur se manifesta de nouveau, il s'assit au bord du lit pour prendre la carafe d'eau. Il remplit deux verres et lui en tendit un.

Elle le but tout en l'étudiant, puis lui rendit le verre vide et demanda :

— Comment as-tu rencontré Mama ?

Il avala une gorgée d'eau, puis reposa les deux verres sur la table de nuit.

— C'est Ernesto que j'ai rencontré en premier. Une femme dont il était amoureux avait disparu sans laisser de traces avec son enfant dans le ventre. Des années plus tard, un ami de retour d'un voyage en France a appris par hasard qu'elle avait accouché dans une petite ville nommée La Chapelle-Ville-Laube, où elle avait donné son fils à adopter. Ernesto a aussitôt sauté dans un avion pour la France. Il a réussi à trouver l'orphelinat en question, mais son fils n'y était pas.

Elle se voûta et remonta le drap sous son menton.

— Je croyais que c'était toi le fils d'Ernesto.

— Ernesto n'est pas mon père biologique. Mes parents étaient, semble-t-il, italiens eux aussi. J'ai été confié à l'orphelinat à l'âge de trois ans et je ne garde aucun souvenir de ma vie d'avant.

Elle vint s'asseoir à côté de lui.

— Quelque temps après le départ d'Henri, j'ai remarqué un homme assis tout seul sous un vieux chêne dans le jardin. Il avait l'air abattu, les mains serrées entre les cuisses. Je me suis approché et j'ai vu que ses yeux étaient rouges. J'ai tout de suite deviné qu'il avait pleuré. Je le savais parce que, certains matins, moi aussi j'avais les yeux rouges.

Sa gorge se contracta tandis que les images de cette scène défilaient dans son esprit, en même temps qu'une foule d'émotions et de souvenirs. Les odeurs de lavande qui embaumaient l'air ; les cris des enfants qui jouaient un peu plus loin. Il se rappelait avoir éprouvé de la sympathie pour cet homme. Il s'était dit qu'il aimerait bien le connaître.

— Il me faisait de la peine, mais je ne savais pas quoi lui dire. Alors je me suis accroupi devant lui et j'ai serré ses mains dans les miennes.

Quand il la regarda, il crut voir une larme briller sur sa joue. Ironiquement, lui-même n'avait plus jamais pleuré depuis ce jour-là.

— Vous êtes devenus amis et il t'a adopté, dit-elle.

— Nous avons vécu en Italie et plus tard en Australie.

— Donc, tu n'es pas le petit-fils biologique de Mama.

— Non, mais elle a toujours été ma grand-mère. Elle m'a accepté dès mon arrivée à Casa Buona. Je passais tout mon temps libre avec elle dans la cuisine.

— C'est là que tu as appris à cuisiner.

Il se souvint des instructions précises de Mama et des arômes qui embaumaient l'air, puis il hocha la tête et sourit.

— Que des anciennes recettes.

— Ce sont les meilleures. Ernesto a-t-il retrouvé son fils ? demanda-t-elle ensuite en se tournant vers lui.

— Jamais. Malheureusement, il l'a cherché jusqu'à la fin.

— Ne s'est-il jamais marié ?

— Non. Il est mort il y a deux ans.

— Je sais. Mama me l'a dit.

— Il a été enterré dans sa ville natale. Sa mort a beaucoup affecté Mama. Mais savoir qu'il avait été à la fois un bon père et un fils aimant lui a apporté un certain réconfort. Et puis, l'année dernière, la veuve du fils biologique d'Ernesto m'a appelé. Il avait été tué par un chauffard. Elle a trouvé les papiers de l'orphelinat dans ses affaires et a mené une enquête pour retrouver Ernesto. Elle voulait le mettre au courant et lui dire que son fils avait eu une vie exemplaire.

Baissant la tête, elle demanda, d'une voix si basse qu'il put à peine l'entendre :

— Est-ce cette histoire qui pousse Natalie à penser que tu pourrais un jour rentrer de France avec un enfant ? demanda-t-elle timidement.

— A l'époque, les lois sur l'adoption étaient plus souples.

— Tu n'aurais pas de mal à prouver que tu es en mesure d'élever un enfant. Je ne te connais pas depuis longtemps, Mateo, mais je suis sûre que tu ferais un bon père.

Le serrement lui noua de nouveau la poitrine. Intense. Désagréable. Il n'avait pas envie de revenir sur ce sujet.

— Je n'ai pas de temps à consacrer à une famille. Je suis trop égoïste, aussi, ajouta-t-il.

Ses tempes se mirent à battre et il tapota son oreiller. Ils avaient besoin de récupérer, surtout Bailey.

Ils s'allongèrent face à face, serrés l'un contre l'autre. Il était sur le point de s'endormir lorsque la voix de Bailey le tira de son demi-sommeil.

— Quand es-tu attendu en France ? demanda-t-elle.

— La semaine prochaine.

Elle leva la tête et regarda par la fenêtre le soleil qui se levait.

— Je commence à travailler lundi pour l'agence de Natalie. Et, lundi, c'est déjà demain.

Cette fois, il émergea pour de bon de sa torpeur. Se pouvait-il qu'elle ait changé d'avis ?

— Natalie ne t'en voudra pas si tu t'absentes une semaine.

En fait, il était sûr qu'elle serait ravie de ce rapprochement entre lui et Bailey. Natalie pensait depuis longtemps qu'il était temps pour lui de cesser de papillonner pour s'engager dans une relation durable avec une femme. Non que ce soit le moins du monde dans ses projets…

Elle se pelotonna un peu plus contre lui.

— J'aurais l'impression de lui faire faux bond.

Il passa la main sur la peau douce de son bras.

— Tu vas visiter un orphelinat, Bailey. C'est un motif des plus valables.

Elle ne répondit pas tout de suite. Son souffle se fit profond et régulier, et il crut qu'elle s'était endormie. Le sommeil le gagnait lui aussi quand elle reprit la parole :

— Je suis d'accord avec Mama.

Il se força à ouvrir les yeux.

— Comment ça ?

Elle frotta la joue contre son torse et murmura d'une voix ensommeillée :

— Tu es vraiment un homme bien.

- 8 -

Comme Mateo l'avait prévu, Natalie se montra conciliante quand Bailey l'appela le lendemain matin.

— Tu m'as procuré ce travail et je sais que je viens juste de commencer, mais j'aurais besoin de prendre quelques jours de congé, pas cette semaine, mais la prochaine. Crois-tu que ce serait possible ?

— Un problème, Bailey ?

— Non, pas du tout. Mateo me propose de l'accompagner en France.

Natalie poussa un cri de joie si fort qu'elle fut obligée d'écarter le combiné de son oreille.

— Excuse-moi de t'avoir crevé le tympan, dit celle-ci d'une voix excitée. C'est une idée géniale. Mais tu vas avoir besoin de vêtements appropriés. Nous sommes fin octobre et il fait froid dans ces pays à cette époque. Ne t'inquiète pas, je vais passer mes placards en revue et je te trouverai de quoi te tenir au chaud.

Tôt le lendemain matin, Bailey s'acquitta de sa première mission de nettoyage. C'était une tâche fatigante et pas très gratifiante, mais elle s'y attela vaillamment, mettant un point d'honneur à laisser les endroits où elle passait étincelants de propreté. Sa vie s'améliorait. Elle gagnait de l'argent, elle progressait et se sentait récompensée de ses efforts.

Malgré une semaine épuisante, elle rayonnait de joie quand elle sonna chez Mateo le vendredi soir. Elle agita un bout de papier devant elle dès qu'il eut ouvert la porte.

— C'est quoi ? demanda-t-il en le lui prenant des mains.

— Le reçu de mon premier versement.

Mateo avait ouvert un compte spécialement destiné au remboursement de son emprunt.

Il sourit. Sa joie semblait sincère.

— Bravo ! Je t'invite au restaurant pour fêter ça.

— D'accord. Que proposes-tu ?

— Je connais une trattoria italienne à deux pas d'ici. Sauf si tu es trop fatiguée…

Au contraire, elle se sentait pleine d'énergie. Elle avait fait un premier pas vers son objectif et cela méritait de marquer le coup.

— Je veux bien, à condition de payer ma part.

Il la regarda d'un air étonné.

— Tu ferais mieux d'économiser ton argent.

— C'est ça ou rien.

— Très bien.

Le dîner fut agréable. Ils partagèrent une bouteille de chianti devant une assiette de spaghettis, puis divisèrent la note. De retour à la maison, ils firent l'amour, un rituel qui se répétait tous les soirs depuis la première nuit.

Ensuite, tandis qu'il lui caressait les cheveux, elle songea avec satisfaction au chemin qu'elle avait parcouru depuis une semaine. Si elle s'était beaucoup amusée pendant son voyage en Europe, particulièrement en Italie — du moins avant qu'Emilio lui mette la bague au doigt —, ce qu'elle vivait en ce moment avec Mateo était la meilleure chose qui lui soit arrivée depuis longtemps.

Elle avait l'impression d'avoir trouvé la place qui lui convenait et ne voyait plus rien d'étrange à la situation.

Mais elle savait que son bonheur ne durerait pas. Malgré toutes les aventures qu'il avait eues, Mateo ne s'était jamais engagé. Mama le lui avait dit et répété. Il n'y avait donc aucune raison pour qu'il se comporte différemment avec elle.

Ce qui ne lui posait absolument aucun problème.

Elle lui caressa le torse en souriant. Aussi court soit le temps qu'ils étaient destinés à passer ensemble, elle voulait en profiter au maximum, graver chaque instant dans sa mémoire et pouvoir se les rappeler une fois que tout serait fini. Finalement, c'était

une fin heureuse à un épisode désagréable de sa vie. Et, en plus, elle aurait la chance de visiter Paris.

Deux jours plus tard, ils traversaient la moitié du globe à bord d'un jet privé loué par Mateo. On leur servit des assiettes de fruits et de fromages qu'ils dégustèrent dans une cabine digne d'un hôtel de luxe.

L'après-midi se terminait quand l'avion atterrit à l'aéroport Charles-de-Gaulle. L'air était frais, mais aucun nuage ne voilait le ciel déjà sombre. Sentant la morsure du froid sur son cou, elle remonta le col de la veste doublée de soie prêtée par Natalie. Elle aimait ce climat, si différent de celui de l'Australie, où la chaleur à cette époque était torride. Elle fut néanmoins contente de se mettre à l'abri dans la limousine noire conduite par un chauffeur. Elle songea à sa mère et à ce qu'elle avait ressenti en arrivant dans la Ville lumière pour y passer sa lune de miel. Probablement un émerveillement égal au sien.

Pendant que le chauffeur leur montrait rapidement la ville, Mateo lui désigna les principaux monuments : la légendaire tour Effel, l'Arc de triomphe, le musée du Louvre avec sa fameuse pyramide.

Elle soupira.

— Je me demande s'il existe une seule personne au monde qui ne rêve de voir un jour *La Joconde*.

Il lui trouva sa main et la serra.

— Nous consacrerons un jour entier à la visite de ce musée.

— Avant ou après avoir passé une matinée à se promener sur les bords de la Seine ? Il y a tellement de choses que j'aimerais faire ! Comme boire un café à la terrasse d'un café à Saint-Germain-des-Prés ou admirer l'obélisque de la place de la Concorde.

— Tes désirs seront exaucés, je te le promets, assura-t-il en lui caressant les cheveux.

Ils descendirent dans un palace près des Champs-Elysées. Elle resta sans voix en entrant dans le hall d'entrée dallé de marbre et décoré de bouquets de fleurs fraîches. Des statues classiques et d'énormes lustres en cristal complétaient le décor. Elle n'avait jamais rêvé de devenir riche. L'argent ne faisait pas le bonheur, et son père en était la preuve vivante. Mais, là, il s'agissait de s'imprégner d'une autre culture et de son histoire, d'enrichir sa vie en observant comment vivaient les autres peuples. Ce palace lui montrait comme vivaient les nantis. Demain, elle affronterait une autre réalité, celle des plus défavorisés. Celle d'enfants sans famille ni foyer, un sort que Mateo avait connu autrefois.

Tandis qu'il remplissait les formalités à la réception, elle se demanda ce qu'il ressentait lors de ses visites à l'orphelinat et si les souvenirs de sa vie là-bas étaient encore vifs ou s'ils s'étaient estompés avec le temps, comme cela arriverait à ceux de ce voyage dans quelques années.

En pénétrant dans la suite, elle s'approcha de la baie vitrée, le souffle coupé par le spectacle de la ville illuminée qui scintillait sous ses yeux. Mateo arriva derrière elle et l'entoura de ses bras.

— La capitale vient juste de s'éveiller, murmura-t-il contre ses cheveux. Es-tu partante pour une promenade ?

— Il faut que je me repose. Je veux être en forme demain, pour la partie la plus importante de notre voyage.

Il resserra son étreinte.

— Tu préfères aller dîner ou bien veux-tu inaugurer le lit ?

Elle ferma les yeux et sourit à cette idée, puis se tourna vers lui et l'embrassa dans le cou.

— J'avoue que la seconde solution me tente, chuchota-t-elle. Prenons une douche d'abord.

— Seulement si c'est ensemble.

Il l'entraîna dans une vaste salle de bains carrelée de marbre, où trônait une baignoire à pieds de style rétro, largement assez grande pour contenir deux personnes. Après lui avoir donné un long baiser langoureux, un avant-goût grisant de ce qui l'attendait, il quitta la pièce pour commander à boire.

Elle ouvrit le robinet doré, versa une dose de bain moussant dans l'eau, puis noua ses cheveux sur le sommet de sa tête avec un élastique. Elle enleva ensuite ses chaussures et les vêtements de Natalie, enfilant un peignoir trop grand accroché derrière la porte.

Elle se rappellerait toujours cet instant incroyable. Derrière ces fenêtres, il y avait Paris, bourdonnant de vie, de musique et de rires. Et, derrière cette porte, Mateo Celeca attendait avec impatience de prendre un bain avec elle.

Nouant la ceinture du peignoir, elle s'assit sur le bord de la baignoire, abasourdie par ce qui lui arrivait.

Deux semaines plus tôt, elle était bloquée en Italie, cherchant désespérément une solution pour rentrer à Sydney et repartir de zéro. Elle pensait sans cesse à son père, se remémorant les jours heureux, regrettant que leurs rapports soient devenus aussi tendus. En tombant sur lui au centre-ville, le deuxième jour de son arrivée en Australie, elle avait éprouvé un besoin urgent d'aller vers lui, de leur donner une seconde chance. Grâce au ciel, l'arrivée du taxi l'en avait dissuadée. Rien de ce qu'elle aurait pu dire n'aurait changé quoi que ce soit. Dans le passé, elle avait souvent essayé de lui tendre la main, mais plus elle avait tenté de se rapprocher, plus il s'était éloigné.

Un jour, peut-être, ils renoueraient les liens, songea-t-elle en plongeant la main dans l'eau chaude et mousseuse. Mais, avant, il fallait qu'elle se prouve à elle-même de quoi elle était capable. Elle était jeune et avait toute la vie devant elle. Et, avec du courage et de la persévérance, elle atteindrait son but.

Sa préoccupation actuelle, cependant, était de soutenir Mateo pendant cette mission si importante pour lui. Bien sûr, elle avait l'intention de profiter de ce voyage et des moments qu'ils passeraient ensemble, mais sans perdre de vue l'aspect éphémère de leur histoire. Elle ne doutait pas qu'il soit facile de tomber amoureuse d'un homme comme lui, sauf que la chute risquait d'être dure.

Avec le temps, leurs différences sociales la gênaient de moins en moins. En revanche, son refus de s'engager la préoccupait davantage. Elle avait eu le vague espoir que le désir d'adopter ce petit garçon le pousse à s'engager, puis elle avait compris que Mateo était marié avec sa profession. Il ne le lui avait d'ailleurs pas caché. Il n'avait de temps à consacrer à une famille. Il était trop égoïste.

Malgré tout, elle avait du mal à croire que Mateo Celeca puisse être un homme qui ne pense qu'à lui. Soigneusement caché au fond de lui, dormait l'enfant qu'il avait été, le petit garçon seul au monde et sans ressources. Le bracelet à breloques pesa soudain plus lourd à son poignet. A chacun sa manière de gérer son passé.

La porte de la salle de bains s'ouvrit, l'arrachant à ses réflexions. Elle se leva en le voyant pénétrer dans la pièce. Il portait un plateau d'argent sur lequel étaient posées une bouteille de champagne et deux flûtes, ainsi qu'une assiette contenant des tranches de poire. En dehors de la serviette blanche qui drapait son avant-bras, il était nu comme un ver et totalement à l'aise dans sa nudité. Cette vision lui fit se dresser les pointes de ses seins et elle se sentit tout émoustillée.

— J'espère que tu n'as pas ouvert la porte dans cette tenue, dit-elle en l'admirant.

— Personne ne s'en serait offusqué.

Sans la quitter des yeux, il s'approcha pour poser le plateau sur le bord de la baignoire, puis versa ensuite du champagne dans les verres, lui en tendit un.

— Trinquons à la belle ville de Paris, dit-il levant le sien.

— A Paris, répondit-elle.

Elle avala une gorgée du liquide pétillant, sentant les bulles lui piquer la langue et la gorge. Il prit un morceau de poire dans l'assiette et mordit dedans, regardant le jus couler le long de son pouce.

— Délicieux, fit-il en passant la langue sur ses lèvres.

Il lui proposa de goûter, mais, au moment où elle s'approchait, il dévia la main et glissa le morceau de fruit entre ses seins, puis lécha le jus qui avait coulé.

Renversant la tête en arrière, elle ferma les yeux et attendit la suite.

Sa bouche descendit de plus en plus bas pendant que ses doigts dénouaient la ceinture du peignoir et en ouvrait les pans.

Elle sentit la fraîcheur de l'air sur sa poitrine, puis une grande main se glissa entre ses cuisses avant de remonter lentement pour explorer ses seins.

Il lui mordilla la lèvre inférieure, avant de se détourner pour regarder la baignoire sur le point de déborder.

— Il faut que je m'occupe de ce bain.

Elle noua les bras autour de sa nuque et murmura dans son oreille :

— Occupe-toi de moi d'abord.

- 9 -

Bien que le temps soit trop froid pour ouvrir le toit, Mateo loua une décapotable pour le voyage.

Tandis que la voiture avalait les kilomètres, Bailey s'absorba dans la contemplation du paysage, admirant les routes bordées d'arbres aux couleurs de l'automne, les vignobles en train d'être vendangés et les maisons à colombages avec leurs poutres formant des dessins géométriques sur les façades. Elle le supplia de s'arrêter près d'une vieille ferme, afin de voir de près un œil-de-bœuf en vitrail qui surmontait une porte de bois massif.

Le voyage ne faisait que commencer et elle aurait encore de nombreuses raisons de s'émerveiller.

Il avait choisi de ne pas s'appesantir sur les doutes qui le tourmentaient depuis que Bailey avait accepté de voyager avec lui, même s'il lui arrivait encore de se dire que sa décision avait été trop précipitée. Après tout, peut-être n'était-elle pas différente de Linda. Mais, le mal étant fait, il était résolu à rendre ce voyage aussi agréable que possible, aussi bien pour lui que pour elle.

— Après notre visite à l'orphelinat, nous passerons encore deux jours à Paris. A moins que tu veuilles rester plus longtemps.

— Non, j'ai promis à Natalie de rentrer lundi, dit-elle tout en contemplant un tracteur qui cahotait un champ.

— Elle ne t'en voudra pas si…

— Je sais, dit-elle en se tournant vers lui. Mais je ne veux pas abuser de sa gentillesse. Cela dit, je serai ravie de voir encore Paris.

Il se concentra pour négocier un virage, puis se replongea dans ses pensées. Il ne voyait pas d'inconvénient à ce qu'elle travaille. Ce qui le mettait légèrement mal à l'aise, c'était qu'elle soit obligée de faire des ménages pour lui rendre une somme d'argent qui ne lui faisait pas défaut. S'il n'avait pas été certain qu'elle refuserait, il lui aurait proposé d'effacer l'ardoise, de l'installer dans un appartement et de lui payer ses études, comme Ernesto l'avait fait pour lui.

Bien sûr, il lui préciserait qu'il ne s'agissait pas d'une demande en mariage et elle en serait probablement soulagée. Après l'échec cuisant de ses fiançailles avec Emilio Conti, elle n'avait sûrement pas envie de renouveler l'expérience. Ils étaient donc sur la même longueur d'onde.

Il adorait les enfants, mais il refusait de prendre la responsabilité d'en avoir. La vie était beaucoup trop incertaine pour qu'il prenne ce risque.

Il était 11 heures quand ils atteignirent la petite ville près de laquelle était situé l'orphelinat. Cinq minutes plus tard, la voiture s'engageait sur la route de terre qui menait à La Chapelle-Ville-Laube. Construits à l'époque du Moyen Age, les bâtiments avaient été restaurés au fil des ans, avant d'être transformés à la fin du siècle dernier en centre d'accueil pour enfants abandonnés. Elle resta un moment à contempler la flèche pointue du clocher et les façades surmontées d'anges portant les instruments de la Passion. La pierre brute des contreforts contrastait avec les frises élaborées qui ornaient les murs et les vitraux ciselés qui chatoyaient sous le soleil.

Il sentit sa gorge se nouer et il dut s'éclaircir la voix. Même après toutes ces années, ses souvenirs d'enfance remontaient à la surface chaque fois qu'il venait ici.

En les voyant descendre de voiture, une enfant blonde aux cheveux courts qui jouait sous le vieux chêne laissa tomber sa corde à sauter et se rua à l'intérieur. Quelques instants plus tard, une foule d'enfants se déversait par les doubles portes de l'édifice, suivis dc près par un groupe de femmes qui tapaient dans leurs mains pour les rassembler. Celle qui portait un chemisier jaune fit mettre les enfants en rang dans la cour.

Mateo la connaissait bien. Il s'agissait de Nicole Garnier, la directrice de l'orphelinat.

Les filles tenaient des bouquets de fleurs dans les mains, tandis que les garçons redressaient les épaules et regardaient droit devant eux. Après avoir obtenu un calme relatif, Mme Garnier s'approcha d'eux en souriant, ses yeux vert clair pleins de chaleur.

— Je suis si contente de vous voir, monsieur Celeca ! s'écria-t-elle en français en l'embrassant sur les deux joues. En plus, vous nous amenez une amie.

— Madame Garnier, laissez-moi vous présenter Mlle Bailey Ross. Bailey, voici Mme Nicole Garnier, dit-il en reprenant l'anglais, une langue que la directrice maîtrisait parfaitement.

— Enchantée de vous connaître, mademoiselle Ross.

— Vous pouvez m'appeler Bailey, répondit celle-ci en lui tendant la main.

Mme Garnier la serra dans les siennes.

— Et vous, Nicole. Bienvenue chez nous. Les enfants attendaient votre visite avec impatience, monsieur Celeca.

Elle se tourna vers le groupe et appela un petit garçon qui se tenait au milieu du premier rang. Agé d'environ six ans, il avait les cheveux noirs et des yeux chocolat bordés de longs cils recourbés.

Mateo le reconnut aussitôt.

Rémy.

Le garçon s'écarta du groupe et les rejoignit en courant. Nicole lui caressa la tête.

— Vous souvenez-vous de Rémy, monsieur ?

Comment aurait-il pu l'oublier ? songea-t-il en se baissant pour être à sa hauteur. Depuis sa dernière visite, il priait pour que quelqu'un se prenne d'affection pour cet enfant exceptionnel et le sorte de cet endroit. D'un autre côté, il aurait été déçu de ne pas le revoir. Et, d'après le sourire éclatant que lui adressait le petit garçon, lui non plus ne l'avait pas oublié.

— Bonjour, Rémy, dit-il. Comment ça va ? Bien ?

Le petit garçon approuva vigoureusement de la tête, la masse sombre de ses cheveux retombant sur ses yeux. Puis il lui prit la main et l'entraîna vers le groupe. Mateo le suivit en se disant qu'il devrait venir ici plus souvent. Cet endroit lui réchauffait le cœur, même s'il souffrait le martyre chaque fois qu'il devait le quitter.

Bailey regarda pensivement Mateo rejoindre le groupe d'enfants, la petite main de Rémy dans la sienne. Les liens qui les unissaient étaient subtils mais indéniables. Elle se demanda si Natalie connaissait l'existence de Rémy et si c'était à lui qu'elle faisait allusion en suggérant que Mateo pourrait un jour ramener un orphelin de France.

Les enfants restèrent en rang le temps que Mateo et Rémy arrivent devant eux. Puis les filles se précipitèrent pour lui remettre les bouquets, pendant que les garçons se bousculaient pour lui serrer la main.

Nicole étudiait la scène d'un air ému.

— Les visites de Mateo nous donnent beaucoup de bonheur.

— Depuis combien de temps revient-il ?

— Huit ans. Il y a deux ans, il nous a aidés à financer la rénovation des dortoirs. L'an dernier, il a acheté pour les enfants cinquante ordinateurs connectés en réseau. Cette année, je compte lui soumettre un projet d'excursions incluant, pour les plus âgés, un week-end à Paris.

Mateo adorerait l'idée, songea Bailey en contemplant l'édifice, une réplique de Notre-Dame en plus petit et sans les gargouilles. Que d'histoires ces murs avaient dû abriter !

— L'endroit a dû changer depuis l'époque de Mateo.

— La structure est très ancienne, mais l'ameublement, l'installation électrique, la plomberie et les sanitaires ont été entièrement refaits, en grande partie grâce à Mateo.

Bailey reporta les yeux sur le groupe. Bien vêtus et visiblement bien nourris, les enfants paraissaient heureux. Rien à voir avec la vie dans un orphelinat telle qu'elle était décrite dans les livres de Charles Dickens. Aucune trace de solitude ou de délaissement. On n'y voyait que de l'espoir et du dévouement.

Après que Mateo eut salué chacun des enfants, Rémy demeura près de lui, comme une mini-ombre de lui-même.

— Rémy est très attaché à Mateo, n'est-ce pas ? fit-elle remarquer à Nicole.

— Je crois que c'est plutôt Mateo qui est attaché à lui. Rémy a perdu sa mère à l'âge de trois ans, confia-t-elle à voix basse, en se frottant les bras comme si elle avait froid. Son père l'a laissé ici il y a quatre ans en promettant de revenir le chercher. Nous ne l'avons jamais revu.

Bailey sentit son cœur se serrer. Elle au moins avait eu sa mère jusqu'à quatorze ans. Et elle avait encore un père, même s'il avait été plutôt absent ces derniers temps. Elle n'était pas à plaindre, comparée à ce petit garçon.

— Il semble plutôt heureux et plein de vie.

Peut-être lui aussi était-il trop jeune pour réaliser qu'il existait une autre façon de vivre ; dans une famille, avec des parents.

— Rémy est bien dans sa peau. Il est, euh…, dit Nicole d'une voix hésitante, il n'est pas très loquace. Nous l'avons fait examiner par un spécialiste et il entend parfaitement bien. C'est juste qu'en général, il préfère se taire. Heureusement, Mateo et lui n'ont pas besoin de se parler pour se comprendre.

— Croyez-vous que son père reviendra un jour le chercher ?

— Je n'en sais rien. Mais Rémy aura toujours sa place ici.

Nicole l'entendait sans doute comme un réconfort, mais Bailey y vit un présage morbide. Même dans des conditions optimales et avec un personnel dévoué, n'importe quel enfant en âge de comprendre aurait choisi de vivre avec ses parents plutôt que dans un orphelinat, peu importe que son père l'ait abandonné autrefois.

— Bailey ! appela Mateo en ébouriffant les cheveux de Rémy. Les filles veulent te rencontrer. Les garçons aussi.

— Y a-t-il longtemps que vous connaissez Mateo ? demanda Nicole tandis qu'elles se dirigeaient vers le groupe.

— Non, pas tellement.

— C'est un homme bon et généreux.

— C'est ce qu'on ne cesse de me dire.

— Il aide beaucoup les autres et mérite d'être heureux.

Nicole semblait sous-entendre que leur histoire pourrait se terminer par un mariage. Peut-être serait-il judicieux de lui dire la vérité. Ils étaient ensemble, d'accord, mais leur union était temporaire. Les engagements durables ne faisaient pas partie des principes de Mateo.

Des siens non plus, d'ailleurs, se dit-elle pour se consoler tandis qu'il lui prenait la main et la présentait aux enfants.

Quand la petite bande se fut dispersée, Nicole leur fit visiter le bâtiment et les jardins.

Les cuisines, les sanitaires, les salles de classe et les dortoirs ultramodernes contrastaient avec le style médiéval de l'extérieur. Il subsistait pourtant à l'intérieur, en particulier dans la chapelle, des détails d'époque comme des bois sculptés et de superbes peintures murales. Pour Bailey, qui était née dans un pays neuf comme l'Australie, cet édifice vénérable revêtait un caractère presque sacré. Elle ressentait le poids de son insignifiance face à ces murs chargés d'histoire, tout en se sentant partie intégrante des lieux, comme si elle avait dans une autre vie arpenté ces salles et foulé ces sols en pierre.

Ils déjeunèrent d'une soupe à l'oignon et d'une quiche aux légumes, puis les enfants se rassemblèrent pour leur offrir un récital de chansons. Bailey ne comprit pas grand-chose aux paroles, mais elle adora les entendre. A la fin du concert, Mateo et elle se levèrent pour les applaudir, pendant que les petits chanteurs saluaient en souriant.

Profitant que Mateo avait rendez-vous avec Nicole, Bailey se mêla aux enfants, jouant à la marelle, au loup et à cache-cache. Claire, une petite fille de cinq ans, lui plut particulièrement. Elle avait des cheveux d'un blond presque blanc et de beaux yeux couleur indigo. Elle était pleine d'énergie et ne cessait de bavarder, de chanter et de faire des acrobaties. A la fin de l'après-midi, Bailey s'était tellement amusée qu'elle avait mal au ventre à force de rire.

Tout le monde se réunit pour le dîner dans la grande salle à manger. Pendant que Nicole disait la prière, Bailey étudia Mateo à la dérobée, prenant de nouveau conscience de la chance qu'elle avait. Si seulement elle pouvait parcourir le reste du monde avec lui ! Mieux encore, si seulement ils pouvaient s'installer ici entre deux voyages.

Elle baissa la tête et se moqua d'elle-même. Elle avait pourtant largement dépassé l'âge de croire au Père Noël.

Après le repas, ils dirent bonne nuit aux enfants, à Mme Garnier et aux autres adultes. Après avoir promis de revenir le lendemain, ils reprirent la route de terre en sens inverse. Bailey avait beau fouiller sa mémoire, elle ne se souvenait pas que Mateo ait évoqué l'endroit où ils dormiraient.

— As-tu réservé une chambre en ville ? demanda-t-elle en se frottant les mains pour se réchauffer.

— Je possède une maison dans les environs.

Puis il garda le silence et se concentra sur la route.

Au bout de quelques instants, il s'arrêta devant une vieille maison qui ressemblait à celle qu'elle avait admirée ce matin. Elle inspecta la modeste façade éclairée par les phares. Ici, ni jardin taillé à la serpe ni statues gréco-romaines. La simplicité de l'endroit n'avait rien à voir avec les goûts habituels de Mateo.

Stupéfaite, elle resta assise dans la voiture, ignorant la main qu'il lui tendait.

— C'est ici que nous allons dormir ? s'étonna-t-elle.

— Ma maison ne te plaît pas ? demanda-t-il en s'éloignant pour sortir les bagages du coffre.

— Ce n'est pas ça, protesta-t-elle en le rejoignant. C'est très joli. Mais je me demandais juste s'il y avait de l'électricité dans la maison.

— Et sinon ?

— Alors, il y aura sûrement une cheminée.

— Il y en a une, bien sûr, assura-t-il en souriant.

Ses dents blanches brillaient dans la nuit étoilée tandis qu'il la conduisait vers la porte.

— Dans la chambre ? demanda-t-elle, voyant aussitôt le côté romantique de la chose.

Il approuva de la tête.

— Tu ne cesseras jamais de m'étonner, Mateo.

— Alors, nous sommes quittes, répliqua-t-il en posant un baiser sur sa bouche.

Il ouvrit la porte, alluma une lumière et l'aida à enlever son manteau. La pièce était propre et sentait la lavande. Il avait dû payer quelqu'un pour faire le ménage avant son arrivée. Il y avait un canapé à trois places, une table carrée de bois brut et deux fauteuils en rotin. Quand Bailey posa les yeux sur le mur opposé, elle éclata de rire.

— Il y a une cheminée ici aussi ! s'exclama-t-elle.

Il sortit de la pièce voisine sans les bagages, embrassa sa bouche au passage, puis s'approcha de l'âtre.

— Maintenant, on va pouvoir se réchauffer, dit-il en prenant une boîte d'allumettes sur la tablette.

Rassurée, elle dénoua son écharpe et étudia la pièce. Des tapisseries anciennes ornaient les murs et le sol en pierre était lisse et solide sous ses pieds. Avec l'impression d'avoir voyagé dans le temps, elle se laissa tomber sur le canapé et enleva ses chaussures.

— Depuis combien de temps as-tu cette maison ?

— Je l'ai louée la première fois que je suis revenu dans le coin, répondit-il, penché au-dessus de l'âtre. Et je l'ai achetée l'année suivante.

— Il y a huit ans ?

Il gratta une allumette avant de se tourner vers elle.

— Pourquoi es-tu si étonnée ?

— Je ne comprends pas que tu ne l'aies pas encore démolie ou rénovée pour en faire un endroit davantage dans ton style.

Elle vit une lueur de contrariété passer dans ses yeux, avant qu'il ne se détourne pour mettre le feu au petit bois. Sans savoir pourquoi, elle avait l'impression de l'avoir offensé. Il consacrait sa vie à son cabinet, travaillant d'arrache-pied afin de pouvoir s'entourer de nombreuses possessions matérielles, probablement pour compenser l'enfance démunie qu'il avait eue. Logiquement, ici, à deux pas de l'origine de ses souvenirs, son besoin de se rassurer aurait dû être plus intense. En outre, d'après Nicole, et à en juger par le bon état des locaux, il s'assurait que les enfants bénéficient d'un environnement fonctionnel et agréable.

Perplexe, elle glissa ses pieds glacés sous ses cuisses. Elle avait commis une erreur, il fallait qu'elle se rattrape. Pas question de jeter une ombre sur un moment si agréable.

— Je suis désolée, dit-elle.

— Non, tu as vu juste, reconnut-il en jetant l'allumette brûlée dans la cheminée.

Il se tut pendant quelques instants, avant de prendre un tisonnier et d'attiser les braises jusqu'à ce que le feu ait bien pris.

Puis il revint vers elle et poursuivit :

— C'est ce que je voulais faire au début. Mais je me suis vite rendu compte que j'aimais cette maison telle qu'elle était. En fait, je me sens mieux ici que chez moi à Sydney.

Rien d'étonnant, songea Bailey, tandis qu'il s'installait à côté d'elle. Nos racines et nos souvenirs sont profondément ancrés en nous.

Il lui prit la main et la souleva.

— J'ai remarqué que tu jouais avec ton bracelet chaque fois que tu doutais de toi.

Elle haussa les épaules.

— Je ne m'en étais pas aperçue, mais je suppose que c'est logique.

Il fit tourner la chaîne autour de son poignet. La lumière des flammes se refléta sur le métal doré, envoyant ses rayons tout autour de la pièce. Le contact de sa main sur sa peau la rendait aussi chaude que le feu. Elle se rapprocha de lui.

— Tu ne l'enlèves jamais, dit-il.

— C'est ma mère qui l'a monté pour moi. Elle a ajouté une breloque à chacun de mes anniversaires.

Reposant son bras, il chercha ses yeux.

— Jusqu'au quatorzième, non ?

L'année de la mort de sa mère…

— Ma mère me le montrait souvent quand j'étais petite. Elle avait prévu de me l'offrir le jour de mes seize ans. Mais elle n'en a pas eu le temps et mon père a refusé de me le donner. Du coup…

— Tu l'as pris quand même ?

— Non, tu es fou, protesta-t-elle. Ce bijou me revenait, mais je ne m'en serais jamais emparée sans la permission de mon père. Quelque temps après mon seizième anniversaire, je lui en ai parlé et je l'ai supplié de me le remettre. Ce bracelet était le lien qui me reliait à ma mère et je l'attendais depuis longtemps. Il a refusé sous prétexte que je risquais de le perdre ou de le casser. Il n'avait pas le droit de le garder.

— Pourtant, il te l'a tout de même donné.

— Oui, mais, depuis, il ne veut plus me voir.

— Je pense qu'elle vous manque beaucoup à tous les deux. Que de souvenirs vous auriez à partager !

Elle soupira lourdement.

— C'est à lui qu'il faudrait le dire.

— Pourquoi ne le fais-tu pas ?

— Parce qu'il ne m'écouterait pas.

— As-tu déjà essayé de lui parler ?

— Trop souvent.

Il s'adossa au canapé et se plongea dans la contemplation du feu.

— Je donnerais n'importe quoi pour connaître mon père biologique, dit-il au bout d'un moment.

— Que lui dirais-tu ?

Il réfléchit quelques instants, avant de plisser les yeux.

— Je lui demanderais des explications. Mais cela n'arrivera pas, conclut-il en la scrutant de nouveau. Que dirais-tu à ton père si tu en avais l'occasion ?

Elle réfléchit soigneusement avant de répondre :

— Moi aussi, je lui demanderais des explications.

— Un jour, tu seras fixée.

En la voyant frissonner, il l'entoura de ses bras et la serra contre lui.

— Tu te sens mieux, maintenant ? s'enquit-il.

Elle leva les yeux vers lui et déclara spontanément :

— Je me sens toujours bien quand je suis dans tes bras.

Il lui lança un drôle de regard et elle regretta ses paroles. Elle n'avait pourtant jamais été aussi sincère. Avec lui, elle se sentait protégée, à l'abri de tous les dangers. Mais la façon dont elle avait formulé sa phrase était…

Beaucoup trop sentimentale. Elle aurait parié que ce genre de propos lui donnait envie de partir en courant. Mais il n'était pas trop tard pour se rattraper. Il suffisait de reprendre le ton léger qui leur convenait à tous les deux.

Elle l'enlaça de plus près, passa les lèvres sur sa barbe naissante, puis les posa sur sa bouche.

— D'ailleurs, tu pourrais en profiter pour passer à la vitesse supérieure.

Elle perçut son sourire et le sentit se détendre.

— Quelque chose m'en empêche, dit-il en se mettant à lui caresser les reins.

— Quoi donc ?

— Tes vêtements.

Elle frémit d'un désir brûlant. Depuis leur rencontre, il la satisfaisait sexuellement au-delà du possible. Elle nota pourtant dans sa voix et sa façon de la toucher ce soir une passion plus intense que d'habitude. Elle frissonna de plaisir à l'idée de ce qui l'attendait. Cette nuit avait toutes les chances d'être exceptionnelle.

Se sentant soudain audacieuse, elle décida de prendre l'initiative. Ce soir, c'est elle qui mènerait la danse, elle qui donnerait et reprendrait, jusqu'à le rendre fou de désir.

Elle effleura rapidement ses lèvres, puis s'échappa de son étreinte et se posta devant la cheminée.

— Tu as fait un beau feu, dit-elle.

Il se redressa sur son siège.

— Tu as chaud, maintenant ?

— Je suis en nage.

Elle saisit le bas de son pull et le passa par-dessus sa tête. Les flammes brûlaient son dos nu et le regard de Mateo embrasait l'avant de son corps. Le sang pulsant dans ses veines, elle glissa les bras derrière elle et défit l'attache de son soutien-gorge, le laissant tomber sur le tapis à ses pieds. Quand il se pencha en avant, l'air qu'il déplaça fit frémir les pointes de ses seins qui se tendirent sous ses yeux avides.

Elle devina qu'il avait envie de l'attirer vers lui, de la toucher et de l'embrasser, bref de la dévorer avec un appétit qui égalait le sien. Mais elle ne bougea pas. A la place, elle laissa défiler dans son esprit les images de lui la veille, pénétrant dans la salle de bains dans sa glorieuse nudité, résolu à la faire languir.

Reprenant son souffle, elle déboutonna son pantalon et le descendit lentement sur ses hanches, puis le long de ses cuisses, le laissant tomber sur ses chevilles et l'enlevant d'un coup de pied. Elle s'approcha ensuite de l'endroit où il se trouvait, si près qu'il aurait pu la toucher en tendant le bras. Elle ne portait à présent pour tout vêtement que son boxer de soie.

La respiration de Mateo était saccadée. Dans la lumière des flammes, elle voyait son torse se soulever sous sa chemise noire. Elle reconnut l'impatience dans ses yeux. Jusqu'à quand résisterait-il avant de l'attirer vers lui ?

Quand elle se rapprocha encore un peu, un muscle de sa joue tressauta. Elle lui prit alors la main et la posa sur son ventre, puis, avec une lenteur délibérée, la fit glisser entre ses cuisses, avant de remonter tout aussi lentement vers le haut. Sur le même rythme nonchalant, il effleura ses seins de la langue, puis enroula l'élastique de sa culotte autour de son index.

Il suça la pointe durcie de son sein en grognant de plaisir, avant de faire glisser le boxer de soie le long de ses jambes.

Le temps se dilua lorsque sa bouche descendit le long de son corps, jusqu'à l'endroit sensible qu'il venait de dévoiler. Lui tenant les fesses, il se mit à la lécher, ses mouvements s'intensifiant et s'allongeant. Elle ne résista pas quand il posa une de ses jambes sur son épaule afin de mieux l'atteindre, se contentant de s'accrocher à ses cheveux et s'abandonnant corps et âme au plaisir qu'il lui donnait.

A deux doigts de l'explosion, elle se rappela vaguement qu'elle était censée le faire languir. Mais il était trop tard pour revenir en arrière. Un orgasme fulgurant la transperça et elle pencha la tête en arrière en murmurant son nom.

Elle fut à peine consciente d'être déposée sur le tapis épais qui recouvrait le sol, pas plus qu'elle ne vit Mateo s'allonger au-dessus d'elle. Lorsqu'elle commença à revenir à elle, elle ouvrit les yeux et ne put s'empêcher de sourire en découvrant qu'il n'avait pas pris le temps d'enlever sa chemise. Sans attendre, il s'enfonça en elle, lui chuchotant des mots tendres en français et en italien.

Elle enroula les jambes autour de lui et glissa les mains sous sa chemise pour caresser son torse. Puis il se mit à bouger en elle, des mouvements lents et prolongés qui stimulèrent de nouveau ses zones érogènes. Quand il accéléra la cadence, elle s'empara de sa bouche, savourant les mouvements frénétiques de sa langue et sentant son sexe pulser en rythme avec le sien. Puis ce fut sa main chaude sur son sein, son pouce traçant des petits cercles autour de la pointe. Elle laissa échapper un soupir, suivi d'un long gémissement de plaisir.

Haletant, il se souleva au-dessus d'elle, abandonnant sa bouche, ses hanches cognant contre son corps, ses muscles reluisant dans la lumière des flammes. Alors elle s'accrocha à lui, ferma les yeux et laissa le brasier qui la consumait grandir et s'intensifier.

Soudain, il laissa échapper un cri rauque et son corps se raidit. Il s'enfonça une dernière fois en elle, tandis qu'elle atteignait de nouveau la jouissance, basculant avec lui dans un ailleurs éblouissant.

- 10 -

Plus tard, Bailey rejoignit la chambre et se glissa sous les couvertures pendant que Mateo allumait un feu dans la cheminée. Ils s'endormirent enlacés dans les bras l'un de l'autre, se réveillèrent vers 8 heures et firent l'amour.

Une heure plus tard, il retrouva Nicole à l'orphelinat, afin de discuter avec elle de son projet d'excursions. La première d'entre elles, destinée aux enfants les plus âgés et programmée pour le printemps, était un week-end à Paris, incluant une visite au Louvre et un hébergement dans une pension de famille. Nicole rayonnait à l'idée que ses petits protégés puissent avoir l'opportunité de connaître le monde. Il signa le projet, satisfait d'avoir apporté sa pierre à l'édifice. Les voyages formaient la jeunesse, il était bien placé pour le savoir.

A la fin de l'entretien, Nicole lui annonça, sans préciser de qui il s'agissait, qu'un des enfants avait trouvé une famille qui viendrait le chercher aujourd'hui. Il quitta la pièce en s'interrogeant. Se pouvait-il que ce soit Rémy ? Dans ce cas, il en serait heureux pour lui.

Il partit à la recherche de Bailey. Il avait promis de lui montrer la petite ville voisine, un exemple de l'architecture rustique qu'elle aimait tant. Il la trouva sous le préau, occupée à jouer avec les filles. L'une d'elles était Claire, un ange blond qu'il aimait beaucoup.

Ne voulant pas les interrompre, il rejoignit le vieux chêne auprès duquel il aimait se réfugier enfant. Adossé à l'énorme tronc, les rires des fillettes filtrant dans l'air frais de cette fin de matinée, il laissa dériver ses pensées. Ces lieux lui apparaissaient souvent en rêve sous forme d'images confuses et dérangeantes. Etrangement, même si l'idée de s'en échapper l'avait jadis obsédé, plus ses visites étaient longues, plus il avait du mal à s'en aller. Tandis qu'il regardait Bailey s'amuser avec les enfants, cette contradiction s'imposa à lui plus intensément que jamais. Encore plus étrange, malgré les souvenirs douloureux qu'il gardait de sa vie à l'orphelinat, une petite voix lui soufflait aujourd'hui de rester.

Quelle idée insensée ! Il avait un cabinet, des amis, une vie en Australie. Ici, il se sentait un peu comme un fantôme hantant les lieux de son enfance.

Quand elle l'aperçut, Bailey agita les bras pour l'appeler.

— Viens, Mateo ! Claire et Léonor font des cookies. Tu pourrais nous aider.

Les deux petites filles bavardaient en français, tout en disposant des petits tas de pâte à modeler sur une plaque à gâteaux, avant de l'enfourner dans le four de leur maison de poupée. Mateo sourit. La scène lui rappelait le temps où il aidait Mama dans la cuisine.

— Qu'est-ce que vous avez mis dans vos cookies ? demanda-t-il aux fillettes en s'approchant.

— C'est une recette secrète, répondit Claire.

— Attention à la température du four. S'il est trop chaud, vous risquez de vous brûler les doigts sur les boutons.

Léonor se précipita pour faire semblant de baisser le thermostat. Claire tapota le dos de son amie.

— Bon travail, approuva-t-elle.

— Elles sont inséparables, fit remarquer Bailey.

— Vous en voulez un, monsieur ? demanda Claire en tirant sur la manche de Mateo, qui s'accroupit devant elle.

— Ne vaudrait-il pas mieux les laisser refroidir ?

Claire approuva de la tête, puis transmit l'information à Léonor.

Rejoignant Bailey, il lui prit la taille et lui murmura à l'oreille :

— Quand tu auras fini, nous irons nous promener en ville.

— On pourrait emmener Claire et Léonor.

— Dans ce cas, les autres voudront venir aussi.

— Alors louons un bus.

Il éclata de rire.

— C'est une idée à creuser.

— Comment s'est passée ton entrevue avec Nicole ?

— Nous avons établi un planning d'excursions pour l'année prochaine. Les plus âgés seront les premiers à partir.

— Les autres aussi iront quelque part, n'est-ce pas ?

— Bien sûr, assura-t-il. Ils auront tous leur voyage.

Satisfaite, elle plaqua son dos contre lui, lui prit les mains et les posa sur son ventre. La tête sur son épaule, elle contempla d'un air attendri la scène qui se déroulait devant eux. Léonor était en train de se déguiser en fée ; lui servant d'habilleuse, Claire attendait à côté d'elle, une paire d'ailes argentées dans les mains.

— J'adore cet endroit, dit-elle en se frottant contre lui.

— Ce qui est sûr, c'est que le climat te convient, répondit-il en lui embrassant la tempe. Tu as les joues toutes roses.

— Et la bouche ?

Le sous-entendu lui donna aussitôt envie d'elle. Laissant les fillettes à leurs jeux, il l'entraîna à l'abri d'un mur et l'embrassa. Avec Bailey dans ses bras, il était le maître du monde, aussi fort et invincible que le vieux chêne qui avait survécu à cinq siècles d'histoire.

— Il est encore tôt, murmura-t-il contre sa bouche. Que dirais-tu d'une petite halte à la maison avant le déjeuner ?

Elle pressa ses lèvres sur les siennes.

— On pourrait manger avec les enfants, suggéra-t-elle.

Il se recula et l'étudia en fronçant les sourcils.

— Aurais-je perdu mon charme ?

Elle lui lança un regard en biais.

— Cela te poserait-il un problème ?

— Seulement si c'était avec toi.

Il prit son visage dans ses mains et l'embrassa de nouveau, lentement, intensément, jusqu'à ce que plus rien n'existe sauf le jeu sensuel auquel ils se livraient. Sa réponse pouvait ressembler à une flatterie, pourtant il pensait ce qu'il disait. Aujourd'hui, cet autre monde — son cabinet et ses patients, ses placements financiers et ses biens — n'avait plus d'importance. Seuls comptaient Bailey et le plaisir qu'elle lui procurait.

Lorsqu'il interrompit le baiser, elle s'adossa contre le mur, gardant les yeux fermés.

— J'aimerais rester ici pour toujours, dit-elle en souriant d'un air rêveur.

Il sentit son ventre se contracter sous le choc. Non parce que la perspective le rebutait. Au contraire et, malgré son caractère aussi hypothétique qu'irréalisable, l'idée lui plaisait. Ce qui n'était pas normal. Ce voyage n'était pas censé lui inspirer de tels sentiments. Il s'agissait au départ uniquement de satisfaire le désir qu'elle lui inspirait, et sur ce point il était comblé. Mais ce qu'il éprouvait pour elle aujourd'hui était différent. Quelque chose de totalement inédit qu'il ne savait pas trop comment gérer.

Il revint sur terre en entendant une voix féminine appeler quelqu'un. Il reconnut celle de Mme Prideux, une femme aux cheveux auburn qui s'occupait des enfants. Bailey s'écarta du mur, ajusta sa tenue et tapota ses joues empourprées.

— C'est toi qu'on appelle ?

— Non, Léonor. Je crois qu'on vient la chercher pour la conduire au bureau de la directrice.

— Ah bon ? Pourquoi ?

Le commentaire de Nicole au sujet du départ d'un enfant lui revint à la mémoire.

— Il se pourrait que Léonor ait trouvé une famille.

Ils quittèrent leur cachette et rejoignirent la cour. Mme Prideux se dirigeait vers l'entrée, la main de Léonor dans la sienne. Assise sur une minuscule chaise, Claire les regardait s'éloigner d'un air hagard. Mateo n'eut aucun mal à deviner ce que la petite fille pouvait ressentir.

— Ne t'inquiète pas, Claire, dit Bailey en anglais. Ton amie n'a pas d'ennuis.

Claire la regarda sans comprendre, laissa échapper un soupir, puis se mit à lui parler en français. Bailey écarquilla les yeux en l'entendant prononcer les mots « maman et papa ». Claire lui assura qu'elle savait que Léonor allait partir. Selon elle, son amie avait été choisie parce qu'elle était la plus sage de l'orphelinat.

Bailey s'assit sur une autre chaise et se tourna vers lui.

— Ai-je bien compris ce qu'elle a dit ?

Il hocha la tête.

— Nicole leur a annoncé ce matin qu'un couple viendrait chercher un des enfants aujourd'hui.

— S'agit-il de Léonor ?

— Apparemment.

La vision de Claire regardant sa meilleure amie s'éloigner vers une autre vie le bouleversa, lui rappelant douloureusement pourquoi il aimait cet endroit tout en le détestant.

Si exubérante et pleine de vie quelques instants plus tôt, Claire semblait à présent complètement abattue. Bailey comprenait qu'elle soit affectée par le départ de Léonor. D'un côté, elle devait se réjouir de la chance de son amie, d'un autre, s'en vouloir d'éprouver de l'envie. Pire, elle se rendait compte du vide que son absence laisserait dans sa vie. Bailey la plaignait de tout son cœur.

— Est-ce que Léonor aura le droit de dire au revoir à ses amies ? demanda-t-elle tandis qu'ils rejoignaient l'édifice en compagnie de Claire.

— Bien sûr, assura Mateo.

— Tant mieux. Je suis contente pour Léonor, se hâta-t-elle d'ajouter, mais c'est dur pour ceux qui restent. Tu es bien placé pour le savoir.

— Un jour quelqu'un viendra chercher Claire.

Elle aurait aimé être cette personne. Un désir absurde. Elle la connaissait à peine et n'était pas en mesure d'adopter un enfant. Etrangement, l'idée ne l'avait jamais effleurée auparavant. Mais le courage de Claire, sa façon de marcher en redressant fièrement la tête, l'émouvait au plus haut point. Bailey avait perdu sa mère à l'âge de quatorze ans, mais au moins en avait-elle profité pendant toutes ces années. Et elle avait un père qui l'aimait, elle le savait, même s'il s'était éloigné ces derniers temps.

Serrant un ballon de football sous le bras, Rémy apparut dans le hall au moment où ils pénétraient dans l'infirmerie. Il était toujours là lorsqu'ils en ressortirent quelques instants plus tard. Une inquiétude anormale pour son âge voilait ses yeux sombres. Bailey devina qu'il attendait Claire pour la réconforter. Il dit quelques mots à Mateo qui hocha la tête, puis entraîna la petite fille vers l'escalier.

Ils restèrent silencieux quelques secondes, les regardant monter jusqu'à ce qu'ils aient disparu derrière la balustrade. Puis Bailey laissa échapper un pauvre soupir.

— On pourrait lui lire une histoire pour la distraire, suggéra-t-elle en faisant un pas vers l'escalier.

Il la retint par le bras.

— Je suis sûre que Rémy s'occupera très bien d'elle. Rien de tel qu'un ami pour vous consoler de vos soucis.

Elle se rangea à son avis, consciente que c'était davantage elle-même que Claire qu'elle désirait réconforter. Elle songea aux émotions contradictoires que Mateo devait éprouver à chacune de ses visites. D'abord la joie des retrouvailles, ensuite la satisfaction de trouver des solutions pour améliorer la vie des enfants, puis la tristesse au moment des adieux. Elle était sûre que, s'il avait pu, il les aurait tous pris avec lui, mais savait que c'était impossible, ce qui lui brisait le cœur.

Un homme moins bon se serait contenté d'envoyer un chèque.

Elle baissa la tête, un peu honteuse. Sa douleur semblait plutôt douce comparée à la sienne.

Tandis qu'ils se dirigeaient vers le vieil arbre qui trônait au milieu de la pelouse, Mateo lui prit la taille.

— Allons faire un tour en voiture, dit-il.

Elle approuva l'idée. Une promenade la distrairait. Se tourmenter ne changerait rien. Elle ferait bien mieux d'être contente pour Léonor, tout en priant pour que Mateo ait raison : un jour quelqu'un viendrait chercher Claire. Rémy aussi.

Mateo franchit le vieux pont de pierre, s'engagea dans la rue principale, passa devant l'église gothique, les deux restaurants et la boulangerie, puis ressortit de l'autre côté du village.

— Où va-t-on ? demanda-t-elle avec un regard surpris.

— Dans un endroit que je connais. Une forteresse en ruine. On dit qu'elle est hantée.

Retrouvant son optimisme, elle lui sourit.

— Chouette !

Ils roulèrent pendant quelques kilomètres, puis la voiture s'arrêta au pied d'une falaise rocheuse surplombant une rivière. Après avoir gravi une série de marches inégales taillées dans la roche, Bailey arriva en haut hors d'haleine. Mais elle oublia vite ses jambes fatiguées en découvrant la beauté du site.

— C'est une place forte qui a été érigée il y a neuf siècles. A cette époque, il s'agissait d'un simple donjon de bois, expliqua Mateo.

Il lui prit la main et l'entraîna vers les ruines avant de poursuivre :

— Au XVe siècle, le donjon a été consolidé et entouré de trois murs d'enceinte. Seules les ruines du château qui se trouvait derrière le second rempart subsistent aujourd'hui.

Une histoire immémoriale imprégnait les voûtes couvertes de mousse, les marches en pierre affaissées et ce qui restait des sculptures accrochées aux murs gris. Au-dessus de ce qui était jadis une entrée majestueuse, se trouvait un blason usé par les ans et les intempéries.

— Qui sont les fantômes ? demanda-t-elle. Pourquoi hantent-ils cet endroit ?

— Selon la légende, un seigneur a jadis enfermé sa fille dans la tour de ce château, afin qu'aucun homme ne puisse s'approcher d'elle. Il prétendait que personne n'était assez bien pour elle, mais tout le monde savait qu'il la cloîtrait parce qu'elle était sa seule enfant et qu'il ne voulait pas la perdre.

Lui prenant le coude, il l'aida à enjamber un amas de pierres pour pénétrer dans un espace froid, imprégné d'une odeur de terre et de moisi.

— Un jour, un chevalier se présenta au château et fut invité à partager le repas du soir avec le maître des lieux. Entendant le chant plaintif de la jeune fille, il demanda s'il pouvait lui parler. Le châtelain refusa catégoriquement.

Elle se figea sur une marche du vieil escalier dans lequel elle s'était engagée.

— Ne me dis pas qu'ils sont morts tous les deux quand le chevalier a tenté de la délivrer.

— Il a réussi à la libérer et ils se sont enfuis sur son cheval pour se marier. Furieux, le père s'est lancé à leur poursuite, bien décidé à ramener sa fille unique à la maison. Mais sa monture a trébuché en sautant un obstacle, le châtelain est tombé et il s'est cassé la jambe. Mal soignée, la blessure s'est infectée et il a agonisé pendant six semaines. Jusqu'à son dernier souffle, il a espéré que sa fille reviendrait.

— Il aurait mieux fait de profiter de sa fille tant qu'elle était là, fit-elle remarquer avec un rire sans joie.

Comprenant l'allusion, il traversa le sol en terre et la rejoignit sur les marches.

— Si tu veux aller voir ton père à ton retour, je serais ravi de t'accompagner.

Elle lui caressa lui joue.

— Tu es gentil, mais je crois que c'est inutile.

— Tu devrais lui donner une chance de…

— Peut-être que c'est à lui de me tendre la main, pour changer, répliqua-t-elle, peu désireuse d'aborder ce sujet. Je regrette que nous en soyons arrivés là, mais je n'y peux rien.

— J'imagine que ce n'est pas facile, dit-il après un instant de silence.

Pour moi ou pour mon père ? ne put-elle s'empêcher de se demander, tout en s'interrogeant sur la façon dont il réagirait dans un cas pareil. Elle était curieuse de savoir comment il se comporterait avec ses enfants, s'il en avait un jour. Quel genre de père serait-il ? Elle n'avait jamais osé aborder ce sujet et décida de se lancer.

— Natalie a dit l'autre jour qu'elle ne serait pas étonnée que tu reviennes un jour de France avec un enfant.

Ses traits se durcirent.

— J'aime beaucoup Natalie, mais elle oublie certains détails.

— Que veux-tu dire ?

— Pour commencer, en France l'adoption est un processus long et compliqué.

— Donc, tu y as songé.

— Mme Garnier et moi discutons de ce problème depuis des années.

Ce n'était pas une réponse.

— Tu n'as donc jamais envisagé d'adopter ?

Ses sourcils se froncèrent, formant une ride profonde au milieu de son front.

— Rémy finira par trouver quelqu'un pour s'occuper de lui, répondit-il d'une voix étouffée.

— Pourquoi pas toi ?

Il tressaillit, puis rejoignit le sol en terre battue.

— Je suis triste pour ceux qui restent, mais dis-toi qu'ils ne sont pas malheureux. Et puis, Bailey, je fais ce que je peux.

Elle laissa échapper un soupir.

— C'est vrai, reconnut-elle. Et tu en fais beaucoup, bien plus que la plupart des gens. N'empêche que ces gosses ont l'art de vous attendrir. On ferait mieux de quitter cet endroit demain, sinon je ne voudrai plus jamais partir.

Il leva les yeux vers elle et chercha son regard.

— Je sais. Quand on doit rester, on a envie de partir. Et quand on doit partir…

Il laissa sa phrase en suspens et sortit de l'édifice.

C'était un peu de cette façon que les choses s'étaient passées entre eux, songea-t-elle en le suivant dehors. Quand elle n'avait nulle part où aller et qu'il lui avait proposé de l'héberger, elle ne voulait pas rester. Elle avait partagé son lit pendant deux semaines, puis s'était envolée pour la France avec lui. Ici, ils s'étaient rapprochés l'un de l'autre, au point qu'elle avait l'impression de le connaître depuis toujours.

Elle se demanda non sans une certaine angoisse ce qu'il

adviendrait d'eux à leur retour. Grâce à son travail, elle serait en mesure de s'assumer et n'aurait alors plus aucune raison de rester chez lui.

Sauf que, maintenant, elle n'avait plus du tout envie de partir.

- 11 -

Plongé dans ses pensées, Mateo regardait les enfants jouer sous le pâle soleil d'octobre. Ils étaient ici depuis trois jours, passant leurs journées à l'orphelinat et leurs soirées dans la vieille maison, à parler et à faire l'amour. Il n'avait pas envie de partir.

Bailey aussi semblait se plaire ici. Si elle n'avait pas été si résolue de reprendre son travail le lundi suivant, il lui aurait proposé de prolonger leur séjour.

Il voulait continuer à la fréquenter en Australie. Mais sans engagement. Il avait l'intention d'être clair dès le départ. Pas de mariage ni d'enfants en perspective. Si elle acceptait ces conditions, il serait ravi de continuer à partager de bons moments avec elle. Le temps que cela durerait.

Bailey marchait dans l'allée en conversant avec Mme Garnier, Claire derrière elles. La petite fille semblait avoir un peu récupéré du choc consécutif au départ de son amie. Fourrant les mains dans ses poches, il se dirigea vers le petit groupe. Il se souvenait à quel point il avait été anéanti quand Henri était parti. Il se rappelait aussi sa joie quand Ernesto était venu le chercher. Hélas, même si le chagrin de Claire lui brisait le cœur, il ne pouvait rien faire d'autre que prier pour que tous ces enfants soient adoptés un jour.

Le vent s'engouffra sous son manteau. Le ciel s'était couvert et le temps devenait menaçant. Puisqu'il fallait partir, autant en finir au plus vite.

— Prêt à partir, monsieur ? demanda Nicole.

Il hocha la tête et saisit la main de Bailey.

— Oui, il est grand temps, sinon Bailey n'aura pas le temps de visiter Paris.

La directrice tapa trois fois dans ses mains. Au signal, les enfants accoururent et se mirent en rang.

— Bailey et M. Celeca s'en vont, leur dit-elle en français. Veuillez les remercier de nous avoir rendu visite.

— Merci de votre visite. Revenez vite, s'exclamèrent les enfants d'une seule voix.

Il fut ému aux larmes de voir ces petits visages souriants tournés vers lui, puis il remarqua qu'il manquait quelqu'un.

— Où est Rémy ? demanda-t-il à Nicole.

— Il ne se sent pas très bien aujourd'hui. Il m'a demandé de vous remettre ceci, ajouta-t-elle en sortant une enveloppe de sa poche.

Il la déchira d'un geste nerveux et en sortit une feuille pliée en quatre qu'il déplia. Il eut un coup au cœur en prenant connaissance du message.

« *Ne m'oubliez pas, monsieur.* »

Les mots étaient accompagnés du dessin d'un petit garçon souriant qui tenait un ballon de football dans ses bras.

— Je veux le voir, dit-il en faisant un pas en avant.

Ses yeux verts empreints de sympathie, Nicole l'arrêta.

— Ce n'est pas souhaitable, monsieur. Je m'occuperai de Rémy. Il se remettra vite, je vous le promets.

Il soutint un instant son regard, envahi par des pensées confuses, son front se couvrant de sueur. Nicole savait que, s'il voyait Rémy, il aurait envie de l'emmener. Or, il ne le pouvait pas. Rémy avait besoin d'un père et d'une mère, non d'un vieux garçon pétri de mauvaises habitudes et surchargé de travail.

Bailey, Nicole et Claire s'embrassèrent, puis ils se dirigèrent vers la voiture, la mort dans l'âme. Ils avaient à peine fait trois pas que les enfants entonnèrent un chant d'adieu. Les larmes lui piquant les yeux, Mateo résista à l'envie de faire demi-tour. Il jeta un coup d'œil à Bailey. Elle avait l'air si désespérée qu'il faillit se retourner. Mais il se maîtrisa. Il avait trop peur d'apercevoir Rémy derrière la fenêtre du dortoir, à l'endroit même où il s'était tenu autrefois, se demandant s'il reverrait un jour son ami.

Mateo lui adressa à peine la parole pendant le trajet du retour, décourageant toutes ses tentatives pour engager la conversation.

Elle avait vu dès le début qu'il était très attaché à Rémy et se doutait qu'il était malheureux de l'avoir abandonné. Elle aussi l'était de laisser Claire, mais elle se doutait que c'était encore plus dur pour lui. Même si, comme il l'avait dit lui-même, il faisait ce qu'il pouvait. D'ailleurs, ni l'un ni l'autre n'était en mesure de faire quoi que ce soit de plus. C'était regrettable, mais personne n'y pouvait rien.

N'empêche que le Mateo loquace et joyeux lui manquait.

Tandis que la décapotable se rapprochait de Paris, elle se résigna à accepter l'inévitable. Mateo ne pouvait pas adopter Rémy. Sa vie de célibataire et sa profession ne permettaient pas d'élever un enfant. Rémy méritait une vraie famille, un père et une mère prêts à se consacrer entièrement à lui. Quand Mateo retournerait en France, l'année prochaine, Rémy serait probablement parti. C'était la meilleure chose qu'on puisse lui souhaiter.

Du moins essaya-t-elle de s'en convaincre.

Ils descendirent au même hôtel que la première fois et elle eut un choc en pénétrant dans le hall. Après les soirées au coin du feu dans la vieille maison, le luxe du palace semblait clinquant et exagéré. Mateo avait dû avoir la même impression qu'elle, car il fit porter les bagages dans la chambre et l'entraîna aussitôt dehors.

Tandis qu'ils remontaient les Champs-Elysées bras dessus, bras dessous, Mateo recouvra la parole.

— Les Parisiens affirment que cette avenue est la plus belle du monde.

Bailey ne pouvait qu'approuver. La beauté de cet endroit légendaire, où chaque pierre, chaque arbre, chaque coin de rue semblait imprégné d'histoire, la fascinait. Et, tout comme à La

Chapelle-Ville-Laube, elle se sentait chez elle, comme si elle avait déjà arpenté ces trottoirs dans une autre vie.

Elle mit sa main en visière pour admirer la perspective.

— L'avenue est tellement longue qu'on n'en voit pas la fin.

— Elle a deux kilomètres de long et se termine par l'Arc de triomphe, construit par Napoléon en hommage à ses victoires.

Ils cheminèrent sous les marronniers et les réverbères qui bordaient les trottoirs, dépassant des cinémas, des cafés et de nombreuses boutiques de luxe, puis s'arrêtèrent devant un restaurant. Le menu était écrit à la craie sur une plaque d'ardoise, posée sur un chevalet. Les plats nombreux et originaux allaient du bar à l'aigre-doux aux raviolis farcis au homard, en passant par un assortiment de sandwichs variés et de salades. Ils s'installèrent à la terrasse, entourés de pigeons qui picoraient les miettes. Elle commanda une salade au crabe et aux asperges et lui opta pour un agneau braisé aux pêches.

— Viens-tu toujours ici quand tu es à Paris ? demanda-t-elle en sirotant un verre de vin blanc.

— Non, c'est la première fois.

— Alors nous sommes tombés sur l'endroit idéal pour regarder les gens passer.

— Observer les passants est l'occupation préférée des Parisiens, dit-il. Ils apprécient particulièrement ce qui est beau et original.

Elle détourna les yeux d'un couple d'amoureux qui se promenaient en riant et les reporta sur lui. C'était elle qu'il regardait. L'intensité de son regard lui fit monter le rouge aux joues.

Le musée du Louvre était leur destination suivante. Ils s'y rendirent en longeant la Seine. Bailey afficha un sourire béat du début à la fin de la visite. Il y avait tellement de choses à voir qu'elle en avait la tête qui tournait. Plus de trente-cinq mille œuvres, datant de l'Antiquité aux Temps modernes. Léonard de Vinci, Rubens, sans oublier les collections d'art grec, romain et égyptien. Elle eut un coup de foudre pour *Les Esclaves* de Michel-Ange et la *Vénus de Milo*. Mais, de toutes les sculptures exposées, ce fut *Psyché ranimée par le baiser de l'Amour* d'Antonio Canova qui l'émut le plus.

Penché au-dessus de Psyché, les ailes étendues au-dessus de sa tête, Cupidon portait dans ses bras la jeune femme évanouie. A partir d'un simple bloc de marbre blanc, l'artiste avait su rendre à la perfection les sentiments qui animaient ses personnages.

— C'est ma préférée, décréta-t-elle. L'amour qu'il éprouve pour elle se lit sur son visage.

— La légende raconte que Vénus était jalouse de la beauté de la jeune fille, dit-il, se collant à son dos et nouant les bras autour d'elle. Elle a ordonné à son fils Cupidon de planter une flèche dans le cœur de Psyché pendant son sommeil, afin qu'à son réveil elle tombe amoureuse du premier homme qu'elle verrait, une créature hideuse que Vénus avait l'intention de mettre dans son lit. Mais Cupidon s'est blessé accidentellement avec la flèche et ils sont tombés instantanément amoureux l'un de l'autre.

— Et ils furent heureux et eurent beaucoup d'enfants ?

— Ils se disputèrent et se séparèrent. Pendant ce temps, Vénus s'efforça de mettre tous les obstacles possibles sur leur chemin, le dernier étant de plonger Psyché dans un profond sommeil, dont seul un baiser de Cupidon pourrait la sortir.

— Comme dans *La Belle au bois dormant.*

— Oui, aussi profond que le tien quand tu dors, chuchota-t-il dans son oreille.

— Je suis un vrai loir, admit-elle en souriant.

— J'adore te réveiller le matin.

Il effleura son cou des lèvres et elle sentit ses jambes se dérober sous elle.

— Tu veux qu'on nous mette dehors ? demanda-t-elle en jetant un coup d'œil à la foule qui les entourait.

Il gloussa.

— Nous sommes en France, n'oublie pas.

La bouche de Mateo toujours dans son cou, elle reporta son attention sur la sculpture.

— Raconte-moi la fin de l'histoire.

— Cupidon a embrassé Psyché et l'a ranimée. Ils se sont mariés et Zeus a béni leur union, donnant à Psyché l'immortalité. Cupidon et elle ont eu une fille, Volupté, qui est devenue la déesse de la Sensualité.

— Je parie qu'elle aussi a des tas d'histoires à raconter.

Il rit de bon cœur, puis l'entraîna vers une nouvelle œuvre.

Ils parcoururent les salles jusqu'à 22 heures et la fermeture du musée. Quand ils sortirent du musée, la ville était illuminée et les rues pleines de monde. Ils rejoignirent la Seine, admirant les reflets scintillants des lumières sur l'eau sombre de la rivière, la musique des Bateaux-Mouches qui passaient flottant dans la nuit.

— Que veux-tu faire demain ? demanda-t-il en l'enlaçant.

— Tout, répondit-elle en se serrant contre lui.

— En une seule journée ?

— Il nous reste un jour et demi, rectifia-t-elle. Et je m'en remets entièrement à toi pour le programme.

— Entièrement ?

— Oui. Et exclusivement.

Il poussa un grognement amusé.

— Parfait.

Il s'arrêta pour la prendre dans ses bras et l'embrasser, un long baiser sensuel qui la fit frémir de désir anticipé.

Dans la salle bien chauffée d'un petit café, ils commandèrent du chocolat et des tartines beurrées, puis se promenèrent de nouveau dans les rues. Quand le ciel se peignit des lueurs roses de l'aube, elle se mit à bâiller sans pouvoir s'arrêter.

— On rentre, dit Mateo en hélant un taxi.

— Mais…

— Monte, ordonna-t-il en ouvrant la portière. Une longue journée nous attend encore.

Elle n'aimait pas qu'il lui donne des ordres, même quand il avait raison, mais elle s'exécuta et s'installa sur la banquette arrière. Quand le taxi démarra, elle posa la tête sur son épaule et ferma les yeux, repassant dans sa tête les souvenirs de sa journée.

— J'ai adoré, murmura-t-elle d'une voix ensommeillée en se serrant contre lui. J'aime cette ville. J'aime…

Mateo attendit la suite, mais Bailey s'endormit avant d'avoir eu le temps de finir sa phrase. Ils n'avaient pas arrêté depuis ce matin et elle devait être épuisée. Il posa un baiser sur son front et ferma lui aussi les yeux.

Il sortit de sa torpeur quand le taxi freina devant l'hôtel, mais elle continua à dormir. Il la porta dans le hall et demanda à un chasseur de l'aider à appeler l'ascenseur et à ouvrir la porte de la chambre. Avant de se retirer, l'homme enleva le couvre-lit et déplia les draps.

Mateo déposa délicatement sa belle endormie sur le lit. Elle remua lorsqu'il lui enleva ses chaussures et ses vêtements, se rendormant aussitôt. Après s'être déshabillé, il s'allongea à côté d'elle et rabattit les couvertures. Sentant sa présence, elle se colla contre lui avant de replonger dans le sommeil. Malgré les appels de son corps épuisé, il ne voulait pas dormir.

Le moment était trop parfait.

Les rayons du soleil levant caressaient la ligne fine de son nez, la courbe arrondie de sa bouche et ses cheveux soyeux. Malgré les bribes de souvenirs douloureux qui hantaient encore son esprit, il n'avait jamais connu une telle paix intérieure. Ce dont il avait besoin pour survivre, pour être heureux, était là, dans ses bras.

S'il avait douté d'elle, maintenant son opinion était faite. Bailey n'était pas comme Linda. Elle ne cherchait pas à profiter de lui. C'était décidé, de retour à Sydney il officialiserait la situation et lui demanderait de vivre avec lui. Sans engagement, bien sûr. Juste un accord oral. Il voulait désormais l'avoir dans sa vie — et dans son lit — en permanence.

[illegible]

[illegible]

[illegible]

[illegible]

[illegible]

[illegible]

[illegible]

[illegible]

[illegible]

- 12 -

Le lendemain à 9 heures, Bailey fut réveillée d'une caresse sur l'oreille. Elle roula sur elle-même, s'étira et sourit en se souvenant de l'endroit où elle était et avec qui. Dans la romantique ville de Paris, en compagnie du plus fantastique des hommes.

Il posa un petit baiser sur son nez, puis sur sa joue.

— Tu dormais profondément.

Sa voix était rauque comme quand il venait de se réveiller et le désir brillait dans ses yeux. Son corps réagit immédiatement et elle noua les bras autour de sa nuque. L'attirant vers elle, elle lui prit la bouche, sentant sa main remonter le long de son flanc. Il ne lui fallut que quelques secondes pour avoir envie de faire l'amour.

Elle se sentait merveilleusement bien dans ses bras et n'avait aucune envie de bouger. Si elle ne gardait aucun souvenir de la fin du voyage en taxi, ni de la façon dont elle était arrivée dans cette chambre, elle se souvenait de l'accord qu'ils avaient passé hier soir. Aujourd'hui, elle s'en remettrait entièrement à lui. Elle pria pour qu'il ait prévu de se glisser sous les couvertures et de passer le reste de la matinée au lit.

Faisant un effort visible pour s'écarter, il murmura contre sa bouche :

— Il est temps de se lever.

Passant le dos de sa main sur ses yeux fatigués, elle réprima son agacement. Elle n'aimait décidément pas qu'il lui donne des ordres.

— Quelle heure est-il ?

— L'heure de visiter Paris.

Elle envisagea d'user de son charme pour le séduire, mais résolut de renoncer à son plaisir pour profiter de sa dernière journée en France.

Dans les brumes du sommeil, elle prit sa douche et s'habilla avec lenteur. Mais, dès qu'elle fut dans les rues, elle recouvra son énergie.

Ils commencèrent par visiter Notre-Dame, la cathédrale qui avait abrité le légendaire Bossu, puis traversèrent la ville vers le nord pour rejoindre Montmartre, le paradis des artistes. Le fameux Moulin-Rouge se trouvait au pied de la Butte, tandis que la basilique du Sacré-Cœur trônait au sommet avec ses quatre coupoles blanches et sa statue équestre de Jeanne d'Arc en bronze vert-de-gris.

Ils prirent un maximum de photos, puis rentrèrent se changer à l'hôtel à la fin de la journée.

Mateo l'emmena ensuite à la tour Eiffel. Ils prirent l'ascenseur jusqu'au sommet et regardèrent le soleil se coucher sur la ville. La vision de Paris baignant dans la lumière dorée du crépuscule était à couper le souffle et elle aurait aimé la graver pour toujours dans sa mémoire.

Comme pour exaucer son souhait, Mateo tendit son appareil à un couple de touristes allemands, puis l'enlaça, immortalisant ce moment.

— Tu as faim ? demanda-t-il après avoir remercié l'homme.

— Oui, je rêve d'un bon repas.

— Alors, suis-moi.

Ils descendirent au deuxième étage, où l'attendait la dernière surprise de la journée. Mateo avait réservé une table au Jules-Verne, un des restaurants les plus prestigieux de la capitale.

On les pria de s'installer à une table située près de la baie vitrée, qui donnait sur le Champs-de-Mars et ses bassins illuminés. La cuisine fut aussi raffinée que délicieuse et le repas copieusement arrosé du meilleur champagne.

Pendant que le serveur débarrassait la table après le dessert, Mateo lui prit la main.

— Alors, le repas t'a plu ?

— Je me suis régalée.

Il sembla content, puis il se mit à jouer avec les breloques de son bracelet. Le cœur, l'ours… Soudain, il fronça les sourcils et se pencha pour l'examiner de plus près.

— Tu devrais faire réparer le fermoir. Il est usé et risque de se casser.

Préoccupée, elle inspecta le bracelet, ainsi que chacune des breloques pour s'assurer qu'aucune ne manquait. L'idée de perdre ce bijou la terrorisait.

— C'est normal, je ne l'enlève jamais. Je me sens nue sans ce bijou autour du bras.

— Si tu veux, on ira chez un bijoutier demain pour lui demander de souder une chaîne de sécurité.

— Ce n'est pas la peine. Je m'en occuperai en rentrant.

Il ne sembla pas contrarié, mais s'abstint de tout commentaire et reprit sa main, examinant de nouveau le bracelet.

— As-tu ajouté des breloques depuis que tu l'as ?

— Non. Je n'en ai pas très envie. Ou alors il faudrait que ce soit quelque chose de vraiment spécial.

Ce bijou était sacré et elle y tenait comme à la prunelle de ses yeux. Dommage que son père ne le voie pas. Malgré les années, il devait penser qu'à l'heure actuelle, elle l'avait certainement perdu ou cassé.

— Et toi, dit-elle en fixant leurs mains jointes, as-tu gardé un souvenir de ton enfance ?

Il détourna les yeux et secoua la tête.

— Rien de concret.

Une confession qui expliquait sûrement son besoin de s'entourer de toutes sortes d'objets précieux, songea-t-elle un peu tristement.

— Il me reste tout de même quelque chose, reprit-il. Un souvenir merveilleux.

— Les souvenirs font partie de nous, dit-elle.

— Je me souviens du jour où Ernesto est venu me chercher. C'était le printemps et nous étions tous dehors. Il s'est assis sous le vieux chêne, m'a appelé et m'a dit : « Mateo, si tu veux bien être mon fils… »

Sa voix s'étrangla et son regard se perdit dans le vague, puis il sembla revenir à lui, haussa les épaules et conclut d'un air désinvolte :

— J'ai oublié la fin de la phrase.

Ses yeux sombres disaient le contraire, mais elle n'insista pas. Les souvenirs étaient les plus beaux des trésors et il avait le droit de protéger les siens. Et puis, elle ne pouvait pas se plaindre. Ceux qu'elle garderait de ce voyage seraient mémorables.

— Je n'oublierai jamais les moments que j'ai passés ici avec toi, confessa-t-elle en se penchant vers lui.

Son visage s'assombrit et il tressaillit imperceptiblement. Elle se recula, confuse. S'était-elle de nouveau montrée trop sentimentale ?

Mais un sourire éclaira ses traits et ses épaules se détendirent. Il souleva sa main, embrassa la paume et murmura contre sa peau :

— Moi non plus.

Après le dîner, ils marchèrent encore dans les rues. La température avait baissé et la pluie menaçait de tomber. Elle s'efforça de se contrôler, mais elle ne parvenait pas à cesser de claquer des dents. Mateo s'arrêta pour la serrer dans ses bras.

— Tu es gelée. Je vais te ramener à l'hôtel.

— Déjà ?

— On pourra toujours revenir.

Elle le scruta d'un air surpris. Avait-elle bien compris ?

— Tu veux dire, ici, en France ?

— Pourquoi pas ?

Elle en eut le souffle coupé. L'offre était aussi alléchante que généreuse, mais quelles conclusions devait-elle en tirer ? Ou, plutôt, qu'attendait-elle de plus ? Ils étaient devenus amants et avaient passé de merveilleux moments ensemble, mais avait-elle vraiment envie de se lancer dans une relation sérieuse, si c'était bien ce qu'il avait insinué ?

En proie à un mélange d'émotions contradictoires, elle lui emboîta le pas jusqu'à la station de taxis. Quand ils furent arrivés à destination, elle se tourna vers lui et dit en souriant :

— J'adorerais revenir ici avec toi.

- 13 -

Cette nuit-là, tandis qu'il faisait l'amour à Bailey, Mateo se sentait à la fois heureux et plus déchiré que jamais. Tout en caressant ses courbes douces et chaque recoin sensuel de son corps, il constatait qu'il ne pouvait plus se passer d'elle. Pourtant, plus le temps passait, plus le terrain sur lequel il s'était engagé devenait glissant.

Après ses déboires avec Emilio, il était raisonnable de supposer que le mariage ne l'intéressait pas. Il l'avait invitée à revenir à Paris avec lui et elle avait accepté. Se doutait-elle qu'il avait aussi l'intention de lui proposer de partager sa vie en permanence ? Et, dans ce cas, viendrait-il un moment où elle en exigerait davantage ?

Un engagement durable, par exemple, ou bien des bagues en diamant ?

Il s'endormit en laissant ces questions en suspens. A son réveil, il avait l'esprit clair et dispos. En sortant de l'hôtel avec Bailey à son bras, le lendemain matin, il avait pris sa décision. Une décision qui, l'espérait-il, lui plairait. Mais le moment n'était pas venu de lui en parler.

Il avait réservé une croisière en Bateau-Mouche, afin de lui montrer les rives de la Seine d'un point de vue différent. Ils embarquèrent à côté du Pont-Neuf et prirent place à l'avant, sous le toit transparent.

— Contrairement à ce qu'on pourrait croire, dit-il en contemplant les arches en pierre, le Pont-Neuf est le plus vieux pont de Paris.

Elle lui indiqua du doigt quelque chose au milieu du parapet.

— Regarde !

Un couple s'embrassait sur le pont. Soudain, sans lâcher sa bouche, l'homme souleva la femme du sol et tourna plusieurs fois sur lui-même.

— Je parie qu'il vient de lui demander sa main, dit-elle d'un air rêveur.

Sa remarque le mit légèrement mal à l'aise. Il remua sur son siège et avança une explication :

— C'est une tradition pour les amoureux de faire leur déclaration sur ce pont.

— Comme c'est romantique ! s'exclama-t-elle en riant.

Contrarié sans raison valable, il s'enferma dans le silence.

Le sourire de Bailey s'évanouit et elle rougit. Sa réaction l'attendrit, lui faisant regretter sa brusquerie. Elle connaissait déjà son opinion concernant le mariage. Inutile de créer des tensions.

Après avoir passé un agréable moment à naviguer sur la Seine, ils retrouvèrent la terre ferme. Une fois sur le quai, Mateo devina à sa tête que Bailey était triste de partir. Mais il lui réservait encore une surprise.

— Il est temps de rentrer à l'hôtel, n'est-ce pas ? demanda-t-elle tandis qu'ils marchaient dans les rues.

— Il nous reste encore un endroit où aller, répondit-il d'une voix neutre.

— Tu veux acheter des souvenirs ?

— En quelque sorte, dit-il en nouant le bras autour du sien et en faisant signe à un taxi.

Quand ils arrivèrent à destination, elle ouvrit la bouche, mais aucun son n'en sortit.

— Il fallait que tu voies l'Opéra de Paris avant de partir, dit-il en sortant du taxi.

— Quelle merveille, murmura-t-elle, les yeux humides.

— Dépêche-toi, ordonna-t-il en lui tendant la main. J'ai les entrées, mais le spectacle va commencer dans un instant.

Il l'entraîna vers l'édifice orné de colonnes en marbre rose et surmonté de deux grandes statues dorées. L'intérieur, avec ses mosaïques et ses lustres scintillants, était tout aussi somptueux. Bailey resta bouche bée en voyant l'escalier d'apparat dont il s'était inspiré pour réaliser celui de sa maison. Tandis qu'il la conduisait en haut des marches, elle jeta un coup d'œil derrière elle et dit en souriant :

— En cet instant, je n'ai pas besoin d'une robe de bal et de pantoufles de vair pour me sentir comme Cendrillon.

Quand Bailey sort de la salle de spectacle, elle avait l'impression de flotter au-dessus du sol. Le ballet qu'elle venait de voir était si beau qu'elle en rêverait pendant des mois.

Ils se frayèrent un chemin jusqu'à la sortie, éclairés par les lumières scintillantes des lustres en cristal.

— Il nous reste un peu de temps avant de devoir rejoindre l'hôtel, annonça Mateo. Qu'as-tu envie de faire ?

— J'aimerais bien acheter un cadeau.

— A qui veux-tu l'offrir ?

— Je voulais acheter quelque chose à Natalie afin de la remercier pour tout ce qu'elle a fait pour moi, puis je me suis dit qu'elle aimerait encore plus que je fasse un cadeau à Reece.

— Tu n'as pas tort, approuva-t-il.

— J'ai pensé à une peluche. Peut-être un coq. C'est l'emblème de la France, non ?

— Reece n'est plus un petit bébé. Je suis sûr qu'il préférerait quelque chose de plus, disons, viril.

— D'accord. Un ballon de foot, alors.

— Il est trop jeune.

— Que me suggères-tu ?

— De t'adresser à des experts.

— Que veux-tu dire ?

Il accéléra le pas et l'entraîna avec lui.

— Je t'emmène dans le plus vieux et le plus beau magasin de jouets de Paris.

La boutique nommée Au Nain Bleu pourvoyait aux besoins des petits Parisiens depuis la moitié du XIXe siècle. On y trouvait des quantités d'animaux en peluche tous différents les uns des autres. Elle tomba en admiration devant une paire de pantoufles en forme de lapin, mais il l'entraîna vers la section réservée aux jouets pour les garçons.

Il y avait de nombreux modèles de camions et de voitures de bois, des figurines et des instruments de musique. A un moment, elle lui faussa compagnie pour inspecter le rayon voisin. Quand il eut trouvé ce qu'il cherchait, il l'appela. Elle se détourna des bijoux sur lesquels elle était penchée et le rejoignit.

— Une boîte à outils, dit-elle en examinant l'emballage. Pour des enfants âgés de dix-huit mois à trois ans. Reece n'a que douze mois, il me semble.

— Oui, mais il grandira vite.

La mallette comportait un marteau en plastique, une scie, une clé à mollette et une perceuse « électrique » qui faisait du bruit quand on appuyait sur un bouton rouge.

— Est-ce cela que tu aurais aimé qu'on t'offre quand tu étais petit ?

— J'aurais adoré. Mon rêve était de construire ou rénover des maisons.

— Mais tu es devenu médecin.

— Ernesto tenait à ce que j'aie la meilleure situation possible.

— Le regrettes-tu ?

Il n'avait pas évoqué ce vieux rêve depuis des années et ne savait pas trop quoi répondre.

— Peut-être. Quoi qu'il en soit, je suis sûr que ce cadeau plaira beaucoup à Reece.

— Dans ce cas, je suivrai ton conseil.

Lorsqu'ils arrivèrent à la caisse pour régler leur achat, il sortit son portefeuille, mais elle refusa de le laisser payer.

— J'ai des euros, assura-t-elle.

Il se demanda à quel moment elle avait trouvé le temps de changer de l'argent. Mais bon, elle avait dû apprendre à se débrouiller au cours de ses voyages.

La vendeuse insista pour lui faire un paquet cadeau. Il regarda sa montre. Le temps commençait à presser.

Un homme se matérialisa devant eux au moment où ils atteignaient la sortie du magasin. Grand et bien bâti, il portait un costume sombre et son visage était impénétrable. Il fixa son regard froid sur Bailey qui recula d'un air embarrassé. Mateo sentit l'irritation le gagner. Ils avaient un avion à prendre.

Il ouvrit la bouche pour intervenir, mais l'homme s'adressa directement à Bailey en français.

— Je suis chargé de la surveillance de ce magasin. Veuillez avoir l'obligeance de vider vos poches, je vous prie.

— Qu'est-ce qu'il a dit, Mateo ? demanda-t-elle en lui prenant le bras.

— De quoi s'agit-il ? s'enquit-il en s'avançant vers le garde.

— J'ai des raisons de suspecter votre femme d'avoir mis un objet qu'elle n'a pas payé dans sa poche.

— Qu'est-ce qu'il veut, Mateo ? demanda Bailey.

— Il croit que tu as dérobé quelque chose.

Elle ouvrit des yeux ronds.

— C'est de la folie !

Il était d'accord.

Pourtant, il ne put s'empêcher de se demander pourquoi l'homme proférerait une telle accusation sans avoir de bonnes raisons de le faire.

— Il veut que tu vides tes poches.

— Quoi ? J'hallucine ! s'exclama-t-elle d'un air outré.

— La meilleure façon d'en finir, Bailey, c'est de faire ce qu'il te demande.

Après tout, si elle était innocente, elle n'avait rien à craindre. Ensuite, il exigerait du garde qu'il lui présente des excuses. Si, bien sûr, il s'était trompé…

Sous les regards curieux de la clientèle, Bailey sortit à contrecœur un objet brillant de la poche de son manteau, puis le montra au garde. Celui-ci se tripota la moustache, avant de se pencher en avant pour l'examiner de plus près. Mateo, lui, n'avait pas besoin de s'approcher pour savoir ce que Bailey avait caché dans sa poche.

L'homme fronça les sourcils et demanda :

— Pourquoi ne le portez-vous pas à votre bras ?

Bailey l'ignora et s'adressa à lui d'un air penaud.

— Tu avais raison. Le fermoir s'est cassé pendant que je regardais les bijoux et le bracelet est tombé au milieu des colliers. Je l'ai ramassé sans réfléchir et je l'ai mis tout naturellement dans ma poche.

Mateo s'autorisa à respirer. Il expliqua au garde ce qui s'était passé et l'homme leur présenta ses excuses avant de les laisser partir.

— J'aurais dû t'écouter, reconnut-elle d'un air penaud une fois qu'ils furent dehors. Si je ne l'avais pas vu tomber, je l'aurais perdu sans m'en rendre compte. Je n'ose même pas imaginer la réaction de mon père, ajouta-t-elle avec une grimace.

— Il t'aurait fait des tas de reproches.

— J'ai l'habitude, ne t'inquiète pas.

Dans le taxi qui les ramenait à l'hôtel, il ne cessa de repenser à l'incident. Ce qui le gênait le plus, c'était que, l'espace d'un instant, il l'avait crue coupable. Un simple doute, se dit-il. Similaire à celui qu'il avait éprouvé lorsqu'elle avait reconnu avoir emprunté de l'argent à Mama. Mais tout cela était du passé. Bailey n'était pas malhonnête. Elle n'était pas là pour profiter de lui.

Il jeta un coup d'œil dans sa direction. Dans ses vêtements de luxe empruntés, elle regardait défiler les rues. Sans doute pensait-elle à tout ce qu'elle venait de voir.

Son profil innocent le conforta dans son opinion. Elle n'était pas une manipulatrice

Sinon, il n'aurait pas éprouvé pour elle des sentiments aussi forts.

Ou, plutôt, il n'aurait pas commis de nouveau cette erreur. Pas deux fois de suite.

Ils firent leurs bagages en vitesse et arrivèrent à l'aéroport à temps pour embarquer. Tout en regardant l'avion décoller par le hublot, Bailey avait le cœur serré, comme si elle quittait son pays et abandonnait sa famille — en l'occurrence, Nicole et les enfants de La Chapelle-Ville-Laube.

Mateo avait parlé d'un éventuel séjour futur. Mais, si cette perspective la consolait, elle avait plus que jamais besoin de savoir ce qu'il adviendrait de leur « couple » après le retour en Australie.

Tandis que le jet s'élevait au-dessus des nuages et que la terre disparaissait peu à peu, elle décida de le sonder discrètement. Elle ne voulait surtout pas paraître anxieuse ou insistante, mais elle avait besoin de savoir où elle allait. Elle ne pouvait pas simplement arriver à Sydney et s'installer chez lui.

Elle posa son magazine sur la tablette.

— Tu sais, dit-elle, avec ce que je vais gagner grâce à mon travail, je t'aurai remboursé ce que je te dois d'ici quinze jours.

Il leva la tête et lui sourit.

— Bravo, dit-il simplement en se replongeant aussitôt dans la lecture de sa revue spécialisée.

Elle croisa les mains sur ses genoux. Il avait changé depuis l'incident au magasin de jouets. Il avait souvent l'air absent. Par moments, elle se demandait même s'il ne l'avait pas rapidement suspectée d'avoir dérobé quelque chose. Maintenant qu'il la connaissait, il aurait dû savoir qu'elle était honnête. Bon sang, elle n'avait jamais rien volé de sa vie. D'accord, au début il avait eu des doutes à son sujet, mais c'était du passé. Ces derniers temps, elle avait même la vague impression qu'il était en train de tomber un peu amoureux d'elle…

Mais ce n'était pas en rêvant qu'elle saurait ce qu'elle voulait savoir.

Elle pianota sur la couverture de son magazine.

— Je devrais peut-être songer à trouver un logement.

Elle le vit se raidir, puis il posa sa revue et la regarda d'un air surpris.

— Tu veux vivre seule ?

La gorge sèche, elle avala sa salive. Quel genre de question était-ce ? Et comment y répondre ? Sincèrement, supposa-t-elle.

— Tout dépend de toi.

Au supplice, elle chercha son bracelet. Jouer avec les breloques lui calmait toujours les nerfs.

— Je pensais que tu aimerais peut-être t'installer chez moi, dit-il finalement.

Les joues brûlantes, elle eut un petit rire étranglé, puis chercha désespérément ses mots, tout en se demandant si elle avait vraiment envie de s'installer chez un homme, si peu de temps après ses récentes mésaventures, même si l'homme en question était l'irrésistible Mateo Celeca.

Baissant la tête, elle laissa échapper un pauvre soupir. Elle était à mille lieues de l'Italie et la situation n'avait rien à voir. Les liens qui les unissaient étaient puissants et elle ne voulait pas les rompre. Alors s'il était d'accord pour continuer…

Elle reprit son souffle et le scruta.

— Tu es sûr que c'est ce que tu veux ?

Il attendit deux interminables secondes pour lui donner sa réponse, puis se pencha vers elle et l'embrassa.

— Tout à fait.

- 14 -

Une semaine plus tard, assise à la table de la cuisine avec Mateo, Bailey se débattait avec un problème qui la tracassait depuis le début de la matinée.

Repoussant résolument sa tasse de café, elle annonça :

— Je vais le faire.

Il lui jeta un coup d'œil par-dessus le journal du dimanche qu'il lisait.

— Bien, dit-il d'une voix distraite, avant de froncer les sourcils. Excuse-moi, que vas-tu faire ?

Elle contempla le jardin soigneusement taillé et ses statues qui lui rappelaient la France, avant de reporter les yeux sur son bracelet, maintenant réparé.

— J'ai décidé d'aller voir mon père, répondit-elle d'une voix nouée.

Le lendemain de leur arrivée, elle avait repris son travail, mais n'avait pas apporté le cadeau de Reece à Natalie, préférant attendre l'occasion où ils seraient tous réunis pour le lui donner. Mateo avait remis à plus tard le reste de ses projets de vacances, arguant que Mama ne l'attendait pas et qu'elle ne serait donc pas déçue de ne pas le voir arriver. Il utilisait ses loisirs à voir ses amis et à jouer au golf. Ils se retrouvaient chez lui le soir, bien qu'elle ait failli aborder le sujet à plusieurs reprises, elle ne lui avait pas reparlé de son projet de retourner en France. Elle surprenait parfois dans ses yeux une expression sombre et presque tourmentée. Elle pensait souvent à Claire et imaginait que lui aussi se faisait du souci pour Rémy. Elle aurait aimé en discuter avec lui, mais quelque chose dans son attitude la décourageait. Même s'il refusait de l'admettre, elle savait qu'il se sentait coupable d'avoir laissé Rémy. Et, si elle comprenait pourquoi il avait pris cette décision, elle se demandait si Mateo était tout à fait clair avec lui-même à ce sujet.

Elle avait fini de rembourser son emprunt et, afin de clore définitivement cette histoire, appelé Mama pour s'excuser. La vieille dame lui avait assuré qu'elle ne lui en voulait pas et qu'elle comprenait qu'elle soit partie. Elle avait beau être une amie de sa grand-mère, elle avait pris Emilio en grippe depuis qu'il avait voulu se battre avec son petit-fils.

Mama lui avait aussi raconté qu'en recevant sa bague au courrier, Emilio avait joué les martyrs, disant à tout le monde que sa fiancée australienne s'était enfuie. Mais il s'était vite remis de sa déception et fréquentait à présent une jeune femme originaire du pays de Galles, très sympathique selon Mama.

Ces problèmes résolus, elle éprouvait maintenant le besoin de se réconcilier avec son père. Ils ne s'étaient pas adressé la parole depuis plus d'un an. Entre-temps, elle avait changé et elle espérait que lui aussi serait différent. Elle était soulagée de n'avoir pas pu lui parler l'autre jour au centre-ville. A ce moment-là, elle n'était pas assez forte. A présent, elle se sentait non seulement capable de l'affronter, mais encore de ne pas se laisser abattre si la rencontre tournait mal.

Dans le pire des cas, elle lui pardonnerait, puis s'en irait.

La voix de Mateo la tira de ses pensées.

— Tu veux y aller quand ? Maintenant ?

Elle hocha la tête en silence.

— Je t'accompagne. Je vais sortir la voiture, annonça-t-il en repoussant sa chaise et en se levant.

Elle le retint par le bras.

— Rien ne t'y oblige, Mateo.

— A toi de voir, répondit-il en fronçant les sourcils.

Une foule de souvenirs lui revint à la mémoire. La façon dont il l'avait aidée à rembourser Mama et son insistance à l'héberger malgré ses protestations. La gentillesse avec laquelle il l'avait accueillie dans sa vie et présentée à ses amis. Et, enfin, le merveilleux voyage qu'il lui avait offert.

Pas de doute, Mateo était un homme sur qui elle pouvait compter.

— Je serais ravie que tu m'accompagnes, dit-elle en se levant.

Lorsque la voiture s'immobilisa devant la maison de son enfance, Bailey se força à maîtriser ses émotions. Elle était une grande fille, maintenant, et personne ne l'avait forcée à venir. S'il refusait de la voir, ce n'était pas grave. La vie lui avait déjà réservé des embûches et elle les avait surmontées. Et puis, Mateo était là pour la soutenir.

Sa grande main se glissa dans la sienne et la serra.

— Tout ira bien, assura-t-il.

Elle étira le cou pour examiner le jardin situé à l'avant. La majeure partie de la végétation était dissimulée derrière un mur en brique surmonté d'une grille en fer forgé.

— J'ai passé mon enfance à jouer sur cette pelouse. L'année de mes sept ans, on m'a offert un vélo à Noël. L'été suivant, mon père a construit un circuit de cyclo-cross derrière la maison, avec des bosses, des trous et des obstacles. Il m'avait même proposé de m'emmener à des courses de motocross.

— Et ?

— Entre-temps, j'ai découvert que je voulais élever des chiens, particulièrement des labradoodles, un mélange de labrador et de caniche. Mon autre rêve était de jouer le rôle de la fée dans un cirque russe.

Il lui sourit, et elle sentit la tension de son dos se dénouer.

— J'ai abandonné les cours de cirque à la fin de l'année, mais j'aime toujours autant les labradoodles. Papa avait promis de m'acheter un chenil quand je serais grande.

Il écarta une mèche de son visage.

— Tout ira bien, répéta-t-il.

— Tu crois ?

— J'en suis sûr, assura-t-il en descendant de voiture.

Elle remonta l'allée au bras de Mateo. Il resta derrière elle tandis qu'elle serrait plusieurs fois les poings avant de presser la sonnette. Les secondes défilèrent, interminables, mais personne ne répondit.

Le front en sueur, elle se tourna vers Mateo. Il fit signe d'essayer de nouveau et elle s'exécuta. Toujours rien.

Elle leva les mains en l'air.

— Il n'est pas là, constata-t-elle en pivotant sur ses talons, prête à s'en aller.

— C'est dimanche, souviens-toi, rappela Mateo en lui caressant le bras. Il faut lui laisser le temps de plier son journal et de finir sa tasse de café.

Le rire d'un oiseau australien s'échappa d'un arbre voisin. Elle rassembla son courage et se retourna vers la porte. Un voisin qui taillait ses haies passa la tête par-dessus la clôture. Mateo sourit à l'homme aux cheveux gris. Bailey se contenta de pousser un soupir exaspéré.

— Il est peut-être là, mais il ne veut voir personne.

Ils étaient sur le point de renoncer quand la porte grinça sur ses gongs. Vêtu d'une chemise à carreaux, son père apparut sur le seuil. Il plissa les yeux pour se protéger du soleil, puis sa main s'accrocha à l'encadrement, comme si ses jambes allaient se dérober sous lui.

— Bailey ? C'est toi ? dit-il avec incrédulité.

La gorge sèche, elle avala sa salive et esquissa un sourire.

— Bonjour, papa.

Il recula d'un pas et la regarda comme si elle était une apparition, puis sa voix se radoucit.

— Je croyais que tu ne reviendrais jamais.

Elle haussa les épaules.

— Je n'étais pas sûre que tu aies envie de me revoir.

Il sembla hésiter, puis s'avança vers elle et la prit dans ses bras. C'était ainsi qu'ils s'étaient tenus, soudés l'un à l'autre, le jour de l'enterrement de sa mère.

Submergée par l'émotion, elle s'imprégna de sa chaleur, de l'odeur de son after-shave, des picotements de sa barbe sur sa joue. Cette étreinte était la conclusion dont elle avait rêvé. Les larmes lui brûlant les yeux, elle était sur le point de lui dire à

quel point il lui avait manqué quand il s'éloigna brusquement. Aucune importance, se dit-elle. Ils avaient toute la vie devant eux pour s'embrasser.

Puis Damon Ross sembla se rendre compte de la présence d'une tierce personne. Il s'avança vers Mateo, qui le dominait de plusieurs centimètres.

— Nous ne nous connaissons pas, il me semble, dit-il en lui tendant la main.

— Mateo Caleca, dit celui-ci en la serrant.

— Connaissez-vous ma fille depuis longtemps ?

— Quelques semaines.

Son père l'examina de son regard circonspect d'avocat, puis sourit et leur fit signe d'entrer.

— Etes-vous natif de Sydney, Mateo ? demanda-t-il en les précédant dans l'entrée qui paraissait minuscule comparée à celle de Mateo.

— Je suis d'origine italienne.

— Hum, Méditerranéen, dit-il lui jetant un coup d'œil par-dessus son épaule. Je l'ai deviné aussitôt. Aussi bien votre nom que votre physique révèlent vos origines.

Un arôme de café s'échappait de la cuisine. Les hommes échangèrent quelques propos pendant qu'elle prenait des tasses à l'endroit habituel, les remplissait, puis les portait dans la salle à manger attenante.

La table était encombrée de journaux et de papiers, mais le reste de la pièce semblait propre. Presque trop. Elle revit le chevalet, les tubes de peinture et les pinceaux de sa mère qui peignait toujours près de la fenêtre, à l'endroit qui offrait la meilleure lumière. Ann Ross gardait toujours une paire de pantoufles près de la porte. Elles n'y étaient plus, bien sûr. En revanche, le portrait de mariage de ses parents trônait toujours à la même place, au milieu du mur principal. Tout en sirotant son café, elle se demanda si leur chambre avait changé et si les vêtements de sa mère étaient encore suspendus dans la penderie.

— Comment s'est passé ton voyage ? s'enquit son père en soulevant les sourcils.

— Bien. Très bien, même.

— Tant mieux. Tu as dû faire beaucoup de choses.

— Pas mal, répliqua-t-elle non sans une certaine nervosité.

— Tu t'es bien amusée, alors ?

Devinant ce qu'il avait en tête, elle serra sa tasse entre ses mains. Il louvoyait autour du sujet, cherchant tout doucement à l'amener à avouer qu'elle avait rencontré des problèmes et qu'il avait eu raison de lui conseiller de ne pas se lancer dans cette aventure.

— Je ne regrette pas l'expérience, répondit-elle avec un sourire tendu. Mais je suis contente d'être de retour.

Il hocha la tête. Son expression était redevenue sévère.

— Je me posais des questions, dit-il.

— A quel sujet ?

— Je me demandais ce que tu devenais, rétorqua-t-il sèchement, comme s'il énonçait une évidence. Et si tu n'avais pas d'ennuis.

— Inutile de te faire du souci pour moi, papa. Je sais me débrouiller.

— Comme si tu ne m'avais jamais donné le moindre motif d'inquiétude, dit-il avec un rire sarcastique.

Elle faillit répliquer sur le même ton, mais il changea soudain d'expression et son regard redevint bienveillant.

— Bref, poursuivit-il en repoussant sa tasse. As-tu travaillé pendant que tu étais à l'étranger ?

— Oui. J'ai été serveuse.

— Une occupation qui a eu le mérite de t'éviter des ennuis.

Elle sentit grandir son irritation. Des ennuis... Il avait toujours ce mot à la bouche. Mais sans doute se montrait-elle trop susceptible. Ne s'était-elle pas juré de ne pas s'énerver ? Etre capable d'ignorer les piques, volontaires ou non, qu'il lui envoyait était la meilleure solution. La preuve qu'elle avait à présent suffisamment de maturité pour maîtriser la situation.

Son père se tourna vers Mateo, lui offrant un petit répit. Elle en profita pour boire une longue gorgée de café chaud.

— Comment vous êtes-vous rencontrés, tous les deux ?

— Grâce à une amie commune, répondit Mateo.

— Ma femme et moi nous sommes connus à l'église. Mais c'était il y a longtemps, ajouta-t-il d'une voix triste.

— Nous rentrons d'un voyage en France, intervint Mateo en clignant discrètement de l'œil dans sa direction.

Damon Ross eut un sourire mélancolique.

— Ann et moi avons passé notre lune de miel à Paris. Ann était enchantée. Elle disait qu'elle avait l'impression d'avoir débarqué dans un tableau de Monet. Mais parle-moi plutôt de toi, Bailey. A quoi t'occupes-tu en ce moment ?

— Je travaille, dit-elle. Pour une agence immobilière.

Mateo intervint de nouveau :

— Bailey s'est liée d'amitié avec une amie à moi qui travaille dans cette agence. C'est elle qui lui a parlé de ce poste, n'est-ce pas, chérie ?

Elle fut surprise de l'entendre utiliser ce terme tendre, alors qu'il l'avait toujours appelée par son prénom. Mais face à Damon Ross, qui déployait ses talents d'avocat pour lui tirer les vers du nez, Mateo la défendait avec diplomatie, laissant entendre qu'ils étaient proches et qu'elle vendait des propriétés au lieu de nettoyer des toilettes.

Elle lui sourit pour lui montrer sa reconnaissance, mais elle aurait presque préféré qu'il reste en dehors de cette histoire. Quelle qu'en soit l'issue, elle voulait affronter la situation en adulte, non comme une petite fille affectée par la désapprobation d'un père qui n'avait rien fait pour l'aider à s'en sortir.

— Bailey souhaite s'inscrire à l'université, disait Mateo.

Son père eut un soupir.

— Je l'avais prévenue. Elle n'aurait pas dû arrêter l'école. Elle n'a même pas été capable de passer son bac, précisa-t-il en l'ignorant.

On aurait dit qu'il la considérait comme une analphabète. Serrant les dents, elle fixa quelques instants le portrait de mariage de ses parents, puis posa les mains à plat sur la table et se mit debout. Engager une dispute ne changerait rien. Leur relation était au-delà du réparable. Tout ce qu'elle voulait à présent, c'était quitter cet endroit au plus vite.

En la voyant se lever, Damon Ross interrompit son discours et la regarda avec une expression qui, l'espace d'un instant, lui sembla de vulnérabilité.

— Tu vas chercher le café ? demanda-t-il.

— On doit partir, papa.

— Mais vous venez à peine d'arriver ! protesta-t-il en repoussant sa chaise.

— On pourrait rester encore un moment, suggéra Mateo.

— Allons-y, Mateo, insista-t-elle d'une voix ferme.

Pendant que son père grommelait, Mateo lui lança un regard perplexe. Exaspérée, elle leva les yeux au ciel. Malgré le réconfort que lui apportait sa présence — et tout ce qu'il avait fait pour elle —, cette histoire ne le concernait pas. Elle savait où cette discussion la mènerait et refusait d'entrer dans le jeu de son père.

Les deux hommes sur ses talons, elle rejoignit l'entrée, s'arrêta un instant pour embrasser rapidement son père, puis ouvrit la porte. En relevant les yeux, elle vit qu'il observait son poignet.

— Tu ne l'as pas perdu.

C'était la goutte d'eau qui fit déborder le vase. Il n'avait pas pu s'empêcher de remettre ce sujet sur le tapis.

Brusquement envahie par un mélange de rage et de désespoir, elle fixa le bracelet, puis son père, avant d'ouvrir le fermoir et d'enlever la chaîne et ses breloques de son bras.

— Tiens, garde-le, puisque tu as tellement peur que je le perde, dit-elle en lui tendant le bijou.

Il fronça les sourcils.

— Mais je te l'ai donné.

— Pas de la bonne manière, papa. Pas avec ton cœur.

— Ne commence pas…

— Prends-le. Je n'ai pas besoin de cet objet pour me souvenir de maman, ni pour savoir à quel point elle m'aimait. C'est malheureux à dire, mais je crois qu'il te sera plus utile qu'à moi.

Après lui avoir mis le bijou dans la main, elle tourna les

talons et se rua vers le portail. Mateo actionna la télécommande au moment où elle atteignait la voiture. Elle ouvrit la porte et s'installa sur le siège du passager. Bouillonnant intérieurement, elle fixa le pare-brise tandis que Mateo se glissait à côté d'elle et bouclait sa ceinture de sécurité. Puis il mit le moteur en marche, passa la première et se tourna vers elle.

— Ton père est sur le pas de la porte. Tu ne crois pas que tu pourrais au moins lui faire un signe de la main ?

Une vague nauséeuse lui souleva le cœur.

— Je me sens déjà assez mal comme ça, n'en rajoute pas.

Il tourna le volant vers la gauche.

— Je reconnais qu'il ne s'est pas montré très diplomate, mais c'est ton père, Bailey. Tu ne lui as laissé que dix minutes. Es-tu vraiment décidée à t'en aller ainsi ?

Les larmes lui brûlant les yeux, elle continua à fixer le pare-brise en silence. Si le destin lui en avait donné la chance, Mateo aurait peut-être pu s'expliquer avec son père biologique. Avec le sien, c'était impossible. Il campait sur ses positions, persuadé d'être le seul à souffrir de la perte d'un être cher.

Et, puisque Mateo abordait ce sujet, n'était-il pas lui aussi parti en laissant Rémy ?

Mais elle s'abstiendrait de mentionner ce détail. Cela provoquerait à coup sûr une dispute et, vu l'état de ses nerfs, elle ne serait pas la dernière à riposter.

Elle l'entendit soupirer, puis il s'éloigna du trottoir.

Le trajet du retour s'effectua dans un silence pesant. Son plan était de se retrancher dans sa chambre pour pouvoir pleurer de tout son soûl. Mais Mateo la rattrapa dans l'escalier et lui saisit le bras. S'efforçant de maîtriser ses émotions, elle redressa la tête et se tourna vers lui.

— Il faut qu'on se parle, dit-il d'une voix résolue.

— Pas maintenant.

Elle tenta de se libérer, mais il la retenait fermement.

— Ne laisse pas cette histoire te perturber, insista-t-il.

— Je croyais que tu me comprendrais.

Ses principes moraux ne s'appliquaient-ils qu'à lui ? Il n'avait peut-être jamais eu de problèmes avec son père adoptif, mais, quelque part en France, il y avait un petit garçon qui attendait depuis des années qu'il veuille bien l'accueillir dans sa vie. Comme elle aurait aimé que son père le fasse avec elle…

Elle se libéra d'une secousse et reprit sa route. Mieux valait éviter une dispute, se répéta-t-elle.

Les pas de Mateo résonnèrent derrière elle.

— Ce n'est pas contre moi que ta colère doit se diriger.

— S'il te plaît, Mateo. Laisse-moi, murmura-t-elle sans s'arrêter.

Soudain, un bras s'enroula autour de sa taille, l'obligeant à pivoter sur elle-même, mais, dans le mouvement qu'elle fit, elle tomba en arrière. Avant que son dos ait eu le temps de heurter les marches, ce même bras la rattrapa au vol et l'allongea sur l'escalier. Puis il se pencha au-dessus d'elle, la défiant du regard de tenter de s'échapper.

Tandis qu'il la scrutait en silence, elle sentit sa colère refluer, puis disparaître. Mais la tristesse qu'elle ressentait, aussi bien pour elle que pour Rémy, persistait. Elle ne s'en débarrasserait sans doute jamais.

— Pourquoi se comporte-t-il ainsi ? murmura-t-elle d'une voix nouée.

Il soupira et lui caressa les cheveux.

— Je ne sais pas.

— Je ne retournerai plus jamais là-bas.

— Personne ne t'y oblige, si tu n'en as pas envie.

Son sang bouillonna de nouveau dans ses veines.

— Je sais de quoi j'ai envie, Mateo.

— Moi aussi.

— Vraiment ?

— De toi, dit-il l'embrassant.

Son baiser, à la fois doux et passionné, lui fit aussitôt l'effet habituel. Impatiente de toucher sa peau douce, elle lutta avec les boutons de sa chemise, puis la lui enleva.

Quand leurs lèvres se séparèrent, elle avait le corps en feu. Sa dispute avec son père, la perte de son bracelet et le sort des enfants en France n'avaient plus d'importance. Elle ne voulait penser qu'à lui et au plaisir qu'il savait si bien lui donner. Inutile désormais de se voiler la face. Malgré tous ses efforts pour lui résister, elle était tombée amoureuse de Mateo Celeca, un sentiment qui la consumait un peu plus à chaque jour qui passait.

Un bras autour de sa nuque, il garda les yeux fermés et murmura contre sa bouche :

— On devrait peut-être continuer dans la chambre.

— Comme tu veux, soupira-t-elle.

— C'est toi que je veux.

Et il se remit à l'embrasser.

- 15 -

Confortablement installée dans le fauteuil du bureau de Mateo, Bailey finit de remplir le dernier formulaire avant de cliquer sur la touche « envoi » en retenant son souffle. Si tout se déroulait comme prévu, dans quelques mois elle serait sur les bancs de la faculté.

La matière qu'elle avait choisie était inattendue, mais pas beaucoup plus que la nature des sentiments qu'elle s'était mise à éprouver pour Mateo.

Une semaine s'était écoulée depuis la visite chez son père, depuis qu'il l'avait défendue, défiée, puis immobilisée sur les marches, avant de lui faire l'amour avec une passion qu'il n'avait jamais manifestée auparavant. Le souvenir du plaisir qu'il lui avait donné ce soir-là enflammait son corps chaque fois qu'elle y pensait.

Il était désormais évident qu'elle comptait pour lui, qu'il aimait être avec elle, bref, qu'il *croyait* en elle. Pour son bien, il aurait voulu la voir se réconcilier avec son père, mais il la respectait trop pour insister. De la même façon, elle évitait de lui parler de Rémy, tout en restant persuadée qu'il devrait l'adopter.

Elle commençait presque à croire que son histoire avec lui pouvait durer. Il lui avait demandé de s'installer chez lui. Il avait toutes les femmes à ses pieds, mais c'est elle qu'il avait choisie. Et il lui arrivait parfois de se demander pourquoi.

Chassant cette pensée, elle décida de regarder ses e-mails avant d'éteindre l'ordinateur. Un message de son amie Vicky Jackson l'attendait. Elle répondait à celui qu'elle lui avait envoyé en arrivant à Sydney, après avoir sonné chez elle sans la trouver. Vicky, comme à son habitude, voulait tout savoir. Comment son voyage s'était-il passé ? Avait-elle revu son père ? Avait-elle rencontré l'amour à l'étranger ?

Elle parcourut du regard le bureau de bois de rose et cuir rouge de Mateo. Chaque objet, jusqu'au coupe-papier en argent ciselé, semblait sorti d'un musée. Vicky aurait du mal à la croire quand elle lui raconterait tout ce qui lui était arrivé. Le voyage à l'aventure en Europe, l'installation à Casa Buona, le piège dans lequel elle s'était laissé prendre et son retour en catastrophe en Australie. Et, encore plus incroyable, elle était tombée amoureuse. Vicky n'allait en revenir.

Elle plaça ses doigts sur le clavier et commença à écrire :

Chère Vicky,

J'ai eu une chance folle. Tu ne peux pas imaginer le nombre de choses qui me sont arrivées depuis quelques mois. Voici la plus incroyable de toutes : j'ai rencontré un homme, un vrai, un de ceux qu'il ne faut pas laisser échapper ! Je t'écris depuis son bureau, un vrai palace. En ce moment, je fais des ménages, mais c'est temporaire. J'ai de grands projets d'avenir et le Dr Mateo Celeca en fait partie…

Elle tendit l'oreille en entendant un bruit de moteur dans l'allée. La voiture de Mateo. Elle termina son message en promettant à Vicky de l'appeler, cliqua sur la touche « Envoi » et se dépêcha de se lever. Quand elle lui avait demandé l'autorisation d'utiliser son ordinateur, il lui avait dit de faire comme chez elle, ce qu'elle avait fait. Elle n'était par conséquent pas gênée de se trouver dans son bureau. Mais il était parti depuis quatre heures et elle avait hâte de le retrouver. Elle ne pouvait plus se passer de lui ; elle avait besoin de son sourire chaleureux, de ses baisers passionnés. Elle envisageait de plus en plus sérieusement de lui dire qu'elle l'aimait.

Quelle serait sa réaction si elle se déclarait ?

Mateo pénétra dans la maison, le cœur en fête en sentant le petit poids dans la poche de sa chemise.

Il n'y a pas si longtemps, l'idée de s'engager ne l'aurait pas effleuré. Mais, avec Bailey, il se trouvait impliqué jusqu'au cou. Il avait passé sa vie entière à fuir les fantômes du passé, ses amis et les biens dont il s'entourait suffisant largement à son bonheur. Le mariage, et par conséquent les enfants, n'avait jamais fait partie de ses projets. Cette entreprise était beaucoup trop risquée pour lui.

Mais la nuit dernière, étrangement, après avoir fait l'amour avec Bailey, une fois repu et apaisé, il avait éprouvé le besoin de se poser la question cruciale.

Aimait-il Bailey Ross ?

Il s'était endormi sans trouver la réponse et s'était réveillé dans le même état d'incertitude. Ce qu'il savait en revanche, c'est qu'aucune femme avant elle ne l'avait autant attiré. Il aimait sa compagnie et ses sourires. Il attendait avec impatience de la revoir, de l'embrasser, de lui dire à quel point elle lui avait manqué. Et puis il y avait cette incroyable alchimie sexuelle qui les unissait.

A Paris, il avait choisi de lui proposer de vivre avec lui, sans s'encombrer de formalités inutiles. Ce matin, il avait changé d'avis.

Il n'était peut-être pas certain d'aimer Bailey, mais il était assez sage pour savoir qu'il aurait du mal à retrouver une telle complicité avec une femme. Il avait donc décidé de lui demander de l'épouser, du moins, dès qu'il l'aurait trouvée.

Il entra dans la cuisine et jeta un coup d'œil dans la pièce. Vide, tout comme le jardin où ils aimaient se retrouver. Il mit les mains autour de sa bouche et appela :

— Bailey, où es-tu ? Je suis revenu !

Il attendit une réponse, mais la maison resta silencieuse. Peut-être se cachait-elle dans le bureau, songea-t-il en se rappelant qu'elle lui avait demandé si elle pouvait utiliser l'ordinateur.

Elle n'était pas non plus dans cette pièce, mais il vit que l'écran était resté allumé et que la connexion internet n'avait pas été coupée. Avec tous les hackers à l'affût sur la Toile, mieux valait être prudent. Il s'approcha pour se déconnecter, découvrant un message qui n'avait pas été fermé. Tout en manipulant le pointeur pour le sauvegarder, quelques mots attirèrent son regard :

Grands projets d'avenir… un homme qu'il ne faut pas laisser échapper…

Piqué par la curiosité, il lut le message en entier, se laissa tomber dans son fauteuil, puis le relut. Après l'avoir lu quatre fois, il frappa du poing sur le bureau. Il devait y avoir une interprétation moins sinistre à ce texte. Hélas, les mots étaient parfaitement clairs.

J'ai eu une chance folle… j'ai rencontré un homme… En ce moment, je fais des ménages, mais c'est temporaire… J'ai de grands projets d'avenir… le Dr Mateo Celeca en fait partie…

L'angoisse lui nouant le ventre, il toucha la petite bourse en velours dans la poche de sa chemise et la serra dans ses doigts. Une foule de questions défilaient dans sa tête. Avait-il bien interprété ses paroles ? S'était-il trompé à son sujet ? Avait-elle d'abord profité de la bonté d'Emilio, puis de celle de Mama ? Serait-il le suivant sur la liste ?

S'était-il de nouveau comporté comme un idiot ?

— Mateo, où es-tu ?

Venant depuis le hall, la voix de Bailey l'arracha à ses pensées. Il passa le dos de la main sur son front en sueur. Il avait besoin de réfléchir.

— Mateo ? appela-t-elle de nouveau.

Cette fois, la voix venait de tout près. Il se retourna. Elle se tenait sur le seuil, les joues légèrement empourprées, un grand sourire sur les lèvres. Elle se précipita vers lui, s'installa sur ses genoux et posa un baiser sur sa bouche.

— Tu ne devineras jamais ce que j'ai fait aujourd'hui.

Malgré les émotions contradictoires qui bouillonnaient en lui, il parvint à prendre un ton posé pour demander :

— Pourquoi ne me le dis-tu pas ?

— Je me suis inscrite à l'université.

— Vraiment ? fit-il avec un sourire forcé.

— Après avoir examiné toutes les formations possibles et m'être interrogée sur la place que j'aimerais avoir dans la société, tu ne croiras jamais ce que j'ai choisi d'étudier.

A la périphérie de son œil, le message semblait le railler.

— Qu'as-tu choisi ?

— Je serai avocate. Mais pas en droit criminel comme mon père. Moi, je veux défendre les droits de l'homme. Ainsi, je pourrai venir au secours de tous ceux qui n'ont ni l'éducation ni les moyens de se payer un avocat.

— C'est, euh…, tout à ton honneur.

Quand elle glissa la main dans ses cheveux, il réprima un mouvement de recul. Elle avait de grands projets d'avenir…

Qui était-elle vraiment ?

Il n'en avait pas la moindre idée.

— D'abord, reprit-elle, je prends des cours de rattrapage et je passe mon bac. Ensuite, à moi les bancs de la faculté ! Je suis si excitée, ajouta-t-elle en lui chatouillant le cou du bout du nez. Tu m'as manqué, tu sais. Où étais-tu ?

Le cœur serré, il songea à l'objet qui était dans sa poche. Bon sang, si seulement il n'avait jamais lu ce message !

Elle dut remarquer que quelque chose n'allait pas, car elle cessa son manège et s'écarta pour le scruter.

— Qu'est-ce qui t'arrive, Mateo ?

Il serra les dents et décida d'aborder le sujet de front. Cette fois, il ne se laisserait pas attendrir. Tout était écrit noir sur blanc et il n'y avait plus de doute possible.

— Tu as laissé ta boîte de réception ouverte.

Elle se mordit la lèvre.

— Désolée, je suis sortie en courant en t'entendant arriver.

— Tu as envoyé un message à une amie.

Elle cligna des yeux d'un air étonné.

— En effet.

— L'e-mail n'est pas parti.

Elle fronça les sourcils, jeta un coup d'œil à l'écran, puis le scruta avec perplexité.

— Tu l'as lu ?

Sans répondre, il la repoussa et se mit debout. Il manquait d'air et avait besoin de solitude. Il fallait qu'il sorte de cette pièce.

— Mateo…, commença-t-elle.

Il se dirigea vers la porte. Elle le rattrapa.

— Mateo, dis-moi ce qui ne va pas.

Il détourna les yeux, les reportant sur son bel escalier d'apparat. Les marches ne menaient nulle part, si ce n'est à davantage de meubles, de tableaux et d'antiquités. Il avait accumulé beaucoup trop d'objets. Et, en cet instant, il se sentait dépouillé de tout. Vide.

Quand elle lui toucha le bras, son cœur se souleva de dégoût. Il s'écarta, s'efforçant de maîtriser sa nausée. Ses beaux yeux reflétaient son désarroi et le bleu de l'iris s'était assombri. Son secret avait été découvert et elle le savait.

Il était sur le point de proférer les mots accusateurs qu'il avait sur le bout de la langue quand quelqu'un sonna à la porte. Il faillit nc pas répondre, mais il ne pouvait pas lui dire ce qu'il avait sur le cœur dans ces conditions. La plantant là, il rejoignit la porte d'entrée et l'ouvrit à la volée.

Alex Ramirez se tenait sur le seuil, accompagné de Natalie qui portait Reece sur sa hanche.

— On va pique-niquer, dit Alex en soulevant ses lunettes de soleil. On s'est dit que vous voudriez peut-être vous joindre à nous.

— Il fait si beau, souligna Natalie d'une voix qui se voulait pleine d'entrain, mais où perçait une note sombre.

Sans doute était-elle fatiguée, songea Mateo.

— Un pique-nique ? intervint Bailey en les rejoignant. Quelle bonne idée ! Mais Mateo a peut-être prévu autre chose, ajouta-t-elle en lui jetant un coup d'œil inquiet.

— Entrez vous mettre à l'abri du soleil, dit-il, s'écartant pour leur céder le passage.

— Il y a de quoi nourrir tout le monde, annonça Natalie. Du poulet rôti et de la salade de pommes de terre maison. Vous pouvez monter avec nous, nous avons de la place. Quand on a une famille, il faut troquer la voiture de sport pour un monospace, plus spacieux et, surtout, plus beaucoup plus sûr.

Elle avait subtilement insisté sur le dernier mot, ce que Mateo trouva étrange. Il remarqua également la réaction d'Alex, qui serra les lèvres et regarda ses pieds.

— Quelque chose ne va pas ? demanda-t-il en les étudiant tour à tour.

— Non, fit Alex, aussitôt interrompu par Natalie.

— En fait si. On voulait te parler…

— Natalie ! avertit Alex.

— De la France, acheva-t-elle.

Et d'autre chose, se douta Mateo. D'assez important pour qu'ils se présentent chez lui sans prévenir. Si cela ne le dérangeait pas que ses amis lui rendent visite à l'improviste, il sentait comme une ombre qui planait au-dessus de ce couple d'habitude si uni. Un désaccord que Natalie désirait visiblement qu'il arbitre, à en juger par son regard suppliant.

Le moment était mal choisi, mais il ne pouvait refuser de l'aide à une amie.

— O.K., dit-il. On serait ravi de vous accompagner.

— Je monte me préparer, annonça Bailey.

Natalie lui demanda ensuite si elle pouvait utiliser les toilettes car Reece s'était sali en toussant.

Aussitôt préoccupé, Mateo examina rapidement le bébé. Il paraissait en bonne santé. Un peu agité, peut-être.

— Désolé d'être venu sans prévenir, dit Alex dès qu'elle fut partie.

— Ce n'est rien. Vous êtes toujours les bienvenus.

— C'était l'idée de Natalie. Elle donne beaucoup de valeur à ton opinion. Et moi aussi, ajouta-t-il en haussant les épaules.

— Quel est le problème ?

— Elle voulait ton avis au sujet de…

— Je suis prête ! annonça Bailey en dévalant les marches, un sac dans les mains.

Elle inspecta le hall.

— Où est Nat ? s'enquit-elle.

— Je suis là, répondit la jeune femme en les rejoignant. Tiens, Alex, porte Reece, s'il te plaît. Il est tellement lourd.

— Il grandit vite, ce petit, commenta Alex en le prenant.

— Oui, mais il a toujours besoin d'être protégé.

— Je sais.

— Allons-y, dit Mateo en ouvrant la porte.

Bailey glissa un bras sous le sien, mais il se dégagea comme si son contact le répugnait. Il n'avait pas oublié le message, ni ce qu'il avait ressenti en le lisant. Il rejoignit Alex et l'aida à installer Reece sur son siège auto.

Bailey s'efforçait de contenir sa nervosité, malgré les émotions qui bouillonnaient en elle.

Elle était passée sans transition du bonheur parfait au désarroi le plus total. Dans la voiture, la tension était palpable. Entre Mateo et elle, entre Alex et Natalie, et même entre Mateo et Alex. Le sac contenant le cadeau de Reece sur les genoux, elle jeta un regard inquiet au petit garçon qui ne cessait de tousser. Lui non plus ne semblait pas aller très bien.

Pour le prouver, il eut une nouvelle quinte de toux.

Natalie se retourna d'un air préoccupé, mais Alex posa une main sur son bras et s'adressa à Mateo et elle, comme pour détourner son attention.

— Parlez-moi de Paris. Est-ce que la ville a changé ?

— Le Louvre est toujours le même, répondit Mateo sans détourner les yeux de la fenêtre.

— Comment va la *Mona Lisa* ? L'avez-vous vue ?

— Oh oui, répondit Bailey. Ce tableau est un chef-d'œuvre. C'était incroyable de pouvoir admirer l'original.

— Tout va bien à l'orphelinat ?

— Très bien, dit Mateo.

Natalie se tourna vers lui.

— Et Rémy, le petit garçon dont tu parles souvent, tu l'as vu ? Est-il toujours là-bas ?

— Certains enfants ont trouvé une famille depuis ma dernière visite, d'autres pas, éluda-t-il d'un ton froid, comme s'il voulait l'encourager à changer de sujet.

En pure perte.

— Mais est-ce que Rémy a été adopté ? insista Natalie.

En voyant les mains de Mateo se crisper sur ses genoux, Bailey intervint :

— Non, il est toujours là-bas. Il va bien, mais ne parle pas beaucoup. En revanche, son amie Claire est bavarde pour deux.

— Quel âge a-t-il ? Cinq ans ? Six ans ?

— Gare-toi ici, Alex, intervint Mateo. Ce parc est parfait pour pique-niquer. Il y a des arbres et une vue panoramique sur le port.

Les hommes sortirent les affaires du coffre, pendant que Natalie et Bailey s'occupaient du bébé. Ils s'installèrent à l'ombre d'un bouquet d'arbres, face à la mer transparente. Quand les couvertures furent étendues sur le sol, Natalie y installa Reece et lui donna des jouets pour s'occuper.

— Avez-vous l'intention d'y retourner bientôt ? reprit-elle ensuite. En France, je veux dire.

— L'idée a été évoquée. Tout dépend de Mateo, répondit Bailey en lui jetant un coup d'œil.

Le cœur de Mateo se serra.

— On verra si je peux me libérer, éluda-t-il en se servant à boire.

Si Bailey voulait retourner en France, elle irait seule. Elle s'était déjà débrouillée pour se faire offrir le voyage et devait s'estimer heureuse. C'était d'ailleurs exactement ce qu'il lui dirait dès qu'ils seraient seuls, juste avant de lui ordonner d'emballer ses affaires et de quitter sa maison.

Il s'était méfié d'elle dès le début. Et, quand ce garde lui avait demandé de vider ses poches, il l'avait aussitôt suspectée. Maintenant, il se rendait compte que ses soupçons étaient fondés. Bon sang, même son propre père ne lui faisait pas confiance.

— Quel moment as-tu préféré de ton voyage ? demanda Natalie à Bailey.

— C'est difficile de choisir. Tout était bien, répondit Bailey en s'emparant d'une pile d'assiettes en plastique, qu'elle lâcha et qui s'éparpilla sur la nappe.

Puis Reece se remit à tousser, attirant l'attention de Mateo.

— Il a cette toux depuis longtemps ? demanda-t-il.

— Deux jours, informa Natalie.

— On devait le vacciner cette semaine, précisa Alex. Mais le médecin a préféré attendre qu'il soit guéri.

— *Si* on décide de le faire, intervint Natalie.

Alex se lissa les cheveux.

— Nat, s'il te plaît, on en a déjà parlé. Le sujet est clos.

— Pas du tout. J'ai le droit de ne pas être d'accord.

Elle ramassa une balle et la tendit à Reece qui s'était mis pleurnicher.

— Mateo, aide-moi, implora Alex. Essaie de la convaincre qu'il doit recevoir ses rappels.

— Et les effets secondaires, tu les oublies ? Les risques existent, n'est-ce pas, Mateo ?

Il les considéra tour à tour. Chacun à leur manière, tous les deux désiraient protéger leur enfant. Mais la vision qu'ils avaient des dangers qui le menaçaient était différente. Le rôle de parent n'était pas simple. Pour la plupart d'entre eux, la décision était vite prise. Pour d'autres, elle déclenchait une série de questionnements liés à la responsabilité d'être mère ou père. En lui montrant sa vraie nature, Bailey lui avait évité de s'engager sur cette route semée de dangers. De cela au moins, il pouvait la remercier.

— En tant que médecin, je peux t'assurer que les bénéfices de la vaccination sont supérieurs aux risques, répondit-il finalement.

La colère brilla dans le regard de Natalie.

— C'est facile pour toi de donner des conseils. Il ne s'agit pas de ton fils ! répliqua-t-elle d'une voix dure.

Un silence pesant s'installa avant qu'elle baisse les yeux et soupire lourdement.

— Pardonne-moi, reprit-elle. Mais j'ai assisté à un reportage terrifiant sur les effets indésirables des vaccins. Puis Sally, ma collègue, m'a parlé d'un couple d'amis à elle dont le bébé a eu des problèmes cérébraux suite au rappel. Il arrive même que des enfants en meurent, ajouta-t-elle d'un air sinistre. Et, ensuite, les parents n'ont plus que leurs yeux pour pleurer.

Mateo se gratta la tête. Natalie avait besoin d'être rassurée. La décision n'était pas facile à prendre, ni pour elle ni pour Alex. Logique. Mais ce n'était pas à lui de décider à leur place.

Quand Reece fondit en larmes, perturbé de sentir sa mère bouleversée, Alex se leva et entoura sa famille dans ses bras.

— On trouvera bien une solution, ma chérie. Ne t'inquiète pas, dit-il d'une voix apaisante.

Pendant que Bailey s'occupait à préparer des sandwichs au poulet, Mateo exposa la situation à ses amis avec franchise. Toute vaccination comportait un risque, mais les effets secondaires étaient rares et ce procédé restait le meilleur moyen de faire reculer, et même d'éliminer, les maladies mortelles chez les enfants et les adultes. Malheureusement, il incombait aux parents de se renseigner et de peser le pour et le contre avant de prendre la décision.

Il reconnut pourtant que Natalie avait raison. Donner des conseils était facile lorsqu'il ne s'agissait pas de son propre enfant.

Quelque peu rassurée, Natalie recouvra son entrain et ils dégustèrent leur repas de bon appétit. Ils avaient commencé à ranger quand Bailey annonça qu'elle avait oublié quelque chose dans la voiture.

Elle revint avec un sac qu'elle tendit à Natalie.

— C'est un cadeau pour Reece que j'ai ramené de Paris. Mateo m'a aidé à le choisir.

Il détourna les yeux. Même s'il avait été ravi de le faire, ce moment lui rappelait de mauvais souvenirs, en particulier les soupçons qu'il nourrissait envers Bailey. En y repensant, elle n'avait pas vidé ses poches comme le garde le lui avait demandé, se contentant de lui montrer le bracelet.

Mais remuer le passé était vain. Aussi charmante soit-elle,

ce message avait révélé sa vraie nature. Sa propre main l'avait trahie et il ne voulait pas entendre les excuses qu'elle avancerait pour se défendre.

Dès que Natalie eut ouvert le paquet, Reece s'empara du marteau et se mit à taper sur le sol. L'objet émit toutes sortes de bruits électroniques, ce qui le fit rire aux éclats.

— Voilà bien mon fils, dit Alex en lui ébouriffant les cheveux.

Mateo observait la scène. Au lieu de partager leur bonheur, il se sentait envahi par un mélange d'envie et de déception, des sentiments désagréables qu'il aurait préféré ne pas éprouver.

Il était rentré chez lui ce matin, persuadé qu'il allait se marier, une décision qu'il n'y a pas si longtemps personne n'aurait pu le convaincre de prendre. Il avait décidé de se lancer dans cette entreprise risquée qu'étaient le mariage et la famille. Mais, après avoir découvert la vérité au sujet de Bailey, il n'était pas près de recommencer.

Alex et Natalie les déposèrent et leur dirent au revoir. Mateo sauta de voiture et se dirigea aussitôt vers la maison. Il savait qu'elle le suivrait. Alors, à l'abri des oreilles indiscrètes, il lui dirait exactement ce qu'il pensait d'elle.

Abasourdie, Bailey regarda Mateo s'éloigner à grands pas. Il grimpa les marches qui menaient au perron, ouvrit la porte, puis s'engouffra dans la maison. Elle posa une main sur son ventre noué. Elle ne comprenait pas pourquoi il était devenu furieux depuis qu'il avait lu le message destiné à Vicky. Certes, elle avait utilisé un ton badin pour suggérer qu'elle croyait en l'avenir de leur relation. Elle savait qu'il ne voulait pas entendre parler de mariage et respectait ce choix, d'autant plus qu'elle était du même avis.

Et soudain, après l'avoir traitée comme une princesse, il la regardait avec un mépris à peine dissimulé. Ce n'était pas juste. Il l'avait conquise, faisant en sorte qu'elle lui accorde sa confiance — et même son amour. Comme une idiote, elle croyait même qu'il était en train de tomber amoureux d'elle.

Il lui devait au moins une explication. La tête haute, elle remonta l'allée et pénétra dans la maison. S'il croyait qu'elle allait se laisser faire, il se trompait.

Il l'attendait devant l'escalier. Quand elle s'engouffra dans la maison, il vit à son expression qu'elle était déterminée à se défendre. Mais il voulait en finir au plus vite. Il irait droit au but. Puis il lui demanderait de quitter les lieux.

— Ces dernières années, commença-t-il tandis qu'elle s'approchait, je croyais avoir tout ce que je désirais. Puis je t'ai rencontrée.

L'espace d'un instant, son visage s'éclaira, puis son regard devint suspicieux.

— Je ne suis pas sûre de te comprendre.

— En rentrant à la maison tout à l'heure, j'étais décidé à te demander de m'épouser.

Il plongea dans sa poche et en sortit la petite bourse en velours bleu. Après avoir desserré le cordon, il ouvrit la main et y laissa tomber la bague. Un solitaire de cinq carats. Le bijoutier lui avait assuré que sa fiancée ne pourrait que l'apprécier. Maintenant, il n'en doutait plus un seul instant.

Elle fixa la bague avec incrédulité, avant de lever les yeux vers lui. Puis un petit cri de surprise s'échappa de ses lèvres et elle rougit jusqu'aux oreilles.

— C'est pour moi ? articula-t-elle d'une voix stupéfaite. Tu es sorti ce matin pour me l'acheter ?

Il prit le bijou entre le pouce et l'index, l'inclinant de façon à ce que le diamant reflète la lumière en prismes irisés sur le mur.

— Je n'étais pas sûr que ce soit la bonne taille, dit-il. Le bijoutier m'a dit que je pouvais la rapporter.

Ce qui était précisément son intention. Il referma les doigts sur la bague et ajouta d'une voix sourde :

— Tu n'imagines pas à quel point je me suis senti trahi en lisant ton message.

Elle se contenta de le fixer d'un air abasourdi teinté d'agacement.

— Trahi est un bien grand mot.

Il faillit se mettre à crier, mais se contint.

— Tu racontes à ton amie que tu ne resteras pas femme de ménage longtemps. Quelles conclusions veux-tu que j'en tire ?

— Je l'ai dit parce que j'ai l'intention de reprendre mes études.

— Tu évoques de grands projets et la chance que tu as.

— Eh bien, j'avais l'impression d'en avoir, à ce moment-là. J'étais contente d'avoir…

Elle s'interrompit, clignant des yeux comme si elle venait de comprendre quelque chose, puis eut un rire sans joie.

— Attends un peu. Ne me dis pas que tu crois que je partage ton lit… que je couche avec toi pour ton *argent* ? demanda-t-elle en grimaçant comme si elle venait d'avaler une cuillerée de sel.

Il lâcha un soupir méprisant.

— En tout cas, ce n'est pas le tien qui risque de m'intéresser.

Son cœur se serra en voyant son regard se remplir de larmes. Il inspira, s'efforçant de se calmer.

— Excuse-moi. J'aurais mieux fait de me taire.

— Si tu avais besoin de le dire, c'est qu'il fallait que je l'entende, répliqua-t-elle sèchement, avant de le planter là et de s'élancer dans l'escalier.

— Alors, tu t'en vas, constata-t-il.

Elle s'arrêta, à l'endroit exact où ils avaient fait l'amour quelques jours plus tôt, et tourna la tête sur le côté, sans le regarder vraiment. Sa main serrait la rampe comme si elle allait tomber et son visage était livide.

— Crois-tu sincèrement que je veuille profiter de toi, Mateo ? demanda-t-elle d'une voix nouée par les sanglots.

Il aurait dû s'y attendre. Les larmes étaient le meilleur moyen d'attendrir un homme. Elle était décidée à nier jusqu'au bout.

— Il n'y a pas d'autre interprétation à ton message, Bailey.

Elle pivota vers lui et hocha lentement la tête en l'étudiant d'un air désolé.

— Je suis une idiote.

— Bienvenue au club, railla-t-il.

Elle ignora le sarcasme.

— J'ai cru que tu étais furieux parce que tu avais découvert que je t'aimais.

Il sursauta sous l'effet de la surprise, mais la froideur reprit vite le dessus.

— Ne joue pas avec moi, Bailey.

— Pas plus tard que ce matin, je pensais avoir trouvé l'homme parfait. Bon sang, je te croyais même trop bien pour moi. Maintenant je me rends compte que c'est moi qui suis trop bien pour toi, conclut-elle en se remettant à monter les marches d'un pas lourd.

- 16 -

Bailey ne mit pas plus de dix minutes pour rassembler ses affaires et quitter la maison de Mateo. Grâce au ciel, il n'essaya pas de la recontacter. Il l'avait déçue, et tout ce qu'il pourrait dire n'y changerait rien. Elle lui en voulait d'avoir douté d'elle autant qu'elle s'en voulait à elle-même d'avoir cru en lui.

Une semaine plus tard, elle se présenta à l'accueil de l'agence immobilière où travaillait Natalie. Quand la secrétaire l'eut prévenue par téléphone, Natalie émergea d'un bureau situé au fond de la salle et lui fit signe de la rejoindre.

— Entre, je t'en prie, dit Natalie en souriant.

— Je ne te dérange pas, j'espère, dit Bailey en prenant un siège. Je viens de finir de nettoyer mon dernier appartement et je suis venue pour te parler.

Natalie referma la porte avant de s'installer derrière son bureau.

— Je t'écoute.

— J'ai plusieurs choses à te dire. D'abord, tu ne le sais sans doute pas encore, mais Mateo et moi sommes séparés depuis une semaine.

Le visage de Natalie se décomposa.

— C'est impossible ! Tu m'as dit que le voyage en France s'était déroulé à merveille.

— C'est vrai. Ça s'est si bien passé que je suis tombée amoureuse de lui.

Natalie hocha plusieurs fois la tête d'un air entendu.

— N'a-t-il pas essayé de te joindre depuis ?

— Non. De toute façon, je ne veux plus le voir.

— Mateo a toujours été opposé au mariage, fit Natalie avec irritation en repoussant un stylo. Je l'aime beaucoup, mais je le trouve parfois un peu borné. Les gens arrivent dans votre vie. Les choses changent.

— Il m'a acheté une bague. La plus belle que j'aie jamais vue.

Les yeux de Natalie s'arrondirent.

— Il t'a demandé en mariage et tu as refusé ?

Bailey lui relata toute l'histoire : le message à son amie, la mauvaise interprétation qu'il en avait faite et son incapacité à réviser son jugement.

— Je suis vraiment désolée, dit Natalie. Ecoute, s'il t'a acheté cette bague, c'est qu'il t'aime. Mais il a peur. Le passé l'a traumatisé.

— Je sais. Ses parents l'ont abandonné. Il en veut particulièrement à son père.

— Ce n'est pas la seule raison, confia Natalie. Mateo a été très amoureux d'une femme dans le passé. D'après Alex, elle était intéressée par son argent. Il lui achetait tout ce qu'elle voulait, mais elle n'était jamais satisfaite. Ils se disputaient sans cesse, puis se réconciliaient. Mateo a dit à Alex qu'il ne voulait plus jamais vivre une telle relation. Il craint par-dessus tout de s'engager avec quelqu'un qui abandonnerait ses enfants au cas où il disparaîtrait.

S'efforçant d'assimiler l'information, Bailey fixa des yeux des papiers posés sur le bureau.

— Elle s'est servie de lui, dit-elle pensivement.

— Pire, elle l'a littéralement saigné à blanc.

— Je ne suis pas avec Mateo pour son argent.

— Oh ! Chérie, je sais.

Pour le prouver, Natalie se leva pour la serrer dans ses bras. Si Bailey lui était reconnaissante de son soutien, cela ne changeait rien à ce qu'elle éprouvait. Les explications de Natalie avaient beau l'aider à comprendre pourquoi Mateo avait réagi ainsi, le passé n'excusait pas tout et il avait eu tort de l'accuser sans lui donner la chance de se défendre. Elle était lasse que les gens la prennent pour ce qu'elle n'était pas.

Natalie alla s'asseoir sur le bord du bureau.

— Tu veux que je demande à Alex de lui dire deux mots ?

Elle secoua la tête et passa au second objet de sa visite.

— Je suis aussi venue te parler de mon emploi chez vous. Tu m'as beaucoup aidée et je tiens à te tenir au courant de mes projets. Je me suis inscrite à la faculté et j'ai obtenu une place de serveuse au restaurant universitaire. D'ici là, j'aimerais continuer à travailler pour l'agence, si c'est possible. J'ai trouvé un petit appartement et j'ai besoin d'argent pour la caution.

Il s'agissait d'une simple chambre, dotée d'une minuscule salle de bains, mais l'endroit était propre et le loyer abordable.

— Tu peux rester tant que tu le désires, répondit Natalie. Et je te félicite pour la reprise de tes études. Tu es courageuse. Mais s'il te plaît, laisse-moi demander à Alex de parler à Mateo.

— C'est inutile, affirma Bailey en se levant. Après ce qui s'est passé, Mateo n'aura plus jamais confiance en moi.

Et elle ne lui pardonnerait jamais d'avoir douté d'elle.

— Je lui souhaite de trouver celle qui le rendra heureux, ajouta-t-elle pour conclure.

— Alex et moi avons cru que c'était toi, dit Natalie en soupirant.

Elles s'enlacèrent, se promettant de rester en contact. Bailey avait atteint la porte quand elle demanda :

— Au fait, qu'avez-vous décidé au sujet des vaccins de Reece ?

— Nous avons rendez-vous la semaine prochaine.

— Je suis sûre que tout se passera bien.

Tandis qu'elle regagnait l'arrêt de bus, Bailey repassa la conversation dans son esprit. Natalie semblait convaincue que Mateo l'aimait parce qu'il lui avait acheté une bague. Mais elle ignorait qu'il n'avait eu aucune réaction lorsqu'elle lui avait dit qu'elle l'aimait. Mais bien sûr, influencé par sa méfiance naturelle et son histoire d'amour ratée, il ne pouvait que croire qu'elle mentait afin de pouvoir continuer à profiter de lui.

Furieuse, elle accéléra le pas.

Il y avait longtemps qu'elle avait perdu sa virginité, mais, quand elle se donnait à un homme, c'était corps et âme. Mateo n'avait pas besoin de le savoir, mais cela n'avait pas été le cas avec Emilio. Cet épisode lui avait laissé un goût amer dans la bouche et, tout comme Mateo, elle avait du mal à accorder sa confiance. Qu'il ait pu la croire capable de coucher avec lui par intérêt la mettait en rage, lui donnant envie de rester célibataire pour le reste de ses jours.

Une silhouette en costume émergea de l'Abribus au moment où elle s'en approchait. En reconnaissant son père, elle faillit tourner les talons. Elle ne voulait pas le voir, n'avait plus rien à lui dire. Mais, quand il s'avança vers elle, ses pieds restèrent collés au sol.

Tremblant intérieurement, elle redressa la tête et affronta son regard.

— Que fais-tu dans le coin ? Comment m'as-tu localisée ?

— Je t'ai suivie depuis notre dispute. J'étais près de chez Mateo quand je t'ai vue sortir en trombe avec tes sacs. J'ai donc appelé Mateo pour en savoir plus. Il m'a dit que vous vous étiez séparés et m'a donné l'adresse de l'agence immobilière pour laquelle tu travailles. La réceptionniste m'a confié que tu passais parfois à l'agence le soir, après avoir fini ton travail. Depuis, j'attends que tu apparaisses en préparant dans ma tête ce que je te dirai en te voyant.

Luttant contre l'émotion, elle demanda :

— Qu'est-ce que tu veux me dire ?

Damon Ross semblait tout aussi troublé qu'elle. Le visage bouleversé, il commença :

— Je ne sais pas si ta mère t'en a parlé, mais elle et moi avons choisi ce bracelet ensemble.

Elle eut envie de se boucher les oreilles pour ne plus l'entendre. A la place, elle les leva les mains en l'air.

— Inutile de remettre ce sujet sur le tapis.

Son père l'observa quelques instants d'un regard triste mais empreint de tendresse.

— Je n'étais pas d'accord. Je voulais t'offrir une médaille en or avec ton prénom gravé derrière. Mais, comme toujours, c'est Ann qui a eu le dessus. Elle avait souvent raison, je te l'accorde. Mais pas toujours, ajouta-t-il en baissant la tête. Parfois, elle se trompait lourdement.

Le cœur de Bailey battait si fort qu'elle parvenait à peine à respirer. Son père ne s'était jamais ouvert à elle de cette façon, comme s'il voulait l'aider à comprendre quelque chose. Une petite voix lui souffla de s'en aller, de couper court à la discussion, mais elle en était incapable. Son père lui tendait la main et elle ne pouvait la refuser.

Mais il fallait tout de même qu'elle expose son point de vue.

— Si tu crois que maman ne me manque pas, à moi aussi, fit-elle remarquer.

— Je m'étais aperçu que quelque chose n'allait pas, poursuivit-il sans répondre à son commentaire. Tout le monde peut perdre ses clés ou oublier l'heure d'un rendez-vous. Mais, quand ta mère a confondu les horaires de tes activités et qu'elle a oublié d'aller te chercher à l'école, j'ai commencé à m'inquiéter sérieusement. J'ai tapé du poing sur la table et exigé qu'elle fasse un check-up. Mais Ann n'aimait pas qu'on lui donne des ordres. Elle n'en faisait qu'à sa tête. Son indépendance d'esprit était ce que j'appréciais le plus chez elle, mais là…, dit-il en s'interrompant pour soupirer. Là, elle aurait dû m'écouter. J'aurais dû insister, la traîner chez le médecin de force, au lieu de me taire et de la croire quand elle affirmait que ce n'était rien.

Emue aux larmes par ce récit poignant, Bailey cherchait désespérément à comprendre ce qu'il voulait dire.

— Tu te sens responsable de sa mort ?

— Oui, en quelque sorte. Je savais que la grand-mère d'Ann était décédée d'un anévrisme quand elle était relativement jeune. Et sa propre mère était morte d'une crise d'apoplexie un an auparavant. Tu lui ressembles tellement, dit-il avec un sourire en la regardant. Toi non plus tu n'aimes pas qu'on te donne des ordres.

— Est-ce pour cela que tu as fait ton possible pour m'éloigner de toi ?

— Cela peut sembler ridicule, mais j'avais peur de te perdre. Le jour de l'enterrement de ta mère, je me suis juré de me forcer à ne pas céder à tous tes caprices. J'ai décidé de te protéger, de te guider quoi qui qu'il arrive, même si tu devais finir par me haïr.

— Je ne t'ai jamais haï, papa, dit-elle d'une voix enrouée. Je ne comprenais juste pas pourquoi tu étais soudain devenu si froid et distant. Quand maman était vivante, je me sentais entourée et protégée. A sa mort, une partie de moi-même est morte aussi. Depuis, ce sentiment de solitude et d'abandon ne m'a plus quittée. Si j'ai délaissé l'école et fréquenté des gens qu'il ne fallait pas, c'est parce que je croyais que personne ne se souciait de moi.

Ces propos semblèrent l'atteindre en plein cœur et ses traits se crispèrent.

— Depuis ton départ, je me reproche sans cesse d'avoir été dur avec toi. Je regrette tous les jours de ne pas t'avoir regardée grandir tranquillement. J'aurais dû te laisser faire tes propres erreurs.

— Je m'en suis chargée toute seule.

— Si tu as fait des bêtises, c'est parce que je n'ai pas été à la hauteur, reconnut-il en plongeant la main dans sa poche.

Puis il prit la sienne et y déposa le bracelet. Elle le contempla, se souvenant des jours heureux de son enfance, entourée des parents qu'elle aimait tant, et son cœur se gonfla de tendresse. Les larmes aux yeux, elle posa une joue sur l'épaule de son père qui, finalement, la serra dans ses bras.

Assis au bar du club de golf, Mateo but le reste de son verre avant de faire signe au barman. Il avait besoin d'un autre whisky. D'un double.

Assis sur le tabouret voisin, Alex leva la main.

— Je m'arrête là, dit-il. J'ai promis à Nat de ne pas rentrer après à 18 h 30.

— Allez, reste encore un peu. On vient juste de finir la partie.

— Désolé, ma femme m'attend. Et puis, j'ai hâte de lui raconter que je t'ai battu deux fois. Je trouve que tu as un peu de mal à te concentrer, ces derniers temps.

Il avait la tête ailleurs depuis le départ de Bailey, deux semaines auparavant.

— Je vais bientôt retourner au cabinet, assura-t-il en appelant de nouveau le barman.

— Je ne suis pas sûr que ce soit la solution.

Il ignora la remarque de son ami. Il ne pouvait pas continuer à tourner en rond dans cette grande maison, sans personne à qui parler, si ce n'est des fantômes. Reprendre le travail lui éviterait de devenir fou. S'il n'avait pas craint que Mama le voie dans cet état, il serait allé lui rendre visite en Italie, au risque de tomber sur Emilio et de lui casser la figure.

— Viens donc dîner à la maison ce soir, proposa Alex. Natalie sera contente de te voir. T'ai-je dit que Reece avait eu ses vaccins au début de la semaine ?

— Tu me l'as dit deux fois. Je suis soulagé que tout se soit bien passé.

— Moi aussi, tu n'imagines pas. Alors, tu viens ?

— Non, je préfère manger un morceau ici, répondit-il en prenant le verre que le barman lui tendait.

Alex en profita pour payer ce qu'il devait, puis il regarda devant lui et demanda :

— On ne t'a jamais dit qu'aimer n'était pas chose facile ?

— Je ne suis pas d'humeur à écouter tes leçons de morale.

— Ecouterais-tu au moins les conseils d'un ami ?

Mateo fit tourner les glaçons dans son verre et but une longue gorgée de whisky, savourant la brûlure de l'alcool dans sa gorge.

— C'est fini, Alex. Elle ne reviendra pas.

Alex soupira, attendit que le barman se soit éloigné, puis frappa le comptoir des deux mains.

— Pourquoi te montres-tu aussi borné ?

— Je ne vois pas ce que tu veux dire.

— Tu ne perdras rien à admettre que tu l'aimes.

— Oui, Alex, tu as raison. Tu sais toujours tout. Bon, je m'en vais, annonça-t-il en sautant du tabouret.

— Où vas-tu, Mateo, retrouver ta grande maison vide ?

demanda Alex en le suivant tandis qu'il traversait la salle bondée et rejoignait la sortie.

Une fois devant la porte, il pivota sur ses talons et plongea les yeux dans ceux de son ami.

— J'ai laissé entendre à Bailey qu'elle était avec moi pour mon argent.

Alex haussa les épaules.

— Tu as eu tort.

— Ouais.

Il avait laissé partir Bailey parce qu'il n'y avait pas d'autre solution, par besoin de se protéger. Il avait ensuite imprimé son message et, au cours des heures, des jours et des semaines qui avaient suivi, l'avait relu une bonne centaine de fois. Elle lui avait dit clairement que les mots qu'elle y avait écrits étaient ceux d'une femme amoureuse. Amoureuse de lui. Mais il n'avait pas voulu l'entendre. Son cœur désirait la croire, mais sa raison refusait de prendre le risque. Se marier avec une femme vénale mènerait forcément à un divorce, ce qui ferait souffrir les enfants qu'ils pourraient avoir ensemble.

Trop dangereux, songea-t-il en se dirigeant vers la station de taxis.

Le soleil était presque couché, mais il faisait encore très chaud. Il avait la sensation d'étouffer.

— Alors, reconnais-le, dit Alex en se matérialisant à côté de lui.

— Reconnaître quoi ?

— Que tu as eu tort.

— Je viens de te le dire.

— Dis-le-lui à elle.

— Ben voyons ! Je pourrais arriver et commencer par : « Ecoute, Bailey, je me demande si tu me pardonneras un jour de m'être comporté comme le dernier des idiots. »

— C'est un bon début, approuva Alex.

— Je suis tombé sur ce message et…

Une douleur aiguë lui vrilla la tempe et il agita la main pour balayer la suite.

— Laisse tomber.

Mais Alex n'avait pas l'intention de lâcher prise.

— Et quoi ?

S'arrêtant net, il prit quelques instants pour regarder à l'intérieur de lui.

— Et soudain… ce fut comme si je n'avais plus rien, comme si j'avais tout perdu. Une sensation étrange, alors que je suis entouré de tellement d'objets. Beaucoup trop. Mais là où ça compte, dit-il en mettant la main sur son cœur, je suis vide.

— Rien ne t'y oblige.

— Je n'ai même pas connu mes parents, dit-il, l'émotion lui serrant la gorge.

Alex posa une main réconfortante sur son épaule.

— Je suis sûr que tu ferais un père fantastique.

— C'est exactement ce que Bailey m'a dit.

— Bailey est une femme perspicace.

— Et moi, un idiot qui a des œillères.

— Pas pour tout. Mais là…

Quand Mateo le regarda, il vit qu'il souriait.

Il aurait aimé lui rendre son sourire. A la place, il haussa les épaules.

— Que dois-je faire pour réparer ça ? Que dois-je lui dire ?

— Alors là, c'est une question qui vaut un million de dollars. Mais, si tu veux mon avis, le mieux est encore de lui dire la vérité.

- 17 -

— Si je tombe mal, dis-le-moi, dit une voix masculine derrière elle, au moment où elle posait le pied sur la première marche de l'escalier qui menait à son appartement.

En reconnaissant la voix, Bailey sentit son cœur battre la chamade. Elle rassembla ses esprits en un temps record et se tourna pour affronter son visiteur indésirable.

Mateo Celeca se tenait devant elle, plus beau que jamais.

— Tu tombes mal, admit-elle d'une voix dénuée d'émotion.

— Donne-moi tes sacs, proposa-t-il en tendant les bras.

Elle se mit à monter les marches sans répondre.

— Joli immeuble, fit-il remarquer quand ils arrivèrent au premier étage.

Elle lui lança un regard censé le décourager et poursuivit son ascension.

— J'ai appris par Natalie que tu ne travaillais plus pour l'agence.

— Dis ce que tu as à dire et va-t'en.

— On pourrait boire un café quelque part.

— Non.

Elle grimpa rapidement les dernières marches et se dirigea sans un regard en arrière vers la porte de son appartement.

— Je suis venu te demander pardon, Bailey.

Elle accusa le choc, mais ne se laissa pas démonter. Ses excuses ne changeraient rien à ce qu'elle ressentait. Résolue à ne pas céder, elle posa ses sacs de courses, chercha sa clé et ouvrit la porte.

— Je te pardonne. Maintenant, tu peux partir.

— Je reconnais que je me suis comporté comme un idiot. J'ai tiré des conclusions qui n'avaient pas lieu d'être.

Quand elle se baissa pour prendre les sacs, il les avait déjà récupérés et s'engouffrait à l'intérieur. Elle faillit lui ordonner de quitter les lieux avant qu'elle appelle le gardien, puis se dit que c'était l'occasion ou jamais de lui montrer qu'elle vivait très bien sans lui, et sans son argent.

— Evidemment, ce n'est pas le standing auquel tu es habitué, ironisa-t-elle tandis qu'il posait les sacs sur le comptoir de la modeste kitchenette.

Il fronça les sourcils en examinant les lieux.

— C'est, euh, très propre.

Puis, sans y être invité, il tira un tabouret et s'y installa. Non. Leur histoire appartenait au passé et il n'y avait pas de retour possible. Après s'être réconciliée avec son père, la semaine précédente, elle avait définitivement tourné une page sur sa vie passée. Nouvel appartement, nouveau travail et, bientôt, nouvelle vie. Pas question de reculer.

— Je comprends que tu te sentes mal après ce que tu as fait. Il n'y a pas de quoi être fier. Mais tu m'as demandé pardon et je t'ai pardonné. Maintenant, bonne chance, dit-elle en ouvrant la porte.

Un coin de sa bouche se releva.

— Tu ne le penses pas.

— Non, mais « je te souhaite d'être heureux » aurait été encore plus difficile à croire.

Le cœur battant à tout rompre, elle s'accrocha à la poignée en le voyant sauter à terre de son tabouret. Il vint ensuite se placer devant elle, mais il ne la toucha pas. Il se contenta de refermer la porte et de lui indiquer un siège du bras.

Elle ne bougea pas.

— C'est fini, Mateo. Dans quelle langue dois-je te le dire ? Laisse-moi, s'il te plaît. J'ai des choses à faire.

Elle tendit la main vers la poignée, mais il la saisit au vol. Ses yeux brûlaient d'un feu ardent et son expression était décidée. Il n'avait jamais été aussi attirant.

— Bailey, notre histoire est loin d'être terminée.

Elle s'écarta vivement. Inutile de tenter le diable. Plus loin elle serait de son odeur musquée et de sa chaleur animale, mieux elle se porterait.

— Pour qui me prends-tu ? Tu crois qu'un simple sourire charmeur me fera oublier que tu m'as soupçonnée d'être vénale ? Sache que tu es peut-être le plus beau, le plus riche et le plus puissant des hommes, cela ne change rien à ce que j'éprouve pour toi.

— Je comprends.

Prise de court, elle lui jeta un coup d'œil en biais.

— Je me suis méfié de toi dès le début, expliqua-t-il. Non à cause de tes déboires avec Emilio ou parce que tu avais emprunté de l'argent à Mama. Sur ces deux points, je n'ai jamais douté de ta sincérité.

— Alors tu m'as traitée comme une voleuse sans raison ?

Un sourire étira ses lèvres tandis qu'il se rapprochait.

— En réalité, si j'ai réagi ainsi, c'est parce que tu m'as obligé à regarder au fond de moi, à voir l'homme que je suis à l'intérieur, sans artifice. Et ce que j'ai vu ne m'a pas plu.

Elle plaqua les mains sur ses oreilles pour ne plus l'entendre. Ce qu'il pourrait dire ne changerait rien.

— Avant de te connaître, poursuivit-il, j'étais convaincu d'avoir tout ce dont j'avais besoin. Une bonne situation, une belle maison et la sécurité matérielle. J'étais content de mon sort, il ne me manquait rien. Puis je me suis rendu compte que ce dont j'avais besoin ne pouvait s'acheter.

Elle haussa les épaules d'un air indifférent.

Il tenta de l'enlacer, mais elle lui échappa et leva les mains pour se protéger de ses assauts.

— J'en ai assez entendu, dit-elle. J'aimerais pouvoir te dire « restons amis », mais…

— Bon sang, Bailey, ce n'est pas ton amitié qui m'intéresse.

Sa voix était posée, mais l'insinuation faillit avoir raison de sa détermination.

— Je sais très bien ce qui t'intéresse, mais tu peux oublier.

Je suis heureuse comme je suis. J'ai un but à atteindre et je n'ai pas besoin de toi pour y arriver.

— Je pourrais peut-être t'aider, non ?

Elle se souvint de la confession de son père, de sa mère qui avait refusé son aide quand elle en avait le plus besoin, et le doute s'insinua en elle.

— J'ai longuement réfléchi à tout cela, reprit-il en s'approchant de nouveau. J'en ai conclu que tout est parti d'un manque de confiance. J'aurais dû me fier à toi. Maintenant, c'est à toi de me croire.

Elle poussa un soupir exaspéré et fit un pas en arrière.

— Désolée, mais ce n'est pas possible.

— Parce que je t'ai déçue.

— Plutôt, oui.

— Aimer, c'est aussi savoir pardonner.

— Qui a parlé d'amour ?

Pas elle, en tout cas.

— J'ai un cadeau pour toi.

Elle savait déjà ce que c'était.

— Ta bague en diamant ne m'intéresse pas, Mateo.

— C'est autre chose. J'espère que ça te plaira.

Il fouilla dans la poche de son pantalon, en sortant un petit objet brillant.

Son cœur se mit à battre encore plus fort en voyant la minuscule tour Eiffel en or qu'il tenait dans la main. Malgré elle, les larmes lui montèrent aux yeux. Elle se sentit soudain faible et vulnérable.

— Nous n'avons passé qu'une petite semaine en France tous les deux.

— La semaine la plus importante de notre vie. Celle où nous sommes tombés amoureux l'un de l'autre. Je t'aime, Bailey. Je te plaisais, autrefois. Crois-tu que tu pourrais encore m'aimer ?

Elle réfléchit un long moment. Ce n'était pas si simple.

— Je ne sais pas, reconnut-elle finalement.

— J'ai commis une erreur. Une erreur monstrueuse, insista-t-il quand elle hocha la tête. Mais je ne suis pas le seul. Ton père aussi s'est trompé. Et toi aussi, j'imagine.

— Je ne suis pas sûre de parvenir à te pardonner.

— Je comprends. Vraiment, dit-il tendant le bras pour lui caresser la joue. Je donnerais n'importe quoi pour revenir en arrière.

L'émotion lui brûlant les yeux, elle serra les paupières.

— Ton argent ne m'a jamais intéressée.

Il posa un baiser au coin de sa bouche.

— Tu m'as plu dès le premier instant, Bailey. Epouse-moi. Sois ma femme. J'ai besoin de toi et toi de moi. Chaque jour et chaque nuit.

— Parce que tu m'aimes.

Son souffle chaud balaya ses lèvres.

— A la folie.

— Et parce que…

Il posa la petite tour Eiffel dans sa main et referma ses doigts dessus.

— Parce que ?

Submergée par l'émotion, elle rendit les armes, vaincue et heureuse de l'être. Puis elle plongea les yeux dans les siens avant de répondre :

— Je t'aime aussi.

Un éclair de joie traversa ses yeux noirs, puis il se pencha en avant et sa bouche recouvrit la sienne.

Incapable de lui résister plus longtemps, elle se serra contre lui. Tandis que sa main lui soutenait la nuque et que son corps dur se pressait contre le sien, elle se cramponna à ses épaules et laissa les larmes couler librement de ses yeux.

Quand il interrompit le baiser, le vertige lui fit tourner la tête. Mais avec son sourire, si proche, et ses mains autour d'elle, elle se sentait merveilleusement ancrée.

— Marions-nous, susurra-t-il.

Elle essuya ses larmes et reprit son souffle avant de murmurer :

— Oui, Mateo. Je serai ta femme et je partagerai ta vie pour toujours.

Et, lorsque l'homme qu'elle aimait l'embrassa de nouveau, elle s'éleva dans les airs, s'abandonnant en souriant au plaisir d'être dans ses bras.

En cet instant, le monde entier leur appartenait.

Épilogue

Malgré les protestations de Bailey, qui pensait que personne n'aimait recevoir des visites à l'improviste, Mateo avait décidé d'arriver sans prévenir. En entendant la voiture se garer sur le parking, Mme Garnier sortit du bâtiment, quelques enfants sur ses talons. Un mélange de stupéfaction et de joie se lisait sur ses traits. Mateo se pencha pour déposer un baiser sur la joue de sa merveilleuse épouse.

— Tu vois, dit-il, les gens aiment bien être pris par surprise.

— J'en connais un qui va en avoir une de taille.

Ils s'étaient déjà mis d'accord pour annoncer la nouvelle à Rémy plus tard, en privé. En attendant, Mateo avait d'autres bombes à lâcher.

Tandis que le couple se dirigeait vers l'entrée et que la foule des enfants grossissait, quelqu'un actionna la cloche dans le beffroi. Nicole Garnier fut la première à arriver devant eux. Elle se tenait les joues et semblait avoir perdu sa voix.

Mateo l'embrassa sur les deux joues.

— Je n'y comprends rien, murmura-t-elle. Vous venez à peine de partir et vous êtes déjà revenus. Combien de temps resterez-vous ?

— Un bon moment, répondit-il en croisant le regard de Bailey. Un *long* moment.

Il était sur le point de lui donner de plus amples explications quand il aperçut Rémy. Debout à l'écart, il les observait de loin.

— Rémy ! cria-t-il. Viens me dire bonjour.

Le petit garçon ne bougea pas.

Excités, les enfants sautaient autour d'eux, enserrant leurs jambes de leurs bras, chantant et riant comme des fous.

— Pourquoi êtes-vous revenus si vite ? Je veux savoir, exigea Nicole en reprenant ses esprits.

— Nous avons décidé de nous installer en France. Il nous reste encore des tas de formalités à régler, mais…

— Mon Dieu ! s'exclama Nicole en l'interrompant. Ici ?

— Oui, dans ma maison.

Nicole laissa échapper un cri de joie.

Claire dansait autour d'eux, alternant mouvements de danse classique et de hip-hop. Bailey l'arrêta et s'accroupit devant elle.

— As-tu compris ce que vient d'annoncer Mateo, Claire ?

Nicole lui caressa la tête et lui traduisit la bonne nouvelle en français. Les yeux de Claire s'illuminèrent, puis elle fit deux fois la roue avant d'appeler les autres.

— Youpi ! Bailey et M. Celeca vont habiter ici avec nous !

Rémy avait dû entendre, car il se rua sur Mateo, qui le fit tourner plusieurs fois dans ses bras. Quand l'émotion fut un peu retombée, Mateo entraîna le petit garçon à l'écart.

— J'ai quelque chose à t'annoncer, Rémy, dit-il en lui prenant la main. Bailey et moi, nous aimerions que tu viennes vivre avec nous.

La réaction du petit garçon fut différente de celle qu'il avait imaginée. Il sembla hésiter, puis regarda autour de lui d'un air affolé. Mateo se dit qu'il ne s'était peut-être pas assez bien exprimé.

— Rémy, si tu veux bien être mon fils, j'aimerais devenir ton papa, déclara-t-il, prononçant enfin les mots qu'il retenait depuis si longtemps.

Rémy ne réagit toujours pas. Au contraire, il sembla encore plus désemparé, comme si on venait de lui offrir le cadeau dont il rêvait depuis toujours, mais que, pour une raison inconnue, il n'osait pas ouvrir le paquet.

Mateo lui prit le menton et le força à le regarder.

— Quel est le problème, Rémy ? demanda-t-il.

— C'est impossible, monsieur. Je ne peux pas abandonner Claire.

— Voudrais-tu qu'elle vienne avec toi, Rémy, qu'elle soit ta sœur ?

— Oh oui ! Claire sera sage, je vous le promets. Je lui dirais de tenir sa langue.

Mateo éclata de rire.

— Nous y avions déjà pensé. Si Claire veut se joindre à notre petite famille, nous serions ravis de l'accueillir.

— Hip, hip, hip, hourra ! hurla Rémy avant de partir en trombe annoncer la nouvelle à son amie.

Mateo rejoignit sa merveilleuse épouse et la serra dans ses bras.

— Il ne nous manque plus qu'un chien. Que penses-tu d'un labradoodle ?

Elle mit les bras autour de sa nuque et l'embrassa.

— Tu t'en souviens encore ?

— On pourrait lui donner le prénom de ton père.

— Damon, le labradoodle ? fit-elle en penchant la tête sur le côté. Bonne idée. Il pourra vous tenir compagnie, à toi et à Rémy, pendant que vous restaurerez la maison.

— Il nous faut deux chambres de plus.

— Et une cabane au fond du jardin pour les enfants.

Plus heureux qu'il ne l'avait jamais été, il regarda autour de lui. La beauté de l'édifice contrastait étrangement avec la bande d'enfants bruyants qui couraient autour.

— Je n'en reviens pas. Je n'aurais jamais imaginé finir mes jours dans cet endroit.

— C'est la meilleure des choses qui puisse t'arriver. Enfin presque, ajouta-t-elle d'un air énigmatique en lui caressant la joue. Moi aussi je t'ai réservé une surprise, Mateo.

Elle se redressa et regarda derrière lui.

Un homme se dirigeait vers eux. Mateo lui trouva un air familier. Ce nez busqué, ces yeux gris clair, cette démarche lui rappelaient quelqu'un. Les rouages de son esprit se mirent en branle et il toucha la petite cicatrice sur sa lèvre avant de secouer lentement la tête.

Il devait rêver.

Sa voix était étranglée quand il articula :

— Henri ?

L'homme l'avait maintenant rejoint et pris dans ses bras. Mateo sut alors avec certitude que c'était bien Henri, l'ami d'enfance qu'il avait cru disparu à jamais.

— Tu n'as pas changé, s'exclama Henri en s'écartant pour l'observer.

Souriant, Mateo posa une main sur le sommet du crâne de son ami.

— Toi si. Tu as grandi.

Bailey contemplait la scène, les mains jointes sous son menton. Henri se tourna vers elle.

— C'est cette femme qu'il faut remercier. Sans elle, nous ne serions pas réunis aujourd'hui.

Mateo lui lança un regard étonné.

Elle rougit et approuva la tête. C'était à son tour de rester sans voix.

Henri s'adressait de nouveau à lui.

— J'ai appris que tu venais de te marier. Mais il va falloir te rattraper au niveau des enfants, dit-il en effectuant un demi-tour sur lui-même.

Une femme accompagnée de trois enfants se tenait à côté de lui.

— Talli, mon épouse. Et nos trois petits monstres.

Les petits monstres en question, nommés respectivement Mimi, Luc et André, demandèrent la permission de jouer avec les autres, puis partirent en courant rejoindre le groupe des enfants. Puis Nicole les quitta pour avertir le personnel de l'arrivée d'hôtes inattendus. Pendant que Bailey bavardait avec Talli, Mateo et Henri se racontèrent leurs vies. Henri habitait maintenant à l'autre bout de la France. Son père adoptif était décédé et sa mère adoptive s'était remariée. Il avait changé de nom et déménagé plusieurs fois, ce qui expliquait pourquoi il avait été si difficile à localiser.

— Jusqu'à ce que Nicole et ta merveilleuse épouse unissent leurs forces et leur intelligence pour me dénicher, conclut Henri avec un sourire.

Mateo lui parla d'Ernesto et de l'Italie, du départ en Australie et de sa décision de fermer son cabinet pour s'installer en France et y vivre une vie simple et retirés.

Quand Nicole cria que le déjeuner était servi, Talli et Henri s'éloignèrent. Mateo en profita pour enlacer Bailey.

— Merci. Tu ne pouvais pas me faire un plus beau cadeau.

Impuissant à exprimer ses sentiments verbalement, il l'embrassa de toute son âme, lui transmettant la force de son amour dans son baiser.

Quand leurs lèvres se séparèrent, il la garda encore un peu contre lui, rassuré de sentir son corps le sien.

Son amour l'avait sauvé.

Il s'écarta et plongea les yeux dans les siens.

— Tu m'as tout donné, murmura-t-il.

Le beau visage de Bailey s'éclaira d'un sourire.

— Alors, mon chéri, nous sommes quittes, répliqua-t-elle en français.

BRENDA JACKSON

Cinq ans à t'attendre

Traduction française de
ROSA BACHIR

PASSIONS

HARLEQUIN

Titre original :
BANE

Ce roman a déjà été publié en 2016

Prologue

— Tu voulais me voir, Dillon ? demanda Brisbane Westmoreland.

Son frère aîné était installé à son bureau.

La baie vitrée offrait une vue imprenable sur Gemma Lake, le lac dans lequel se déversait la plus grande rivière de cette partie rurale de Denver, que les gens de la région appelaient Westmoreland Country. Bane était ici chez lui. Il n'était pas en Afghanistan, en Irak ou en Syrie, et n'avait donc pas à redouter les pièges, les ennemis tapis derrière les buissons, ou les terrains minés. A Westmoreland Country, il se sentait en sécurité. Et, malgré les circonstances, il était heureux d'être de retour.

Selon la tradition familiale, après le repas de Thanksgiving, tout le monde s'était réuni pour une partie de volley-ball sur neige. A présent, les femmes de la famille regardaient un film avec les enfants, tandis que les hommes jouaient aux cartes.

— Oui, entre, Bane.

Bane s'avança. Il savait que Dillon l'étudiait de son œil aiguisé, et qu'aucun détail ne lui échappait. Il savait bien ce que son aîné pensait : Bane n'avait plus rien de l'adolescent rebelle qui avait quitté la région cinq ans plus tôt, afin de se bâtir un avenir.

Bane serait le premier à admettre qu'il avait beaucoup changé. C'était maintenant un vrai militaire, sur le plan physique comme sur le plan mental. Depuis qu'il appartenait aux Navy Seals, le corps d'élite de la marine, il avait appris, vu et fait beaucoup de choses… tout cela pour le compte du gouvernement des Etats-Unis.

— Je veux savoir comment tu vas, expliqua Dillon, interrompant le fil de ses pensées.

Bane prit une profonde inspiration. Il aurait aimé répondre avec franchise. En temps normal, il affirmerait être en pleine forme, mais ce n'était pas le cas. Durant sa dernière opération secrète, une balle ennemie avait failli le tuer, et lui avait valu deux mois d'hôpital. Mais il ne pouvait pas l'avouer à Dillon.

— Je vais bien, se contenta-t-il de répondre, même si ma dernière mission a laissé des traces. J'ai perdu un collègue qui était aussi un ami.

Dillon secoua tristement la tête.

— Je suis navré de l'apprendre.

— Laramie Cooper était un type bien. Nous nous sommes connus à l'école navale.

Bane savait que Dillon ne demanderait pas de détails. La famille savait depuis longtemps que toutes ces opérations étaient secrètes et liées à la sécurité nationale, et qu'il ne pouvait donc rien divulguer.

Dillon garda le silence pendant une minute.

— Est-ce pour cela que tu prends un congé de trois mois ? finit-il par demander. A cause de la mort de ton ami ?

Bane s'assit dans le fauteuil de cuir face au bureau. Quand leurs parents, leur tante et leur oncle avaient péri dans un accident d'avion plus de vingt ans plus tôt, Dillon, l'aîné des Westmoreland de Denver, avait endossé le rôle de tuteur de leurs six frères — Micah, Jason, Riley, Stern, Canyon et Bane — et de leurs huit cousins et cousines — Ramsey, Zane, Derringer, Megan, Gemma, les jumeaux Adrian et Aidan, et Bailey. Dillon avait réussi l'exploit de souder la famille et de s'assurer que chacun réussisse sa vie. Et cela, tout en faisant de Blue Ridge Land Management Corporation, fondée par leur père et leur oncle, l'une des cinq cents plus grandes entreprises mondiales.

Puisque Dillon était l'aîné, il avait hérité de la maison principale de Westmoreland Country, ainsi que des cent vingt hectares qui l'entouraient. Tous les autres avaient reçu quarante hectares à leurs vingt-cinq ans. C'était un pays splendide, traversé par des montagnes, des vallées, des lacs, des fleuves et des ruisseaux.

De nouveau, Bane mesura à quel point il était bon d'être chez lui, en sécurité.

— Non, ce n'est pas pour cette raison, dit-il. Toute mon unité est en congé parce que notre dernière opération était éprouvante. Mais je vais employer ce temps libre à un but précis. Retrouver Crystal.

Après un instant, Bane ajouta d'une voix grave :

— S'il y a une chose que la mort de Cooper m'a apprise, c'est à quel point la vie est fragile. On peut disparaître en un instant.

Dillon ne saurait jamais que Bane ne parlait pas seulement de Cooper, mais aussi des nombreuses occasions où il avait failli perdre la vie.

Dillon vint s'asseoir au bord de son bureau pour lui faire face. Bane ignorait comment son frère allait réagir à ce qu'il venait d'annoncer. Crystal était la raison principale pour laquelle Dillon et le reste de la famille avaient soutenu sa décision de rejoindre l'U.S. Navy. Adolescents, Bane et Crystal avaient vécu une relation si passionnelle qu'ils en avaient fait voir de toutes les couleurs à leur famille.

— Comme je te l'ai annoncé quand tu es rentré pour le mariage de Jason, les Newsome sont partis sans laisser d'adresse, lui rappela Dillon. Leur principal objectif était de mettre autant de distance que possible entre Crystal et toi.

Il marqua un temps, puis reprit :

— Mais après ta visite, j'avais engagé un détective privé pour les retrouver. Je ne sais pas si tu es au courant, mais Carl Newsome n'est plus de ce monde.

Bane secoua la tête. M. Newsome ne l'avait jamais porté dans son cœur, loin de là, mais c'était tout de même le père de Crystal. Malgré leurs désaccords, elle l'avait toujours adoré.

— Je l'ignorais.

— J'ai téléphoné à Emily Newsome, qui m'a appris que Carl était décédé d'un cancer du poumon. Après avoir présenté mes condoléances, j'ai demandé des nouvelles de Crystal. Sa mère m'a dit qu'elle allait bien, qu'elle étudiait à Harvard, et qu'elle comptait obtenir un doctorat en biochimie.

— Cela ne me surprend guère, Crystal était brillante. Au lycée, elle avait deux ans d'avance.

Bane n'allait pas lui rappeler que Crystal avait souvent manqué les cours pour passer du temps avec lui. Leur famille, surtout les Newsome, en avait rendu Bane responsable. Sans lui, elle aurait été première de sa classe, il en était certain. C'était d'ailleurs l'une des raisons pour lesquelles il n'avait pas tenté de la retrouver durant toutes ces années. Il avait voulu qu'elle réalise tout son potentiel. Il lui devait bien cela.

— Alors, tu n'as pas eu de nouvelles de Crystal depuis le jour où Carl l'a envoyée vivre chez sa tante ? demanda Dillon.

— Non. Comme tu me l'as si justement dit à l'époque, je n'avais rien à lui offrir. J'étais une tête brûlée qui collectionnait les ennuis. Elle méritait mieux, et j'étais bien décidé à devenir meilleur, pour elle.

Dillon l'observa en silence, comme s'il hésitait à lui parler. Bane se sentit mal à l'aise. Quelque chose était-il arrivé à Crystal ?

— Que me caches-tu, Dil ?

— Je ne veux pas te faire de peine ou te perturber, Bane, mais je dois te mettre en garde. Tu comptes retrouver Crystal, mais tu ignores quels sont ses sentiments pour toi à présent. Vous étiez jeunes, et un premier amour n'est pas toujours le dernier. Même si tu l'aimes encore, pour autant que tu saches, elle a peut-être tourné la page et refait sa vie sans toi. Cela fait cinq ans, Bane. As-tu envisagé la possibilité qu'elle puisse être avec un autre homme ?

Bane se cala dans son fauteuil.

— Je n'y crois pas. Crystal et moi avons conclu un pacte. Un lien indéfectible nous unit.

— Mais cela remonte à des années ! insista Dillon. Tu viens de dire que tu ne l'as jamais revue. Qui sait, elle est peut-être mariée à l'heure qu'il est.

— Non, Crystal n'épouserait personne d'autre.

— Comment peux-tu en être si sûr ?

Bane soutint son regard.

— Parce qu'elle est déjà mariée, Dil. Crystal est ma femme, et il est grand temps que j'aille retrouver mon épouse.

Dillon se leva d'un bond.

— Mariée ? Avec toi ? Crystal ? M-mais comment ? Quand ?

— Quand nous nous sommes enfuis.

— Mais Crystal et toi n'êtes jamais arrivés jusqu'à Las Vegas !

— Ce n'était pas le but, dit Bane calmement. Nous avons donné cette impression exprès, pour mettre tout le monde sur une fausse piste. Nous nous sommes mariés en Utah.

— En Utah ? Il faut avoir dix-huit ans pour se marier sans consentement parental, et Crystal en avait dix-sept.

— Dix-sept quand nous sommes partis, mais dix-huit ans le lendemain.

Dillon le dévisagea, l'air stupéfait.

— Alors, pourquoi l'avoir caché ? Pourquoi n'a-t-elle pas dit à ses parents qu'elle était ta femme, et pourquoi ne nous as-tu rien dit ?

— Parce que je savais que même si elle était ma femme, je pouvais tout de même être accusé d'enlèvement. J'avais enfreint l'injonction d'éloignement du juge quand j'ai mis le pied sur la propriété de ses parents. Si tu te souviens bien, le juge Forrester était furieux et voulait m'envoyer en maison de correction pendant un an. Connaissant M. Newsome, si j'avais parlé de notre mariage, il aurait exigé que le juge prononce une sentence encore plus dure. Et il aurait trouvé un moyen de faire annuler notre mariage, ou de forcer Crystal à divorcer. Elle et moi en avions conscience, voilà pourquoi nous avons décidé de garder le secret sur notre mariage, quoi qu'il advienne… même si cela signifiait être séparés pendant quelque temps.

— Quelque temps ? Cela fait cinq ans !

— Je n'avais pas prévu que ce serait si long, se défendit-il. Nous pensions être séparés sept mois, le temps que Crystal puisse terminer son année de lycée. Jamais nous n'aurions cru que son père l'enverrait chez sa tante. Et puis, j'ai repensé à tes propos. Tu disais que je n'avais rien à offrir à Crystal. Qu'elle était brillante, et méritait mieux qu'un idiot qui aimait jouer les mauvais garçons.

Bane marqua une pause.

— Je n'ai pas revu Crystal, reprit-il, mais j'ai réussi à lui parler.

— Tu as repris contact avec elle ?

— Une seule fois. Quelques mois après son départ.

— Comment as-tu fait ? Ses parents se sont assurés que personne ne sache où elle était !

— Bailey l'a retrouvée pour moi.

Dillon secoua la tête.

— Cela ne m'étonne qu'à moitié. Et comment Bailey a-t-elle découvert où était Crystal ?

— Tu es sûr de vouloir le savoir ?

Dillon se passa la main sur le visage.

— Ça a impliqué d'enfreindre la loi ?

— En quelque sorte.

Leur cousine Bailey, de quelques années plus jeune que Bane, était la benjamine des Westmoreland de Denver. Durant l'adolescence, Bane, les jumeaux Adrian et Aidan et elle étaient très proches. Tous les quatre avaient souvent eu toutes sortes d'ennuis avec la police. Bane savait que c'était l'amitié de Dillon avec le shérif Harper qui leur avait évité la prison.

A présent, les jumeaux étaient diplômés de Harvard. Adrian était docteur en ingénierie, et Aidan cardiologue à l'hôpital Johns Hopkins. Tous deux étaient assagis, et heureux en mariage. Bailey, titulaire d'un MBA, épouserait Walker Rafferty, un éleveur d'Alaska, le jour de la Saint-Valentin, et irait vivre avec lui dans son ranch. L'annonce de son départ avait été un choc pour toute la famille, puisque Bailey avait toujours juré qu'elle ne quitterait jamais Westmoreland Country. Bane avait rencontré Rafferty aujourd'hui, et avait aussitôt apprécié l'ex-marine.

— Alors, si tu savais où elle était, pourquoi n'es-tu pas allé la voir ? demanda Dillon.

— J'ignorais où elle se trouvait, et j'ai fait promettre à

Bailey de ne pas me le dire. J'avais juste besoin de lui parler, alors Bailey a organisé un appel entre Crystal et moi, qui a duré vingt minutes. Je lui ai annoncé ma décision de rejoindre la Navy. Et je lui ai fait la promesse d'honorer nos vœux de mariage, et de venir la chercher un jour. C'est la dernière fois que nous nous sommes parlé.

Il se souvenait de cet appel comme si c'était hier.

— Je devais aussi m'assurer qu'elle n'était pas tombée enceinte pendant notre escapade. Une grossesse aurait tout changé. Je ne serais pas entré dans la Navy, et je serais allé la chercher aussitôt.

Dillon acquiesça.

— Sais-tu où elle se trouve à présent ? demanda-t-il.

— Je l'ignorais jusqu'à il y a quelques heures. Bailey a perdu le contact avec elle il y a un an et demi. La semaine dernière, j'ai engagé un détective pour la retrouver, ce qu'il a fait. Je pars demain matin.

— Pour aller où ?

— A Dallas.

- 1 -

Lorsqu'elle quitta les bureaux de Seton Industries, Crystal Newsome rejoignit rapidement sa voiture, en jetant des regards furtifs par-dessus son épaule. Elle tenta d'ignorer les frissons qui la parcouraient, et de se persuader qu'elle s'inquiétait sûrement pour rien. Mais le message qu'elle avait trouvé tout à l'heure dans le tiroir de son bureau l'obsédait.

« Quelqu'un veut mettre la main sur vos recherches. Je vous suggère de disparaître quelque temps. Quoi qu'il advienne, ne faites confiance à personne. »

Après l'avoir lu, elle avait jeté un regard autour d'elle, mais ses quatre collègues biochimistes étaient plongés dans leurs travaux respectifs. Elle aurait aimé prendre ce message pour une plaisanterie, mais elle n'y parvenait pas. Pas après l'incident de la veille.

Elle avait découvert que quelqu'un avait ouvert son casier. Il n'y avait aucun signe d'effraction, ce qui signifiait que quelqu'un connaissait le code de sa serrure. Et cette personne avait pris le temps de remettre les choses presque exactement comme elle les avait laissées.

Et maintenant, ce message anonyme.

Lorsqu'elle arriva à sa voiture, elle grimpa prestement à l'intérieur. Après avoir jeté un coup d'œil aux voitures garées près de la sienne, elle sortit du parking et s'engagea dans la rue. Quand elle s'arrêta au premier feu rouge, elle sortit le message de son sac et le relut.

Disparaître ? Même si elle le voulait, comment le pourrait-elle ?

Actuellement, elle travaillait sur son doctorat en biochimie.

Elle avait été choisie au niveau national avec quatre autres chimistes pour participer à un programme de recherche d'une année chez Seton Industries. Crystal savait que d'autres personnes s'intéressaient à ses travaux. Par exemple, le mois dernier, elle avait été approchée par deux agents du gouvernement, qui lui avaient offert de travailler pour le compte de la Sécurité intérieure. Quand ils avaient attiré son attention sur le fait que ses données pouvaient tomber entre de mauvaises mains, elle leur avait assuré que son projet n'était encore qu'un concept théorique. Ils lui avaient tout de même proposé de collaborer avec deux autres chimistes américains, qui travaillaient sur des recherches similaires. Même si leur offre était tentante, elle l'avait déclinée. Elle devait soutenir sa thèse à Harvard au printemps, et avait déjà reçu plusieurs offres d'emploi.

Aurait-elle dû prendre l'avertissement de ces agents au sérieux ? Une personne aux intentions criminelles pouvait-elle en avoir après ses découvertes ?

Elle jeta un coup d'œil dans son rétroviseur, et sentit son cœur battre. Une voiture bleue qu'elle avait précédemment remarquée à un feu était encore là. Etait-elle paranoïaque ?

Un peu plus tard, elle eut sa réponse. La voiture était toujours derrière elle, séparée par quelques véhicules.

Donc, elle ne pouvait pas rentrer chez elle, sinon cette voiture bleue la suivrait. Alors, où aller ? Qui appeler ? Ses quatre collègues étaient aussi des doctorants, mais elle restait seule la plupart du temps, et n'avait noué de relation avec aucun d'entre eux.

Excepté avec Darnell Enfield. Car il avait cherché à avoir une relation sentimentale avec elle. Elle n'avait rien fait pour l'encourager, et lui avait répété maintes fois qu'elle n'était pas intéressée. Comme cela n'avait pas suffi, elle avait menacé de déposer plainte auprès du directeur du programme. Vexé, Darnell l'avait traitée de pimbêche, et lui avait souhaité de finir seule et malheureuse.

Eh bien, c'était déjà le cas ! Presque tous les jours, elle tentait de ne pas s'attarder sur le sentiment de solitude qu'elle éprouvait depuis cinq ans. Et à dire vrai, la solitude était sa plus fidèle compagne depuis plus longtemps encore.

Fille unique de parents âgés et surprotecteurs, elle avait suivi des cours à domicile, ne sortant que pour aller à l'église ou faire des courses. Lorsqu'elle était enfant, ses parents ne l'autorisaient même pas à jouer avec ses petites voisines. L'une d'elle avait pourtant tenté de devenir son amie. Mais le mieux que Crystal ait pu faire avait été de discuter avec la petite fille par la fenêtre de sa chambre.

Ce n'était que lorsque leur pasteur les avait encouragés à inscrire Crystal à l'école publique pour développer ses compétences sociales que ses parents avaient cédé. Elle avait à l'époque quinze ans, et rêvait d'avoir des amis. Mais elle avait découvert à quel point le monde était cruel quand les autres filles l'avaient snobée, et que les garçons s'étaient moqués d'elle à cause de son avance dans toutes les matières. Elle avait été malheureuse, jusqu'à ce qu'elle rencontre Bane.

Brisbane Westmoreland.

L'homme qu'elle avait épousé en secret cinq ans plus tôt, le jour de son dix-huitième anniversaire. Et qu'elle n'avait pas revu depuis.

Adolescent, Bane avait été son meilleur ami, sa planche de salut, et sa raison de vivre. Il l'avait comprise comme personne, et elle avait eu le sentiment de le comprendre aussi. Les parents de Crystal avaient fait grand cas de leurs quatre ans d'écart, et avaient tout fait pour les séparer. Mais plus ils essayaient, plus elle défiait leur autorité pour être avec lui.

Et puis, Bane était un Westmoreland. Des années plus tôt, les arrière-grands-pères de Bane et de Crystal avaient mis fin à leur amitié à cause d'une dispute concernant un terrain, et il semblait que le père de Crystal tienne à perpétuer cette vieille querelle.

Quand Crystal s'arrêta à un autre feu, elle sortit la carte de visite que les deux agents du gouvernement lui avaient laissée. Ils lui avaient demandé de leur téléphoner si elle changeait d'avis, ou si elle remarquait la moindre chose anormale. Elle avait cru qu'ils cherchaient seulement à l'effrayer, afin qu'elle réfléchisse à leur offre. Mais se pouvait-il qu'ils aient raison ? Devrait-elle les contacter ? Elle remit la carte dans son sac et relut le message anonyme.

« Quoi qu'il advienne, ne faites confiance à personne. »

Alors, que faire ? Où aller ? Depuis la mort de son père, sa mère était maintenant missionnaire à Haïti. Crystal devrait-elle se réfugier à Orangeburg, en Caroline du Sud, où vivait sa tante Rachel ? Non, Crystal ne voulait surtout pas lui créer d'ennuis.

Il y avait un autre endroit où elle pouvait se cacher. La maison de son enfance, à Denver. Après la mort de son père, elle avait appris qu'il n'avait jamais vendu le domaine familial, même si sa mère et lui étaient allés vivre dans le Connecticut. Et, plus surprenant encore, qu'il lui avait légué le ranch. Avait-il voulu lui faire savoir qu'il avait accepté le fait qu'un jour, elle y retourne ?

Elle se mordilla la lèvre. Devrait-elle y retourner maintenant ? Et affronter tous les souvenirs qu'elle y avait laissés ? Et si Bane était à Denver ? S'il s'était entiché d'une autre, malgré ses promesses de fidélité ?

Non, impossible. Le Bane Westmoreland dont elle était tombée amoureuse lui avait promis d'honorer ses vœux de mariage. Avant d'épouser une autre femme, il serait d'abord venu la trouver pour demander le divorce.

Elle songea à l'autre promesse qu'il lui avait faite. Celle de venir la chercher. Cela faisait cinq ans, et elle attendait toujours. Etait-elle stupide de l'avoir cru ? Gâchait-elle sa vie pour un homme qui l'avait oubliée ? Il avait pu se passer tant de choses ! Les sentiments et les émotions pouvaient changer. Les gens pouvaient changer. Pourquoi s'accrochait-elle à ses souvenirs d'adolescente avec un homme qui avait peut-être tourné la page ?

Sur le plan légal, elle était mariée, mais tout ce qu'elle avait, c'était un nom de famille dont elle ne se servait jamais, et un mari qui l'avait quittée avec des promesses non tenues. Lors de leur dernier contact, il lui avait annoncé qu'il rejoignait la Navy. Avait-il cru qu'elle l'attendrait jusqu'à ce qu'il se lasse de passer d'un port à l'autre ? Et si une urgence était survenue, et qu'elle ait eu besoin de lui ?

Inutile de réfléchir longtemps pour connaître la réponse. Si une urgence était survenue, elle aurait pu le joindre en passant par sa famille. Même si les Westmoreland ignoraient où elle vivait aujourd'hui, elle, en revanche, savait où les trouver. Elle aurait pu téléphoner à Dillon, le frère aîné de Bane. A plusieurs reprises, elle avait bien failli le faire, mais chaque fois, quelque chose l'avait retenue. Notamment le fait que les Westmoreland lui reprochaient une grande partie des ennuis que Bane s'était attirés.

Adolescents, Bane et elle étaient fusionnels. Elle préférait éviter de penser au nombre de fois où ils avaient enfreint la loi pour être ensemble. Elle avait souvent manqué les cours, et contrairement à ce que ses parents avaient cru, c'était souvent elle qui l'avait voulu, et non Bane. Rien de ce que leur famille avait dit ou fait n'avait réussi à les séparer. Au contraire, leur lien n'en était devenu que plus fort.

Etant donné leur différence d'âge, les parents de Crystal avaient accusé Bane de profiter d'elle, et son père avait même obtenu une mesure d'éloignement, et menacé de faire envoyer Bane en prison. Mais cela ne les avait pas empêchés d'être ensemble. Quand ils s'étaient lassés de l'ingérence de leurs familles, ils s'étaient enfuis.

Elle chercha sous le col de sa chemise le médaillon d'argent en forme de cœur que Bane lui avait offert, et qui avait appartenu à sa défunte mère. A l'époque, il n'avait pas les moyens de lui offrir une alliance. Quand il avait attaché le collier autour de son cou, il lui avait demandé de toujours le porter, comme témoignage de leur amour. De son amour pour elle. Elle eut la gorge nouée. S'il l'aimait tant, pourquoi n'avait-il pas tenu sa promesse ? Pourquoi n'était-il pas venu la chercher ?

Le frère aîné de Bane, Dillon, avait téléphoné à la mère de Crystal, à la mort de leur père. Selon sa mère, la conversation avait été brève, mais Dillon avait pris le temps de demander comment Crystal allait. Il n'avait parlé de Bane que pour dire qu'il était dans la Navy. Bien entendu, sa mère pensait que sa fille était mieux sans Bane, et les Westmoreland pensaient sans doute qu'il était mieux sans elle. Et s'ils avaient raison, et que Bane était vraiment mieux sans elle ?

Prenant une grande inspiration, elle se força à reporter ses pensées sur la voiture qui la suivait. Devrait-elle appeler la police ? Elle écarta rapidement cette idée. Le message ne l'avait-il pas avertie de ne faire confiance à personne ? Une idée lui vint soudain à l'esprit. C'était le début des soldes, et les acheteurs se pressaient déjà en nombre dans les boutiques. Il lui suffirait de prendre la direction du centre commercial le plus fréquenté de Dallas pour se fondre dans la circulation. Si cela ne fonctionnait pas, elle trouverait un plan B.

Dans tous les cas, elle ne le laisserait pas cette personne la suivre jusque chez elle. Quand elle rentrerait, elle ferait sa valise, et disparaîtrait quelque temps. Elle déciderait de sa destination une fois à l'aéroport. Les Bahamas lui semblaient tentants.

Que penseraient ses collègues, quand elle ne se montrerait pas le lendemain comme d'habitude ? Pour l'heure, c'était le cadet de ses soucis. Etre en sécurité, voilà sa priorité.

Une demi-heure plus tard, elle sourit, satisfaite que le plan A ait fonctionné. Elle avait aisément semé la voiture bleue dans la foule de véhicules autour du centre commercial. Mais, par sécurité, elle roula encore un peu avant de rentrer chez elle.

Elle était tombée amoureuse de Dallas, mais elle n'avait pas d'autre choix que de quitter la ville quelque temps.

Installé dans le monospace qu'il avait loué à l'aéroport, Bane releva le bord de son Stetson et étendit ses longues jambes. Il vérifia sa montre une nouvelle fois. Selon le rapport du détective privé, Crystal travaillait chez Seton Industries comme biochimiste tout en achevant sa thèse de doctorat. D'habitude, elle terminait sa journée vers 16 heures. Il était près de 19 heures, et elle n'était toujours pas rentrée. Où était-elle passée ?

Peut-être faisait-elle les boutiques ? Ou alors, elle passait du temps avec des amies. Il devrait patienter, voilà tout.

Aucun membre de sa famille n'avait été surpris quand il avait annoncé qu'il partait retrouver Crystal. Toutefois, hormis Bailey qui était déjà au courant, tous avaient été choqués d'apprendre qu'il avait épousé Crystal en secret.

Bailey avait serré Bane dans ses bras, et lui avait murmuré qu'il était grand temps qu'il aille retrouver son épouse. Bien sûr, les autres l'avaient mis en garde : il ne devait pas s'attendre à ce que Crystal soit la jeune fille de dix-huit ans qu'il avait laissée. Elle avait changé, tout comme lui.

Son cousin Zane, qui se targuait d'être un expert en psychologie féminine, avait même conseillé à Bane de ne pas attendre de Crystal qu'elle endosse volontiers son rôle d'épouse aimante d'un mari parti depuis longtemps. Il lui avait recommandé de ne rien faire de stupide comme la prendre dans ses bras pour la conduire directement dans la chambre. Ils devraient réapprendre à se connaître, et Bane ne devrait pas être surpris si, les premiers temps, elle tentait de dresser des murs entre eux.

Zane avait souligné que même si Bane avait de bonnes raisons pour cela, il n'avait pas pris contact avec sa femme pendant cinq ans. Il était donc probable que Crystal ait des doutes sur son amour et sa fidélité.

Bane avait apprécié les conseils de sa famille. Certes, il aimerait beaucoup prendre Crystal dans ses bras et la conduire dans la chambre la plus proche, mais il avait suffisamment de bon sens pour savoir qu'il devait être patient. Après tout, ils avaient été séparés longtemps, et ils devaient régler de nombreuses questions avant de se retrouver sur le plan physique. Mais il avait une certitude : Crystal savait qu'il viendrait, comme il l'avait promis.

Il était de retour dans sa vie, pour de bon. Même si pour cela, il devait vivre à Dallas avec elle quelque temps. En tant que Seal, il pourrait vivre n'importe où. Il devait simplement être prêt à partir en entraînement ou en mission secrète chaque fois que son commandant le requérait. Et tant que la situation était instable en Irak, en Afghanistan et en Syrie, son unité devait se tenir prête.

Penser à son unité lui fit penser à Coop. Difficile de croire que son ami les avait quittés. Tous les membres de son équipe avaient été durement affectés par sa mort. Et ils avaient décidé qu'un jour, ils retourneraient en Syrie, afin de retrouver le corps de Coop et de le ramener chez lui. Ses parents le méritaient, et Coop aussi.

Longtemps, Bane avait cru pouvoir cacher son statut d'homme marié à ses camarades. Mais ils avaient tant insisté pour lui trouver des petites amies qu'il avait fini par leur avouer la vérité.

Il l'avait regretté ensuite, car ils n'avaient cessé de le narguer avec leurs conquêtes, pendant que lui restait seul. Au bout du compte, ses collègues avaient accepté sa volonté de demeurer fidèle. A présent, tous l'admiraient et le respectaient pour cela.

Le Seal en lui inspecta son environnement. Le quartier semblait sûr, ce qui était un bon point.

Le style de la maison de briques correspondait bien à Crystal. C'était une bâtisse en bon état, et le jardin était bien entretenu. Contrairement aux autres maisons, remarqua-t-il, elle n'avait aucune décoration de Noël. Aucune guirlande colorée autour des fenêtres, pas d'objets animés sur la pelouse. Crystal ne fêtait-elle donc plus les vacances ? Pourtant, elle adorait Noël. C'était le jour le plus important pour elle, après son anniversaire.

Un anniversaire qui était devenu encore plus spécial depuis qu'il avait décidé de l'épouser ce jour-là. Il esquissa un sourire en songeant à toutes les cartes d'anniversaire qu'il lui avait achetées, même s'il n'avait pas pu les lui envoyer. Il lui avait même acheté, tous les ans, des cartes pour la Saint-Valentin et Noël. Il les avait soigneusement conservées dans une boîte, sachant qu'un jour, il les lui donnerait. Eh bien, ce jour était enfin arrivé, puisqu'elles étaient toutes dans son sac. Avec toutes les lettres qu'il lui avait écrites. Des lettres qu'il n'avait jamais envoyées, puisqu'il n'avait pas son adresse.

Il avait fait promettre à Bailey de ne pas lui dire où Crystal vivait. Car, s'il l'avait su, il serait allé la trouver, gâchant ainsi tous ses efforts pour devenir un homme meilleur.

Parfois, il avait cru devenir fou tant elle lui manquait. Il lui avait fallu faire appel à toute sa résolution pour tenir le coup. Au bout du compte, il savait que le sacrifice en valait la peine.

Il laisserait à Crystal un peu de temps avant d'aller frapper à sa porte, pour ne pas l'effrayer. Et puis, il préférait ne pas attirer l'attention des voisins, surtout si personne ne savait qu'elle était mariée. D'après le rapport du détective privé, son statut marital était un secret bien gardé. Bane n'était guère étonné. Difficile de parler d'un mari qui était toujours absent.

Son téléphone sonna, et il sourit en reconnaissant la sonnerie de son camarade, Thurston McRoy, plus connu sous le nom de Mac. Tous les membres de son unité avaient des diminutifs, ce qui permettait une identification plus facile pendant les déploiements. Cooper avait opté pour Coop, McRoy pour Mac. Et Brisbane avait gardé Bane, le surnom que sa famille lui avait donné.

— Quoi de neuf, Mac ?

— Tu l'as revue ?

Il avait expliqué à Mac où il se rendait, au cas où son unité avait besoin de le joindre.

— Non, pas encore. Je suis garé devant chez elle. Elle est en retard.

— Quand elle arrivera, ne lui pose pas dix mille questions et, s'il te plaît, ne t'énerve pas sur elle comme si tu avais été présent ces cinq dernières années. Tu penses peut-être qu'elle est en retard, mais c'est peut-être une habitude pour elle, de rentrer tard de temps en temps. Les femmes aiment se pomponner. Aller chez le coiffeur, l'esthéticienne, ce genre de choses.

Bane sourit. Mac savait sans doute de quoi il parlait, puisqu'il était marié. Il avait souvent raconté qu'après chaque longue mission, il traversait une période de réajustement, durant laquelle il devait réapprendre à connaître son épouse, et réaffirmer son statut de chef de famille.

Bane vit des phares approcher.

— Je crois qu'elle arrive, dit-il.

— Bien. Rappelle-toi de mes conseils.

Les tiens et ceux de tous les autres, songea Bane.

— Ne t'inquiète pas, je saurai me débrouiller.

— Veille à cela.

Puis Mac raccrocha.

Tout en regardant les phares se rapprocher, Bane ne put contrôler les battements de son cœur. Crystal avait-elle beaucoup changé ? Avait-elle les cheveux longs comme autrefois ? Se mordillait-elle la lèvre quand elle était nerveuse ? Avait-elle toujours ces jambes splendides ?

Peu importait. Il allait enfin retrouver Crystal. Sa femme.

Bane la regarda se garer devant chez elle et sortir de sa voiture. Dès que son regard se posa sur elle, toute l'émotion qu'il avait dû contenir toutes ces années déferla sur lui.

La lumière de la rue éclairait son visage. Même à distance, il la trouvait splendide. Elle avait grandi, et sa silhouette adolescente était devenue celle d'une femme. Son pouls s'accéléra quand il remarqua les courbes qui emplissaient son pantalon noir, les seins généreux sous sa veste.

Tandis qu'il l'observait, le Navy Seal en lui fut en alerte. Quelque chose clochait dans son comportement. Il avait été entraîné pour être vigilant. Reconnaître les signes du danger lui avait permis de rester en vie lors de ses missions. Peut-être était-ce la rapidité avec laquelle elle avait rejoint sa maison, le nombre de fois où elle avait regardé par-dessus son épaule, ou la façon dont elle ne cessait de surveiller la rue, comme pour s'assurer qu'elle n'avait pas été suivie.

Quand elle entra et referma la porte derrière elle, il relâcha le souffle qu'il avait retenu sans s'en rendre compte. Pourquoi était-elle si nerveuse ? Elle ignorait qu'il venait, donc ce n'était pas à cause de lui. En fait, elle ne semblait pas seulement nerveuse. Elle semblait terrifiée. Pourquoi ? Même si elle était au courant de son arrivée, elle n'avait pas de raison d'avoir peur de lui. A moins que…

Il fronça les sourcils. Et si elle craignait qu'il découvre qu'elle avait un amant ? Si elle était la mère de l'enfant d'un autre ? Et si…

Il se reprit. Chacune de ces pensées était comme un coup de poing en plein ventre, et il refusait d'aller sur ce terrain. De plus, le rapport du détective privé était clair. Elle vivait seule, et n'avait de relation avec personne.

Pourtant, elle semblait effrayée.

Après avoir attendu quelques minutes, pour lui donner le temps de se poser après une journée de travail, il sortit de son véhicule. Il était temps de découvrir ce qui se passait.

Le cœur battant, Crystal déposait des vêtements dans sa valise, ouverte sur son lit. Avait-elle rêvé, ou avait-elle été surveillée en rentrant chez elle ce soir ? Elle avait regardé autour d'elle plusieurs fois, et n'avait rien vu. Pourtant…

Elle prit une profonde inspiration. Elle devait garder la tête froide. Elle laisserait sa voiture ici, et allumerait quelques lampes pour donner l'impression qu'elle était chez elle. Elle appellerait un taxi pour l'emmener à l'aéroport, et ne prendrait que le strict nécessaire.

Mais l'album photo qu'elle tenait dans sa main l'accompagnait partout, elle l'emporterait donc avec elle. Elle l'avait acheté juste après sa dernière conversation téléphonique avec Bane. Ses parents l'avaient envoyée vivre avec sa tante Rachel pour finir sa dernière année de lycée. Ils avaient voulu l'éloigner de Bane, sans savoir que tous deux s'étaient mariés.

Bane avait convaincu Crystal qu'il était important qu'elle termine ses études avant d'annoncer leur mariage, et qu'il supporterait d'être séparé quelques mois. Ni Bane ni elle n'avaient pensé que ses parents l'enverraient si loin. Pourtant, elle avait été certaine que Bane viendrait la chercher une fois l'année scolaire terminée, quoi qu'il advienne.

Quelques mois après avoir quitté Denver, elle avait reçu un appel de lui. Elle avait cru qu'il téléphonait pour lui dire qu'il ne supportait pas leur séparation, et qu'il venait la chercher plus tôt que prévu. Mais elle avait eu tort. Il avait d'abord voulu savoir si elle était tombée enceinte lors de leur fuite. Puis, il lui avait annoncé qu'il entrait dans la Navy, et qu'il rejoindrait le camp d'entraînement de Great Lakes, dans l'Illinois, quelques semaines plus tard. Il avait affirmé avoir besoin de mûrir, et de devenir un homme responsable. Elle méritait un mari qui puisse lui donner le meilleur de lui-même, et après avoir accompli ce but, il reviendrait la chercher, avait-il argumenté. Il avait également promis que, durant leur séparation, il lui resterait fidèle, et elle en avait fait autant. Elle avait tenu parole.

Elle avait pensé qu'il resterait dans la Navy quatre ans. Se préparant à cette séparation, elle avait décidé de devenir quelqu'un, elle aussi. Pour être celle qu'il méritait. Après le lycée, elle s'était inscrite à l'université. Elle avait passé un test d'entrée, qu'elle avait brillamment réussi. Elle avait ainsi pu entrer directement en deuxième année.

Assise au bord du lit, elle parcourut l'album qu'elle avait dédié à Bane. Elle avait même fait graver son prénom sur la couverture. Toutes ces années, elle avait tenu ce journal en images qui retraçait sa vie sans lui. Il y avait des photos de ses remises de diplômes au lycée et à l'université, et d'autres prises au hasard. Elle s'était dit que quand elle le reverrait, il y aurait deux ou trois ans de clichés. Jamais elle n'aurait cru qu'il y en aurait cinq. Comment aurait-elle pu imaginer qu'ils seraient séparés aussi longtemps, sans aucun contact ?

Elle pensait souvent à lui. Chaque jour, même. Mais elle essayait de ne pas se demander pourquoi il mettait tant de temps à revenir. Et de ne pas se dire qu'il pourrait être quelque part, en train de profiter de la vie sans elle. Chassant ces pensées de son esprit, elle rangea l'album dans sa valise. Elle s'était décidée pour les Bahamas. Mais au cas où on fouillerait sa maison, elle s'était assurée de ne laisser aucun indice sur sa destination.

Avait-elle tort de suivre les conseils du message alors qu'elle ignorait qui en était l'auteur ? Elle pourrait aller trouver la police, ou raconter à ces deux agents du gouvernement que son casier avait été ouvert et que quelqu'un la suivait. Si elle ne pouvait pas faire confiance à son propre gouvernement, alors qui pouvait-elle croire ? Elle secoua la tête, décidant de s'abstenir. Peut-être parce qu'elle avait regardé trop de séries où le gouvernement se révélait être du mauvais côté.

Elle songea à appeler sa mère et tante Rachel, mais se ravisa. Quelle que soit la situation dans laquelle elle était impliquée, mieux valait les laisser en dehors de cela. Elle les contacterait plus tard, quand elle se sentirait en sécurité. Quelques instants plus tard, elle portait sa valise dans le salon et appelait un taxi quand on sonna à sa porte.

Elle se figea. Personne ne lui rendait jamais visite. Qui cela pouvait-il être à cette heure-ci ? Elle se glissa dans l'ombre du couloir, espérant que le visiteur, qui qu'il soit, la croie absente. Elle retint sa respiration quand le carillon retentit une nouvelle fois. Cette personne l'avait-elle vue entrer ?

Quelques instants passèrent. Elle soupira, soulagée. Mais ensuite, elle entendit des coups contre sa porte. Elle déglutit. La personne était toujours là. Soit Crystal répondait, soit elle faisait semblant d'être absente. Puisque jusqu'ici, la première solution n'avait pas marché, elle courut vers sa chambre et prit son revolver dans le tiroir de sa table de chevet.

Grâce à Bane, elle savait comment s'en servir. Même si le quartier était sûr, elle avait préféré être armée. Une femme seule devait être prudente.

Quand elle regagna le salon, elle entendit d'autres coups. Elle avança vers la porte, s'arrêtant à quelques mètres.

— Qui est-ce ? cria-t-elle, serrant son revolver.

Un moment de silence s'ensuivit. Puis une voix résonna.

— C'est moi, Crystal. Bane.

- 2 -

Crystal faillit lâcher son revolver.

Bane ? Mon Bane ? Impossible ! songea-t-elle en reculant. C'était sûrement un imposteur. Il n'avait même pas la voix de Bane. Celle-ci était plus profonde, plus rauque.

Si c'était une ruse, la personne savait-elle qu'elle était mariée à Brisbane Westmoreland ? Et si c'était réellement Bane, pourquoi se montrait-il aujourd'hui ? Et pourquoi précisément ce soir ?

Ce n'était pas logique qu'il apparaisse juste au moment où elle songeait à lui. Elle en revenait donc à la première hypothèse : ce n'était pas Bane.

— Je ne vous crois pas. Allez-vous-en, ou j'appelle la police ! menaça-t-elle. J'ai une arme et je n'hésiterai pas à m'en servir.

— Crystal Gayle, c'*est* moi. Je t'assure. C'est Bane.

Crystal Gayle ? Elle inspira profondément. Personne ne l'appelait ainsi hormis ses parents… et Bane. Plus jeune, elle avait détesté être appelée par ses deux prénoms, que son père lui avait donnés en hommage à sa chanteuse de country préférée. Mais Bane lui avait appris à les apprécier en l'appelant ainsi de temps en temps. Se pouvait-il que ce soit vraiment lui derrière cette porte ?

Baissant son arme, elle regarda par le judas. Son regard rencontra un magnifique regard noisette teinté de vert. C'étaient les yeux qu'elle connaissait. C'*était* Bane.

Elle allait lui ouvrir quand elle se souvint du message. « Ne faites confiance à personne. » Mais ce n'était pas n'importe qui, se raisonna-t-elle. C'était Bane.

Elle déverrouilla la porte et recula. La faible lumière du perron inonda le vestibule quand Bane poussa la porte. Il avait toujours été grand et élancé, mais l'homme qui entrait dans sa maison semblait bien plus grand que dans son souvenir. Et il n'était plus mince. A présent, il affichait une musculature impressionnante. A l'évidence, il s'entraînait beaucoup pour rester en forme. Son corps était l'exemple de l'endurance et de la force. Et quand son regard se posa sur son visage, elle prit une brusque inspiration. Même son expression était différente. Elle était plus brute. Plus dure.

Son regard était le même, mais elle ne l'avait jamais vu avec une barbe auparavant. Il avait toujours été d'une beauté presque juvénile, mais ses traits ciselés étaient maintenant parfaitement virils. Elle avait devant elle le plus beau visage qu'elle ait jamais vu.

Non seulement il semblait plus âgé et plus mûr, mais il ressemblait aussi à un militaire, même s'il portait un jean, une chemise en chambray, un blouson d'aviateur en cuir, des bottes western et un stetson. C'était sans doute le fait qu'il se tienne si droit. Et toute cette transformation était due à la Navy ?

Il ferma la porte derrière lui et l'observa avec intensité. Elle sentit son cœur s'emballer. Une part d'elle voulait courir vers lui, lui dire à quel point elle était heureuse de le voir, à quel point il lui avait manqué… mais elle n'y arrivait pas. Ses jambes refusaient d'avancer, et elle savait pourquoi. Ce Bane était comme un étranger pour elle.

— Crystal.

Elle n'avait pas rêvé. Sa voix était plus grave. Et terriblement sensuelle.

— Bane.

— Tu es splendide.

Interloquée, elle dit la première chose qui lui vint à l'esprit.

— Toi aussi. Et tu as l'air changé.

Lorsqu'il sourit, elle sentit son souffle accrocher. Il avait toujours le sourire de Brisbane Westmoreland. Un sourire éclatant, qui dévoilait ses dents blanches et parfaitement alignées, en contraste avec son teint caramel.

— C'est vrai, je ne suis plus le même Bane. L'armée, ça

vous change un homme, dit-il de cette voix rauque à laquelle elle tentait de s'habituer.

Il admettait être différent.

Etait-ce sa façon de dire que sa transformation avait également changé ses préférences ? Notamment en matière de femmes ? Il était plus âgé à présent. De cinq ans, précisément. Etait-il venu lui annoncer qu'il souhaitait divorcer ?

Soit, elle s'y ferait. Elle n'avait pas le choix. Et puis, de toute façon, elle n'était plus sûre d'apprécier le nouveau Bane. Il lui rendait sans doute service.

— D'accord, dit-elle, posant son revolver sur la table basse. Si tu m'as apporté des documents à signer, donne-les-moi.

— Des documents ?

— Oui.

— Quel genre de documents ?

Au lieu de répondre, elle consulta sa montre. Elle devait appeler un taxi maintenant. Son avion décollait dans trois heures.

— Crystal ? De quel genre de documents parles-tu ?

Elle leva les yeux vers lui. Pourquoi son regard alla-t-il directement vers sa bouche sculptée, la même bouche qui lui avait appris à embrasser et lui avait donné tant de plaisir ? Et pourquoi se souvenait-elle de ces baisers à cet instant ? Elle prit une inspiration tremblante.

— Des papiers de divorce.

— Tu penses que c'est la raison de ma visite ?

Avait-elle rêvé ou son ton était-il devenu sec ? Peu importait. A quoi bon cette conversation ? Pourquoi ne lui donnait-il pas simplement les documents et ne reprenait-il pas sa route, afin qu'elle puisse suivre la sienne ? Après tout, cinq ans avaient passé. Elle avait saisi le message, et tant pis si elle avait passé tout ce temps à l'attendre.

— Crystal ? Tu penses que je suis venu pour ça ? Pour te demander le divorce ? insista-t-il du même ton cassant.

— Quelle autre raison pourrait-il y avoir ?

Il enfonça les mains dans ses poches et planta ses jambes

sur le sol, dans une posture aussi impressionnante que sexy. Elle mettait en valeur ses épaules massives, son torse ferme.

— As-tu envisagé que, peut-être, j'étais là pour tenir ma promesse, et venir te chercher ?

Avait-elle bien entendu ?

— Tu n'es pas venu demander le divorce ?

— Non. Qu'est-ce qui te fait penser que je veux divorcer ?

Elle pourrait lui donner plusieurs raisons, dès que la tête cesserait de lui tourner. Pour l'instant, elle n'en trouva qu'une.

— Eh bien, cela fait cinq ans, Bane.

— Je t'avais promis de revenir.

Elle planta les mains sur ses hanches.

— Certes, mais je ne pensais pas que ça prendrait cinq ans. Cinq années sans un seul mot de toi. Et puis, tu viens d'admettre que tu as changé.

Il semblait avoir du mal à la suivre.

— J'ai changé, Crystal. Etre un Seal, cela vous change, mais ça n'a rien à voir avec…

— Seal ? Tu es un Navy Seal ?

— Oui.

A présent, c'était elle qui avait du mal à suivre.

— Je savais que tu avais rejoint la Navy, mais je pensais que tu étais sur un bateau quelque part.

— J'aurais dû, mais mon capitaine au camp a pensé que je pourrais rejoindre un corps d'élite. Il est intervenu en ma faveur pour que j'entre à l'école navale.

— Tu as été à l'école navale ?

— Oui.

Fichtre ! Elle se rendait compte à quel point elle en savait peu sur ce que Bane avait fait durant toutes ces années.

— Je l'ignorais.

Lorsqu'il changea de position, son regard suivit le mouvement, remarquant ses jambes longues, moulées dans son jean et ses bottes.

— Bailey m'a dit que vous aviez perdu contact toutes les deux, il y a quelques années.

En réalité, Crystal avait délibérément coupé les ponts avec la cousine de Bane. Les appels périodiques étaient devenus déprimants, puisque Crystal ne pouvait pas poser de questions sur Bane. Tout comme Bane ne posait aucune question à Bailey sur Crystal.

C'était Bane qui avait décidé de cette règle. Il avait argué que moins ils en sauraient sur la vie de l'autre, moins ils auraient de chance de renoncer à leur promesse de ne pas aller retrouver l'autre avant d'avoir atteint leurs objectifs.

Durant l'une de leurs conversations, Bailey l'avait informée que Bane lui avait ouvert un compte bancaire, au cas où elle aurait besoin de quoi que ce soit. A ce jour, Crystal n'avait jamais retiré le moindre dollar.

— Même si Bailey et moi avions gardé contact, elle ne m'aurait pas dit ce que tu faisais, seulement comment tu le faisais. C'était notre accord, tu te souviens, Bane ?

— Tu aurais pu appeler Dil, objecta-t-il en la toisant.

Il notait sans doute les changements en elle, comme elle l'avait fait avec lui. Il devait se dire qu'elle n'était plus la jeune fille de dix-huit ans qu'il avait épousée, mais une jeune femme de vingt-trois ans. Elle les avait fêtés deux semaines plus tôt. Se souvenait-il encore de son anniversaire ?

— Non, je ne pouvais pas appeler ton frère, ni aucun autre membre de ta famille d'ailleurs, et tu sais pourquoi. Ils me reprochent de t'avoir attiré des ennuis.

Elle consulta de nouveau sa montre. Il avait dit être venu pour tenir sa promesse. Si c'était par obligation, elle l'en libérerait. Même si demander le divorce n'avait pas été son intention initiale, elle était certaine qu'il y songeait maintenant. Et pourquoi pas ? Ils se comportaient comme des étrangers, et non comme deux êtres autrefois si épris qu'ils s'étaient enfuis ensemble. Pourquoi ne se jetaient-ils pas l'un sur l'autre ? Pourquoi ces quelques mètres les séparaient-ils ? La réponse à ces deux questions était d'une clarté si brutale qu'elle dut ravaler ses larmes.

Comme Bane l'avait admis, il avait changé. C'était un Seal.

A présent, elle n'était plus sa priorité. Il avait choisi ce qu'il voulait vraiment.

— Crystal, j'ai une question à te poser, dit-il, interrompant le fil de ses pensées.

— Laquelle ?

— Pourquoi étais-tu armée quand tu as ouvert la porte ?

Bane avait dû faire appel à toute sa maîtrise pour ne pas traverser la pièce et prendre son épouse dans ses bras. Combien de fois avait-il rêvé de ce moment ? Mais les choses ne se déroulaient pas comme il l'avait espéré.

Il avait écouté les conseils de Zane, et ne l'avait pas prise dans ses bras ni conduite dans la chambre la plus proche. Mais il avait espéré avoir au moins un baiser, une accolade… quelque chose. Mais elle restait là, comme si elle ne savait pas comment interpréter sa venue. Et il ne comprenait toujours pas pourquoi elle supposait qu'il voulait divorcer, juste parce qu'il avait dit avoir changé. Il avait changé pour devenir meilleur, non seulement pour lui-même, mais aussi pour elle. A présent, il avait quelque chose à lui offrir. Il pouvait lui donner la vie qu'il méritait.

Elle se mordilla la lèvre, ce qui était chez elle un signe de nervosité. Comme elle était splendide ! Le temps n'avait fait que renforcer sa beauté. Et d'où venaient toutes ces courbes voluptueuses ?

Elle portait un jean moulant, un pull et des bottes. Elle était l'incarnation de la douceur et de la féminité. Ses cheveux autrefois très longs atteignaient à peine ses épaules, et cette nouvelle coupe lui allait à merveille. Elle était tout bonnement magnifique. Comment avait-elle réussi à garder les hommes à distance ? Nombre d'hommes lui avaient sûrement tourné autour au fil du temps.

Il mourait d'envie de caresser tout son corps, comme autrefois. Il donnerait tout pour passer les mains sur la courbe de ses hanches, de son postérieur, pour prendre ses seins en coupe.

— L'arme ? demanda-t-elle.

Sa question le ramena à leur conversation. C'était sans doute mieux ainsi, puisque ses pensées érotiques l'excitaient terriblement.

— Oui. Je t'ai vue sortir de ta voiture, et tu semblais nerveuse. Il se passe quelque chose ? Un homme te harcèle ou te suit ?

Elle haussa un sourcil.

— Un homme qui me suit ? Qu'est-ce qui te fait penser cela ?

Il soutint son regard.

— Je te l'ai dit, j'ai remarqué que tu étais nerveuse et…

— Oui, j'avais compris, coupa-t-elle. Mais qu'est-ce qui te fait penser qu'un homme me suit ?

— Tu es une femme magnifique. Tu l'as toujours été, Crystal. Et tu l'es encore plus aujourd'hui.

Elle secoua la tête.

— Magnifique ? Tu n'exagères pas un peu, Bane ?

— Je ne crois pas. Sois franche avec moi. Un homme te suit-il ? Est-ce pour cela que tu avais une arme ? Et cette valise ? Tu vas quelque part ?

Elle baissa les yeux et haussa les épaules.

— L'arme, c'est pour me protéger.

Bane avait le sentiment qu'elle ne lui disait pas tout. Quand il était entré chez elle, il avait remarqué la valise, mais son esprit s'était concentré sur elle, fasciné par sa beauté. Cette version plus mûre de Crystal affolait son cœur. Cela faisait longtemps. Trop longtemps.

Il reporta sa concentration sur ce qu'elle venait de dire.

— Tu as une arme pour te protéger… je peux le comprendre, même si ce quartier semble assez sûr. Mais ça n'explique pas pourquoi tu étais prête à tirer. Quelqu'un est déjà entré chez toi par effraction ?

— Non.

— Alors, que se passe-t-il ?

Même après tout ce temps, il savait encore lire en elle comme dans un livre ouvert. Elle avait tendance à se passer la langue sur les lèvres quand elle était nerveuse, et à se balancer d'un pied sur l'autre. Sans doute cherchait-elle comment esquiver sa question. Cela ne lui plaisait guère. Crystal et lui n'avaient jamais eu de secrets l'un pour l'autre. Alors, pourquoi maintenant ?

— Après tout ce temps, tu n'as pas le droit de me demander quoi que ce soit, Bane.

Tu as tort, chérie.

Sans réfléchir, il effaça la distance entre eux.

— Je pense avoir ce droit. Tant que nous sommes légalement mariés, Crystal, j'ai tous les droits.

Elle leva le menton, se pinçant les lèvres.

— Soit. Dans ce cas, nous pouvons divorcer.

— Hors de question.

Il se passa la main sur le visage. Que se passait-il ? Non seulement ces retrouvailles ne se déroulaient pas comme il le souhaitait, mais elles venaient de prendre une mauvaise tournure.

Il la dévisagea, stupéfait qu'elle refuse de répondre.

— Je te repose la question, Crystal. Que se passe-t-il ? Pourquoi cette arme et cette valise ?

Comme elle gardait le silence, l'air buté, il posa la question qu'il n'avait pas voulu poser jusqu'à maintenant. Et il espérait fichtrement que la réponse soit non.

— Fréquentes-tu un homme qui te fait des problèmes ?

- 3 -

Crystal fut désarçonnée par la question de Bane. Elle avança d'un pas, effaçant le peu de distance qui restait entre eux.

— Si je fréquente quelqu'un ? Tu m'accuses d'être infidèle ? s'indigna-t-elle.

— Je ne t'accuse de rien, rétorqua-t-il sur un ton tout aussi indigné. Mais je trouve étrange que tu refuses de me répondre. Pourquoi tant de mystères ? Tu n'as jamais agi ainsi avec moi auparavant !

Non, en effet. Mais le Bane qu'elle connaissait, l'homme qu'elle avait aimé plus que sa vie, ne l'aurait pas oubliée pendant des années. Il aurait remué ciel et terre pour la retrouver.

— Tu n'es pas le seul à avoir changé. Tout comme tu n'es plus le même, je ne suis plus la même.

Ils restèrent là, à se défier du regard. Soudain, le corps de Bane effleura le sien, et elle en eut le souffle coupé. Le contact avait été électrique. Son esprit fut soudain assailli par les souvenirs de la dernière fois où ils s'étaient touchés, lors de leur nuit de noces. Elle revit leurs deux corps nus, enlacés. Cela suffit à faire naître un feu au creux de son ventre.

— Tu n'es peut-être plus la même, dit-il, brisant le silence d'une voix grave, mais tu m'es restée fidèle.

Il y avait une telle certitude dans sa voix. Comment était-ce possible ? Bien sûr, il avait raison.

— Oui, c'est vrai.

Il acquiesça.

— Et avant que les doutes commencent à assombrir ton joli visage, laisse-moi te dire que je te suis resté fidèle, moi aussi.

Impossible. Il avait sans doute essayé, mais elle savait que certains hommes voyaient le sexe comme une nécessité. Elle était bien placée pour savoir à quel point Bane appréciait cela autrefois. Il n'y avait pas de raison de penser que le nouveau Bane ait changé sur ce plan. Il suffisait de le regarder. Il était tellement plus masculin, plus viril ! Même s'il n'avait pas courtisé de femmes, il s'était sûrement fait courtiser.

— Maintenant que nous avons éclairci ce point…

Ah, oui ?

— Pas si vite, protesta-t-elle.

Lorsque le corps de Bane effleura le sien de nouveau, elle tenta de ne pas y prêter attention. L'avait-il fait exprès ? Et pourquoi aucun d'eux n'avait-il reculé ?

— Qu'est-ce qui t'a permis de ne pas devenir fou ?

— Fou ?

— Tu sais bien ce que je veux dire. Il paraît que les hommes ont besoin de sexe très souvent.

Le sourire qu'il esquissa mit ses sens en alerte.

— Rappelle-moi de t'expliquer comment cela fonctionne une autre fois. Pour l'instant, revenons-en au sujet précédent. Pourquoi ce revolver et cette valise ?

C'était de cela dont il voulait parler ?

Peut-être était-ce mieux ainsi. Elle devait appeler un taxi et se rendre à l'aéroport. Et tout comme elle ne voulait pas impliquer tante Rachel ni sa mère, elle ne voulait certainement pas impliquer Bane. Elle aurait peut-être dû mentir et prétendre qu'elle fréquentait un autre homme. Il se serait mis en colère, serait parti, et elle serait libre de faire ce que le message lui avait conseillé, c'est-à-dire disparaître. Quoi qu'il se passe, c'était son problème, et non celui de Bane.

Elle se mordilla la lèvre, tentant de trouver une explication plausible et qui ne soit pas vraiment un mensonge.

— Je pars en voyage.

Il la regarda d'un air incrédule.

— Pour le travail ou pour le plaisir ?

— Le travail.

— Où vas-tu ?

Les Bahamas étaient une destination peu crédible pour un voyage professionnel.

— Chicago, mentit-elle.

— Bien. Je viens avec toi.

Elle se sentit submergée par l'angoisse.

— Comment ça ?

— Je suis en congé, alors je peux venir, répondit-il calmement. Et puis, il est temps que je réapprenne à te connaître, et je veux que tu apprennes à me connaître.

Elle inspira, sentant qu'elle perdait pied. Ce regard noisette avait toujours été sa faiblesse.

Elle sut qu'elle était perdue quand Bane demanda d'une voix rauque :

— Tu veux apprendre à me connaître de nouveau, n'est-ce pas, Crystal Gayle ?

Apprendre à connaître Brisbane Westmoreland la première fois avait été comme un tour sur des montagnes russes, et elle avait adoré cela. Apprendre à connaître le nouveau Bane serait encore plus euphorisant. Car à présent, elle pourrait apprécier cette aventure comme une femme maîtresse de son destin, et non comme une jeune fille dont la vie était dictée par ses parents. Elle était maintenant une femme plus âgée, plus mûre, capable d'apprécier pleinement la nature explosive de leur relation.

Comme s'il avait deviné ses pensées et qu'il voulait la convaincre, il caressa son visage du bout de l'index.

— Je veux vraiment apprendre à te connaître de nouveau, Crystal.

Puis, il se plaqua contre elle. Elle sentit son sexe en érection appuyer contre son ventre, et le désir brûlant qu'elle avait tenté de calmer depuis des années resurgit, la forçant à ravaler un gémissement. Quand il tira sur une mèche de ses cheveux, des sensations qu'elle n'avait pas éprouvées depuis des années fusèrent en elle.

Elle fixa ses yeux. Ce regard noisette l'avait littéralement foudroyée la première fois qu'elle l'avait croisé. C'étaient les yeux de Bane. *Son* Bane. Et il venait d'avouer qu'il lui avait été fidèle tout ce temps. Cela voulait dire qu'il avait cinq ans de désir accumulé en lui. La pensée provoqua une onde de chaleur en elle.

Il cala ses genoux entre les siens, pressant davantage contre elle son sexe engorgé. L'avait-il fait exprès ou non, elle l'ignorait. Une chose était certaine : si elle ne reprenait pas le contrôle de ses sens, elle s'offrirait à lui. Et ce n'était pas une bonne idée. Car elle ne le connaissait plus.

Il se pencha lentement, très lentement. Sur ce plan au moins, il n'avait pas changé. Il l'avait toujours laissée choisir la cadence, pour ne pas profiter du fait qu'il était plus âgé et plus expérimenté. Elle avait toujours su qu'il avait connu d'autres filles avant elle, mais il avait été son premier amant. Et il l'avait toujours traitée avec tendresse.

Il la laissait prendre le contrôle à présent. A cet instant, elle se fichait qu'ils aient tous deux changé ; tout ce qui lui importait, c'était de sentir ses mains sur elle, d'avoir sa langue dans sa bouche. Pour être tout à fait franche, elle en voulait encore plus, mais elle se contenterait de ces deux choses pour l'instant… même si elle savait qu'il n'y aurait sans doute pas de plus tard.

Lorsqu'elle pencha la tête, elle refusa de penser à quoi que ce soit d'autre qu'à ce qu'elle voulait, ce dont elle avait besoin, ce dont elle avait dû se passer pendant si longtemps. Elle passa les bras autour des épaules de Bane et se hissa sur la pointe des pieds, avant de plaquer sa bouche sur la sienne.

Bane ignorait ce qui était le plus dangereux. Prendre d'assaut un bastion extrémiste au cœur de la nuit, ou embrasser enfin Crystal après des années de privation. Ce n'était pas le moment de réfléchir. Il ferait mieux de profiter de l'instant.

Leurs lèvres s'épousaient à la perfection. Et il était heureux que le temps n'ait pas émoussé le désir qui avait toujours existé entre eux.

Quand elle glissa la langue dans sa bouche, les souvenirs de leur dernier baiser lui revinrent. C'était arrivé durant leur nuit de noces, dans un petit hôtel en Utah. Il se souvenait très peu de la chambre, et surtout de ce qu'ils avaient fait entre ces quatre murs.

Aujourd'hui, ils se créaient de nouveaux souvenirs. Il avait imaginé, attendu et espéré ce moment depuis si longtemps ! Lorsqu'elle approfondit le baiser, il l'enlaça et l'attira plus près, savourant la sensation de son corps plaqué contre le sien.

Il avait toujours adoré sa saveur. Quand elle joua avec sa langue, il sentit son cœur cogner dans sa poitrine et son sexe pulser sous sa fermeture Eclair. Il tenta de se maîtriser. Mais c'était au-dessus de ses forces, après cinq années sans elle.

Il reprit alors les rênes de leur étreinte, capturant sa bouche avec une avidité qu'il ressentait dans tout son corps.

En cet instant, la même pensée que celle qui l'avait obsédé le jour de leur mariage occupait son esprit : Crystal était à lui. C'était indéniable, incontestable, indiscutable.

Il savait qu'il devrait se refréner ; sinon, il finirait par l'entraîner vers la chambre, ce qu'il ne devait surtout pas faire… Mais ce baiser avait provoqué en lui des sensations si délicieusement enivrantes qu'il parvenait à peine à réfléchir.

Il avait conscience de s'engager dans une mission plus dangereuse que toutes celles qu'il avait vécues en tant que Seal. Crystal était à la fois sa faiblesse et sa force. Elle était une douleur qu'il avait toujours voulu apaiser. D'une certaine manière, il devait lui prouver que tous les changements qu'il avait opérés ces cinq dernières années étaient bénéfiques, et qu'ils leur profiteraient à tous les deux. Sinon, cette longue séparation n'aurait servi à rien. Il refusait d'accepter cette idée.

Avec réticence, il mit un terme à leur baiser. Mais il n'était pas encore prêt à la lâcher. Ses mains s'aventurèrent avec audace de sa taille vers son postérieur. A présent que Crystal était de retour dans sa vie, il ne pouvait imaginer qu'elle en sorte de nouveau.

Voilà pourquoi il répéta d'un ton résolu :

— Je viens à Chicago avec toi.

Se remettant doucement de leur étreinte, Crystal rejeta la tête en arrière et observa Bane. Elle avait posé les lèvres sur les siennes. Mêlé sa langue à la sienne. Et Bane lui avait rendu son baiser avec un désir égal. Des vagues de passion l'avaient submergée, et elle avait bien failli se noyer.

Mais maintenant, elle avait repris le contrôle sur ses sens, et les mots qu'il avait prononcés étaient parvenus jusqu'à son cerveau. Il était hors de question que Bane la suive. Elle s'apprêtait à le lui dire quand son téléphone portable sonna. Elle se raidit. Il était rare qu'elle reçoive des appels. Qui cherchait à la joindre ?

— Tu comptes répondre ? murmura-t-il, déposant un baiser dans son cou.

Elle déglutit. Devrait-elle répondre ? C'était peut-être la compagnie aérienne. Elle avait laissé son numéro, au cas où le vol était retardé ou annulé.

— Oui, dit-elle.

Elle alla prendre le téléphone sur la table, à côté de l'arme. Voir son revolver lui rappelait ce qu'elle devait faire, et pourquoi elle ne pouvait laisser Bane la distraire.

— Allô ?

— N'essayez pas de fuir, mademoiselle Newsome. Nous vous retrouverons, assena une voix masculine.

Puis, elle entendit un clic qui marqua la fin de l'appel.

Son cœur battit douloureusement dans sa poitrine. Qui était-ce ? Comment cet homme avait-il eu son numéro privé ? Elle se tourna vers Bane. Quelque chose dans son regard avait dû trahir son trouble, car il se précipita vers elle.

— Crystal, que se passe-t-il ?

Elle prit une grande inspiration, ne sachant que faire, que dire. Elle le dévisagea tout en se mordillant la lèvre. Devrait-elle lui expliquer toute l'histoire ? Le message indiquait de ne faire confiance à personne, mais comment ne pas se fier à la seule personne en qui elle ait jamais eu confiance ?

— Je ne sais pas, avoua-t-elle calmement.

Elle prit son sac et en sortit le message.

— J'ai trouvé ce mot au travail aujourd'hui, dit-elle, lui tendant le papier. Et j'ignore qui l'a envoyé.

Elle lui laissa le temps de lire le message.

— Hier, dit-elle, quelqu'un a ouvert mon casier au travail, et aujourd'hui, j'ai remarqué qu'on me suivait.

— On te suivait ?

— Oui. J'ai d'abord cru que je me faisais des idées, mais quand j'ai vu que le conducteur était toujours derrière moi, je l'ai semé près d'un des centres commerciaux les plus fréquentés de la ville.

— Et cet appel ? demanda-t-il en sondant son visage.

Elle lui répéta ce que l'homme lui avait dit.

— J'ignore qui c'était, et comment il a eu mon numéro.

Il garda le silence pendant une minute.

— Est-ce pour cela que tu as fait ta valise ? Tu disparais comme le message te l'ordonne ?

— Oui. Ces types ont dit que des choses bizarres pouvaient se produire et…

Il fronça les sourcils.

— Quels types ?

— Le mois dernier, alors que je déjeunais dans un restaurant près du travail, j'ai été approchée par deux agents gouvernementaux. Ils m'ont montré leurs certificats. Ils connaissaient le projet sur lequel je travaille chez Seton, et m'ont avertie que la Sécurité intérieure craignait que mes travaux ne tombent entre de mauvaises mains. Ils m'ont offert de travailler pour un laboratoire de Washington, avec deux autres chimistes qui effectuent des recherches similaires.

— Et ?

— J'ai décliné leur proposition. Ils ont accepté ma réponse, mais ils m'ont prévenue que des gens aux intentions criminelles feraient tout pour mettre la main sur mes recherches. Ils m'ont laissé leur carte de visite et m'ont dit de leur téléphoner si quoi que ce soit d'étrange se produisait.

— Et tu l'as fait ?

— Non. Après avoir lu ce message, je ne savais plus à qui me fier. A ce stade, cela inclut la Sécurité intérieure.

— Tu as encore leur carte ?

— Oui.

— Je peux la voir ?

— Oui, dit-elle, fouillant dans son sac.

Elle lui tendit la carte, qu'il étudia avant d'en prendre plusieurs photos avec son téléphone portable.

— Qu'est-ce que tu fais ? interrogea-t-elle.

— Je vérifie si ces types sont ce qu'ils prétendent être. J'envoie ça à quelqu'un qui pourra me renseigner.

Il lui rendit la carte.

— Sur quel genre de recherches travailles-tu ?

Elle marqua un temps avant de répondre.

— Sur une technique permettant de rendre les objets invisibles.

- 4 -

Bane haussa un sourcil.

— Tes recherches portent sur la capacité à rendre les objets invisibles ?

— Oui. Mes travaux ne sont pas encore tout à fait aboutis, mais je vais bientôt procéder aux premiers tests.

En tant que Seal, Bane était au courant des dernières avancées technologiques, surtout dans le domaine militaire. Mais il n'avait jamais pensé que les objets pouvaient devenir invisibles. Il pouvait imaginer le chaos que cela causerait, si un tel procédé tombait entre de mauvaises mains.

— Et tu penses que ce message est sérieux ? s'enquit-il.

— Si j'en doutais auparavant, cet appel me le prouve. C'est pour cette raison que je pars.

— Et c'est pour cette raison que je viens avec toi.

— Tu ne peux pas, Bane, et je n'ai pas le temps de me disputer avec toi à ce sujet. Je dois aller à l'aéroport.

Se disputer ?

Il songea tout à coup qu'ils ne s'étaient jamais disputés. Ils avaient toujours été en phase. Le concept même de désaccord entre eux lui semblait insensé. Toutefois, il était logique qu'ils ne soient pas en totale harmonie, puisqu'ils étaient différents à présent.

Mais il l'accompagnerait : c'était non négociable.

— Comment comptais-tu aller à l'aéroport ? Avec ta voiture ?

— Non, j'allais appeler un taxi.

— Dans ce cas, je t'emmène. Nous discuterons en chemin.

— D'accord, laisse-moi le temps de tout fermer. Je n'en ai pas pour longtemps.

Il la suivit du regard tandis qu'elle allait de pièce en pièce pour éteindre et débrancher les appareils électriques. Elle avait toujours eu une jolie silhouette, mais la femme qu'elle était devenue avait des courbes à se damner. Auxquelles il sentait son corps trop heureux de réagir.

Tout à l'heure, elle lui avait demandé comment il n'était pas devenu fou malgré l'abstinence. Et elle, comment avait-elle fait ? Elle avait toujours apprécié leurs ébats, et il était convaincu que la seule raison pour laquelle elle n'était pas tombée enceinte, c'était parce qu'il avait toujours pris ses précautions. Une grossesse surprise aurait été compliquée à gérer pour les adolescents qu'ils étaient alors.

Lorsqu'elle se pencha pour ramasser quelque chose sur le sol, la façon dont le jean s'étira sur son postérieur rebondi provoqua une décharge de désir en lui. Il prit une profonde inspiration. Ce n'était pas le moment de se dire que sa femme était incroyablement sexy. Il devrait plutôt songer à découvrir l'identité de l'homme qui la faisait fuir. Qui que ce soit, il aurait affaire à lui.

— Au moins, je vais là où il y a beaucoup de soleil.

Vraiment ? Pensait-elle honnêtement qu'il y avait du soleil à Chicago à cette époque de l'année ? Elle croisa son regard, et il sut qu'elle venait de commettre une bévue.

Il se souvint alors que, même si Crystal et lui avaient pris l'habitude de mentir à leurs familles pour être ensemble, elle ne lui avait jamais menti, et inversement.

Il se dirigea vers elle.

— Tu m'as menti sur ta destination, n'est-ce pas ?

Elle prit une profonde inspiration, et il put entendre son cœur battre. Il battait vite, et fort. Etait-ce parce qu'il l'avait surprise en flagrant délit de mensonge, ou parce que sa proximité la troublait ? Lui-même était troublé. Alors qu'il devrait être perturbé par ses mensonges, il n'avait qu'une envie, l'embrasser de nouveau.

— Oui, j'ai menti. Je ne vais pas à Chicago, mais aux Bahamas. Mais c'était pour ton bien.

— Pour mon bien ?

— Oui. Autrefois, je t'ai attiré quantité d'ennuis. Maintenant, tu es un Seal, et je ne veux pas que tu aies d'autres problèmes à cause de moi.

Il la dévisagea. Ne savait-elle pas que tout ce qu'il avait fait autrefois, il l'avait fait de son plein gré ? A l'époque, il aurait tout donné pour être avec elle. Il lui avait été impossible de rester loin d'elle comme son père l'avait exigé. Les parents de Crystal ne leur avaient même pas laissé une chance, uniquement parce que Bane était un Westmoreland. Même si Carl Newsome avait prétendu que l'âge de Bane avait été la raison principale, Bane en avait toujours douté.

Tout le monde savait à quel point Bane aimait Crystal. Certains membres de sa famille avaient même cru qu'il était fou, et d'une certaine façon, il l'avait été. Fou d'amour.

— Crystal, cesse de penser que tu es la raison pour laquelle j'étais un tel vaurien autrefois. Quand je t'ai rencontrée, j'avais déjà des ennuis avec la justice. En fait, quand je t'ai connue, j'ai eu moins d'ennuis.

— Ce n'est pas ainsi que je vois les choses, répliqua-t-elle, incrédule.

— Tu te souviens de ce dont tes parents voulaient que tu te souviennes. Oui, j'ai défié ton père chaque fois qu'il tentait de nous séparer, mais je n'étais pas un gangster.

Il sourit.

— Du moins, reprit-il, pas après t'avoir rencontrée. Avec toi, j'étais différent. Tu as même mis le doigt sur la raison pour laquelle j'étais si rebelle. C'est toi qui as souligné que c'était en rapport avec la mort de mes parents, de ma tante et de mon oncle dans cet accident d'avion. Notre chagrin nous a submergés, Bailey, les jumeaux et moi. Faire les quatre cents coups, c'était notre exutoire. Cela prouve à quel point tu étais intelligente, déjà à l'époque. Tu te souviens de toutes nos longues discussions ?

— Oui, sur le bas-côté de la route, ou dans notre repaire. Nos familles pensaient que toutes les fois où le shérif nous retrouvait, nous nous embrassions, ou plus, dans ton pick-up.

Pourtant, nous ne faisions que discuter. J'ai tenté de l'expliquer à mes parents, mais ils refusaient de m'écouter. Tu étais un Westmoreland, et ils présumaient le pire. Ils croyaient à tort que j'avais une vie sexuelle.

Il s'en souvenait. Manquer les cours était presque devenu la norme pour eux, mais tout ce qu'ils avaient fait, c'était discuter. Il avait voulu attendre qu'elle mûrisse avant d'avoir des relations sexuelles. La première fois qu'ils avaient fait l'amour, elle avait dix-sept ans. A l'époque, ils étaient ensemble depuis deux ans.

Au moins, Dillon avait cru Bane quand il avait affirmé ne pas l'avoir touchée. Mais il savait que Bane et Crystal finiraient par avoir des relations sexuelles. Dillon avait eu l'intelligence de ne pas le réprimander, et d'attirer son attention sur la nécessité d'être responsable et de se protéger.

Bane n'oublierait jamais leur première fois. Et elle n'avait pas eu lieu à l'arrière de son pick-up. Bane l'avait emmenée au chalet qu'il avait construit pour elle, en guise de cadeau pour son dix-septième anniversaire. Il l'avait bâti sur le terrain dont il devait hériter.

Cela avait été une nuit extraordinaire, qu'il n'oublierait jamais. Cette longue attente avait failli les rendre fous, mais au bout du compte, ils avaient su qu'ils avaient fait le bon choix. C'était lors de cette nuit que Bane avait su que Crystal serait à lui pour toujours, et qu'il ferait d'elle sa femme.

D'ailleurs, c'était pendant cette même nuit qu'il lui avait demandé de l'épouser, lorsqu'elle aurait fini son année au lycée. Elle avait accepté. Mais ensuite, la situation entre Crystal et ses parents avaient dégénéré, et les choses ne s'étaient pas passées comme ils l'avaient imaginé.

Crystal manquant de plus en plus de cours, ses parents avaient menacé de faire jeter Bane en prison s'il pénétrait sur leur propriété. Alors, Crystal et lui s'étaient enfuis pour se marier, plus tôt que prévu. Bane n'aurait jamais cru que ses parents enverraient Crystal dans un autre Etat, après que le shérif Harper les avait retrouvés.

Bane avait failli dire à tous que Crystal et lui étaient mariés, et que personne n'avait le droit de les séparer. Mais il était conscient que s'il révélait leur mariage, Crystal ne retournerait jamais en cours. Or, il était bien placé pour savoir à quel point elle était brillante.

Alors, il avait décidé de se sacrifier et de la laisser partir. Cela avait la décision la plus difficile de sa vie. Heureusement pour lui, Bailey avait mis à profit ses talents de pickpocket et dérobé le téléphone de M. Newsome pour obtenir le numéro de la tante de Crystal.

— Je dois partir, Bane, dit-elle, l'arrachant à ses souvenirs. Je te donnerai mon numéro, et nous pourrons discuter quand je serai arrivée à destination.

Elle ajouta rapidement :

— Je t'appellerai à mon arrivée aux Bahamas pour te faire savoir que je vais bien.

Il la dévisagea. A l'évidence, elle n'avait toujours pas compris. Il était temps qu'il mette les choses au clair.

— Crystal, si tu penses que je vais te laisser partir seule, alors tu ne me connais vraiment pas. Autrefois, je t'ai laissée partir quand ton père t'a éloignée de moi, car je pensais que c'était pour ton bien. Mais cette période est terminée. Je refuse que nous soyons de nouveau séparés.

A en juger par son air renfrogné, elle n'était guère enchantée. Elle s'apprêta à répondre, mais il ne lui en laissa pas le temps.

— Je sais que ça fait cinq ans, et que nous avons changé, dit-il. Mais il y a une chose qui n'a pas changé.

— Laquelle ? demanda-t-elle d'un ton agacé.

— Quoi qu'il arrive, nous faisons bloc. C'est ainsi que cela a toujours été entre nous, non ?

— Oui, mais c'était avant, Bane.

— Et c'est ainsi maintenant. Nous sommes mariés, lui rappela-t-il en touchant le pendentif qu'il lui avait offert le jour de leur mariage.

Voir qu'elle le portait encore signifiait beaucoup pour lui.

— Nous faisons bloc, Crystal. Compris ?

Pendant une minute, Crystal garda le silence.

— Oui, j'ai compris, marmonna-t-elle enfin.

Car il avait été on ne peut plus clair. Elle n'avait jamais aimé être dirigée, et il le savait, c'était pourquoi il ne l'avait jamais fait auparavant. Autrefois, ils prenaient toutes leurs décisions ensemble.

Mais avec le nouveau Bane, il était difficile de négocier. Ne comprenait-il pas qu'il n'était pas dans son intérêt de la suivre ?

Sans ajouter un mot, elle se dirigea vers la cuisine pour vérifier que la porte de service était verrouillée. Elle avait besoin d'être seule. Et d'être loin de lui. Son arrivée inattendue avait bouleversé son monde.

Dès qu'elle fut hors de son champ de vision, elle s'appuya contre le comptoir de la cuisine et soupira, tandis que tout son corps bourdonnait. L'homme qu'elle avait aimé était enfin de retour. Une heure plus tôt, elle s'apprêtait à disparaître, et maintenant, elle était face à Bane. Ils avaient été séparés si longtemps qu'elle avait cru… Quoi ?

Qu'il n'était pas revenu pour elle. Mais si elle avait douté le revoir un jour, pourquoi n'avait-elle pas refait sa vie ?

Il y avait beaucoup de questions en suspens. Pourquoi avait-il décidé de devenir Seal ? De mettre sa vie en jeu à chaque mission ? Surtout, pourquoi avait-il voulu s'engager dans une carrière qui l'éloignerait d'elle plus longtemps ? Et pourquoi s'était-il montré au moment précis où sa vie était en plein chaos ?

Pour couronner le tout, il voulait prendre les choses en main, comme s'il avait toujours été présent. Comme si elle ne savait pas ce qu'elle faisait ! Comme si elle ne s'était pas débrouillée sans lui toutes ces années !

— Tu as besoin d'aide ? lança-t-il.

Elle serra les dents.

— Non, ça ira !

Elle vérifia la serrure de la porte.

Qu'attendait-il d'elle ? D'eux ?

Dire qu'après dix minutes en présence l'un de l'autre, ils s'étaient embrassés ! Un baiser qu'elle avait initié. Bane avait peut-être fait le premier geste en baissant la tête, mais c'était elle qui avait uni leurs lèvres. Le seul fait de penser à ce baiser fit naître une onde de chaleur en elle. Cette étreinte avait prouvé sans conteste qu'ils étaient toujours attirés l'un par l'autre. Ce baiser avait affolé tous ses sens. Elle était sûre d'avoir encore la saveur de Bane sur ses lèvres.

Ecartant une mèche de son visage, elle regagna le salon. Bane observait les photos posées sur le manteau de la cheminée. Excepté une photo de ses parents, toutes les autres étaient des photos de lui, ou d'elle et de lui.

Lorsqu'il se retourna, leurs regards se croisèrent. Elle en oublia presque de respirer. Elle prit une profonde inspiration, curieuse de savoir ce qu'il pensait. S'était-il souvenu de chaque moment capturé sur ces photos ? Se rappelait-il à quel point ils avaient été amoureux ? Se rendait-il compte que, mariés ou non, ils avaient changé, et devaient réapprendre à se connaître ?

Le devraient-ils ?

Le pouvaient-ils ?

Elle chercha ses affaires du regard.

— Tu as déjà sorti ma valise ?

— Oui.

— Je n'ai rien entendu ! s'étonna-t-elle. Pas même le bruit de la porte qui s'ouvre.

Il esquissa un sourire.

— C'est comme ça qu'un Seal opère.

Oh ! Seigneur ! Ce sourire avait le pouvoir de la faire fondre. Elle avait envie de se précipiter à travers la pièce et de se jeter dans ses bras, comme autrefois. Mais elle ne le pouvait pas.

Trop d'obstacles les séparaient.

- 5 -

— Je suis navré pour ton père, Crystal, dit Bane une fois qu'ils furent sur l'autoroute. Même si nous ne nous entendions pas, c'était tout de même ton père.

Il sentait son regard sur lui. Il avait bien envie de quitter la route des yeux pour la regarder, mais c'était une mauvaise idée. Crystal était splendide, et chaque fois qu'il posait les yeux sur elle, il était submergé de désir. Or, il devait garder la tête froide, pour la convaincre de le laisser l'accompagner.

— Merci. Quand il m'a envoyée chez tante Rachel, ça a agrandi le fossé entre nous, mais nous nous sommes réconciliés avant sa mort… du mieux que nous le pouvions, étant donné tout ce qui s'était passé.

Elle marqua une pause.

— Il m'a même dit qu'il m'aimait, Bane. Et je lui ai dit que je l'aimais. Le fait qu'il me lègue le ranch a été une grande surprise, car il avait dit qu'il le vendrait, pour s'assurer que je n'aie aucune raison de revenir à Denver. Après sa mort, j'ai découvert qu'il me l'avait légué. J'ignorais qu'il l'avait encore, je pensais qu'il l'avait vendu comme il l'avait dit.

Bane l'avait supposé aussi. Depuis des années, le ranch des Newsome était désert, mais Bane avait simplement cru que les réparations nécessaires n'avaient pas facilité la vente.

Il y avait autre chose qu'il tenait à lui dire.

— C'est admirable que tu prépares un doctorat, Crystal. Pour quelqu'un qui prétendait détester les études, c'est une sacrée réussite !

— Pas tant que ça. Puisque je n'avais pas de vie, j'ai décidé d'étudier à plein temps. Toute l'année, sans m'arrêter. Et quand j'ai passé un test d'entrée à l'université, il s'est avéré que je n'avais pas besoin de suivre certains cours. Mes parents étaient heureux que je me concentre de nouveau sur mes études.

Et non sur lui, songea-t-il.

— Comment as-tu fait ? demanda-t-il, posant la question qui le taraudait depuis tout à l'heure.

— Quoi donc ?

— Comment as-tu réussi à garder les garçons à distance ? Tu es une très belle femme, et je suis certain que beaucoup ont tenté de te séduire.

Il lui lança un regard, et constata que le compliment l'avait fait rougir. Il était sincère. Elle était d'une telle beauté que les mots ne pouvaient la décrire.

— Ils me laissaient tranquille, car ils me croyaient homosexuelle.

Il faillit se déporter sur une autre voie.

— Je te demande pardon ? dit-il en serrant le volant.

— Ils me pensaient homosexuelle. Je n'avais pas de petit ami, alors que pouvaient-ils penser d'autre ? La rumeur a commencé à l'université, quand j'ai refusé toutes leurs avances, même celles des joueurs de l'équipe de football, pourtant si populaires sur le campus. Ils en ont conclu que s'ils ne m'intéressaient pas, c'était parce que j'étais portée sur les femmes.

— Pourquoi ne leur as-tu pas dit que tu étais mariée ?

— A quoi bon, avec un mari qui n'était jamais là ?

Il pouvait imaginer ce qu'elle avait ressenti, sachant qu'une telle rumeur circulait à son sujet. Une fausse rumeur, qui plus est.

— Je pensais à toi chaque jour, Crystal.

— Vraiment ?

Le scepticisme dans sa voix ne lui avait pas échappé. Ne le croyait-elle pas ? Il allait poursuivre quand elle observa :

— Ce n'est pas le chemin pour l'aéroport, Bane.

— Nous n'allons pas à l'aéroport.

— Comment ça ? Et quand au juste as-tu décidé ça ?

— Quand j'ai remarqué qu'on nous suivait.

Ils étaient suivis ?

— Comment le sais-tu ? demanda-t-elle.

— Parce que même si le conducteur essaie d'être discret, cette voiture bleue nous suit depuis un moment.

— Une voiture bleue ?

— Oui.

Elle sentit tout son corps se contracter.

— La voiture qui m'a suivie tout à l'heure était bleue, elle aussi. Mais comment a-t-il su qu'il devait te suivre, alors que nous ne sommes pas dans ma voiture ?

— A l'évidence, quelqu'un nous a vus monter dans la mienne.

Un frisson courut dans son cou.

— Si cet homme nous a vus partir, alors il sait où j'habite.

— Sans doute. Mais ne t'inquiète pas.

Son calme l'agaçait. Comment pouvait-il lui dire de ne pas s'inquiéter ? L'homme qui les suivait allait sans doute mettre sa maison à sac, en cherchant quelque chose qui n'y était pas.

— Si je te dis de ne pas t'inquiéter, c'est parce que Flip surveille ta maison pour moi, expliqua-t-il, comme s'il avait lu dans ses pensées.

— Quelqu'un que tu connais surveille ma maison ?

Il quitta l'autoroute.

— Oui. David Holloway est l'un des membres de mon unité, et il se trouve qu'il vit à Dallas. Son nom de code est Flipper, car c'est le meilleur plongeur de l'unité. Je l'ai appelé à mon arrivée pour l'informer que j'étais en ville. Et je l'ai rappelé après avoir mis ta valise dans le coffre. J'avais remarqué une voiture suspecte dans l'allée en face de chez toi.

Elle avait du mal à suivre. Bane ne vivait pas dans son quartier, alors comment pouvait-il le savoir ?

— Comment savais-tu que c'était une voiture suspecte ?

— Je suis resté devant chez toi pendant deux heures, à attendre que tu rentres, et elle n'y était pas.

Elle remarqua qu'ils traversaient un quartier qu'elle ne connaissait pas. Où pouvaient-ils bien aller ?

— C'est tout ? Tu t'es dit qu'elle était suspecte parce qu'elle n'était pas là avant ?

— C'était suffisant. Je suis formé pour repérer tous les signes étranges.

Evidemment, songea-t-elle.

— Et ce Flipper est allé chez moi après notre départ ?

— Oui, juste après. Flip et ses frères garderont un œil sur ta maison pendant ton absence.

— Ses frères ?

Bane s'arrêta à un feu rouge et se tourna vers elle.

— Oui, ils sont quatre. Tous Seals. Ta maison est entre de bonnes mains.

Elle était heureuse de l'apprendre, mais elle ne pouvait s'empêcher de se faire du souci pour sa maison. Elle n'était que locataire, mais c'était le seul foyer qu'elle ait connu depuis son arrivée à Dallas.

Elle remarqua qu'il regardait dans le rétroviseur en souriant :

— Qu'y a-t-il de si drôle ? demanda-t-elle.

— Mon piège. J'ai laissé le conducteur de la voiture bleue nous suivre jusqu'ici, et les frères de Flip se sont chargés de lui.

— Comment ont-ils su ?

— Quand ils ont remarqué que j'étais suivi, ils ont pris la voiture bleue en chasse. Un des frères de Flip l'a dépassée et s'est mis derrière nous pour qu'on puisse sortir de l'autoroute. Les autres ont pu arrêter le type à l'intersection derrière nous.

Elle eut soudain l'estomac noué.

— Maintenant, nous pouvons aller à l'aéroport ?

— Non, dit-il, s'engageant dans ce qui semblait être le parking d'un entrepôt abandonné.

Après avoir garé la voiture et éteint les phares, il prit le téléphone qu'il avait posé sur le tableau de bord et vérifia ses messages.

— Peut-être que d'autres nous y cherchent, dit-il.

— Qu'est-ce qui te fait penser ça ?

Il recula son siège pour étendre ses jambes.

— Tu te souviens de ces deux hommes qui t'ont approchée pour travailler pour la Sécurité intérieure ?

— Oui, eh bien ?

— Il semble que ce soit *eux*, les méchants.

Bane aurait voulu embrasser Crystal pour l'aider à se remettre de son choc.

— C'est impossible, dit-elle. J'ai vu leurs badges.

— Eh bien, ils étaient faux. Le service pour lequel ils prétendaient travailler n'existe même pas.

— Tu en es sûr ?

— Certain. J'ai envoyé une copie de leur carte de visite à un ami qui travaille à la Sécurité intérieure, et il vient de confirmer mes soupçons.

Elle se mordilla la lèvre, et il aurait aimé que cela ne l'excite pas autant. Il ne devait pas se laisser distraire.

— Ce message me perturbe, déclara-t-il.

— Comment ça ?

— La personne qui l'a écrit voulait-elle ton bien, ou te conseillait-elle de disparaître pour une raison précise ? Peut-être espérait-elle qu'en fuyant, tu sois plus facile à enlever ?

Elle haussa un sourcil.

— Tu penses que la personne qui a déposé ce message sur mon bureau est de mèche avec ces types ?

— Tu dois admettre que c'est fort probable. Tu dis que quelqu'un a ouvert ton casier. Qui aurait accès à cette zone, sinon un employé ?

Il n'aimait pas ça. Crystal et lui devraient être chez elle, à parler de leur avenir, à trouver un moyen de compenser leurs cinq années de séparation.

La sonnerie qu'il avait attribuée à Flipper retentit. Il décrocha.

— Qu'as-tu trouvé, Flip ?

— Un paquet de bizarreries, mon gars ! Dès que vous êtes partis, la voiture bleue et vous, une berline noire est arrivée, et deux abrutis en costume noir en sont sortis. On aurait dit une scène de *Men in Black*. J'ignore comment ils comptaient rentrer chez ta femme, mais je suis certain que c'était leur intention. Jusqu'à…

— Jusqu'à quoi ? s'enquit Bane.

— Jusqu'à ce qu'ils remarquent le rayon infrarouge que Mark a pointé sur leur torse. J'imagine que l'idée qu'on puisse faire un trou dans leur ventre leur a fait peur, d'autant qu'on pouvait les voir mais qu'ils ne pouvaient pas nous voir. Je n'ai jamais vu deux hommes repartir vers leur voiture aussi vite.

Bane secoua la tête.

— Tes frères et toi vous amusez bien, hein ?

— Oui, on peut dire ça.

Même si Bane n'avait jamais rencontré les frères de Flipper, il avait entendu parler d'eux. Ils avaient hérité leur soif d'excitation et de danger de leur père, un ancien Seal.

— Et le chauffeur de la voiture bleue ?

— Il est sorti de son véhicule en laissant le moteur en marche, et a détalé comme un lapin. Tu as dit de ne tirer sur personne, alors mes frères l'ont laissé partir. Tu es sûr de ne pas vouloir alerter la police ?

— Oui, c'est trop tôt.

Bane fit part de ses soupçons à Flipper.

— S'ils se font passer pour des agents du gouvernement, c'est mauvais signe, commenta Flipper.

— Tu as raison. Au moins, tu leur as fait une peur bleue. Mais ne sois pas étonné s'ils reviennent.

— Nous serons prêts. Prends soin de toi et de ton épouse.

— J'y compte bien.

Bane avait à peine raccroché que Crystal demanda :

— Ils sont entrés chez moi ?

En voyant ses épaules s'affaisser, il regretta finalement de ne pas avoir dit à Flipper que ses frères et lui pouvaient tirer sur ces ordures.

— Non, mais c'était leur intention. Flipper et son frère les ont fait fuir.

Inutile de lui dire quelle méthode ils avaient employée.

— Ils reviendront s'ils pensent que tu as des informations ou des données stockées quelque part chez toi.

— Je n'en ai pas.

— Je doute qu'ils le sachent, et le premier endroit dans lequel ils chercheront, c'est ton ordinateur.

— Alors, que faisons-nous maintenant ? Où allons-nous ?

Il consulta sa montre. Il était tard.

— Nous allons trouver un hôtel.

Elle plissa les yeux.

— Pourquoi ?

Pas pour ce que je veux, songea-t-il. Il se remémora la dernière fois où ils avaient partagé une chambre d'hôtel. C'était le souvenir d'elle, nue sur ce lit, et de tout ce qu'ils avaient fait avant que le shérif arrive qui lui avait permis de tenir lors de missions dangereuses.

— Pour dormir et pour mettre en œuvre un plan d'action, Crystal. Même si j'ai très envie de te faire l'amour, j'ai comme l'impression que cette envie n'est pas mutuelle.

Ce qui signifiait que la nuit allait être longue.

- 6 -

Crystal quitta Bane des yeux, et regarda par la vitre de la voiture. Aller dans un hôtel était logique, cependant…

Elle avait vu ses regards ce soir. Des regards sur lesquels elle avait même fantasmé, au fil du temps, car ils précédaient toujours des moments très sensuels. Elle ignorait si elle pourrait contrôler son excitation, si elle se retrouvait dans une chambre avec lui. Car son attirance pour lui était plus forte que jamais.

— Ou nous pouvons rester ici, dans la voiture, lança-t-il, interrompant ses pensées.

— Toute la nuit ?

Il lui offrit un sourire qui fit naître une douce chaleur au creux de son ventre.

— Pour nous, ce n'est pas grand-chose. En fait, ce serait comme autrefois.

Pourquoi fallait-il qu'il aille sur ce terrain ? Etre dans une voiture à l'arrêt, avec lui, serait vraiment un rappel du passé, mais elle n'était plus une adolescente énamourée. Elle était une femme en fuite, avec un mari qu'elle ne connaissait plus.

— Nous avons passé l'âge de dormir dans une voiture, Bane.

— Je sais. C'est pourquoi j'ai suggéré un hôtel.

Il était temps de briser ses illusions, décida-t-elle.

— Nous prendrons des chambres séparées.

— Pourquoi ? Nous sommes mariés.

Elle tenta d'ignorer la note sensuelle dans sa voix. Et pourquoi fallait-il qu'elle ait remarqué la tension électrique entre eux ? Oui, ils étaient mariés, mais n'avaient-ils pas déjà établi que les choses avaient changé ? Qu'*ils* avaient changé ? Pour commencer, elle n'était plus rêveuse mais réaliste. Et il n'était plus l'homme qui avait prétendu qu'elle serait toujours l'amour de sa vie. Apparemment, la Navy l'avait reléguée au second plan.

— Sur le plan légal, oui, mais c'est à peu près tout, fit-elle valoir. Cinq ans, c'est long. Encore une fois, nous avons changé. Tu n'apprécieras peut-être pas la nouvelle moi, et je pourrais très bien ne pas apprécier le nouveau toi.

— Je ne t'apprécie pas, Crystal. Ça n'a jamais été le cas. Je suis tombé amoureux de toi au premier regard.

Pourquoi fallait-il qu'il dise une telle chose ? S'il l'aimait vraiment, ne serait-il pas revenu depuis longtemps ? Elle se remémora le jour de leur rencontre. Elle rentrait chez elle après les cours quand il était passé sur sa moto. Il avait fait demi-tour, et lorsqu'il avait retiré son casque et posé son regard noisette sur elle, elle avait été perdue. Alors, s'il prétendait être tombé amoureux d'elle depuis le premier jour, elle pouvait certainement en dire autant.

Mais il y avait quand même ces cinq ans de séparation entre eux.

— Tu te sentirais mieux s'il s'agissait de deux lits séparés ?

Pas vraiment, songea-t-elle.

Même après cette longue absence, elle le trouvait toujours captivant, et son corps parcouru de picotements ne s'y trompait pas. Elle ne pouvait pas le regarder sans avoir de pensées érotiques. Etre dans la même pièce toute la nuit, ce serait aller au-devant des ennuis.

— J'en doute, Bane.

— Il le faudra bien, car je ne compte pas te quitter des yeux tant que nous ne savons pas ce qui se passe.

Elle allait lui rétorquer qu'il n'avait pas le droit de décider pour elle quand son téléphone sonna de nouveau. Il s'empressa de décrocher.

— Oui ?

Elle scruta son visage. Il était furieux, elle le voyait à son regard, à sa mâchoire serrée, à ses doigts crispés sur l'appareil. Et à son ton agressif.

Elle était sûre que l'appel la concernait, puisqu'il la regardait de temps en temps. Il n'y avait plus dans ses yeux cette expression torride et pleine de promesses, mais une lueur dangereuse.

Elle pianota en silence sur la console de la voiture. Elle était impatiente qu'il raccroche, afin qu'il lui dise ce qui se passait.

Dès qu'il conclut son appel, elle se tourna vers lui pour le questionner, mais il leva un doigt pour lui enjoindre de garder le silence. Car il passait déjà un autre coup de fil.

— Code mauve, l'entendit-elle dire. J'expliquerai tout bientôt.

Dès qu'il raccrocha, elle demanda :

— Que se passe-t-il ?

Pendant un long moment, il resta silencieux. Il l'observait, comme s'il tentait de prendre une décision.

— Et ne t'avise pas de me laisser dans l'ignorance, l'avertit-elle en fronçant les sourcils.

Bane l'avait justement envisagé. Mais il s'était ravisé, car Crystal était trop vive d'esprit, trop intelligente. Et elle devait savoir de quoi il retournait, et quelles mesures de prudence ils devaient prendre.

Mais plus que tout, il avait besoin d'avoir sa confiance. Il ne laisserait jamais personne toucher à un seul de ses cheveux, et il tenait à ce qu'elle le sache.

— Bane ?

Il prit une grande inspiration.

— D'abord, donne-moi ton téléphone, ordonna-t-il.

— Mon téléphone ?

— Oui.

Elle le dévisagea un instant, puis sortit l'appareil de son sac. Il le prit et sortit de la voiture, avant de le jeter sur l'asphalte et de le piétiner, en dépit des protestations de Crystal.

— Mais qu'est-ce que tu fabriques ? Tu es fou ! s'indigna-t-elle, sortant de la voiture pour tenter de sauver l'appareil.

Bien sûr, il était trop tard.

— Je détruis ton téléphone.

Les poings sur les hanches, elle le fusilla du regard.

— Je vois ça ! Ce que je veux savoir, c'est pourquoi.

— Il se peut qu'il y ait un mouchard dedans.

— Comment ?

— Les choses sont plus sérieuses que je le pensais, ou que tu n'as voulu me le dire, Crystal.

Elle se raidit.

— Je ne t'ai rien caché, rétorqua-t-elle. Tout ce que je sais, c'est que j'ai reçu ce message aujourd'hui, que quelqu'un a ouvert mon casier et qu'une voiture bleue me suivait.

Il lança un regard autour d'eux.

— Remontons en voiture. Je te dirai ce que je sais.

Elle observa son téléphone en miettes d'un air consterné, puis obtempéra. Dès qu'ils furent installés, elle ordonna :

— Dis-moi tout.

Lorsqu'elle toucha son bras, Bane sentit le désir monter en lui. Apparemment, elle le vit dans ses yeux, car elle s'empressa de retirer sa main.

— Désolée.

Il saisit sa main et mêla leurs doigts.

— Ne t'excuse jamais de me toucher.

Plutôt que de répondre, elle s'humecta nerveusement les lèvres, et il eut encore plus envie de l'embrasser. Puisqu'il ne pourrait sans doute pas le faire avant longtemps, il lui dirait ce qu'elle voulait savoir. Ce qu'elle avait besoin de savoir.

— Mon contact à la Sécurité intérieure a eu accès à des informations confidentielles. Apparemment, tu es surveillée depuis un moment.

— Par qui ? demanda-t-elle, le sourcil arqué.

— Des gens du gouvernement. Ils sont au courant de tes travaux de recherche.

— Je m'en doutais. Seton Industries envoyait des rapports périodiques dans le cadre de la sécurité nationale. Et puis, mes travaux sont financés par une bourse d'Etat.

— Eh bien, il semble que les rapports soient tombés entre

de mauvaises mains. En résumé, un groupe avait prévu de t'enlever ainsi que deux autres biochimistes qui travaillent sur des projets similaires. Ils devaient vous emmener tous les trois dans un laboratoire souterrain quelque part, et vous forcer à travailler ensemble pour mettre au point une formule qu'ils auraient utilisée à leur profit.

— Ce plan est ridicule, dit-elle en secouant la tête.

Ses cheveux qui dansaient autour de son visage mettaient en valeur son regard sombre. L'espace d'une seconde, il fut déconcentré. Il ne pouvait se permettre d'être distrait maintenant. Trop de choses étaient en jeu.

— Manifestement, celui qui a eu cette idée n'était pas de cet avis. Maintenant, tu es le chaînon manquant.

Elle s'adossa à son siège et fronça les sourcils.

— Comment ça, le chaînon manquant ?

Il serra sa main.

— Les deux autres chimistes ont été enlevés hier. L'un alors qu'il se rendait au travail de bon matin, et l'autre à sa sortie d'une salle de gym, vers midi. Le plan était de vous kidnapper tous les trois à quelques heures d'intervalle. Ils ont échoué avec toi. Mais puisqu'ils sont déterminés à mettre la main sur la formule, ils ne laisseront pas tomber.

L'étincelle dans ses yeux de Crystal indiquait qu'elle saisissait très bien la situation. Mais cette lueur lui disait aussi autre chose : elle attendait ces voyous de pied ferme. Elle avait toujours le cran qu'il avait de tout temps admiré chez elle.

Il déglutit quand elle retira sa main et regarda par le pare-brise. Elle réfléchissait, tentant de trouver un plan elle aussi. Un plan sans lui. Davantage pour sa sécurité à lui que pour tout autre raison, devina-t-il. Bien évidemment, il n'accepterait jamais de l'abandonner à son sort.

Elle se tourna vers lui, et parce qu'il avait le sentiment de savoir ce qu'elle allait dire, il déclara, sans lui laisser le temps de parler :

— Je ne te laisserai pas seule, alors oublie ça.

Comme elle ne répondait rien, il ajouta :

— J'ai besoin que tu aies foi en ma capacité à assurer notre sécurité.

Une tension sensuelle flotta dans l'air, qu'il tenta d'ignorer. En cet instant, savoir qu'il avait sa confiance était plus important.

— Cela me sera difficile, Bane, dit-elle doucement. J'ai été seule pendant longtemps.

Cinq ans. Une fois de plus, il se demanda s'il avait bien fait d'être parti. Il avait cru que cette séparation était la meilleure chose pour eux. Qu'ils avaient tous deux besoin de grandir et de mûrir. Surtout lui. Et cela avait porté ses fruits. Mais… s'il ne s'était pas montré aujourd'hui ? Si elle avait été enlevée comme ces deux autres chimistes ? Et si…

— Je te fais confiance, Bane.

Il hocha la tête. Il était pleinement prêt à être le mari qu'elle méritait, mais il devait lui montrer qu'elle pouvait compter lui. Pas seulement pour la protéger, mais aussi pour bâtir une vie avec elle.

— Alors ? demanda-t-elle en soupirant. Que faisons-nous, maintenant ?

Il esquissa un sourire.

— Maintenant, on leur montre qu'ensemble, nous sommes un duo redoutable.

Un duo redoutable.

Crystal ne put s'empêcher de sourire. C'était ainsi que le shérif Harper les décrivait autrefois. Rien, pas même la menace de la prison, n'avait pu les séparer.

Une sonnerie signala l'arrivée d'un message sur le téléphone de Bane. Tandis qu'il prenait l'appareil, elle regarda par la vitre, et constata qu'ils étaient garés dans un endroit sombre. Le seul éclairage provenait des étoiles et de la lune. Alors que Bane lisait le message avec attention, elle l'observa. Elle ne put s'empêcher d'admirer ses épaules larges sous son blouson de cuir, ses longues jambes musclées étendues devant lui.

Elle se souvint de ces jambes, nues, lorsqu'ils nageaient

ensemble. Elle les revit, moulées dans un jean comme maintenant, quand il était sur sa moto ou sur l'un des chevaux du ranch familial. Elle savait déjà monter à cheval quand elle l'avait rencontré, mais il l'avait aidée à s'améliorer. Il lui avait aussi appris à faire de la moto, à tirer, à gravir des montagnes.

Elle songea qu'il était l'incarnation des fantasmes de toute femme. Ce ne fut que lorsqu'il s'éclaircit la gorge qu'elle se rendit compte qu'il avait fini de lire le message, et qu'il l'avait surprise en train d'admirer son corps tout en muscles.

— Oui ? Tu disais ? demanda-t-elle.

Il rit.

— Je voulais juste t'informer que notre voiture sera là dans quelques minutes.

— Notre voiture ?

— Oui, nous changeons de véhicule. Il y a des chances pour que les gens qui te cherchent aient déjà identifié celui-ci, alors nous devons nous en séparer.

— Qui nous amènera une autre voiture ? demanda-t-elle en regardant par la vitre.

Il n'y avait qu'un immense bâtiment vide, et le parking était désert.

— Le père de Flip. C'est un ancien Seal.

Quelques instants plus tard, Crystal entendit un autre véhicule se garer et remarqua que le conducteur avait éteint les phares.

— C'est notre voiture, annonça Bane.

- 7 -

Bane sortit leurs bagages pour les mettre dans le coffre de la voiture amenée par M. Holloway.

Flip ressemblait à son père. Mêmes yeux bleus, mêmes cheveux blonds, qui grisonnaient cependant chez le père. On pouvait aisément imaginer que cet homme avait dirigé des unités de Seals. A soixante-cinq ans, il semblait en parfaite forme physique.

— Je n'ai pas besoin de savoir où vous allez. Moins de gens sont au courant, mieux c'est. Soyez prudents, dit l'ancien militaire en tendant les clés à Bane.

— Promis, et merci pour tout, monsieur Holloway. Je vous suis redevable à vous et à votre famille.

M. Holloway balaya ses paroles du revers de la main.

— Oubliez ça. David nous a expliqué à ses frères et à moi comment vous lui avez sauvé la vie lors de votre dernière mission. Et les amis de mes garçons sont mes amis. Si vous avez un souci, passez-nous un coup de fil.

Bane ne comptait pas en avoir, mais il valait mieux accepter l'offre quand même.

— Entendu.

Bane jeta un coup d'œil vers Crystal, déjà installée dans la nouvelle voiture.

— Je suppose que c'est votre épouse, que vous n'avez pas vue depuis un moment, commenta M. Holloway.

— Oui, en effet.

— Et elle a attendu que vous reveniez, tout ce temps ?

— Oui.

— Alors, vous êtes un homme très chanceux, dit-il en souriant. Prenez soin de vous et de votre épouse.

Son épouse. Cela sonnait bien.

— Je le ferai. Encore merci pour ce que vos fils et vous avez fait. Et ce que vous faites encore.

Il savait que Flip et ses frères surveilleraient la maison de Crystal pendant quelque temps.

— Ce n'est pas grand-chose.

M. Holloway lui donna une tape sur l'épaule avant de grimper dans le monospace et de s'éloigner.

Bane monta rapidement dans l'autre voiture.

— Où allons-nous maintenant ? s'enquit Crystal.

Il avait perçu la fatigue dans sa voix. Il était près de 23 heures, et elle se couchait sans doute bien plus tôt d'habitude.

— Dans un hôtel, mais pas à Dallas. Tu devrais dormir, nous avons quelques heures de route.

— D'accord.

Après avoir démarré, il la regarda incliner son siège. Il ne put s'empêcher de poser un regard approbateur sur elle, de noter comment son jean épousait ses hanches et ses cuisses. A dix-huit ans, elle était mince. A présent, elle était incroyablement voluptueuse. Se forçant à détacher son regard d'elle, il régla la température de l'habitacle. Il faisait plutôt froid dehors.

En quittant le parking, il remarqua qu'elle s'endormait. Elle était aussi belle les yeux clos que les yeux ouverts. C'était ce dont il avait rêvé, ce qu'il avait tant désiré. Etre avec elle, enfin.

Il avait parcouru quelques kilomètres et atteint un premier feu rouge quand il l'entendit glousser. Il lui lança un bref regard. Elle avait toujours les yeux fermés, et un sourire s'était formé sur ses lèvres. Etait-elle en train de rêver ? Soudain, elle ouvrit les yeux, le regarda et se redressa aussitôt.

— Qu'y a-t-il ? demanda-t-elle.

— Rien. Tu riais dans ton sommeil.

Elle sourit.

— Je ne dormais pas. Je reposais mes yeux, c'est tout. Et je songeais que ça devient la norme pour nous.

— Quoi ?

— Etre en fuite. La dernière fois que nous étions ensemble, nous avions fugué et cherchions à échapper au shérif Harper. Tu te souviens ?

— Bien sûr.

Comment aurait-il pu l'oublier ? Ils avaient mis tout le monde sur une fausse piste, leur faisant croire qu'ils allaient à Las Vegas alors qu'ils étaient allés se marier en Utah.

— A présent, nous fuyons Dieu sait qui, commenta-t-elle.

— Peu importe. Ce qui compte, c'est que nous sommes de nouveau ensemble.

Elle garda le silence, tandis que le feu passait au vert et qu'il redémarrait. Après quelques instants, il crut qu'elle s'était endormie, mais elle demanda :

— Combien de temps, Bane ?

Il fut heureux de pouvoir s'arrêter à un autre feu.

— Combien de temps ? répéta-t-il.

— Oui, combien de temps serons-nous ensemble avant que tu repartes ? Avant que je sois seule de nouveau ? Tu es un Seal. Ça signifie que tu seras souvent absent, non ?

Il hésita un instant, songeant à sa réponse. Elle se trompait si elle pensait qu'il allait lui permettre d'utiliser son travail.

— Oui, je peux partir en mission, chaque fois que mon commandant m'appelle.

— Et s'il appelle maintenant ? Tu devras partir, non ?

Il serra le volant. Insinuait-elle qu'elle ne pouvait pas se reposer sur lui ?

— A moins qu'il y ait une menace nationale, cela n'arrivera pas. Je suis en congé. Comme toute mon unité.

— Pourquoi ?

Répondre à cela était délicat. Il devrait lui expliquer que certaines parties de son travail devaient rester secrètes, mais il garderait cette conversation pour plus tard. Pour l'heure, il se contenta de répondre :

— Parce que nous l'avons bien mérité.

C'était vrai, mais il ne lui disait pas tout.

— Tu prends des risques. Tu mets ta vie en danger.

Ce fut à son tour de glousser.

— Qu'y a-t-il de si drôle ? demanda-t-elle.

— Je me disais juste que pour l'instant, ce n'est pas la mienne qui est en danger. Je dirais que nous avons tous les deux des occupations inhabituelles.

— Les miennes n'ont rien d'inhabituel. Il se trouve simplement que je travaille sur un sujet sensible.

Il sourit. C'était une façon de voir les choses.

— On peut dire que moi aussi je travaille dans un domaine sensible.

— Ce n'est pas comparable, Bane, alors n'essaie même pas.

Soit, elle marquait un point. Tout de même, ce n'était pas lui qui était en danger.

— Je suis bien entraîné. Il y a six mois, je suis devenu tireur d'élite.

C'était une réussite majeure pour une jeune recrue.

— Tireur d'élite ? Ça ne m'étonne guère. C'est toi qui nous as appris à tirer, à Bailey et à moi.

C'était vrai, se souvint-il fièrement. Et les Westmoreland savaient tirer, pour sûr. Il n'avait pas été surpris quand, à son retour, tout le monde lui avait parlé de ce grizzli que Bailey avait abattu en Alaska, il y a un mois. Et Crystal était aussi douée que Bailey. La seule personne qui les surpassait toutes les deux était Jo, l'épouse du frère de Bane, Stern.

— Et tu voudrais me faire croire que ton travail n'est pas dangereux ?

— Je reconnais qu'il est dangereux, mais il est aussi gratifiant.

— Ça, je veux bien le croire, puisqu'il te donne une excuse pour te battre au nom de ta patrie.

Il ne put s'empêcher de rire. En ces circonstances, c'était bon de rire. Surtout avec elle. Elle savait apporter de l'humour à n'importe quelle situation. Toutefois, en l'occurrence, il était convaincu qu'elle n'avait pas cherché à être drôle.

— Mais tu veux en faire une carrière, n'est-ce pas ?

Se posait-elle vraiment la question, ou pensait-elle avoir déjà la réponse ?

— Je ne sais pas. C'est une décision que nous devrons prendre ensemble.

— Ah, non, ne m'entraîne pas là-dedans, Bane ! Je ne te laisserai pas me reprocher de t'avoir rendu malheureux.

Malheureux ? De quoi parlait-elle ?

— Précise ta pensée.

— Volontiers. J'arrive à t'imaginer en tant que Seal, et je pense que tu es sacrément doué. En revanche, je ne peux t'imaginer dans un bureau chez Blue Ridge chaque jour. Tu deviendrais fou. Et tu ne me pardonnerais jamais si tu me voyais comme la raison pour laquelle tu devais travailler là-bas.

Elle avait raison, il ne souhaitait pas travailler dans l'entreprise familiale. Même si ses frères — Dillon, Riley, Canyon, et Stern —, ainsi que son cousin Aidan étaient parfaitement faits pour Blue Ridge Land Management, ce n'était pas son cas.

— Je pourrais rejoindre Jason, Derringer et Zane dans leur élevage de chevaux, dit-il.

A dire vrai, cela ne le tentait pas davantage. Il n'avait pas le même amour des chevaux que son frère et ses deux cousins.

— Bailey m'a parlé de leur élevage lors de notre dernier échange.

— Mais elle a refusé de te dire quoi que ce soit sur moi, avança-t-il d'un ton bourru.

— C'était la règle, Bane. Nul besoin de te rappeler que c'est toi qui l'as instaurée.

Encore une fois, elle avait raison. Il était temps qu'ils mettent les choses au clair. La tension qui flottait soudain dans l'habitacle était palpable.

— Tu sais pourquoi j'ai pris cette décision, Crystal.

— La décision de m'abandonner ?

Il bifurqua brusquement et s'engagea sur le parking de ce qui ressemblait à une aire de repos. Il s'arrêta entre deux semi-remorques, pour que l'on ne puisse pas les repérer, et coupa le moteur.

— Tu essaies de nous tuer, Bane ? s'exclama-t-elle d'une voix essoufflée.

Au lieu de répondre, il déboucla sa ceinture et se tourna vers elle.

— J'espère seulement que tu ne penses pas ce que tu viens de dire.

Crystal voyait bien que Bane était furieux. Elle l'avait déjà vu en colère, mais sa fureur n'avait jamais été dirigée contre elle. A présent, si. Ses yeux avaient même pris une teinte vert foncé. Sans fléchir, elle leva le menton.

— Et si je le pense ?

— Dans ce cas, il faut qu'on parle.

— Trop tard. Rien de ce que tu pourras dire ne me fera changer d'avis.

— Au moins, explique-moi pourquoi tu penses cela.

L'ignorait-il vraiment ? Elle pourrait trouver tout cela amusant, mais en fait, elle avait envie de pleurer. Elle l'avait tant aimé ! Il avait été le centre de son monde. Le yang de son yin. Le seul être dont elle avait cru qu'il ne lui ferait jamais de mal, qu'il ne l'abandonnerait jamais. A tort.

— Crystal ?

S'il voulait feindre l'incompréhension, soit. Elle lui donnerait son explication.

— Je comprends pourquoi tu as laissé mon père m'envoyer dans un autre Etat après notre fugue, mais…

— C'était pour ton bien. Tu voulais abandonner le lycée, Crystal. Je ne pouvais pas te laisser faire ni faire obstacle à tes études. On était en novembre. Tout ce que tu avais à faire, c'était tenir jusqu'en juin pour obtenir ton diplôme.

— Je sais tout ça, assena-t-elle d'un ton sec. Voilà pourquoi j'ai laissé mon père penser qu'il menait le jeu quand il m'a envoyée vivre chez tante Rachel.

Le souvenir de ce jour lui nouait encore le ventre chaque fois qu'elle y songeait.

— Je me suis dit que je pouvais le supporter parce que tu viendrais me chercher en juin.

A son expression, elle sut qu'il savait où elle voulait en venir. Elle prit une profonde inspiration avant de poursuivre.

— Quand tu as fini par me téléphoner en janvier, j'ai cru que c'était pour me dire que tu ne pouvais pas vivre sans moi et que tu avais décidé de venir me chercher plus tôt. Que je pourrais finir mes études à Denver pendant que nous vivrions dans le chalet que tu avais construit pour moi.

— Enfin, Crystal, je te connais ! Si j'étais venu plus tôt, tu aurais trouvé toutes sortes d'excuses pour manquer les cours. De plus, je n'aurais pas pu subvenir à tes besoins. Je n'étais pas assez âgé pour prendre possession de mes terres ou avoir accès à mon fonds fiduciaire. Je n'avais que des boulots. J'ai quitté le poste que Dillon m'a offert à Blue Ridge au bout d'une semaine, car je n'aimais pas que mon chef me donne des ordres. J'étais un Westmoreland. Ma famille possédait cette entreprise, et je croyais que ça me donnait le droit de faire tout ce que je voulais.

— Je serais retournée en cours, Bane. Je t'avais promis de le faire. Quant au manque d'argent, nous nous serions débrouillés.

— Tu méritais mieux.

— Je pensais te mériter, toi. J'étais ta femme.

— Pourquoi ne peux-tu pas comprendre que j'avais besoin de faire quelque chose de ma vie ? s'exclama-t-il. En tant que mari, je te le devais. Pourquoi ne vois-tu pas que tu méritais mieux que celui que j'étais à l'époque ? J'étais un jeune homme indiscipliné, sans aucun but, qui aimait défier l'autorité.

— Ces choses-là ne comptaient pas pour moi, Bane.

— Elles auraient dû.

Elle plissa le regard.

— Ta famille t'a retourné le cerveau, n'est-ce pas ? Ils t'ont convaincu que ta place n'était pas avec moi. C'est pour ça que tu n'as dit à personne que nous étions mariés. Sauf à Bailey.

Elle le regarda passer les mains sur son visage dans un geste de frustration. Mais elle estimait qu'il n'avait pas le droit d'être frustré. C'était elle qui avait été mise de côté, quand il avait choisi sa carrière de Seal plutôt qu'elle.

— Tu as tort au sujet de ma famille, Crystal. Ils savaient à quel point je t'aimais, mais ils voyaient ce que nous refusions de voir. Ils savaient que nous ne pouvions pas continuer dans cette voie. Alors, j'ai pris une décision que je pensais être la meilleure pour nous. Et je veux croire que j'avais raison. Regarde-toi aujourd'hui. Non seulement tu as fini le lycée, mais tu vas bientôt obtenir ton doctorat. Tu as toujours été brillante, et je te tirais vers le bas. Si j'avais été égoïste, je t'aurais emmenée dans ce chalet, et je t'aurai offert une vie misérable. Cela n'aurait rien arrangé si tu étais tombée enceinte. Quel genre d'avenir notre enfant aurait-il eu ?

Elle détourna la tête pour qu'il ne voie pas les larmes dans ses yeux, mais elle ne fut pas assez rapide. Il tendit la main vers elle pour faire pivoter son visage vers le sien, et l'observa intensément.

— Que se passe-t-il ? Qu'est-ce que tu ne me dis pas, Crystal ?

Elle devait parler, elle le savait. Il n'y avait pas de raison de garder son secret plus longtemps.

— Ce jour-là, quand tu as téléphoné pour m'annoncer que tu avais décidé d'entrer dans la Navy, tu m'as demandé si j'étais enceinte, et je t'ai répondu non.

Il garda le silence une minute. Elle sut qu'il avait deviné la suite.

— Mais tu as menti, c'est ça ? Tu étais enceinte, n'est-ce pas ? lâcha-t-il d'un ton accusateur.

Elle resta muette un long moment.

— Je n'ai pas menti, dit-elle enfin. Quand tu m'as posé la question, je n'étais pas enceinte… je ne l'étais plus. J'avais perdu notre bébé, Bane. Quelques jours plus tôt. Quand tu m'as téléphoné, tante Rachel venait de me ramener de l'hôpital.

- 8 -

Bane eut l'impression de recevoir un coup de poing dans le ventre. Il prit une grande inspiration, comme pour apaiser la douleur. Il lui fallut quelques instants pour se reprendre. Quand il regarda Crystal de nouveau, elle était assise bien droite sur son siège, et des larmes striaient son visage.

Il en eut le souffle coupé. Les larmes l'avaient toujours ému… surtout celles de Crystal. Mais il ne pouvait ignorer qu'elle avait porté leur enfant sans l'en informer. Lui ignorait où elle se trouvait à l'époque, mais elle aurait pu le joindre. Et elle n'avait même pas essayé.

Il se rappelait tous ces jours passés près du téléphone, à attendre qu'elle l'appelle pour lui dire où elle était. Puisqu'elle ne l'avait pas fait, il en avait conclu que ses parents l'avaient sans doute sermonnée comme Dillon l'avait fait avec lui. Alors, il avait pris la décision de suivre le conseil de son frère aîné. Se bâtir un avenir, avant d'aller la chercher.

— Comment as-tu pu me cacher ça ? lui reprocha-t-il, s'efforçant de masquer la colère dans sa voix.

— Parce que tu avais déjà décidé de ton avenir.

— Enfin, Crystal, je n'ai rejoint la Navy que parce que…

— Tu pensais que je méritais mieux. Tu l'as déjà dit.

Un muscle tressauta dans sa mâchoire. Depuis quand était-elle aussi têtue ? Il sentit la colère vriller dans son ventre, mais il s'efforça de la contenir, car il n'avait jamais perdu son sang-froid avec elle.

— Oui, je l'ai dit, et je continuerai de le dire.

Le silence s'étira entre eux, épais et tendu.

— Quand as-tu su que tu étais enceinte ?

Elle essuya les larmes qui continuaient de lui monter aux yeux.

— C'est justement le problème, Bane, je ne savais pas. J'avais du retard, mais c'était déjà arrivé, tu le sais. Alors, je ne me suis pas inquiétée. J'essayais de m'adapter à mon nouveau lycée et de me concentrer sur mes études. On était fin janvier, et je comptais les jours qui me séparaient de juin, quand tu viendrais me chercher. Comme une idiote, j'ai cru que même si tu ignorais où j'étais, tu me chercherais jusqu'à ce que tu me retrouves.

» Quoi qu'il en soit, un soir, j'ai eu très mal au ventre. Quand je suis allée à la salle de bains, j'ai remarqué que je saignais beaucoup, et j'ai réveillé ma tante. Elle m'a emmenée aux urgences et après m'avoir examinée, le médecin m'a annoncé que j'avais fait une fausse couche. On m'a gardée une nuit en observation parce que j'avais perdu beaucoup de sang. »

De nouveau, elle s'essuya les yeux.

— Comment une femme peut-elle être enceinte sans le savoir ? Comment ai-je pu porter ton bébé — notre bébé —en moi sans le savoir ? Ce n'était pas juste, Bane ! Vraiment pas juste. Le médecin était une femme gentille. Elle m'a dit que les fausses couches n'étaient pas rares et se produisaient souvent dans les huit premières semaines de grossesse. Je me suis dit que j'étais tombée enceinte lors de notre nuit de noces, et que cela faisait donc moins de huit semaines. Elle m'a assuré que je n'étais en rien responsable, et que ma grossesse suivante devrait bien se passer.

Une profonde douleur le transperça. C'était aussi son bébé et, à cet instant, il pleurait la perte d'un être qui n'était jamais venu au monde. Leur bébé à tous les deux. Il voulait prendre Crystal dans ses bras. La serrer fort. Partager sa douleur. Il avait tout à fait le droit de le faire. Mais il sentait qu'elle avait dressé un mur invisible entre eux, et qu'il lui faudrait le démolir, brique par brique.

— Je suis désolé pour notre bébé, dit-il, pensant chaque mot.

Il se rappelait leur nuit de noces. C'était la première fois qu'ils avaient passé toute une nuit ensemble, dans les bras l'un de l'autre, et il était si heureux qu'il s'était laissé emporter et n'avait pas utilisé de préservatif.

— Je ne t'ai jamais abandonnée, Crystal. J'en serais incapable. As-tu la moindre idée de ce que j'ai traversé quand nous étions séparés ? demanda-t-il avec douceur. Sais-tu combien j'ai souffert chaque jour de ne pas savoir où tu étais ?

— Je t'ai téléphoné.

— Quand ?

— Dès que j'ai pu échapper à mes parents. Ils m'ont surveillée pendant tout le vol pour la Caroline du Sud, mais quand l'avion a atterri, je suis allée aux toilettes et j'ai demandé à une femme de me prêter son téléphone. C'était environ cinq heures après notre départ.

Bane réfléchit, cherchant à comprendre pourquoi il n'avait pas eu ce coup de fil.

— Je sais pourquoi tu n'as pas pu me joindre, dit-il après un instant. J'étais au chalet, et il n'y a pas de réseau là-bas.

Il marqua un temps, puis ajouta :

— Quand le shérif Harper m'a dit que tu avais quitté Denver, je suis sorti en trombe du poste de police, j'ai pris mon pick-up, et j'ai foncé chez tes parents. La maison était vide. Alors j'ai roulé sans but, de plus en plus furieux. Et j'ai fini au chalet, où je suis resté deux jours entiers. Le troisième jour, Riley est venu me chercher et m'a convaincu de rentrer avec lui.

— C'est sans doute pourquoi je n'ai pas pu te joindre le deuxième soir. J'ai attendu que tout le monde soit couché pour me faufiler dans le salon et prendre le téléphone de ma tante. Je n'ai pas pu te joindre, ce qui était aussi bien parce que papa m'a surprise en flagrant délit. Il s'est emporté. Il m'a dit qu'il était temps pour moi de connaître la vérité.

Il fronça les sourcils.

— Quelle vérité ?

— Il m'a avoué que ton frère Dillon et lui s'étaient vus pendant notre fugue, et qu'ils avaient passé un marché.

— Quel genre de marché ?

— Quand on nous retrouverait, Dillon s'engageait à t'éloigner de moi, et mon père de toi.

— C'est totalement faux ! fulmina Bane.

— Comment peux-tu en être aussi sûr ?

Sa question ne fit qu'attiser sa fureur.

— D'abord, ce n'est pas le genre de Dillon. Ensuite, mon frère n'était même pas à Denver quand nous nous sommes enfuis. Il était dans le Wyoming pour en apprendre plus sur notre arrière-grand-père Raphel. Il n'est rentré qu'après qu'on nous avait retrouvés.

Il passa une main rageuse sur son visage.

— Je ne peux pas croire que tu aies cru ton père. Tu savais à quel point il méprisait les Westmoreland. Pensais-tu honnêtement que Dillon et lui auraient passé un accord ?

Elle leva le menton.

— Je ne voulais pas le croire, mais…

— Mais quoi ?

— Je t'ai téléphoné deux fois, et tu n'as pas répondu.

— Parce que je n'ai pas eu tes appels.

— Eh bien, je l'ignorais.

— Tu aurais dû le deviner.

— Non. Et quand tu m'as enfin appelée… deux mois plus tard… c'était pour me dire que tu rejoignais la Navy et qu'il valait mieux que nous allions chacun de notre côté.

Il se rembrunit.

— Deux mois, c'est le temps qu'il m'a fallu pour découvrir où tu étais. Bailey a dû voler le téléphone de ton père pour cela. Et je n'ai jamais dit que nous devrions aller chacun de notre côté.

— Ça y ressemblait beaucoup.

Vraiment ? Frustré, il recula sur son siège, tentant de se souvenir de ses paroles exactes. Rejoindre la Navy avait été une décision difficile, mais il l'avait prise après avoir discuté avec son cousin Dare, un ancien marine, et avec le meilleur ami de Riley, Pete. Le frère de Pete, Matthew, avait rejoint la Navy. Grâce à cela, il avait pu mettre de l'argent de côté et être formé par l'armée pour travailler dans l'aviation. Bane s'était dit qu'entrer dans la Navy lui apprendrait non seulement un métier, mais l'éloignerait aussi de Denver quelque temps. Etre là-bas sans Crystal l'avait rendu malheureux.

Il comprenait mieux pourquoi elle avait pensé qu'il avait voulu rompre, étant donné le mensonge que son père lui avait raconté. La seule chose qui le sauvait, c'était d'avoir promis de respecter ses vœux et de venir la chercher un jour. A présent, il s'interrogeait…

— Tu penses que je t'avais abandonnée. Alors, tu ne m'as pas cru quand j'ai promis de venir te chercher après avoir bâti un avenir ? Et quand j'ai dit que je te serais fidèle ?

Elle regarda par la vitre avant de se tourner vers lui.

— Si, à l'époque, je t'ai cru, même si je t'en voulais de m'avoir écartée de ta vie pendant un temps, quelles que soient tes raisons.

Comment pouvait-elle penser qu'il ait fait une telle chose ? Et elle avait dit : « à l'époque, je t'ai cru ». Cela signifiait-il qu'elle avait cessé de le croire ? A présent, il se demandait s'il n'avait pas commis une grave erreur en coupant toute communication entre eux.

— Je ne t'ai jamais écartée de ma vie, et j'étais bien décidé à venir te chercher. Ça n'a jamais changé, Crystal. J'ai pensé à toi chaque jour. Parfois, chaque heure, chaque minute, chaque seconde. Tu me manquais terriblement. Il y a eu des jours où je n'étais pas sûr de pouvoir continuer sans toi, où je voulais tout arrêter. C'est pourquoi je me suis assuré que Bailey ne me dise pas où tu étais. Sinon, j'aurais tout abandonné pour te retrouver. Et si tu m'avais parlé de ta fausse couche, rien n'aurait pu m'empêcher de venir te voir. Navy ou pas.

Soudain, il déboucla sa ceinture et celle de Crystal. Puis il attira sa femme à lui et la serra dans ses bras.

Crystal appuya le visage contre le torse de Bane. Elle ne pouvait empêcher les larmes de couler. Elle avait pourtant cru avoir pleuré toutes les larmes de son corps quand le médecin lui avait annoncé qu'elle avait perdu son bébé. Et quand Bane l'avait appelée à son retour de l'hôpital, cela avait été le coup de grâce.

Heureusement, sa tante Rachel avait été d'un grand soutien. Lorsque Crystal l'avait suppliée de ne pas parler du bébé à ses parents, sa tante lui avait promis de garder le secret.

Qu'il l'ait voulu ou non, quand Bane lui avait téléphoné ce jour-là, Crystal avait eu le sentiment qu'il tournait le dos à leur couple et à leur amour. Qu'il l'abandonnait. C'était sa tante qui l'avait persuadée de se reprendre, et de décider de son avenir… avec ou sans Bane. Alors, elle avait pris ses décisions sans lui. Mais chaque fois que Bailey l'avait contactée après cela, une part d'elle avait espéré que ce soit Bane qui l'appelle et non sa cousine. A la fin, quand ces appels étaient devenus trop douloureux, elle avait changé de numéro.

Elle ne se souvenait que trop bien comment elle avait pensé à lui chaque jour, parfois chaque heure, chaque minute, chaque seconde, tout comme lui. Il lui avait autant manqué qu'elle lui avait manqué. Elle aurait voulu aller à Denver pour le retrouver. Mais elle savait qu'il n'y était plus, et ignorait où il pouvait être. Comment avait-il pu s'attendre à ce qu'elle ne doute pas de lui, alors qu'il ne l'avait pas contactée en cinq ans ?

— Je vais bien maintenant, Bane, affirma-t-elle, le repoussant et essuyant ses larmes.

Sous l'effet de son regard intense, elle frissonna.

— Vraiment, Crystal ? Tu vas vraiment bien ? Ou est-ce que tu cherches à faire payer le fait d'avoir voulu te donner le meilleur de moi ?

— Je pensais avoir déjà le meilleur de toi, Bane. Je ne m'étais jamais plainte, que je sache !

Il ne répondit pas. Elle profita de ce silence pour reprendre place sur son siège. Elle tourna la tête vers la vitre, et vit dans le reflet que Bane l'observait.

— As-tu décidé de notre destination ? demanda-t-elle.

Il démarra.

— Oui, je sais où nous allons.

Sans plus de précisions, il sortit du parking et retourna vers la route principale.

- 9 -

— Je prendrai le lit le plus près de la porte, Crystal, dit Bane en posant son sac au pied du lit.

En guise de réponse, elle se contenta de hocher la tête et fit rouler sa valise jusqu'à l'autre lit. Pensant qu'elle n'avait pas dîné, il avait fait une pause dans un snack pour commander du poulet et des gaufres. Après quatre heures de route, ils s'étaient arrêtés dans cet hôtel. Tout ce temps, elle n'avait pas dit un seul mot. Et son silence le perturbait. Comment pouvait-elle lui reprocher de vouloir lui offrir une vie ? Comment pouvait-elle croire qu'il l'avait abandonnée ? Apparemment, ne pas avoir gardé le contact avec elle avait été une erreur, mais ce qu'elle ne parvenait pas à saisir, c'était qu'elle était sa faiblesse.

Elle affirmait qu'elle était satisfaite de l'homme qu'il était autrefois. Avec ses qualités et ses défauts. Mais elle méritait davantage. Elle méritait mieux, quoi qu'elle en pense. Certes, il avait été séparé d'elle plus longtemps qu'il l'avait prévu, et sur ce point, il voulait bien reconnaître ses torts. Cinq ans à mettre sa vie en attente, c'était long. Mais c'était bien là le problème : il n'avait pas voulu qu'elle mette sa vie en suspens. Il avait attendu d'elle qu'elle avance et accomplisse des choses durant ces cinq ans, tout comme lui. Et elle l'avait fait. Elle avait terminé le lycée, poursuivi des études, et maintenant, elle se consacrait à son doctorat. Tout cela grâce à ces cinq années de séparation. Pourquoi ne pouvait-elle pas comprendre qu'en décidant de rejoindre la Navy, il avait cru leur donner à tous les deux l'occasion de réaliser leur potentiel, en sachant qu'au bout du compte, ils se retrouveraient ? Il l'aimait plus que sa propre vie, mais il avait été prêt à faire ce sacrifice. Pourquoi ne le comprenait-elle pas ? Avait-il eu tort de supposer que, quoi qu'il advienne, leur amour serait assez fort pour survivre à tout ? Même à une longue séparation ?

— Je dois prendre une douche, dit-elle.

Son cœur tressauta quand il entendit de nouveau le son de sa voix. Au moins, elle lui adressait de nouveau la parole.

— Bien. Nous partirons après le petit déjeuner, et nous prendrons la direction du Sud.

— Le Sud ?

— Oui, mais c'est susceptible de changer, en fonction des retours que me feront les personnes à qui j'ai demandé de vérifier certains éléments.

— C'était ça, le code mauve ?

Donc, elle l'avait écouté.

— Oui. C'est un code pour mon unité. Il veut dire que l'un de nous a des ennuis, et que tout le monde doit être sur le pont.

— Oh ! je vois.

Elle défit sa valise, et l'ignora de nouveau.

Il posa son sac sur le lit et l'ouvrit. La première chose qu'il vit fut la sacoche contenant toutes les cartes et les lettres qu'il avait gardées pour elle, au fil des années. Il avait été impatient de les lui donner enfin. Mais à présent…

— Tu n'as rien appris d'autre sur ma maison ?

Il leva les yeux vers elle. Même si elle avait dormi plusieurs fois durant le trajet, elle semblait encore épuisée. Mais, fatigue ou pas, à ses yeux, elle était toujours splendide.

— Non. Flip contrôle la situation.

Elle hocha la tête. Puis, sans un mot, elle prit quelques vêtements, se dirigea vers la salle de bains, et ferma la porte derrière elle. Décidant de ne pas laisser son attitude l'affecter, il prit la sacoche et la posa sur le lit de Crystal. Elle lui appartenait. Il avait attendu des années pour pouvoir la lui donner. Et il ne laisserait pas l'amertume qu'elle ressentait l'empêcher de le faire.

Son téléphone sonna, indiquant un message. Il consulta sa montre : 2 heures du matin. Prenant son portable, il lut le message.

Tout est calme.

Il répondit :

Espérons que ça dure.

Il tenta d'ignorer le bruit de l'eau qui coulait. Il pouvait imaginer Crystal en train de se déshabiller avant de se doucher. Il adorerait être avec elle, sous le jet d'eau, pour savonner son corps et lui faire l'amour. Il la plaquerait contre le mur, lui relèverait les jambes pour qu'elle les enroule autour de sa taille, puis la pénétrerait. Il avait rêvé de cela tant de fois !

Pour réprimer son désir, il se mit à inspecter la chambre, vérifiant que tout était prêt au cas où ils devraient la quitter en urgence. Cette chambre était plus spacieuse que celle qu'ils avaient partagée lors de leur nuit de noces, dans un bel hôtel de l'Utah. Dans celle-ci, les lits semblaient chauds et accueillants, et la décoration était agréable.

Crystal l'avait accompagné lorsqu'il avait fait la réservation. Il l'avait sentie se tendre quand il avait demandé une seule chambre. Puis il l'avait entendue soupirer de soulagement quand il avait précisé vouloir deux lits séparés.

Il haussa un sourcil quand son téléphone sonna et qu'il reconnut la sonnerie. C'était Dillon.

— Oui, Dil ?

— Tu n'as pas téléphoné pour nous dire si tu étais arrivé à Dallas. Tout va bien ?

Comment dire à son frère que, non, tout n'allait pas bien ?

— Oui, je suis bien arrivé. Désolé, j'ai été débordé.

— Débordé ? Tu as retrouvé Crystal ?

— Oui, je suis allé directement chez elle, mais…

— Mais l'accueil chaleureux et aimant que tu avais espéré ne s'est pas produit.

C'était le moins qu'on puisse dire.

— Je savais que nous devrions surmonter quelques difficultés, mais je ne m'attendais pas à ce qu'elle m'ouvre la porte en pointant son arme sur moi, ni qu'elle avait fait sa valise pour échapper à des types qui voulaient la kidnapper.

Il y eut une pause, puis Dillon déclara :

— Je pense que tu vas devoir reprendre depuis le début, Bane.

Tandis qu'elle se séchait, Crystal s'efforça de ne pas penser à l'homme qui se trouvait derrière la porte. L'homme avec lequel elle avait échangé son premier baiser. A qui elle avait offert son corps. L'homme qui avait été son meilleur ami. Qui avait défié son père et risqué la prison rien que pour être avec elle. L'homme qui était son époux.

Elle regarda son reflet dans le miroir. Bane avait-il remarqué qu'elle avait changé ? Appréciait-il cette évolution ? Elle ne pouvait attribuer sa silhouette à des efforts particuliers. Du jour au lendemain, juste après ses vingt ans, les courbes étaient arrivées, simplement. A l'université, les garçons l'avaient remarqué aussi, et avaient commencé à lui causer des problèmes. Elle aurait aimé avoir une alliance à son doigt, pour les tenir à distance. A la place, elle avait cela, songea-t-elle en regardant son médaillon.

Elle le porta à ses lèvres et l'embrassa. C'était ce bijou qui lui avait permis de ne pas devenir folle toutes ces années. Il lui suffisait de le regarder pour penser à Bane et sa promesse. Même les jours où elle avait pensé qu'il l'avait peut-être oubliée.

Son cœur s'emballa quand elle songea à certains de ses regards ce soir. Notamment le dernier, quand elle avait annoncé aller prendre une douche. Personne ne pouvait l'exciter en un éclair comme Brisbane Westmoreland. Quand il avait posé son regard brûlant sur elle, elle s'était sentie rougir.

Elle enfila un bas de jogging et un T-shirt trop grand, en songeant à Bane. Il était si sexy ! Plusieurs fois durant le trajet, elle avait fait mine d'être endormie, pour l'observer en cachette. Non seulement il avait de beaux yeux, mais il avait aussi de magnifiques cils. Presque trop longs pour un homme. Quand il avait enlevé sa veste, elle n'avait pu s'empêcher d'apprécier la largeur de ses épaules. Il était si musclé qu'il devait sans doute s'entraîner tous les jours. Les Seals étaient réputés pour leur grande forme physique.

Consciente d'avoir passé trop de temps dans la salle de bains, elle ouvrit lentement la porte et aperçut Bane, installé au bureau, devant un ordinateur portable.

Un ordinateur ?

Combien de fois par le passé, quand elle avait tenté de lui apprendre à utiliser Internet, avait-il prétendu qu'il ne connaissait rien à la technologie et aux ordinateurs ?

Une odeur de café flottait dans l'air. Il en avait donc préparé pendant qu'elle prenait une douche. Elle n'avait jamais aimé le café, et lui préférait les chocolats chauds ou les tisanes.

Elle s'éclaircit la voix.

— J'ai fini.

— D'accord.

Il ne se retourna pas, gardant son regard rivé à l'écran. Rangeant ses vêtements dans le petit sac à linge qu'elle avait emporté, elle le plaça dans sa valise et remarqua une sacoche.

— Tu as posé quelque chose sur mon lit, dit-elle.

Il lui jeta un regard par-dessus son épaule, qui fit courir des frissons de désir dans son dos.

— Je sais. C'est à toi.

— A moi ? s'étonna-t-elle.

— Oui, dit-il en reportant son attention sur son ordinateur.

— Qu'est-ce que c'est ?

— Si tu regardais pour le savoir ?

Bane fit mine de se concentrer sur l'écran de son ordinateur. Il avait entendu Crystal sortir de la salle de bains, et cela avait suffi à accroître son désir. Il ne fallait surtout pas qu'il la regarde : il avait déjà le plus grand mal à garder la maîtrise de lui-même. Même s'il avait les yeux rivés à l'écran, il l'entendit desserrer la lanière de cuir de la sacoche. Comme il l'avait deviné, sa femme était incapable de résister à sa curiosité.

— Il y a des cartes. Des tas de cartes et d'enveloppes, observa-t-elle.

— Je me suis souvenu de tes anniversaires, de nos anniversaires de mariage, de la Saint-Valentin et de Noël. Même si je ne pouvais pas te les envoyer, j'ai acheté ces cartes et je les ai rangées dans cette sacoche. Je savais qu'un jour, je pourrais te les donner en personne.

Il l'entendit fouiller dans toutes les enveloppes scellées.

— Il y a des lettres aussi, observa-t-elle.

— Oui. La plupart de mes camarades avaient des épouses ou des petites amies à qui écrire. Même si je ne pouvais pas correspondre avec toi, j'ai pris l'habitude de t'écrire chaque fois que tu occupais mon esprit.

Il espérait qu'elle voie, d'après le nombre d'enveloppes, qu'elle avait obnubilé son esprit une bonne partie du temps.

— Merci, Bane. Je suis surprise. Je ne m'attendais pas à ce que tu fasses cela… pour moi.

Cette fois, il ne put s'empêcher de se retourner.

— Je ferais n'importe quoi pour toi, Crystal.

La facilité avec laquelle il pouvait la faire rougir ne cesserait jamais de l'étonner. Au moins, c'était une chose qui n'avait pas changé. Il scruta son visage, tout comme elle sondait le sien. Soudain, elle baissa les yeux et prit une profonde inspiration. Il pouvait voir ses tétons pointer sous son T-shirt. Même dans ce vêtement trop large, elle était incroyablement sexy.

— Je suis impatiente de lire tout ça.

La sonnerie stridente de son téléphone attira son attention. Il décrocha aussitôt.

— Bane, j'écoute.

Sa mâchoire se crispa tandis qu'il écoutait son ami. Nick Stover, autrefois membre de son unité, avait décidé de quitter l'armée et de travailler pour la Sécurité intérieure quand sa femme avait donné naissance à des triplés. Bane était heureux qu'il puisse lui fournir des informations sûres. Mais ce que Nick lui apprit le mit hors de lui.

Quand Nick eut terminé son rapport, Bane conclut :

— D'accord. Merci pour ces informations, Nick, j'appelle Flip.

Ce qu'il fit aussitôt. Il savait que Crystal l'écoutait. Il lui faudrait lui expliquer la situation, mais d'abord, il devait lui poser une question.

— Y a-t-il chez toi des objets que tu veuilles récupérer ?

— Pardon ? demanda-t-elle, l'air intrigué.

— Y a-t-il des objets que tu veuilles sauver ?

Manifestement, elle tentait de comprendre pourquoi il lui posait cette question. Avant qu'il puisse s'expliquer, il entendit Flip décrocher.

— Flip ? C'est Bane.

Il savait que Nick avait transmis à Flipper ses informations.

— Oui, il y a des choses qu'elle veut récupérer.

Puisque Crystal n'avait pas répondu et continuait de le regarder comme s'il avait perdu la tête, il déclara :

— Je suis certain qu'elle veut avoir toutes les photos sur la cheminée.

Crystal se précipita vers lui.

— Attends ! Pourquoi lui dis-tu cela, Bane ? Que se passe-t-il chez moi ?

Bane s'adressa à Flip.

— Je te rappelle dans une minute.

Il raccrocha et posa le téléphone sur le bureau.

Il regrettait d'avoir à répondre à cette question, mais il n'avait guère le choix.

— Dans quelques heures, ta maison sera en flammes.

- 10 -

Crystal eut l'impression que la pièce tournait autour d'elle, et se demanda si elle n'allait pas s'écrouler. Bane pensait sans doute la même chose, car il se leva d'un bond et la saisit par le bras pour lui éviter de tomber.

— Je crois que tu devrais t'asseoir, Crystal, dit-il, tentant de l'installer sur la chaise qu'il venait de libérer.

— Non, je préfère rester debout.

Elle avait dû rêver. Il ne pouvait pas avoir dit que sa maison allait être incendiée ! Mais il lui suffit de voir son air inquiet pour savoir qu'elle n'avait rien imaginé du tout.

— Pourquoi quelqu'un voudrait-il brûler ma maison ?

— En fait, c'est un ordre de la Sécurité intérieure.

— La Sécurité intérieure ? s'exclama-t-elle, abasourdie. Pourquoi le gouvernement voudrait-il faire une chose pareille ?

— Je t'ai parlé des deux chimistes enlevés. Maintenant, les ravisseurs tentent de mettre la main sur toi. La situation est grave, Crystal, et c'est une question de sécurité nationale. Tant qu'il existe une possibilité que quelque chose dans ta maison soit lié à tes recherches, alors…

— Je t'ai dit que non. Je ne ramène jamais de travail à la maison.

— Le département de la Sécurité intérieure ne peut prendre aucun risque. S'ils ne te trouvent pas, ces types tenteront de rassembler ce dont ils ont besoin, et le gouvernement ne peut pas les laisser faire.

— Bien. Appelle-les.

— Qui ça ?

— Les gens de la Sécurité intérieure. Tu as sûrement un numéro. S'ils ne te croient pas, peut-être me croiront-ils, moi.

— Je ne peux pas.

— Pourquoi ?

Il marqua un temps avant de répondre.

— Parce que, pour l'instant, nous ne pouvons faire confiance à personne. Pas même au sein de la Sécurité intérieure. Du moins, pas tant qu'on ne sait pas ce qui se passe. A l'évidence, il y a une taupe chez eux. Sinon, comment ton projet aurait-il pu être surveillé de si près ?

Il se dirigea vers le meuble où se trouvait la cafetière, se servit une tasse et but une gorgée de café.

— La Sécurité intérieure ignore où tu es. Tout ce qu'ils savent, c'est que ces malfaiteurs ne t'ont pas encore attrapée puisqu'ils essaient encore de te retrouver. Manifestement, la personne qui t'a envoyé ce message est du bon côté et a compris ce qui allait se passer, c'est pourquoi il ou elle t'a conseillé de disparaître. Pour ce que ces types en savent, c'est ce que tu as fait.

Il avala une autre gorgée de café.

— Donc, en dehors de ces photos, y a-t-il autre chose que tu veuilles sauver ?

Elle prit une grande inspiration. Techniquement, ce n'était pas sa maison, puisqu'elle la louait. Mais c'était devenu son foyer depuis un an, l'endroit où elle avait laissé son empreinte. Elle aimait surtout le patio. Elle pouvait s'y asseoir et y lire des heures durant. Elle songea tout à coup que tous les meubles qu'elle possédait allaient sans doute être détruits, puisqu'ils étaient trop volumineux pour être déplacés sans attirer l'attention. A cette perspective, elle se laissa tomber sur la chaise.

— Nous n'avons pas beaucoup de temps, Crystal.

Elle se redressa, contente d'avoir emporté son certificat de mariage et l'album photo qu'elle avait constitué pour Bane.

— Ma bible de famille, dit-elle avec résolution. Elle se trouve dans le tiroir de mon meuble de chevet. Et il y a d'autres photos dans un petit coffre sous mon lit.

— D'accord.

Quand il prit son téléphone, son bras effleura le sien. Le contact lui coupa le souffle. Bane soutint son regard, et elle sut qu'il avait ressenti ce courant électrique, lui aussi.

— Flip, dit-il sans la quitter des yeux, prends sa bible dans son meuble de chevet. Et il y a un petit coffre sous son lit.

Quelques instants plus tard, il raccrocha.

— Je vois que tu n'as pas passé l'âge pour ça.

— Quoi ?

— Rougir.

— J'étais censée passer l'âge ?

Il sourit.

— Je ne me plains pas. En fait, j'ai toujours aimé te voir rougir.

Elle tenta d'esquisser un faible sourire, mais pour l'instant, elle avait peu de raisons de sourire.

— Je ne t'ai pas proposé de café. Puisque tu n'en as pas commandé au restaurant tout à l'heure, j'en ai déduit que tu n'aimes toujours pas ça.

— Et je vois que toi, tu aimes toujours ça.

— En effet.

— Trop de caféine, ce n'est pas bon pour toi.

— Tu me l'as toujours dit, dit-il en souriant.

— Et je le pense toujours. Surtout maintenant que je suis biochimiste. Ce n'est pas bon pour ton corps.

Pourquoi avait-il fallu qu'elle dise cela ? Et pourquoi son regard dériva-t-il aussitôt vers son corps ferme ? Bane Westmoreland était tellement attirant ! Il avait toujours eu un magnétisme irrésistible. Son corps était si attirant qu'elle songea qu'il était bien dommage de ne pas en profiter.

Elle reporta son attention sur son visage. Sa barbe naissante le rendait plus sexy encore. Il eut un sourire malicieux, et elle sentit ses joues s'empourprer de nouveau.

— Me regarder ainsi pourrait t'attirer beaucoup d'ennuis, Crystal Gayle, murmura-t-il d'une voix rauque.

Il était près. Si près qu'elle pouvait sentir son parfum. Une fragrance virile. Délicieusement provocatrice.

— Dans ce cas, je vais regarder ailleurs, dit-elle.

En l'occurrence, vers le lit et toutes les cartes et les lettres qu'elle avait sorties de la sacoche.

— J'ai déjà assez d'ennuis comme ça, et en plus, le gouvernement veut brûler ma maison. J'aimerais bien savoir comment ils vont l'expliquer à la compagnie d'assurances.

— Ils n'en auront pas besoin, ils feront en sorte que ça ait l'air accidentel.

Elle leva le menton.

— Tout de même, je n'aime pas ça.

Elle se leva, supposant qu'il reculerait pour la laisser passer. Mais il n'en fit rien, et elle se retrouva contre lui.

— Ta tenue te va bien, au fait, dit-il, son souffle caressant son visage.

C'était une plaisanterie ? Ses vêtements étaient vieux et délavés. Mais, se rappelant ses bonnes manières, elle répondit tout de même :

— Merci.

Dès qu'elle posa les yeux sur son visage, elle le regretta. Son regard débordait d'une telle sensualité qu'elle sentit son ventre se nouer.

Posant sa tasse de café, il avança. Avant qu'elle s'en rende compte, il l'avait enlacée. Et maintenant, il caressait sa taille, ses hanches.

— Je n'arrive pas à m'en remettre, dit-il. D'où viennent toutes ces courbes ?

Elle haussa les épaules.

— J'aimerais le savoir. Je me suis réveillée un matin, et elles étaient là.

Pourquoi ne lui disait-elle pas d'ôter ses mains ? Pourquoi ses caresses étaient-elles si agréables ?

Il eut un petit rire.

— Il n'y a que toi pour penser que ces courbes sont arrivées du jour au lendemain !

Même si une part d'elle le déplorait, elle aimait la façon dont il lui rappelait avec subtilité qu'ils avaient un passé ensemble.

Et elle en avait besoin, car parfois, il lui semblait vraiment être un étranger.

— Eh bien ! dit-elle, faisant un mouvement pour lui échapper.

Mais il serra sa taille, et quand il baissa la tête, elle imagina leurs langues se mêler.

Dès qu'il prit possession de sa bouche, elle ne put que lui rendre son baiser.

Bane adorait embrasser Crystal. Depuis toujours. Leurs baisers n'étaient pas seulement exquis, ils étaient enfiévrés, et en un rien de temps, il frissonna de désir. Et comme autrefois, il dut réprimer son envie ; sinon, il devrait lui faire l'amour. Et il doutait qu'elle soit prête.

Alors, il savoura leur étreinte. Et la façon dont elle lui rendait audacieusement son baiser. Comme tout à l'heure quand ils s'étaient embrassés, il avait l'impression de retrouver enfin la femme qu'il aimait. Il avait été privé de sa saveur pendant cinq ans. Il avait tenté de se souvenir à quel point elle était délicieuse, en sachant que les souvenirs ne lui rendaient pas justice. Ce baiser était si intense que son esprit s'embrumait.

Soudain, elle recula et prit une profonde inspiration. Quand elle s'humecta la lèvre, il fut tenté de l'embrasser de nouveau.

— Nous n'aurions pas dû faire ça, Bane, murmura-t-elle.

Le désarroi qu'il lut dans ses yeux le troubla.

— Je ne vois pas pourquoi. Tu es ma femme.

— Je n'ai pas l'impression d'être ta femme.

— On peut y remédier, trésor.

— Je sais. Mais coucher avec toi ne me donnera pas l'impression de te connaître mieux. J'ai besoin de temps, Bane. Je n'ai pas besoin que tu me pousses à quoi que ce soit.

— Je ne te pousserai pas.

Elle croisa les bras, ce qui attira son attention sur ses tétons durcis qui pointaient sous son T-shirt.

— Alors, ce baiser que nous venons d'échanger, qu'est-ce que c'était ?

— De la passion, répondit-il. Tu ne peux pas nier l'avoir ressentie. Je te désire tant, Crystal !

Elle sembla gênée.

— Détends-toi, chérie. Ce sera à toi de me dire quand tu seras prête. Un jour, tu te rendras compte que même si le temps a passé, je suis toujours ton mari.

Elle secoua la tête.

— Mais nous ne sommes pas vus pendant cinq ans.

Cherchait-elle à lui dire qu'elle n'était plus sûre de l'aimer encore après tout ce temps ? Il refusait de le croire.

— Fais-moi confiance, Crystal, dit-il avec douceur, quand tu auras lu toutes mes cartes et mes lettres, je suis certain que tu comprendras ce que je veux dire.

Son téléphone sonna de nouveau. Elle en profita pour s'écarter et se diriger vers son lit.

— Bane, j'écoute.

Il écouta le rapport de son ami.

— D'accord, Flip. Merci, je te revaudrai ça.

Quand il eut terminé l'appel, il expliqua :

— C'était Flip. Il voulait me dire qu'il avait récupéré toutes les affaires que tu voulais sauver. Au fait, tu savais que ta maison était sur écoute ?

Crystal songea que les chocs s'enchaînaient à un rythme qu'elle n'était pas sûre de supporter encore longtemps. D'abord, le retour de Bane après cinq ans. Puis, ces hommes qui voulaient l'enlever. Le gouvernement qui voulait mettre le feu à sa maison. Et maintenant, elle apprenait que sa maison était sur écoute ?

— C'est impossible. Je n'ai jamais invité personne chez moi. Tout le monde me considère comme une recluse.

— D'où vient la girafe en peluche ?

— La girafe en peluche ? s'étonna-t-elle.

— Oui.

— Un cadeau d'une collègue, rapporté d'Afrique du Sud. Elle avait offert des souvenirs à tout le monde.

— Qui était cette généreuse personne ?

— Une biochimiste, Jasmine Ross.

— Eh bien, elle t'a offert cette peluche dans un but précis. Flip l'a vue sur ta commode et a pensé que tu voudrais la garder aussi. Quand son détecteur s'est déclenché, il a compris qu'elle contenait un micro. Ses soupçons se sont vérifiés quand il l'a ouverte. A mon avis, quelqu'un pensait pouvoir écouter des conversations portant sur tes recherches.

— Eh bien, c'était inutile.

La situation était de plus en plus insensée.

— Il y avait d'autres micros ? s'enquit-elle.

— Non, Flip et ses frères ont passé la maison au peigne fin et n'ont rien détecté d'autre. Maintenant, tu comprends pourquoi la Sécurité intérieure veut brûler ta maison ?

Non, elle ne comprenait toujours pas.

— Ils auraient pu trouver un autre moyen.

— Bien sûr que non.

Elle n'aimait pas l'attitude de Bane. Il semblait trouver parfaitement normal que quelqu'un incendie l'endroit où elle vivait. Elle lui tourna le dos et, d'un geste rageur, remit les cartes et les lettres dans la sacoche. Elle n'était pas d'humeur à lire pour l'instant. Tout ce qu'elle voulait, c'était se coucher et se reposer.

— Je vais prendre une douche.

— Bien.

Elle fut tentée de se retourner, mais elle résista. Elle comptait dormir à poings fermés quand il reviendrait dans la chambre.

Quand elle entendit la porte de la salle de bains se fermer, elle soupira profondément. Comment Bane et elle allaient-ils partager une chambre sans…

Elle secoua la tête. La pensée qu'ils fassent l'amour la troublait. Tout d'un coup, les souvenirs de leur dernière nuit la submergèrent. Des souvenirs heureux. Ils venaient de se marier et pensaient que l'avenir était à eux.

Quand elle entendit l'eau couler, elle ne put s'empêcher de se rappeler les douches qu'ils avaient prises ensemble. Et toutes les choses qu'il lui avait apprises. IL avait été le meilleur des enseignants, et s'était toujours montré doux et prévenant avec elle.

En se glissant sous les draps, elle tenta de ne pas penser à lui. Alors, elle songea à sa maison qui, d'une minute à l'autre, serait en flammes.

- 11 -

Vingt minutes plus tard, quand Bane sortit de la salle de bains, Crystal dormait. Du moins, en apparence. Il trouvait amusant qu'elle fasse semblant de dormir alors qu'elle regardait en cachette son torse nu. Il n'y voyait pas d'objection. Elle pouvait même le toucher si elle le souhaitait, ou, mieux encore, l'inviter à la rejoindre dans son lit.

Pour pimenter le spectacle, il décida de s'allonger sur le sol afin de faire ses exercices quotidiens. Il commencerait par des pompes, et cinq minutes de flexions. Peut-être une séance d'entraînement vigoureuse dissiperait-elle ce désir qui le taraudait. Et cela exciterait peut-être Crystal suffisamment pour qu'elle veuille faire l'amour. Cela valait la peine d'essayer.

Au bout d'une demi-heure d'exercices, il se demanda si elle avait remarqué qu'elle respirait différemment. En tout cas, lui l'avait remarqué. A présent, il courait sur place. Son pantalon de jogging descendait sur ses reins, et son torse était perlant de sueur.

— Ce que tu fais n'a pas de sens, Bane.

Il réprima un sourire.

— Je te croyais endormie, mentit-il.

— Comment pourrais-je dormir avec tout le raffut que tu fais ?

— Pardon si je t'ai dérangée. Qu'est-ce qui n'a pas de sens ?

— Prendre une douche pour transpirer juste après.

— Pas de problème, dit-il en riant, je prendrai une autre.

Elle se redressa sur un coude.

— Tu as fait trois cents pompes. Qui est assez fou pour faire ça ?

— Un Seal qui doit rester en forme.

Elle avait donc compté avec lui, mais elle en avait manqué quelques-unes.

— Et j'en ai fait trois cent vingt-cinq, rectifia-t-il.

A quoi avait-elle pensé pendant qu'il faisait les vingt-cinq autres ?

— Peu importe. J'espère juste que tu as fini.

— Pour ce soir. Je le fais chaque matin. Mais je tâcherai de faire moins de bruit pour ne pas te déranger.

Ce n'était pas le bruit qui la dérangeait, songea Crystal. Elle s'efforça de s'empêcher de le regarder. Seigneur, comment la sueur pouvait-elle être si sensuelle sur un homme ? Si excitante ? Toute cette testostérone. Ces muscles ondoyants. Ces biceps saillants. Ces abdominaux fermes. Elle s'était passée de sexe durant des années, et cela ne l'avait jamais dérangée. Mais maintenant, si. Parce qu'elle était avec Bane, l'homme qui avait toujours affolé ses sens.

Elle avait feint d'être endormie quand il était sorti de la salle de bains. Mais elle n'avait pu résister à l'envie de contempler son torse nu. Elle avait pourtant essayé de garder les yeux fermés. Mais ses gémissements avaient suscité toutes sortes de fantasmes dans son esprit, et elle avait commencé à lui jeter des regards furtifs. C'était à se demander s'il n'avait pas fait exprès d'attirer son attention.

— Je me suis ouvert l'appétit. Tu veux quelque chose ?

Elle avait faim aussi, mais son appétit était d'une autre nature. Ce qui lui faisait vraiment envie, elle ferait mieux de s'en passer. Il était encore trop tôt, et elle devait garder la tête froide, tant qu'elle n'était pas hors de danger.

— Non, merci. Je n'ai toujours pas faim après les gaufres et le poulet de tout à l'heure. Mais tu peux passer une commande. Le réceptionniste a dit que la cuisine était ouverte vingt-quatre heures sur vingt-quatre.

Mais qui voudrait manger à 4 heures du matin ?

— Bonne idée, je vais commander un plat. Quelque chose

de léger. Si j'appelle maintenant, cela arrivera sans doute quand je serai sorti de la douche. Mais si je suis encore dans la salle de bains, n'ouvre à personne. Le personnel peut attendre quelques minutes, voire ramener la commande en cuisine.

Toutes ces précautions étaient-elles bien nécessaires ?

Il lui suffit de penser à sa maison en flammes pour avoir sa réponse.

— D'accord, dit-elle.

Elle espérait que, cette fois, lorsqu'il sortirait de la douche, elle dormirait pour de bon. La première fois, le bruit de l'eau et l'imaginer nu l'avaient maintenue éveillée.

Il prit le téléphone et commanda un steak et des pommes de terre. A 4 heures du matin ? N'avait-il pas dit « quelque chose de léger » ? Ils n'avaient sans doute pas la même définition du mot « léger ».

Elle inspira. Pourquoi sa respiration était-elle soudain saccadée ? Sans doute parce qu'elle avait suivi du regard la transpiration qui perlait sur son torse ferme, coulait sur ses muscles et se frayait un chemin sous son bas de jogging.

Il gagnait la salle de bains quand son téléphone sonna.

— C'est Nick, annonça Bane quand il eut pris son portable sur le bureau.

Elle sentit son ventre se nouer. Chaque fois que ce Nick appelait, il annonçait de mauvaises nouvelles.

— Peut-être ont-ils décidé de ne pas brûler ma maison, avança-t-elle.

Le regard de Bane lui indiqua qu'elle ne devrait pas y compter.

— Oui, Nick ?

Bane serra la mâchoire, et son regard s'assombrit. Quand il répéta « bon sang » trois fois, elle était proche de la panique.

— Merci de m'avoir informé, nous reprenons la route. Appelle Viper, il saura quoi faire.

Crystal, assise sur le bord du lit, s'apprêtait à le questionner quand il lança :

— Où est ta veste ?

— Ma veste ?

— Oui.

— Accrochée dans le placard, pourquoi ?

— Elle contient un mouchard.

— Quoi ?

Déjà, Bane retirait le vêtement de son cintre. Elle le regarda, horrifiée, tandis qu'il prenait un couteau de poche et déchirait une couture.

— Bingo !

Il brandit un petit objet qui ressemblait à un bouton doré.

— Cela veut-il dire…

— Oui. Quelqu'un nous a surveillés tout ce temps, et il y a des chances pour que ces types sachent que nous sommes ici.

— Mais comment quelqu'un a-t-il pu prendre ma veste ?

— Quand tu es au travail, tu la gardes sur toi ?

— Non, je l'accroche et j'enfile ma blouse blanche.

— Alors, tu as ta réponse. Je soupçonne que la personne qui a mis cette puce dans ta veste est la même que celle qui t'a offert la girafe en peluche.

Il passa les mains sur son visage.

— Bon. Faisons nos valises et quittons cet endroit.

— Et ton repas ? Ta douche ?

— Je m'arrêterai quelque part pour avaler quelque chose, et je me doucherai dans le prochain hôtel. Pour l'instant, nous devons partir.

Elle était déjà debout et empoignait sa valise. Il n'avait sans doute pas imaginé tout cela quand il était venu la chercher, songea-t-elle.

— Je suis désolée, Bane.

— De quoi ? dit-il en prenant son sac.

— D'être la cause de tant de soucis. J'imagine que tu ne t'attendais pas à ça.

— Non, mais ça n'a pas d'importance, Crystal. Tu es ma femme, et s'il le faut, je te protégerai au prix de ma vie.

Elle frissonna à cette pensée, et espéra que cela n'arriverait pas. Mais les mots qu'il venait de prononcer l'avaient profondément touchée. Elle écarta quelques mèches de cheveux de son visage pour l'observer tandis qu'il rassemblait ses affaires.

— Prête ?

— Oui.

— Nous devons plus que jamais être sur nos gardes, et nous assurer que nous ne sommes pas suivis. Il y a de fortes chances pour que quelqu'un nous attende sur le parking, c'est pourquoi je passe au plan B.

— Quel plan B ?

— Tu verras.

Après que Bane eut inspecté le couloir, ils quittèrent la chambre et prirent l'escalier au lieu de l'ascenseur. Elle le suivit sans poser de questions. Et quand ils arrivèrent devant une porte verrouillée donnant sur la cour, il utilisa ce qui ressemblait à une épingle pour crocheter la serrure.

— Tu n'as pas perdu la main, à ce que je vois, plaisanta-t-elle.

— Mais je ne pratique plus autant qu'autrefois.

En un instant, la serrure céda, et ils se retrouvèrent dans la cour, située de l'autre côté du parking.

— Comment allons-nous gagner la voiture ?

— Inutile.

A cet instant, un monospace blanc apparut, suivi d'une berline de couleur grise. Puisque Bane ne semblait pas inquiet, elle supposa qu'il connaissait les occupants des deux véhicules. Quand la portière du monospace s'ouvrit et qu'un colosse en sortit, Bane sourit.

Une fois que l'homme les eut rejoints, Bane fit les présentations.

— Crystal, je te présente Gavin Blake, alias Viper. Un autre de mes collègues.

Bane ne trouva rien à redire à la façon dont Viper observa Crystal. Son ami était curieux, comme la plupart de ses camarades. Ils s'étaient demandé quel genre de femmes pouvait rendre un homme fidèle pendant cinq ans. Bane devinait que Viper, séducteur notoire, était impressionné.

— Vous avez oublié de vérifier ma dentition, ironisa Crystal.

Viper éclata de rire.

— Et elle a un grand sens de l'humour, commenta-t-il. Ça me plaît. Bane, tu dois tout faire pour la garder.

— Je suis de ton avis, approuva Bane. Tu as inspecté le parking ?

— Oui, et tu avais raison. Une voiture avec deux hommes à son bord est garée derrière la tienne. J'ai communiqué le numéro d'immatriculation à Nick. Selon lui, c'est le même véhicule que celui qu'un témoin oculaire a vu dans la zone où l'un des deux autres biochimistes a été enlevé. Tu as bien fait de m'appeler à la rescousse.

Il fit un signe de tête vers le monospace.

— Voilà votre nouveau carrosse. Ces types ignorent sans doute que vous les avez repérés. Ils comptaient probablement enlever ta femme à votre sortie de l'hôtel demain matin.

— Ils en seront pour leurs frais.

— Tout à fait, dit Viper en riant. Ils ne savent pas du tout à qui ils ont affaire. Je vais les occuper pendant que ta femme et toi prenez de l'avance. Ce devrait être amusant.

Bane fronça les sourcils.

— Ne t'amuse pas trop.

— Ne t'inquiète pas. Je suis venu avec mon cousin, qui est marine, pour être sûr d'éviter les ennuis, dit-il en tendant à Bane les clés du véhicule. Tu as un plan ?

— Oui, dit Bane. Mon frère a contacté des membres de la famille qui ont des liens avec les forces de l'ordre.

— Bien, commenta Viper. Rien de tel que la famille pour vous soutenir en cas de problèmes.

Il sourit à Crystal.

— Je suis ravi d'avoir enfin pu vous rencontrer. Vous avez épousé un type bien. Bane, si tu as de nouveau besoin de moi, il te suffit de m'appeler.

Puis Viper s'éloigna, remontant dans la berline. Le conducteur s'éloigna aussitôt.

Bane reporta son attention sur Crystal.

— Bien, déguerpissons avant que ces types comprennent que nous leur avons fait faux bond.

Il ouvrit le coffre et y rangea leurs bagages.

— Tu veux que je conduise, Bane ? Tu dois être fatigué.

Il sourit en lui ouvrant sa portière. Ce qu'il endurait n'était rien comparé aux missions que ses collègues et lui effectuaient en temps normal.

— Non, ça va. Nous sommes ensemble, et c'est tout ce qui compte pour moi.

Une demi-heure plus tard, tandis que Bane s'engageait sur l'autoroute avec une facilité remarquable pour un homme qui ne s'était guère reposé, Crystal ne put s'empêcher de repenser à ses paroles.

Nous sommes ensemble, et c'est tout ce qui compte pour moi.

Ne devrait-elle pas penser la même chose que lui ? Une chose était sûre, elle était heureuse qu'il soit là. Impossible de dire ce qu'il serait advenu d'elle s'il n'était pas arrivé. Elle n'aurait pas su où aller, ni quoi faire. Elle avait décidé d'aller aux Bahamas, sans se douter que quelqu'un l'aurait attendue à l'aéroport pour l'enlever avant même qu'elle puisse prendre son avion.

Banc, en revanche, maîtrisait la situation. Grâce à son réseau, il avait un temps d'avance sur les malfrats. Sans lui, elle n'aurait jamais su qu'un mouchard avait été cousu dans sa veste.

Elle était surprise que Jasmine Ross soit impliquée dans cette affaire. C'était une femme enjouée, qui avait quelques années de plus qu'elle. Elle avait même tenté de devenir son amie. Crystal n'avait pas trouvé étrange qu'elle lui offre une peluche, puisque Jasmine avait offert un cadeau à tous ses collègues. Quant à sa veste, Crystal l'accrochait sur le portemanteau comme tout le monde, donc Jasmine avait pu la prendre et y placer une puce sans se faire remarquer.

Pour quel motif Jasmine était-elle passée dans le mauvais camp ? Qu'avait-elle à y gagner ? Crystal préférait ne pas songer à ce que les deux autres chimistes enduraient. Ils avaient été séparés de leurs familles et ne savaient sans doute pas que quelqu'un allait les retrouver et les libérer. Etaient-ils même encore dans le pays ?

— Ça va, Crystal ?

C'était plutôt à elle de lui poser cette question. Au moins, elle avait pu dormir quelques heures, contrairement à lui.

— Oui, ça va. Et toi ?

— Je vais très bien.

Elle le croyait. Il semblait vraiment dans son élément. C'était un Bane différent. Plus sage, plus discipliné. Ce n'était pas le Bane impulsif, irresponsable ou téméraire qu'elle avait connu. Le Bane dont elle se souvenait aurait foncé bille en tête sur le parking pour se battre avec ces malfaiteurs. L'ancien Bane détestait qu'on lui dise quoi faire, surtout quand il s'agissait d'elle. Voilà pourquoi il s'était disputé avec le père de Crystal tant de fois, pourquoi il avait défié la loi, et même sa propre famille.

Décidant d'entretenir la conversation pour le maintenir éveillé, elle demanda :

— Alors, quoi de neuf chez les Westmoreland ? Tes frères et tes cousins sont-ils toujours célibataires ?

Son rire chaleureux emplit l'habitacle. Et résonna en elle.

— Pas vraiment. En fait, quand Bailey se mariera à la Saint-Valentin, tout le monde sera casé.

— Bailey se marie ?

— Oui, elle part même vivre en Alaska ! Son fiancé possède un immense ranch sur une île là-bas.

Crystal était abasourdie.

— Bailey a toujours juré qu'elle ne se marierait jamais et ne quitterait jamais Denver !

— A l'évidence, Walker Rafferty a su la faire changer d'avis. J'ai eu l'occasion de le rencontrer à Thanksgiving. C'est un type bien. Un ancien marine.

Il devait s'agir d'un homme remarquable pour avoir su gagner l'approbation de Bane. Les benjamins de la famille, Bane et Bailey avaient toujours été très proches. Et ils s'étaient attirés beaucoup d'ennuis ensemble.

— Je suis heureuse pour elle.

— Moi aussi.

Elle l'écouta tandis qu'il lui racontait qui avait épousé qui. Elle fut également surprise d'apprendre que ses cousins Zane et Derringer ainsi que son frère Riley étaient mariés, étant donné leur réputation de tombeurs.

Elle se cala dans son siège tandis que Bane continuait son récit. Elle adorait le son de sa voix, et devinait qu'il était très fier de chacun des membres de sa famille. Il lui apprit aussi qu'ils avaient retrouvé la trace d'autres cousins en Alaska, les Outlaw.

Tandis qu'elle l'écoutait, elle ne songea pas à lui demander où ils allaient. Ils étaient ensemble, et c'était tout ce qui comptait.

- 12 -

— Je vais rapprocher le lit de la porte.

— D'accord.

Jetant son sac sur le lit, Bane inspecta la chambre. Celle-ci était encore plus grande que la précédente, et le lit semblait très confortable. La première chose qu'il comptait faire, c'était prendre une douche. Il avait conduit neuf heures durant, et il devait le reconnaître, Crystal avait fait l'effort de lui tenir compagnie en lui posant des questions sur sa famille et de sa carrière. Il lui avait expliqué qu'à cause de la nature hautement confidentielle de son métier, il y avait beaucoup de choses qu'il ne pouvait divulguer. Elle le comprenait, et semblait fascinée par le peu qu'il avait pu lui révéler.

Il lui lança un regard, et constata qu'elle semblait aussi épuisée que lui. Dehors, il faisait jour, mais s'ils laissaient les rideaux tirés, ils pourraient dormir. De toute façon, il était si exténué qu'il n'aurait aucun mal à trouver le sommeil, même s'il était 14 heures. Une fois reposé, il pourrait se préparer à la prochaine phase de sa mission de protection de Crystal.

Il posa son téléphone sur le chevet. Il avait reçu un message de Flip l'informant que la maison de Crystal avait été brûlée. Viper lui avait ensuite appris qu'avant de dénoncer les hommes du parking à la Sécurité intérieure, ses cousins et lui leur avaient fait une belle frayeur. Bane n'avait pas demandé de détails, pensant qu'il valait mieux ne pas savoir. En tout cas, ceux qui voulaient enlever Crystal devaient être furieux que leurs plans ne cessent d'être contrariés. Vraisemblablement, ces types étaient les mêmes que ceux qui avaient enlevé les deux autres chimistes, et ces derniers seraient bientôt retrouvés.

— Veux-tu que je te commande un repas pendant que tu prends ta douche ? proposa Crystal.

— Bonne idée, merci.

— Tu veux quelque chose en particulier ?

Il faillit répondre : *Oui, toi. C'est toi que je veux.* Mais il se contenta de dire :

— Ce qui te semble appétissant.

Après avoir pris des vêtements propres, il gagna la salle de bains et ferma la porte derrière lui. Puis, il s'y adossa et prit une grande inspiration.

Cette douche n'était qu'une excuse. Ce dont il avait vraiment besoin, c'était de s'éloigner un peu de Crystal. Partager la même pièce, être si proche d'elle après tout ce temps mettait au supplice chaque partie de son corps. Chaque fois qu'il la regardait, il était empli d'un désir si profond qu'il semblait se déverser par tous ses pores.

Une sonnerie l'avertit qu'il venait de recevoir un message de Nick. Sortant le téléphone de sa poche arrière, il le lut rapidement.

Puis, il se déshabilla et se mit sous le jet de la douche. Froide. Il ne tressaillit même pas quand l'eau ruissela sur sa peau.

Pour éviter de penser à Crystal, il passa mentalement en revue toutes les informations que Nick lui avait envoyées. La collègue de Crystal, Jasmine Ross, était introuvable. A la Sécurité intérieure, certains pensaient qu'une taupe l'avait prévenue de fuir. Nick avait dit que Bane avait eu raison de ne vouloir avertir personne, et surtout pas la Sécurité intérieure, de son lien marital avec Crystal.

Bane avait établi un plan. Crystal et lui resteraient ici jusqu'au lendemain. Puis, ils reprendraient la route de nuit, pour gagner la frontière entre l'Alabama et la Géorgie, où ils rencontreraient certains des membres de sa famille. En l'occurrence, ses cousins Dare, Quade, Cole et Clint Westmoreland. Dare, ancien agent du FBI, était maintenant shérif à College Park, près d'Atlanta. Clint et Cole étaient d'anciens Texas Rangers, et Quade effectuait encore quelques missions secrètes pour une branche du gouvernement directement liée à la Maison Blanche.

Il sortit de la douche et commença à se sécher, impatient d'avaler quelque chose et de dormir enfin. Après avoir enfilé un jean et un T-shirt, il remit son téléphone dans sa poche. Lorsqu'il sortit de la salle de bains, Crystal était en train de faire les cent pas.

— Il y a un problème ? demanda-t-il.

Elle s'arrêta, et le regarda par-dessus son épaule.

— Qu'est-ce qui te fait penser qu'il y a un problème ?

— Tu fais les cent pas.

— C'est vrai.

Elle alla s'asseoir dans le fauteuil de cuir noir face au bureau.

— Trop d'énergie nerveuse, j'imagine. Je ne veux pas te déranger.

— Tu ne me déranges pas, dit-il. Mais je ne veux pas que tu t'épuises.

— Tu crains que je m'épuise ? Toi ? Alors que tu n'as pas dormi depuis vingt-quatre heures ?

— J'ai connu pire.

— Eh bien, je préfère ne pas savoir.

Etait-elle prête à entendre ce que Nick lui avait appris ? De toute façon, il devait le lui dire.

— Jasmine Ross a disparu.

— Disparu ?

— Oui. Nick pense qu'elle se croit surveillée par la Sécurité intérieure, et qu'elle se cache.

A cet instant, on frappa à la porte, et une voix annonça :

— Service d'étage.

— Juste à temps, dit-il en se dirigeant vers la porte.

Décidant de ne prendre aucun risque, il saisit son arme sur la table et regarda par le judas avant d'ouvrir.

Quand le serveur eut apporté le chariot chargé de mets et fut reparti, Bane sourit.

— Ça a l'air délicieux. Tu te joins à moi, n'est-ce pas ?

— Oui, je me joins à toi.

— Je ne peux plus rien avaler, déclara Crystal en reculant sa chaise.

Elle avait voulu s'assurer que Bane mange, mais c'était plutôt lui qui l'avait nourrie en lui faisant goûter à tout.

— Tu devrais essayer ça. La pâte est si feuilletée qu'elle fond dans la bouche, dit-il en lui tendant une portion de tarte aux pommes.

Lorsque la fourchette glissa entre ses lèvres, elle ferma les yeux et gémit. Il avait raison, c'était exquis. En fait, tout l'était. Plutôt que de commander une entrée, elle avait choisi un assortiment d'amuse-bouches. Elle était heureuse que Bane ait apprécié tout ce qu'elle avait choisi.

Elle le regarda finir sa part de tarte et tenta d'ignorer les papillons dans son ventre. Il était sexy même quand il mangeait. Poussant un soupir, elle parcourut la pièce du regard, décidant qu'elle pouvait tout regarder sauf Bane. Plus d'une fois, elle avait remarqué qu'il la fixait, avec cette lueur dans les yeux qu'elle connaissait si bien.

— Difficile de croire que le soleil va déjà se coucher, dit-il en regardant par la fenêtre.

Elle avait ouvert les rideaux pendant qu'il se douchait, afin d'avoir un peu de lumière. Mais bientôt, la nuit tomberait.

— Cela fera bientôt vingt-quatre heures.

— Vingt-quatre heures ? demanda-t-elle.

Il sourit.

— Vingt-quatre heures ensemble. C'est un bon début, tu ne crois pas ?

Un bon début ? Comment pouvait-il penser cela, étant donné la situation ?

— Je suppose, dit-elle. A mon tour de prendre une douche. Je compte me coucher tôt.

— Moi aussi.

Il la fixa par-dessus le bord de sa tasse de café. Elle ne put s'empêcher de soutenir son regard. Que se passait-il entre eux, et pourquoi ne faisait-elle rien pour que cela cesse ? Il ne devrait pas la regarder ainsi, et elle non plus. Elle devrait dire quelque chose… ou mieux, aller dans la salle de bains. Oui, c'était exactement ce qu'elle devrait faire.

Elle s'éclaircit la gorge et se leva. Et, parce qu'elle ressentait le besoin de briser le silence, elle lança :

— Je vais prendre un bain. J'ai besoin de tremper mon corps dans les bulles.

Elle en avait sans doute trop dit… ce que le sourire de Bane lui confirma instantanément. Un sourire qui provoqua des étincelles de désir dans tout son corps.

— Bonne idée. Ça t'ennuie si je me joins à toi ?

Pourquoi avait-il fallu qu'il lui suggère cela ? Qui plus est, en posant les yeux sur ses seins ? Et pourquoi ses tétons se durcissaient-ils soudain ?

— Tu as déjà pris une douche. Et tu t'ennuierais à mourir.

Il se fendit d'un rire chaleureux.

— Je m'ennuierais à mourir ? Dans une baignoire avec toi ? J'en doute fort, trésor. En fait, je suis certain que ce ne sera pas le cas.

Elle aussi avait le sentiment que ce ne serait pas le cas, mais jamais elle ne l'avouerait.

— Mais je suis sûre qu'un Seal ne voudrait pas sentir la vanille, objecta-t-elle.

S'empressant d'aller prendre les vêtements qu'elle avait préparés sur son lit, elle fila dans la salle de bains, refermant la porte derrière elle.

Bane finit son café tout en fixant la porte close. Sa femme venait-elle de fuir ? Il sourit. Au moins, il avait osé suggérer de prendre ce bain avec elle… même si elle avait décliné son offre. Déjà, son esprit s'emballait, échafaudant toutes sortes de scénarios avec Crystal, nue, et une baignoire pleine de bulles.

Cela tournait à l'obsession. Quoi d'étonnant à cela ? Il était un homme adulte, qui n'avait pas partagé le lit d'une femme depuis cinq ans. Et la femme pour laquelle il s'était abstenu était derrière cette porte, en tenue d'Eve, en train de jouer avec des bulles parfumées à la vanille.

Il regarda par la fenêtre. Autant tirer les rideaux, puisque la nuit tombait. Mais au lieu de se lever, il continua de regarder par la vitre, pensif. Combien de temps avant qu'il puisse cesser sa cavale avec Crystal ? Selon Nick, deux hommes avaient été arrêtés, mais pour l'instant, ils n'avaient rien avoué.

A cet instant, son téléphone sonna. C'était sa cousine.

— Oui, Bay ?

— Je voulais juste prendre des nouvelles de Crystal et de toi. Dillon nous a expliqué ce qui se passait.

Bane se cala sur sa chaise.

— Jusqu'ici, tout se passe bien, si l'on prend en compte le fait que quelqu'un avait cousu un mouchard dans la veste de Crystal. Par chance, nous avons pu nous échapper et prendre de l'avance.

— Dillon dit que vous allez vers le Sud. Pourquoi ne pas venir à Denver ?

— Je ne peux pas. La dernière chose dont la famille a besoin, c'est que j'apporte des ennuis à tout le monde.

— Nous pourrons nous débrouiller, Bane.

— Ce n'est plus comme avant, Bay. Mes frères et mes cousins ont des épouses et des enfants désormais. Nous avons affaire à des détraqués, et il est impossible de prédire ce qu'ils sont capables de faire. Je ne peux pas prendre de risques.

— Alors, viens à Kodiak. Walker m'a priée de te dire que Crystal et toi êtes les bienvenus. Nous quittons Denver demain pour rentrer chez nous, et nous ne reviendrons à Westmoreland Country qu'une semaine avant Noël.

Bane sourit.

— Tu as entendu ce que tu viens de dire ?

— Quoi donc ?

— Kodiak, en Alaska. Tu as dit que Walker et toi rentriez *chez vous* demain. C'est drôle que tu considères un autre endroit que Denver comme ton chez-toi.

Bailey rit.

— Je commence à penser que partout où est Walker, c'est chez moi.

— Tu l'aimes vraiment, hein ?

— Oui. A présent, je sais ce que vous ressentiez Crystal et toi, il y a toutes ces années. Je ne peux imaginer ma vie sans Walker.

Elle marqua un temps.

— Et comment cela se passe-t-il avec Crystal ? Vous vous aimez toujours, non ?

— Pourquoi devrait-il en être autrement ?

— Parce que vous ne vous êtes pas vus depuis cinq ans, Bane. C'est long.

C'était vrai, mais dès qu'il avait revu Crystal, il avait su que pour lui, rien n'avait changé. Mais pouvait-il en dire autant sur les sentiments que Crystal lui portait ?

Sans laisser le temps à sa cousine de poser des questions plus délicates, il annonça :

— Je dois passer un appel, Bay. Remercie Walker pour son offre, et dis-lui que si je décide de l'accepter, je vous préviendrai.

— Bien. Sois prudent et veille sur Crystal.

— Je ne peux concevoir de faire autrement.

Il reposa son téléphone, puis alla tirer les rideaux. Puis, il débarrassa la table et sortit le chariot dans le couloir. Enfin, il décida d'appeler Nick avant d'aller se coucher. Son ami décrocha à la seconde sonnerie.

— Quoi de neuf, Nick ?

— Content que tu m'appelles, j'allais t'envoyer un message. Jasmine Ross a été retrouvée.

Crystal enfila un peignoir. Elle se sentait revigorée. Ce long bain l'avait vraiment détendue. Elle espérait que Bane était endormi, et qu'elle ne tarderait pas à trouver le sommeil. Ils avaient tous deux besoin d'au moins dix heures de repos avant de reprendre la route.

Ouvrant la porte de la salle de bains, elle laissa son regard s'adapter à la pénombre. La première chose qu'elle remarqua, c'était que Bane ne dormait pas comme elle l'avait espéré, mais qu'il était assis au bureau.

Il se retourna vers elle. Dès qu'elle vit son expression, elle sut que quelque chose n'allait pas.

— Bane ? Que se passe-t-il ?

Il se leva, enfonçant les mains dans ses poches.

— J'ai parlé à Nick tout à l'heure.

Nick, qui était souvent porteur de mauvaises nouvelles, songea-t-elle en resserrant la ceinture de son peignoir.

— Et ?

— Et ils ont retrouvé Jasmine Ross.

— Vraiment ?

Elle avança vers Bane d'un pas enthousiaste.

— C'est une bonne nouvelle, non ? Avec un peu de chance, Jasmine avouera le rôle qu'elle a joué et négociera un accord avec la justice. Peut-être acceptera-t-elle de révéler où ces deux chimistes sont retenus.

— Malheureusement, Jasmine ne dira rien à personne.

Elle fronça les sourcils.

— Pourquoi ?

— Parce qu'elle est morte. Elle a reçu une balle dans la tête et a été jetée dans un lac. Des pêcheurs ont retrouvé son corps il y a quelques heures.

- 13 -

— Tiens. Bois ça.

Crystal serra le verre que Bane lui tendit, s'efforçant de ne pas trembler. Jasmine, morte ? Soudain, tout semblait si irréel. Si incroyable.

Elle regarda le liquide. C'était de l'alcool, et l'odeur suffit à la faire se redresser sur sa chaise.

— Eh bien ! Qu'est-ce que c'est ?

— Du scotch.

Elle haussa un sourcil.

— Et d'où sort-il ?

— Je l'ai commandé à la réception après avoir parlé à Nick. Je me suis dit que tu en aurais besoin.

— Je ne bois pas, Bane.

— Tu dois faire une exception. Ça t'aidera à faire passer le choc de la nouvelle.

Elle hocha la tête, avala une gorgée et grimaça. Pas plus que le café, elle n'avait jamais aimé les alcools forts.

— Elle l'a cherché, Crystal, dit Bane. A l'évidence, cette femme n'a eu aucun scrupule à te piéger. N'oublie pas qu'elle a mis un micro dans un cadeau qu'elle t'a offert et un mouchard dans ta veste.

— Je sais, mais c'est encore difficile de croire qu'elle ait pu faire une chose pareille. Elle était gentille, la plupart du temps. Du moins, elle faisait semblant de l'être, dit-elle, posant le verre sur la table.

Une gorgée lui suffisait.

— Comment a-t-elle pu se retrouver mêlée à un plan aussi sordide ?

Il haussa les épaules.

— Qui sait pourquoi les gens agissent comme ils le font ? Malheureusement, elle a été dépassée. Et les gens auxquels elle pensait pouvoir faire confiance l'ont vue comme une menace et non un atout.

Elle frissonna, et quand il toucha son bras, elle faillit sursauter.

— Ça va ? demanda-t-il avec douceur.

Elle leva les yeux au plafond, avant de les reposer sur lui.

— Pas vraiment. C'était déjà un choc d'apprendre que l'une de mes collègues était impliquée dans Dieu sait quoi. Et savoir qu'elle a perdu la vie à cause de cela, c'est terrible.

— Je comprends.

— Je pense me coucher tôt et essayer de dormir.

Elle se leva et, sans un mot, alla se glisser entre les draps de son lit. Et elle tourna le dos à Bane, pour qu'il ne puisse pas voir ses larmes.

Bane se réveilla en sursaut. Il y eut d'abord un petit gémissement provenant du lit à côté du sien. Puis, il entendit une supplique.

— Arrêtez, s'il vous plaît ! Ne le tuez pas ! Je vous en prie !

Il lui fallut une seconde pour comprendre que Crystal faisait un cauchemar. Il sortit de son lit en un éclair, et alluma la lampe de chevet. S'asseyant au bord du lit de Crystal, il la secoua doucement pour la réveiller.

— Crystal, tout va bien. Réveille-toi, chérie. Tu as fait un cauchemar. Réveille-toi.

Elle ouvrit les yeux, et après quelques secondes, se jeta dans ses bras. Aussitôt, il l'étreignit, lui caressant doucement le dos.

— Tout va bien, Crystal.

— Bane.

Elle s'accrocha à lui. Elle avait besoin de lui, et il voulait qu'elle ait besoin de lui.

— Je suis là, chérie.

S'écartant, elle plongea son regard dans le sien.

— C'était un rêve affreux. Ils sont venus nous chercher, mais tu t'es interposé entre eux et moi. Pour me protéger. Un des hommes a levé son arme pour tirer. Ils allaient te tuer, et je me sentais si impuissante !

Il posa une main sur sa nuque, et de l'autre, écarta des mèches qui barraient son visage. La peur se lisait dans ses yeux et, plus que tout, il voulut la faire disparaître.

— Ce n'était qu'un mauvais rêve, Crystal. Il n'y a que nous, et personne ne va me tuer.

— Mais je…

— Chut, bébé. Tout va bien.

Il voulut embrasser le coin de ses lèvres, mais elle bougea la tête, et sa bouche se retrouva sur la sienne. D'instinct, elle entrouvrit les lèvres, et il glissa la langue entre elles.

Ils s'étaient déjà embrassés durant ces dernières vingt-quatre heures, mais rien de comparable à cela. Cette fois, il s'agissait d'apaiser sa douleur. Il approfondit le baiser, pour goûter pleinement sa saveur. Elle poussa un gémissement, qui provoqua un afflux de sensations en lui.

Et quand elle s'accrocha son cou, tout en lui se tendit de désir. Lorsqu'elle mêla sa langue à la sienne, réveillant chaque cellule de son corps, il ne put retenir un gémissement.

Une vague brûlante le submergea tandis qu'il continuait d'assaillir sa bouche par des caresses gourmandes et langoureuses de sa langue. Son désir d'aller plus loin le submergeait, le rendant presque fou.

Il ne voulait pas se contenter de l'embrasser. Il voulait lui faire l'amour comme un mari à sa femme. Explorer de ses mains et de ses lèvres chaque partie de son corps. Tenir son corps nu contre le sien.

Se refréner n'était pas chose aisée. Surtout quand elle lui rendait son baiser avec autant de fougue. Il y avait toujours eu une alchimie explosive entre eux. Sur ce plan, rien n'avait changé. Sa saveur était incroyablement délicieuse, comme autrefois. Et même davantage.

Quand il craignit de perdre le contrôle, il interrompit leur baiser et appuya le front contre le sien, tout en reprenant son souffle.

— Crystal, murmura-t-il.

— Je suis là, Bane.

Il envisagea un instant de lui donner un dernier baiser, et de la laisser se rendormir. Mais il ne put s'y résoudre. Il voulait continuer à la tenir dans ses bras, afin qu'elle sente qu'elle était en sécurité avec lui.

Il s'étendit sur le lit et l'entraîna avec elle, puis l'enlaça.

— Tu peux dormir à présent, chuchota-t-il, tentant d'ignorer ses fesses plaquées contre son bassin.

Il était en érection, et il était impossible que Crystal ne l'ait pas senti.

Elle remua pour trouver une position confortable, et à chacun de ses mouvements, il sentit son sexe engorgé se durcir encore. A la fin, il lui maintint fermement la cuisse.

— J'éviterai de trop bouger si j'étais toi, avertit-il.

— Pourquoi ? Parce que tu as envie de moi ?

Dans un grondement rauque, il la plaqua sur le dos et se plaça au-dessus d'elle.

— A ton avis ?

Elle baissa les yeux un instant.

— Je crains de ne plus être aussi douée dans ce domaine qu'autrefois.

— Qu'est-ce qui te fait penser une chose pareille ?

— Ça fait longtemps, Bane.

Il sourit.

— Tu dis ça parce que tu penses que moi aussi, je pourrais ne plus être aussi doué qu'autrefois ?

— Non ! Ça ne m'a même pas traversé l'esprit.

— Bien. Sache que la pensée que tu ne sois plus aussi douée ne m'a jamais traversé l'esprit non plus.

— Pas même une fois ?

— Pas une fois.

Il pensait chaque mot.

— Cependant, il y a une question que je me suis posée, dit-il en respirant son parfum.

— Laquelle ?

— Ma langue peut-elle encore te faire jouir ?

Crystal ferma les yeux tandis que les souvenirs érotiques l'assaillaient. Elle n'avait guère à faire d'efforts pour se rappeler tout ce que Bane faisait autrefois, lorsqu'il la léchait de la tête aux pieds, en accordant beaucoup d'attention aux zones intermédiaires.

Surtout aux zones intermédiaires.

— Ouvre les yeux, trésor.

Elle obéit, croisant son regard. Elle sentit la tension sexuelle croître entre eux, jusqu'au point où ils ne purent plus l'ignorer ou la nier. Remontant sa main, il effleura son sexe, déjà moite et prêt à l'accueillir.

Crystal ne sut pas exactement quand ces années de séparation cessèrent de compter pour elle. Tout ce qui comptait maintenant, c'était que Bane la désirait encore, et qu'il n'avait pas connu d'autre femme, tout comme elle n'avait pas connu d'autre homme. C'était comme si leurs corps s'appartenaient. Ils le savaient, l'acceptaient, et avaient supporté la solitude. Et maintenant, le corps de Crystal exigeait d'avoir ce dont il s'était passé si longtemps.

— Sais-tu combien de fois, allongé dans mon lit, j'ai imaginé te toucher ainsi, Crystal ? murmura-t-il.

Lorsqu'il glissa doucement les doigts entre ses replis secrets, elle entrouvrit les cuisses.

— Non, combien de fois ? demanda-t-elle, savourant ses caresses intimes.

— Trop de fois. J'ai dû me soulager tout seul, c'est ainsi que j'ai réussi à ne pas devenir fou. Mais je préfère ceci, dit-il, faisant naître en elle une onde de chaleur qui se propagea dans tout son corps. Le vrai plaisir. Sans retenue.

Sans retenue. Elle ne parvenait pas à se souvenir de la dernière fois où elle s'était sentie si électrisée. Pendant très longtemps, elle avait ignoré les exigences de son corps, excepté les rares occasions où elle n'y était pas parvenue, et où elle avait eu recours au plaisir solitaire, comme lui.

Mais les doigts de Bane n'étaient pas un accessoire. Ils étaient bien réels, et ce qu'ils lui faisaient était on ne peut plus réel. Les sensations étaient si intenses qu'elle avait le souffle coupé et que son cœur battait à se rompre. Elle avait l'impression d'être sur le point d'être submergée par une puissante vague de plaisir.

— Tu aimes ?

Avant qu'elle puisse répondre, il glissa son autre main sous sa chemise et la posa au centre de son ventre. Elle sentit la chaleur brûler sa peau, et commença à s'agiter.

— Tout va bien, chérie. Ce n'est que moi. Je veux laisser mon empreinte sur tout ton corps.

Croyait-il que son empreinte n'y était pas déjà ?

Quand il souleva son T-shirt, l'air caressa sa poitrine nue. Elle sentit le regard brûlant de Bane sur ses seins.

— Magnifiques… Exactement comme dans mon souvenir. As-tu idée à quel point j'adorais les suçoter ?

Oui, elle en avait une petite idée. Il l'avait fait si souvent qu'elle avait eu la certitude que sa bouche avait été faite pour ses seins. Lorsqu'elle le vit s'humecter les lèvres, juste avant de se pencher vers elle, elle sentit ses tétons se durcir encore, tandis qu'un feu s'embrasait dans son ventre.

Il enfouit le visage contre sa poitrine, et prit son téton entre ses lèvres. Puis, il se mit à l'aspirer avec ardeur.

— Bane !

Un orgasme la submergea, lui arrachant un cri. Il captura sa bouche, étouffant ses gémissements. Et il n'en avait pas fini avec elle. Il continua ses caresses intimes, maintenant un degré de passion qu'elle ne put contenir. Et quand il libéra ses lèvres, ce fut pour s'occuper de ses seins, de son ventre, avant de descendre plus bas encore, jusqu'à ce que sa bouche rejoigne ses doigts. Il retira sa main et amena ses hanches vers son visage. Dès qu'il glissa la langue en elle, elle frissonna, consumée par les flammes d'un désir renouvelé.

Elle tenta de le repousser, mais il résista. On aurait dit une bête affamée décidée à se repaître d'elle, et quand un autre orgasme s'empara d'elle, elle cria son nom. Pendant une fraction de seconde, elle crut avoir atteint le paradis.

Mais elle fut rapidement ramenée sur terre quand il se releva. A travers des yeux languides, elle le vit se déshabiller, puis lui arracher ses vêtements. Un besoin brut et primitif s'était emparé de lui, qui saturait l'air, et brillait dans ses yeux.

— Ce n'était que le début, murmura-t-il tandis qu'il déroulait un préservatif sur son sexe dressé.

Puis, il écarta ses cuisses, et quand leurs regards se croisèrent, elle vit ce qu'elle avait toujours vu quand il s'apprêtait à entrer en elle. De l'amour. Un amour pur, absolu. Bane l'aimait toujours, et elle sut à cet instant que quoi qu'ils aient traversé et qu'ils traversent maintenant, elle l'aimait toujours, elle aussi.

Elle referma les bras sur lui, sentit les tendons de ses muscles, trembla quand elle toucha plusieurs cicatrices qu'elle ne connaissait pas. Sans lui laisser le temps d'imaginer quelle histoire ces cicatrices racontaient, il prit de nouveau possession de sa bouche, réclamant toute son attention. Jamais elle n'avait connu une telle passion. Elle le désirait tant. Bane était son mari. L'homme qui avait été son seul et son meilleur ami. L'homme qui l'avait toujours soutenue et qui avait défié quiconque avait tenté de les séparer.

Il détacha ses lèvres des siennes pour la regarder.

— Prête ?

Elle leva les yeux vers lui, inspirant une bouffée d'air emplie de leurs parfums chauds.

— Oui, je suis prête.

Alors, il maintint ses hanches entre ses mains, et se glissa en elle.

Bane s'enfonça en Crystal jusqu'à la garde, et ne sut plus où commençait son corps et où se finissait celui de Crystal. Il avait l'impression d'être enfin rentré chez lui. Il était parti cinq ans, cinq ans de trop. Mais maintenant, il était de retour, et il comptait lui rappeler à quel point ils étaient faits l'un pour l'autre.

Il lui sembla que tout son sang avait afflué vers l'extrémité de son sexe engorgé, enfoui profondément en elle. Il se mit à aller et venir en elle, pour s'enfoncer encore plus loin dans ses profondeurs exquises. Lorsqu'il sentit ses muscles internes se contracter autour de lui, commençant à extraire sa semence, il rejeta la tête en arrière et gronda. Puis, il accéléra le rythme, de plus en plus fort, jusqu'à ce qu'elle soit secouée par un orgasme intense.

— Bane !

— Crystal !

Jamais il n'avait désiré une femme comme il l'avait désirée. Rien n'avait changé. Et, dans un certain sens, *tout* avait changé. A présent, Crystal et lui étaient plus âgés, plus sages, ils étaient maîtres de leur destin. Plus personne ne pouvait leur dicter quand et où ils pouvaient s'aimer. Désormais, le ciel était leur limite. Et tandis qu'il continuait d'onduler entre ses replis, les emmenant tous deux vers un autre orgasme, il sut que ce n'était que le début, exactement comme il le lui avait dit.

Il voulait la marquer de nouveau au fer rouge, reprendre possession d'elle. Et quand ils atteignirent un autre sommet de plaisir, plus époustouflant encore que le précédent, il rencontra son regard, juste avant de prendre sa bouche avec une avidité égale à la sienne.

Lorsqu'il libéra ses lèvres et qu'elle cria son nom, il sut que, quoi qu'il arrive, Crystal Gayle Newsome Westmoreland était sa destinée.

- 14 -

Crystal ouvrit lentement les yeux, et plissa les paupières pour contrer le soleil matinal éclatant qui filtrait par les stores. Elle vit que Bane faisait des pompes sur le sol, torse nu. Elle l'observa et l'écouta compter. Il en était à trois cent quatre-vingt, et tout son corps luisait de sueur. Elle songea qu'il avait une énergie inépuisable.

Ce n'était que le début…

Il avait dit vrai. Et il lui avait prouvé que, oui, il pouvait encore la faire jouir avec sa langue uniquement. Et il l'avait satisfaite d'autres manières. A peine s'était-elle remise d'un orgasme qu'il lui en donnait un autre. Elle ne souvenait pas qu'il ait fait cela autrefois. Du moins, pas à un rythme aussi soutenu.

Elle jeta un coup d'œil vers le réveil. Il était presque 9 heures. Après cette nuit active, son corps avait eu besoin de repos.

Elle était un peu endolorie, mais intensément satisfaite. Elle ne put s'empêcher de sourire tandis qu'elle s'étirait dans le lit, encore vibrante de plaisir. Si l'objectif de Bane avait été de rattraper le temps perdu, il l'avait atteint.

— Bonjour, chérie. C'est agréable de te voir sourire ce matin.

Sa voix profonde et rauque fit courir des frissons dans son dos. Elle reporta son attention sur lui. Il avait fini ses exercices, et avait une tasse de café à la main.

— Bonjour, Bane. Tu m'as donné beaucoup de raisons de sourire hier soir, dit-elle avec franchise.

— Je suis heureux que tu le penses.

Manifestement, ses propos le réjouissaient. D'ailleurs, pourquoi ferait-elle semblant d'avoir des regrets alors qu'elle n'en avait aucun ? Et puis, Bane était bien placé pour savoir qu'elle n'avait jamais été timide. Cependant, le revoir après toutes ces années l'avait déstabilisée. Elle devait réapprendre à le connaître. C'était un long processus et, pour elle, faire l'amour faisait partie de ce processus.

— Je voulais attendre que tu te réveilles pour commander le petit déjeuner, dit-il, posant sa tasse pour venir s'asseoir au bord du lit.

Elle se redressa, en prenant soin de remonter le drap sur son corps nu.

— Tu n'aurais pas dû. Je suis sûre qu'après cette nuit… et surtout tes exercices… tu dois avoir faim.

— Je suis affamé.

— Alors, commandons.

— D'accord, mais avant, je dois t'embrasser.

Il la prit dans ses bras. Cela ne la dérangeait pas qu'il la voie nue sous la lumière du jour. Autrefois, elle avait du mal à se dévoiler devant lui, puisqu'elle avait toujours pensé ne pas avoir assez de courbes à montrer. A présent, elle en avait.

Lorsqu'il prit possession de sa bouche, elle s'accrocha à son cou pour lui rendre son baiser. Elle sentit ses muscles durs contre elle, et repensa à leur nuit d'amour. Son pouls s'emballa. Les baisers de Bane l'excitaient considérablement. Si elle ne se reprenait pas maintenant, elle pourrait bien perdre la tête. Comme la veille au soir.

En général, elle n'était pas démonstrative. La veille, cela avait été différent. Cela s'expliquait sans doute par sa longue abstinence. Après avoir goûté de nouveau au plaisir, c'était comme si elle en avait voulu toujours plus. Bane n'avait eu aucun problème à la satisfaire, et elle avait connu une succession d'orgasmes. Cette nuit avait été exceptionnelle, à plus d'un titre.

Elle interrompit leur baiser quand elle sentit son estomac gronder.

— Mon ventre me fait savoir qu'il a besoin d'être nourri, dit-elle en souriant.

— Alors, je vais commander le petit déjeuner, dit-il en

prenant le téléphone posé sur le chevet. Tu veux quelque chose en particulier ?

— Des pancakes, si possible. Aux myrtilles. Du sirop d'érable et du bacon frit. Des œufs brouillés, ainsi qu'un jus d'orange.

Il sourit.

— Rien d'autre ?

— Non, pas pour le moment. En attendant, je vais prendre une douche et m'habiller.

— Si tu veux rester nue, je n'y vois aucun inconvénient.

Elle n'en doutait pas.

— Je préfère m'habiller.

— Comme tu voudras.

Tandis qu'il passait commande, elle sortit du lit et chercha les vêtements qu'il lui avait retirés hier. Comme elle ne les trouva pas, elle prit le T-shirt de Bane qu'elle avait aperçu sous un oreiller, et l'enfila.

— Jolie tenue.

— Ça fera l'affaire pour l'instant. Des appels, ce matin ?

— Non. Je pense que nous avons eu assez d'émotions hier.

En acquiesçant, elle sortit des vêtements de sa valise.

— Quels sont les projets pour aujourd'hui ? demanda-t-elle.

— Nous restons ici la majeure partie de la journée. A la tombée de la nuit, nous reprendrons la route.

— Où irons-nous ?

— Voir mes cousins Quade, Dare, Clint et Cole, près de la frontière entre l'Alabama et la Géorgie.

Elle se rappelait avoir rencontré ses cousins au cours d'une réunion de famille, quand les Westmoreland de Denver avaient appris qu'ils avaient des parents vivant en Géorgie, au Texas et dans le Montana.

Elle regarda par-dessus son épaule. Bane s'était remis à ses exercices, et elle s'autorisa à contempler ses muscles saillants pendant qu'il courait sur place. Des gouttes de sueur coulaient sur son visage, roulaient sur son cou et ses épaules, descendaient jusqu'à son torse nu.

Elle s'imagina passer les mains partout sur son corps, caresser des endroits qu'elle avait oubliés la veille au soir, même si elle doutait qu'il y en ait eu.

Quoique…

— Un problème ? demanda Bane.

Elle se rendit compte qu'elle le dévorait des yeux. Elle déglutit.

— Non, aucun problème.

Elle voulut courir vers la salle de bains mais, étrangement, elle n'arriva pas à bouger. C'était comme si ses pieds étaient vissés au sol.

A présent, c'était lui qui la dévorait des yeux. Elle sentait son regard sur chaque partie de son corps. Elle ferma les yeux pour réprimer le désir qui menaçait de la submerger, mais quand elle comprit que c'était inutile, elle les rouvrit et les posa sur son corps ferme et puissant.

Elle retint son souffle quand il avança lentement vers elle. Elle voulut reculer, mais une fois encore, ses jambes refusèrent de coopérer. Elle ne put que rester là, à le regarder gagner du terrain sur elle. A mesure qu'il approchait, elle sentit sa respiration devenir haletante. Et son sexe se mettre à pulser furieusement.

A quel moment son désir pour lui était-il devenu si puissant ? Faire l'amour toute la nuit l'avait-il rendue insatiable ? Ses désirs dictaient-ils maintenant sa façon de se comporter avec lui ?

En fait, elle était perdue, comprit-elle. Cela faisait si longtemps qu'un homme n'avait pas occupé son espace et son temps qu'elle ne savait pas vraiment comment se comporter avec Bane désormais.

— Tu es sûre que tout va bien, Crystal ? dit-il lorsqu'il fut devant elle.

Il était si près qu'elle aurait pu aisément toucher ses muscles fermes, son torse humide.

— Tout va bien, Bane.

Il lui adressa un sourire entendu. Car il savait qu'elle mentait. Non, tout n'allait pas bien. Grâce à lui, elle avait eu un aperçu de ce qu'il pouvait lui donner avec tant d'expertise et dont elle avait été privée durant cinq ans. Mais avec Bane, il y avait toujours eu plus qu'une attirance sexuelle. Elle le savait depuis longtemps. Depuis ces années où ils avaient attendu pour faire l'amour.

Durant cette période, ils avaient développé une compréhension mutuelle exceptionnelle. Elle avait cru que, peut-être, ce lien particulier n'avait pas survécu à leur séparation, mais il semblait que si. Certes, elle ne devait pas s'attendre à ce que tout redevienne comme avant. Ils n'étaient plus les mêmes personnes. Ils devaient encore régler quelques points, procéder à des ajustements, déterminer où ils en étaient dans leur relation. Mais ils pourraient y arriver.

— Puis-je faire une suggestion ? lança-t-il.

Elle s'humecta les lèvres, pour éviter de céder à l'envie d'embrasser Bane.

— Laquelle ?

— Si on prenait une douche ensemble ?

Pourquoi avait-il fallu qu'il suggère cela ? Maintenant, toutes sortes d'images sensuelles envahissaient son esprit.

— Ensemble ?

— Oui. J'ai fait une suggestion similaire avant-hier, mais tu as décliné mon offre.

— Je n'étais pas prête.

Il approcha encore.

— Et maintenant, Crystal ? Après cette nuit, es-tu prête à accorder à ton mari une autre récréation ?

Ce n'était pas sa requête qui la bouleversa. C'était le fait qu'il ait dit être *son* mari. A cet instant, elle comprit que Bane lui appartenait, depuis le jour de leur mariage. Peut-être même depuis plus longtemps.

Il lui avait toujours dit qu'elle lui appartenait, quoi qu'en pensent leurs familles. Et elle l'avait cru. A aucun moment, elle n'en avait douté. Jusqu'à ce jour où il lui avait téléphoné pour lui annoncer qu'il s'engageait dans la Navy. Mais maintenant, il était de retour, et lui faisait savoir que même s'il avait changé sur certains plans, il était le même sur le plan le plus important pour elle. Il lui appartenait toujours.

— Cette douche n'est pas très grande, dit-elle. Nous mettrions de l'eau partout.

— Je nettoierai.

Son sourire était si sensuel qu'elle se sentit fondre.

— Eh bien, si cela ne t'ennuie pas de nettoyer, comment pourrais-je refuser ?

Sans ajouter un mot, elle se dirigea vers la salle de bains. Mais elle ne ferma pas la porte derrière elle. Quand elle se regarda dans le miroir, elle vit dans le reflet que Bane n'avait pas bougé. Alors, elle décida de lui donner envie de la rejoindre.

— Tout doux, marmonna Bane, tentant de contrôler son désir pendant que Crystal gagnait d'un pas nonchalant la salle de bains.

Tandis qu'il l'observait, immobile, elle passa de l'eau sur son visage et se brossa les dents. Pourquoi voir une femme faire sa toilette était-il si excitant ? Il pouvait répondre aisément à cette question. Parce qu'il s'agissait de *sa* femme, et qu'il l'avait rarement vue faire ces choses si anodines.

Il continua de la regarder, et sentit son sexe se durcir davantage. Quand elle se pencha au-dessus de la vasque, il ne put s'empêcher de remarquer la façon dont son T-shirt révélait le haut de ses seins, et comment le bas du vêtement s'était relevé, dévoilant ses cuisses. Ces mêmes cuisses entre lesquelles il avait ondulé la veille.

Il revint à ses tétons, qui pointaient sous le vêtement, à ses seins si parfaits, si exquis… Tout chez Crystal était beau. Non, le mot était faible. Il y avait d'autres façons de décrire son épouse. *Voluptueuse. Sexy. Fascinante. Torride. Appétissante.*

Avait-il besoin de continuer ? Tandis qu'il la regardait passer un gant humide sur son visage, il fut soudain excité comme jamais il ne l'avait été. Il l'était même plus que la veille, alors qu'il n'aurait pas cru cela possible !

N'y tenant plus, il gagna à son tour la salle de bains. Crystal ne se retourna pas vers lui, mais elle ôta son T-shirt. Quand il l'eut rejointe, elle était nue.

Il avança vers elle, et soutint son regard dans le reflet du miroir. Il se plaqua contre elle, et la saisit par les hanches pour les plaquer contre les siennes. Leurs corps s'épousaient à la perfection. Et quand il se pressa contre elle et que son sexe engorgé glissa le long de ses fesses, il faillit s'atomiser de plaisir.

— Je dois prendre ma douche, murmura-t-elle d'une voix haletante.

— Nous finirons par en prendre une. Inutile de se presser.

Il se souvint qu'elle avait un point sensible, juste sous son oreille gauche qui, stimulé, pouvait la rendre folle de désir. Alors, il le lécha et le mordilla. Bien vite, elle se mit à trembler entre ses bras.

— Bane…

— Je sais, chérie, murmura-t-il. Fais-moi confiance, je sais. Et je te désire tout autant. Je te veux, maintenant. Il faut que je sois en toi. J'ai cinq ans de désir en réserve, rien que pour toi.

— Tu oublies hier soir, murmura-t-elle d'une voix sensuelle.

— Ce n'était qu'un début. Une nuit ne peut suffire à calmer mon désir. En fait, je doute qu'une centaine de nuits le puisse.

— Vraiment ?

— Vraiment.

Il la fit pivoter vers lui, et la hissa sur le plan de toilette.

— Ecarte les jambes pour moi, Crystal.

Comme si elles répondaient à leur propre volonté, ses cuisses s'ouvrirent. Il sortit un préservatif de la poche de son pantalon.

— Tu n'as pas besoin de le mettre, sauf si tu le souhaites, dit-elle avec douceur. Après ma fausse couche, ma tante a suggéré que je prenne la pilule. Pour réguler mes cycles.

En d'autres termes, elle lui disait que cette fois, et toutes les autres fois, ils pourraient être peau contre peau. Cette seule pensée embrasa son corps.

— Alors, je n'en utiliserai pas.

Il se cala entre ses jambes, prêt à s'unir à elle, plus avide que jamais. Il prit son sexe en main pour le diriger vers ses replis intimes.

— Laisse-moi faire, dit-elle.

Ce qu'elle venait de suggérer faillit le faire chanceler.

Quand elle referma la main autour de sa verge, il sentit son érection se renforcer encore. Et lorsqu'elle le guida vers son sexe moite, un puissant courant électrique le traversa. D'instinct, il s'enfonça en elle, d'un brusque coup de reins. Il saisit ses hanches, et se mit à aller et venir avec frénésie entre ses cuisses.

Parce qu'il ne voulait faire qu'un avec elle, il captura ses lèvres. Elles avaient le goût mentholé de son dentifrice. Elle lui rendit son baiser tandis qu'il continuait d'onduler, allant de plus en plus loin en elle.

Il l'entendit le supplier de ne pas s'arrêter. Alors, il n'arrêta pas. De toute façon, il en était incapable. Il lui semblait que tout était hors de contrôle. Lui-même était hors de contrôle. Tout son corps se consumait pour elle.

— Bane !

Elle cria son nom et serra les jambes autour de lui. Avant qu'il puisse reprendre son souffle, un orgasme le balaya.

— Attends, Crystal. Je n'ai pas fini.

— Bane !

Il rejeta la tête en arrière, et inspira une grande bouffée d'air saturé du parfum de Crystal. Lorsqu'il s'enfonça en elle, elle se souleva tant le coup de reins était puissant. Et il jouit de nouveau, secoué par un désir primitif qui le fit trembler.

A présent, il avait la certitude que Crystal, qui avait été le centre de son monde tant d'années plus tôt, l'était encore. Et qu'elle le serait toujours.

- 15 -

Quelqu'un frappa à leur porte.

— Ce doit être le dîner.

Crystal ressentit aussitôt un manque quand Bane s'écarta d'elle. Avaient-ils dépassé l'heure du petit déjeuner et du déjeuner ? Une part d'elle savait que oui, mais tout ce dont elle se souvenait avec clarté, c'étaient de leurs ébats presque continus. Ils avaient seulement pris le temps de grignoter des en-cas et de s'accorder quelques courtes siestes.

Il enfila rapidement son jean. Il prit son arme sur le bureau et la glissa dans sa taille, rappel cruel de la situation grave dans laquelle ils se trouvaient. Quelque part, des gens étaient déterminés à l'enlever, et Bane était tout aussi décidé à la protéger.

— Oui ? dit Bane en regardant par le judas.

— Service d'étage.

— Une minute, dit-il, se tournant vers elle. Tu es décente ?

Elle enfila le T-shirt de Bane.

— Maintenant, oui.

Mais elle remonta tout de même le drap jusqu'à son menton.

Il ouvrit la porte à une employée souriante, qui ne put s'empêcher de le parcourir du regard tandis qu'elle amenait le chariot dans leur chambre.

— Votre commande, monsieur.

— Merci.

Une fois la jeune femme repartie, Crystal sortit du lit et jeta un coup d'œil aux plats. Le chariot était dressé comme une table pour deux. Bane allait enfin avoir son steak et ses pommes de terre, et il les avait bien mérités. Il devait mourir de faim.

— Je dois me laver les mains, dit-elle.

— Moi aussi.

— Mais pas ensemble. J'y vais en premier, décréta-t-elle, courant vers la salle de bains et fermant la porte derrière elle.

Chaque fois que Bane et elle entraient dans cette pièce en même temps, ils finissaient par faire l'amour sur toutes les surfaces.

Lorsqu'elle rouvrit la porte de la salle de bains, Bane était juste derrière.

— A mon tour, dit-il en souriant. Si tu veux me tenir compagnie, ça ne m'ennuie pas.

— Non, merci. Je vais t'attendre dans la chambre. Je te promets de ne pas commencer sans toi.

— Je ne serai pas long, car je sais que tu as faim toi aussi.

Il disparut dans la salle de bains et ferma la porte.

Crystal se passa la main sur le visage. Seigneur, ce nouveau Bane était presque insatiable. Il avait toujours eu un appétit sexuel assez solide mais, parce qu'elle manquait d'expérience, il avait toujours contrôlé cet appétit. A présent, il était évident qu'il ne se refrénait plus. Elle ne put s'empêcher de sourire, car cela voulait dire que, désormais, il la traitait comme une égale au lit, et non comme une fragile poupée de porcelaine.

— Me revoilà, dit-il quand il revint dans la chambre.

— Je devrais me changer. Porter ton T-shirt n'est peut-être pas une bonne idée.

Il la contourna pour rejoindre le chariot.

— Je ne vois pas pourquoi. De toute façon, nous allons nous changer bientôt puisque nous partons dans quelques heures.

Pour aller voir ses cousins, comme il l'en avait informée. Quand elle approcha du chariot, Bane recula une chaise pour elle. Elle n'en fut pas surprise. Les hommes de la famille Westmoreland avaient toujours été galants et respectueux avec la gent féminine.

— Merci, Bane, dit-elle en s'asseyant.

— Je t'en prie.

Il déposa un baiser sur ses lèvres.

— Sais-tu où nous irons après avoir vu tes cousins ?

Il avala une gorgée de café avant de répondre.

— Pas encore. Quade a des contacts à la Maison Blanche. Il sait peut-être quelque chose sur la taupe à la Sécurité intérieure.

Crystal commença à manger, mais elle ne put s'empêcher de s'inquiéter pour sa sécurité. Elle doutait que Bane puisse continuer de la protéger indéfiniment. Et s'il recevait l'ordre de partir en mission ? Que deviendrait-elle ?

— Tu fronces les sourcils. Ta salade au poulet grillé n'est pas à ton goût ?

— Si, dit-elle. Mais je m'interrogeais.

— A quel propos ?

— Que se passera-t-il si tu reçois ce coup de fil ?

— Quel coup de fil ?

— Celui de ton commandant, pour te dire que l'on a besoin de toi pour l'une de vos opérations secrètes.

Il haussa les épaules.

— Je te l'ai dit, mes collègues et moi sommes en congé. Et puis, s'il arrive quelque chose, je dirai à mon commandant que je ne peux pas partir. Tu es ma femme, et je n'irai nulle part tant que je ne serai pas certain que tu es en sécurité.

— A cause de ton sens du devoir ? demanda-t-elle, curieuse de connaître la réponse.

Un lourd silence s'instaura entre eux.

— Je ne sais pas ce qu'il faudra pour que tu comprennes, Crystal, finit-il par dire.

— Que je comprenne quoi ?

— Que tu es plus qu'un devoir pour moi. Je t'aime. Je t'ai toujours aimée, et je t'aimerai toujours. C'est pourquoi j'ai rejoint la Navy il y a cinq ans, au lieu de traîner à Denver et d'avoir d'autres ennuis avec la police. En toute honnêteté, je pense que si nous avions vécu comme mari et femme à l'époque, nous serions peut-être divorcés à présent.

Ses paroles la stupéfièrent.

— Pourquoi penses-tu cela ?

— Parce nous n'avions pas grand-chose à ce moment-là.

— Nous avions l'amour.

— C'est vrai. Et c'est notre amour qui aurait fait tenir notre mariage durant un temps. Mais je voyais bien que les choses finiraient par s'effondrer. J'avais arrêté l'université au bout de deux ans, et tu étais décidée à ne pas retourner au lycée. Tout ce que tu voulais, c'était être ma femme et la mère de mes enfants.

— Et tu voyais cela comme un problème ? demanda-t-elle, ne sachant où il voulait en venir.

— Non, pas à l'époque. Mais réfléchis. Combien de temps aurions-nous tenu avant de demander l'aide de ta famille ou de la mienne ? A terme, je m'en serais voulu d'avoir dû demander un coup de main. Certes, j'avais mes terres, mais, légalement, elles ne m'auraient appartenu qu'à mes vingt-cinq ans. Ce qui signifie que nous aurions dû vivre au chalet, mais seulement si Dillon l'acceptait. De plus, je ne pense pas que le chalet aurait suffi. J'aurais voulu te bâtir une maison aussi grande que celle de mes frères. Une maison assez spacieuse pour y élever nos enfants.

Il marqua un temps avant d'ajouter :

— Nous avions parlé d'avoir une maison pleine d'enfants, sans vraiment réfléchir à la façon dont nous subviendrions à leurs besoins.

Elle hocha la tête. Même si une part d'elle refusait de l'admettre, elle savait qu'il avait raison. Après sa fausse couche, elle avait pleuré des mois durant. Car ils avaient parlé très souvent d'avoir un enfant ensemble un jour. Mais aucun d'eux n'avait songé à la façon dont ils subviendraient à ses besoins. Elle savait que les Westmoreland étaient fortunés, et son jeune esprit immature avait supposé que si Bane et elle avaient besoin de quoi que ce soit, sa famille serait là pour se charger d'eux. Bane avait raison ; tout ce qu'elle avait voulu, c'était l'épouser et porter ses enfants. A l'époque, elle détestait le lycée. Du moins, elle l'avait cru. Les élèves s'étaient montrés cruels, parce qu'elle réussissait tous ses examens haut la main. Après quelque temps, elle s'était lassée d'être la vedette de la classe et la cible de jalousies. Elle s'était finalement convaincue qu'aller en cours était une perte de temps. Ses parents avaient reproché à Bane son désintérêt scolaire, mais il n'en était pas responsable.

Bane s'était tu et découpait son steak. *Son Bane.* Elle l'observa, et comprit enfin ce qu'il avait tenté de lui expliquer, durant toutes ces années. Il l'avait aimée à l'époque, et il l'aimait maintenant, comme il le lui avait assuré depuis son retour dans sa vie. Il avait voulu lui offrir une vie meilleure, parce qu'il l'aimait assez pour croire qu'elle et leurs enfants méritaient le meilleur. Pour la leur offrir, il avait fait des sacrifices. Et Crystal avait été l'un de ces sacrifices. Elle comprenait enfin pourquoi il les avait faits.

Il avait voulu mûrir, mais il lui avait aussi donné une chance de mûrir. Ce qu'elle avait fait. Elle avait décroché deux diplômes universitaires et entamé un doctorat, tout cela en cinq ans. Cette réussite, elle la lui devait. Il l'avait pratiquement forcée à exploiter tout son potentiel.

— Ce steak était délicieux.

Elle regarda l'assiette de Bane. Elle était vide.

— Tu veux un peu de ma salade ? proposa-t-elle.

Il secoua la tête et sourit.

— Non, merci, ça ira, dit-il en repoussant son assiette.

— Bane ?

— Oui ?

— J'ai enfin retiré mes œillères, et tu sais ce que je vois ?

Il s'adossa à sa chaise.

— Non. Quoi ?

— Un homme qui m'aime. Un homme qui m'aime vraiment, même après cinq ans sans se voir ni se parler. Un homme qui était prêt à renoncer à moi pour me donner le meilleur de lui. Et pour cela, je veux te remercier.

Au lieu de sourire comme elle avait l'espéré, il serra la mâchoire.

— Je ne veux pas de tes remerciements, Crystal.

Il ne voulait pas de mercis, il voulait son amour, comprit-elle. Reculant sa chaise, elle alla vers lui et s'assit sur ses genoux.

Nouant les bras autour de son cou, elle posa les lèvres sur les siennes.

Malgré sa surprise, il la laissa l'embrasser, mais ne lui rendit pas son baiser. Et c'était aussi bien, car elle avait besoin qu'il comprenne ce qu'elle voulait lui transmettre par ce baiser. Alors elle l'embrassa, avec tout son cœur, et quand elle entendit son gémissement essoufflé, elle sut qu'il avait saisi son message. Il lui rendit son baiser avec passion, et elle sentit sa main glisser vers ses cuisses, puis sous son T-shirt, pour caresser sa peau nue.

Elle savait où leur étreinte pouvait mener si elle n'y prenait garde. Si elle ne lui faisait pas comprendre ce qu'elle avait à l'esprit… et dans son cœur. Alors, elle s'écarta. Mais il continua de la caresser.

— Je t'aime aussi, Bane, dit-elle contre ses lèvres. Je ne mesurais pas à quel point jusqu'à maintenant. Et tu n'as jamais cessé de m'aimer, comme je n'ai jamais cessé de t'aimer. Je le comprends à présent.

— Non, chérie, je n'ai jamais cessé de t'aimer, murmura-t-il.

Sans ajouter un mot, il la porta dans ses bras jusqu'au lit. Après l'avoir allongée sur le matelas, il lui retira son T-shirt. Puis, il se déshabilla à son tour. Déjà moite de désir, elle admira son corps nu. Et elle devina, à son regard, qu'il la désirait avec toute la passion qu'il avait accumulée durant cinq ans.

Il avança vers le lit, et avant qu'il puisse faire le moindre mouvement, elle referma les doigts sur son sexe engorgé. Il épousait parfaitement sa main.

Quand elle se mit à le caresser, et à griffer doucement sa peau sensible avec son ongle, il rejeta la tête en arrière et émit un grondement presque animal. Et quand elle se pencha et fit tourner sa langue sur sa verge pulsante, il plongea les mains dans sa chevelure. Alors, elle ouvrit les lèvres et l'attira pleinement dans sa bouche.

Bane sentit un plaisir intense déferler sur lui. Crystal faisait rugir un feu en lui. Un feu qui le consumait. Et quand elle caressa avec sa main la toison bouclée de son pubis, il sentit son sexe se gonfler encore dans sa bouche. Elle l'honora avec une vigueur redoublée, et il dut faire appel à toute sa maîtrise pour ne pas exploser sur-le-champ. Il enroula une de ses mèches soyeuses autour de son poing, puis ondula des reins, avançant plus loin entre ses lèvres. Au bout de quelques instants, elle caressa ses testicules et les serra doucement dans sa main.

Essayait-elle de le tuer ? Avait-elle la moindre idée de ce qu'elle était en train de lui faire ? Savait-elle à quel point il lui était difficile de garder le contrôle ? S'il la laissait continuer ainsi, elle allait bientôt le savoir.

— Crystal, murmura-t-il, parvenant à peine à parler tant son cœur battait fort. Arrête, chérie. Arrête maintenant.

Elle l'ignora, sans doute parce qu'il n'avait pas mis beaucoup de conviction dans sa demande. A dire vrai, il était impossible d'être convaincant avec toutes les sensations exquises qui le traversaient. Le fait qu'elle veuille lui donner du plaisir signifiait beaucoup pour lui, car, même avec son inexpérience, elle parvenait à le faire gémir.

Quand il n'y tint plus, il cria son nom et tenta de la repousser, mais elle s'accrocha à ses cuisses, jusqu'à ce que la dernière sensation l'ait balayé. Il aurait dû se sentir épuisé, mais au contraire, il n'en était que plus excité. Parce qu'il avait besoin d'être en elle, il s'extirpa de ses lèvres, et l'allongea sur le lit.

Il la sentit frissonner au moment où il la pénétra. Elle était si moite qu'il n'eut aucun mal à s'enfoncer jusqu'à la garde. Puis, il lui releva les jambes et les croisa autour de sa taille.

Il plongea son regard dans le sien.

— Je t'aime, Crystal. J'aime ton parfum, ta saveur. J'aime te faire l'amour. J'aime jouir en toi. Quand je suis si loin en toi, c'est si irréel, si merveilleux que j'ai l'impression d'être au paradis.

— Oh ! Bane !

Il savait qu'elle voulait en dire plus, mais quand il ondula en elle, elle ne put que gémir. Il lui souleva les hanches, et accéléra le rythme de ses coups de reins, pour la rendre folle de désir, comme elle l'avait fait avec lui.

Quand elle cria son nom et enfonça les talons dans son dos, il sut qu'il allait s'atomiser. Cependant, il n'avait pas envie de céder maintenant. Mais lorsqu'elle serra ses muscles intimes autour de lui, il ne put retenir son explosion plus longtemps.

— Crystal !

Secoué de tremblements incontrôlables, il projeta toute sa semence en elle. Il sentit ses bras autour de lui, l'entendit murmurer son nom. Quelques instants plus tard, quand la terre cessa de trembler et le monde de tourner, il parvint à relever la tête.

Et les mots qui emplirent son esprit tandis qu'il l'embrassait étaient les mêmes que ceux qu'il lui avait répétés ces derniers jours.

Ce n'est que le début.

- 16 -

— Réveille-toi, petite marmotte.

Crystal ouvrit lentement les yeux, et regarda par le pare-brise. Ils étaient garés devant ce qui ressemblait à un relais routier, décoré d'une myriade de guirlandes de Noël encore allumées, même si le soleil tentait de filtrer par-delà les montagnes.

La veille, ils avaient quitté l'hôtel autour de 18 heures, ce qui signifiait qu'ils étaient sur la route depuis douze heures environ. L'essentiel du temps, elle avait dormi pendant qu'il conduisait. Elle avait proposé de prendre le volant, mais il lui avait répondu que ce n'était pas nécessaire. Il se disait sans doute qu'elle avait besoin de repos, et elle lui en était reconnaissante.

Elle se redressa sur son siège.

— Nous sommes déjà arrivés ?

— Oui, mais il y a un changement de programme. Nous ne sommes pas à la frontière entre l'Alabama et la Géorgie.

Elle regarda autour d'elle, curieuse.

— Et où sommes-nous au juste ?

— En Caroline du Nord.

En Caroline du Nord ? Pas étonnant qu'ils soient entourés de montagnes qui lui rappelaient celles de Denver.

— Pourquoi ce changement ?

— Mes cousins préféraient nous retrouver au chalet de Delaney, mais ils n'ont pas dit pourquoi. J'imagine que c'est parce que le chalet est à l'écart, et que là-bas, on peut repérer quelqu'un à des kilomètres.

— Je vois.

Elle avait rencontré sa cousine Delaney une fois, et se

rappelait que celle-ci avait rencontré son époux, un prince du Moyen-Orient, dans un chalet de Caroline du Nord.

— J'ai lu un article consacré à Delaney, il y a quelques années, dit-elle.

— Vraiment ?

— Oui. Son prince et elle sont toujours ensemble.

— En effet. La seule chose qui ait changé, c'est que maintenant, Jamal est roi. Il a offert le chalet à Delaney en guise de cadeau de mariage. Puisqu'elle vit en dehors du pays la plupart du temps, elle nous a donné la permission de nous en servir quand nous le souhaitons.

Le téléphone de Bane sonna. Il le sortit de sa poche et décrocha.

— Bane, j'écoute.

Après quelques secondes, elle l'entendit dire :

— Nous sommes là.

Et quelques instants plus tard :

— Oui, je me souviens comment y aller. A tout à l'heure.

Après avoir raccroché, il se tourna vers elle.

— Je sais que tout ceci est difficile et éprouvant pour toi, Crystal, mais j'espère que mes cousins et moi trouverons un plan.

Elle hocha la tête.

— Toujours rien sur les deux autres chimistes ?

— Non. J'ai parlé à Nick pendant que tu dormais, et il n'a rien de neuf. Il semble qu'avec cette rumeur de taupe, tout le monde se taise.

Ce n'était pas une bonne nouvelle, songea-t-elle. Elle ravala un soupir, se laissant aller contre l'appuie-tête.

— Tout ira bien, assura Bane en lui prenant la main. D'ailleurs, c'était bien, non, hier et cette nuit ?

Songer à leurs étreintes torrides la fit sourire. Et elle sentit ses tétons se dresser sous son chemisier.

— Oui. Et pour toi ?

— Oui. C'étaient les meilleurs moments que j'aie connus depuis très longtemps.

Elle ressentait la même chose. L'alchimie qui avait toujours existé entre eux était toujours aussi puissante.

Il porta sa main à ses lèvres et y déposa un baiser.

— Je suis impatient de te ramener chez nous.

— Chez nous ?

Elle songea à sa maison en feu.

— Oui, à Denver.

Même si elle savait qu'il n'y avait plus rien qui l'attende à Dallas, cela faisait longtemps qu'elle ne se sentait plus chez elle à Denver.

— Pourquoi se presser ?

— Je suis impatient de te présenter enfin comme mon épouse à toute ma famille. Et nous avons une maison à imaginer et à faire construire.

Elle plongea son regard dans le sien, et sentit son pouls s'accélérer. Elle remarqua que les yeux de Bane furent attirés vers sa poitrine. Précisément, vers les tétons fermes qui pointaient sous son chemisier.

Lâchant sa main, il démarra.

— Nous ferions mieux de trouver le chalet de Delaney. Si je ne m'abuse, il se trouve à environ une demi-heure d'ici. S'il ne tenait qu'à moi, nous irions dans un autre hôtel pour nous accorder une nouvelle journée récréative.

Il reporta son attention sur la route. Elle devrait en faire autant, mais elle ne pouvait le quitter des yeux.

Brisbane Westmoreland l'avait toujours impressionnée. Ces cinq dernières années n'avaient été faciles pour aucun d'eux, mais ils étaient réunis, et c'était tout ce qui comptait. S'ils pouvaient arrêter les hommes qui voulaient l'enlever, tout serait parfait.

Quand il s'arrêta à un stop, il lui sourit.

— Tout va bien, trésor ?

Elle acquiesça en lui rendant son sourire. Elle défit sa ceinture et se pencha vers lui pour déposer un bref baiser sur ses lèvres.

— Tu es avec moi, dit-elle, et c'est tout ce qui compte.

Elle reboucla sa ceinture et se rassit, satisfaite.

— Bon sang ! marmonna Bane entre ses dents.

Crystal se redressa et regarda par la vitre du monospace.

— Que se passe-t-il, Bane ?

Il secoua la tête et observa toutes les voitures, les pick-up et les motos garés devant le chalet.

— J'aurais dû le prévoir.

— Quoi donc ?

— Qu'il n'y aurait pas que Quade, Dare, Clint et Cole. Certains membres de ma famille saisissent la moindre excuse pour se réunir.

Avec un petit rire, il coupa le moteur et défit sa ceinture. Crystal fit de même.

— Avant d'entrer, il y a quelque chose que je dois te donner.

— Quoi donc ?

— Ça, dit-il, sortant un petit écrin de velours de sa veste.

Quand il l'ouvrit, elle retint son souffle en découvrant le solitaire étincelant, accompagné d'une alliance en or assortie.

— Oh ! Bane, c'est magnifique !

— Une magnifique bague pour une magnifique femme, dit-il, sortant la bague de son écrin pour la glisser à son doigt.

Elle leva la main, et le diamant étincela sous la lumière du soleil.

— Mais où l'as-tu achetée ?

— A New York, dit-il en souriant. Pour tuer le temps lors d'une longue escale, j'ai fait quelques bijouteries. Quand nous nous sommes mariés, je ne pouvais me permettre de t'offrir quoi que ce soit d'autre que ça, dit-il, posant le doigt sur le médaillon qu'elle portait encore. Je me suis dit qu'il était temps que je t'offre mieux. Et que je mette une bague à ton doigt.

Il marqua une pause.

— Tu n'imagines pas à quel point cela m'ennuyait que tu ne portes pas de bague, reprit-il. Je me demandais comment tu réussissais à tenir les garçons à distance.

— Je t'ai dit ce qu'ils pensaient.

Oui, en effet, et il trouvait encore cela difficile à croire, mais au moins, les hommes l'avaient laissée tranquille.

Il embrassa sa main. Puis, il se pencha pour embrasser ses lèvres. Il avait besoin de ce contact physique. Il ne lui avait pas fait l'amour depuis douze heures. C'était bien trop long.

Comment avait-il pu se passer d'elle pendant cinq ans ? Il découvrait qu'il avait une volonté insoupçonnée en lui.

Quand il l'embrassait, ce qu'il préférait, c'était la façon dont elle lui rendait ses baisers, comme il lui avait appris à le faire toutes ces années plus tôt. Il appréciait aussi sa saveur délicieuse. Et son parfum si enivrant. Son souffle s'accélérait chaque fois qu'il le respirait.

Soudain, quelqu'un frappa à la vitre de leur véhicule. Bane interrompit le baiser pour fusiller l'importun du regard.

— Ça suffit, Bane.

Bane leva les yeux, puis se retourna vers Crystal et se concentra sur ses lèvres humides.

— Va-t'en, Thorn, ordonna-t-il.

— Pas avant que j'aie vérifié que tu es en un seul morceau. Je dois faire une course de motos caritative à Daytona, et je suis pressé, alors sors de cette voiture.

Bane secoua la tête et recula son siège. Il prit alors Crystal dans ses bras, ouvrit la portière et descendit.

— Bane ! Repose-moi, protesta-t-elle en s'agitant pour tenter de descendre.

— Dans une minute, dit-il.

Il la garda dans ses bras quelques instants, avant d'obtempérer. Enfin, il porta son attention sur Thorn.

— C'est bon de te revoir, Thorn.

— Content de te revoir aussi, dit son cousin en le serrant dans ses bras.

Il attira Crystal dans leur accolade.

— Toi aussi, Crystal. Ça fait un bail.

Bane savait que le commentaire de son cousin l'avait surprise. Thorn Westmoreland, célèbre pilote de moto, était la célébrité de la famille. Et il construisait aussi les motos les plus incroyables du monde. Il avait pour clients des vedettes de cinéma et des champions sportifs.

Crystal et Thorn ne s'étaient vus qu'une fois, mais Bane savait ce que Crystal pensait. Elle supposait que la famille Westmoreland la considérait encore comme la raison pour laquelle Bane avait eu tant d'ennuis autrefois.

— Merci, Thorn. Contente de te revoir aussi, dit Crystal, tandis que Bane l'attirait contre lui. Comment va ta famille ?

— Bien. Tara est à l'intérieur avec tous les autres.

— Et qui sont *tous* les autres, au juste ? demanda Bane.

A peine avait-il posé cette question que toute la famille sortit du chalet pour aller à leur rencontre. Celui que Bane fut le plus surpris de voir fut Dillon. Son frère aîné apparut sur le perron avec leur cousin Dare. Bane secoua la tête en constatant une fois de plus la ressemblance frappante ente son frère et Dare.

Il sourit en voyant défiler ses autres frères et cousins. Le frère de Dare et Thorn, Stone, était présent, ainsi que le frère de Quade, Jared. En plus de Dillon, d'autres Westmoreland de Denver avaient fait le déplacement : ses frères Riley et Canyon, ainsi que ses cousins, Aidan et Adrian.

— Hé, que se passe-t-il ? demanda-t-il en riant. Crystal et moi sommes en fuite, nous ne sommes pas venus pour une visite de courtoisie !

— Peu importe, rétorqua Dare en souriant. Nous voulions tous constater par nous-mêmes que vous alliez bien.

— Et nous sommes prêts à en découdre avec tous ceux qui veulent nous enlever Crystal, déclara Riley.

— *Nous ?* s'étonna Bane.

De tous ses frères et cousins, c'était Riley qui avait été le plus perturbé par sa relation avec Crystal. Riley avait craint que Bane souffre si Crystal ne l'avait pas attendu comme il l'avait attendue toutes ces années.

— Oui, nous. C'est une Westmoreland, et nous prenons soin des nôtres, affirma Riley.

Bane attira Crystal contre lui.

— Oui, c'est une Westmoreland.

Quade s'avança.

— La plupart des hommes sont arrivés hier. Nous avons

décidé d'aller pêcher en attendant ta venue. Les femmes sont arrivées ce matin, et sont en train de faire frire le poisson sous la véranda. D'abord, nous allons prendre le petit déjeuner, puis nous mettrons un plan sur pied. Il manque encore quelques personnes.

Bane se demanda de qui il s'agissait, mais ne posa pas de questions.

— Du poisson frit de bon matin ? J'en salive d'avance, dit-il.

Crystal avait vraiment eu l'impression de faire partie d'un clan. Surtout grâce aux femmes. Elles s'étaient extasiées devant sa bague, l'avaient félicitée pour son mariage avec Bane, et l'avaient accueillie officiellement dans la famille.

C'était la première fois qu'elle rencontrait l'épouse de Dillon, Pam. Il y avait aussi Tara, l'épouse de Thorn, dont la sœur, Trinity, était mariée au cousin de Bane, Adrian. Crystal trouvait formidable que deux sœurs aient épousé deux cousins. Elles n'étaient pas les seules, puisque la sœur de Pam, Jillian, était mariée au cousin de Bane, Aidan. Crystal était également heureuse d'avoir fait la connaissance de Shelly, Madison, Dana et Keisha, les épouses respectives de Dare, Stone, Jared et Canyon. Seule l'épouse de Quade, Cheyenne, mère de triplés, n'avait pas pu faire le déplacement.

Toutes les femmes étaient très amicales, et les hommes aussi, à sa grande surprise. Crystal ravala ses larmes quand ils portèrent un toast en son honneur. Et quand Dillon la prit à part et déclara que, pour lui, elle avait toujours fait partie de la famille, et qu'il était heureux que Bane et elle soient de nouveau réunis, elle avait dû sortir un instant pour se remettre de son émotion. Venant de Dillon, ces paroles signifiaient beaucoup.

Après être allé chercher une bière dans le réfrigérateur, Bane la rejoignit au bord du lac. Il la prit dans ses bras.

— Ça va, chérie ?

— Oui. Tout le monde est très gentil avec moi.

Il sourit, caressant sa joue.

— Pourquoi ne le seraient-ils pas ? Tu es une personne sympathique.

— Mais nous leur en avons fait voir de toutes les couleurs, toi et moi.

— C'est vrai. Mais regarde-nous aujourd'hui, Crystal. Je suis un Seal, et tu seras bientôt titulaire d'un doctorat. Dr Crystal Westmoreland, ça sonne drôlement bien, non ?

— Oui. Je trouve aussi, dit-elle, essuyant ses larmes.

— Nous avons changé, Crystal. Nous sommes de meilleures personnes, plus âgées et plus sages, même si j'admets que nous devons encore mûrir. Mais ce qui n'a pas changé, c'est notre amour mutuel. C'est la seule chose qui soit restée constante.

Il avait raison. Leur amour avait été la seule chose immuable durant toutes ces années.

— Je t'aime, Bane, murmura-t-elle.

— Et je t'aime aussi, chérie.

Elle se hissa sur la pointe des pieds pour l'embrasser. Et quand il l'enlaça et lui rendit son baiser, elle se dit qu'elle pourrait rester dans ses bras pour toujours.

Un claquement de portière interrompit leur baiser. Ils se retournèrent et virent trois hommes et trois femmes sortir de leurs voitures. La seule personne que Crystal reconnut fut Bailey, la cousine de Bane.

— C'est incroyable ! s'exclama-t-il. Ce type… Celui qui porte un blouson de cuir ressemble à…

— Riley, finit-elle. Mais ton frère n'a pas de jumeau, alors qui est-ce ?

— Ce doit être Garth Outlaw. Je ne l'ai jamais rencontré, mais j'ai entendu dire que ses cinq frères et sœurs et lui ressemblaient à des Westmoreland. D'ailleurs, ce *sont* des Westmoreland. Nous avons découvert que mon arrière-grand-père Raphel avait un fils qu'il n'a pas connu, et qui avait été adopté bébé par les Outlaw.

— Eh bien, si quelqu'un doute que Garth Outlaw soit votre parent, il suffit de mettre Garth à côté de Riley.

— C'est vrai, approuva Bane. Et l'homme avec Bailey est son fiancé, Walker Rafferty. Je me demande pourquoi ils ont décidé de venir ici au lieu de rentrer en Alaska comme ils l'avaient prévu. Quant au troisième homme, en costume noir, j'ignore qui il est.

Il prit la main de Crystal.

— Viens, Quade nous fait signe de les rejoindre.

Quelques instants plus tard, Quade fit les présentations. Comme Bane l'avait deviné, le sosie de Riley était l'un de leurs cousins d'Alaska. Crystal supposait que l'homme en costume travaillait pour le gouvernement, et ne fut donc pas surprise quand Quade annonça :

— Bane, Crystal, je vous présente Hugh Oakwood. Le président l'a récemment nommé chef d'une agence spéciale, rattachée au département de la Défense.

— Le département de la Défense ? Pourquoi la Défense serait-elle impliquée ? s'étonna Bane. Elle se charge des actions militaires à l'étranger. C'est le département de la Sécurité intérieure qui a pour rôle de gérer les questions intérieures.

— D'habitude, oui, concéda Hugh Oakwood, mais ce dossier est inhabituel. Nous pensons avoir affaire à un groupe international. Et il est hautement probable que des gens de la Sécurité intérieure soient impliqués. C'est pourquoi le président a autorisé mon agence à prendre les choses en main.

L'homme regarda autour de lui et vit qu'il avait un public. Il s'éclaircit la voix.

— Y a-t-il un endroit où nous pourrions parler en privé ? demanda-t-il.

— Oui, répondit Quade. Venez, Hugh, suivez-moi.

- 17 -

Bane avait entendu dire qu'après avoir acheté le chalet pour Delaney, Jamal l'avait considérablement agrandi, ajoutant trois chambres, trois autres salles de bains, un immense salon et un bureau. C'était dans ce spacieux bureau qu'ils se trouvaient maintenant.

Il voyait mal comment on pouvait travailler dans cette pièce, étant donné la vue magnifique sur les montagnes et le lac qu'offrait l'immense baie vitrée.

Bane s'assit à côté de Crystal, sur un canapé face à une grande cheminée. Dillon, Quade, Clint, Cole et Dare s'installèrent sur des chaises. Apparemment, Hugh Oakwood préférait rester debout, ce qui était logique puisqu'il allait prendre la parole. A l'évidence, tous étaient curieux d'entendre ce qu'il avait à dire.

Il s'adressa d'abord à Crystal.

— J'ai lu les rapports et, docteur Westmoreland, permettez-moi de vous dire que vous êtes un esprit brillant.

Bane remarqua que tous les regards se portèrent sur elle, et que Crystal sembla mal à l'aise. Sa famille prenait conscience de ce qu'il avait toujours su. Son épouse était une femme très intelligente.

— Je ne dirais pas cela, tempéra-t-elle en rougissant. Et, officiellement, je ne suis pas encore docteur.

— Ce n'est qu'une question de mois avant que vous n'obteniez votre doctorat. Après avoir lu tous vos travaux, du moins ceux auxquels j'ai eu accès, je suis certain que vous l'obtiendrez, dit Oakwood. Et, si cela ne vous ennuie pas, et même si j'ai remarqué que vous n'avez jamais employé votre nom d'épouse, je préfère l'employer maintenant.

— Non, ça ne m'ennuie pas, dit-elle. Bane et moi avions décidé il y a des années de garder notre mariage secret.

— Cela pourrait justement être un atout, dit Oakwood. Puisque personne n'est au courant de votre mariage, le groupe qui vous poursuit ne sait pas où chercher.

Il marqua un temps, puis reprit la parole.

— Grâce à vos travaux, vous avez mis au point une formule pour rendre les objets invisibles. Il y a déjà eu des travaux similaires dans ce domaine, mais il semble que vous ayez poussé vos travaux plus loin, et que la formule soit quasiment utilisable.

— Où voulez-vous en venir ? demanda Bane.

— Cette formule, entre de mauvaises mains, peut constituer une menace pour la sécurité nationale. En l'occurrence, un groupe terroriste, PPMM, qui signifie Peuples Pour un Monde Meilleur, voit cela comme un moyen d'importer et d'exporter des objets clandestinement.

— Quel genre d'objets ?

— De la drogue, des bombes, des armes. C'est bien cela, docteur Westmoreland ?

— Oui. Même s'il y a encore un peu de travail avant que ce soit possible.

— PPMM a déjà enlevé les deux autres chimistes, comme vous le savez tous, et vous aurait enlevée aussi sans l'intervention de votre époux.

— Le message que l'on m'a laissé, c'était donc pour me mettre en garde, dit-elle.

— Oui. PPMM a commencé à recruter des membres il y a quelques années. Mais nous avons réussi à infiltrer le groupe. C'est la seule manière pour nous de savoir ce qui se passe. Quand on les rejoint, c'est pour la vie, et la seule façon de s'échapper est la mort. Nous avons de la chance que notre informateur n'ait pas encore été identifié.

Il garda le silence quelques instants.

— La thèse la plus plausible, poursuivit-il, c'est que, même si Jasmine Ross a fait partie du groupe, elle a voulu le quitter à un moment, et vous a laissé ce message. Apparemment, elle a tenté de disparaître, mais elle n'a pas eu autant de chance que vous. Ils l'ont retrouvée.

Bane était sûr que tout le monde dans la pièce savait ce qui était arrivé à Jasmine Ross.

— Mon épouse ne peut pas se cacher éternellement, souligna-t-il.

— Je suis de votre avis, approuva Oakwood. Le problème, c'est que nous ne savons pas à qui nous pouvons faire confiance au sein de la Sécurité intérieure. La seule chose que nous savons, c'est que PPMM veut toujours vous retrouver, docteur Westmoreland. Vous êtes le chaînon manquant. Les recherches des autres chimistes sont limitées. Vous avez un élément clé qui leur manque, et c'est votre travail qui est nécessaire pour mettre leur plan en action.

— Désolé, mais ils ne la captureront pas, assena Bane en prenant Crystal par les épaules.

— C'est pour cela que nous avons un plan, dit Oakwood, prenant finalement place sur une chaise.

— Quel plan ? demanda Bane.

En voyant les regards que Quade et Oakwood échangèrent, Bane comprit que, quel que soit ce plan, il n'allait pas l'apprécier.

Bane se leva d'un bond.

— Non ! Jamais de la vie ! Personne n'utilisera ma femme comme appât ! tempêta-t-il.

Crystal posa la main sur son bras.

— Calme-toi, Bane. Ça n'a pas l'air si terrible.

— Si ! Ils veulent t'emmener quelque part, et ensuite informer PPMM de l'endroit où tu te trouves afin qu'ils puissent t'enlever et…

— Quand ils viendront me chercher, Oakwood et ses hommes seront prêts à les arrêter.

Bane leva les yeux au ciel. En tant que Seal, il était bien placé pour savoir que les choses ne se déroulaient pas toujours comme prévu.

— Et si quelque chose tourne mal ? objecta-t-il. S'ils ne réussissent pas à te protéger ? Et si…

— Leur mission réussit ? suggéra Crystal, tentant toujours de calmer son mari. Je dois prendre ce risque et espérer que leur plan fonctionne. Comme tu l'as dit, je ne peux pas me cacher éternellement.

Bane l'attira contre lui.

— Je sais, chérie, mais je ne veux pas que tu risques ta vie. Je ne peux pas t'avoir retrouvée pour te perdre maintenant.

Elle perçut la souffrance dans sa voix. Malgré tout, il fallait qu'il comprenne.

— Et je ne peux pas t'avoir retrouvé pour te perdre, moi non plus, mais chaque fois que tu partiras en mission, je devrai affronter cette possibilité.

— Ce n'est pas comparable. Je suis formé pour affronter le danger. Tu ne l'es pas.

Il avait raison sur ce point.

— Mais je serai bien surveillée, à distance. N'est-ce pas, monsieur Oakwood ?

— C'est vrai. Et nous avons des informations de l'intérieur.

Bane serra la mâchoire.

— Ce n'est pas suffisant, protesta-t-il en croisant les bras. Elle ne sera pas seule. Je serai avec elle.

Oakwood secoua la tête.

— Ça ne marchera pas. Les gens qui la recherchent s'attendent à ce qu'elle soit seule.

— Au diable ce qu'ils croient ! Je refuse que ma femme aille où que ce soit toute seule. Ils doivent soupçonner qu'elle a eu de l'aide, étant donné la façon dont nous avons réussi à leur échapper jusqu'à maintenant. Je n'aime pas votre plan, Oakwood, et la seule façon pour que j'accepte d'y réfléchir, c'est que je sois là pour protéger ma femme.

— Puis-je faire une suggestion ? lança Quade.

— Laquelle ? demanda Crystal quand elle comprit que ni Bane ni Oakwood ne poseraient la question.

La tension dans la pièce était palpable.

— Oakwood m'a parlé de son plan tout à l'heure, et connaissant Bane, je me doutais qu'il ne serait pas partant. Alors j'ai réfléchi à un plan B, qui j'espère satisfera tout le monde. Il requiert que Crystal soit l'appât, mais au moins, Bane pourra rester avec elle.

Oakwood fixa Quade un long moment. Enfin, il demanda :

— D'accord, quelle est votre idée ?

Quade se leva.

— Avant tout, je dois faire venir deux autres personnes qui seront utiles à la réussite de ce plan. Tous les trois, nous en avons discuté hier soir, et nous pensons que ça peut marcher.

Il fit venir les deux personnes en question. Il s'agissait de Walker Rafferty, le fiancé de Bailey, et de leur cousin Garth Outlaw.

Garth prit la parole le premier.

— Quade m'a expliqué la situation. Si vous voulez tendre un piège avec Crystal comme appât, je suggère que vous le fassiez en Alaska.

— En Alaska ? s'étonna Bane. Pourquoi l'Alaska ?

— Parce que ma famille possède un chalet sur l'île de Kodiak, dans une région très isolée. Mais elle est aussi sécurisée, et le chalet dispose d'une galerie souterraine.

Quade s'avança.

— Si les gens qui la recherchent apprennent où Crystal se trouve, ils la traqueront n'importe où.

— Même en Alaska ? demanda Crystal, dubitative.

— Oui, même en Alaska, dit Oakwood en se frottant le menton, comme s'il réfléchissait sérieusement à ce plan. Ils s'assureront tout de même que ce n'est pas un piège. Pourquoi le Dr Westmoreland s'enfuirait-elle en Alaska ? Il faut que cela ait l'air logique.

— Ça semblera logique, affirma Garth. Je sais que Crystal a étudié à Harvard. Il se trouve que mon frère Cash y a étudié au même moment. Leurs chemins auraient très bien pu se croiser.

— Je vois où vous voulez en venir, dit Oakwood d'un air songeur. Les gens qui recherchent le Dr Westmoreland supposeront que leurs chemins se *sont* croisés et que, désespérée, docteur Westmoreland, vous avez contacté Outlaw et qu'il vous a offert de vous réfugier dans son chalet en Alaska.

— Exactement, confirma Quade. Si j'en crois Garth, ce chalet sera parfait. Il se trouve sur les terres des Outlaw, et le tunnel souterrain offrira une échappatoire en cas de besoin.

— Qui plus est, dit Garth en souriant, grâce aux gènes dominants des Westmoreland, il se trouve que Bane et Cash se ressemblent. Sans doute autant que Riley et moi. Cela jouera en notre faveur si jamais quelqu'un sait que Crystal a eu de l'aide et a aperçu l'homme avec lequel elle se trouvait. Ils s'attendront à ce que ce soit le même homme qui la protège. Ils penseront que c'est Cash, alors qu'il s'agira de Bane.

— Ce plan fonctionnera, intervint Dillon, mais seulement si personne ne sait que Crystal est mariée à Bane. Etes-vous sûrs qu'absolument personne n'est au courant ?

— Jusqu'ici, le secret a été bien gardé, affirma Oakwood. J'ai vérifié, le Dr Westmoreland n'a jamais inscrit Bane comme son époux sur aucun document officiel. Je n'étais même pas au courant de ce mariage jusqu'à ce que Quade m'en parle. En revanche, dit-il en remuant sur sa chaise, Bane Westmoreland a toujours indiqué sur tous ses documents officiels qu'il était marié à Crystal Newsome Westmoreland.

Bane haussa les épaules.

— Je devais m'assurer que Crystal soit couverte si quelque chose m'arrivait, dit-il, l'attirant contre lui et déposant un baiser sur son front. J'ai aussi pris une assurance médicale pour elle, au cas où elle en aurait besoin, et je lui ai ouvert un compte bancaire.

— Toutes ces informations sont faciles à trouver, si on décide de les chercher, fit valoir Dare.

A l'évidence, son passé d'agent du FBI avait laissé des traces.

— Espérons que personne n'éprouve le besoin de chercher aussi loin, dit Clint Westmoreland. Ces informations ne peuvent-elles pas être bloquées ? demanda-t-il à Oakwood.

— Si, mais comme j'ignore qui est la taupe à la Sécurité intérieure, et à quel niveau hiérarchique elle se trouve, cacher ces informations pourraient justement attirer l'attention. Notre objectif principal est de démasquer la taupe. A l'heure qu'il est, elle constitue un danger pour notre sécurité nationale. L'idée qu'il puisse s'agir d'un agent haut placé est encore plus inquiétante.

Bane et Crystal se taisaient. Tout le monde les observait, car la décision leur revenait.

— C'est une grande décision. Vous devriez peut-être réfléchir jusqu'à demain, suggéra Cole.

Crystal se leva.

— Merci, mais inutile d'attendre. J'apprécie que tout le monde veuille m'aider. Cependant, ce qui m'inquiète le plus, c'est que ces gens me veulent vivante, mais qu'ils n'hésiteront pas à éliminer Bane s'il leur fait obstacle. Pour cette raison, je préfère que Bane ne soit pas avec moi.

— Hors de question ! s'exclama Bane.

Quand il se leva, Crystal posa un doigt contre ses lèvres pour l'empêcher de protester davantage.

— Je me doutais que tu réagirais ainsi, Bane. Tu ne me laisseras pas mettre ma vie en danger sans me protéger, n'est-ce pas ?

Il retira son doigt et soutint son regard, inflexible.

— Non.

Elle poussa un grand soupir.

— Alors, cela veut dire que nous allons en Alaska.

Le vent d'hiver était si frais que Bane mit son bras autour des épaules de Crystal tandis qu'ils gagnaient leur hôtel. Il était presque minuit. Après avoir pris la décision de se rendre en Alaska, ils avaient dû établir un plan concret. Crystal lui avait fait confiance pour régler les détails, et était allée rejoindre les femmes dans le patio.

D'une certaine manière, il était heureux qu'elle soit partie car, à plusieurs reprises, il s'était emporté contre Oakwood. Celui-ci avait semblé plus déterminé à découvrir l'identité de la taupe qu'à assurer la sécurité de Crystal. Et cela, Bane ne pouvait l'accepter.

Il avait fallu que Dillon, Quade et Dare le raisonnent et lui assurent que la sécurité de Crystal était la priorité absolue pour qu'il se calme. Après cela, ils avaient pu se mettre d'accord.

Il n'aimait toujours pas ce plan, mais il voulait que les malfrats soient arrêtés, afin que Crystal et lui puissent avoir une vie normale… chose qu'ils n'avaient jamais eue depuis leur mariage.

— Tu es bien silencieux, Bane, observa-t-elle lorsqu'ils se dirigèrent vers leur chambre.

— Je réfléchissais, dit-il, jetant un coup d'œil à la décoration de l'hôtel.

Ils étaient descendus à l'hôtel Saxon. L'établissement était splendide.

Dare leur avait proposé de prendre l'une des chambres du chalet de Delaney, mais puisque certains de ses cousins comptaient y dormir aussi, il avait décliné l'offre. Il préférait avoir Crystal pour lui seul, et n'avait guère envie de partager leur espace avec d'autres, pas même avec sa famille. Quand Bane avait annoncé que Crystal et lui passeraient la nuit dans un hôtel en ville, Quade avait proposé de leur laisser sa chambre à l'hôtel Saxon. La suite terrasse.

Le beau-frère de Quade était Dominic Saxon, propriétaire des hôtels de luxe Saxon et de la ligne de croisière Saxon. Quade avait une chambre réservée à l'année dans tous les hôtels du groupe, mais puisque sa femme, Cheyenne, n'était pas avec lui, il préférait rester avec ses cousins et son frère au chalet, et jouer aux cartes.

— Eh bien ! Cet endroit est tout simplement magnifique, s'extasia Crystal en entrant dans la suite.

Bane s'appuya contre la porte tandis que Crystal s'avançait et jetait un regard circulaire dans la vaste pièce.

— Oui, en effet, dit-il, songeant que la suite n'était pas la seule chose magnifique dans son champ de vision.

Avant de quitter le chalet, elle avait troqué son jean et son

T-shirt contre un pantalon à pinces noir et un pull. Puisque sa destination initiale était les Bahamas, la plupart des vêtements qu'elle avait emportés étaient légers. Par chance, Bailey et elle avaient la même corpulence, aussi Bailey lui avait-elle prêté plusieurs tenues, parfaites pour le rude climat de l'Alaska. Quelle que soit sa tenue, elle était la sensualité incarnée.

— Viens, explorons les lieux, dit-elle en revenant vers lui pour le prendre par la main.

Il aurait aimé que leur nuit de noces ait eu lieu dans un aussi bel endroit, digne d'un roi et d'une reine. La suite était dotée d'une cuisine ultramoderne. La réceptionniste les avait d'ailleurs informés qu'ils pouvaient faire appel à un chef cuisinier vingt-quatre heures sur vingt-quatre. L'opulente et spacieuse pièce de vie offrait une magnifique vue sur les Appalaches. Il y avait aussi le bar, avec barman personnel sur demande, et une salle de projection dans laquelle ils pouvaient regarder les films à l'affiche en appuyant sur une simple touche.

Mais le plus beau était la chambre immense, qu'ils découvrirent derrière deux grandes portes. Le lit était une véritable invitation à la sensualité. A l'évidence, Crystal était de son avis. Elle traversa la pièce pour s'asseoir sur le lit et rebondit plusieurs fois, comme pour tester le matelas.

— Ça fera l'affaire.

— L'affaire pour quoi ?

— Pour nos activités. Notre dernier hôtel a sans doute dû remplacer les matelas après notre passage.

Il rit. Le simple fait de la voir sur ce lit provoquait un délicieux frisson en lui. Quand elle soutint son regard, il décida qu'il manquait quelque chose sur le lit.

Lui.

- 18 -

Crystal prit appui sur ses bras et regarda Bane avancer vers le lit. Vers elle.

Elle tenta d'ignorer les papillons dans son ventre, et l'accélération de son pouls, en vain. Elle savait ce qu'il avait en tête : la même chose qu'elle. Il avançait d'un pas nonchalant, sensuel et séducteur, emplissant la pièce de son aura sensuelle. C'était comme si une force primitive émanait de lui, et elle ne put que rester là, à le contempler, tandis que le désir submergeait les parties les plus intimes de son anatomie.

Lentement, il retira sa veste sans cesser d'avancer. Puis il arracha sa chemise en faisant voler les boutons. Et avec autant d'énergie, il ôta sa ceinture et l'envoya à l'autre bout de la pièce.

A présent que son jean descendait sur sa taille, elle ne put empêcher son regard de se poser sur la toison de son torse, qui disparaissait sous son caleçon.

Elle observa son visage, captivée par son regard incandescent. Plus que quelques pas, et il serait tout à elle.

Quand il la rejoignit enfin, elle était tendue de désir, que le parfum enivrant de Bane, mélange d'après-rasage et de virilité, amplifia encore. Elle fut saisie d'un léger vertige, tandis qu'elle sentait la pointe de ses seins se durcir et son sexe pulser de façon presque douloureuse.

— Sais-tu ce que j'aime le plus chez toi ? demanda-t-il d'une voix grave et rauque.

— Non, quoi ? parvint-elle à dire.

— Tout. Et sais-tu ce que je pensais quand je te regardais sur ce lit ?

— Non, que pensais-tu ?

Il posait beaucoup de questions, et elle lui donnait des réponses du mieux qu'elle pouvait. Son esprit tentait de suivre et de ne pas se laisser distraire par son corps viril. Par son torse nu, musclé et sexy.

— Je me disais que je devrais être sur ce lit avec toi.

— Pas de problème, cela peut s'arranger. Assieds-toi.

Elle vit son regard s'assombrir.

— Si je fais ça, tu sais ce qui se passera.

— Oui, mais nous rattrapons le temps perdu, n'est-ce pas ?

— C'est vrai.

— Dans ce cas…

Lentement, elle s'allongea sur le lit.

— Viens, l'invita-t-elle.

Elle le regarda faire glisser son jean le long de ses jambes. Une fois nu devant elle, il décréta :

— Tu es trop habillée, Crystal.

— Tu trouves ? dit-elle en souriant.

— Oui.

— Et qu'allez-vous faire pour y remédier, Bane Westmoreland ?

Quelques heures plus tard, Crystal ouvrit les yeux. La seule lumière qu'elle distingua fut celle du salon, qui filtrait sous la porte de la chambre. Le lit était immense, mais Bane et elle étaient presque au bord, blottis l'un contre l'autre. Elle ne voulait pas le réveiller, mais elle devait aller à la salle de bains.

Sa jambe par-dessus la sienne la retenait prisonnière. Quand elle tenta de se dégager en douceur, il ouvrit les yeux.

— Pardon, je ne voulais pas te réveiller.

Il plongea son regard dans le sien. Un regard ensommeillé, satisfait.

— Et où crois-tu aller comme ça ? demanda-t-il en resserrant son étreinte.

— A la salle de bains.

— Ah.

Il roula sur le côté pour la libérer.

— Ne sois pas trop longue. Tu me manques déjà.

Elle sourit quand il referma les yeux. Elle chercha ses vêtements du regard, mais ne les vit nulle part. Comme elle ne voulait pas allumer, elle décida de traverser la pièce nue, comme Bane l'avait fait de nombreuses fois.

Après être sortie de la salle de bains, elle alla chercher un vêtement dans sa valise. Leurs bagages étaient là où ils les avaient laissés, non loin de la porte. Elle prit une nuisette. Une fois qu'elle l'eut enfilée, elle remarqua la sacoche que Bane lui avait donnée.

Puisqu'elle n'avait pas sommeil, c'était le moment parfait pour lire. Lorsqu'elle ouvrit la sacoche, elle constata que Bane avait disposé les lettres et les cartes en paquets, afin qu'elle puisse les lire dans l'ordre. Il les avait aussi attachés ensemble et étiquetés. Elle saisit le paquet portant l'étiquette : « ma première année ».

Elle s'installa sur le canapé face à la cheminée, qu'elle alluma à l'aide d'une télécommande. La lumière vive et la chaleur des flammes l'enveloppèrent d'un sentiment de bien-être.

Ramenant ses jambes sous elle, elle ouvrit la première lettre et commença sa lecture.

« Crystal,

» Je suis arrivé au centre de formation de la Navy dans l'Indiana. Les autres recrues sont assez sympathiques, mais mes frères et mes cousins me manquent. Plus que tout, tu me manques. Une part de moi sait que je dois tenir bon, et devenir quelqu'un pour toi, ainsi que pour moi, mais j'ignore si je pourrai supporter d'être loin de toi. Nous n'avons jamais été séparés auparavant, et plus d'une fois, j'ai voulu retourner à Denver, pour obliger tes parents à me dire où ils t'avaient envoyée. Je veux crier sur les toits que tu es ma femme, et que j'ai le droit absolu de savoir où tu te trouves.

» Mais les jours où je pense de cette façon, je sais pourquoi je supporte la solitude. C'est pour que tu réalises tout le potentiel qui est en toi. Tu es intelligente. Brillante. Belle. Je veux que tu deviennes quelqu'un, et je te promets de devenir quelqu'un, moi aussi.

» Je ne suis pas sûr que tu lises cette lettre, mais j'espère qu'un jour tu le pourras. Sache que mon cœur t'appartient pour toujours, que je t'aime plus que ma vie, et que je te laisse l'espace nécessaire pour que tu puisses t'épanouir. Et quand je reviendrai, nous saurons que ce sacrifice n'aura pas été vain.

» Avec tout mon amour,

Ton Bane. »

Crystal prit une grande inspiration et essuya une larme. *Son Bane.* Elle remit la lettre dans son enveloppe, et prit une carte de la Saint-Valentin. Elle sourit après avoir lu le poème, et quand elle vit qu'il avait signé « ton Bane » de nouveau, elle sentit son cœur palpiter.

Elle continua la lecture de toute la pile. Dans ses lettres, il lui racontait comment son chef avait remarqué qu'il était un excellent tireur, capable d'atteindre une cible avec un œil fermé ou par-dessus son épaule.

— Vantard, dit-elle en souriant.

C'était ce talent qui lui avait permis de se faire remarquer, et d'être recommandé pour le corps des Seals.

Elle remarqua que, même si son anniversaire et leur anniversaire de mariage tombaient le même jour, il lui avait acheté des cartes séparées pour chaque événement. Quand elle eut fini le premier paquet, elle eut l'impression de savoir comment s'était déroulée sa première année. Sa première année sans elle. Il avait souffert autant qu'elle. Elle lui avait manqué. Immensément. Elle le sentait dans ses mots, et elle l'imaginait très bien, allongé le soir sur son lit de camp, en train de lui écrire. Il lui parlait des hommes qu'il avait rencontrés, lui racontait comment certains d'entre eux étaient devenus des amis pour la vie.

Elle en était à la moitié de la seconde pile quand elle entendit un bruit. Elle leva les yeux et vit Bane dans le couloir.

— Tu n'es pas revenue. Et tu me manquais.

A cet instant, une seule chose lui venait à l'esprit. L'homme qui se tenait devant elle était *son Bane.* Mettant les lettres et les cartes de côté, elle se leva et le rejoignit. Ils avaient traversé beaucoup de choses, et en traversaient encore, mais au bout du compte, ils étaient ensemble.

Elle enlaça sa taille et lui murmura les mots qui emplissaient son cœur.

— Je t'aime, Bane.

— Je t'aime aussi, Crystal.

Il la souleva dans ses bras.

— Retournons nous coucher, dit-il.

— Pour dormir ?

— Non.

Elle sourit tandis qu'il l'emmenait dans la chambre. Une fois qu'il l'eut reposée à terre, il lui ôta sa nuisette avant de l'allonger de nouveau sur le lit.

— J'ai commencé à lire tes lettres et tes cartes, dit-elle quand il s'étendit près d'elle. Merci d'avoir partagé cette période avec moi. Et j'ai quelque chose pour toi, moi aussi. Un album photo. Je te le donnerai quand nous serons en Alaska.

Il caressa sa jambe.

— Pas de quoi. Et merci d'avoir fait un album pour moi.

Il se pencha pour l'embrasser. Et elle sut que, comme toutes les autres fois, ce n'était que le début.

- 19 -

— Cet endroit est incroyable, déclara Crystal quand ils furent entrés dans le chalet.

Bane était de son avis. Le chalet était immense, mais ce n'était pas la seule surprise. L'endroit était incroyable, tout comme la nature alentour. Et le chalet avait été bâti comme un abri de survie.

Ils étaient arrivés à Kodiak quelques heures plus tôt, après avoir passé une autre journée en Caroline du Nord. Garth les avait emmenés dans son jet privé. Les trois frères de Garth, Cash, Sloan et Maverick étaient venus les chercher dans un petit aéroport. Leur frère Jess, candidat au poste de sénateur de l'Alaska, était en déplacement pour sa campagne, tandis que leur sœur Charm avait accompagné leur père à Seattle pour un voyage d'affaires.

Garth n'avait pas exagéré en disant que Cash était le sosie de Bane. Ils étaient si semblables que c'en était troublant. Et les ressemblances entre les Westmoreland et les Outlaw ne s'arrêtaient pas là. Sloan ressemblait à Derringer, et Maverick, aux jumeaux Aidan et Adrian. Les Outlaw avaient aisément accepté leur lien biologique avec les Westmoreland, mais selon Garth, ce n'était pas le cas de leur père. Il était encore dans le déni, et ils en ignoraient la raison.

Après avoir déposé Bailey et Walker dans leur ranch, Garth et ses frères avaient conduit Bane et Crystal au chalet, niché dans les montagnes, au bord du détroit de Chelikhov, qui s'étendait de la côte sud-ouest de l'Alaska jusqu'à l'est de l'île Kodiak.

— Nous allons vous faire faire une visite guidée du chalet avant de partir, annonça Garth.

Ses frères et lui les firent visiter toutes les pièces, toutes plus stupéfiantes les unes que les autres. Puis les cousins de Bane leur montrèrent le mur mobile qui conduisait à la galerie souterraine. L'endroit était bien mieux que ce que Bane avait imaginé. Il y avait une pièce de vie, dotée d'un écran plat. Le canapé, nota-t-il, était convertible. Le cellier était rempli de conserves. Et il y avait l'armurerie, qui contenait sans doute toutes les armes possibles et imaginables.

— Notre grand-père était collectionneur d'armes, expliqua Sloan. Notre père ne partageait pas sa passion, alors, il nous a demandé de nous en débarrasser. Il ne sait pas que nous les avons gardées. Pour nous, elles ont une valeur inestimable.

— Bien sûr, au fil du temps, nous avons ajouté nos armes préférées. Celui-ci est à moi, dit Maverick en désignant un Winchester Magnum, un fusil très puissant. Utilisez-le en cas de besoin.

Une fois la visite terminée, ils retournèrent au salon.

— J'espère ne pas te chasser, dit Bane à Cash.

— Pas du tout, répondit Cash avec un sourire. Je devais prendre quelques jours loin de l'Alaska, de toute façon. Un couple d'amis et moi nous rendons aux Bermudes pour quelque temps. Ça m'ennuie de manquer toute l'action.

Le but était de faire croire au groupe qui traquait Crystal qu'elle se trouvait dans le chalet avec Cash, un ami d'université. Mais pour que ce plan fonctionne, et au cas où quelqu'un enquêterait, le vrai Cash devait disparaître quelque temps.

Oakwood devait téléphoner dans la matinée pour donner à Bane les dernières instructions, et l'informer du moment où la localisation de Crystal allait être ébruitée, afin qu'ils puissent se préparer. Le département de la Défense avait envoyé des hommes qui surveillaient déjà le chalet. En dehors de Bane et Garth, personne n'avait remarqué leur présence.

Peu après, les hôtes de Bane et Crystal prirent congé. Une fois qu'ils furent seuls, Bane observa Crystal. Elle était drôlement calme, pour une femme qui serait dans vingt-quatre heures l'appât d'un piège destiné à capturer ses ravisseurs.

— Je les aime bien, commenta-t-elle avec un sourire.

— Qui ?

— Tes cousins.

— Et qu'est-ce qui te plaît chez eux ? demanda-t-il en s'approchant d'elle.

— Pour commencer, la rapidité avec laquelle ils ont proposé leur aide. Ils n'étaient pas obligés de mettre cet endroit à notre disposition.

— Non, c'est vrai.

Il l'attira contre lui.

— Si nous réussissons cette mission, nous leur devrons mille remerciements, dit-il. Cet endroit est parfait, et pas seulement grâce à la galerie souterraine. Il y a aussi la localisation. J'imagine très bien qu'on veuille se cacher ici, et je suis sûr que ceux qui sont à tes trousses trouveront cela plausible.

— Je me demande quand Oakwood enverra ses hommes.

Il rit.

— Ils sont déjà là.

— Quoi ? s'exclama-t-elle. Tu en es sûr ?

— Tout à fait. Je ne les ai pas vus, mais je sens leur présence. Je l'ai sentie dès que nous nous sommes garés devant le chalet. Et parce que Garth est un ancien marine, il l'a sentie aussi.

Il marqua une pause, puis reprit :

— Rien ne peut t'arriver, Crystal. Je ne le permettrai pas. Tu sais à quel point tu comptes pour moi ?

Elle acquiesça et noua les mains autour de son cou.

— Oui, je sais.

Après avoir lu ses cartes et ses lettres, elle était émerveillée par la puissance de l'amour qu'il lui portait.

— Bien, dit-il.

Il ponctua leur échange d'un baiser.

Plus tard cette nuit-là, Crystal quitta le lit. Du moins, elle essaya. Mais Bane la piégea entre ses bras.

— Où vas-tu ?

— Lire. J'en suis à la troisième pile.

Il roula sur le côté.

— C'est intéressant ?

— Très. Cela signifie beaucoup pour moi, de savoir que tu pensais à moi.

La lecture de ses lettres lui avait permis de comprendre qu'il adorait être un Seal, et que ses collègues étaient comme une deuxième famille.

— Je pensais tout le temps à toi, affirma-t-il d'une voix rauque.

Il caressa sa joue.

— Tu n'as pas envie de dormir ?

— Je te l'ai dit, je veux lire. Alors, laisse-moi y aller.

— D'accord, si tu es là où je peux te voir.

— Je serai dans le salon.

— Ce n'est pas suffisant. Je te veux ici, avec moi.

Elle allait lui rappeler que le chalet était entouré de gardes, mais elle se ravisa.

— D'accord, je vais lire dans le lit, si tu es sûr que ça ne te dérange pas.

— J'en suis sûr. Je suis bien réveillé, moi aussi.

Il la libéra. Après avoir enfilé la nuisette qu'il lui avait retirée tout à l'heure, elle traversa la pièce pour aller chercher le troisième paquet.

Elle prit aussi l'album photo qu'elle avait emporté avec elle. Lorsqu'elle revint dans le lit, elle le tendit à Bane.

— Tiens. C'est mon cadeau pour toi.

— Merci, trésor.

Il s'assit et commença à tourner les pages de l'album. Lorsqu'il vit leur certificat de mariage, il esquissa un sourire.

— Nous étions si jeunes, observa-t-elle.

— Oui. Mais si amoureux.

— Nous le sommes toujours, dit-elle en s'asseyant à côté de lui.

Dans un silence agréable, il tourna les pages de l'album pendant qu'elle lisait ses lettres.

— C'est la photo de ta remise de diplômes au lycée ? demanda-t-il.

Elle jeta un coup d'œil à la photo dont il parlait.

— Oui. Ce jour-là, je n'ai pas cessé de me dire que j'avais réussi grâce à toi. J'avais obtenu ce que je ne voulais pas, et en définitive, j'en étais plutôt heureuse.

Il tourna d'autres pages, et arriva à une remise de diplômes à l'université.

— N'est-ce pas étrange que Cash ait fréquenté le campus en même temps que toi ?

— Si. Je n'ose imaginer ma réaction si j'avais croisé un homme qui te ressemblait. Personnellement, je suis heureuse que nos chemins ne se soient pas croisés.

Elle allait reprendre sa lecture quand le téléphone de Bane sonna. Il répondit aussitôt.

— Bane, j'écoute.

Crystal tenta de déchiffrer son expression, sans y parvenir.

— Comment est-ce arrivé ? s'emporta-t-il soudain.

Pourquoi était-il si en colère ? Quelques instants plus tard, il raccrocha et envoya plusieurs messages.

— Que se passe-t-il, Bane ?

Il la fixa sans répondre. Elle devina qu'il tentait de contenir sa colère.

— C'était Oakwood. Quelqu'un dans son service a fait une gaffe.

Il rejeta la tête en arrière.

— Ta localisation a déjà fuité. Le seul point positif, c'est que la taupe a mordu à l'hameçon, et que ses hommes et elle sont en route, pensant que tu es avec Cash.

— Et le point négatif ?

Car elle était sûre qu'il y en avait un.

Bane inspira.

— Qui que soit ce type, il est à l'évidence haut placé à la Sécurité intérieure. Il a contacté le responsable des hommes d'Oakwood, et a donné l'ordre de les rappeler, en disant que des forces spéciales allaient venir prendre le relais.

Crystal fronça les sourcils.

— Es-tu en train de dire que les hommes d'Oakwood ne sont plus dehors à nous protéger ?

— Exactement. Mais je ne veux pas que tu t'inquiètes. J'ai la situation en main, assura-t-il, sortant du lit et enfilant son jean. Il faut que tu descendes dans la galerie.

— Tu viens avec moi ?

— Non, dit-il, saisissant son pistolet et vérifiant sa mire. Je devrais peut-être rester ici pour l'instant. Oakwood a ordonné à ses hommes de revenir, et avec un peu de chance, ils seront bientôt là.

Crystal ne voulait pas songer à ce qui pourrait arriver si ce n'était pas le cas. Bane s'attendait à ce qu'elle se cache dans la galerie, là où elle serait en sécurité, pendant qu'il se battait seul contre leurs ennemis, jusqu'à ce que les renforts arrivent.

— Je préfère rester ici avec toi. Je ne suis pas aussi douée que toi au tir, mais grâce à toi, je me débrouille pas mal.

Il fronça les sourcils.

— Il est hors de question que tu restes avec moi.

— Je ne vois pas pourquoi, rétorqua-t-elle en s'habillant à son tour. Pour être honnête avec toi, je me sens en sécurité.

Il secoua la tête.

— Et pourquoi te sens-tu en sécurité ?

Elle lui offrit un grand sourire.

— Parce que j'ai le meilleur protecteur qui soit. Toi.

- 20 -

Quelques instants plus tard, Crystal inspecta l'arsenal personnel de Bane étalé sur la table.

— Je croyais qu'on ne pouvait pas prendre l'avion avec une seule arme, encore moins avec une panoplie entière.

— On ne peut pas, confirma-t-il.

— Alors, comment as-tu fait pour passer le point de contrôle de l'aéroport, quand tu as pris l'avion pour venir à Dallas ?

— Je n'ai pas eu à le faire. Bailey s'est dit que j'aurais peut-être besoin de ces armes et me les a apportées au chalet. Je suis heureux de son initiative. Et les apporter ici n'a pas été un problème, puisque nous étions dans l'avion privé de Garth.

Crystal le regarda vérifier toutes les armes et s'assurer qu'elles étaient suffisamment chargées. Il était près de 1 heure du matin.

— Tu as des collègues incroyables, Bane. J'ai adoré apprendre des choses sur eux en lisant tes lettres. Ils ont été là pour toi. Pour nous. Durant toute cette épreuve. Je suis impatiente de rencontrer Coop, tu parles beaucoup de lui dans tes lettres.

Elle remarqua que les mains de Bane s'étaient figées, et que la douleur s'était peinte sur ses traits.

— Bane ? Que se passe-t-il ?

— Tu n'auras pas l'occasion de rencontrer Coop, Crystal. Nous l'avons perdu durant l'une de nos opérations secrètes.

— Oh ! non !

Elle ravala ses larmes pour un homme qu'elle n'avait jamais rencontré. Mais d'une certaine façon, elle l'avait rencontré, à travers les lettres de Bane, et elle savait que Coop et lui avaient un lien particulier.

— Que s'est-il passé ?

— Je ne peux pas te donner de détails, mais on lui a tendu un piège. Il a été capturé vivant. Quelques jours plus tard, notre commandant a reçu les vêtements ensanglantés de Coop ainsi que sa plaque militaire, pour que l'on sache ce qu'ils lui avaient fait.

Elle le prit par la taille.

— Je suis navrée. Après avoir lu tes lettres, je sais quelle amitié particulière vous liait.

— Oui, c'était un ami très cher. Un frère. Je suis désolé que tu n'aies pas pu le connaître.

Emue par sa tristesse, elle se hissa sur la pointe des pieds et posa ses lèvres sur les siennes. Ce fut un baiser bref, parce qu'ils n'avaient pas beaucoup de temps et que la situation ne permettait rien de plus.

— C'est étrange, observa-t-elle après un regard vers l'horloge murale.

— Quoi donc ?

— Que personne n'ait téléphoné. J'aurais cru qu'Oakwood aurait pris de nos nouvelles, et qu'il nous aurait tenus au courant de ce qui se passe.

Comme Bane ne répondit rien, elle sonda son visage.

— Tu l'as remarqué aussi. Je me trompe ?

— J'avais remarqué, et je crois avoir une explication.

— Laquelle ?

— Quelqu'un a bloqué les appels entrants et sortants. On pense nous avoir piégés, mais j'ai pu envoyer un message à Walker et aux Outlaw juste après avoir parlé avec Oakwood, pour les informer de la situation. J'ai toutes les raisons de croire que les malfaiteurs sont en chemin, s'ils ne sont pas déjà là. Je te demande de nouveau de descendre, Crystal.

— Seulement si tu descends avec moi.

Il poussa un soupir.

— Dans ce cas, prends ceci, céda-t-il, lui tendant un petit pistolet. Mais tu ne devrais pas avoir à t'en servir.

Elle le glissa dans la poche de sa veste. Au même moment,

la lumière de la pièce vacilla, avant de s'éteindre totalement, les plongeant dans l'obscurité.

— Bane ?

— Je suis là, dit-il, posant le bras sur ses épaules.

Elle sursauta quand on tambourina à la porte.

— Sérieusement ? Ils pensent que nous allons ouvrir ? fulmina Bane.

— Mais s'il s'agit de Walker ou des Outlaw ? Ou même d'Oakwood ?

— Trop tôt pour Oakwood. Quant à Walker et aux Outlaw, nous avons décidé de communiquer par un signal.

— Quel signal ?

— Le roucoulement d'une tourterelle de la Caroline. Je ne l'ai pas entendu, tu sais donc ce que ça signifie.

Elle hocha la tête. Oui, elle le savait.

Bane aurait préféré que Crystal obéisse et descende au sous-sol. Il devait se concentrer, or il n'était pas sûr de pouvoir le faire s'il était inquiet pour elle.

Soudain, une grosse voix qui semblait provenir d'un mégaphone se fit entendre à l'extérieur.

— Monsieur Outlaw ! Mademoiselle Newsome ! Nous sommes membres du département de la Sécurité intérieure ! Nous sommes ici pour emmener Mlle Newsome en lieu sûr !

— Tu parles ! marmonna Bane. Ces salauds s'attendent à ce qu'on les invite à entrer, alors que nous sommes dans le noir total. Ils nous prennent vraiment pour des idiots.

— Si vous ne répondez pas à notre requête, continua la voix, nous supposerons que vous êtes en danger, et nous entrerons de force !

Comme vous voudrez, songea Bane. *Allez-y.*

— Tu crois qu'ils vont vraiment le faire ? chuchota Crystal.

— Apparemment oui, alors préparons-nous.

Il la fit allonger sur le sol à côté de lui.

A cet instant, son téléphone portable vibra dans sa poche.

Quelqu'un avait réussi à contourner le blocage. Il sortit rapidement l'appareil et lui le message de Walker.

Ils sont 5.

— Walker m'informe que cinq hommes encerclent le chalet. Du moins, à première vue. Il y en a peut-être d'autres.

— Alors, Walker et les Outlaw sont là.

— Oui, et ils savent qu'ils doivent rester cachés, à moins que quelque chose de grave se produise. Nous devons cibler le chef de la bande.

— Alors, pour l'instant, c'est cinq contre deux.

Il fronça les sourcils.

— Je veux que tu restes allongée, Crystal. Ils ne feront rien contre toi puisque tu as de la valeur pour eux. Ça veut dire qu'ils vont tenter d'entrer pour te capturer.

Soudain, il y eut un grand bruit, comme si on enfonçait une porte.

— Chut, murmura Bane. Quelqu'un vient d'entrer.

Des voix masculines leur parvinrent d'une autre pièce.

— Mademoiselle Newsome, dites-nous si vous êtes là ! Nous savons que vous pensez être en sécurité avec Cash Outlaw, mais nous avons des raisons de croire qu'il n'est pas fiable ! Nous devons vous sortir d'ici et vous mettre à l'abri !

Ils entendirent des bruits de pas dans différentes pièces, ce qui signifiait que plusieurs hommes étaient entrés. Soudain, la lumière revint.

— Reste allongée, ordonna Bane avant de se lever.

— Hors de question.

Dès qu'elle fut debout, deux hommes entrèrent dans la pièce, braquant leurs armes sur eux. Bane se posta en bouclier devant Crystal.

— Mademoiselle Newsome ? Ça va ? demanda l'un des hommes.

Tous deux étaient habillés en tenue de camouflage. L'un

semblait mesurer plus d'un mètre quatre-vingts, et l'autre, une bonne tête de moins.

— Ça va, dit-elle, passant la tête sur le côté pour les regarder.

Tous deux semblaient avoir une quarantaine d'années.

— Alors, dites à votre ami de baisser son arme, dit le plus petit des deux.

— Pourquoi ne baisseriez-vous pas les vôtres ? rétorqua Crystal.

Elle tenta de chasser de son esprit la pensée soudaine que tout se passait comme dans le rêve qu'elle avait fait quelques jours plus tôt.

— Impossible. La Sécurité intérieure a des raisons de croire qu'il est dangereux.

Crystal était de cet avis. A cet instant, la rage de Bane était palpable.

— Qui êtes-vous ? demanda-t-elle à celui qui avait parlé.

— Nous sommes de la Sécurité intérieure, intervint l'autre.

— Je veux des noms.

Elle vit que son interlocuteur commençait à être agacé.

— Je suis Gene Sharrod, et mon collègue s'appelle Ron Blackmon. Nous sommes tous les deux chefs de division à la Sécurité intérieure.

— Je suis impressionnée. Pourquoi de hauts responsables se déplaceraient-ils pour moi ?

— Ceux qui vous recherchent veulent vous enlever. Pour des raisons qui pourraient constituer une menace pour notre sécurité nationale.

— J'ai reçu un message pour m'avertir.

— Oui, et nous pensons que vous avez fait le bon choix en disparaissant comme on vous l'a conseillé. Mais maintenant, nous sommes là pour gérer la situation, et assurer votre sécurité.

Crystal leva le menton.

— Comment connaissez-vous le contenu du message ?

A en juger par son air, l'homme s'était rendu compte de sa bévue.

— Epargnez-nous vos foutaises ! intervint Bane d'un ton furieux. Elle n'ira nulle part avec vous.

— Vous n'êtes pas en position de dire quoi que ce soit, monsieur Outlaw, rétorqua le plus petit des deux hommes sur un ton méprisant. Au cas où vous n'auriez pas remarqué, vous avez deux armes braquées sur vous, alors je vous suggère de baisser votre revolver.

— Et je vous suggère de baisser les vôtres, riposta Bane d'un ton sec.

Le plus grand eut l'audace de ricaner.

— Vous pensez vraiment pouvoir nous éliminer tous les deux, Outlaw ?

Bane afficha un sourire narquois.

— J'en suis certain. Et mon nom n'est pas Outlaw. Cash Outlaw est mon cousin. Je suis Brisbane Westmoreland. Navy Seal. Et, pour votre information, je suis tireur d'élite. Alors, vous êtes prévenus. Je peux vous brûler la cervelle sans projeter la moindre trace de sang sur le canapé.

Le plus petit, Blackmon, sembla sonné. Mais manifestement, Sharrod pensait que Bane bluffait.

— Faites-moi confiance, il dit la vérité, assura-t-elle.

Sharrod eut l'air furieux.

— Nous ne partons pas sans vous !

— Vous voulez parier ? gronda Bane. Ma femme n'ira nulle part avec vous.

— Votre femme ? s'exclama Sharrod, l'air stupéfait.

— Oui, sa femme, assura Crystal, tendant sa main gauche pour montrer son solitaire étincelant.

— Je suis fatigué de discuter, dit Bane. Baissez vos armes !

Blackmon plissa les yeux.

— Comme l'a dit Sharrod, vous n'êtes pas en position de donner des ordres.

Soudain, des coups de feu retentirent. Avant que Crystal s'en rende compte, Bane avait fait voler les armes des deux hommes.

— Maintenant, je le suis, conclut-il d'un ton désinvolte.

Les deux hommes se plièrent en deux en poussant des cris de

douleur. L'un d'eux s'écria que ses doigts avaient été arrachés. Un roucoulement de tourterelle se fit entendre, juste avant que Walker, Bailey et Garth entrent en trombe, arme au poing.

— Ça va ? demanda Bailey en courant vers eux.

Walker et Garth se chargèrent des deux assaillants, qui gémissaient comme des bébés.

— Sloan et Maverick s'occupent des autres types dehors.

— Vous le regretterez, Outlaw… Westmoreland… ou quel que soit votre nom ! fulmina Blackmon. La Sécurité intérieure vous réglera votre compte ! Vous trahissez votre pays !

— Non, c'est vous qui le trahissez, intervint Oakwood qui venait d'entrer en trombe. Gene Sharrod et Ron Blackmon, vous êtes en état d'arrestation. Sortez-les de là, ordonna-t-il à ses hommes qui se ruèrent sur eux.

— Il nous faut un médecin ! cria Blackmon, tenant sa main ensanglantée quand les agents le saisirent.

Bane fronça les sourcils.

— Vous devriez vous estimer heureux que ce soient vos mains et pas vos cerveaux que j'ai fait exploser. Alors cessez de geindre.

Lorsque Oakwood et ses agents les eurent emmenés hors du chalet, Bane se tourna vers Crystal.

— Je t'avais dit de rester allongée, dit-il, la mâchoire crispée.

Elle caressa son visage.

— Je sais, mais tu as oublié ce que tu avais également dit.

— Quoi ?

— Que nous faisions bloc, quoi qu'il arrive.

Elle déposa un chaste baiser sur ses lèvres, mais il avait à l'évidence d'autres idées, car il l'attira contre lui et l'embrassa avec fougue. Elle s'accrocha à son cou et lui rendit son baiser, sans se soucier des regards.

Quand quelqu'un s'éclaircit la gorge, ils interrompirent leur étreinte. Bane murmura contre ses lèvres humides :

— Venez, madame Westmoreland. Rentrons chez nous.

- 21 -

Une semaine plus tard

Crystal n'avait pas voulu déranger Bane. Mais quand il remua dans le lit, ouvrant des yeux ensommeillés qu'une lueur de désir fit briller, elle constata qu'elle l'avait bel et bien réveillé.

Comment pouvait-il se réveiller ainsi, prêt à faire l'amour après toute une nuit d'ébats ?

— Bonjour, dit-il de cette voix grave et rauque qu'elle adorait.

— Bonjour, Bane, dit-elle en souriant.

C'était un bon jour, en effet, surtout après le coup de fil qu'ils avaient reçu la veille. Selon Oakwood, Sharrod avait cédé sous la pression et avait tout révélé, y compris l'endroit où étaient retenus les deux autres chimistes. Ces derniers avaient à présent retrouvé leur famille.

Elle jeta un regard circulaire dans le chalet. Leur chalet. Bane l'avait bâti des années plus tôt pour en faire leur nid d'amour secret. A présent, c'était leur maison. A l'origine, il n'avait qu'une pièce et une salle de bains, mais l'année précédente, Bane avait demandé à Riley d'engager quelqu'un pour ajouter une cuisine, un salon, et agrandir la salle de bains. Sa sœur Gemma, décoratrice d'intérieur, s'était chargée de la décoration avant et après les travaux.

Le salon était assez grand pour contenir un canapé, une table et des chaises. Crystal adorait la cheminée, qui procurait une douce chaleur par les froides soirées d'hiver. Un téléviseur à écran plat était accroché au mur. Bane lui avait expliqué qu'il avait pris l'habitude de passer ses journées ici chaque fois qu'il rentrait de mission. Il avait même fait installer Internet, de façon à être en permanence joignable par son commandant.

Bane et elle avaient décidé de faire construire une autre maison, qui deviendrait leur résidence permanente, non loin des terres dont Bane avait hérité. Ils commenceraient à étudier des plans de maison la semaine suivante. La seule chose qu'ils savaient pour l'instant, c'était que cette nouvelle demeure devrait être assez grande pour accueillir tous les enfants qu'ils comptaient avoir un jour.

Elle avait lu toutes ses cartes et ses lettres, et si elle avait pu l'aimer plus qu'elle ne l'aimait déjà, elle l'aurait fait. Il avait mis dans ses mots tout son cœur, toute son âme et toute la souffrance de ces années sans elle. A présent, elle avait la certitude absolue d'être aimée par l'homme qui lui était destiné, et auquel elle était destinée.

La veille, ils étaient allés au ranch des parents de Crystal. Une propriété qui lui appartenait désormais. L'endroit était désert et en ruines. Pour l'heure, ils n'avaient pas décidé de ce qu'ils allaient en faire.

D'une certaine façon, ces cinq années de séparation avaient eu l'effet escompté. Elles les avaient aidés à devenir meilleurs. Crystal constatait un réel changement en Bane. Il pouvait encore être rebelle quand il le fallait, mais il y avait maintenant une sérénité en lui, une discipline, une maîtrise et une détermination nouvelles. Il l'avait toujours aimée, comme il avait toujours aimé sa famille. Et maintenant, il aimait son pays avec autant de passion.

Et les Westmoreland étaient merveilleux. Crystal se réjouissait de pouvoir mieux connaître les femmes de la famille. Elle qui avait toujours été solitaire, pour la première fois de sa vie, elle avait le sentiment de faire partie d'un clan.

Parce qu'elle avait perdu l'essentiel de ses affaires dans l'incendie de sa maison, Pam avait organisé une fête afin de célébrer son retour et celui de Bane, durant laquelle Crystal avait reçu beaucoup de cartes cadeaux. Il se trouvait justement qu'elles provenaient toutes des boutiques préférées de ces dames.

Puis il y avait la tradition familiale. Un vendredi soir sur deux, les Westmoreland se réunissaient chez Dillon. Les femmes cuisinaient, et les hommes arrivaient le ventre vide. Après le repas, les hommes jouaient au poker, et les femmes faisaient ce qui leur plaisait. En général, elles prévoyaient une soirée shopping. Ce soir, ce serait le premier dîner familial de Crystal, et elle était impatiente d'y être.

Lorsque Bane resserra son étreinte, elle sentit son sexe en érection appuyer contre son postérieur. D'instinct, elle se blottit tout contre lui. Tout ce désir qu'il avait accumulé commençait à l'affecter elle aussi.

— Que se passera-t-il quand tu te lasseras de moi ? demanda-t-elle.

— Jamais je ne me lasserai de toi. Tu possèdes mon corps, chérie. Et mon âme. Et surtout, ça, dit-il, prenant sa main pour la poser contre son cœur.

Ses mots la touchèrent profondément. Et cela n'arrangea rien quand il posa son magnifique regard noisette sur elle.

— Oh ! Bane ! Fais-moi l'amour.

— Tout le plaisir sera pour moi.

Plus tard, ce soir-là, Crystal était assise à côté de Bane à la table de Dillon, entourée des frères de Bane, de ses cousins et cousines et de leurs conjoints. Et il y avait les enfants. De nombreux et splendides enfants, qui faisaient la joie de leurs parents. Passer du temps avec eux avait donné envie à Crystal d'avoir un enfant. Un bébé. Le bébé de Bane.

Dillon avait porté un toast en leur honneur, pour accueillir de manière officielle Crystal dans le clan Westmoreland, et pour leur dire à quel point tous étaient fiers d'eux. Il leur avait aussi donné sa bénédiction, comme ses parents l'auraient fait, et leur avait souhaité un long et heureux mariage. Ses paroles avaient failli la faire pleurer, car elle avait eu le sentiment de réellement faire partie de la famille.

Après le dîner, alors que les femmes débarrassaient la table et que les hommes se rassemblaient pour jouer aux cartes, le téléphone de Bane sonna. Il sortit l'appareil de sa poche.

— C'est mon commandant, dit-il. Excusez-moi, je dois répondre.

Crystal eut la gorge nouée. Elle savait que Bane était en congé jusqu'en mars. S'était-il produit un événement, et son commandant réunissait-il l'unité pour une mission ? Il ne restait que trois semaines avant Noël. De surcroît, c'était leur première semaine de calme ensemble. Crystal ignorait comment elle réagirait s'il devait subitement partir.

Tu feras comme toute épouse de Seal, lui souffla une petite voix. *Tu l'aimeras, le soutiendras, et l'accueilleras à bras ouverts à son retour.*

Elle fut soudain emplie d'une paix intérieure, et prête à entendre la suite.

— Que se passe-t-il, Bane ? demanda Dillon.

Crystal, comme tous les autres, fixa Bane quand il revint dans la salle à manger. Il semblait sonné. Même si c'était Dillon qui avait posé la question, ce fut elle que Bane regarda.

— C'était mon commandant. Il a reçu un appel du Pentagone ce soir, pour l'informer que Coop était vivant et retenu prisonnier quelque part en Syrie.

— Ton ami Coop ? demanda-t-elle, se levant et se précipitant vers lui.

— Oui. Le commandant réunit mon unité pour aller le chercher, ainsi que les autres otages qu'ils détiennent.

— Quand pars-tu ? demanda-t-elle avec douceur.

Il posa la main sur son épaule.

— Je ne pars pas. Le commandant voulait juste me mettre au courant. Il connaît notre situation et sait ce que nous venons de traverser. Il m'a dit que j'étais dispensé de cette mission si je le souhaitais.

Elle sonda son visage. Et sans se soucier qu'on puisse les écouter, elle demanda :

— Mais ce n'est pas ce que tu souhaites, n'est-ce pas ?

Il se passa la main sur le visage.

— Peu importe. C'est bientôt Noël. Si je partais, il serait impossible de prédire quand je reviendrais. Je pourrais ne rentrer qu'après les vacances, or, je veux en passer chaque jour avec toi.

— C'est ce que je veux aussi. Mais tu dois partir, dit-elle, n'arrivant pas à croire qu'elle l'encourageait à s'en aller. Coop est ton meilleur ami.

— Et tu es ma famille.

— Je suis aussi l'épouse d'un Seal, argua-t-elle avec un sourire. Alors, je dois m'attendre à ce que tu partes en mission. Je le comprends, et je l'accepte. Je me débrouillerai jusqu'à ton retour, et si tu n'es pas rentré pour Noël, je ne serai pas seule. Pour la première fois, Bane, grâce à toi j'ai une famille, dit-elle en jetant un regard circulaire dans la pièce. Une grande famille.

— C'est vrai, renchérit Dillon. Et chaque fois que Bane devra partir, nous serons là pour toi.

— Merci, Dillon, dit-elle. Alors, vas-y, Bane, et sois le Seal dévoué et passionné que tu es. L'homme qui a été formé pour défendre son pays. Sois prudent, et fais tout ce qui est en ton pouvoir pour ramener Coop chez lui.

Bane l'observa un instant. Puis, il l'étreignit. Et il l'embrassa avec autant d'amour que celui qu'elle ressentait à cet instant. Un amour qui n'avait jamais faibli. Soudain, elle se retrouva soulevée par des bras puissants.

— Bane !

En la serrant contre lui, il se dirigea vers la porte.

— Nous rentrons chez nous, lança-t-il aux autres par-dessus son épaule. Crystal et moi vous souhaitons à tous une bonne nuit.

- 22 -

La veille de Noël

— Tu es sûre de ne pas vouloir dormir chez nous, Crystal ? Son beau-frère s'arrêta devant le chalet.

— Merci, Dillon, mais ce n'est pas nécessaire.

— J'ai promis à Bane de veiller sur toi.

— Et tu l'as fait. J'apprécie ton offre, mais ça ira.

Bien sûr, cela irait beaucoup mieux si Bane téléphonait. Ni elle ni sa famille n'avaient eu de nouvelles depuis trois semaines. Il les avait prévenus que personne ne pouvait prédire la durée de cette opération. Elle espérait seulement qu'il était sain et sauf.

Pendant son absence, elle s'efforçait de s'occuper. Elle avait étudié des plans de maison, comme Bane le lui avait demandé, et avait apporté son aide à Pam, qui tenait une école de théâtre en ville. L'épouse de Jason, Bella, l'avait invitée à prendre le thé plusieurs fois. Elle avait fait les boutiques avec les femmes de la famille. Il y avait aussi eu le bal de charité annuel des Westmoreland. C'était la première fois qu'elle y assistait, et elle aurait aimé que Bane soit là. Mais elle avait été heureuse de revoir les Outlaw.

La semaine précédente, elle avait été convoquée à Washington. Dillon, Canyon et leurs épouses l'avaient accompagnée. Elle avait dû faire une déclaration au sujet de Sharrod et Blackmon. Personne ne lui ayant parlé de Bane, elle en avait conclu que les informations étaient sans doute confidentielles.

Le directeur de la Sécurité intérieure avait loué la valeur de ses travaux de recherche, et l'avait informée qu'elle serait bientôt contactée. Il voulait qu'elle vienne travailler pour le gouvernement, comme les deux autres biochimistes, afin de perfectionner ses travaux tout en préparant son doctorat. Elle avait promis d'y réfléchir, mais refusait de prendre une décision tant que Bane n'était pas de retour.

— Autrefois, je m'inquiétais quand Bane partait en mission, déclara Dillon en débouclant sa ceinture. Par la suite, j'ai compris que cela ne servait à rien de s'inquiéter. Et puis, Bane sait très bien se défendre. Nous devrions plutôt nous inquiéter pour ceux qui doivent l'affronter.

Crystal sourit, car Dillon disait vrai. Elle avait vu comment Bane s'était défendu face à Sharrod et Blackmon. Il avait preuve d'une grande confiance, de calme et d'efficacité, alors que ses chances avaient semblé minces.

— Bane reviendra sain et sauf, Crystal, affirma Dillon.

Elle hocha la tête, et effleura d'un air distrait le médaillon qu'elle portait toujours.

— Je l'espère, Dillon.

— Tu ne dois pas seulement espérer. Tu dois y croire.

Son sourire s'agrandit.

— D'accord, j'y crois.

— A la bonne heure.

Il sortit du véhicule et vint lui ouvrir sa portière.

— Tu viendras au petit déjeuner de Noël et au dîner familial, n'est-ce pas ? demanda-t-il.

— Oui, je m'en réjouis à l'avance.

— Les Outlaw arriveront vers midi, ainsi que Bailey, Walker, et quelques Westmoreland d'Atlanta.

Une fois qu'ils furent devant la porte du chalet, Dillon ajouta en souriant :

— Tu connais la marche à suivre.

— Oui, je la connais.

Parce qu'elle vivait dans un endroit isolé, les hommes de la famille refusaient de la laisser rentrer seule chez elle. Soit ils la raccompagnaient, soit ils la suivaient en voiture pour s'assurer qu'elle n'ait pas de soucis. Et avant qu'ils ne repartent, elle devait indiquer que tout était normal en tirant sur les stores.

— Bonne nuit, Dillon.

— Bonne nuit. As-tu besoin que je vienne te chercher demain matin ?

— Non, merci, je prendrai ma voiture.

Lorsqu'elle ouvrit la porte, elle se félicita d'avoir laissé la cheminée allumée. Le chalet était chaud et accueillant. Elle allait se diriger vers la fenêtre pour tirer sur les stores quand elle détecta un mouvement du coin de l'œil. Elle se retourna en sursaut.

— Bane !

Elle courut vers lui et fut engloutie dans ses grands bras puissants, et embrassée par ses lèvres fermes et exigeantes. Le baiser, fougueux et passionné, dura longtemps, jusqu'à ce qu'ils doivent reprendre leur souffle.

— Tu m'as manqué, trésor.

— Tu m'as manqué aussi, dit-elle, passant les mains partout sur lui pour s'assurer qu'il était bien sain et sauf.

Sa peau était humide, et il sentait bon l'après-rasage. A l'évidence, il venait de prendre une douche.

— Pourquoi ne m'as-tu pas prévenue de ton retour ?

Il sourit.

— Je voulais te surprendre. La mission a été un succès, même si elle a été très risquée à certains moments. Coop et deux autres Américains étaient retenus dans un lieu isolé dans les montagnes. Arriver là-bas était une chose, les faire sortir en vie en était une autre. Ce n'était pas facile, mais nous avons réussi, et tous sont rentrés chez eux. Pas de blessés ni de victimes.

Il marqua une pause.

— Coop était heureux de nous revoir, et ils n'ont pas réussi à le briser, même s'ils ont essayé. Ce qui lui a permis de tenir, c'était de savoir qu'un jour, nous viendrions à son secours. Et nous l'avons sauvé. Les autres otages et lui sont à l'hôpital Bethesda du Maryland, pour un bilan complet.

Crystal allait lui poser d'autres questions quand on frappa à la porte.

— Mince ! C'est Dillon. Il m'a raccompagnée et j'ai oublié de tirer sur les stores pour lui faire savoir que tout allait bien, dit-elle, courant ouvrir.

— Crystal, tout va bien ? Comme tu n'as pas tiré sur les stores, j'ai…

Dillon s'interrompit quand il aperçut son frère.

— Bane !

Les deux hommes partagèrent une chaleureuse accolade.

— Content que tu sois revenu en un seul morceau, déclara Dillon.

Il observa son petit frère de pied en cap en souriant.

Bane prit Crystal contre lui et déposa un baiser sur son front.

— Et je suis content d'être revenu.

— Je vais prévenir la famille de ton retour. Et j'imagine que nous ne vous verrons pas au petit déjeuner, Crystal, dit Dillon en souriant de plus belle.

— Non, en effet, répondit Bane à sa place. Mon épouse et moi allons faire la grasse matinée. Mais nous essaierons d'être là pour le dîner.

Dillon gloussa.

— Entendu, dit-il avant de consulter sa montre. Il est tout juste minuit sur la côte Est. Joyeux Noël à vous deux.

— Et Joyeux Noël à toi, Dillon, dit Crystal en se blottissant dans les bras de son mari.

Pour elle, ce serait le plus joyeux des Noëls, puisque Bane était auprès d'elle. Ce serait le premier qu'ils passeraient ensemble depuis leur mariage.

Quand Dillon fut parti, Bane serra Crystal dans ses bras.

— Joli sapin, commenta-t-il.

L'arbre provenait des terres de Bane, Riley l'avait abattu pour elle. Elle avait pris plaisir à le décorer.

— Merci, dit-elle.

— J'ai déjà déposé ton cadeau, chérie.

Elle regarda par-dessus son épaule et vit une immense boîte

rouge entourée d'un ruban argenté sous le sapin. Elle interrogea Bane du regard, curieuse comme une enfant.

— Merci. Qu'y a-t-il dans cette boîte ?

Il rit.

— Tu devras attendre demain pour le savoir.

Il se pencha pour déposer un baiser sur ses lèvres.

— Joyeux Noël, trésor.

Elle noua ses bras autour de son cou.

— Joyeux Noël, Bane.

Lorsqu'ils échangèrent un baiser, elle se dit que ce n'était que le début. A présent, ils avaient toute la vie devant eux.

Épilogue

Saint-Valentin

— J'aimerais porter un toast aux jeunes mariés, déclara Ramsey Westmoreland en levant sa flûte de champagne. Bailey, nous n'aurions jamais cru te voir partir un jour, encore moins pour l'Alaska, mais nous savons que tu es entre de bonnes mains avec Walker. Cela nous manquera de ne plus te voir débarquer dans nos maisons à l'improviste, pour faire comme chez toi et vider nos réfrigérateurs.

— Et te mêler de nos affaires ! s'exclama Derringer.

— Oui, approuva Ramsey en riant, elle avait le don de s'immiscer dans nos vies. Mais, je pense que tout le monde en conviendra, pour rien au monde nous n'aurions voulu que tu changes. Je sais que, de là où ils sont, maman et papa nous regardent en souriant, et qu'ils sont heureux pour leur benjamine.

Il marqua une pause, comme pour se reprendre, puis continua :

— Walker, elle est à toi maintenant, et je vais te dire ce que j'ai dit à Callum et à Rico quand ils ont respectivement épousé Gemma et Megan : tu ne peux pas la rendre. Tu l'as voulue, avec ses qualités et ses défauts, alors à toi de te débrouiller.

Toute l'assemblée rit de bon cœur.

— A Walker et à Bailey, lança Ramsey. Puissiez-vous avoir un long et merveilleux mariage. Et prenez garde aux grizzlis !

Les convives firent joyeusement tinter leurs verres.

Puis, Dillon se leva et rejoignit Ramsey. La cérémonie s'était déroulée dans le magnifique Garden Club de Denver. L'épouse de Riley, Alpha, organisatrice d'événements, avait fait des miracles. Puisque c'était la Saint-Valentin, elle avait opté pour une décoration aux tons blanc et rouge.

— Non, Walker et Bailey, je ne vais pas porter un autre toast, les rassura Dillon en souriant. Puisque la famille est au grand complet, je veux profiter de l'occasion pour accueillir nos cousins, les Outlaw d'Alaska. Votre patronyme est peut-être différent, mais vous avez prouvé à quel point le sang Westmoreland coulait dans vos veines quand vous avez protégé Bane et Crystal, au moment où ils en avaient le plus besoin. Et nous vous en remercions. Notre arrière-grand-père Raphel serait fier. Et cela, ça mérite un autre toast.

Crystal sentit Bane resserrer son étreinte autour de sa taille. Dillon avait raison, les Outlaw les avaient aidés à un moment très critique. Ils s'appelaient peut-être autrement, mais ils ressemblaient à des Westmoreland, dans leur apparence comme dans leur comportement.

Plus tard, tandis que Dillon et Ramsey discutaient avec Garth et Sloan, elle ne put s'empêcher de remarquer la façon dont les femmes célibataires les regardaient. Les Westmoreland de Denver étant tous pris, elles considéraient sans doute les Outlaw comme de nouveaux espoirs. La pensée d'aller vivre en Alaska ne semblait guère les effrayer.

— Alors, il paraît que vous allez vivre à Washington ? demanda le sénateur Reggie Westmoreland, accompagné de sa jolie épouse, Olivia.

— Ce ne sera que temporaire, dit Bane en souriant, après que Crystal aura obtenu son doctorat, en mai. Elle travaillera dans un laboratoire à Washington durant six mois. Pendant ce temps, j'apprendrai aux jeunes recrues des Seals à manier les armes à feu.

— C'est formidable ! Libby et moi, nous vous inviterons, quand vous serez installés, intervint Jess Outlaw.

Reggie s'adressa à Jess.

— Et j'espère te voir bientôt à Washington.

— Je l'espère aussi, dit Jess en souriant. La course au sénat est rude, et les coups bas se multiplient.

— Je sais ce que c'est, dit Reggie. Tiens bon, et reste fidèle à tes principes.

— Merci pour tes conseils, Reggie, et pour ton appui.

— Inutile de me remercier, nous sommes de la même famille. Puis, ton programme est bon, et je suis sûr que les gens finiront pas le voir.

Quelques instants plus tard, Crystal fut seule avec Bane. Ils parlèrent des membres de son unité. Coop se portait bien, et leur avait rendu plusieurs visites. Tout comme Nick, Flipper et Viper.

Elle avait appris à connaître tous les collègues de Bane, et les trouvait tous formidables, ainsi que leurs épouses. Seuls Flipper, Viper et Coop étaient célibataires, et ils avaient fait le serment de le rester. Puisque les trois hommes étaient très séduisants, elle était curieuse de voir combien de temps ils tiendraient.

— T'ai-je dit aujourd'hui à quel point je t'aimais ? lui murmura Bane à l'oreille.

— Oui, dit-elle en souriant. Mais tu peux me le redire.

— Avec joie. Crystal Gayle Westmoreland, je t'aime. De tout mon cœur.

Elle caressa sa joue, songeant à tout ce qu'ils avaient traversé au fil des années. Beaucoup de choses avaient changé, mais une chose était demeurée constante : l'amour qu'ils se portaient.

— Et je t'aime aussi, Bane. De tout mon cœur.

Et par un baiser, ils scellèrent leurs paroles et leur amour. Pour toujours.

Retrouvez prochainement,
dans votre collection

PASSIONS

Des conséquences inattendues, de Janice Maynard-N°914

Hartley ne manque pas d'audace pour venir frapper à sa porte après lui avoir brisé le cœur ! Furieuse contre cet amant qui l'a brutalement quittée, Fiona est bien tentée de le renvoyer sans ménagement. Pourtant, en le revoyant aujourd'hui, elle se rend compte qu'elle le désire toujours. Elle ne peut pas lui tourner le dos, surtout quand elle découvre, stupéfaite, que leur dernière nuit d'amour a eu des conséquences inattendues...

Un marché si séduisant, de Reese Ryan

Kayleigh est sous le choc lorsqu'elle voit Parker Abbott entrer dans sa boutique de bijoux. Son ennemi de toujours veut acheter son magasin, mais il n'est pas question qu'elle le lui vende ! Or, lorsqu'elle apprend qu'elle est invitée au mariage d'une amie, Kayleigh ne veut absolument pas y aller seule et propose un marché à Parker : elle lui vendra sa boutique s'il accepte de jouer le rôle de son fiancé pendant le mariage...

Trahie par son premier amour, de Maureen Child - N°915

Camden Guthrie est de retour à Royal après quinze ans d'absence... Quand Beth est avertie de la terrible nouvelle, le souffle lui manque. Comment fera-t-elle pour vivre dans la même ville que son premier amour, qui a épousé une autre femme juste après leur rupture ? Beth ne sait pas comment elle pourra pardonner à Camden son infâme trahison, même si son cœur bat toujours aussi fort en sa présence...

Une passion incandescente, d'Yvonne Lindsay

Chloe n'a qu'une idée en tête : venger la mort de son père, qui s'est ôté la vie après avoir été trahi par Trent Wingate. Son plan : se rapprocher de la famille Wingate, découvrir ses secrets et les révéler à la presse. L'instrument de sa vengeance : Miles, le fils de Trent. Mais Chloe n'avait pas prévu d'être à ce point séduite par le très galant Miles, et se trouve désormais tiraillée entre ses sentiments pour lui et son désir de vengeance...

Fiancée à son meilleur ami, de Jules Bennett - N°916

SÉRIE : LIAISONS SCANDALEUSES TOME 3

Elle, fiancée à son meilleur ami, Reese ? Qu'est-ce qui a pris à Josie d'inventer un tel mensonge ? Certes, cette fausse relation était destinée à éloigner son ex-mari, qui la harcèle depuis leur divorce, mais le trouble que Josie ressent au contact de Reese, lui, est bien réel. Quand leurs lèvres se rencontrent, elle ne contrôle plus rien et se demande si elle est sûre de ne vouloir que l'amitié de Reese...

Le cow-boy de ses rêves, de Joanne Rock

Hannah a réussi à s'immiscer sur le tournage du dernier film d'Antonio Ventura afin de se venger de lui. Dans le ranch où se déroule l'histoire, elle rencontre un beau cow-boy, Brock, et le temps d'une nuit s'abandonne au plaisir entre ses bras. Or, lorsque Brock lui révèle être un McNeill, Hannah se fige, car cela signifie que sa famille est liée à celle d'Antonio Ventura! Elle ne doit surtout pas revoir Brock, si elle veut que sa vengeance réussisse...

L'espoir d'Alex, de Merline Lovelace - N°917

SÉRIE : LE BÉBÉ D'UN MILLIARDAIRE TOME 1

Alex Dalton, encore sous le choc, regarde le bébé qu'il tient dans ses bras. Les yeux bleus de Molly l'ont déjà conquis, il serait prêt à la reconnaître officiellement sur-le-champ ! Seulement voilà, il faut qu'il se raisonne: car Molly, abandonnée sur le pas de la porte des Dalton, pourrait être tout aussi bien la fille de son frère jumeau, Blake. Comment s'en assurer ? Il faut qu'il retrouve à tout prix la mère de ce bébé...

Le défi de Blake, de Merline Lovelace

SÉRIE : LE BÉBÉ D'UN MILLIARDAIRE TOME 2

Depuis que la petite Molly a fait irruption dans sa vie, Blake Dalton ne vit plus que pour elle. Ce bébé abandonné par sa mère, et dont il voudrait tellement être le père... Hélas, les analyses ADN n'ont pu déterminer avec certitude la paternité de Molly. Et si c'était son frère jumeau, Alex, le papa ? Mais Blake a d'autres raisons de se faire du souci. Car Grace, la nounou qui s'occupe du bébé, semble le fuir : comme si elle cachait un secret...

Une grossesse sous contrat, de Paula Roe - N°918

AJ Reynolds... Malgré les années, Matthew se souvient parfaitement de la jeune femme, et rien ne saurait lui faire plus plaisir que leurs retrouvailles inattendues. Sauf qu'AJ lui fait une incroyable proposition: elle veut un enfant de lui. Un enfant et rien d'autre, car leurs chemins se sépareront après la conception. D'abord révolté, Matthew ne tarde pas à reprendre ses esprits. Cette aventure sera peut-être l'occasion de persuader AJ qu'une vie à deux est possible...

Une nuit pour te séduire, de Karen Booth

Melanie a une mission : transformer l'image du futur P-DG de LangTel, Adam Langford. Et, pour cela, elle est bien décidée à ne pas lésiner sur les moyens. Tout doit être mis en œuvre pour faire oublier le scandale qui l'a frappé. En effet, c'est la réputation du cabinet de conseil en image de Melanie qui est en jeu... Alors, tant pis si elle doit effacer de sa mémoire les souvenirs de la nuit magique qu'ils ont passée ensemble, des années plus tôt...